流れる砂

東直己

ハルキ文庫

角川春樹事務所

流れる砂

1

立ち上がろうとした私を、「まぁまぁ」と宥《なだ》めるような押しつけがましい口調で、にやけた笑いを浮かべた柾越《まさこし》が押し止めた。

「放せ！」

「まぁまぁ。これで、話が丸く収まるんだから。お互いに、お互いの依頼人の利益を一番に考えてさ……」

そういう状況ではない。目の前で、ひとりの人間が激しい暴行を受けているのだ。たとえそいつが、卑劣な強姦常習者だとしても、こういう一方的な暴力を看過することはできない。たとえ、殴り、蹴っているのが、五十六歳の白髪の父親であっても。

私は別に、暴力は絶対的な悪である、とは思わない。殴り倒さなければならない人間、というものもいる。だが、スーツを着た青年は、なんの抵抗もせずに、一方的に殴打され、壁に叩《たた》きつけられ、そして床に沈み、倒れているのに、激しく蹴られ続けているのだ。それは、壮絶な暴力の爆発だった。

「やめさせろ、柾越！」

「でも、あんただって、父親の気持ちってやつは分かるだろ？　責任、感じてんのよ。なにしろ、元校長だ。なぁ、畝原《うねはら》さん、ここはまぁ……」

柾越は、ずっとニヤニヤしている。最初に会った時から、私はこいつのニヤケ面《づら》が嫌いだった。今なら、殴り飛ばしてもなんの後悔も感じない、と思った。

「とにかく放せ！」

と私が怒鳴った時、青年をひたすら殴り蹴り続けていた父親が、コートの内側から、新聞紙にくるんだ細長いものをスッと引き出した。刺身包丁だ、と私は直感した。柾越は、それを見ていなかった。私に向かって、その不快なニヤケ面を見せびらかしていたのだ。父親が腕を振ると、新聞紙がふっと飛び、包丁の刃が光った。

「止《や》めろ！」

私が怒鳴るのと、包丁が青年の背中に吸い込まれるのとが同時だった。青年は、ギャッと汚い声で悲鳴を上げた。

「え⁉」

柾越が、目にはっきりと狼狽《ろうばい》の色を浮かべ、おどおどと後ろを振り向いた。私は柾越を思い切り突き飛ばし、父親に駆け寄った。相手は、私に体を向け、大きく後ろに飛び退《さ》がりながら、刺身包丁を大きく振りまわした。血走った目で、怒鳴る。

「寄るな！」

私は、とりあえず棒立ちになって、相手の意図に逆らう意志はない、というポーズを見せ、静かに話しかけた。

「森さん……」

「寄るな！　死なせてくれ！」

「森さん、それでは、なんの解決にもなりませんよ」

「寄るな！　全部、終わったんだ！」

「いや、そんなことはない。これからが、一番大事なんだ。娘達を、きちんと……」

「言うな！」

父親は、興奮の極限にあった。ちゃんと物が考えられないでいる、ということがよくわかった。私はイヤな予感がした。

「柾越」

私は、男の目を必死で見つめながら、小声で柾越に声をかけた。視線を逸《そ》らすことができないから、柾越が今どうしているのかわからない。とにかく、今一番大切なことは、すぐに一一九番に電話して、青年の命を救うことだ。それから、これ以上血が流れないように、なんとか男を、森を、落ち着かせなければならない。

「柾越」

返事はない。床に尻をぺたりとくっつけて、動けないでいる、そんなところか。

「柾越、救急車を呼べ」

「電話するなぁ！」即座に、目を血走らせた男が怒鳴る。「息子はもう、死んだんだ！」

「違う、森さん。まだ、生きてる。ああやって、呻《うめ》いているじゃないか」

「死んだ方が、ましだぁ！」

「それも違う。まだ、可能性はある」

「可能性なんか、ない！」

私は、静かに一歩、踏み出した。森が、一歩下がり、壁に背中を押しつけた。私は、もう一歩近付いた。森の右手の刺身包丁がピクリと動き、一瞬、切っ先がこっちに向いたが、そのまためらうような感じで、少し下がった。私は、もう一歩踏み出そうとした。

その時、「うわぁっ！」というかすれた悲鳴が聞こえ、次いでバタバタと慌てて駆け出す足音が聞こえた。バタン、と激しい勢いでドアが開き、ダダダダダと走って逃げて行く。

森が、私の目を強く見た。私は、静かに首を振った。

私が横に振った首を、森はどのような意味に受け取ったのだろう。彼は静かに頷《うなず》いた。私は、包丁に、それを持った右腕に飛びつこうとした。だが、一瞬早く、包丁の切っ先は、森の喉に滑り込んだ。血が噴き出した。

森……包丁を振り回した、父親の方の森が、固く目を閉じた、その表情が目の前に浮かんで離れない。私は重たい気分で首を振った。結局、ふたりとも死んでしまった。外傷性ショックと、出血多量だ。父親は、息子の腎臓を正確に刺し貫いたのだった。そして、私の目を見つめ、突然目を固くつぶり、「むん」と声を漏らして、自分の頸動脈《けいどうみゃく》を切った。一瞬の出来事だった。あの、固く閉じた目。目の周りに、深く刻まれたシワ。

私は重たい気分で首を振った。

「疲れたか」

目の前の刑事が尋ねる。

「当たり前だ」

「ま、そうだな」

森親子が死んでから……父親が息子を道連れに無理心中してから、すでに三時間が経過している。その間、私はほとんど喋《しゃべ》り続けていた。この、無味乾燥な取調室の中で。

「コーヒーは？」

私のカップをのぞき込んで、そう尋ねてくれた。ありがたい。

「お願いしたい」

「OK」

そう言うと、刑事は軽い身のこなしで立ち上がり、自分のカップも一緒に持って、「ちょっと休憩」と誰にともなく呟《つぶや》きながら、出て行った。

私はピースを一本取り出して火を点《つ》けた。それを見て、調書を作っていた若い刑事も、ボールペンを机に置いて、胸ポケットからラーク・スーパー・マイルドを取り出し、火を点けた。そして、愛想のつもりなのか、「お疲れさまです」と軽い笑顔を浮かべながら、私に会釈する。

私は、とりあえず黙ったまま、軽く頭を下げた。

「中央署の玉木《たまき》さんとはお知り合いなんですってね」

丁寧《ていねい》な言葉遣いをする刑事だ。西署に連れて来られた時、私はつい、玉木の名前を出してしまった。別に、札幌中央署に顔見知りの刑事がいるからといって、なにがどうなるわけでもないのに。私は、すでに自分の軽率さを後悔していた。

「まぁね。まぁ……こういう商売をしてると、刑事さんにも、顔見知りは何人かできるもんでさ」

「でしょうね。……あのぅ、殺人の現場を見たのは初めてでしょ？」

　そう言われて初めて、そうなのだ、と気付いた。私は、今まで死体を見たことは何度かある。だが、人が殺されるところ、そして人が自殺するところを目前で見たのは初めてだった。そのせいで、こんなに心が動揺しているのか。固く目を閉じて、自分の頸動脈に包丁を突き立てた森の表情が、どうしても目の前から消えない。

　私が頷くと、若い刑事は口の中で「そうかぁ……」と呟いてから、「私は、まだ、人が死ぬところ……自然死じゃなくて、殺されたり、自殺したりするところを、直《じか》に見たことはないんですよ」と言う。その口調は、軽薄なものではなく、なにか恐れのような気配が漂っていた。

「人間て……死にますよね。ホントに」

　誰にともなく呟く。そこに、ドアが開いて、先程の刑事が両手にコーヒーのカップを持ち、背中でドアを押しながら後ろ向きになって入って来た。さっきもらった名刺には、西警察署刑事一課巡査部長、小城勤とあった。「どうぞ」と私の前にカップを置き、自分でも一口すすってからパイプ椅子に腰を下ろした。そして、「もう少しですから」と私に言う。

　それからまた延々と時間が過ぎ、小城が調書をざっと朗読し始めた時には、すでに窓の外は暗くなっていた。

「さて、と。……ええと、まず、畝原さんの氏名住所生年月日などがあって、それから、ええと、いいですか『私は、札幌市において、興信業』、……まぁ私立探偵、と思って下さい、『興信業を営んでおります』、とあって、ええと、それから、要するに、『本年十月五日に、本件の依頼人である、アパート管理人、垣元嘉一《かきもとよしかず》氏から連絡を受けました』と。嘉一さんの字は、喜ぶ、の下が加える、という字で、カズは、数字の一。いいですね？」

「はぁ」

私は頷いた。

2

垣元嘉一は、人と話すのがとても苦手、という雰囲気の、とても穏やかな初老の男だった。ちょっと戸惑ったような声で、ぜひ連絡が欲しい、と留守番電話にメッセージを残していたのだった。着信は、十月五日の午後二時十四分になっていた。

私はその日は、ある女を尾行していて、それが終わったのが午後八時十三分だった。それから、地下鉄に乗って家に向かった。私の家は、地下鉄東西線の菊水《きくすい》駅から歩いて十五分ほどのところに建つ賃貸「マンション」にある。途中、近所の兄夫婦の家に寄って、まだ起きて従姉《いとこ》の忍《しのぶ》と一緒にテレビを見ていた娘の冴香《さやか》を連れて帰った。

冴香の中で、私の存在が、どんどん小さくなっているのを、この頃はいつも感じる。とにかく頑張って、朝食は一緒に摂《と》ることにしているが、あとはもう、一緒にいられる時間がほとんどない。冴香ももう小学校六年で、父親と一緒にいることをそれほど嬉しく思わなくなっている年頃だ、とは思う。と同時に、やはり、寂しいのではないか、と気になる。冴香が寂しがっている、と思うことは、申し訳ないという思いが半分、そして、どことなく嬉しい気分が半分だ。

とにかく、冴香と一緒に過ごす時間がない。彼女にとっての「父親」は、朝食と、それから夜、従姉の家から自分の家までの散歩の付属品としてのみ、記憶の中に残るのではないか。私はそう思い、そして寂しい気分を味わう。

確実に冴香は私から離れつつあり、そしてそのことを冴香も意識していて、それが、どうやらすこし、彼女の気持ちを落ち着かないものにしているらしい。この頃は、二人で夜に、家に向かってぶらぶら歩く時、妙にことさら明るいようすで、あれこれとお喋りをするようになった。少し前まではこんなことはなかった。冴香は、それなりに細かな気配りはするものの、実際のところはとんでもなくわがままな娘で、本当に興味がなければ、私の仕事などには、今までであまり興味を持たなかったのだ。せいぜい、江戸川乱歩を読み始めた頃に、「お父さんの仕事は、明智小五郎みたいなもんだよ」と言った冗談を真に受けて、「お父さんのお仕事は名探偵だ」と思い込んでいた程度だ。それが、この頃は、会話の糸口を無理に作り出すような、なにがしかのわざとらしさを感じさせないでもない口調で、私の仕事のことを尋ねるようになった。

社会性がついてきた、あるいは、父親に対する興味が湧いてきた、ということだとも考えられる。だが私は、それよりも、そういう会話を無理に交わさなければ、冴香は居心地が悪いのだろう、と感じている。そのうちに、居心地の悪さは消え、私にはなんの興味も示さなくなり、平気で無視するようになるのだろう。

「今日は、どんなお仕事だったの？」

「……今日のお仕事か……」

「まぁ、そうだ。最近は、行動確認、と言うんだけどね」

「尾行？」

「相手は、どんな人？」

「……女の人だ。銀行みたいなところで働いている人で、その人が、お給料で買えるよりも、ずっと高いものを、とってもたくさん買っているので、会社の人がヘンだな、と思ったんだ」

「会社のお金を盗んでいるかもしれないってこと？」

「……まぁ、そうだな」

「もしそうだったら、警察に捕まって、牢屋に入れられるの、その人」

「……たぶん、そうはならない」

「でも、ドロボウしたんでしょ？」

「そうだ。でも、きっと牢屋に入ることにはならないと思う」

「どうして？」

「……会社の人も、その女の人を牢屋に入れたい時には、直接警察に、『この人はドロボウしています』と話をするさ」

「うん。その方が、簡単なのに、と思ったの」

「でも、普通、人は、自分が知っている人を、ドロボウしたからといって、すぐに牢屋に入れようとはしないものなんだ。その人と、長い間、ずっと一緒に働いてきて、その人が、そのドロボウ以外には、結構いい人だし、優しいし、その会社のために結構頑張って仕事をしてきた、ということを知っている場合は、なおさらだ」

「でも、ドロボウはドロボウでしょ?」

「そうだ。その点は、その人は弁解できない。どんなに立派なことを言ったりしたりしてきても、他人のお金、自分のお金じゃないお金を勝手に使って、贅沢をしたら、牢屋に入れられても文句は言えない。でも、牢屋に入れられたら、ほとんどの場合、その人の人生は、それで終わりだ。そしてもうひとつ、その人がドロボウしていることを気付かなかった、ということは、会社としても恥ずかしいことなんだ」

「……そうか。そのひとがドロボウだ、ということを内緒にするのは、その人にとっても助かることだし、会社にとってもメリットがあるわけね」

「……そうだね。メリットって言葉、よく知ってるね」

「そりゃそうよ」

「なるほど」

「じゃ、その女の人はどうなるの? ドロボウをしていたの?」

「それを判断するのは、お父さんの仕事じゃない。その人が、どういうお金の使い方をしていたか、それを調べて、会社の人に教えるのがお父さんの仕事だ」

「じゃ、その人が、本当にドロボウしていたら、どうなるの?」

「う〜ん……。この場合は、ドロボウしていた金額にもよるけど、まず、会社の人が、その女の人にドロボウしてますね、と話をして、その人が認めて謝ったら、お金を返してもらって、そしてクビにして、それで終わると思う」

「認めなかったら？」

「警察に話をするんだろうな」

「認めて謝っても、お金が払えなかったら？」

「その女の人の、お父さんやお母さんや、兄弟や、親戚や……そんな人たちが協力して、お金を作って、会社に返すことになると思う」

「もし、それもできなかったら？」

「警察に話すことになるんだろうな」

「そういうことになる、ということは、その女の人は、知らなかったの？」

「いや。知っていた、と思うよ。大人なら、大抵は、そういうことは知っている」

「じゃ、どうしてその人は、そんなことをしたの？」

「……それはわからない」

「バレないと思ってたのかな？」

「それもあるかもしれない。でも、こういうことは、大概ばれるもんなんだ」

「大人なら、そういうことは大抵知ってる？」

「ああ。そう思うよ」

「じゃぁ、やっぱりよくわかんないな。その人は、なぜドロボウしたの？」

私は、考え込んだ。

理由は、わからない。あるいは、はっきり理由はわかっている、と言えないこともない。だが、そのことを冴香にわかるように話す自信はなかった。

そして、冴香も別に強いて知りたがっているわけでもなかった。彼女の世界には、父親の仕事や、あるいは会社の金を盗《し》む女の人よりも、もっとわくわくさせる、楽しいことがいっぱいあるに違いない。口ごもり、あれこれ考えている私を置き去りにして、今度の日曜日に観に行く『美女と野獣』がとても楽しみだ、という話を始めた。学童保育所〈なかよし王国〉で一番の仲良しの姉川真由《あねかわまゆ》ちゃんと一緒に観に行くのだ。真由ちゃんのお母さんが連れて行ってくれることになっている。

いろいろな固有名詞を並べて、『美女と野獣』とディズニーと『劇団四季』の事情通のようなことをあれこれ話す冴香を眺めながら、私は、ついさっき見送った女の後ろ姿を思い浮かべていた。

札幌に一泊して週末を過ごし、私が尾行していた丸一日の間に、およそ二百万円ほどの買い物と飲み食いをした女。でっぷりと太った、四十八歳独身、周囲の人間たちに「おそらく処女」とウワサされている女。札幌のバスターミナルからバスに乗って、三時間ほどの町に住む彼女は、そこで生まれ、そこで暮らし、農協の経理部に三十年近く勤めていた。どれほどの金をつまんだのか、「ちょっと想像がつかないんです」と、その農協の総務部長は額に汗をにじませて、体を前かがみにして言った。その横で、ツルツルに禿《は》げた小柄な組合長が、目を閉じて、首を縦に動かした。

「魔法が解ける時の、パフォーマンスがスゴイんだって。あっと言う間の早変わりなんだってよ」

「……ああ、『美女と野獣』か」

「うん。うちのクラスのね、マキちゃんは、お母さんが『劇団四季』のファンで、サポーターで、もう、三回も観たんだって。そして、三回観ても、やっぱり、その時には感動しちゃうんだって」

「そうか」

「楽しみだなぁ、ホント。お父さん、行かせてくれて、本当に、ありがとう」

不意打ちの感謝を喰らって、私はうろたえた。そして、真由ちゃんの母親である姉川明美《あけみ》に、感謝した。

「冴香が喜ぶんならね」ヘソが痒《かゆ》くなるセリフだが、やはり、本心であることを認めざるを得ない。だが、やはりこういうセリフを言うのは照れ臭い。それで、私は話をよそに持って行こうとした。「でも、ま、真由ちゃんのお母さんが連れて行ってくれるわけだから」

「うん。でも、私の切符やなにかを買ってくれたのはお父さんでしょ？」

確かにそうなのだが、冴香はなぜか、妙にお金に細かいところがある。金銭の面では冴香には辛《つら》い思いをさせないで来たつもりだ。それなのになぜこうなったのか、その点がちょっと不思議だが、一方では、娘に金銭的な辛さを感じさせたくない、と私が頑張ったせいで、その頑張りを冴香が敏感に感じた結果、こういうことになったような気もする。

「まぁな。でも、そんなこと、子供は気にしなくていいんだよ」

「それに、劇を観た後は、きっとどこかで御馳走食べるでしょ。その分も、お父さんは、半分負担するんでしょ？」

「それはそうだけど、そんなことは気にしなくていいんだって。お互い様なんだから。そして、お金よりも大切なものもあるし」

「そう言うけどね」妙に大人っぽい口調だ。「お金より大切なものって、なに？　たとえば、愛情とか？」

漠然と、冴香がどういう方向に話を持って行こうとしているのか、わかった。抵抗しよう、と思いはした。だが、その方法がわからなかった。

「まぁ、愛情もそうだな。それに……」

「時間とか？」

「ん？　ああ、そうだな。時間も大切だ。時間は、お金に代えられないことも多い」

「真由ちゃんのお母さんは、真由ちゃんと私のために、時間を割《さ》いてくれるわけね」

「まぁ、そうだ。ありがたく思わなくちゃ」

「うん。よかったなぁ」

「……なにが？」

「お父さんと、真由ちゃんのお母さんが恋人同士で」

「……恋人同士じゃないよ」

「愛し合っているんでしょ？」

私は、今の日本での〈恋人〉という言葉の意味がわからなくなって久しい。私は四十七歳。〈付き合ってる〉とか〈恋人〉とか〈友達〉とかの言葉の意味が、具体的にどういうことになっているのか、よくわからない。つまり要するに、端的に言えば、性愛は、どのような位置づけにあるのか、ということだ。

いや、より具体的に言えば、今、冴香は、〈恋人同士〉という言葉を使うことで、私と姉川明美の関係をどのようなものだと思っているのだろうか、ということだ。私と、姉川明美が肉体関係を持っているかどうか、ということを気にしているのか。それとも、性愛について、なにも知らないのか。

……なにも知らない、ということはないだろう。いつ知ったのか、それはわからないが。……冴香は、性愛を、どういうものだと考えているのだろう。私は、できることなら、具体的に娘に告げたかった。つまり、「お父さんは、真由ちゃんのお母さんといると、優しい気持ちになれるし、真由ちゃんのお母さんを大切な人だと思っているし、それはお互いにそうだと思うし、いろいろと、今まで助け合ったこともある。でも、まだ一度も一緒に寝たことはないんだ。でも、少なくとも、お父さんは、今は、明美以外の女性とは寝るつもりはないし、そして、おそらく明美もそう思っているだろう、と、少なくとも、お父さんはそう思っている。すると問題は、なぜお父さんと姉川明美は寝ないのか、ということが不思議な問題になるわけだけど、それは、ふたりともよくわからないんだ。では、次に、健康な男性として、お父さんは性欲にどう対処しているか、ということだけど、それは、ほとんどが夢精と、そして、まだまだどうやら元気らしくて、時折は、冴香にバレないようにこっそりとやっているオナニーなんだよ」。

……

私は、自分が、誠実に娘にそうやって話している場面を頭に思い描いて、気絶しそうな気分になった。

「どうしたの？　黙り込んじゃって」

「ん？　いや、別になんでもないよ」

「ねぇ、真由ちゃんのお母さんと、愛し合っているんでしょ？」

「冴香が、〈愛し合っている〉と言う時、その言葉の意味は、どういうこと？」

「恋人同士ってことよ」

「恋人同士ってことの意味は？」

「……いやぁだ！」

冴香が照れ臭そうな声を出して夜空を見上げ、それから私の脇腹をパシンと叩いた。

「しらばっくれて！」

「しらばっくれてはいないよ」

「このままお付き合いを続けたら、そのうちに、結婚するかもしれない男と女、ってことじゃないの」

「ほう……なるほど」

「恋人同士でしょ？」

「……それはわからないよ」

「あ、お父さん、テレてる」

「いや……」

「ねぇ、テレるって、どうしてテレるって言うの？　デレデレするから？」

「さぁなぁ……」

「でも、お父さんと真由ちゃんのお母さんのお付き合いは、フィフティー・フィフティーだよね」

またわからない。冴香は、このフィフティー・フィフティーという言葉に、どういう意味を持たせているのだろうか。

「まぁな」

言葉の意味もわからずに、適当な相づちを打つ私も悪い。

「一番だよね、それが」

冴香は、そう言って、この話題にケリを付けた。それから、夏休みに観たポケット・モンスターの映画の思い出を話し始めた。

これは、私が冴香と真由ちゃんを連れて行った映画だ。明美が真由ちゃんと約束していた海水浴が、突然の仕事の発生で不可能になり、一方、私は珍しく丸一日仕事の予定がなくて完全な休養日だったので、ふたりを連れて行くことができたのだ。約束を破ることになって明美はとても落ち込んでいた。真由ちゃんも最初は、約束が破られたことへの怒りで機嫌が悪かったが、映画と、それから焼き鳥のおかげで機嫌が良くなり、明美が私の家に真由ちゃんを迎えに来た時は、すっかり上機嫌になっていた。お土産のプリクラとお菓子の「とうまん」を持って帰って行く真由ちゃんを見送っていたら、彼女と手をつないでいた明美が不意に振り向いて、私に向かって一つ、短く頷いた。その表情と仕種《しぐさ》に、私はなぜか感動して、その後しばらくは、その時の情景を頭に描いて幸せな気分に浸っていたものだった。

……冴香は、そのことを知っているのだろうか。気付いているのだろうか。そのことを思い出させるべく、私の横で、ポケモンの映画の話を繰り返しているのだろうか。

わからない。

そんな夜の散歩の末に、私と冴香は家に着いた。冴香は、すぐに風呂に入った。私は、酒の用意をしながら、溜まっていたファックスを読み、留守番電話のメッセージを聞いた。四件目のメッセージが、マンションの雇われ管理人、垣元嘉一からのものだった。

「もしもし。私、垣元と申します。仕事のお願いをしたくて、お電話いたしました。細居《ほそい》さんからご紹介を頂きました。電話番号を申し上げますので、明日でも、御連絡を願います。ええと、午前中は、おおむね、おります。よろしくお願い申し上げます」

その口調は、穏やかではあったがぎこちなく、緊張していた。人と話すことが苦手らしい、と私は感じた。だが、緊張するのも無理はない。私立探偵に仕事を依頼する、というのは、多くの場合、厄介な出来事が持ち上がっているからだ。そして、その厄介な出来事を、他人にあからさまに述べなければならないのだから。

3

垣元は、西区琴似《ことに》の住宅街の中に建つ〈ベルエア琴似〉という、五階建てワンルーム賃貸マンションの一階管理人室に住んでいた。管理人室は、ワンルームではなくごく普通の間取りの3LDKであるようだった。女性の化粧品のニオイがまったくしない。おそらく垣元は、ひとりで住んでいるのだろう、と私は考えた。六十代後半、小柄で小太り、人当たりのいい印象だが、ちょっとよそよそしい感じもある。退職した公務員という雰囲気で、着ているものは平凡だが、清潔だ。いかにも平凡なズボン、ワイシャツ、手編みらしい、アラン模様のカーディガン。髪はさほど薄くなっていない。白髪が目立つ。眼鏡はかけていないが、鼻の脇に眼鏡の跡がついていた。老眼で、そして活字を読むのが好きなのだろう。そう気が付いてみると、こぢんまりとした居間のテーブルの上に灰皿と「峰」が並べてあって、その横にライターと眼鏡があった。

「ま、どうぞ」

私をソファに座らせ、それからいそいそと流しの方に行った。コーヒーの香りが漂っている。慣れた手つきでペーパーフィルターに湯を注ぎながら、「わざわざご足労頂いて」と笑顔で言った。

「はぁ」

と私は答え、軽く頭を下げた。垣元は、留守番電話のメッセージ、そして電話で直接話した時の印象と、そっくりそのままの男だった。人付き合いはあまり得意ではないが、基本的には気のいい社会人、という感じだ。いそいそとコーヒーをふたつ載せたトレイを運びながら、

「二年ほど前に女房を亡くしましてね」と朗らかに言う。

「ああ、それは……」

「すっかり慣れました。二年も経《た》つとね。家事万端、今はもう、すっかり自分でこなしてますわ」

そして、取って付けたように「はは」と短く笑った。

「そうですか」

「ええと……先程もお話ししましたけど、細居さんとは、元同僚……というか、彼は私の部下でした」

私は頷いた。細居というのは、五十をいくつか過ぎた男で、〈食い道楽　おやじのこだわり〉という名前の、まぁ居酒屋のような店をやっている。店名からもわかる通り、やけに能書きがうるさいが、食通を気取りたいサラリーマンにはけっこう人気がある。元々は北一銀行の支店に勤めていたのだが、料理の方が面白くなって、銀行を辞めて店を始めたわけだ。〈元銀行マンで脱サラ〉というのは、細居の自慢だった。下らないことを自慢している、とは思わない。現実には、こういう経歴でそこそこの成功を収めるのは非常に難しいのだ。大企業から〈脱サラ〉してなにか事業を始めた人間は、その九割が失敗する。私は、そういう例をいくつも見て来た。その中では、細居は非常に珍しい成功例と言えた。

私は、〈こだわり〉を振りかざす店が好きではないので、細居の店には行ったことがない。彼が自分の女房の浮気調査を私に依頼したのは、職業別電話帳の〈ウネハラ探偵社〉の広告が、同業他社と比較して、格段に小さかったからなのだそうだ。そして私は依頼を受注し、彼の妻がテレクラ売春をしていることを突き止めた。細居は、大喜びで、非常に有利な条件で離婚することに成功した。私にとっては、ただ普通の仕事であるに過ぎないが、細居にとっては非常に感動的な出来事だったらしい。後から聞いた話だが、細居は私に依頼するにあたって、相当の覚悟を決めていたらしい。私から逆に恐喝されるとか、私が、調査対象である彼の妻と取引をするかもしれないとか、その他諸々《もろもろ》。確かに、そういう探偵は多い。そのことまで覚悟して仕事を発注した、ということは、細居にとって、妻との離婚がそれほどに切実な熱望だった、ということになる。それを見事に実現させた私を、細居は非常に高く評価してくれているらしい。時折、仕事を紹介してくれる。

細居からどんなに高く評価されても、別にそれほど嬉しくはないが、軽蔑されていない、ということはいささか嬉しい。私立探偵は、非常に軽蔑されやすい職業ではあるのだ。

とにかく、垣元は細居の元上司、つまり銀行員だった、ということになる。

「私は、定年まで勤め上げましてね。まぁ、役員にはならなかったけれども、ま、そこそこの人生だった、と思います。……実際、関連会社への再就職、という話もいくらでもあったんですが、まぁ、やはりこの、悠々自適、という生活にも憧れましてね。ご奉公も、まぁここらへんで勘弁してもらおうじゃないか、というわけで」

「はぁ」

「幸い、自分の土地がありましたから、これをマンション会社に貸して、その地代でなんとかつましく暮らしていける、という形になりましてね。で、まぁ、いくら悠々自適とは言っても、まるっきりぶらぶらしててもちょっと、というわけで、管理人を引き受けたわけです」

「なるほど。有効な資産運用、ということになるわけですか」

「ま、そうなりますかな。リスクは少なく、リターンもそこそこ、という感じでね。別に、経済的には困っているわけじゃないですからね。人間、欲をかくと、際限がなくなりますし」

「はぁ」

「で、まぁ、そんなわけなんですがね……」

そして、垣元は依頼の内容を語り始めた。

今年に入ってから、女子高校生、中には中学生のように見える娘たちが、妙にこのマンションに出入りしている、と言うのだ。入居者の娘でないことは確実だ、と言う。そもそも、この〈ベルエア琴似〉は、住んでいるのはほとんどが単身者で、夫婦者も何割かはいるにせよ、そのほとんどが二十代ばかりで、高校生の娘がいるような家庭はないはずなのだそうだ。ちょっと気になった垣元が、それとなく気を付けて見ていると、娘たちは、三階三〇七号室に出入りしているらしい。住んでいるのは、白郷《しらさと》区役所に勤めている、森英司《えいじ》という名前の二十七歳独身男性。

「なるほど」

私は、どうやら不快な表情になったらしい。垣元は私の顔をのぞき込んで、自分の中に引き込むような口調で言う。

「ね、ヘンでしょう? なんだか、気味が悪くてね。どうも、おかしい。この頃、いろいろと変な事件があるじゃないですか。まぁ、私らの頃とは、娘さんたちの考え方も違ってるんだろうけどね」

「はぁ」

「で、警察に通報しようかな、と思ってはいるんだけど、まぁ、ちょっと待てよ、と。なんの問題もない話だったら、これはもう、弁解のしようがありませんしね。入居者は、お客さんですよ。ま、正確に言えば、私の客じゃないけれど、土地の持ち主だし、マンション会社に雇われてる身ですからねぇ。根拠のない疑いで警察に告発、なんてことは、ちょっとこれは……。とは言ってもね、どうもおかしいんだな。そして、私のイヤな勘が当たったら、このマンションの評判にも関わりますしねぇ。他の入居者にも迷惑がかかるし。そんなわけで、ちょっと、予備調査、というのかな。警察に告発するに足るような、なにかの証拠を見付けたい、ということなんです。もしも現実に、なにかイヤなことが行なわれているのだとしたらね。そうじゃなくて、全然ヘンなことがないのだとしたら、今度は、そのことがはっきりすれば、それで私も安心できますし。そういうようなお願いなんですけどね」

依頼の筋は不自然ではない。だが、確認しておきたいことがあった。

「すると、調査の目的は、警察に告発するに足る事実があれば、その証拠を集める、ということになりますか?」

「……ええ、まぁ。そういうことですね。そういう事実があるのならば……」

「料金はそれほどお安くはないですが、それは、垣元さんのご負担、ということになりますか?」

「……そうね。そうです。そうお考えいただいて、間違いではない、です」

私は垣元の顔を眺めた。垣元は、ちょっと目を天井に向けて、すぐに私の目に向かって話を再開した。

「と言いますか、……まぁ、事を荒立てるのは、まぁ、二の次、と言いますか。要するに、もしもこの森という独身青年が、不純異性交遊のようなものをですね、未成年相手の。それをやっているのであれば、とりあえず、出て行ってもらおう、と。……まぁ、ざっくばらんな話、……要するに、このマンションがテレビのニュースに映るようなことにはしたくない、というわけですわ。マンションの管理会社にとってはダメージですしね。あ、もちろん、入居者の方々にも迷惑がかかるし。……今は、入居者を集めるのがなかなか苦労なんですよ。ハコが余ってますからな」

「地主である垣元さんにも面白くない影響があるかもしれない、と」

「ええ、ええ。そうです」

「で、管理人の責任も問われるかもしれない、と」

「……まぁ、そこらへんはね。まぁ、それほど考えてませんけど」

「森という男が、実際にそういうことをしていたとしても、その事実を突きつけるだけでは、素直に退去はしないかもしれませんよ」

「それがね。一応、定款《ていかん》には、公序良俗を乱すような使用方法云々《うんぬん》、という形で、退去事由は明記してあるんですがね。確かに、森が腹をくって抵抗するとなると、ちょっとややこしい話になるかもしれません」

「その時は？」

「ま、警察に通報します。……そのための、証拠固め、と言いますかね。森の弁解を封じるような、そういうことが、まぁ、目的、と言えば目的でして」

「………………」

「あれです。管理会社とも相談の上ですから。管理会社としては、会社として、そういう危惧を持ちながら、警察に通報しなかった、というのは、これはちょっとまずいらしいんですね」

「その点、垣元さんの個人的な心配で、私に依頼された、ということにすれば問題はないと？」

「……まぁ、そんな感じでしょうか。あくまで、私の個人的な心配で、仕事をお願いした、ということです。調査の報酬は、私のポケット・マネーからお支払いする。そして、その分の穴埋めを、管理会社がしてくれる、ということになっています。ですから、その点では、何らご心配には及びません」

おそらく、この垣元という元銀行マンは、それほど有能ではなかったのだろう。ほんのちょっと押しただけで、依頼の背景を全て話してしまった。だがもちろん、それはそれでいいことだ。私も、きちんと対応することができる。

「わかりました。お引き受けいたします」

私は、調査の手順を大雑把《おおざっぱ》に説明した。そして、それに私が割く時間を簡単に示し、料金を概算した。一週間で片付くとすると、経費は別にして、三十万円ほどの仕事になる。垣元は、

「ええ、そういうことでお願い致します」と頭を下げた。私は着手料として十五万円受け取り、領収書を書いた。そして、機材の準備などいくつかの用意が必要なので、調査に着手するのは翌日、つまり十月七日の水曜日、ということにした。

比較的簡単な仕事だった。なにしろ、依頼人がマンションの管理人なのだ。調査対象者の部屋の鍵を持っている、というのは非常に大きなメリットだ。私が七日の昼前に、肩から重いバッグをぶら下げ、地下鉄を降りててくてく歩き、〈ベルエア琴似〉に行ってみると、すでに管理人の垣元は自分の役割を全て果たしていた。

「森は、いつも通り、七時半には出勤しましたよ。確認しました。そして、それ以降、帰って

来ていません」

ちょっと勢い込んで、報告するような口調で言う。普通、善良な市民は、それがどんなものであれ、「調査」に関わることになると、やや興奮し、張り切る。それをうまく利用するのもこの仕事のコツの一つだ。

「納戸《なんど》も、片付けておきました。狭いですが、落ち着けますよ」

これは、昨日頼んでおいたことだった。私は、水曜日と木曜日の二日間を、この管理人の住居で過ごすことに決めたのだ。おそらく日中はそれほどの成果はないだろうが、二日間にわたっての詳細な記録は、無駄にはならない、と考える。

垣元の言う通り、居間の奥の左側にある三畳間ほどの広さの部屋は、キレイに片付いていた。ほかに置き場所がなかったらしい、大きなタンスと旧式のステレオセットが壁際に置いてあるほかには、なにもなく、畳がむき出しになっていた。掃除がしてある。私は、バッグの中から取り出した機材を並べ、コンセントにつないだ。そしてコード類を取り出す。垣元は興味津々、という目つきで、私の手許《てもと》を見つめている。一通り機材をつないでから、「じゃ、お願いします」と言うと、「わかりました」とやや緊張した声で言って、右手にぶら下げた鍵束から鍵を一つ外して、私に寄越した。

「じゃ、どうぞ」

森の部屋は、十畳ほどのワン・ルームで、それなりにきちんと片付いていた。ベランダの脇にダブル・ベッドがあり、寝具は乱れていない。毎朝、出勤前にベッドを整えるようだ。そのベッド脇には、パソコンとその周辺機器、そしてあれこれのメモやノートが載っている小さなデスクがあった。そして、その隣に大きなラックがあり、ビデオテープ、CD類その他と、ミニコンポが置いてある。それと、パソコンやゲーム関連の雑誌類。それから、三十二インチのテレビとビデオデッキ、LDデッキ、ハンディカムなどが雑然と並んでいる一角があり、大きなフロアソファというのか、床に直に置くタイプのソファが置いてあった。ここで寝ることも可能な大きさだった。濃い紫色のカーテンは、最近よく見る、光を完全に遮断する布でできているようだった。壁に貼《は》ってある、どういう名前なのかよくわからないミュージシャンのポスターを含め、現代の二十代後半の独身男性の部屋にしては落ち着いている方だ、と私は思った。そのことが、やや不自然な感じだった。目に付くところには、エロ本やアダルトビデオの類《たぐい》は皆無だ。

玄関脇のトイレ&ユニットバスも、掃除はあまり行き届いていないが、それなりに片付いている。おかしなものはない。そこから出てすぐ右側の、小さなキッチンは、あまり使った形跡がないが、これも普通だった。小さな冷蔵庫にも、取り立てて変なものはない。人目に晒《さら》したくないものを冷蔵庫に隠す人間はわりと多いものだが、森はそういうタイプではないようだった。

流しの上の、食器収納スペースの扉を開けた時、目当ての物を見付けたことがわかった。ゴミ捨て用の黒いビニール袋の、両手でなければ持てないほどの大きさの包みが、三個あった。触れてみると、中には、たとえばアルバムとか、ファイルとか、そういう物が入っているらしいことがわかった。ビデオテープが十数本ほど入っているらしい包みもあった。それから、バイブレーターも入っているようだった。そして、流しの下のスペースには、様々なアダルト向けの雑誌や書籍がびっしりと入っていた。

とりあえず、それらには手を触れずにおいた。黒いビニール袋の中身も調べなかった。中には非常に勘の鋭い人間がいて、細心の注意を払って元通りにしても、自分の秘密を誰かが見た、ということに気付く場合がある。そういう危険は冒したくなかった。

室内をざっと見回して、パソコンを載せてあるデスクの後ろのコンセントが最適だ、と判断した。ふたつあるソケットには、三穴式、四穴式のソケットが差し込まれ、パソコンやプリンターや、あるいはAV機器のコードが接続されていた。そのうちの一つを、盗聴用ソケットと交換した。これは、一見しただけでは普通の四穴式ソケットに見えるが、室内の音声をほぼ完全にカバーできる盗聴器だ。電源はコンセントから直にとるので、電池を取り替える必要もなく、ほぼ半永久的に作動する。飛ばすFM電波はそれほど強くはないが、垣元の管理人室なら、充分にキャッチできるはずだ。

管理人室に戻り、鍵を返すと、垣元はもう興味津々という表情で、「で、どうでした?」と尋ねる。私はとりあえず、可能性は強いですね、と答えた。「やっぱり!」と垣元は頷き、そして、困惑したような、どこか嬉しそうな顔つきになり、「まずいな」という思い入れで首を傾《かし》げた。

森の部屋は非常に賑やかだった。彼自身が帰宅したのは午後七時四十八分だったが、それまでの、彼が部屋を空《あ》けていた時間にも、電話がよく鳴った。平均すると、三十分に一度くらいの割合で呼び出し音が鳴り、そして非常に特徴的な、というかありふれた、女子高生口調の、生きているのが果てしなく退屈になりそうな声が聞こえた。なにを言っているのかまではよく聞き取れなかったが、このテープを知り合いのMAスタジオに持っていけば、なんとか聞き取れる程度には変換してくれるはずだ。垣元は、それが必要になるかもしれない、と言い、そうなった場合は費用はもちろん負担する、と約束したので、私はずっとテープを回し続けた。

森が帰って来る前、午後五時二十四分に、来客があった。ドアの開く音がして、人が上がり込み、中で何かしているのが聞こえた。「合い鍵か……」と垣元は呟き、「定款違反です」と私に向かって頷いた。とりあえず、私も頷き返した。

その人物は、十二分ほどを森の部屋で過ごし、ドアを閉じた。鍵をかける音も聞こえた。私は急いで管理人室から出て、マンションの玄関脇にある〈管理人〉とプレートが出ている窓口に回った。そして垣元を呼んだ。

「なんですか？」

垣元が不審そうに言う。

「適当に話してください。今、部屋から出てきた人間の写真を撮ります」

「あ、なるほど」

垣元は張り切った笑顔になる。芝居をするのが楽しいようだ。

「ここの住所は、琴似のどのあたりになりますか？」

「ここはですね……」

垣元が、町内会の地図を広げて「ここが西区役所だから……」と言った時、エレベーターの扉が開いて、いかにもありがちな当節の女子高生、あるいは女子中学生か、よくわからないが、冴香よりはいくぶん年上に見える顔つきで、冴香よりは遥かに老《ふ》けて見える化粧の、冴香よりは果てしなくバカに見える娘が出て来た。制服を着ている。私が「女子高生」という言葉で思い描く服装とは全然違う、ファスト・フード店のウェイトレスのような服装だが、これが学校の制服なんだろう。右耳に携帯電話を当てて、「したって、誰もそんなこと気にしてないっしょや」と大声で喋りながら歩いて来る。私はピースを取り出し、「じゃ、山の手通りはどこになりますか?」と尋ねながら、カメラ付きライターのシャッターを三度切り、ピースに火を点けた。娘は、「なしてぇ～?　だってぇ～、ウチらぁ～、別にぃ～、わざとじゃないしぃぇ～」と大声で喋りながら、私の後ろを通り過ぎた。

ほかには、森が帰るまでの人の出入りはなかった。私は、森の部屋に頻繁にかかってくる電話の合間に、兄夫婦の家に電話した。冴香はいつも通り、夕食を兄夫婦の家で、恙《つつが》なく食べていた。帰りは何時になるかわからない、もしかすると泊まりになるかもしれない、と話した。冴香は、「まぁ、別にいいよ」と言った。私は、ちゃんと勉強をするように、テレビをあまり見ないように、忍と仲良くするように、伯母さんに迷惑をかけないように、といつもながら馬鹿馬鹿しいとしか言いようのない、お節介なセリフを並べ、「わかってるって!」と不機嫌な声で言われた。それから、義姉《あね》に替わらせ、娘をよろしく頼む、と言った。義姉も、「わかってるわよ」と言った。

午後七時四十八分、森がひとりで帰って来た。ドアが開き、閉じ、鍵をかける音がした。そしてガタガタドタドタと一連の音がして、それから留守番電話の再生が始まった。録音の声は、相変わらず聞きにくい。その合間に、森が「はは」と短く笑ったり、「なぁんでよぉ〜」とふてくされたように大声で言ったりするのが、なにかとても下世話な感じだった。私も二十代後半、という若い頃には、こんな青年だったのだろうか。断じて違う、と私は思った。もちろん、実際のところはわからないが。

そうこうするうちに、午後七時五十二分、森の部屋のチャイムが鳴った。森は留守録の再生を止めて、明るい声で「おう！」と答えた。そして、ドタドタと足音が響き、鍵を開ける音に続いて、「ジャンジャジャ〜ン！」「ま、入れや」というようなやり取りがあった。来客の声は、十代後半の娘、という感じだ。

「エイチャンでもぉ、人の目とかぁ、気にすんのぉ？」

娘の声が言う。

「あ？　なしてよ」

森の喋り方は、いかにも横柄だ。

「って言うかぁ、管理人のハゲとかのことぉ、気にしてるわけぇ？」

「したからよ、なんでよって聞いてるべや」

「だぁってぇ、いっつもそうじゃん、部屋に入る時は、別々だしぃ」

「それはお前……」

「恐《こわ》いもんなしとか？　いっつも言ってんじゃん、エイちゃんさぁ。なのにぃ、やっぱぁ、人の目とか？　そういうの、気にしてんのかなぁって？　思ってさ。なんか、違うかなぁって」

「お前なんかと違ってよ、大人ってのは、いろいろと大変なんだぞ」

「そう言うけどさ。ウチらも、結構苦労？　してんだよね。今の大人がさぁ、子供だった頃？

そんなんと全然違うんだよ。時代ってさぁ。チョー厳しいんだから」

森は大声で笑った。

「厳しいって、なにがよ」

「金ぇ、ないしなぁ〜」

「お前らはホント、金しかないのな」

「あったり前じゃ〜ん！」

「友達、いつ、連れて来んのよ」

「二万で四人は、やっぱ無理だって。そう言ってんじゃん」

そんなような話がだらだらと三十分ほど続いた。結局、娘が友人を新たに紹介する、という話の決着は付かなかった。それから、娘が五千円くれ、と交渉を始めた。森は最初のうち、「今日は、お前相手にその気はない」と突っぱねた。だが娘は、どうしても五千円必要だ、と言う。森は、「なら、全部脱いでフェラで一発抜くんなら三千円やってもいい」と答えた。娘は、三千円なら「手コキ」だ、と粘った。森は、「じゃ、別にいい」と投げやりに言う。それで娘は、三千円なら、全裸になって触らせるか、服を着たままフェラチオで射精させるかのどちらかだ、でも、五千円出してくれたら全部脱いで触らせて、フェラチオで射精させる、と交渉《じ》を続ける。森は、自分は別に今はそれほど射精したいわけじゃないから、どうでもいい、と焦らした。娘はよほどカネがほしいらしい。どうしても五千円くれ、と言う。そして結局、森が譲歩する形で、娘は全裸になり、体を森に触らせて、森にフェラチオを施し（コンドームなし）、そして精液を呑《の》む、ということで五千円を手に入れることになった。それから二十八分後に、娘は、森に感謝の言葉を述べて、部屋から出た。

私は、ライターをISO1600のフィルムを入れたものに取り替えて、さっきと同じ要領で、その娘の写真を撮った。娘は、さっきの娘とは違う制服を着ていて、小太りで、田舎臭い顔をしていた。

それから私は管理人室に戻り、再び兄の家に電話をかけた。そして冴香と話をして、早めに寝るように、と指示し、「もう。わかってるって。しつこいなぁ」と言われた。

十月の初旬で、それほど寒い夜ではなかった。だが、垣元が「それじゃ、私は今晩はこれで寝ます。よろしくお願いいたします」と言って彼の寝室に去った後は、妙に寒々しい気分になった。私は、数年前、生協で買った、今はすっかり型くずれしてしまったズボンとジャケットをハンガーに掛けて、シャツはくるくると丸めてバッグに収め、ブリーフにTシャツ、という姿で、持って来た寝袋に潜り込んだ。腹這《はらば》いになって、ふたつの握り拳を重ねた上に顎《あご》を載せ、機械のパネルで明滅する小さな灯《あか》りを眺めていると、しみじみ情けない気分になる。森はなかなか眠らない。ゴソゴソ動き回る音が聞こえ、電話が頻繁にかかってくる。森は、いかにも横柄な、卑しい口調でそれに応対し、相手の要求をはねつけたり、より以上のサービスの提供を押しつけがましく提案したりしている。

何度かうとうとして、はっと気付くとテープが停止していた。オート・リバースした後に、最後まで録《と》り切って停まったらしい。森の部屋は静まり返っているようだ。もう眠ったのかもしれない。だが、そうであっても、念のために録音は続ける方がいい。これからまた、電話がかかってくるかもしれない。もう充分材料は集めた、とは思う。これだけでもう、管理会社が森に退去を要請することは可能だろう。森が突っぱねれば、警察に告発することもできるだろう。そうではあるが、とりあえず、一晩か二晩、遺漏のない録音を用意するに越したことはない。

そんなことを考えながら、新しいテープに手を伸ばした。

四十代後半になって、周りに誰もいない、静まり返った午前一時や二時に、素面《しらふ》でいるのはいいことではない。妙に不景気な気分になり、どうでもいい、寂しいことばかりが頭に浮かび、鬱《うつ》病というのはこういう精神状態のことか、などと考えてしまう。しかも、森の下品な口調と卑しい話題を聞かされ、自分がそういう人間を覗《のぞ》き見し、盗聴して生計を立てている、という事実に直面しなければならない時はなおさらだ。

私は、努めて無感動に、事務的に、テープをセットした。その時、若い娘の声が聞こえて来た。私がうとうとしているうちに、部屋の中に入って来たのだろう、と思った。

「こう? 見える?」

「もっと広げれ」

森が、横柄な口調で命じている。

「丸見えじゃん。こんなの見て、面白いわけぇ?」

「余計なこと、言わなくていい。金、払ってんのはこっちだべや」

「そりゃそうだけどさ……」

「指入れてみれ」

「またぁ……前も撮ったじゃない」

声が途切れた。数十秒後に、今度は明らかに性交しているらしい喘《あえ》ぎ声が聞こえて来た。森が低い声でなにか言い、娘が、はっきりしないながらも、なにか必死になって話そうとしている。会話の内容ははっきりとは聞こえない。だが、まぁ、想像はつく。

なにか呟いているらしい森の声に、「ケケケ」という森の笑い声が重なった。

私は間違えていたようだ。娘が部屋に来たのではなくて、森は、以前撮影したビデオを再生して、眺めているのだろう。そのうちに、性交する男女の喘ぎや呻きに重なって、イビキの音が聞こえてきた。森は眠ったらしい。音声は、性交の声から、今度はまた別な娘の声に替わった。ブーンというバイブレーターのものらしい音が低く聞こえる。娘の大きな声が重なる。森が、低い声でまたなにか話しかけている。そして、森のイビキが重なる。

そのうちに、私も眠ったらしい。

4

翌朝、私は午前五時に目を醒《さ》ました。目覚ましをセットしたわけではないが、体が、自然に、必要な時間に目覚めるようになって久しい。実際に眠ったのは三時間弱、という感じだが、寝入る前にも何度かうとうとしたし、眠気はそれほど感じなかった。午前中にきっとまた眠り直すことができるだろう、と考えていたせいもあるだろう。近い将来にダメージを回復する機会がある、ということがわかっていれば、人間は、目下の疲れや困難に結構耐えられるものだ。

眠っているらしい垣元の安眠を妨げないように、静かに管理人室から出た。これは、前日から話してあることで、早朝に一旦帰宅することは垣元も承知している。紫色の朝の光の中を地下鉄琴似駅まで歩き、客待ちしていたタクシーに乗り込んだ。こういう時、いつも仕事を頼む太田さんの個人タクシーを使うことも多いのだが、太田さんも最近は早起きが辛くなったらしく、朝早くの依頼にはあまりいい顔をしなくなった。「夜遅くなら、何時まででもいいけど、朝はオレ、八時まで寝ていたいんだ」と言う。それでも、どうしても、と頼めば快く応じてくれるが、私も彼の体が心配だ。よくよくのことがない限り、最近は、早朝の仕事は頼まないようにしている。

誰もいない自宅に戻ったのが五時半。シャワーを浴びて、着替えを終えて、コーヒーを飲んで、一時間ほどのんびりテレビを見た。早朝のワイド・ショーでは、どこの局でも、和歌山県の保険金詐欺殺人疑惑の夫婦の、特に妻の方の映像がしつこく繰り返されていた。この、緩んだ体つきと、肉厚であっけらかんとした表情全体に漂う、どんよりとしたぬるい感じはなんだろう、と私は思った。〈悪〉も、現代はなにか、ぬるい。

六時四十五分になるのを待ちかねて、私は兄夫婦の家に電話をした。みんな、すでに起きていて、すぐに朝食が始まる、と言う。冴香もすでに起きているが、今は着替えの最中だ、と義姉が教えてくれた。

「で、これからいらっしゃる?」

もしも時間が取れたら、朝食を一緒に食べたい、と頼んであった。

「できたら」

「ご飯は、余計に炊いてあるわよ」

「じゃ、お邪魔します」

私は受話器を置いて、冷蔵庫を開けた。知り合いからもらった、大沼《おおぬま》の蓴菜《じゅんさい》の瓶詰めが手つかずで残っている。冴香は蓴菜が好きではないが、兄と義姉は喜んでくれるのだ。

いかにも家庭的な、典型的な日本の朝食を、和《なご》やかな「一家団欒《だんらん》」の中に交じって食べた。兄も義姉も、私が持っていった蓴菜を喜んでくれたが、これは、「今晩の御馳走にするわ」と義姉がいい、冴香と忍は「その方がいい」と口々に言った。

「これは、大人の味だからな」

兄が笑いながら言い、冴香が「私、ヌルヌルした食べ物、嫌いなの」と一人前のことを言った。

兄は、七時四十五分に出勤する。今年中学二年の忍はそれより五分遅く、そして冴香は八時に出ても間に合う。冴香を見送ろうかとも思ったが、その後、義姉と顔を突き合わせてお茶を飲むのもなにか変だから、出勤する兄と一緒に出かけることにした。兄は地下鉄で通勤している。大通《おおどおり》駅で降りて、歩いて十分ほどのところにある書店が彼の勤務先だ。五十歳で経理部長兼統括部長という役職が、相応なのか抜擢《ばってき》なのか窓際なのか、そのあたりのことは私にはわからない。だが、ひとつ確実に言えることは、兄の人生は、私とは違って、非常に堅実なものだ、ということだ。

「相変わらず、忙しそうだな」

地下鉄駅に向かう道すがら、お互いになにも話題がなく、だが別に沈黙が気詰まりなわけでもなく、並んでただ淡々と歩いていたのだが、それもあんまりツマラナイと思ったのか、兄がそう言った。沈黙はツマラナイかもしれないが、「忙しそうだな」という話題も、それに輪をかけてツマラナイ。私は、「ああ」と答え、だが、それではちょっと申し訳ない、と思い直して言葉を続けた。

「いや、それにしても、毎度毎度、世話になって。泰代《やすよ》さんにも迷惑かけてるよな」

泰代というのは、義姉の名前だ。

「気にするな。サヤちゃんがいると、忍が嬉しそうにしてるんで、オレも、泰代も、嬉しい。忍も、一人っ子だからな。食事のテーブルに子供が自分のほかにもいる、というシチュエーションが、えらく楽しいらしい。お姉さんぶって、一人前のことを言ってるよ」

「そうか」

「ただ、やっぱり、サヤちゃんは、ちょっと寂しそうだな。泰代や、忍がいても、やっぱり、限界はあるみたいだな」

渋滞というほどではないが、車道には車が途切れなく流れ、歩道にも黙々とした人の流れが続いている。空は暗く灰色で、空気はそれほど冷たくないが、湿っぽい。そんなぱっとしない世界の中で、兄のセリフは妙にしっくりと私の心の中にしみ込んできた。

「…………」

「今の仕事は、どうしても続けなけりゃならんのか？」

「……もう、ほかの仕事はできないだろう。オレも、もう四十七だし、就職口はないさ」

「そうでもないぞ。探せば、いろいろある……儲《もう》かるのか、今の仕事は」

「……まぁ、人並みに食える、という程度だ」

「人よりも、ずっと苦労して、な？」

「……まぁな。……それほどきついワケじゃない。ただ、ひとりだから、どうしても時間の面でな。不規則になるのは、仕方がない」

「あの事件さえ、なけりゃな……」

兄は、さり気なくそう言って、小さく溜息をついた。

兄が言っているのは、十年ほど前の事件のことだ。それまで、私は北海道日報という大手地方新聞の記者だった。順調にキャリアを重ね、何度か転勤して、社会部記者になり、組織暴力団をターゲットにしたキャンペーンを担当して、そして私は、どこか危険なボタンに触ってしまったらしい。非常に杜撰《ずさん》な罠にはまり、小学校五年生の女児を強姦した犯人として逮捕されてしまったのだ。誤認逮捕であること、罠にはまったことが明らかになるまでにそれほどの時間はかからなかったが、その間に、私は北海道日報を解雇された。容疑が晴れた後も、私の復職は適《かな》わなかった。妻は、冴香を残して私から去り、私は生活の手段を求めて、高校の時の同級生だった横山という男の、調査警備の会社に就職した。そして独立、というのが、私のこれまでの人生のおおざっぱな道筋だ。

兄が、「あの事件さえなければ」としみじみ呟くのは、理解できる。だが、私は、「あれさえなければ」とは思わない。あの事件で、私は、いろいろなことがわかるようになった。大手新聞社の記者だった時には見えていなかったことが、見えるようになった。いかにも親友、という態度だった人々が、苦境に落ちた私を見捨てた。その一方で、思いがけない人が、私を助けてくれた。妻にしても、あの事件がなかったら、もしかしたら今も、一緒に暮らしているかもしれない。冴香と三人で。そして私は、この女が、いざとなった時、私が新聞記者ではなくなり、苦境に落ちた時には、あっさりと私と冴香を見捨てる女だ、ということを知らずに、幸せに生きていたかもしれない。そしてまた、あの事件があったからこそ、私は、自分の兄と義姉が、こんなに親身になってくれる人間だ、ということを知ったのだ。それまでは、私はどちらかというと兄を軽んじていたと思う。真面目にコツコツと勉強をして、確かに本は好きで、子供の頃から読んでいたが、国語の教科書に出て来るような作家や、文学全集や、読書感想文推薦図書などを真面目に読むような、兄はそんな子供だった。高校時代、どちらかというと不良と言われるような遊び仲間が多かった私と比べて、兄は、そばにいてもアクビが出るほどに退屈な男だった。真面目に、学校の先生に言われた通りの受験勉強に取り組んでいた。映画は好きだったが、ちゃんと父親が決めた門限に遅れることなく帰宅した。私は、兄のことを、面白味のない、鈍感な、勉強だけが取り柄のツマラナイ人間だと思っていた。選んだ大学も、国立商科大学の経営学科で、つまり、学生時代の私にとっては、兄の選択は、すでに大学受験の時に、人生を諦《あきら》めて、適当なところで手を打った、というべきものだった。私は、兄を、軽蔑はしなかったが、心の底からツマラナイ奴だ、と考えた。

だが、私が困り果てていた時に、彼が差し延べてくれた援助の手は、真剣なものだった。そして、今でも、一家を挙げて、冴香の面倒を見てくれる。私は、兄の一家がいてくれるから、だから自分の仕事をすることができる。そのことが、今は痛切にわかっている。

「ま、あのことは、いいよ。……まぁ、そのせいで、そっちにいろいろと面倒をかけているわけだけど」

「面倒じゃないさ。ただ、さっきも言ったけど、サヤちゃんがな。……お前の話をいつもしてるぞ」

「え？」

「姉川さん、という人とは結婚するのか？」

「……そういう仲じゃないよ」

「そうか？　サヤちゃんは、期待してるぞ」

「…………」

「お前を見て、そして、サヤちゃんの話を聞いてると、探偵って仕事は、面白いんだろうな、とオレは思うよ」

面白い？　冴香は、どういう話をしているのだろう？　この兄が、なにをどう勘違いしたのか、私の仕事を面白いものだと考えるとは思ってもいなかった。

「だが、まぁ……」と兄は話を続ける。「他人を幸せにすることも、そりゃ非常に大切な仕事だけど、その前にまず、自分の幸せ、みたいなものを考えなくちゃな」

私は、いよいよ冴香がなにを話しているのか、わからなくなった。

「なぁ、冴香は、そっちで、どんな話をしてるんだ？」

兄は、しらばっくれるなよ、というような苦笑を浮かべて、それから、フッと笑った。

「照れなくてもいいよ。いろいろ、聞いてるよ。大変だな、と思うけど、その一方で、確かに面白いだろう、と思う」

「？」

私は、冴香の面目を潰すことを恐れて、この話題から逃げようとした。だが、別な話題がすぐには思い浮かばない。私がなんとなく黙り込むと、兄も黙ってしまった。私が、兄の意見を検討している、というように解釈したのかもしれない。

分厚い灰色の空から、雨がポツリと落ちてきた時、私たちは地下鉄への降り口に辿《たど》り着いた。

「雨になるかな。予報じゃそう言ってたから、傘を持って来たんだけど、正解だったな」

兄は、何となく嬉しそうにそう言った。天気予報に配慮したことが無駄ではなかったので、嬉しいらしい。兄の人生は、こういうささやかな幸せの積み重ねでできている。私はそう思い、そしてそのことを昔は情けないことのように考えていたが、今は、「それもなかなかいい人生じゃないか」と思うようになっていた。

「今は、どういう仕事をしてるんだ？　どういう事件、というのか……」

地下鉄の階段を下りながら、兄が小声で言った。その横を、えらく慌ただしい表情の若い娘が、髪を振り乱して、ボタンを留めていないスーツの上着をひらひらさせて、ヒールの高い靴で危なっかしくよろめきつつ、物凄《ものすご》いスピードでカッカッカッと駆け下りて行った。彼女に突き飛ばされた初老のサラリーマンが、慌てて手すりにしがみついて、憤慨と驚きの表情で娘の後ろ姿を見送った。

「今か。……ま、売春女子高生関連のケースだ」

「そうか。例の、援助交際とかいうやつか？」

「ああ」

「……普通は、こういう時は、娘がいる男は、他人事《ひとごと》じゃないな、と言うワケだよな」

「そうだね」

「でも、オレにとっては、他人事だな。忍に関しては、オレはそう思ってるし、信頼してるし、自信もある」

「それが一番だ」

「お前は？　そういう実例を見ると、冴香ちゃんのことが心配か？」

「いや」

兄は頷いた。私も頷いた。

兄は定期券を持っている。私は、カードを持っている。ふたりとも、切符の自販機には向かわずに、まっすぐ自動改札機を通過した。

「忍がな、……あれは、五つくらいの時かな。オレの誕生日の時、泰代が、『お父さんを驚かそう』かなんか言ったんだろうな。そんな気配は全然見せずに、朝、普通にオレを会社に送り出して、まるでオレの誕生日を忘れているようなふりをして、そして、夜は御馳走を並べて待ってたわけだ。で、オレが家に帰ると、いつものように忍が出迎えて、で、きっと泰代から、『驚かすんだから、話しちゃダメよ』みたいなことを言われてたんだろうな。でも、嬉しくて楽しくてしょうがないらしくて、……つまり、オレを驚かすのが、だぞ。で、オレの顔を見て、もう、ニコニコして、でも、話しちゃいけないから、両手で口を押さえて、その両手から、口の両端がはみ出すくらいニコニコして、首をすくめて、顔を傾けて、なんとかして笑わないように、と努力しながら、『おかえりなさい』と言ったんだ。今でも、その時の顔、表情を覚えてる。……可愛かった」

「………」

「で、その顔を見た時、どんなことがあっても、なにがあっても、オレは、この小さな女の子の父親なんだな、と思ったよ」

「なるほど」

「お前もわかるだろうけど、忍が、たとえ売春女子高生になっても、シンナー中毒になっても、ヤクザの情婦になっても、人を殺しても、なにがあっても、オレは黙って、忍の父親でいるわけだな、と思った」

「別に、そんなに不吉なことを並べることはないさ」

「まぁな」と兄は苦笑いを浮かべた。そして「どんな娘なんだ、売春女子高生ってのは。見ればわかるのか?」と尋ねる。

「ま、それぞれだろ。いかにも、いかにも、というのもいるだろうし、とてもそうは見えない、というのもいるだろうし。人それぞれだよ。なんでもそうだろうけど」

兄は頷いた。地下鉄がホームに入って来た。

ドアが開き、わたしたちは、ひしめく人々の流れに身を任せ、車両の中に進んだ。

「オレは、大通で降りる」

兄が言う。

「オレは琴似まで行くんだ」

私がそう言って、それで話題は途切れた。周囲にひしめくサラリーマンたちも黙って揺れている。大きな窓ガラスの向こうは暗い。兄と私が映っている。兄は、なにかを考え込んでいる。私の就職先をあれこれ思案しているのだろうか、と私はそんなことを考えた。

地下鉄東西線のバスセンター駅と大通駅の間は、とても短い。バスセンターを出て、ちょっと加速する間もなく、すぐに減速を始める。

「じゃ、オレはここで」

兄が言い、私は、「どうも、いろいろ。世話になった」と適当な挨拶《あいさつ》をした。

「別に。……おい、浩一」

いきなり兄が改まった口調で私の名前を呼んだので、思わず私も「はい」とマトモな返事をしてしまった。

「あのな……」

「どうした？」

「実はな、オレ、女に惚れたんだ」

「あ？」

「相手は、三十七だ」

「え？」

「オレも、相手も真剣だ」

「……ちょっと待ってくれよ」

「もちろん、オレも相手も、オレの家庭を壊すつもりはない。だが、恋愛感情は、真剣なんだ」

「いや、……あの……」

「泰代は、気付いてる。いつか機会を見て、きちんと説明しよう、と思ってるが、ま、そういうわけだ」

「……おい……」

大通駅のホームに滑り込む。

「で、泰代と忍と、三人の食事は、今、非常に辛い。空気がピリピリしててな。そんな時、サヤちゃんがいると、本当にホッとする。食事が楽しいんだ」

「いや、あのさ……」

「ただ、サヤちゃんが、居心地悪い思いをしていないか、それが心配だ。でも、ウチとしては、食事の時、サヤちゃんがいると、本当に楽しい。……辛いことから逃げているからだ、ということはわかる。だが、楽しいんだ、本当に」

「ちょっと待てよ」

地下鉄の扉が開いた。

「近いうちに、きちんと説明する。だが、とにかく、ウチは、サヤちゃんが来てくれるのは大歓迎だ。そのことだけ、言っておきたくて。じゃぁな」

兄は、言いたいことを言って、軽く会釈して、すたすたと人混《ひとご》みに紛れ込んでしまった。

あの兄が……恋愛感情？　真剣？
私はとにかく、心の底から驚いて、すでに見分けがつかなくなった兄の後ろ姿を、密集して流れる人混みの中に探した。

思いがけない新事実にうろたえながらも、仕事はきちんとこなした。〈ベルエア琴似〉に戻り、垣元の納戸に設置した機材の前で、音声を聞きながら過ごした。私が到着した時は、すでに森は出勤した後だった。テープを交換して、別なデッキで再生して聞いてみた。森は、朝は七時に起床し、慌ただしく身支度をして、七時半には出勤していた。その起床から出勤までの三十分間、森はほとんどずっと、自分が撮影したらしいビデオを再生していたようだ。それから、出勤前にちょっとゴソゴソと音が聞こえたのは、デッキからテープを取り出して、流しの上の戸棚にそのテープを収めたのだろう、と私は想像した。

それから、予定通り、午前中はうとうとしながら過ごした。だが、眠りは浅く、なにか聞こえたらすぐに目を開けたので、聞き漏らしたことはない、と思う。相変わらず電話が何本もかかってきて、いろいろな娘の声で、よく聞き取れないメッセージがいくつも録音された。これらを、その都度《つど》、時間とテープのカウンターの数字と並べてメモしておくわけだ。後で報告書を作る時に、二十四時間分のテープを二十四時間かけて再生するのはバカバカしい。

正午になり、どこかに食事に行こうかと思っていた矢先、ドアをノックして、垣元が入って来た。両手で、チャーハンのようなものを載せたトレイを持っている。

「どうも、ご苦労様です」

「あ、こちらこそ」

「畝原さん、お昼は？」

「ええ、これから、ちょっと食べに行こうか、と思っていたんですが……」

「そう思ってね。作ってきました。もしもよかったら、食べてください」

「ああ、これはどうも……」

チャーハンと、それからワカメスープを、壁際のステレオの上に置く。

「このステレオ、もう使ってませんから、テーブル代わりにしてください」

「はぁ……どうも、恐縮です」

「いやぁ、しかし、タイヘンですねぇ。このお仕事も。で、どうですか、やっぱり森は、やってますかね」

「ええ。間違いないようですね」

「そうですか。見た目には、普通の青年ですがねぇ……さ、どうぞ。お口に合わないかもしれませんけど、よかったら、食べてください。私が作ったんです」

「はぁ……」

琴似にも、おいしい料理屋はいくつもある。私としては、休憩も兼ねて、そういう店で食べたかったが、せっかくの好意を無にするのも心苦しい。垣元は、どうやら私が一口食べるのを待っているらしい。私はとりあえず、お付き合いのつもりで、ステレオの前にあぐらをかいて座り、膝《ひざ》の上にトレイを置いた。スプーンも用意されている。スプーンの頭はペーパーナプキンで包んであって、なんというか、細やかな心遣いが感じられる。

「じゃ、お言葉に甘えて、頂きます」

「どうぞ」

垣元は、嬉しそうな色を目に浮かべて、私を見ている。その視線を意識しながら、一口食べた。挽肉《ひきにく》と千切《せんぎ》り野菜と卵のチャーハンだ。と思って口に入れたのだが、挽肉だと思ったのは、引割納豆だった。思わず、「納豆ですか」と呟いた。

「そうそう」

垣元が言う。本当に嬉しそうな顔をしている。

「全然、においしないでしょ？」

「ええ」

「ぬめりもないでしょ？」

「ええ」

「これね、引割納豆を、水で洗うの。そうすると、においもないし、ぬめりもないし、おいしくなるんですよ」

「はぁ……」

私は、納豆のニオイが好きだし、粘りも好きだ。

「ね、ちょっとした工夫でね。納豆も、食べられるようになるわけ。納豆はね、体にいいから、食べなきゃ損なのね。実際には」

よくわからないが、垣元は、納豆が嫌いらしい。自分が嫌いな納豆を、食べられるように料理できたので、それが嬉しく得意なのだろう。ニコニコして出て行った。

マンションの三階に住む市の職員が、何人もの女子高生を相手に猥褻《わいせつ》なことをしている。そのマンションの管理人室で、中年の男と初老の男が、丸一日以上、一緒に過ごしている。盗聴をしつつ。そして、初老の男は納豆チャーハンを作り、中年の男は、その納豆チャーハンをあぐらをかいて食べている。……人生とは、つくづく、不思議なものだ。

その時、森の部屋のドアのロックが外れる音がした。ドアが開いて、誰かが入って来る。部屋の中を歩き、おそらく、ベッドにドシンと座り込んだらしい音が聞こえた。私は納豆チャーハンのトレイを脇に置き、右手で時間とカウンターの数字をノートにメモしながら、左手で携帯電話を取り出した。個人タクシーの太田さんの番号をプッシュする。太田さんはすぐに出た。

「はい、太田タクシーでございます」

「畝原です」

「よう。仕事か?」

「ええ。今、どこですか?」

「駅だ。札幌駅。助かるよ。今日は、全然ダメだ」

「琴似なんですが。〈ベルエア琴似〉というマンションです」

住所を言うと、やや考えたらしい間があって、「十分で行ける」と言う。この、やや考える間が、この頃とみに長くなってきた。それだけ太田さんも老けた、ということか。

「じゃ、お願いします。ただ、もしかすると、来ていただいても、すでに相手がいない場合もあるので……」

「ま、いいよ。そん時はそん時だ」

「で、メーター倒して、こっちに向かってください」

「ほう。それでもいいのか?」

「ええ」

「そうか。助かる。じゃ、九分で行くよ」

「前に着いたら私の携帯を鳴らして下さい」

私がそう言った時には、すでに電話は切れていた。それでもOKだ。太田さんは、手順はちゃんとわかっている。

垣元は、張り切って三階に向かった。手にはモップとバケツを持っている。それから暫《しばら》くして、携帯が鳴った。太田さんだった。

「着いたぞ」

「駐車場の奥に、入り口があるんですが」

「ああ、わかる」

「その脇に、管理人室のドアがあります」

「ああ、見える」

「そこにいますから。で、もしもマンションから女子高生風の娘が出て来たら、その後を尾《つ》けます」

「わかった。まだ中にいるのか?」

「ええ」

森の部屋の中で、『もののけ姫』のビデオが再生されている。来訪者が見ているのは間違いない。

「いつ頃になる？」

「わかりません」

「ずっと、メーター倒したまんまでいいのか？」

「そうしてください」

「わかった」

電話は切れた。

冴香が好きなので、私の家にも『もののけ姫』のビデオがある。冴香に付き合って、私も何度か見た。だから、今、どういう場面なのか、音声を聞いただけでもおおかた想像がついた。おそらくこのビデオは、森が、若い娘たちを自室に連れ込む、その道具の一つなのだろう、と思い至って、私はなんともいえないイヤな気分になった。

アシタカが、村を出てひたすら日本列島を南下西進し、赤鹿のヤックルと雄大な風景の中を行く、感動的な場面だ。劇的な音楽が私の耳にまで届いてくる。そこで、突然プッンと途切れた。ギッとベッドがきしみ、来訪者が立ち上がったらしい。

「さて」

幼さの残る娘の声だった。

「バカオヤジさんは、お留守で〜す！　勤め人はタイヘンで〜す！」

ヘンな節を付けて歌うように独り言を言って、それからトコトコと歩く音が聞こえた。ドアが開き、閉まる。鍵をかける音。

私の携帯が鳴った。二度鳴って、静かになった。垣元からの合図だ。私は立ち上がり、ジャケットに袖《そで》を通して管理人室から出た。管理人室から出て、そのまままっすぐ進み、停まっていた太田さんのタクシーに乗り込んだ。

「元気か？」

「ええ。太田さんは？」

「相変わらずだ。冴香ちゃんは？」

「元気でやってるよ」

「そりゃよかった」

娘が姿を現した。垣元が私の携帯を鳴らしてから後、この娘の前に出て来た人物はいない。経過した時間から考えて、この娘が、森の部屋の来訪者であることはほぼ間違いない。

「あの娘か？」

「ええ」

「あれで、いくつなんだ？」

「一応、着てるのは高校の制服らしいんだけど」

「あれがか？」

「ええ」

「……えらく可愛いじゃねぇか」

ぼってりだぶだぶとしたデザインの白いセーター、襟にはスカーフ。とても短いスカートは、緑の地に、黒と紺色の細かいチェック。ほとんど素足に見えるストッキング、ルーズ・ソックス。トートバッグを肩に掛けている。長く、顔の周りで鬱陶《うっとう》しく揺れる髪には、茶色と金色の筋がある。痩《や》せていて、足が長く、胸は豊かであるらしいことがわかる。化粧は濃い。口を閉じることは滅多にないらしい。鼻で呼吸ができないのかもしれない。だが、太田さんの言うように、確かに見てくれは可愛い。

「可愛いか。まぁ、そうだね」

「バカ、あの娘のことじゃねぇよ。制服のことだよ。あんな可愛い制服なのに、中身はお前、あばずれババァだ」

「でも、あれでも高校生なんだよ」

「別にその点は疑わないよ。オレだって、現代に生きる老人だ。今の十六や十七の娘の中には、あばずれババァがいるってのは知ってるさ。ホント、娘がいなくてよかったよ。……大丈夫だ。冴香ちゃんは心配ないから」

取って付けたようなことを言う。

「で、どうするんだ?」

「ちょっと様子を見てみる。このまま、歩いてどこかに行くんなら、私が徒歩で尾行する。太田さんは、適当に近くにいてくれ」

このあたりの呼吸は、太田さんは呑み込んでいる。

「で、もしも地下鉄に……」

と私が言った時、私たちのすぐ目の前に立っていた娘が、邪魔くさい髪を左右に振り広げつつ、右手を上げた。タクシーが停まり、ドアを開ける。娘は、腰を屈《かが》めて頭からもぐり込む、だらしない身のこなしで乗り込んだ。

「金は、まぁ、持ってるんだな」

太田さんが呟いた。

太田さんがタクシーを発進させた時、二台前に駐車していた紺色の古いコロナが、我々の後を追うように走り出したのには気付いていた。その後、ずっとそれに注意していたわけではない。私は、目の前の娘を追うのに神経を集中していたから。だが、車の中でふと気付く度《たび》、視野のどこかにそのコロナがいた。

娘は、平日の昼間だというのに、制服姿で街の中を歩き回った。大人たちも、ほとんど気にしていない。まず、タクシーで札幌の中心部、4丁目プラザまで行き、書店で雑誌をわりと熱心に立ち読みして、それからいかにも女子高生が好みそうな、安くてふざけた小物がびっしりと並んでいる店をぶらついた。店内には、制服を着た女子高生や、制服を着ていないが、おそらく同じような年配であろう娘たちがたくさんいた。私にはよくわからないが、娘同士、顔なじみであるらしい者もいれば、敵対関係、あるいは少なくとも緊張関係にある相手もいるらしい。お互いに軽く頷き合ったり、目を細めて口を歪《ゆが》め、憎々しげな顔つきを飛ばし合ったりしている。一度、三人連れの娘たちの方に近付き、「どきな」「うるせぇ、バァカ」「どけっつってるべや」「むかつくんだよ」という、早口の低い声が交錯した一瞬もあった。だが、お互いに声と言葉で威嚇《いかく》し合っただけで、暴力には至らず、離れた。まるで「野生の王国」かなにかを見ているようだった。

娘は、いかにも馴《な》れ馴れしい態度で店のスタッフと言葉を交わしたりもしている。和やかな場面だが、店のスタッフは、さりげない風を装いながら、自分の店の小さな商品が、娘のポケットに消える瞬間を見逃すまいとして緊張しているようだった。

そこらをいい加減に歩き回ってから、娘はエスカレーターで地下まで降りた。地下街に出て、大通駅のコンコースをぶらぶらして、そこらに不様《ぶざま》に座り込んでいる若い連中の間を流した。ここでもやはり、仲間と、顔なじみと、緊張関係にある連中の、三つのグループがあるらしかった。娘は、会いたい仲間がいて、その相手を捜しているようにも見えたが、客を物色している街娼のようにも見えた。そのどちらも正解なのだろう、と私は思った。

手頃な相手が見つからなかったらしい。娘は、地下鉄の切符を買った。私は目立たぬように気を付けながら、彼女のすぐ後ろに立った。二百四十円。そして改札を抜ける。私は後に続きながら、太田さんの携帯に電話した。

「太田タクシーでございます」

「今、地下鉄に乗る」

「ほう。どっちだ?」

「おそらく真駒内《まこまない》方面だろう。一番乗り場に向かってる。二百四十円だ」

「幌平橋《ほろひらばし》、平岸《ひらぎし》……」

「まぁ、もしかすると東西線に向かうのかもしれないが」

「わかった。やってみるさ」

「お願いします」

「コロナ、気付いてるか？」

「ええ。琴似から尾いてきてた……」

「だらしなく太ったデブだ。背は百六十五くらいかな。オレと同じくらいだ。体に合ってない、くたびれた背広を着てる。窮屈そうだ。色は平凡な灰色だ。ウネさんを尾《つ》けてるようだったぞ。あんたの後について、4プラに入ってった」

「わかりました」

私はさり気なくあたりを見回したが、それらしい人物は見当たらなかった。

「じゃ、降りたら電話くれ。とりあえず、オレは平岸を目指す」

予想通り、娘は平岸駅で降りた。西に向かう。私は太田さんの携帯を呼んで、そのことを告げた。太田さんは、「ああ、知ってる」と言う。

「え？」

「ちょっとおかしな按配になってな。今、ウネさんが尾けている娘の住んでるマンションの前にいるんだ」

「え？　どういうこと？」

「例のコロナのデブな。あいつが、ニヤニヤ笑いながら挨拶しに来てよ」

「え？」

「ま、詳しい話は後だ。すぐに会える」

電話はぶっきらぼうに切れた。

どういうことだろう。

とにかく、私は娘の後について、家が建て込んでいる街をゆっくりと進んだ。風は冷たいが、空は青く晴れていて、日差しが柔らかかった。街全体も、どことなく気持ちよさそうにまどろんでいる感じだ。そんな世界を、口をポカンと開けた厚化粧の娘が、ふにゃふにゃした感じで、いかにもかったるそうに前に進んで行く。

人通りが途切れて、天神山《てんじん》の麓《ふもと》の林に出た。緑に面して建つレンガ色の「高級マンション」の前に、紺色の古ぼけたコロナと、太田さんの個人タクシーが駐車している。娘は、それには全く興味を示さずに、マンションの入り口に向かった。ガラスの自動扉が開く。娘は中に入り、オートロックのパネルに数字を打ち込む。私はそれを眺めながら、太田さんのタクシーに向かった。助手席に、くたびれた灰色のスーツを着た、太った男が座っていた。

5

〈警友ネットワーク加盟（財）警察庁退職者友愛協会厚生会協力　全日本調査興信センター
東日本情報局統括部　北海道総本部　札幌中央本部Ⅳ　AAAA調査局情報センター　特別顧問　柾越芳徳〉
デブは、やたらと前書きと肩書きの多い名刺を差し出した。名刺の右肩には、金色の桜のマークが印刷してある。同業者にこういう名刺を差し出す探偵は、なかなか珍しい。しかも、恥ずかしさをなにも感じていないらしい。どういう男なのだろう、と私は不思議に思った。

私と柾越《まさこし》は、近くにあったファミリー・レストランのテーブルに、向かい合って座っている。太田さんはタクシーに乗ったまま、駐車場にいる。私は、「コーヒーを飲まないかい？」と誘ったのだが、太田さんは「あいつとか」と露骨にイヤな顔をして首を横に振った。だから私は、テイク・アウトのコーヒーをひとつ注文して、太田さんの所まで運んだ。

「ま、そんなわけで。御同業ですよ」

柾越が、ニヤリと笑いながら言う。

「はぁ」

「ま、そんなわけで、ちょっとお互いにとって最善の選択肢を選ぼうじゃないですか、というわけなんですよ」

「最善の選択肢」

「ええ。お互い、いろいろと都合があると思いますんでね。ま、そんなわけで、ちょっと情報交換でも、ということですな」

「どういうことだろう」

「……畝原さんは、この件に着手なさったのは、いつ頃ですか？」

私の名刺に目を落としながら言う。

「なぜ？」

「どこまで事情を御存知かな、と思って」

「それが、あなたになんの関係があるのだろう?」

「ははは。関係、ね。そりゃあるでしょう。調査の最中にバッティングしたわけだから。無関係じゃないでしょう。ま、そんなわけで、ちょっと……」

「どんなわけになるのか知らないが、私は、依頼人から受注した内容を調査して、その結果を、報告するだけだから」

「いや、もちろん。それはそうです。弁《わきま》えてますよ。ま、そんなわけで、それを踏まえた上で、より一層のいい展開を望める、ということなんだけど」

「さっきから、なんの話をしているんだ。わかるように話すか、それとも、下らないお喋りはこれで切り上げて、お互い仕事に戻るか、どっちかにしないか?」

「誰から、どんな内容を依頼されたんだろう、畝原さんは」

「あなたには全く関係ないことだ」

「そりゃね。わかりますよ。当然のことです。ま、そんなわけで、それを踏まえた上で、ちょっと同業のよしみで、教えてもらえませんかね」

「お断りする」

「森の父親ですか、依頼人は」

私は黙って、無表情を維持しつつ、柾越の目を見つめた。

「違う。じゃ、あのマンションの管理人?」

「………」

「なるほど。それも違う。じゃ、区役所からですか?」

「…………」

「区役所から、ダイレクトじゃないにせよ、あの森の上司から、とか……」

「…………」

「教育委員会？　その関係？」

「…………」

「まいったな。ま、そんなわけで、ちょっと本当のところを教えていただけませんか」

「お断りする。…それに第一、相手にものを尋ねる時は、まず、自分から話をするものだ」

「なるほど。ま、正論ですな。正論、と……。ま、そんなわけで、私としては、依頼人は、あの娘の父親である、と。父親、というか、両親ですな。娘のようす、生活態度がどうもおかしい、と。で、三日ほど尾行してみてくれ、と依頼されましてね」

「なるほど。だとすると、あなたの仕事と、私の仕事は、偶然あのマンションの前で重なったけれども、ほとんど関係はない。お互い、相手のことは忘れて、自分の仕事をやろう」

「いや、それがね。……ま、畝原さんを見込んで、ちょっと詳しい話をしますがね、なかなかおいしい話に化けそうなんだな。というのもね、あの森英司の父親、というのが、元校長でね。高校の。道教委ともツーカーでね。でも、あの森英司はデキソコナイさ。元校長は、現役時代からずっと、あのバカ息子の尻拭《しりぬぐ》いでてんてこ舞いだった。高校も、公立の最低校をやっと出た、というクチだ。分数の計算も、きちんとはできないんじゃないかな」

「…………」

「ま、そんなわけでね。父親は、コネをフル活用して、区役所に押し込んだ。臨時採用で入って、とりあえず大過なく三年ほど勤めて、……大過なくってのも、どんなもんだかね。まぁ、そんなわけで、その三年の間に、なんとか資格をくっつけてね。で、正規に市の職員として採用されて、今は福祉の方を担当してるわけなんだけどね。ああいう男に福祉の仕事をさせる、というのは、どういう神経なのかな」

「私の仕事には、ほとんど関係ないことだ」

枉越はたるんだ頰《ほお》を歪めてニヤリと笑った。

「まぁね。ま、それでもいいですけどね。ただ、我々は、警官でもないし、裁判官でもない。人を裁いたり、正義を体現したり、そんなお節介なことをしようとは思わないわけでしょう？ 違いますか。畝原さんはちょっと違う？」

そう言って、またニヤリと笑った。私は思わず溜息をついた。

「それぞれの人間が、大義名分で動くような社会は、これはどうしようもない。病んだ社会ですよ。ところが、今の日本は健康だ。ひとりひとりの人間が、自分の幸福を追求する。そうすることによって、社会が健全に、機能し、発展するわけです。そこがポイントでしょう」

こういう平凡なタワゴトに付き合うほど、私は気が長くない。太田さんは実に正しい判断を下した、と感心した。

「失礼する。あなたの話には興味がない」

「まぁ、そう焦らずに。絶対イイ話なんだから。関係者全員が、幸せになれるわけです」

「………」

「私の、この件の元々の依頼人、つまり、あの娘の父親に関しては、もう、なにも問題はない。

ま、一番ストレートで能のないやり方としては、事実ありのままを報告して、あの父親を地獄の中に叩き込む、ということになりますな。ま、別にあの娘が特別だ、というわけじゃない。ありふれた話です。万引き、チャチな薬が少々、売春。あと、カラオケボックスでの乱交、と。あ、それから、いわゆる組織暴力団の予備軍との交友関係。ま、そんなところね」

そして私の目をのぞき込んで、再びニヤリと笑った。私は無言のまま、柾越を眺め続けた。

「どうなんでしょうなぁ。ここで、父親に事実を報告して、あの家庭を不幸のどん底に突き落とすことが、果たして正しいのかどうか。……というのはね、ま、この娘は、ゴミ溜めの中に首までどっぷり浸《つ》かってますけどね、こういうのには、二種類あってね。そのままズルズルとゴミ溜めに沈んで、そっちの世界で生きて行くことになる人種と、するりと鮮やかに抜け出して、明るい大通りを普通に幸せに生きて行く人種とね。不思議なことに、この二種類にキレイに分かれるんだな。そして、ゴミ溜めに沈み込む人種は、周りがいくら努力しても、手を尽くしても、ゴミ溜めの中にどんどん深く沈んで行って、救い出すことはできないもんなんだな。逆に、抜け出す人種は、相当際《きわ》どいところまで行っても、結局、あっさりと出て来る。この場合は、周囲の介入はあまり意味がなくてね。本人が潮時を自覚すれば、自然と止まるもんなんだな」

「………」

「ま、そういうわけでね。この場合、どうすべきか、いろいろと考えるわけだ、私は。依頼人に事実を話す。彼を不幸のどん底に陥れて、地獄の苦しみを経験させて、家庭が滅茶苦茶になったとしても、あの娘が沈んで行く人種なら、無駄なことだ。一方、あの娘が抜け出してくる人種だとしたら、やはり、父親に事実を知らせるのは余計なお節介、ということになりゃしないか、と。放っておけばそのうちに抜け出して来るのに、ここで事を荒立てては、将来の可能性が潰れてしまうかもしれない。ね？」

「……………」

「と、そこまで考える。なにしろ、私もいろいろな人種を見て来てるから」

最初に感じた不快感が、どんどん増して来た。この男は、自分の利益を即座に計算して、それから、その利益を正当化する理屈を即座に組み立てることができるタイプの人間だ。

「で、ということであれば、まぁ、こっちがわの問題は解決する。父親には事実を教えない。

真面目な娘さんですよ』ということで、安心させる。そして、娘の方には、少なくとも私が事実を知っている、ということを知らせて、とりあえず今回はお父さんには話さないから、『真面目な生活を送りなさい、と忠告する。この次は、お父さんに知らせるからね、と言ってね。娘が、沈んで行く人種なら、これでも役に立たないのはわかってるさ。同じ事を繰り返して、いつかは両親にバレて、騒動になる。ま、それは仕方がない。だが、娘が抜け出す人種なら、これがきっかけになって、彼女も立ち直るかもしれない」

自己正当化とお為《ため》ごかし。こういう人間の得意技だ。

「で、それはそれでいいとして、問題は、森だ。こいつは、ちょっと困る。……ま、私は警官でも裁判官でもないから、相手がいくらこういう人間であっても、それを裁く立場にはない。そりゃそうだ。でもね、どうもこの……義憤、というのかな。怒りを感じるわけね。でも、そんな怒りを、大義名分を振りかざしてどうにかしよう、と思うほど、私は厚かましくないしね。

……で、さっき言った、人間ひとりひとりの幸福追求、という点から、アプローチしてみよう、と決めたわけだ。要するに、父親の方からね」

やっと、話がポイントに差し掛かった。長い無駄話だった。

「森の存在、森がしていること、これを公に暴露してしまうのは、簡単さ。でも、そうすると、あちこちが大変なことになるのは目に見えてる。ね？ まず、娘たち。警察が捜査に着手すれば、何十人もの娘たちが、事情聴取されるだろう。そこらへん、警察は、それほど神経を使わないからね。それぞれの家庭で、いろんな騒動が持ち上がるだろうな。彼女たちが通ってる学校でもね。……それから、区役所。ああいう職員がいた、ということがそもそも大問題だろうけど、ちょっと小あたりに調べてみたら、もう、いろいろと出て来るわけだ。あの森は、自分が担当している福祉受給者から、細かくあれこれと金をチョロまかしてるね。私が、ほんの半日当たってみただけで、四件くらい、すぐに手応《てごた》えがあったからね。全体となると、チリも積もればってやつで、相当な金額になるんじゃないかな。あと考えられるのは、健康食品とか羽毛布団なんかを扱う悪徳商法の業者ね。そいつらに、森は名簿を売ってるようなんだ。ほかにも、いろんな名簿に手を出してるみたいだし。そんなのがボロンと明るみに出たら、こりゃもう目も当てられない、と」

「そういう事実があるなら、それは公表せざるを得ないだろう」

「あ、うんうん。そう、その通り。それはそうさ。事実を隠蔽《いんぺい》させてやろう、なんてことは、別に私は考えちゃいないんですよ。ただ、時間差ってのがね。タイム・ラグ。これが、この場合かけがえのないものでね。区役所の幹部が全然知らないで、いきなりマスコミに暴露される、というのは、やっぱり、困るわけ。区だの市だのが、ちゃんと事実を把握して、本人から事情も聞いて、その処分とか善後策とかをおおむね決めて、それから市役所区役所主導で、事態を公表する、と。それが非常に重要なわけだ。いきなりスクープされて、対応におろおろする、というのは避けたい、と。つまりあれだ、市長がいきなり質問されて絶句する、というのは最悪なわけ。望ましいのは、『その件については報告を受けて驚いている。このようなことは絶対にあってはならないことで、云々』てな談話を即座に出せるような用意をしておきたい、と。まぁ、そりゃそうだよね」

「だからなんなんだ。依然として、私にはなんの関係もない話だ」

「いやまぁ、それで、そういうわけで、ここで登場して来るのが父親でさ。私だって、警官でも裁判官でもないんだから、あの森を刑務所に入れることが目的じゃないんだから。関係者がみんな、それぞれに利益を得られるような解決方法があれば、それに越したことはない、と。違うかな？」

「………」

「やはりこのケースの場合、森を守るために一番熱心になるのは、やっぱり父親でしょう。彼が奔走すれば、まず、娘たちを表に出さずに、うまく森に、こういうことをやめさせることができるだろう、と。それから、区役所や市役所の方でも、ひっそりと森を懲戒解雇して、態勢を整えて、対策を確立してから、事実を公表する、という穏やかな処置がとれるだろう、と。少なくとも、そのための時間を稼ぐことができる。森の将来も、ある程度救いの余地を残しておけるかもしれない。どうですか？」

柾越は、落ち着きのないようすで、べらべらとしゃべり続けたが、ここで突然、私の目をじっと見つめた。私はいい加減胸が悪くなりかけていたが、とりあえずはその目をできるだけ平静に受け止め、問い返した。

「どうですか、とは？　依然として、私には全く関係のない話としか思えない」

「森の父親ね、その元校長は、五百万までなら、出しますよ」

「………」

私は思わず顔をしかめたらしい。柾越は、「ま、そんな顔をせずに」とのしかかるような口調で言って、私のしかめ面を押し潰すような、非常にくどい笑顔になった。

「この元校長は、勲章が欲しいらしくてね。仲良しの自民党道議を通じて、いわゆる文教族のひとりと目《もく》されている代議士に、毎年百万円の寄付をしてるわけだ。真面目な顔してね。で、その長年の努力が実を結ぶってワケで、まぁ、来年は無理だろうけど、あと三年生きれば、きっと叙勲される、というところまで、なんとか漕《こ》ぎ着けたらしいんだな」

「………」

「あんたそんな顔するけど、畝原さん、ちょっと考えればわかるでしょう。我々ふたり、おのおの二百五十万手に入れる。で、娘の家庭は平穏なまま過ぎ、ほかの娘たちのプライバシーも守られる。中には、これをきっかけにマトモになる娘も出て来るだろう。で、区役所も市役所も、充分な対応に必要な時間を稼ぐことができる。父親は、勲章への長年の努力をパァにすることなく、希望を持って長生きできる。もちろん、森英司も、ま、更生するチャンスを与えられる。まだ彼は若い。その将来性、というか可能性を摘み取るのは、ちょっとどうか、と。

ね？　関係者それぞれが、みんな利益を得られるという、これは最善の選択肢じゃないですか」

「そっちはそっちで勝手にやればいいさ。何度も言うようだが、私には関係ない」

「いや、そこで問題になるのが、畝原さんは誰に依頼されたのか、ということでね。区役所や、教育委員会の線はないな、とは思います。そう思ったから、ここまでお話ししたわけで。それから、森の父親からでもないようですな。父親のことをほとんど知らないようだったから。とすると、あのマンションの管理人？」

「…………」

「あるいは、まぁ、別な娘の親、という可能性もありますね」

「…………」

「ま、いいです。で、ま、そういうわけで、横から余計な情報が入ると、すべてがぶち壊しになっちゃうんでね。全体を丸く収めるためには、どうしたって、私と畝原さんの協力が必要で……」

「邪魔はしないよ。私は、私のすることをするだけだから」

「それが、邪魔になる、という可能性もあるんだよ。わかるだろ」

「…………」

「きれい事を言うなよ。あんただって、オレと同じだ。金のために、この仕事をしてるんだろうが。金をもらうために、浮気調査だのなんだのしてるわけだろ。他人のデートを尾行して、ホテルの壁越しにウフンアハンを盗聴して録音して、ゴミ箱をあさって領収書や手紙を探して、ウソの電話をかけてネタを引っ張ったりしてるわけなんだろう？　金のためだろ？　それとも、あんたはボランティアで盗聴してるのか？」

「……とにかく、そっちの邪魔はしない。それは約束するが、協力する気にはなれない」

「考えるまでもないだろう。関係者全員が、必要以上に辛い思いをせずに済んで、そしてオレとあんたは小遣いがもらえる。おいしい話だと思わないか」

「別に、おいしい思いをしなくても、私は充分に生きていける」

「こりゃ傑作だ、ハッハハハハ！」

柾越は大声で笑った。あちこちで、人々が首を回して我々の方を見た。柾越は、初めのうちは手放しで笑っていたが、そのうちに喉に痰《たん》が絡んだらしく、激しく咳き込んだ。慌ただしい手つきで背広のポケットからポケット・ティッシュを取り出し、それを口に当てて「ゲホッゲホッ」と何度か繰り返し、ようやく落ち着いた。そして、ティッシュを広げて、自分の痰をしげしげと見てから、小さくたたんでテーブルの上の灰皿に捨てた。

「ま、そういうわけで」

何事もなかったかのようなのっぺりとした顔になって、柾越は続けた。

「そのあたりのこと、ちょっと考えてみてくださいよ。無理に、とは言いませんが。畝原さんとしても、きっと、依頼人と相談した方がいいんじゃないかな。もしかすると依頼人さんのほうが、乗り気になるかもしれないし。そっちの方には、私はタッチしませんから。どうせ、依頼人に報告するんでしょ？　で、どうすればいいか、と判断を仰いでみたら？」

柾越はそう言ってから、またくどい笑顔になって、「子供の使いですな」と言った。私は、別に腹を立てなかった。

「じゃ、そういうわけで」と柾越は立ち上がり、伝票に手を伸ばしながら「ご心配なく、割り勘にしましょ。その方がいいんでしょ?」とわざとらしく言う。

「奢《おご》られるのはイヤだが、奢る筋合いもない、というワケでね。あの、タクシーの運ちゃんの分はどうします?」

「私が払う」

「OK」

ファミリー・レストランから出た途端、柾越は「カーッ!」と喉を鳴らし、足許に痰を吐いた。それを靴の底でザッと地球になすりつけてから、「じゃ、そういうわけで。御連絡、お待ちしてます。私としては、あの森に、一度だけチャンスをやりたい、というだけの話ですから。できたら、あの森と父親に、冷静な話ができる場面を作ってやりたい、と。そういうことです。明日の夜までに御連絡がなければ、私の方からさせて頂きます。状況の御報告なども交えてね。じゃ、よろしく」

ひょい、と首をすくめるような仕種をして、柾越は、そのだらしなく肥満した体を、古ぼけたコロナのほうに運んで行った。

私が近付くと、太田さんがすぐに気付いて後部ドアを開けてくれた。

「長かったな」

さも不快そうな顔つきで言う。

「よくしゃべる男だった」

「よく我慢できたな」

「そりゃね。まだ、太田さんよりも若いもの。オレは」

「オレはホント、年取ってて幸せだ」


〈ベルエア琴似〉の前で太田さんと別れ、管理人室に入って、垣元と話し合った。込み入った話だったが、さすがに長年サラリーマン勤めをして、込み入った問題を処理してきただけあって、垣元はすんなりと状況を、柾越の意図も含めて理解した。

「その柾越という探偵は、要するに、森の父親を脅迫する、ということなんでしょうか」

そう尋ねる垣元の口調には、不快さはあるものの、恐れのようなものはなかった。こういう交渉の経験をある程度は持っているのかもしれない。

「その可能性もありますが、どうも柾越もそこまでは考えていないような気がします。まぁ、状況によっては、いきなり牙を剝《む》く、というタイプかもしれませんが、少なくとも、今の段階では、そこまで荒っぽいことを考えてはいないでしょう。……というか、元校長、という人間は、そんな荒っぽいことをしなくても、すぐに怯《おび》えて、進んで金を出す場合が多いので、柾越も舐《な》めている、という感じがしますね」

「脅す必要はない、と？」

「ええ。事情を教えてやって、それからまぁ、『いろいろと経費もかかりまして』程度のことを穏やかに切り出せば、友好的な雰囲気の中で、数十万にはなるだろう、と判断していると思います」

「でも、その探偵は、五百万、と言ったんでしょう？　あ、そうか。はったりか。……なるほどね。まぁ、そんなところでしょうね」

「どうしますか？　私としては、このテープと、それから報告書を垣元さんに提出すれば、それで終わりです。もう、これ以上の調査の必要もないでしょう。森が、どういうことをしているのか、ということは、昨日今日で一目瞭然ですしね。これだけで、管理会社としては、森に退去を通告することができるでしょう。森が抵抗するようであれば、警察に話をすればいい。基本的には、我々は、柾越のことを気にする必要はないわけです」

「ええ、そうですね。それはわかりますが……どうなのかな。どうなんでしょう、その柾越という男は、なにかバックのようなものを持っているようですか？」

「後ろ盾としてのヤクザ、とかですか？」

「ええ、まぁ……そんなような」

「どうでしょうかね。それほどの男には見えませんでしたけどね」

「こちらとは無関係、ということですっぱりと手を切るとして、後腐れの方はどうでしょう？」

「それほど心配する必要はない、と思いますよ」

「なるほど。……じゃ、あとは、森の将来の可能性ですね」

「ええ」

「……私も、このところちょっと考えていたんですけどね、……その、ま、森を退去させる、と。それはもう簡単でしょう。ただ、森が、どこかに引っ越して、そこでマトモに暮らすとはちょっと思えませんね」

「ええ」

「引っ越し先で、同じようなことをする。と、きっとそのうちに、児童福祉法違反とか、道の条例違反、あるいはもっと大変な、強制猥褻とか強姦とか、あるいは覚醒剤だの大麻だの、そんなもので逮捕されるかもしれませんね」

「このまま、あの男がどんどん腐っていくのであれば、当然そうなるでしょうね」

「それに、今のお話を伺うと、区役所の福祉課での横領だのなんだの、いろいろと悪事を重ねているわけですよね。そういうことが、いつかは明るみにでるでしょう」

「柾越の話を頭から信用するのもどうかな、とは思いますけどね。でも、もし彼の言うことがおおむね事実であれば、そういつまでも暢気《のんき》にやってはいられないでしょうね」

「で、もしも森がなにかのきっかけで逮捕されたりした時、なにかの拍子に、私なり、あるいは〈ベルエア〉なりが、森のやっていた悪事を知っていながら、ただ退去させただけで、……つまり、自分のところから厄介払いしただけで、あとは見て見ぬふりをしていた、ということが知れ渡る、ということは考えられるでしょうか」

「さぁ……その可能性は、なきにしもあらず、ではありますね」

「う～ん……そこがなぁ。そういうケースは珍しい話じゃない、非常に多い、とは思うんですよ。思うんですがねぇ。……特に、〈ベルエア〉は、全国にたくさんマンションやビルを持ってますからね。こういうケースは、ごくありふれてはいる、とは思うんですけどね……」

「はぁ」

一瞬、私は垣元が何を心配しているのか、理解できなかった。

「いえ、つまり、私が気にしてるのは、なにしろ不景気ですからね。マンション業界は、不振です。で、ちょっとしたミスが響くんですね、評判に。そんなこと、私が気にしてどうする、と思いますけどね。でも、やっぱり、それなりの愛着はありますから。〈ベルエア〉にロイヤリティを感じている、というのではなくて、その……このマンション、に、というのか。……今は、評判が敏感に入居率に響くそうなんですよ」

そして垣元は、いくつかの大手マンションやビル建設・管理会社の例を話した。手抜き工事が明らかになって、いきなり新規入居者が全国的に激減したケース。それから、入居者同士の騒音トラブルで殺人に至った事件。これは、片方の家族が、管理会社に苦情を申し入れていたのだが、面倒を嫌った管理会社があいまいに放置して、その結果、惨劇を招いた。このケースは、ライバル会社に徹底的に利用され、「当社のマンションは、あそことは違って、管理体制がきちんとしております」というセールス・トークの引き合いに出されて、これも業績低下に相当つながったらしい。逆に、ストーカーに悩まされていた入居者に協力して、防犯カメラなどを駆使してストーカー行為の証拠を集め、相手が逮捕されるまで入居者である若い女性をバックアップし続けた某社は、全国都市部の女性向けマンションの成約率が目に見えて良くなったという。

「マスコミの報道は、思わぬところで思わぬ影響が出るんですよ。ストーカー逮捕の場合は、まぁ、おそらくタイ・アップもあったんでしょうが、女性週刊誌で派手に取り上げられましたからね。そんなこともあって、都会の単身女性には、非常にいいイメージが浸透したようです」

「なるほど」

「ええ。そういった例も多いですからね。だから、札幌の、琴似の事件であっても、全国展開をしている〈ベルエア〉にとってはけっこうなダメージになることも考えられるわけです」

「…………」

「ですから、ここはひとつ、思いがけないところから綻《ほころ》びるよりは、ここで毅然《きぜん》とした態度を示す方がいいか、とも思ったりね……」

「はぁ」

「でも、やっぱり、事件は、できれば穏便に済ませたい、とも思うし」

「はぁ……」

「難しいところです」

このあたりの判断は、依頼人に任せるしかない。ただ、私としては、やはり警察に通報した方がいいだろう、と思う。だから、個人的な意見としてそう言った。

「そうなんですよね。私も、そう思う。それで、たとえ森の将来が滅茶苦茶になったとしてもね。この森という男は、真っ当に暮らす資格も権利もないようだし」

そこで垣元はやや考え込んだが、「とにかく」と言って、頷いた。

「会社と相談してみます。私の考えも、ここですっきりと警察に話をした方がいい、ということです。ただ、やはり事が事ですから、会社の判断を仰ぎます。その柾越氏の事も含めてね。

あまり関わらない方がいい人間、という感じがしますけど」

「私もそう思います」

「ここで警察に通報する、と決めたら、その柾越氏の邪魔をすることになるわけですね」

「でも、そのへんは、考慮する必要はないでしょう。基本的に、我々とは関係ない話ですから」

「畝原さんの方は？　それで大丈夫？　なにしろ同業者ですからね。後々、話がややこしくなるようなことはない？」

「ないでしょう。それに、もしもそういう可能性があったとしても、そちらとは関係ないことです。私自身の問題、ということになりますからね。垣元さんとも、〈ベルエア〉とも関係のない話です」

垣元は、にっこりと笑顔になった。

「なるほど。いや、しかし、細居には本当にいい人を紹介してもらった」

調査はこれで終了、ということになった。森を退去させるための材料はもう充分手に入れた。また、もしも警察に話をするのなら、私が集めたような材料は、証拠能力を持たない。警察が、自分たちで証拠を集めるだろう。どちらにしても、私がもうこれ以上、この管理人室の納戸に立て籠《こ》もる必要はなかった。当初の取り決めよりも一日早く調査を終えたが、垣元は、最初に決めた金額を支払う、と言ってくれた。私はそれを辞退し、計算をし直して、少し安くなった金額を書いて請求書を渡した。こういう時、値段を決める時、私はいつもちょっと躊躇《ちゅうちょ》してしまう。未《いま》だに慣れることができない。探偵商売には、値段の根拠がないからだ。

「それじゃ、できるだけ早くに方針を出して、どのようにするかは、私の方から畝原さんに御連絡いたします」

本来は、その必要はないが、やはり、そうしてもらった方がありがたい。それによって、私も柾越への対応を選ぶことができる。

盗聴・録音機材をバッグに詰め込んで、管理人室の電話で、近くのタクシーを呼んだ。太田さんのタクシーを使うわけにはいかない。駐車場の奥、管理人室のすぐ近くに止めるように頼んで、コートを裏返しにして待った。これはリバーシブルで、紺色のコートを裏返すとカラシ色に変身する。そして、すぐにやって来たタクシーに素早く乗り込んだ。

柾越は、ファミリー・レストランからここまでは尾けて来なかった。それは、断言できる。だが、私がここに戻る可能性を考慮して、どこか近くに隠れてこのマンションを見ているかもしれない。私としては、やはり、依頼人が誰であるか、なるべく知られたくなかった。

垣元は、やや頼りない感じはするが、それでも、私にできる範囲で、責任を持って守るべき人物だ。私はそう思った。

おそらく、柾越はひとりで営業しているのだろう、と私は考えていた。理由はない。ただの勘だ。もしかすると、あの名刺の肩書きに麗々しく並んでいた、ほとんど意味のない名称の組織のどれかの仕事を請け負ったりもしているのだろうが、基本的には、金の匂いを嗅いで回って、「おいしい」ニオイがするところに突っ込んで行く、というタイプに思えた。だが、手勢を持っている可能性も皆無ではない。だから慎重を期して、ススキノを経由してもらい、三方向から車で出入りできるラブホテルに車ごと入って、そのまま突き抜けてもらった。これで、おおむね、平凡な尾行はかわすことができる。そのまま菊水の私の賃貸マンションに向かった。タクシーに待っていてもらい、部屋に機材を置いてから、兄の家に向かった。すでにあたりは暗くなっていたが、夕食には間に合う時間だった。前もって電話しておこうか、とも考えたが、いきなり行って冴香をびっくりさせてみることにした。

私が突然訪れたので、冴香よりも兄の方がびっくりしたらしい。今朝の会話を気にしていたのか、私が何らかの意図を持って夕食の団欒に乗り込んで来た、というようなことを考えたらしい。いかにも小心者の兄らしい反応だ。和やかな笑顔で歓待してくれる忍や義姉の向こうで、問いかけるような表情で首を傾げて見せる。

「予定よりも早く仕事が片付いたんでね。冴香を迎えに来るついでに、ちょっと御馳走になろうと思って」

「そうか。ビール、呑もう」

どことなくうわずった態度で、そわそわと酒の支度をしようとする。「いいわよ、座ってて」と義姉に言われて、その相手の表情をちらりと横目で見て、光る額をゴシゴシと手の甲でこすりながら、「おい、こっちに座れ」などといかにも弟に向かう口調で命令する。兄としては珍しい態度だ。心の中になにかを隠しているのが丸出しで、これではなんであれ、秘密は家族にすぐにバレるだろう。私は、心中溜息をつきつつ、ここに来る途中に寄った惣菜屋で買った春巻きやきんぴらゴボウ、ポテトサラダにコロッケなどを義姉に渡した。

夕食は、和やかに進んだ。冴香と忍はすぐに食べ終え、それでもテーブルについて、あれこれとお喋りをしている。私と兄は、ビールを時折喉に流し込みながら、どうでもいい話を交換した。義姉が、これはやや不自然さを感じさせないでもない明るさで、あれこれと言葉を挟み、テーブルの上に陽気な雰囲気を醸し出そうと努力しているようだった。

これで、私と冴香がいなければ、この家の食事はどのようなものになっているのだろう。それをはっきりと想像するのは難しかった。

「おじさん」

忍が私に声をかける。

「なんだい？」

「さかしらって、どういう意味？」

「さかしら……賢い、という字を書く、あの〈賢しら〉かな？」

「ああ、うん。それ」

「字の通りさ」と兄が言った。「賢そうに、ということだよ」

「それだけ？」

と続ける忍に、兄はちょっと考え込んだ。

「う〜ん、ちょっと違うな。賢そうに、じゃなくて、賢さを自慢するように、ということかな。いかにも自分で賢い、と思って、それを得意げに見せびらかす感じかな」

「ふ〜ん……」

忍は、やはり納得しない。

「どうして?」

と義姉が優しく尋ねた。すると、冴香が、「あ、おねえちゃん、あの話でしょ?」と嬉しそうに言う。

「なんの話だ?」

私が冴香に尋ねると、忍が言った。

「ほら、『もののけ姫』で、烏帽子御前《えぼしごぜん》が言うセリフよ。『賢しらに、わずかな不幸を見せびらかすな。その右腕切り取ってやる!』ってとこ。あそこ、かっこよかったなぁ!」

「ああ、なるほど」

私がそう言うと、兄と義姉がそろって私の方を見て、なんの話? という表情をした。

「おじさんは、『もののけ姫』、見たんでしょ? 冴香ちゃんが言ってた」

「ああ、見たよ。冴香に付き合わされた」

「でも、お父さんの方がずっと感動してたじゃない。ビデオを買うって言い出したのは、お父さんだよ」

「そうだな。確かにそうだ」

「お父さんとお母さんは、『もののけ姫』を見てないの。だから、聞いてもわからないと思って。今日はおじさんがいるから、絶好の機会だな、と思ったの」

「絶好の機会、か。はは」

兄が小さく笑った。そして、どういう話だ、という顔で私を見た。

「ま、自分でビデオを見るんだな。その方がいい」

私が言うと、兄は素直に「そうか。そうだな」と機嫌良さそうに頷いた。いかにも兄らしい。彼は昔から、「原典に当たる」ことを大切にしてきたのだった。教科書にせよ、小説にせよ、映画にせよ。ダイジェストや要約を軽蔑する、そんな男だった。今でもそうなのだろう。

「要するにね」と私は忍に言った。「まぁ、自分が呪われている、というその不幸をネタにして、偉そうに、いかにも賢そうに、利《き》いた風な説教を垂れるんじゃない、と。そういうことなんだろうな。そして、いかにも合理主義者らしく、呪われた痣《あざ》があるのなら、その右腕を切り落としてやる、と烏帽子は言ったわけだ。確かにそうだな。あの右腕の痣から呪いが体中に広がって死ぬのなら、右腕を切り落としてしまえばそれでカタが付く。いかにも烏帽子御前らしいセリフだったと思うよ」

「うん。私もそう思った。ラストが不自然にハッピーエンドだったでしょ？　あれはまぁ、映画としてはああするしかないんだろうけど、私は、あの烏帽子のセリフが一番好きだな」

忍は、大人びた口調で言った。冴香がそれを、やや尊敬の眼差《まなざ》しで見ている。そして、「映画としてはって？　どういうこと？」と尋ね、忍が「つまり、物語、フィクションってのはさ」と説明を始めた。義姉がそれを、目に軽い笑みを浮かべて眺めている。

「もう、すっかり大人だな」

私は、兄に言った。

「ああ」

兄の相槌《あいづち》は、非常に軽いものだったが、なにかこう「万感胸に迫る」という奥深さがあって、これはもう、相当の所まで追い詰められているんだな、と私はいささか重たい気分になった。

八時半に兄の家を出て、途中のコンビニエンス・ストアで牛乳やスナック菓子、週刊誌などを買って、九時前には私と冴香は家に着いた。すでに冴香は眠たそうで、「昨日の夜にシャワーを浴びたから、今日はこのまま眠りたい」と言う。だが、それは認めず、着替えをちゃんとバス・ルームの前に用意させて、シャワーに入らせた。

それから、仕事部屋に入って電話の留守録を聞きながらファックスをチェックした。ほとんどが通常のものだったが、柾越からのファックスが目に止まった。さっき別れてから、一時間ほどして送られて来たらしい。私がまだ〈ベルエア琴似〉の管理人室にいた時間だ。あれこれと曲がりくねったことを、持って回った書き方で述べているが、要するに、手を組んで金を稼ごう、という勧誘だった。

〈畝原様も御案内の様に、私共調査興信を業とする者は、先《ま》ずは依頼人の利益を第一に考えるべき、と所存致しますが、其《そ》れは又通り一遍の単純さで行ない得ることではなく〉などと、主旨のはっきりしない、だが要するに魂胆ははっきりと伝わる文章が、これは驚くべきことだが、非常に立派な毛筆の筆跡でしたためてあった。

それを読んでいた時、留守録から垣元の声が聞こえた。

「もしもし、先程は御世話になりました。〈ベルエア〉の管理人、垣元でございます……」

私は再生を一旦《いったん》止めて、頭からもう一度聞くことにした。生気のない平坦な女性の声が告げるところによると、垣元は、私と冴香が戻って来るほんの数分前に電話を寄越したらしい。

「ええと。お留守ですか。……もしもし、先程は御世話になりました。〈ベルエア〉の管理人、垣元でございます。……ええと、それでですね、私、会社の方の担当者の方に報告致しまして、ですね、その結果、事態は急を要するのではないか、という結論になりまして、ええと、先程、会社の方から連絡があったわけですが、その、ええと、ここで躊躇せずにですね、ええ、速《すみ》やかにアクションを起こすべきだ、という結論に達した、ということでして、それで、私、明日、午前八時とかそれくらいにですね、警察の方に相談してみる、ということになりました。一一〇番とかではなくてですね、相談窓口のようなところに、ええ、その、最初に畝原さんにご相談申し上げた時のような話をですね、持って行く、と。こういうことになりました。取り急ぎ、お知らせいたします。あ、それから、調査料の方は、明日、午前中にお振り込みさせていただきます。それで、ですね、ええと、先程頂きました請求書、あれ、私もうっかりしてたんですが、〈ベルエア〉宛になっておりますので、ええと、お手数ですが、私個人名義の、私宛の請求書を、後日、と申しますか、なるべく早めにですね、お送りしていただけましたら、助かります。もちろん、それとは関係なく、明日午前中にはお振り込みさせていただきます。それは、間違いありません。ええと、それから。……まぁ、あのう、結果として、ええと、柾越氏ですか、彼の邪魔をするようなことになりますので、そのあたりのこと、よろしく御高配の段お願いいたします。……いや〜、苦手だ」

そこでブツリと切れた。おそらく垣元は、留守番電話が苦手なのだろう。

思いがけず、〈ベルエア〉は素早い対応を見せた。これは、企業姿勢が毅然としている、社内の態勢が機能的である、ということでもあろうが、その一方では、とにかく速やかに責任をどこかよそに持って行きたい、と焦っている、ということでもあるだろう。まぁ、それはそれでよい。

問題は枉越だ。私は、そもそも彼を相手にする必要はない、と考えている。向こうから、一方的な思惑で近付いて来ただけの男だ。無視すればそれでいい。彼を無視して、それで彼の恨みを買って、ことがややこしくなる、という可能性はないとは言えないが、そんなことを気にしても始まらない。枉越という存在は、私にとっては充分に対応可能な対象である、と私は感じていた。

だが、いきなりの不意打ち、というのにもちょっと抵抗があった。別に同業者のヨシミ、というものを考えたわけではないが、やはり一言くらいは挨拶をしてやった方がいいのではないか、と考えた。私は、ああいうタイプの男は好きではないし、ああいう男が同業者である、という事実は気が滅入る。だが、そうではあっても、あの男はあの男なりに、とりあえずは生きているわけだ。

どうしたものか、と私は悩んだ。あの男と話す、ということを考えるだけで、なにかこう耳と舌がベタベタするような感じがする。だが、無視するのはやはり哀れだ。

そこで、私が枉越に一言通じておくことで、どのような実害が出るか考えてみた。特に問題はないように思えた。もちろん、私は依頼人が誰であるか、彼らがどのように対応するかなどについて詳しい話をする気はない。とすれば、引導を渡しておくくらいのことはやってやってもいいか、と思う。

ただ、この対応に、「後難を避ける」という気分がちょっと混じっているので、それが自分としてはいささか気に入らなかったが、まぁ、それは大した問題ではない。

冴香がシャワーを終え、パジャマを着ている気配が伝わって来た。もうすぐ、他愛なく眠るだろう。それを待って、柾越に、ごく簡単に教えてやろう、と決めた。


結局、午後十一時半に柾越に携帯から電話した。冴香はわりと早めに眠ったが、ビールを呑んでいるうちに、ズルズルと時間が過ぎてしまったのだ。だが、私は酔ってはいなかった。しかし、柾越は酔っていた。

「はい。柾越」

濁った声で言う。

「畝原です」

「あ！　おお、どうもどうも！　先程は！　ファックス、読んでくれました？」

「ええ。それで、お電話してるわけですが」

「どうですか、ひとつ、まだ前途ある青年の……」

「一言お知らせした方がいいか、と思いましてね」

「え？　やだなぁ。なんか改まっちゃって。なんですか。イヤな話なら、聞きたくないなぁ、なんちゃって」

「あの森のことを、警察に通報する、ということになったようです」

「え！　またそりゃ！　どの筋から？」

「それは柾越さんには関係ない。不審な行動をしている人間を見て、どうもおかしい、と思って警察に通報する、ということです」

「ちょっと、畝原さん、話わかってもらえなかったのかな……」

「とりあえず、私はこれで、この件とは無関係ですから」

「いや、あの。ちょっと。あのね、結構な金が引っ張れる話ですよ」

「…………」

「金の話は嫌いですか」

「そういうこととは関係ない」

「こっちの身にもなってくれよ。例のアバズレ娘の親には、素行問題なしの報告書を出しちまってるんだから。入金は、今月末だ。その前に、あの娘が警察から事情聴取でもされちまったら……いや、そもそもそんなことはどうでもいいんでね。あのね。……もしもし、畝原さん！」

「聞いてるよ。いや、もう聞くのはやめる。とにかく、必要なことは伝えた」

「いや、ちょっと待ってくれよ。こっちはさ、とにかく関係者全員が丸く収まるような、ね、そういう善後策を……あのね、実はさ、明日、あの森のオヤジを連れて行くわけ」

「森の部屋までか？」

「いやまたそれが。話すと長いんだけど……」

「とにかく、もう私には関係ない話だ。じゃ」

「いや、それがまぁ、そんなわけで、ええと……」

「じゃ、これで」

「……まぁ、そうか。わかった。……まぁ、とにかく、知らせてくれただけでも、ありがたかったよ」

思いがけず柾越に感謝されて、私はなんとも言えない不快感を覚えた。すぐに電話を切ったが、その不快な感じはなかなか消えなかった。

6

翌朝、いつものように冴香と朝食を食べて、学校へ送り出してから、私はパソコンに向かい、森英司に関してのレポートをまとめる作業を始めた。この件については、垣元からは報告書の提出を求められていない。だが、自分が関わった調査に関しては、必ず文書を残しておくことにしている。留守電にしておいた電話から、何度か声が聞こえ、ファックスが届いたが、そのほとんどは重要ではないものばかりだった。調査・警備の〈アイ横山探偵事務所〉の社長、横山から、ある郊外型大規模スーパーの万引き摘発強化週間を手伝ってくれ、という電話が二度あった。もう一度かけてきたら、その時は話を聞いてやろう、と思った。ファックスは、ほとんどが盗聴器や高機能無線機、隠し撮りカメラなどの通信販売のチラシだ。姉川明美から、「まだ先の話だけど」という前置きで、「12月6日（日）に、北海道児童文学に関してのシンポジウムがあります。わたしは、コーディネイターとして関わることになっています。当日はきっと、わたし、クタクタに疲れてしまうと思うと、今から気が重いのです。なにしろ、地方文化人の中でも、児童文学屋さんたちは、とってもオバカさんばかりなんです。そんなわけで、

12月6日の夜8時から、お酒など付き合って頂けたら、わたし、とっても嬉しいんです。浩一さんとのデートを心の支えに、12月6日を乗り切ることができる、と思います。もしも御都合よろしければ、お付き合い頂けませんか?」というファックスが来た。「考えてみよう」と私は声に出して呟いた。

留守電から垣元の声が聞こえてきたのは、午前十時二十四分だった。

「あ、また留守だ。もしもし……もしもし、あのう、垣元でございます。ええと。……ええと、御連絡したいことが……」

「もしもし、畝原です」

「あ、畝原さん。いらっしゃったんですか」

「ええ、ちょっとトイレに」

「あ、そうですか。……実は、ちょっと状況が変わりまして」

「はぁ」

「先程……九時ちょっと前ですかね、私が、そろそろ警察に行こうかな、と思っていたところに、森英司の父親から電話がありましてね」

「父親から」

「ええ。息子が、そちら様……というのは、私、および〈ベルエア〉のことだと思うんですが、『そちら様に御迷惑をおかけしておりますでしょうか』ということで」

「なるほど」

「私、つい、森の父親は元高校校長だった、と伺っていましたからね、つい、はぁ、なんだか不審なようで、というようなことを答えましてね」

「ほう」

「すると、警察へ行かれるんですか、というようなことを尋ねるもんですから、まぁ、そういうことも考えている、と答えたわけなんですが」

「なるほど」

「そうすると、それはごもっともだけれども、その前に、一度、息子と話をさせてくれ、と。なんとか考え方を改めさせるから、というようなことで」

「…………」

「どうしたもんかなぁ、と思いましてね。……畝原さん、依頼人が私だ、ということを柾越氏には……」

「いえ、それは話していません。示唆するようなこともしませんでした」

「じゃ、……あれは、山勘でしょうか」

「柾越は柾越なりに、いろいろと考えていたようですね。私の依頼人に関して。森の父親とか、区役所の上司とか、そのようなことを。その中に、垣元さんも入っていました。で、柾越はきっと、事態が急速に動き出したので、あちこち当たったんじゃないでしょうか」

「柾越氏には、警察に通報することになった、ということをお話しになったわけですね」

「ええ。一言挨拶をしておいた方がいいか、と思いまして」

「ま、そうですね。それで、山勘で、私にぶつかった、と」

「おそらく、適当な口実を作って、あちこちに電話したんでしょう。反応を聞いて、依頼人を捜し出すために。で、父親に当たって、依頼人ではない、ということがわかった。そして、どこまで話したかわからないけれど、父親を使って、めぼしいところに電話させたんじゃないでしょうか」

「なるほど。それで、私が反応した、と」

「ええ。父親を使う、というのは、アイディアでしたね。どこの馬の骨ともわからない柾越なら、介入する資格もないし、無視することもたやすい。ですが……」

「そう。森の父親、というところがミソですな。……そのお父さんの声が、もう……なんというか、もう、重苦しい、というか、沈痛、というのか。聞いてても辛くなるんですよ。そして、『なんとかひとつ、半日だけでも猶予を頂けないか』なんてねぇ。……絶対、悪いようにはしない、責任は取る、責任を取らせてくれ、という話なんですが」

「はぁ……」

「畝原さんなら、どうします?」

「……私なら、取り合わないでしょうね」

「そうですよねぇ……でも、畝原さんは、あの声を聞いていないから……」

「会社の方は、どういう考えなんですか?」

「あ、〈ベルエア〉ですか。それはね、現場、つまり私ですがね、現場の判断に任せる、と。一貫してませんね。方針が。ふらふらしてる感じです。評判を気にする客商売で、厄介ごとは頭から避けたい、と。で、役所も警察も避けたい。でも通すべき筋は通さなければならない。とは言え、できることなら穏便に、という感じが透けて見えます」

「なるほど」

「どうしたもんかなぁ……」

垣元がどういう話をしたいのか、なんとなくわかってきた。だが、私の方からそれを持ち出す気はなかった。垣元が、話をどのように持って来るかに興味が湧いた。金の力を振りかざそうとするだろうか。

「で、森の父親は、具体的に、どういうことを言っているんですか？」

「息子と話をしたい、と。ふたりで話をするから、それが終わるまで、警察に話すのは待ってくれ、ということなんです」

「…………」

「どう思われます？」

「なんとも言えませんね。私は、森英司がどういう人間であるか、ほとんど知りませんしね。ああいうことをしている、ということ以外にはね。父親に関しては、なおさらだ」

「そうなんですよね。このまま、警察に話をしに行った方が、ずっとすっきりするんですがね……」

「そうなさったらどうですか？」

「ええ。それができれば、とは思うんですが、……あの父親の声を聞いた後ではね……畝原さん、お子さん、お持ちですか？」

「娘がひとり、おります」

「私は子供がおりませんものでね……親ってのは、こういう時、どういうことを考えるもんでしょうかねぇ……」

「さぁ……人それぞれじゃないでしょうか」

「……うーん、参った」

「………………」

「ええと、それでひとつ。……あ、あのう、今回のお仕事をしていただいたことについての報酬、と申しますか、それは、誠に申し訳ありません、そんなこんなでバタバタしておりまして、まだお振り込みしていないんですよ。申し訳ありません。このあと、すぐに振り込みに参りますから」

「はぁ……」

「で、そんなわけで、まだお支払いもすんでいないのに、改めてこんなことを提案するのは誠に失礼か、と存じますけど、もしも畝原さんの方で御異存がですね、なければですね、改めてお仕事にして頂く、ということにしてですね、ええと、森とその父親の話し合いに立ち合って頂く、ということも、もしかしたら可能かな、なんて、そんなことをですね、考えてもいたんですが」

「はぁ、なるほど」

垣元としては、いろいろと方法があった。一番簡単なのは、森親子の話し合いに立ち合え、そうしてくれないのなら、ギャラは振り込まない、と言えばいい。あるいは、もっと回りくどい方法としては、私が請求した金額に数万円を上乗せして振り込み、「すでに金は振り込んだのだから、仕事をしてくれ」とのしかかる手もある。だが垣元も、〈ベルエア〉も、そういう手段は選ばなかった。だから私は好感を持った。

「そうですね。……私としては、やはり、ここは父親の電話は無視して、警察に行くべきだ、と思うんですよ」

「ええ、私も、それはそう思うんです。ただ、あの暗い声を聞いてからは、そう割り切ることも難しくて」

「なるほど。……きっと、向こうは柾越が立ち合う、というようなことになるんでしょうね」

「だと思うんですよ。そこで、どんな話がまとまるものか、それがちょっと気になるんです」

「……まぁ、元々のスケジュールでは、今日も丸一日潰れるはずだったわけですから……」

「ええ、あのう。……本当は、それも、ちらっと頭にあったんです。お忙しいだろうけれども、最初の話では、二泊三日でしたから、それが一泊二日になったので、一日浮いたので、ええと、もしかすると、今日は、わりとスケジュール的には、時間の余裕があるだろうから、お願いしやすいのではないかな、なんてね。ははは。厚かましいことを考えました。私、ズルイですね。申し訳ない」

「ズルイとは思いませんがね。そこまで計算されてましたか」

「計算……というと、ちょっと違いますけど、ま、漠然と……」

「なるほど。確かにおっしゃる通り、今日はそれほど忙しくはないです」

「はぁ」

「では、私も立ち合う、という条件で、先方と相談していただいて結構ですよ」

「あ！　そうですか！　いやぁ、助かる。ありがとうございます。……あの、ちゃんとビジネス、ということで、お仕事にしてください。報酬、というのか、料金はきちんと支払いますから」

「はぁ。……では……」こういう時、また料金を決めるのに苦労する。「三万円、ということでいかがですか?」

「え? ちょっと安すぎませんか?」

「そんなに大した仕事でもありませんから」

「そうですか? それでは、遠慮なくそうさせて頂きますが……」

その後、何度か電話のやり取りがあり、徐々に段取りが決まってきた。主に垣元が中心になって、私と、森の父親、そしてその背後にいるらしい柾越とさまざまな調整を行なった。その時はもちろん、私も垣元も、そんなことを知らなかったのだが、そうやって、あれこれと段取りを決めていた我々は、今になって思うと、森英司とその父親、ふたりの人間の死に向かって、着実に進んでいたのだった。

最終的に、私が地下鉄白石《しろいし》駅まで出向き、その近くにある喫茶店で森英司と待ち合わせ、彼に付き添って、西区西町に建つ分譲マンションまで行くことになった。そのマンションの一室で、森の父親と柾越が待っているのだ、と言う。

「どうも森の父親は、柾越氏を、弁護士か何かだ、と思い込んでいるようですね。あるいは、なにか公権力を持っているような人物だ、と思っているようです。えらく信頼していますね」

「ほう……」

柾越のような男のペテンに引っかかる成人男性がいる、ということは、にわかには信じがたいことだが、まぁあり得る、と私は思った。もっと信じがたい杜撰な詐欺に引っかかった人間を何人も見ている。

「私の役割、というか資格は、どのようなものなんでしょうか?」

「まぁ、見届け役、というようなことをお願いできたら、と思います。その話し合いの現場に、私なり、〈ベルエア〉の人間なりが同席していた、というのは、後々のことを考えるとちょっとどうか、ということになりまして。で、代理人ではないですが、個人的な、私の知り合い、というか相談役、という感じで頼まれた、と」

「森の父親は、私のことをどう認識しているんでしょうか」

「どうも、捜査関係の人間、と思っているようです。いろいろと証拠を持っている、そんな人物ですね。そのように、柾越氏が思い込ませているようです」

「なんだか、すっきりしませんね」

「ま、それが柾越氏のやり方なんでしょう。別にそれは、構いません。問題が片付かないようであれば、警察に行くだけですから」

「それは、柾越もわかってますね?」

「ええ。一度だけチャンスをやる、というように話して、それを柾越氏も了解しています」

「そのマンションは、どういう場所なんでしょうか?」

「どうも、森の父親が所有している部屋らしいですね。使っていないらしい。利殖目的で購入したけれども、借り手がいない、値上がりもしない、というところでしょうか。あの近くに新しい地下鉄駅が来年できますのでね。それを当て込んで、大急ぎで建てられた物件の一つですね。今は、塩漬けになってるのがほとんどのようです」

「なるほど」

垣元の電話が切れてすぐ、今度は柾越から直接電話があった。

「柾越です」

思わず私は溜息をついた。

「疲れてるのか？」

「なぜ？」

「アクビをしたな」

「そうじゃない」

「ま、いい。話はちゃんと通ってるな？」

「ああ。二時に、白石駅近くの……ええと……」

「〈プリン〉だ」

「ああ、そうだった。森英司は、早退でもしてくるのか？」

「いや、外回り、ということで出て来る。好き勝手に、ふらふら仕事をしてるらしい。というか、仕事なんざ、ほとんどないんだろうな。役所にはよくいるんだよ。仕事がないので、忙しいふりをするのに苦労してる連中が。森の場合は、そんな時は外回りに出られるんで、楽なもんだ。で、伝言ダイヤルで娘をあさってるわけだ」

「なるほど」

「あのな。畝原さんはどう思ってるかわからんけど、オレもな、この森英司にはムカムカしてるんだ。胸くそが悪くなる。だからせいぜいダメージを与えてやろう、と思ってるんだよ」

「警察に突き出すのが一番だろう。ダメージとしては、一番重い」

「それじゃ、全然儲けにならないからな。ははは」

「………」

「ま、そんなわけでな。で、森は、右の脇の下に日経新聞をはさんで姿を現すはずだ」

「ああ。聞いてる。日経新聞な」

「そうだ。役所じゃ、いつも読んでるんだそうだ」

「本当に来るのかな。オヤジに叱《しか》られるってことはわかってるんだろ？」

「まぁ、気付いてるだろうな。詳しい話はしていないらしいが」

「逃げるんじゃないか？」

「逃げるったって、どこに。森は、オヤジのコネと、盗むことができる役所の金がなけりゃ、生きていけないってクズだ。本人もそれを自覚してる。オヤジになんのかんの言われながらも、オヤジと社会のスネを齧《かじ》らなきゃ、飯が食えんのさ。ミジメなもんだろうな」

「だから、必ず来る、と」

「そうだ。で、西町の〈メゾン・ド・テルミニ〉の四二七号室に連れて来てくれ」

「なんなんだ、そこは」

「チャチなワンルームマンションが固まったチンケなハチの巣みたいな建物だ。よくある話よ。

元校長が、セールスマンにイイ話を聞かされて、儲けようと思って、退職金はたいて、お買い上げになりました、今のところは何の利益も上げておりませんが、希望の灯を高く掲げようと思いますってなオハナシさ」

「……話が、どんどんジメジメとみすぼらしくなっていくじゃないか」

「ははは！　そんなもんだろ？　お互い様だろ？　なにも今回この件に限りってわけじゃなし。気張って仕事をしようぜ」

柾越の口調は、朗らかさを無理に私に押しつけるような感じだった。

地下鉄白石駅近くの〈プリン〉にやって来た森英司は、いかにも普通の若者に見えた。区役所勤めにしては、やや長めのように思われる髪が、顔をしなやかに縁取っている。金色の筋が入っているが、それもありふれたことなのだろう。スーツはやや大きすぎるように見えるが、これも流行なのだ、ということは了解できる。ようするに森は、見た目はあまりにもありふれた、ふにゃふにゃした若い男だった。脇の下に日経新聞をはさみ、むすっとした顔つきで入り口に立ち、店の中を見回す。私は右手を上げた。森は、顎をちょん、と突き出す仕種をする。会釈のつもりだろう。そのまま外に出るので、私は慌てて伝票を持って立ち上がり、大急ぎで金を払って出た。扉のわきに、森英司が行儀良く立っている。再び、顎をちょん、と突き出した。

「畝原、と言います」

「はぁ」

森英司の声は、とても小さい。盗聴したあの横柄な声とは似ても似つかない。

「あなたを、西町の〈メゾン・ド・テルミニ〉に連れて行くように、と言われています」

「はぁ……オヤジから聞いてます」

「なるほど。……タクシーで行きましょう」

「はぁ」

森英司は、どんな用件だ、というようなことを聞かなかった。父親が何の用事で彼を呼び出したのか、なぜ私が付き添うのか、なにも気にしていないようにも見える。だが、すでに全てを悟って、諦めているようにも見えた。あるいはまた、なにも考えていないようにも見えた。ただ、言われた通りにすれば、それでイヤな時間は過ぎ去ると思っているのかもしれない。

私は、道路の向こう側に停まっていた太田さんのタクシーに手を振って合図した。森英司は、私の合図した方向をぼんやりと見て、タクシーが動き出すと、私の方をぼんやりと見た。

「どうした?」

「いえ……」

森は、小さな声でそう答え、あとはなにも言わなかった。

太田さんの車の中は、非常に静かだった。森英司は、なにも語らない。私も、特に彼と話すべきことはなかった。

森に会うまでは、私はいろいろと言いたいことがあった。おまえは、いったい何を考えているのだ、というような、平凡な説教のようなことだ。だが、森英司を見て、なんとなく、なにも言う気がしなくなった。この若者には、なにを言ってもダメだ、ということがわかった。おそらくこの青年は、私には何も反論せずに、黙って説教を聞くだろう。そして、なにも考えず、なにも反省せず、今の暮らしを続けられる所まで続けるつもりなのだろう。

太田さんの車は、三人の男と、ピクリとも動かない沈黙を乗せて、西町の〈メゾン・ド・テルミニ〉に向かってひたすら走った。

森英司の死に場所に向かって。

確かに私はこの時、居心地の悪さの中で、犯人を連行する警官のような、いや、それよりもむしろ、死刑囚を絞首台に連れて行く刑務官のような重苦しい気分を感じていた。その気分が、的中するなどとは夢にも思わずに。そして森英司は、ずっと、うつろな表情を左に向けて、窓から街の様子を眺めていた。


私と森英司が、森の父親が所有するという一室に着いた時、すでに手筈通り、森の父親と柾越は部屋の中で待っていた。この部屋まで森英司を連れて来れば、後は私には役割はない。出来事に立ち合い、そのありさまを垣元に知らせるだけだ。私は、そんな傍観者の気分で、扉の横のインターフォンのボタンを押した。

「はい」

柾越の声が出た。

「畝原だ。森さんを連れて来た」

「OK」

私は、振り返って森英司の顔を見た。表情には何の変化もなかった。ドアを開けようとすると、鍵がかかっていた。すぐに柾越の声が「今開ける」と扉越しに聞こえ、ガチャリと音がして、扉が外側に開いた。

「お疲れさん」

柾越の、嬉しそうなニヤケ面がぬっと出て来た。金をとにかく確保したい、という願いが露骨に出ていた。もどかしそうに私を押し退《の》けて、森英司のスーツの袖口をつかみ、軽く引っ張りながら「ま、さ、じゃ、入って。あのね。あなたのお父さんが待ってますから」といそいそした口調で言う。それから、ガーッと喉を鳴らし、痰を切って、喉仏を動かした。「とにかく、さ、入って。中で、座って話をしましょう」

　森の父親は、小柄で痩せた初老の男だった。森英司よりも頭一つほど背が低い。この年頃の人としても、やや小さい方だろう。焦げ茶のコーデュロイのズボン、黒いコート。コートを着たままなので、ちょっと不自然だ、と思ったのだが、それほど気にかけなかった。コートのボタンは全部外していて、ウールであるらしいカラシ色のジャケットと、黄土色のタートル・ネックのセーターが見えた。同系色でコーディネイトする、というのがこの男のオシャレらしい。

「元校長先生の、森ヒデカツ先生」

　柾越が、私と父親の間に割り込むようにして、紹介の労をとった。父親は名刺を寄越す。私も、「畝原探偵事務所」の名刺を渡して、相手の名刺を受け取った。

　私は、森英司が目の前で殺され、その父親が目の前で自殺するその十分前、いかにも平和な名刺交換を行なっていたのだ。初対面の挨拶を交わしていたのだ。

そのことが、どうにも不思議な感じがして、仕方がない。

〈北海道生き方探しカウンセリング・センター　代表　森英勝〉

これが、父親の名刺の肩書きだった。その裏には、細かな文字でいろいろと書いてあった。

〈必ず伝わる。……それが〝ぬくもり〟〉

〈業務内容　●生き方道しるべ　●〝親〟道指南　●不登校児と歩む「避難小屋」活動　手を携えて　●「避難小屋」勉強会　●教育講演・研修会講演　●会誌「避難小屋」「道しるべ」「ぬくもり」〉

〈職歴　公立高校教諭（20年）／札幌東朋高校校長／札幌明北高校校長／道央女子短期大学専任講師／道央女子短期大学教授／道央文化大学教授・専任カウンセラー／道央ユニバーシティカウンセリング室長／札幌市青少年健全育成委員会座長補／青少年健全育成推進本部部長〉

〈現在　〝親〟道　師範・インストラクター／日本学生相談学会「ともしび」会員／全日本カウンセリング協会研究会員／不登校児と親を支える会「避難小屋」代表／「教師道」一般講座終了　教師道学士〉

名刺から判断すると、柾越と森英勝は、気の合う同士なのかもしれない。全部読むのにほぼ一分かかった。活字が小さいせいもある。同じ行を何度も繰り返して読んでしまうのだ。その間、森英勝はむっつりと天井を見上げていた。

「ま、そういうあれで、さ、ま、どうぞ。ちょっと座りましょう」

柾越が手招きしながら、板張りの床に直に座った。ありふれた、やや狭苦しい感じがする部屋の中には、家具が何もないので、床に直接座るしかなかった。私は、ちょっと身を引いて、部屋の片隅に、壁に背をもたせてあぐらをかいた。森英勝が柾越と並んで座り、「こっちへ来い」と息子を呼びつけた。森英司は、素直にそれに従い、父親の前に正座した。

「おまえは、なにをやっているんだ」

森英勝が静かに尋ねた。

「別に……」

「こちらの柾越さんが、教えてくれた。おまえ、とんでもない人間になってしまったな」

「…………」

森英司は、なにも考えていない表情で、自分の膝を眺めている。

「柾越さんと、あちらの畝原さんが、おまえが何をしているか、全部調べ上げてくれた」

柾越が私の方に顔を向け、得意そうに目配せをした。私は思わず溜息をついた。

「おまえが、なにをしているか、もう、全部わかってるぞ」

「…………」

「何でこんな人間になった？」

「……別に……関係ないべや。なんの権利があって、オレのプライバシーを探るワケよ」

「何でこんな人間になった？」

「……遺伝だべ」

森英勝がゆっくりと立ち上がった。森英司は、体を小さくまとめた。両腕で頭を抱《かか》えた。いきなり、父親が息子の顔を蹴った。驚くほどの激しさだった。

「やめなさい！」

私は思わず立ち上がろうとした。一瞬早く柾越が跳ねるように立ち上がり、私の前で中腰になり、肩を押さえつけた。

「まぁまぁ」

……そして父親が息子を殺し、柾越が逃げ、父親が自殺したのだ。

私は携帯電話で太田さんを呼び出した。

「柾越が」

「あのデブか」

「ああ。逃げた。できたら、行き先を確認してくれ」

「わかった。どうなったんだ?」

「父親が息子を殺して、死んだ」

「……心中か」

「そうなるのかな」

「……あ、出て来たぞ!」

太田さんが緊迫した声で言い、電話は切れた。私は、電話を手にぶら下げたまま、森英司に近付いた。ついさっきまで呻いていたのだが、もう生きている気配はなかった。手首を握っても、脈が触れない。手首はもちろん温かく、肌の弾力も変わらないように感じられたが、やはりどこか、なにかが違う。森英司の命は、すでにこの体の中には残っていないようだった。

森英勝の死体は凄惨だった。歯を食いしばった形相で、息絶えている。喉の右脇の傷口から、まだ血が流れ続けていた。だが、さっき噴き出した時の勢いはすでになく、壊れて完全には閉まらなくなった蛇口から水が漏れているような感じだった。だが、やはり、血の色は赤い。

私は屈めていた腰を伸ばし、背伸びをして、深呼吸をした。その時、初めて血のニオイに気付いた。今まで感じなかったのが不思議なほど、強く、気味の悪いニオイだった。ふと気が付くと、私はぼんやりと死んだ親子を見つめていた。私は、ピースをくわえ、火を点けて、好きな煙を肺に満たした。ぼんやりとはしていられないのだ。すべきことがある。

まず、〈ベルエア〉の垣元に電話して、状況を報告した。

「これから、警察に通報します。おそらく、すぐに警察がそちらにも向かうでしょう。対応を考えておいた方がいい」

「わかりました。会社と相談します。御世話になりました」

「私は、依頼人が垣元さんであることを警察に話さなければなりません」

「承知しました。その対応も含めて、検討します。とにかく、御世話になりました。ありがとうございました……どうでした、森は、苦しみましたか」

「いえ、それほどでも」

痛かったろう、苦しかったろう、と私は思った。

「……私、初めてです。面識のある人間が殺されたなんて。なんだか、本当のこととは思えないんです」

「ええ」

「今は、なにも感じないんです。驚いていいはずなのに、全然驚けない。ただ、会社にどのように連絡するか、入居者への対応はどうするか、そんなことしか頭に浮かびません」

「わかります」

「人間て、不思議ですね。と言うか、しぶといもんですね」

「ええ」

「どんなようすですか、そちらは」

「……ひどいです。血まみれだ」

「……頑張ってください」

私はそれから、学童保育所〈なかよし王国〉に電話をして、今日はおそらく遅くなるので、冴香に、兄夫婦の家に帰るように伝えてくれ、と頼んだ。それから、落ち着け、と自分に言い聞かせつつ、他に何かすべきことはないかどうか、考えた。何も頭に浮かばなかった。それで、警察に通報した。

7

小城巡査部長は、要領の良い文章を書く刑事だった。調書特有の奇妙な口語体も、あまり耳障りではなかった。私の語ったことを、必要なディテールを残しつつも簡潔にまとめてある。内容には基本的に間違いはない。朗読を終えた小城に、私は頷いた。

「よし、お疲れさん。じゃ、ここに署名と捺印《なついん》、よろしく」

そう言って、調書を寄越す。私が受け取ると、机の引き出しから黒いスタンプとティッシュ、ボールペンを取り出した。

「いや、印鑑は持っているから」

「ほう。いつも持ち歩いているのか」

「見積書も、請求書も、領収書もな。それに、印紙も」

「なるほど。いや、わかる。……で、印鑑は、いろんなのを用意してあるんだろうな」

「私はそういう仕事はしない」

「なるほど。ま、どっちにせよ、印鑑は、どこでも売っている、と。……あ、失礼。ヘンな意味じゃないよ。思い付きを口にしただけだ」

私は無視して、自分の水性ボールペンで署名し、捺印した。小城は、気軽な冗談のつもりだったのだろう。特に悪意は感じられなかった。私が無言で差し出した調書を受け取り、パラパラと眺めて「お疲れさん、ホントに。ありがとうございました」と言った。時計を眺めると、時間は、もう午後八時を過ぎたところだった。

西署の玄関ロビーは静かで明るかった。ひんやりとした蛍光灯の白い光の下、壁際のソファに、ふたりの男が座っている。〈ベルエア〉の垣元、そしてもうひとりは知らない若い男だった。若い男は、すぐに立ち上がろうとしたが、私が垣元に頭を下げたのを見て、そのままソファに尻を落ち着けた。様子を見る、あるいは、邪魔にならないように待っている、という感じだ。人間関係に関して、訓練を積んだ人間のような、やや一歩下がった雰囲気がある。

「どうも。お疲れ様でした」

垣元は、その若者の動きには全く気付かなかったらしい。立ち上がり、丁寧に頭を下げた。私もお辞儀を返した。

「待っていてくださったんですか?」

「いいえ、私もついさっき終わったばかりだから。……いやぁ、それにしても、大変なことになりましたね」

垣元がややぎこちない口調で言う。

「こういう時、人間が……というか、自分がどんな反応をするのか、初めてわかりました」と、やや不自然に饒舌《じょうぜつ》になっている。「畝原さんからの電話を受けて、会社と相談して、それから……小一時間してからかな、刑事さんがふたり、来ましてね。そのあたりまでは、なにかこの、……ごく普通だった、と思うんです。で、言われるままにこちらに来て、ちょっと待たされて。……そのうちに、涙が止まらなくなりまして」

「ああ、なるほど」

「自分でも、ヘンだ、と思うんですよ。そんなにあの森とは親しかったわけじゃないし、むしろ嫌悪しか感じていなかったのに。なんだか、妙に泣けてきてね。あ、これはなにかおかしいことになってるな、と。自分が、ですね。しっかりしろよ、と自分にハッパをかけたんですけどね。でも、事情聴取の時、初めのうち、一言も喋れなかったんですよ。おかしいぞ、しっかりしろ、と自分に言い聞かせても、どうしても言葉が出ないんですなぁ。いや、不思議でした」

「そんなもんですよ」

「ええ。刑事さんも、いい人でしたね。落ち着いてください、こっちは急ぎませんから、なんて言ってくれてね。おかげで助かりました。そのうちに、なんとか落ち着いてきて、まぁ、必要なことをきちんと伝えることができました」

「そのあたりは、また改めて相談しましょう。ここではちょっと……」

私が言うと、垣元はさっと素早くあたりを見回して、小さく頷いた。それから小声で、「でもま、そんなに話を作ったわけじゃないですから」と早口で言って、「とにかく、お疲れ様でした。一言、御挨拶したかったものだから」とまた頭を下げた。

「こちらこそ」

「で、畝原さん、車ですか？　もしあれでしたら、私の車がありますから、帰り道に地下鉄駅までお送りしますよ」

若い男の方を見ると、私に向かって一つ頷いてみせる。誰なのか、依然としてわからないが、危険な人物ではないように思った。

「ああ、ありがとうございます。ですが、ちょっと別件がありますので、私の方は自分で帰ります」

「そうですか。わかりました。それじゃ。また御連絡いたします」

垣元はまた丁寧に頭を下げて、ロビーを、玄関の方に向けてスタスタと歩き出す。ガラス扉の向こうに出る時、私の方を見て、会釈をした。そのまま、去って行く。

それを見届けてから、若い男が立ち上がった。迷彩色の、ダブダブのズボン、汚れが目立つウールのセーター、頭をバンダナで覆っている。無精髭《ひげ》、汚れたスニーカー、両耳にピアス、おそらく人工皮革の、よれよれになったハンド・ポーチ。

「畝原さんでいらっしゃいますか」

「ワカナと申します。SBCで働いています。近野さんに言われて、お待ちしてました」

「君は?」

そう言って、尻ポケットから名刺入れを取り出し、一枚差し出す。〈SBC 報道制作局若菜寛之〉とあって、その下にやや小さく〈所属SBCプロダクション〉とある。SBCプロは、SBC札幌放送の百パーセント出資の子会社だ。裏返してみると、手書きでPHSの番号が書き込んであった。

「近野が?」

「ええ。是非いらして頂きたい、ということでした」

近野と知り合ったのは、十数年前、まだ私が北日の社会部にいた頃だ。北海道日報とSBCは系列関係にあり、人材交流で、近野が一年間北日に出向して来たのだ。その後彼はSBCに戻り、自主制作のローカル・バラエティ番組のディレクターになった。そして私は北日を解雇されて私立探偵になり、近野の方は今は報道制作局の報道一部副部長だ。

私の生活がとても困難だった時期、困窮を極めた時期に、近野は私に仕事を回してくれた。初恋の人を捜すとか、あの時世話になった恩人に一言お礼を言いたいとか、あるいは往年のスターが今、北海道のどこそこでひっそりと暮らしているらしい、あの人は今、というような企画を強引に通して、その予備調査の仕事を私に発注してくれた。もとより、地方局の自主制作番組だから予算のタカは知れているが、それでも伝票や種目をあれこれとやりくりして、私と冴香がなんとか暮らせるギャラを捻出《ねんしゅつ》してくれた。あの頃のことは、一生忘れない。

「そうか。じゃ、すぐに行く。でも、どんな用事だろう？」

「なにか、畝原さんに見ていただきたいビデオがある、ということでした」

「ビデオを……どれくらい、待ったの？」

「ここには、五時に来ました」

「そりゃ……お待たせして、申し訳なかった」

「いえ。仕事ですから」

若菜が携帯電話でタクシーを呼んでいる間に、私は太田さんに電話してみた。

「よう。今、終わったのか」

「ええ。結構時間を食いました」

「そうか。あのなぁ、それでなぁ……」太田さんが気まずそうな口調で言う。「柾越だが……」

「ああ、尾行、無理だった？」

「いやぁ……ああ……申し訳ない、見失った」

「そうか……」

「それこそもう、倒《こ》けつ転《まろ》びつってな感じで飛び出して来てな。コロナはどうしたんだか、乗ってこなかったのか、置き去りにしたのか、とにかくそのまま歩道を突っ走って、交差点で、タクシーをつかまえて乗り込んでな。……琴似までは追ったんだが、地下鉄駅に駆け込まれて、……それで終わりだ」

無理もない、単独でひとりの人間を尾行するのは、ほぼ不可能に近い。太田さんは、きちんとやってくれたのだ。太田さんも、それはわかっている。わかった上で、どうしても口調に悔しさがにじんでしまうのだ。私が、仕方ありませんよ、と言っても、なおさら太田さんをがっかりさせるだけだ。太田さんはこの頃、しきりに「年取ると、ダメだなぁ」と嘆くのだ。

「なるほど。いや、要するに、枉越はとにかくなにもせずに、ただもうひたすら、尻に火がついたように逃げたわけですね」

「そうだ」

「それがわかれば充分です。助かりました」

「そうかい」

太田さんはボソッと吐き捨てるように言い、「じゃ、またな」と呟いて電話を切った。

それから、兄の家に電話をした。義姉が出て、冴香は夕食後、ちゃんと勉強をしている、と教えてくれた。兄は、まだ帰っていないそうだ。「どこで何やってるのかしらね」と不満そうな口調で言う。私が、遅くなるかもしれないので、よろしく、と頼むと、「ええ、大丈夫よ」と明るく答えてくれたが、どこか足が地に着いていないような感じがした。義姉が、「サヤちゃん」と呼んでくれたが、冴香は「今、手が放せない！」と答えた。その声が小さく聞こえた。

「手が放せないんですって」と言う義姉の声は、娘たちの成長ぶりを面白がっているように聞こえた。私はもう一度、よろしく頼む、と言って電話を切った。

「タクシー、すぐに参ります」

若菜が、そう言って頷いて見せた。

編集室は結構な広さがあり、いくつもの編集ブースが壁に沿って配置されている。そのどれもにカーテンが下がっているので、全部使用中らしい。たくさんの人々がそれぞれ忙しそうに仕事をしている。そのまん中の、ソファとテーブルが乱雑に並べられたスペースで、擦《す》り切れたジーンズにぼってりとしたセーターを着た近野が、ソファに横になって目を閉じていた。

「近野さん」

若菜が声をかけると、即座に「お！」と大声で返事をして、反射的に体を起こした。

「畝原さんがお見えです」

「お！」

大声で答えてから、私の顔をぼんやりと眺める。目がまだ眠っている。

「しばらく」

私が言うと、はっとした顔つきになって、うんうん、と頷き、「森英司だってな」と呟くように言った。疲れた目をしている。知り合った頃と比べると、二十キロは太っただろう。だが、背が高いので、それほど肥満しているようには見えない。ただ、頭頂部の地肌が目立つようになってきた。

「森英司な」

そう繰り返し、ソファにぐったりともたれて、手のひらでゴシゴシと顔をこする。それから、大きなアクビを一つして「う〜ん」と体を伸ばしてから、立ち上がった。

「ちょっと見てほしいものがあるんだ。感想を聞きたい。若菜」

「はぁ」

「三サブが、ナレ録り後は空いてます」

「どこが空いてる？」

「じゃ、行こう」

「森ってのは、区役所の福祉課に勤めてたんだってな」

膨大なボタンが並ぶパネルの前の椅子を、よっこらしょ、とまたぎ、それから慎重に腰を下ろしつつ、近野が言う。

「そうだ」

「とすると、間違いない。前から、ちょっと気になってる奴なんだ」

私は黙って頷いて、近野の話の続きを待った。

「ナイショだよ」

冗談めかしたような口調で言い、若菜が差し出したベータカムのテープをデッキに挿入する。

「覚えてるかな。去年の暮れに、札幌の外れで、女子中学生がひとり、行方不明になった事件」

覚えている。不思議な事件だった。

「あれは、清岡《きよおか》区だったか」

「そうだ。清岡区見晴らし台」腕組みをして操作パネルを睨《にら》みながら話す。「……ついこの前まで野っ原や畑で、それがいきなり住宅密集地帯になった、という街だ」

「ついこの前でもないだろう。開発が始まってから、もう十年以上は経ってるだろ？」

「まぁな。言われてみればそうだが、……あのあたりは、俺の高校時代の思い出の場所だ。青春の鬱屈のあれこれを、自転車に乗ることで乗り越えてたんだ」

腕組みをした近野の視線が、操作パネルの上を忙しく動いている。手を出そうとはしない。

「あそこの出身か」

「栄通りの外れだ。……とにかく、あのあたりはよくぶらついたよ。森が広がる、なだらかな丘陵地帯だった。キレイな花が咲く草原もあった。グランド・キャニオンの一万分の一の模型みたいな、水で複雑にえぐれた火山灰台地もあった。畑もあった。牧草地もあった。牛もいた。そんな中を、俺は、ヘルマン・ヘッセのことを考えながら、ひたすら自転車でぶらぶらアテもなく走り回っていたんだ」

「……そうか」

「ああ。それが、今じゃ人口何万の街だ。国道も太くなって、高速にもつながって、歩道では細長い花壇が延々と伸びていて、春には三色スミレ、秋にはコスモスが花を咲かす。若菜」

「はい」

「どうやるんだ、これ」

「は」

若菜が、あちこちのボタンを押すと、目の前に三つ並んだモニターのまん中にスイッチが入った。緑色の字でさまざまな表示が次々とあらわれ、それから画面が真っ暗になった。

「ＯＫです」

若菜が言うと、近野は腕組みをしたまま、「頭は出してある」と言う。機械を操作する意欲を失ったらしい。若菜が、右下のボタンやスイッチを操作すると、画面に五十がらみのオバチャンの、肉厚の顔がアップで映った。

「言いたいことってねぇ……」とガラガラした品のない声と口調で言い、ちょっと考えてから、かすれ声を張り上げるようにして勢いよく喋り出した。

「そんな、あんたねぇ、言いたいことなんて、なんもないしょや。あるわけないべさ。あんたねぇ、娘ば失った親の気持ちなんて、そういう目に遭った親でないば、わかるもんでないよ。何言っても無駄さ。だからあんた、あたしなんか、な〜んも言わないの。誰にもわかってもらえないんだから。哀《かな》しいだけさ。ただもう、哀しいだけなんだわ。なに言われてもね、いいの。あたしは自信があるんだからね」

画面の女性は、ニヤニヤ笑いを浮かべながら、おそらくはカメラの横にいるらしいインタビュアーに、顎を突き出すようにして、挑みかかるようにそう語った。

「よし」

近野が言い、若菜がテープを止めた。モニターには、話を続けようとして、中途半端に口を開けたままの女性の顔がへばりついた。

「う〜ん……」

腕組みをしたまま近野は天井を見上げた。それから、膝の上に手を置いて、私を見る。

「どう思う？　なにを感じた？」

「……相手を……つまり、この場合は、インタビュアーを、バカにしてるようだな。それから、意識的にあからさまにした被害者意識、か。……だが、わざとらしすぎるような……」

「そうだろ。なにか、ヘンだろ？」

「ああ」

近野は、セーターの下、シャツの胸ポケットから携帯を取り出した。

「ああ、マっちゃん？　近野です。今、どこにいる？　……五階？　じゃ、三サブに来てくれるかな。時間、ある？……ＯＫ？……ああ、わかった。じゃ、待ってる」

「インタビュアー？」

「そうだ。〈ザ・検証　未解決事件〉てのがあってな。午後のワイド・ショーの人気コーナーの一つだ」

「たまに見るよ」

「そりゃどうも。で、先月の末に、あの清岡区の女子中学生行方不明事件を取り上げたわけだ。みんな、そろそろ忘れかけてるってな感じだったからな」

「なるほど」

「警察では、きっとあの娘は生きている、という判断なんだ。とすると、番組を見て名乗り出る、あるいは目撃情報が出て来る、という可能性もある。となれば、番組としては話題作りに直結するしな」

そして、近野は手際よく、事件のようすを説明してくれた。

その娘は、去年のクリスマスの翌日、二十六日の金曜日に、何の前触れもなしにいなくなったのだった。冬休みで、朝は九時過ぎまで寝ていた。それから、自分の部屋から出てきて、家にいた母親にトーストが食べたい、と言い、自分で目玉焼きを作って、インスタント・スープも自分で作って、母親が出してくれたトーストと一緒に食べた。そしてシャワーを浴びて身支度をして、友だちの家に行く、お昼には戻る、と言って出かけた。家の近くのバス停で、バスを待っていたクラス・メイトに出会って、ちょっと立ち話をして別れている。その後、行方がわからなくなった。家族が捜索願を出したのが、その日の午後二十三時三十分頃。家出をするような事情はなく、冬休みに入るまでの学校でのようすにも、家出や自殺につながるようなことはなかったという。イジメに遭っていたわけでもなかった。成績は優秀な方で、部活はバドミントン部の副部長だった。所持金は、おそらく千円札が一枚か二枚、というところだろう、という。周辺での交通事故の報告はない。また、警察が何週間も捜索したが、人身事故があったらしい痕跡《こんせき》は、近くにはなかった。ただこれは、夏と違って凍結した路面には事故の痕跡は残りづらいが、それにしても、当日の午前中は周辺は人通りが多く、事故が起こって目撃者がいない、という状況は考えづらいらしい。そのほか、川に落ちて流された、ということも考えられるが、これも警察の捜索では、川の両側に積もった雪の状況から考えて、川に落ちた者はいない、ということになった。夏場とは違い、冬は、人が通常歩かないところは、雪で覆われており、そこを人が通ると足跡が残る。当時の捜索では、そのような不自然な足跡は発見されなかったのだそうだ。

すると、残る可能性としては、自発的な家出、あるいは何者かに連れ去られた、事件に巻き込まれてどうにかなった、というあたりになる。警察も、今は手も足も出ない状況らしく、捜査は行き詰まっているらしい。事件・事故に結びつく具体的な証拠がないので、通常の家出として処理されつつある、と近野は言った。

「まぁ、子供を持つ親としては、イヤな事件だよ。突如子供が帰って来なくなって、それっきり行方不明、なんの手がかりもなし、どうなったんだかわからない、という。で、一般にもアピールするネタだし、視聴者の記憶も薄れかけてるだろうから、ここで一発、記憶を新たにしてもらって、なにか新しい情報でも掘り起こせたらいいな、と思って取り上げることにしたんだ」

「なるほど。有力な手がかりなんてのが出て来れば、番組の認知度も上がるしな」

「そういうことだ。だがな……どうも、ようすがおかしいんだ。……もっとも、そう思うのは、レポーターのマっちゃんと、俺だけらしくてな。あとはみんな、なんとも思わないらしいんだ。このビデオを見てもな。でも、どうも俺は、なんだかイヤなものが引っかかってるようで、気になって仕方がないんだ」

「……で、それと森とは、どうつながる？」

「そこなんだ。そのあたりは、今、マっちゃんが来てから、本人に直接話してもらうよ。……その、行方不明の娘の家庭は、生活保護を受けてたんだ」

「ほう」

「父親が、腰痛で働けない、という事情だったらしい。父親が、自分からそう言ったそうだ」

「………」

「赤の他人のテレビ・クルーに、自分から、ニヤニヤ笑顔でそう話したんだそうだ」

「なぜ？」

「さぁな。そこがわからない。で、その取材の間、ずっと、区役所の職員が立ち合っていたんだそうだ」

「なんのために？」

「わからん」

「それが、森か？」

「そうだ。名刺もらってきてある。森英司だ」

「森は、清岡区じゃなくて、白郷区役所の福祉課だぞ」

「そうだろ？　だから、ヘンなんだ」

　マっちゃん、というのは、松沢正道《まつざわまさみち》という古風な名前の青年だった。三十五歳だそうだ。ハゲ頭のカツラ、まん丸のフレームの、レンズの入っていない眼鏡、ラクダのシャツとモモヒキ、毛糸の腹巻き、黒いナイロンの靴下にサンダル、という出《い》で立ちで現れた。私を見て、「あ！」と絶句して立ち尽くす。

「どうした？」

「ひどいな、近野さん、お客さんならそうと言ってくださいよ。オレ、こんな格好で……」

「まぁ、いい。座れ」

「あのう、いつもこんな格好してるわけじゃないんです」

　松沢は、真剣な顔で言う。だが、鼻を赤く、口の周りを黒く塗ってあるので、真剣な顔に見えない。

「深夜番組の打ち合わせで……」

「午後のワイド・ショーでは、わりと硬派なレポーターなんだ。で、深夜では、〈おやじマっちゃん〉つーキャラクターでな。ススキノに屯《たむろ》する若い連中に説教をする、という……」

「近野さん、もうそろそろこの企画、いいんじゃないですか？」

「なんでだ。慣れてきて、いい味出してるよ」

「いえ……なんかこう、オレももう三十五ですからね」

「なんだよ。卒業したいってのか」

「いいえ、そうじゃなくて。三十五なんで、モロに自分の説教体質が出て来るようで、最近、小言が自分なりに生々しくなってきて。オレ、たまに、本気で怒ってること、あるんですよ」

「いいじゃないか。お前も成長したんだよ」

「参ったなぁ……」

「それでだ、こちらの畝原さんも、俺たちと同じような感想だ」

「あ、例の、本村薫《もとむらかおる》ちゃんの事件ですか？」

「そうだ。ちょっとお前からも説明してくれ。若菜」

「はぁ」

若菜がスイッチ類をあれこれ操作して、映像が素早く行きつ戻りつした。

「ここからでいい」

モニターに、臙脂《えんじ》色のタートルネックのセーターに黒いジャケット、という真面目な姿の松沢が現れた。それを見て思い出した。時折、午後の番組で見たことがある。

「それまで、特に変わった風もなく、普通に暮らしていた本村薫さん、当時中学校三年生が、突然行方不明になった時、このあたりは、雪に覆われていたのです」

マイクを持ち、私の方に真剣な眼差しで語りかける。テープは編集前のものらしく、撮り直しや、移動中の映像などが途切れ途切れに続いている。

「この時は、まず取材車で本村さんの家に行って、ディレクターやカメラ、照明さんたちと、ご両親に挨拶したわけです。その時、すでに森英司が家の中にいて、僕らを待っていたんですよ」

松沢が、モニターの中の自分を眺めながら、私に説明する。

「で、撮影やインタビューの手順なんかを簡単に打ち合わせして、それから、まず家の前……市営住宅の玄関、そして周辺で、事件説明の撮影をしたわけです。その時、両親は家の中にいたんですけど、森は、クルーについて来て、私が喋ってることを、黙って聞いてたんです。……私の目付き、ちょっとわかりませんか？　カメラの横にいる森を、気にしてるんですけど」

そう言われてみると、確かに松沢の視線が、時折画面の右側にそれる。

「その時、森はどんな顔をしてました？」

「さぁ……普通の表情でしょうか。……無表情、と言うか」

「その時は、すでに森が白郷区役所福祉課の職員だ、ということは知ってたんですか？」

「いえ。私はてっきり、清岡区役所の職員だ、と思っていたんです。初対面の挨拶の時、本村さん、父親の方が、森を、『御世話になってる福祉課の方です。薫の件でも御世話になったんです』と紹介したんですよ。それから、それに続けて、『ウチは、私が腰が悪いもんだから、生活保護を受けてるもんで』なんてことを、あっけらかんと言うんで、なにかこう、変わってるな、とは思ったんですよ。でも、当然その時は、清岡区役所の職員だ、と思ってたんです」

「…………」

「で、たとえ清岡区の職員だとしても、こんな取材に立ち合うなんて、ちょっとヘンなんで、気になってたんでしょうね。それが、私のメ線に出てます」

「そうですね」

「意図がね。全然わからなかったんですよ。それで、落ち着かなくて」

モニターの中では、何度目かの前フリを終えた松沢が、こっちに視線を向けて静止している。画面の外から、「カット!」という声が聞こえた。画面が揺れる。右端から白いワイシャツの後ろ姿が入り込んでくる。

「あれが、森です」

後ろ姿の森は、松沢に歩み寄り、ちょっと会釈をして、一瞬こっちを振り向いた。眩《まぶ》しそうな表情だ。画面はすぐに、居間でテーブルに並んで向かっている中年の夫婦を映し出す。

私は、ほんの一瞬現れた森の姿、その表情を見て、自分でも驚くほど動揺した。不意打ちだったせいもあるだろう。ついさっき……数時間前まで生きていた、私の目の前で殺された青年。

「どうした?」

「いや、あの森……」

近野が私の顔をのぞき込む。

「あ、そうか。ナマで見たんだよな……」

私の言いたいことを理解したらしい。軽く頷くと、近野はモニターに視線を戻し、状況を説明し始める。

「ま、カメラに慣れてもらうために、回しながら雑談をしている風景だ。すぐにマっちゃんが入って来る」

その言葉通り、松沢が「じゃ、よろしくお願いします」と頭を下げ、中年夫婦の前の座布団に座った。男の方が、ぎこちなく頭を下げる。短く刈った髪は白く、短軀《たんく》という言葉通りの体格だ。目のあたりに、優しげな気配がある。着ているものは、テーブルの上に見えている範囲では、ダイエーか生協で売っているような、二千五百円くらいの半袖シャツだ。要するに、私と同じような物を着ている。

「話ったってねぇ……わたしら、素人《しろうと》だから、ちゃんと話せるんだべか」

小太りの中年女性が、いささかうわずったような、そわそわした笑顔で、ガラガラと喋る。さっき、子供を失った親の気持ちは、他人にはわからない、というようなことを語っていた女性だ。

「僕が、とんでもなくヘンだな、と思ったのは、このへんからです」と松沢が言う。「このオバチャン、終始ニコニコと笑ってるんですよ」

「……なるほど」

「自分の子供が、突然行方不明になって、そろそろ十カ月、なんの手がかりもない、という、そういう状況です。それなのに、笑顔なんですよ。そりゃ、警察は、なにかの事情があって家出して、本人は生きているだろう、という判断です。でも……」

「さっき、この母親は、子供を失った親の気持ち、と言っていたよね」

「ああ、そう。それも不気味な点ですね。どうも、自分の子供は死んだ、と思ってるらしい。言葉の端々から、それが感じられました。で、それなのに、こんなにニヤニヤしてるんです」

「なんも、別に変なことなんか、なかったのさ」と中年女が、さも滑稽《こっけい》なことを語るような、面白がっているような笑顔で話し続けている。「九時過ぎまで寝てたんだわ。して、寝起きのボワ～ンとした顔で起きて来て、トースト食べたいっちゅって、パンは私が焼いてやったのさ。して、目玉焼きは自分で焼いて、インスタントのスープば作って……」

その横で、父親が、口を真一文字に結んで、謹厳とでも言うべきか、なにかきちんとした表情で、だが控え目に座っている。顔はやや俯《うつむ》き加減で、テーブルの一点を見つめている。

「どうにも、オレはこのオバチャンのニヤニヤ笑いが気味悪くて仕方ないんだ」

近野が言う。松沢が頷いて、「ええ。このインタビューの間、僕もずっと、なんだか薄気味悪かったです」と言った。

「なにか、異臭のようなものは感じませんでしたか？」

若菜が、たぶんちょっとした冗談のつもりなのだろう、茶化した口調で言い、近野に一言「バカモノ」と軽く怒鳴りつけられて口をつぐんだ。

「それはなかったですけどね」と松沢は真面目に受けて、「まぁ、家の中に隠してある、と考えなくても……」と、冗談とも真剣ともつかない口調で呟いた。

オバチャンは、水を向ければいくらでも喋る、という感じで、ガラガラ声で朗らかに喋り続ける。

モニターを見つめながら、松沢が「ここからです」と言った。「僕が、一番ヘンだな、と思ったのは、この次の質問に対しての、オバチャンの反応なんです」

私はモニターに注目した。松沢が言う。

「それでは、もしかすると、薫さんが番組を見ているかもしれませんし、なにか情報をお持ちの方もいるかもしれません。なにかお母さんからおっしゃりたいこと、呼びかけたいことはありませんか?」

それに対して、行方不明少女の母親は、こう答えた。

「そんな、あんたねぇ、言いたいことなんて、なんもないしょや。あるわけないべさ。あんたねぇ、娘ば失った親の気持ちなんて、そういう目に遭った親でないば、わかるもんでないよ。何言っても無駄さ。だからあんた、あたしなんか、な〜んも言わないの。誰にもわかってもらえないんだから。哀しいだけさ。ただもう、哀しいだけなんだわ。なに言われてもね、いいの。あたしは自信があるんだからね」

近野を見ると、小さく頷き、「さっきのところだ」と言った。

「ね、なにかヘンでしょ? 僕の質問意図を取り違えている、というかなにか勘違いしてるようなんです。で、僕としては……」

「やっぱりあれなんだよ。テレビ的には、自分の娘、あるいは、娘をどうにかした犯人への呼びかけ、という画《え》がほしいわけだよ。涙ながらに『帰って来て』と言う母親。あるいは、『誰でもいいです、娘が帰ってきてくれさえすればそれでいいんです。なにか御存知の方は、是非連絡してください』と言って泣き崩れる母親。……まぁ、悪趣味と言えばそれまでだけど、テレビ的に、そういう画が欲しいんだ」

その近野の言葉に、松沢も頷いて続ける。

「そのあたりのコメントが欲しかったんで、僕もちょっとあれこれ頑張ったんですよ」

モニターでは、松沢が「薫ちゃんになにか言いたいことはありませんか？」と尋ねている。

「薫にかい。……やっぱり、あんたはいいコだったよってことでないの？　子を持つ親だら、みんなそう思ってると思うよ。こんなことになって、子供のことを悪く言う親はいないべさ」

「……なにか、ヘンだな」

思わず私は呟いた。「だろ？」と近野が言い、松沢も頷く。モニターでは、松沢が粘っている。

「結構この番組はみんなが見てますから、もしかすると、事件についてなにか御存知の方がいるかもしれません。あるいは、今、薫さんと一緒の方がいるかもしれません。お母さんの方から、なにか呼びかけるような言葉はありませんか？」

「呼びかけるってたってアンタ、そりゃアンタ、いろんなこと言う人はいっぱいいるさ。無責任に。こんなことになって、親がどんな気持ちでいるか、そりゃ、他人は勝手だろうさ。面白半分でいろんなことを言うんでないの？　それにアンタ、こっちからなに言っても無駄っちゅもんだべさ」

三サブ、つまり第三スタジオ副調整室に、沈黙が訪れた。インタビューなどの映像はこれでおしまいらしい。モニターには、市営住宅の外観とか、周囲の状況、川、川沿いの公園、バス停などが次々に映った。誰もなにも言わない。

「……と、まぁ、こういうわけだ」

暫くして、近野が、言葉を噛みしめるように言った。

「なるほど」

「僕も、いろいろと粘ったんですけど、結局、娘や誘拐犯、あるいは事件の真相を知っている人への呼びかけのコメントは取れなかったんです」

「どうも、なにか最初に勘違いして質問意図を取り違えて、そのまま最後まで行ってしまった、という感じだな」

私が言うと、近野が頷いて言う。

「その、質問意図の取り違えは、なにが原因だと思う？」

「……保身、か？　あるいは、……事実の隠蔽……」

私が呟くと、松沢が「とにかく、なにか気味悪いんです」と言う。若菜が頷く。

「ま、そんなわけで」と近野が私の目を見ながら、腕組みをして言う。「ちょっと頼みたい。ウチからの正式な発注、というわけじゃない。今のところは、オレが……オレと、マっちゃんが、どうも気になって夜もよく眠れない、というだけの話だから。毎朝犬を連れて散歩するんだがな、その時、いつもこのビデオと、本村薫が今どうしているのかが気になって、落ち着かないんだ」

私は頷いた。

「だが、人手は割《さ》けない。オレもマっちゃんも、時間的な余裕が全然ない。だがもちろん、部の人間を投入することはできない」

私は頷いた。

「そんなわけで、頼みたい。……ただ、正式な発注じゃないから、誠に申し訳ないんだけど、二十万までしか出せない」

私は眉を持ち上げて、頷いた。

「……こういうことに備えてな。……別々な番組で、別々なセットが必要になったんだが、それを使い回して、一回分の経費を浮かせてあるんだ。その金に、マっちゃんと三回酒を呑んだことにして、請求書を起こしてもらえば……」

「例の〈トキワイ〉ですか？」

松沢が言葉を挟み、近野はほろ苦い笑顔になった。

「ま、なんとか二十万はひねり出せる。当面、それでどうだろう。なにかネタが出て来れば、その時は局からの正式発注にして、それなりのギャラをきちんと払えると思うんだ」

「わかった。で、なにが知りたいんだ？」

「なんで、森があそこにいたのか」

「……漠然としすぎてるな」

「そうだな。……じゃ、森と本村家の関係を知りたい」

「なるほど。それなら、なんとかなるかもしれない」

「じゃ、頼む」

若菜と松沢も、「よろしくお願いします」と頭を下げた。両手をきちんとラクダの股引《ももひき》の膝に置いた松沢の、ハゲのカツラがキラリと光った。

近野たちと、打ち合わせのような雑談のような話を終えて、時計を見るとすでに午後十時半を過ぎていた。これから兄の家に行くと、十一時近くなる。それはいくらなんでも迷惑だろう、と思ったので、今夜はひとりで家に帰ることにした。明日の朝早く、また朝食を御馳走になりに行くことにしよう。そうすると、出勤する兄とまた一緒になるだろうから、もしかすると、彼の不倫の恋に関して、もっと詳しい話が聞けるかもしれない。詳しい話を聞いてどうなるわけでもないし、兄からそういう話を聞く、という情景を想像すると、なにかいたたまれないような気分になるが、まぁ、彼も話したいだろうし、私も一度、きちんと聞いておく必要があるだろう。

（だがしかし、あのアニキがなぁ……）

どうしても、その思いが消えない。およそこの世の中で、最も可能性が少ない出来事であるように思えるのだ。

SBC三サブの電話を借りて太田さんに迎えに来てくれ、と頼み、「送らないよ」という近野に頷いて、私はSBCのロビーに降りた。初老の警備員が、シワだらけの可愛らしい笑顔で、「お疲れ様でした」と言う。頭を下げて、通用門から出た。

太田さんはまだ来ていない。私はなんとなく空を見上げた。真っ暗で、星は見えない。曇っているのか、それとも街の明かりのせいか。南西の方角、ススキノのあたりの空は、鈍く光っている。雲が、ススキノの明かりを反射しているのだ。ということは、こっちも曇り空だろう。疲れた、と思った。大変な一日だった。

空を見上げている私の前に、車が停まった。太田さんのタクシーだった。ドアが開く。どうも、と乗り込むと、「今日は、悪かったな」と太田さんが元気のない声で言う。ふたりにとって、情けない一日だった。

「家に帰るのか？　この時間なら、冴香ちゃんはもう、アニキの家で寝てるだろ？」

「そうだな……そのつもりだったんだけど……」

車はすっと走り出す。

「ちょっとそのまま走ってて。電話してみる」

そして私は、短縮の〇三、姉川明美の携帯の番号をプッシュした。こういうのは、あまり好きではないのだが。どうやら私もやや歳《とし》を取って、気力が少しずつ萎《な》えてきたのかもしれない。

あるいは、そんなことをあれこれ言うような事柄ではないのかもしれない。

少なくとも、姉川なら、そう言うだろう。

「はい、姉川です」

「畝原です」

「あら。今、どこ？」

「大通り西八丁目。ＳＢＣからの帰りだ」

「じゃ、Ｕターンして、ちょっと足を延ばして、円山《まるやま》にいらっしゃいよ。夜景が素敵よ。太田さんは、コーヒーを飲めばいいわ。ここのフレンチは、とってもおいしいの」

「わかった」

「住所を言うわ」

目の高さに、光が散らばり、広がっている。展望台からの夜景とも、飛行機の窓から見下ろす夜景とも違う、穏やかな光の広がりだ。

こぢんまりとした店で、客は大きな窓ガラスに向かって座るようになっている。薄暗い。若いカップルが二組、中年女性のふたり連れが一組、壁に沿って散らばっている。レイ・ブライアントの『チュニジアの夜』が流れている。姉川の説明によると、元は個人の住宅だったのだそうだ。明治時代からの乾物問屋の四代目が建てた家で、それが、バブル崩壊後の不景気を保《も》ちこたえられず、売りに出された。その結果、こういう居心地の良い店が出来たのだそうだ。

「最近、多いのよ。このあたりに、素敵な、あるいは素敵そうな店が、続々と誕生してるの」

「不景気な話だな！」

太田さんが吐き捨てるように言う。私と姉川は、顔を見合わせて笑った。相変わらず、姉川の笑顔は、どことなく挑みかかるような雰囲気があって、ややくどい。だがそれも、ゆったりとパーマをかけた長い髪と、おそらくノーマ・カマリであろうスーツがよく似合う細身の体に似合っていないこともない。

姉川明美は、札幌では「有名人」の部類に入る。今年で四十六になるはずだが、年齢よりも遥かに若く見える「未婚の母」で、ローカルTVのワイド・ショーなどによく顔を出しているのだ。そのほか、FMラジオにもいくつか出番を持っている。だが、放送業界が本業ではない。一応、仕事の中心はデザイナーということになっている。だが、それに留《とど》まらず、さまざまなイベントをプロモートしたり、人材活用ビジネスを主宰したり、選挙の時には〈無党派層〉に結集を呼びかけつつ女性候補擁立を画策したりと、なかなか派手な動きで人目を集めている。著書も数冊あるが、普通の〈地方文化人〉レベルの自費出版のエッセイ集などのほかに、名の通った東京の版元から、河合隼雄経由のユング派風分析を展開した児童文学論のシリーズを出している。これは今年の夏に第四部を出し、来年早々には第五部が出る予定なのだそうだ。また、当然のように札幌・北海道の政財界に、相当な支持者や支援者、人脈を持っている。それなりに権力を持っている初老の男たちの中では、姉川は「酒井和歌子に生き写しだ」ということで人気があるらしい。

そして私はと言えば、彼女の娘の真由ちゃんが通っている学童保育所が、冴香と同じ〈なかよし王国〉で、それが縁で姉川と知り合った。それから、いろいろあって、今は、ふたり並んで夜景を眺めながら酒を飲んでいる。私はスプリング・バンクを一対一の水で割ったもの、姉川はフォックス・トロット。車は、彼女の事務所〈オフィス・ケミ〉と自宅が入っているマンションの駐車場に置いて来たのだそうだ。

「一日の仕事を終えて、……エレベーターですぐにわが家、というのは、とっても便利なの。真由の寝顔がすぐ見られるのもいいもんだわ。でも、そうしたくない夜、というのもたまにあるわけ。それで、ね。ちょっとここで夜景を眺めてたら、畝原さんから電話が来て……」

ということなのだそうだ。姉川がそう呟くように言うと、一つおいた隣のストゥールでフレンチを呑んでいた太田さんが「そういうこともあるさ。わかるよ」と重々しく頷いた。姉川は、柔らかい、いい笑顔になった。

「でも、畝原さんは？　なにかあったの？」

「いや。別にそれほどのこともない。あ、十二月の講演、……だったっけ？　児童文学の集いか何か。その後、付き合うよ」

「ああ、嬉しいわ。ありがとう。……でも、それを伝えるために、わざわざここに来てくれたの？」

「わざわざ、でもないさ。ＳＢＣで、ちょっと疲れる打ち合わせがあったんでね。でまぁ、軽く気分転換でも、と」

「辛いことがあったの？」

「いや」

「……どうして、あなたは、そうなの？」

「……なにが？」

「辛いなら、辛いと言えばいいじゃないの。それは、別に甘えでもなんでもないわ。現に私は、児童文学の連中の相手をするのが辛いから、その後付き合ってちょうだい、とお願いしたじゃないの」

「そりゃ、君は……」

と言いかけて、私は言ってはいけない言葉を呑み込んだ。話がこじれてはつまらない。

「私が女だからっていうこと？」

せっかく言葉を呑み込んだのに、無駄だった。

「そうじゃないよ。……性格の違いさ」

「そうなの。性格の違い。そういうことね。つまり、あなたは」と厳しい口調になりかけたが、ふと力を緩めた。「……やめた。せっかく、久しぶりにふたりでお酒を呑んでいるのに、喧嘩《けんか》してもつまらないもんね」

「ああ、そうだ」

太田さんが言う。姉川が肩をすくめて、可愛らしい笑顔になった。

その時、私のジャンパーの左のポケットの中で、携帯電話が震えた。

「失礼」

私は立ち上がり、姉川と太田さんに電話を指し示し、奥の衝立《ついたて》の陰にあったトイレに入った。

「畝原です」

「近野だ」

「よう、どうした？」

「もう、帰ったのか？」

近野の周囲はとても静かだ。どこから電話しているのか。

「いや。円山だ。どうした？」

「オレは今、ススキノなんだ。だが、これからすぐに局に戻る。来るか？」

「なにがあった？」

「火災だ。どうやら、柾越が死んだらしい」

「なに!?」

「あんたが一緒にいた男、柾越ってんじゃなかったか？」

「そうだ」

「じゃ、たぶん、そいつだ。珍しい名前だからな。おそらく間違いない。とにかく、来てみろ」

8

用事ができた、と言うと、姉川も、そろそろ帰る、と言う。で、太田さんに送ってもらうことにした。私はSBCで降り、走り去る太田さんのタクシー、軽く手を振る姉川の顔を見送った。それから、通用口からSBCに入った。初老の警備員が、慌ただしいようすで受話器を耳に当て、なにか喚《わめ》いている。目が合ったので、お互いに会釈をした。エレベーターに向かう途中で、階段を駆け下りてきた顔なじみのディレクターとすれ違った。シャツがズボンからはみ出し、ネクタイがほどけている。口をもぐもぐさせている。ビールとピザのニオイが強く漂った。私は、彼の勢いに影響されたのか、エレベーターを待たずに四階まで駆け上った。その途中、館内放送の女性の声が「白郷区の火災、三名が搬送されました。現状、これで合計二十三名です」と告げた。

四階報道部は、いつもよりもずっと広く感じられた。人の数が少ないのだ。合計で十人もいない。だが、そこにいる者全員が大奮闘している。その騒ぎの中心にいるのが近野だった。とても落ち着いて話ができる状況ではない。とりあえず、入り口近くの応接スペースのソファに座り、様子を見ることにした。近野が、受話器に怒鳴っている。

「死亡者は、柾越芳徳、ええと、面倒な名前だなぁ、マサキ、……マサキ、木ヘンに正しいでマサ、それに、越後のエチ、越える、という字、マサコシ、わかるか？　わかったんだろうな、本当に。それに、ヨシ、は、草カンムリに、方角の方、ああ、そうだ。芳香剤のホウ、そして、道徳の徳。……なに？……それで、ノリと読むんだよ！　そう、マサコシヨシノリ、職業は……だから、ええと、自営業、年齢は五十六……」

若菜が、手にファックスの束をヒラヒラさせて小走りにこっちに来る。

「柾越が死んだ？」

「ええ」と足を止めずに、「放火らしいです」と行き過ぎる。

「白郷だって？」

「ええ、南本通り一丁目、駅の近くです！」

と答えた時には、すでに若菜は通路の角を曲がって姿を消していた。

あとは、誰も私に構う暇がないらしい。私は、ズボンの尻ポケットから名刺入れを取り出し、中を見てみた。柾越の名刺があった。事務所の住所は、東区になっている。目を上げると、通路の角から、小走りの若菜が飛び出した。私の前を駆け抜けながら、「プレステージ白郷です！」と喚く。おそらく、火災現場の建物だろう。

人の数がどんどん増えてきた。素面の人間はほとんどいない。みんな酔っているようすなのに、あるいはそのせいだからなおさらなのか、非常に元気がいい。突然、「お〜っす！　お〜っす！」というダミ声が響き渡った。

「鞍馬天狗ただ今参上！　ワハハハハ！　何人死んだ⁉」

五十がらみの巨漢がノシノシと入って来た。真っ赤な顔をしている。近野が「こっちだ」と言い、巨漢はそっちの方にノシノシと歩いて行く。歩きながら、背広を脱ぎ、ネクタイを外し、シャツを脱ぎ、ランニングシャツを脱いだ。脱いだ物がそこらに散らばった。体全体が赤い。ハァ〜ハァ〜と肩と胸と腹を大きく動かして、苦しそうに呼吸しながらも、近野の説明に耳を傾けている視線は鋭い。近野の言葉に頷いたり、短く質問を発したりしているらしい。その合間に、靴を脱ぎ、ズボンを脱いでしまった。相当暑いらしい。

二十分ほどして、靴下、サンダル、パンツ一丁、あとは毛が薄い裸、という姿の巨漢に引き継ぎを終えて、近野が私の方にやって来た。

「やられたな。おそらく、やられたんだ」

疲労がにじむ顔で呟く。

「柾越か」

「ああ。ちょっと説明しよう」

「……あとは大丈夫なのか？」

「ああ。大丈夫だ。初めて見るかな？　ソベジマと言うんだ。副部長のひとりだ。担当デスクなんだが、ちょっと油断してたんだな。ススキノで呑んでたらしい。所在がつかめなかったんで、オレが繋《つな》いだが、もう大丈夫だ」

まるまると太った真っ赤な裸の男が、報道フロアの中心で活躍している。それを眺めながら、私は近野のあとについて、通路に出た。とたんに世界は静かになった。近野は手近の小さな会議室のドアを開けた。

「消防無線を傍受してるんだ。で、ええと……二十二時五十六分、『白郷区中高層建築火災』の一報が入った。この中高層建築火災ってのは、けっこう恐くてな。当直は、スクランブル待機の態勢に入った。だが、二十三時十二分、鎮火、ということになった。だから、こっちもスクランブル待機を解除したわけだ。だがその後、続々と、救急車で怪我人を搬送し始めたわけだ。当初はひとり、これは意識レベルが最低で、心拍呼吸停止状態だった。で、またスクランブル待機にしたところが、あとは二人、五人、三人、と次から次と運ばれ出したんで、ちょっとこれはタイヘンだ、ということになったんだ」

「どういうことだろう？」

「火災自体はボヤ程度だったのかもしれない。だが、煙を吸ったんだな。……まぁ、まだ断定はできないが、そんなところだろう」

私は頷いた。

「で、最初に運ばれたひとり、これが運び込まれた病院がわかって、そして偶然その近くの飲み屋でウチの記者が一人呑んでる、ということがわかったんで、そいつを向かわせた。そいつは、酔っ払ってたせいもあって、元気いっぱいで体当たりしたわけだ。いつもはちょっと、押しが弱いところがある奴なんだが、この時は、酒の勢いで突っ走ったんだな。医者が脱がせたかなにかした背広が、廊下に落ちてたらしい。それを探って、名刺入れを見付けた。中を見たら、〈柾越芳徳〉の名刺がたくさん入ってたんで、その一枚を失敬して、看護婦詰め所で裏表コピーしてファックスで送ってきた。犠牲者に関しては、まだ警察発表がなにも出てないからな。これは大手柄だ。すでに今、取材態勢を整えつつある」

「…………」

「で、この柾越か？　森が殺される時に、畝原さんと一緒にいたのは」

折り畳んだ紙を寄越す。広げてみると、ファックスをコピーした物らしい。確かに、柾越の名刺だった。

「おそらくな。少なくとも、この名刺は、あの柾越が私に差し出した物だ」

「なるほど。……どう思う？」

「まぁ、これだけじゃ、その死んだ人間が柾越だとは断定できないな」

「それはわかってる」

「それに、火災の状況もまだほとんどわからないから、具体的な判断は無理だろう」

「それもわかってる。……でも、とにかくタダ事じゃない、そうだろ？」

「……そうだな」

「やられたんだよ、きっと」

「なにを、誰に、どうやって？」

近野は、ちょっと口を歪めて、「悪い癖だな」と呟いた。

「なにが？」

「オレがさ。わかってるんだ。なにかあると、すぐに結果を出して……というか、思い込んで、そっちの方に突っ走っちまう。それで、結構失敗をしてきたよ。なんの証拠もないのに、ついつい思い込みで……」

「まぁ、それを自覚してるんならいいさ」

近野は、両手で顔をゴシゴシこすった。

「長い一日だったな」

自分と私の両方に言っているように聞こえる。私は黙って頷いた。そのまま、近野はデスクに突っ伏した。疲れた声で言う。

「森英司と、本村薫の家の関係、調べてみてくれ」

「わかってる」

「じゃぁな」

私は立ち上がった。「おう」と近野はデスクに突っ伏したまま「あ、明日はオレ、休みだ」と言った。

「おめでとう」

「まったくだ。ありがと」

これが、近野を見た最後になった。

9

SBCの前に並んでいたタクシーに乗って、賃貸マンションのわが家に帰った。ファックスが溜まり、留守番電話のメッセージランプが点滅していたが、そのままにして、シャワーも浴びずにベッドに潜り込んだ。これは、私としてはやや珍しい。そのまま、夢も見ずに眠った。

それは、正確ではない。目覚める時に、確かに何かの夢を見ていたような気がする。森英司やその父親、そして柾越が夢に出て来たように思う。だが、冴香を学校に連れて行く、ということが頭の中に浮かんだ途端、突然目覚めた。見ていたはずの夢は、記憶の中から完全に消えていた。枕元の、電話の子機を見ると、午前六時十二分。普通は、だいたいこれくらいの時間に目が醒める。それから二人分の朝食を作り始めるわけだが、今日は、その点は楽だ。

シャワーを浴びてから、ファックスと留守番電話をチェックした。特に変わったものはなかったが、午後五時八分と、午後九時二十七分に、それぞれ二十秒ほどの無言電話が入っていた。私の商売では、無言電話は珍しくはない。探偵社の番号というのはイタズラ電話の標的になりやすい。また、依頼しようかどうしようか迷っている人間も、無言電話になってしまうことも多い。だから気にする必要はないといえばそれまでだが、昨日の今日で、どうも柾越がなにか言いたかったのではないか、という気がしてならなかった。電話番号は、このふたつとも公衆電話かららしく、わからなかった。

身支度をして、コーヒーを飲み、SBCの朝のニュースを見た。森英司殺害と、その父親の自殺に関しては、無理心中というような報道がされていた。私のことは、〈居合わせた知人〉ということになっていた。柾越の名前も、森英司の女子中・高生との関係も、報道されなかった。森英司が住んでいた〈ベルエア〉は、名前も、映像も出て来なかった。これは、惨劇の現場が別なマンションだったのだから当然かもしれないが、もしもキー局のワイド・ショーが取材に入ると、きっと〈ベルエア〉は、森英司の住んでいたマンション、ということで世間の目に触れるかもしれない。近所の人も、マイクを向けられることになるだろうか。そうならないように、と願った。そして、垣元は今なにを考えているだろう、と思った。

〈プレステージ白郷〉の火災の報道も、大したことはわからなかった。死んだのは、どうやら柾越芳徳に間違いないようだった。犠牲者の写真は、ややわかりづらいものの、私が面と向かって話をした、あの下品な顔だった。柾越は、ここの二階に住んでいたらしい。室内は全焼したが、ほかには延焼せずに、消し止められた。出火場所、出火原因は、今のところ不明。入り口のドアが開いていて、そこから煙がマンション内に充満し、煙を吸い込んで苦しくなった人をはじめ、三十六人が病院に運ばれたが、ほとんどが大事なく、現在は全員退院したという。柾越と、森親子殺人自殺事件の関係は、今のところ触れられていなかった。時折チャンネルを切り替えてみたが、ほかの局でも、同じような扱いだった。要するに、警察発表をそのまま報道しているのだろう。その中では、SBCの〈プレステージ白郷〉の火災現場の映像が、臨場感の点で優れていた。現場にカメラやアナウンサーが到着したのも一番早かったらしい。これはきっと、近野やソベジマの活躍の結果なのだろう。

六時四十五分になるのを待ちかねて、兄の家に電話した。すぐに冴香の声が受話器から飛び出してくる、と思ったのだが、誰も出ない。延々と続く呼び出し音を聞いているうちに、イヤな気分になってきた。

柾越が消された。実際のところは消されたのかどうかはまだはっきりしないが、とにかくあの男が死んだのは間違いない。そうすると、これはあまりにタイミングが良すぎるから、森の事件に関係しているのかもしれない、という可能性は充分にある。とすると？　柾越と一緒にいた私も、柾越を消した誰かに、狙《ねら》われるのではないか？　私がこの部屋にいなかったから、相手は、私の兄の家に……

そんな不安が、見る見る大きくなる。私は、一瞬にして体中にどっと汗をかいた。

「はい、畝原ですが……」

二十三回目の呼び出し音で、いかにも寝ぼけた感じの義姉の声が出た。

「あ、もしもし、浩一です！」

私の声はうわずっていた。心臓があたふたしている。

「あら、お早う。どうしたの、こんなに早く」

「え？」

「まだ、七時前よ」

「……え？……でも……」

「あ、そうか」と義姉は笑みを含んだ声で言う。「今日は、第二土曜日でしょ？」

「え？」

「だから、子供たちは、学校、休みなのよ。それで、智《さとし》さんも、このところ休暇を消化してなかったんで、今日は休みにしたの。だから、今、わが家は、全員で、久しぶりの寝坊を楽しんでいるわけなのよ」

「そうか……」

「これからいらっしゃる？　でも、朝御飯の支度は、まだまだできないわ。子供たちも、智さんも、まだぐっすり眠ってるから」

「そうか。……いや、わかりました。私は、今日これから出かけます」

「お仕事？」

「ええ」

「忙しいのね。ええとね、わが家はね、たぶん今日は、動物園か青少年科学館か、それとも映画か、とにかく、そんな感じよ」

「すっかり御世話になっちゃって」

「いいのよ。忍も喜んでるわ」

「ええと、それじゃ、夕方にでも、また電話してみます。せっかくの寝坊を、申し訳なかった。起こしてしまって」

「一緒には行けないの？　もし行けたら、サヤちゃん、とっても喜ぶと思うわ」

「そうですね……そうしたいんだけど、これがなかなか……」

「大変ね。ま、うまく話しておくわ。じゃ、お仕事、頑張って」

受話器を置いた。今の義姉の声は、わりと明るく、善意に満ちていた。幸せそうですらあった。兄の不倫の恋はどうなっているのか、私はぼんやりと思いやった。

それにしても、第二土曜日。いや、そもそも土曜日だ、ということ自体が頭になかった。これはちょっと困ったことになった。私はまず、白郷区役所に行ってみよう、と考えていたのだ。森の上司に話を聞いてみるつもりだった。だが、それは不可能だ。休みの日は、当直の嘱託職員がいるだけだ。

となると、……やはり、葬儀を狙うしかないか。気が進まないが、これはなかなか有効なのだ。おそらく警察は、森親子の遺体はすぐに遺族に返したはずだ。そして遺族は、すぐにでも葬儀を済ませたいだろう。参列者は遺族以外には誰もいないかもしれないが、区役所の上司や関係者が焼香に来る可能性はある。とすると、あとで状況が落ち着いたときよりも、いろいろと話を聞き出すのが容易かもしれない。人間は、興奮している時、多く事実を語る、あるいはそれを漏らしてしまうものだからだ。そういう状況にある人間に話を聞くのは気が重いが、最適な機会の一つではある。

朝刊の〈お悔やみ申し上げます〉の欄を眺めて見た。だが、そこには森英司の名前も、森英勝の名前もなかった。そういうものかもしれない。遺族としては、お悔やみ欄への掲載を憚《はばか》るのも理解できる。自宅でひっそりと、あるいはそもそも葬儀をせずに、身内だけで荼毘《だび》に付して終わり、ということになるのかもしれない。だとすると……

垣元なら、なにかわかるかもしれない。森英司の、賃貸契約の解除や、持ち物を遺族に引き取らせるなど、いろいろな手続きが待っているだろう。その際に、密葬にせよなんにせよ、葬儀の日取りなどがわかるかもしれない。

だが、まだ七時前だ。電話するのはいかにも早過ぎる時間だ。

さて、どうしよう。

私はバナナを二本食べ、カゴメの食塩無添加野菜ジュースを一缶、牛乳を一杯飲んだ。

それから、札幌市職員名簿に当たってみた。これは、市の職員全員の、位階・役職・勤続年数・経歴・学歴・履歴のほか、自宅の住所電話番号・家族構成・趣味・特技などがズラリと並んでいる冊子だ。一般の書店ではあまり売っていない。これを見れば、その職員に最適の、きっと喜ばれるに違いない付け届けを送ることができるのだ。

だが、これに載っている森英司の住所は、西区琴似の〈ベルエア〉だった。実家の住所は載っていない。森英勝の名刺に書いてあった住所は、中央区の中心部、電車通り沿いにあるテナントビル〈プレジデントあけぼの〉の七〇三号室になっていた。これはおそらく、自宅ではなく「教育カウンセリング」だかなんだかの事務所のようなものだろう。電話帳を調べてみたが、森英勝の名前は出ていなかった。一〇四では、お客様の都合で教えられない、と言う。

北海道の教職員名簿を見れば、森英勝の住所はわかるだろう。だが、今、手許にはその名簿はない。図書館に行けば、バック・ナンバーがズラリと揃《そろ》っているはずだが、その手間が惜しい。近野なら、すぐにデータを引っ張り出してくれるだろうが、今はきっと寝ているだろう。

昨夜の疲労困憊《こんぱい》の姿を思い出す。

こういう時には、便利な情報ソースがある。時間は、午前七時二分。普通の人間にとってはまだ自宅でグズグズ、あるいはあたふたしている時間だが、横山なら、すでに事務所に出社しているはずだ。なぜなら、彼は興信所の所長であり、常に、顧客を社員に横取りされたり、金を横領されることを警戒しているからだ。毎日、一番早く出勤し、一番最後に自分の手で事務所の鍵をかけて帰宅するのだ。帰宅しないことも珍しくない。事務所に置いてある彼の寝袋は、あまり洗濯をしないので、ちょっと臭《にお》う。

私は、〈アイ横山探偵事務所〉に電話した。思った通り、勢いのある横山の声が受話器から飛び出した。

「横山探偵事務所です！」

少なくとも、働き者であることだけは認めてやろう。彼は、私の高校時代の同級生で、北日から解雇された私は、この事務所で探偵の仕事を覚えたのだ。横山は、狡《ずる》く、金に汚く、人を騙《だま》すことが得意な男だが、それでも、勤勉で、努力を持続する力を持った男だ。

「畝原だ」

「よう！〈チャンス・マート〉の万引き防止強化週間だ。日当一万二千、交通費別途。一日二交代制だ。拘束は、まぁおおむね一日六時間、うち休憩一時間、ほぼ一週間の予定だが、これは三日以上七日内の範囲で、あんたの都合に合わせる。今回は、息子もなんとか手伝いそうだ」

息子というのは、貴《たかし》という名の、今年二十五になる男だ。職業はフリーター。天気のいい日曜の午後などに、大通公園のアスファルトの歩道に、チョークで絵を描いたりしている。けっこう大きな、色使いが華やかな絵だ。季節感を巧みに取り入れてはいる。その絵の横には、クッキーの缶などを置いて、絵を見た人がそこに金を投げ入れるのを期待している。それが彼の生活の手段だ。また、夜のススキノの歩道でブルース・ハープを演奏して、投げ銭を集めている。そのほかには、仲間がオープンした店の壁にペンキを塗りたくって、私には全く意味のわからない絵を描いて五千円もらったり、父親に恫喝《どうかつ》されて、父親が受注した工事現場のガードマンの仕事を渋々手伝ったりして暮らしている。マトモな職業に就こう、という意欲がまるでない男だ。だが、これが私の空手の、ただ一人の弟子であり、そして冴香の初恋の相手なのである。

「いや、その件で電話したんじゃないんだ」

「あ？　じゃ、電話するな」

「いや、頼みがあるんだよ」

「だから、頼みで電話するな。オレは、アンタの頼みには興味がない。いつだって、こっちは無償奉仕だ。アンタが、オレの仕事を手伝ってくれたこと、役に立ってくれたことが、今までに一度でもあるか?」

「何度もあると思うよ」

「……そうだな。確かにそうだ。……だいぶ世話になってるな。それは確かだ。まぁ、その点に関しては、礼を言う。で、なんの頼みだ」

「元校長の、住所が知りたい」

横山は大きく溜息をついた。

「おい、とんでもない手間がかかるんだよ」

「目の前に、教職員名簿があるだろ? それを、パラパラっと眺めてみてくれ」

「助かる。そうやって、仕事の仕方を教わるのは、オレは非常に嬉しいよ。いや、本当に助かる。で、やり方を知ってるなら、自分でやれよ、御同業」

「時間がないんだ」

「基本書籍の拡充は、オレらのような情報産業には欠かせない設備投資だぜ」

「確かにそうだ」

「その設備投資を、アンタはタダで使おうとするわけだな」

「もしも立場が逆だったら、私はお前の頼みを気持ちよく聞いてやると思うよ」

「そうだな。確かにそうだ。助かる。オレは頼んでるんだよ。〈チャンス・マート〉の万引き防止強化週間を手伝ってくれ、と」

「それを引き受けたら、元校長の住所を教えてくれるのか」

「そうじゃないよ。交換条件じゃない。いいか、お互いに、相手の頼みを聞いてやる、オレとアンタはそういう麗しい関係だ。交換条件じゃない。断じて違う。アンタが、元校長の住所を知りたがっている。だから、友人たるオレは、それを喜んで教えてやる。一方、オレは、人手がほしい。で、友人たるアンタは、喜んで人手を提供してくれる、というわけだ」

「私の方が、分が悪い」

「ええ⁉ なんでまた⁉」

「お前は、目の前の名簿のページをパラパラやるだけだ。私は、自分で体を動かして、時間も使う。とうてい公平とは思えない」

「いやぁ、話が分からないかなぁ。住所を調べるのと、万引き防止の人手とは、全然別な話なんだって。その、違うものを比べても、意味ないだろ。あんたは、リンゴとセルシオのどっちが人生にとって大切か、比較できるか？ できないだろ？」

「どっちにしても、私は自分と冴香を養わなけりゃならないんだ。学生アルバイトの日給で五時間潰すわけにはいかない」

「ええ⁉ どういうこと⁉ 学生アルバイトの日給って？」

「さっき言ったろ」

「学生アルバイトの日給？ そりゃ、一万二千だけど？」

「だろ？」

「そうだよ。……あれ⁉ ああ、そうか。なんだ、畝原。アンタなにか誤解してるんじゃないか？ もちろん、あれだよ。あんたは、プロとして、主任として動いてもらうわけだから。一日五万だよ。五時間で。時給一万だ。そういう風にオレ、言わなかったかな」

「言わなかったね」

「悪い悪い、てっきり言ったもんだ、と思ってさ。いやぁ、そうか。そういうワケだったのか。オレもヘンだな、と思ったんだ。畝原の奴、なにが不満なのかな、なんて……」

横山が、〈チャンス・マート〉からいくらで仕事を受注したのかはわからないが、これでも充分に儲けが出るのだろう。そうでなければ、こんなにあっさりとギャラを上積みするわけがない。

「まぁ、とにかく検討してみる」

「よろしくな！ それでさ、ええと、元校長だって？」

「そうだ。名刺のコピーをファックスで送るから、当たってみてくれ。履歴なんかも書いてある名刺だ。調べやすいと思う」

「OK、OK。これから暫くいるのか、家に」

「すぐに出る。すぐに出たいから、お前に頼んだんだ」

「なんだ。それを早く言えよ。アンタが変な誤解をして長々と電話するから……じゃ、わかったら、ファックスで送っとくよ。……まだインターネットには繋がないのか？」

「ああ。二〇〇〇年が終わってから繋ぐ」

「ハハハ！ バカだねぇ！ じゃぁな！」

受話器を置いてから、もう一度札幌市職員名簿を開いた。市の職員には、高校や大学の同窓生が多くいる。また、北日時代に、取材などを通じて知り合った相手もけっこうな数にのぼる。だが、改めて名簿を眺めてみると、こういう時に役に立つような信頼関係を築いた相手は、少ない、ということを実感した。年に何度か会って酒を呑む相手も数人いるが、全然無関係な部署にいる。道路整備の担当者や、公園管理課の課長に、白郷区役所の福祉課職員のことを尋ねても、なにもわかるわけがない。

同じところを何度も繰り返して読んでいるうちに、一つの名前が記憶の中から甦《よみがえ》った。係長職で、〈地域福祉サービス調整担当〉の高橋賢志《たかはしけんじ》という名前に見覚えがある。パソコンの名刺管理ソフトで検索してみると、やはりヒットした。北日に入社後数年ほどして、仕事のやり方がわかりかけてきた頃に会っている。市の下水道に関する連載企画を作った時、色々と協力してもらった相手だ。その当時は、下水道局にいて、広報を担当していた。私よりも三歳ほど若く、その時は、メディアに関わることを楽しんでいたように記憶する。連載が終了した後、一度オツカレサマで飲んだことがあるが、それっきり、確か一度も会ったことがないはずだ。だが、なんとかなるかもしれない。名簿によると、自宅は東札幌の分譲マンションであるらしい。その住所と電話番号をメモした。

それから、冷蔵庫の中をチェックした。牛乳があと一パックしかない。卵は四個あるから、明日の朝食は大丈夫だ。肉も、鶏のムネ、豚バラが一パックずつ、ある。鮭の切り身もある。納豆はまだ二パック残っているが、ネギがなくなった。冴香は好みが渋くて、納豆には刻んだネギを入れるのを好む。忘れずに買っておこう。その時に牛乳も二パックほど買おう。あとは特に問題はないようだが、タラコは、確か二週間ほど前に買ったものだから、今日帰ったら、忘れずに焼きタラコにしよう。それから、ヨーグルトも買っておこう。冴香は、ハスカップのヨーグルトが好きだ。

食器棚を見ると、パンがあと二切れしか残っていない。これも買わなければならない、と心の中にメモしながら玄関に向かい、外に出て、扉に鍵をかけた。

階段を下りて駐車場に出ると、空気が湿っぽかった。曇り空で、それほど厚い雲ではないらしく、あまり暗くはないが、今にも小雨がぱらつきそうな気配だ。壁際の片隅で、私の中古のターセルが肩をすくめるような感じで静かにしている。犬と違ってターセルは、私がドアにキーを差し込んでも、喜んだり、跳ねたり、尻尾を振ったりしない。イグニッションをひねると、年老いて世界に嫌気が差した牛のように、面倒臭そうにしぶしぶとエンジンがかかった。だが、それでもいいのだ。走ればいい。

七時半を少し回った頃に、白郷区役所の前を通った。東札幌の高橋の家の近くまで行く途中、ちょっと遠回りをして寄ってみたのだ。住宅地の中に建っている区役所の正面玄関周辺に、主に各TV局の取材陣が集まっていた。順番に、正面入り口の前にアナウンサーやレポーターを立たせて、レポートを録画している。通用口のあたりで、当直であるらしい初老の男たちにマイクを突きつけてコメントを取ろうと頑張っているクルーもいた。ざっと眺めただけだが、見知った顔はなかった。ターセルのスピードを落とさずに、そのまま前を通過した。そして漫然と走り、国道十二号線に出て、目に付いたファミリー・レストランの駐車場にターセルを入れた。

明るい店内の、ひときわ明るいガラスの壁際に座り、コーヒーを注文して、ピースに火を点けた。やれやれ、と心の中で呟き、わりとたっぷりと眠ったのに、体が休まった感じがしないのはなぜだろう、などと訝《いぶか》りながら肺一杯にケムリを吸い込んだところで、ジャンパーのポケットの携帯電話が震えた。慌てて周囲を見回すと、レジの隣に電話ボックスが並んでいる。そっちに向かいながら耳に当てると、元気のいい声が「近野です」と言う。「ああ」と小声で答え、ボックスに入った。

「というところで、とうとうマヤアケミが来ることになった。すでに、羽田を発《た》ったらしい」

近野が早口で喋っている。まだ寝ている、と思ったのは間違いで、すでにフル稼動しているらしい。

「マヤアケミ？」

「ああ。ウチのキー局のレポーターだ。事件が得意だ。知らないか？」

「ちょっと、わからない」

「見れば思い出すよ。で、オレはそっちの接遇で、身動きができなくなった」

「そのなんとかアケミってのは、森親子の件で来るわけか？」

「ああ、そうだ。そうなんだ。言うのを忘れたな。なにしろ、ちょっとない事件だからな。父親が教育者で元校長で、教育関連のいろんな活動を手広くやってた。その息子が区役所の職員で、それがいきなり、父親が子供を殺してその場で自殺だ。状況もよくわからない。息子の森のいろんな疑惑も、ちょっとずつだが暴露されかけている。わりと全国的な注目を集めそうなネタ、という判断だろう。ほかにも、日テレとTBSはまだ検討中らしいが、CXとテレ朝は、すでにレポーターの投入を決めたらしい」

「なるほど」

「で、オレもちょっとそっちに時間を取られるんだ。だから、なにかわかったら、ソベジマの方に報告を上げてくれ。やつがいいように扱ってくれるはずだ」

「ああ、例の、パンツ一丁で頑張ってた……」

「そうだ。神聖なる職場の品位を落としたってことで、営業の方から抗議を受けたらしい。ソベジマはまったく平気な顔をしてるけどな」

「彼で、事情がわかるかな。若菜はどうだ？」

「きちんと話してあるから大丈夫だ。若菜はダメだ。オレと一緒に、マヤアケミの接遇、及び東京との連絡調整に当たらなきゃならん」

「なるほど」

「……それで、畝原さん……画面で話さないか？」

「話す？　なにを？」

「惨劇のようすを、生々しく、さ。なにしろ、事件の唯一の目撃者だからな。柾越が死んだ今となっては」

「あ……でも……」

「柾越も残念だったな。生きてたら、小遣い稼ぎができたのに」

「柾越の火事の方はどうなんだ？」

「あまり進展はないらしい。そっちは、なにしろ因縁があるからな、ソベジマが頑張ってるようだが、警察発表は芳しくない」

「そうか……」

「で、どうだ。目撃証言、語ってくれないかな。顔にモザイク、声は変える、というのでどうだ?」

「う〜ん……」

「なにしろ、あんたは、他局が全然存在を知らない、いわばウチだけの隠し玉なんだよ」

「……あまり気が進まないんだが……」

私が困惑しながら言うと、近野は思いがけずあっさりと「そうだろうな」と納得した。「まぁ、実は、オレもあまり気が進まなかったんだ。もしもあんたがその気になってくれれば、というだけの話だ。こんなタイミングで、ネタを出しちまうのは、ちょっともったいない気もするしな。……いや、きっとキー局は欲しがると思うんだ。だが、この件については、まだなにも話してないから、安心してくれ。だが、もしかすると、今後の流れの変化で、折り入ってお願い、というのをするかもしれない。もちろん、無理に、とは言わないよ。ただ、ちょっと検討しておいてくれ」

「検討だけはしてみる」

「じゃ……あ、そうだ、今、どこにいるんだ?」

「白郷区役所の近くだ」

「どうだ、前に溜まってただろ?」

「ああ。でも、見覚えのある顔はなかった」

「ま、それでいいんだ。区役所は、もういいだろう。ウチのクルーは、今〈プレジデントあけぼの〉でカメラを回してるはずだ」

「ああ、森の父親の事務所だな」

「そうだ」

「あ、そうだ。あのオヤジの自宅住所はわかるか?」

「ああ。すぐにわかるぞ。若菜に替わる。あと、なにか用事があるか?」

「こっちは、今のところ、ない」

「じゃ、若菜と話し終わったら、そのまま切っていい。俺の方も、今のところはこれでOKだ」

若菜が告げた住所は、西区琴似の本通り近く、札幌の中では歴史のある住宅地で、わりと大きな邸宅が並ぶ一帯だった。これで、横山の仕事が一つ無駄になったが、私は全然気にならない。

電話を切ってから、目の前の緑電話にカードを入れ、メモして来た番号をプッシュした。高橋賢志であろう声が、すぐに応えた。

「はい、高橋です」

「私、畝原と申しますが」

「ウネハラさん……」

「ええ。以前……、もう十数年前になりますが、私、北海道日報におりまして、ええと、当時は高橋さんは、下水道局で……」

「あ！　ああ、思い出しました！　例の、……あれ、なんでしたっけね、ええと、〈われわれの足許で〉とかなんとか……」

「ええ、豊平川《とよひら》の浄化、鮭の回帰などをからめて、下水道事業のことを……」

「ええ、覚えてますよ。マスコミの人と仕事をしたなんて、あの時が初めてでしたから、よく覚えてます。ははは、覚えてますか、マンホールに入った時、畝原さん、ウチの雇員に『酸欠です！』てからかわれて、慌ててハシゴ、登ろうとして」

言われて思い出した。そんなこともあった。私は、高橋に段取りを付けてもらって、下水道局の現場職員に案内され、カメラマンとふたり、マンホールから下水道に降りたのだ。ニオイはそれほどでもなかった。確か季節は今ごろで、地上は冬に向かって気温が下がってきた時期だったが、下水道の中はほんのりと暖かかった。

「いやぁ、本当にお久しぶりですねぇ、御元気ですか？　今は……」

と言いかけて、高橋は言葉を呑み込んだ。私が幼女強姦の容疑で逮捕されたことを思い出したのだろう。

「……いやぁ、そう言えば、大変でしたね。新聞で読みましたよ。もう、昔の話ですけど。誤認逮捕でしたっけ？」

「……ええ」

「罠にはめられた、と。そのこと、聞きました。……で、今は？　ずっと北日で？」

「いえ。今は、独立していろいろとやってます」

「あ、そうですか」

高橋の声がやや冷ややかになった。すっと体を遠ざけたような感じだ。

「で、今回お電話させて頂いたのは……」

「はぁ」

「実は、ＳＢＣからの依頼で、森英司の……」

「あ、その件」

早口で呟いた。

「はぁ」

「すみません。残念ですけど、ちょっとお役に立てませんね」

電話は切れた。私はすぐにかけ直した。

「はい、高橋です。畝原さん？」

「ええ」

「ちょっと、まずいです。困ります。取材には一切応じるな、ということになってますから」

「ということは、亡くなった森氏に関して、なにか疑惑がある、ということですか」

「噂ですよ、そんなもの。……いや、ええと、とにかくお話しできません。困るな。いきなりこんな電話されても」

その声は、断固取材拒否、という方針が決定した後の官僚らしく、冷たく凍り付き、とりつく島もなかった。

「ＳＢＣの依頼？　依頼されて取材してるんですか？　本当かな」

「別に、この電話でお話を伺おうとは思っていません。ただ、お目にかかって、ちょっと御説明させていただきたくて。それで、こちらの取材意図を……」

「お断りします。とにかく、取材には一切応じられません」

高橋の口調は断固として揺るぎないものだった。自分の後ろには課長がいて、その後ろには部長がいて、その後ろに局長がいて、最終的に市長がいる、その全員の権威を背負って、彼は私の電話にのしかかっている。

「じゃ、そういうことで」

「ちょっと待ってください。高橋さん、あなた、……例の八三年の統一地方選挙の時は、おいくつでした？」

「はぁ？」

「山室《やまむろ》知事が初当選した、あの選挙ですよ。知事選六連敗だった社会党・革新陣営が、二十四年ぶりに道政を奪還した」

「はぁ？……あの時は、……八三年……昭和五十八年道知事選挙か。……二十七歳……でしたね」

「すでに札幌市職員でいらっしゃいましたね？」

「ええ。私は、昭和五十五年入庁だから」

「なるほど。とすると、五十八年知事選の時には、選挙管理委員会を手伝いましたよね？」

「選管を？」

「ええ。開票作業を」

「ああ、ええ。下っ端だったけど」

「その時、高橋さん、あなたは投票用紙の改竄《かいざん》をしたでしょう?」

「………」

高橋は沈黙した。

「もちろん、あなただけじゃない。ほとんど全員が、チャンスをうかがって、投票用紙の書き換えをしたでしょう?」

「………」

「もちろん、組合からの公式の指令があったわけじゃない。でも、なんとなくそんな雰囲気になって、あなたもみんなと一緒にやったはずだ」

「……いや、それは違う」

「違いますか?」

「私は、改竄はしていない。……読みづらいもの、白票、その他の無効投票に、ちょっと手を入れた、というか……」

「なるほど。あなたは、その程度だった。でも、あなたの周りで、みんな、普通に行なっていたでしょう?」

「……なぜ……」

「もちろん、あの山室が当選したのは、投票用紙改竄のおかげではない。ですが、あの五十八年知事選は、僅差《きんさ》の勝負だった。あの後の二選三選は、山室知事は、対立候補を完全に制圧して圧勝を続けた。だが、五十八年は七万票差だった。百五十万台の勝負だったから、この七万は、そんなに大きな差じゃないですよ」

「だが、別に、ちょっとした書き換えのせいで……」

「その通り。あんなことをしなくても、山室は勝ったはずです。だが、結果を云々しているわけじゃない。開票作業に、ほぼ組織ぐるみとでも言える操作があった、ということです。あるいは、民主主義の根幹が枉《ま》げられた、ということです」

「いや、ちょっと待ってくださいよ。組織ぐるみじゃない。それに、とにかく、大勢《たいせい》には影響がなかったんだから。それに、何度も言うけれども、私だけじゃない」

「それはわかってます。ですが、もしも私が、この事実についてどこかで発言する時は、……あなたから聞いた、と言うつもりです」

高橋は息を呑んだ
「……キサマ……」

私は我ながら不思議だった。なぜ、こんな卑劣とも言える強硬手段を選んでいるのか。これでは、高橋が本当に可哀想だ。彼の怒りももっともだと思う。だが、とにかく私は、森英司と、本村の関係が知りたかった。それは、近野の依頼に応えて報酬をもらう、という問題ではなかった。森英司は、私の目の前で刺され、呻き、死んだのだ。

「誠に申し訳ないけれども、今のこの電話の内容も、録音してあります」

「……キサマ……なにが目的だ」

「森英司のことが知りたいんです」

「知っていることしか話せない」

「充分です」

「話せば、五十八年のことは黙っていてくれるのか？」

「ええ。いや、……少なくとも、情報源が高橋さんだ、という嘘はつかない、と約束します」

「保証は？」

「私を信じてもらうしかない」

「どうすればいい？」

「私は、そちらの近くまで来ています。御都合のよろしい場所を指定してください」

「……とにかく、会おう。……地下鉄の東札幌駅の北一銀行、わかるだろうか」

「わかります」

「そこの駐車場で、十五分後、というのはどうだろう」

「ありがとうございます」


土曜日の朝だからか、東札幌駅のまわりもひっそりとしていた。北一銀行の裏の駐車場に入った時、小雨が降り出した。フロント・グラスにポツリポツリと小さな雨滴が落ちる。ターセルの頭を駐車場入り口に向けて、エンジンを切った。そして、ドリンク・ホルダーに入れてあるピースの缶から、一本取り出して火を点けた。

五分ほどして、入り口からマツダのＭＰＶが入って来た。雨滴を綺麗にはじいて、ピカピカに光っている。運転しているのは、高橋だった。老けたな、と思った。向こうもきっとそう思っているだろう。視線が重なって、お互いに中途半端に会釈した。私はターセルから降りて、

MPVに近付いた。高橋がサイド・ウィンドウを降ろす。

「わざわざ、どうも」

私が頭を下げると、高橋はちょっと頷いてから、「どうしようか」と言った。

「車の中で話しましょう。走りながら。その方が、なにかと安心です」

「どっちの？」

「私の車にしませんか。あのターセルを置き去りにしておくと、意地の悪い警備員にレッカーされてしまいそうだ。その点、このMPVなら安心でしょう」

高橋は、ターセルをチラリと見遣《みや》って、口を歪めた。

「で、あの中に録音装置がセットされている、というわけ？」

「いえ。そんな仕掛けはしてありません。でも、気になるのだったら……」

「いや、いいです。畝原さんの車で行こう」


「知事選開票操作のこと、どうして知ってる？」

高橋はそう言いながらピースの缶の蓋《ふた》を開け、ほう、というような顔になった。

「まぁ……常識、でしょうか。誰でも知っている、というわけではありませんが、まぁ、報道関係者なら、知っている人間はそれほど珍しくないですよ」

「そうか。……それなら、なぜ問題にならないのかな」

ついさっきまで細かだった雨滴が、やや大きくなった。私は、ワイパーのスイッチを入れた。

「……まぁ、大勢には影響ない、ということなんでしょうか。それに、山室は、知事としても人気があったし。それに、代議士に戻ってからも、少なくとも北海道には大きな影響力を持ってますからね」

「大勢には影響ない、か……」

「見逃しても、見て見ぬフリをしても、あまり問題じゃない、ということでしょう」

「……」

「さっき、電話を録音した、と言いましたけど、あれはウソです」

「わかってる。畝原さんが、そんなことをする人間だ、とは思ってないから。まぁ、あの時は一瞬、とんでもなくビビったけど、受話器を置いてからね。ああ、要するに、はったりだな、と」

「……」

薄暗い街が、ゆっくりと窓の外を流れている。平日とは違って、渋滞はそれほどでもないが、街の中はやはりスピードが落ちる。

「だから、無視してもいいや、と思ったんだけど、でも、とりあえず、約束したから、来た」

「……」

「畝原さん、けっこう変わってないな」

「え？」

「今、いくつ？」

「四十七」

「そうか。あんまり老けた感じ、しないな」

「そうですか」

「お子さんは？　一緒に下水道を歩いた時は、生まれたばっかりの娘さんがいる、という話だったけど」

「今は、小学校六年」

「へぇ……そりゃ……」

「それで、森英司なんですが……」

「小六か。家庭教師や、教材のセールスなんかで大変でしょ？　日中、とにかく電話が来るでしょ？」

「さぁ……私は、日中はほとんど家にいないので」

「あ、そうか。……奥さんは……」

「別れました」

「あ……」

高橋はしばらく黙った。なぜ別れることになったのか、そのきっかけに思い当たったのだろう。それから、なんとなく私の姿を眺めた。ダイエーと生協で買った、二千五百円のシャツ、三千八百円のズボン、四千五百円のジャンパー。四千円の靴。中古のターセル。高橋は、パパスで身を包んでいる。車はピカピカのMPVだ。

「SBCの仕事？」

「森英司の背景調査のような感じで。直接の依頼者は、SBC報道制作局報道一部副部長の近野という男です。電話で確認してみますか？　もしも近野が在社していなかったら、ソベジマ

という別な副部長も話を承知していますけど。一〇四でＳＢＣの代表電話の番号を聞いて
……」

「いや、その必要はないです。畝原さんを疑ったわけじゃない。……でも、もしなにかわかったら、その情報は、どうなります？」

「やはり……さぁ、どうなるかな。いわゆる、〈ウラを取る〉、という背景調査の一つですから、直接どうのこうの、ということはないと思いますが」

高橋は顎を掻《か》いた。そのあたりの皮膚の下に、脂肪が溜まっているのがわかるようで、私はちょっと変な気分になった。私の体にも、自分では気付かないでいるどこかに、脂肪がたまっているのだろう。

「エライさんたちは、大変だ」

ひねくれたような口調で言う。

「え？」

「てんてこ舞いしてるらしいな。大スキャンダル。前々から、いろいろと良くないウワサのあった男だから」

「はぁ……」

「今、本庁に召集がかかってるらしいんだ。会議の」

「あ、市役所ですか？」

「そう。区役所だと、目立つから。マスコミに嗅ぎつけられてね。だから、午前十時をメドに、三々五々集まるように、という指示が出てるらしい」

「なるほど……」

「挙動不審だったもんねぇ……」

「森英司が?」

「そう。……独特のニオイがあるんだ。なにかこう、不自然に早く出勤してみたり、異様に遅くまで、なにするでもなく残ってたりね。かと思えば、全然居所がわからなくなって。ポケベルにも返事しなくなったり。……電話も、ヘンなことが色々と、ね」

「目立ってましたか?」

「他人のデスクの上の端末をいじってみたり、なにくわぬ顔で、フロッピーの束を、わざとらしく剝き出して持ち運びしてたりね。……みんな、こいつ、なにかやってるな、とは思ってたんだろうなぁ。少なくとも、私はそう思った。でも、事を荒立てたくはなくてね。そのうちに、なにかきっかけがあって、ちゃんとバレるだろう、と。……まぁ、それであんなことになったわけだけど」

「森は、どんなことをしてたんでしょう?」

「それは……具体的にはどうこう、とは言えない。証拠もないし。……でもまぁ、本来なら受給資格を満たさない人間に便宜を図ってやって、その見返りを受け取る、くらいのことなら簡単にできるしね。……保護費のピンハネだのなんだのは、その気になればいくらでもできるし。あと、派手にやるとしたら、存在していない人間をでっち上げて、その保護費を自分が作った口座に振り込ませる、なんてこともできるし」

「…………」

「あとは、名簿かな」

「ああ、名簿のデータね」

「そう。結構、いいお金になるらしい。詳しくは知らないけど」

「森英司がひとりでやったんでしょうか」

「……そりゃ、無理でしょう。規模が小さければ単独犯行、ということもあるけど、どうも、あの男のやってたことは、そんなカワイラシイ話じゃないみたいだから。それで、幹部連中も大慌てなんだろうな」

「……どんな人間が、共犯として考えられますか？」

「……そこまでは……」

「そうですか」

「……なんてね。もったいぶってもいいんだけど、……今年の五月の人事を見れば、はっきりわかりますよ」

「ほう」

「青少年スポーツ振興の方に回されたカミヤという課長職、あれはもう、きっと森との関係を絶って、ウチの福祉課とも繋がりをなくすのが目的だと思いますよ。事を荒立てずに、穏やかに処理した、というわけです。カミヤとしては、まぁ文句がないところでしょう。ずっと係長で、特に部下もなく、長年、役所の隅っこでぼんやりしてるしか、することがなかったんだから。それが、部下なし、ポストもなしでも、課長職で、とりあえずは栄転。あれで、もうカミヤさんは、足を洗ったんだと思うな」

「じゃ、今は誰が？」

「さぁなぁ……それが思い当たらなくて。窓口を狭くして、ひとりでやってたかな。でも、そんなことができるような男じゃないんですよ、森は。よく言うでしょ、生活のレベルは落とせないって。森ってのは、モロそういう人間でしたよ……教育者の息子なのになぁ……」

「……………」

「ああいうことは、思い切って手を出すと、案外簡単にできるもんなんですよ。でも、その後、それを隠蔽して、維持するのが、これがえらく手間がかかるんだ。いろんなところで破綻してきますからね。それを、今日はこれをああやって、明日はそっちをこうやって、と手当てするのが、とんでもなく面倒になってくるんです。ナイショの違法行為ってのは、みんなそんなもんなんだろうけど」

「……………」

「新人で入って来るとね、まず、住民税滞納とか、水道料金滞納とか、生活保護打ち切り、のような仕事を与えるわけです。そういう家の中には、とんでもないのもいてね。本当に、その家の奥さんが、下着姿とか、中には素っ裸にスケスケのネグリジェで出て来たりね。それで、誘惑するわけです。それを、毅然としてはねつけると、まぁ合格。使えるかな、と。で、その誘惑に乗っちまうような奴だったら、まぁ、早めにお引き取り願う、と。そのことを、口を酸っぱくして教え込むんだけど、それでも、ダメな奴はダメでね」

「森は、最初っから、誘惑に乗ったんですか」

「……彼は、臨採から、なにかややこしい手続きで正職員になったから……そこらへんがどうなのかは、ちょっとわからないな。でも、父親が校長……元校長だから。そこらへん、相当便宜を図ったりしたんじゃないかな」

「…………」

「ただ、よくテレビやマンガであるじゃないか、『オレの女に手を出したな』なんて、怒鳴り込まれる、なんてシチュエーションが。それを、まんま地で行くようなことが、何度かあったみたいだな。それでも、相手がチンピラだったからなのかな、滞納分をチャラ、ってなあたりで内々に解決してきたようだけどね」

「なるほど」

「変な世界でしょ？　でも、こういうもんなんだ。最後にうまくバランスが取れれば、それでOK。結果オーライ。とにかく不祥事が外に漏れないように、あれこれと手を尽くす。それがなにか、当然の手法、というような感じで。……村の掟《おきて》だな」

高橋の表情には、自嘲を遥かに越えた、嫌悪感が漂っていた。

「こんな時代だから、仕事があるだけでも有り難く思うべきなんだろうね。今まで無事に勤め上げてきたからには、このまま順調に行って、退職金と恩給をもらって。その前に、ちょっと金を稼ぎたいから、条件のいいところに引き取ってもらえるように、業者にコネ付けて、上司に頭を下げてさ。それでまぁ、淡々と生きて行くわけだけど」

私は黙って運転を続けた。こういう愚痴を聞くのは愉快ではない。職場に文句があるのなら、辞職すればいいではないか、と言いたくなる。だがもちろん、高橋にはそれができないのはわかっている。住宅ローン、子供の学費。ＭＰＶのローンもまだ、ほとんど残っているのだろう。

そんな、私の考えを読んだのだろうか。高橋はチラリと私に視線を投げて、「人間なんての は、未来を担保に借金をして、それを延々と死ぬまで返し続けるだけなんだなぁ」と呟いた。

私は、適当な相槌のつもりで、軽く首を傾げた。それが気に入らなかったらしい。

「畝原さんは、自由に生きている、というわけですか」

「……自由じゃないですよ。客商売ですから」

「フリーで調査の仕事を請け負ってるわけですか?」

「ええ」

「儲かりますか?」

「全然」

「歳取ったら、どうするの?」

「死ぬさ」

思わず言葉がぞんざいになった。

「死ぬかい」

「人間てのは、そういうもんだろう。ふたつにひとつだ。歳を取らずに死ぬか、さもなけりゃ、歳を取って死ぬ」

「娘さんはどうなる?」

「娘が一人前になったら、あとはもう、私はそれでいい。歳を取ったら、死ぬさ」

高橋は、前を見て、黙り込んだ。しばらくしてから、「やってられねぇ」と吐き捨てるように言う。

「なにが」

「人間は、死んだらなにも残らねぇ」

「そうでもないさ」

「いや、そうだ。いろいろと馬鹿馬鹿しいことを言う奴はいるけど、人間は、死んだらなにも残らない。道路を造ったとか、公園を造ったとか、イベントを企画したとか、そんなもんも、なんの飾りにもならない」

「……そうは思わないけど、でも、たとえそうだとしても、それはそれでいいさ。そういうもんだよ」

「畝原さんは、それで、寂しくないの？」

この男は、なにを考えているのだろう、と思った。四十男が、「寂しい」などと。そりゃ、人間は寂しいに決まっている。だが、それをあれこれ考えてなんになるだろう。そういうことに決まっているのだから。

「私はねぇ……」と、高橋がさも大事なことを語る、という重々しい口調で言う。「大学で、経済を専攻したんですよ」

「ほう」

「マル経でね。珍しいでしょ？　マルクス経済学を勉強した、最後の世代じゃないかな」

「そうかな」

「……私はねぇ……弱い者の味方をしたかったんだ。弱者を救うために活躍したかった。でも、法学には向いていない、というか刑事訴訟法がどうしても面白く思えなくてね。これじゃ弁護士は無理だな、と思って。で、まぁ、経済をやったんだけど。……今は、弱者がいなくなっちゃって。弱い者の味方をしよう、と思ったのに、その弱い者がいなくなっちゃってね」

真面目な顔で語っている。変な男だ、と思った。返す言葉がない、という感じだ。

「変な社会になったもんだ……」

そのまま、重苦しい沈黙がターセルの中にこもった。私たちは新札幌を抜けて北広島《きたひろしま》市に差し掛かった。

「あと、なにか聞きたい事はある？」

「清岡区で、女子中学生が行方不明になってるんだが……」

「最近？」

「いや、去年の暮れだ」

「ああ、本村の娘ね」

「え？　高橋さん、本村を知ってるの？」

「そりゃぁ知ってるさ。札付きだもの」

「札付き……」

「ちょっと前まで白郷に住んでたんだ。市営住宅にね。十年以上住んでたのかな。全額支給の生活保護を受けてたんだけど、周辺住民からの苦情や情報提供が絶えないわけ。生活が派手でね。亭主は腰痛、女房は膝が痛くて働けない、と言うんだが、仕事をしてることは間違いないわけ。生活保護受給世帯は、自動車を所持できないんだ。軽自動車まで、と決まってる。だが、ベンツを乗り回してるわけだ。調べてみると、所有者は別にいるんだ。それで、ちょっと借りているだけだ、と弁解するんだが、その所有者とは連絡が取れないとかね。とにかく滅茶苦茶な一家で、市営住宅の寝た切り独居老人の世帯に勝手に上がり込んでなにかやってる、という通報も何度もあった。話を聞いてみると、体が不自由で身の回りのことができないだろうから、助けてあげたんだ、というような弁解をする。とにかく口がうまくて、ガラガラ声の早口でまくし立てるから、こっちもクタクタになって、結局降参してしまうんだ」

「見逃してきた、ということか」

「結果的にはそうなるかな。でも、こっちも生身の人間だからね。付き合いきれないわけだよ。それに、ああいう手合いは、給付打ち切りとか、なんらかの条件を設定するとかいうような措置をすると、いきなりマスコミを味方に付けて大声で喚き始めるからな。福祉切り捨て、弱者切り捨て、官僚的な杓子《しゃくし》定規の運用、というような切り口で。区は一方的な悪者にされる。冷静に事実を述べても、あまりアピールしない。つまり、まともに相手をすればするほどマイナスになる、損をする、という判断だ」

「多いのかね、そういう人間は」

「多くないよ。そういう連中が多かったら、福祉制度なんてすぐにパンクする。……多くはないんだよ。でも、こういう連中がいるのは事実だ。こういうのが一番困る。生活保護、という制度のイメージが極端に悪くなるから。……いやな世界でね。つくづく、イヤになる。生活保護世帯に対する密告が、とても多いんだ。少なくとも、ウチの区はね。だれそれさんの家は、生活保護を受けてるはずなんだけど、御主人は働いていますよ、どうなってるんですか、というような密告。本村みたいな一家がいるから、他の保護世帯も白い目で見られるわけだ。……実際には、生活保護にはいろんな段階がある。できる限り頑張って働いて、どうしても足りない部分について、保護費として給付する、という場合も多い。でもね、そんな人たちも、本村のようなのと一緒くたに、悪意の視線に晒されてしまう」高橋は溜息をついた。「本村が清岡に引っ越したんで、ウチはほっとしてるけど、向こうじゃ大変だろうな」

「……本村一家と森の関係はどうだったんだろう？」

「そりゃ……いろいろあっただろうさ。もちろん、森は本村の担当じゃなかった。こいつらが組んだら、なにをやるかわからない、という判断は、さすがに働いたんだろう。でもね、担当かどうかなんて、そんなことは大した問題じゃない。陰でなにをやっていたか、わかったもんじゃないさ」

「森と本村がどういう関係だったか、誰に聞けばわかるだろう」

「そりゃ、畝原さん、当然、本村に聞けばいいんじゃないかな」

「……まぁ……それは確かにそうだけど……」

「福祉課ってのは……やりがいのある職場だ、と思ってたんだよ。……でも、人間の、イヤな面ばかりを見るようになっちゃった。……金がからむと、人間は、ダメになるね」

「……高橋さん、なにか、イヤなことがあったのか？」

「なんで？」

「さっきから話を聞いてると、そんな感じがする」

「……ああ、クソ！　思い出した！」

「なにを？」

「……畝原さんは、口が堅い人だよね」

「さあ、どうかな。自分では、普通だと思うけど」

「いや、畝原さんは口が堅い、信用できる人だと思う。あ！　クソ！　また思い出した。どうでもいい、と思っても、思い出すと、やっぱりダメだ」

「なにがあった？」

「……ウチの女房がね、……森と寝てたらしいんだ」

「え？」

「昨日、家に帰って、ニュースを見てたら、森とオヤジの事件をやってさ。そしたら、女房がいきなり青ざめて、ソワソワして、態度がおかしくなったんだ。で、問い詰めて、……ちょっと手荒いことをしたら……ああ、子供はもう寝てたんだ。で、そしたら結局、何度か寝たことがある、と白状した。森は、外回りとかなんとか言って、しょっちゅう出歩いてたからな。オレの家に上がり込んで、女房とうまいことやってたわけだ。で、私だけじゃない、と言うワケだ、女房は。森は他にも同僚の女房と、何人もと寝てるんだ、と。自分だけじゃないから、罪が軽くなる、そんな口調だ。……なにが、どうなっちまったんだろう。どうして、こんなことになるんだろう。森と、女房は、なにを考えてたんだろう。オレには、到底想像もできないんだ。オレの世界は、根本から腐ってた。そのことに、オレはつい昨日の夜まで、気付かなかったんだ」

高橋は、「あ！　クソ！」と言って、目を固く閉じ、力を込めて腕組みをした。私は、言うべき言葉を思い付かなかった。

「……あんな職場も、あんな女も、もうどうでもいい。今すぐ役所を辞めて、退職金を持って、子供と旅に出ようか、と考えてる」

「………」

「実際、今、九割方はそうしようと決心してるんだ。絶対に、オレはすぐに役所を辞めて、子供と旅に出る。固く決心してる。だが、わかってるのさ。オレは、実際にはそうはできない。女房を放り出すわけにもいかない。最低の女だけど、オレの子供の母親で、子供は、あんな女でも、慕ってる。結局、オレは罠にはまって抜けられないんだ」

「………」

「聞いてもらって、楽になった。……あの下水道の取材、楽しかったな。まだ俺たちも若くて、冗談がそのまま面白い、そんな年頃だったな」

「そうだった」

「……警察が、来ることになるのかな」

「なんで?」

「おそらく、森は、付き合ってた女のリストなんてのを作ってるだろうと思うんだ。パソコンとか、携帯のメモリーとか。そういうのを警察が調べて、ウチにも話を聞きに来るんだろうか」

「どうだろう。……あの事件は、加害者死亡でケリが付いてるからね。被害者の交友関係までは捜査の対象にはならないと思うが」

「……そうか。それならいいけどな。……今は、自分から畝原さんに話したから、まだなんとかなったし、我慢できたし、話して楽になれた。でも、警官の口からこのことをもう一度聞かされて、説明するのは、どうしてもイヤだな」

「きっと、そうはならないと思うよ」

「ならいいんだけど。あ！　クソ！　また思い出した」

高橋は再び目を固く閉じ、力を込めて腕を組んだ。そして、「諸悪の根源は、死んだか……」と呟いた。

10

北一銀行東札幌支店の駐車場で高橋を降ろした。高橋は、役に立てるかどうかはわからないが、なにかわかったら情報を提供する、と言ってくれた。

「もしも、息子と旅に出なかったらね」

「出ないでしょう」

「いや、今は九割方、旅に出るつもりなんだ。既決事項だな。役所をすっぱりと辞めて」

「でも、きっと今のまま、生きて行くんでしょうね」

「……きっとね。できることが、ほかになにもないから」

高橋は、静かに降ってくる細かな雨の中、とぼとぼとＭＰＶに戻って行った。

私はいったん家に戻った。留守番電話にはなにも入っていなかった。土曜日の午前中だからだろう。もちろん、金曜の夜から一睡もせずに悩みに悩んで、受話器を持ち上げては置いて、とうとう土曜日の午前六時に電話をしてくる依頼人もいる。だが、やはりそういうのは珍しい。

ファックスは、例の通り何枚か溜まっていた。横山からのファックスには、ぶっきらぼうな汚い字で、札幌市南区豊滝《とよたき》の住所が書いてあった。どうやら、森英勝の自宅住所らしい。とすると、さっき近野から聞いた住所と違う。どういうことだろう。この住所は、定山渓《じょうざんけい》温泉の手前の、人里離れた山奥、というあたりのはずだが。

ほかには、近野か若菜が送ってくれたらしい、〈プレステージ白郷〉の火事の情報があった。これは、アナウンス原稿というのか、通信社から送られてきたものをそのまま転送したらしい。大きな字で数枚にわたっているが、内容はほとんどない。要するに、警察と消防は火事の原因を調査中、ということだ。亡くなった柾越芳徳さん（自営）のこともなにひとつわからない。警察は、森親子の心中事件とこの柾越の焼死を、今のところは関連づけて発表する気はないらしい。なぜだろう。そのことを気にしながら、ファックスの左右が赤くなっているので、用紙を補給した。

それから札幌市職員名簿で〈青少年スポーツ振興担当〉のカミヤという課長職を探したが、出ていなかった。今年の五月の人事、というから、これには出ていないのだろう。奥付を見ると、一昨年の名簿だった。確かに、基本書籍の拡充は必要だ。白郷区の福祉課を調べてみると、係長職で加宮則夫《かみやのりお》というのがいた。きっとこれが、森の不正との関わりをウワサされて青少年スポーツ振興に回された男だろう。北区元町に住んでいる。住所と電話番号をメモして、それから横山に電話した。

「はい！　横山……」

「オレだ」

「おう。見たか?」

「見た。ありがとう」

「〈チャンス・マート〉の件だけど……」

「あの豊滝の住所は、何に載ってたんだ?」

「道の教職員名簿だよ」

「オレがさっき聞いた住所とは違うんだ」

「違う?」

「琴似の住所は載ってないか?」

「ちょっと待て……いや、載ってないな。コピーして送るか?」

「ああ。頼む。……その職員名簿は、何年のだ?」

「今年のだよ。最新版だ」

「バック・ナンバーはあるか?」

「おい、おまえ、それくらいのことは、図書館に行けば用が足りるだろうが。今、おまえと話しているこの瞬間にも、依頼人が電話してきてるかもしれないんだぞ」

「キャッチホンにしてるんだろ?」

「……そうだけど。でも、そういう問題じゃなくて、礼儀とか、謙虚さとか、そういうことを言ってるんだ、オレは」

まぁ、確かにそうだな。横山が忙しいのは事実だ。

「わかった。とりあえず、コピーして送ってくれ」

「プリーズ！」

「お願いします」

「どういたしまして」

電話は切れた。

本村と加宮、どっちに先に当たろうか。それはやはり、加宮の方を先にすべきだ。本村夫人の、あの強烈な迫力、押しつけがましさに対抗するためには、もっと予備知識を仕入れる必要がある。

もっとも、私は本村夫婦に会う必要はないのかもしれない。近野の依頼は、森と本村の関係であり、そのあたりのことを本村に尋ねても、もしも後ろ暗い関係であれば、正直に話すはずがない。私としては、加宮からなにか話を引き出して、あとは、「本村さんの家には、確かにこの森さんという人が出入りしていましたよ」というようなことを、キンキン声のモザイク顔で語ってくれる「近所の住人」を見付けてくればそれでいいのだろう。

電話が鳴って、横山からのファックスがジワジワと出て来る。彼の言った通り、そこには琴似の住所など、影も形もなかった。

図書館にも行かなくてはならない。

図書館で、道の教職員名簿のバック・ナンバーを調べた。森英勝の住所は、ＯＢおよび教育局関連のところに出ていた。ここ数年、校長を退職して以来、ずっと南区豊滝になっている。

それ以前は、勤務先の学校の近くに住んでいたようだ。退職と同時に、豊滝に土地を求めて引っ越した、ということになるのだろうか。とすると、琴似の住所は、なんなのだろう。森英勝は、いつから琴似に住んでいるのか。

そんなことをあれこれ考えながら、私は東区元町にあるという加宮則夫の家に、機嫌の悪いターセルを宥《なだ》めながら向かった。このところ、ファン・ベルトがどうかなっているらしく、時折、キュルキュルという音が響き渡る。かなり大きな音らしく、信号待ちから発進する時、隣の車のドライバーが、びっくりしたような顔でこっちを見ることがある。その度に赤面する自分が、情けない。その音が、だんだん頻繁になってきた。

元町は、地下鉄の駅ができてから、やや表情が変わった。鉄筋コンクリートの中層ビルやマンションがそこここにポツンポツンと建ち、その間を昔からの木造平屋建ての家が埋めている街だ。不規則な形の空き地も目立つ。これといって特色のない、九〇年代末の札幌の、普通の住宅街。

その街外れ、農家の畑が広がる手前あたりに加宮の家があった。家はわりと最近建てたらしい、どことなく地中海のリゾートホテルの物置のような雰囲気を漂わせた、建坪八十坪くらいの二階建ての白い家だった。道路に面した正面に茶色いタイルの塀を設けてある。左右は手製らしい木の塀。裏には塀はなく、家の庭は、裏に広がる空き地につながっている。この空き地は、おそらくは近くの農家が放置しているか、あるいは買い手が付かない宅地、さもなければ土地は買ったけれどもまだ家を建てるには至らない誰かの土地なのだろう。加宮は、自分の家の裏庭に作った菜園を、その空き地にはみ出させているらしい。私は農作業や家庭菜園などには全く疎《うと》いので、なんの畑なのかわからないが、いろいろな角度に畝が切ってあって、野菜らしい植物の残骸がそこここにある。よく見ると、勤めを持った一人の男が、これだけの広さの畑を維持し、手入れをして、収穫をするのは、並大抵のことではない、ということがわかる。つまり加宮は、役所では、それほど仕事がないのだろう。まぁ、女房や息子が畑仕事が好きなのかもしれないが。あるいは、農作業が好きな親が同居しているか。

畑のまん中あたりで、作業服を着た痩せた男が、ゆったりとあたりを見回しながら、タバコを喫《す》っている。足許に、なにかが入っているらしいビニール袋があった。この男が、おそらく加宮だろう。

私はターセルから降り、また発進させる時には、とんでもないキュルキュル音が響き渡るのだろうな、とちょっとうんざりしながら、加宮の家に近付いた。畑の男が、私に気付いて、「おや？」という視線を向ける。私が軽くお辞儀をすると、会釈した。

私は、努めてにこやかに、明るい表情を作った。平凡な表情の、生協やダイエーで売っている見栄えのしないジャンパーとズボンの、平凡よりもややみすぼらしい男。なんの役にも立たないが、なんの危険もない男。私は、そういう男なのだ。

「どうも」

「はぁ」

「私、畝原と申します」

「ウネハラさん？」

「ええ。加宮課長でいらっしゃいますか？」

「はぁ。加宮ですが」

「どうも。御世話になります」

「はぁ……」

「いやぁ、それにしても、素敵な菜園ですね。丹精なさってる」

「あ、この畑？　まぁね。……大変だけどね、いろいろと。でも、ウチは、ほとんど野菜は店では買わないね」

加宮は、得意そうな顔つきでタバコの煙をふーっと吐き出した。

「そうですか」

「部屋がひとつ空いてるんで、室《むろ》、というかな。貯蔵室を拵《こしら》えてね。自分で作った野菜の味に慣れたら、スーパーじゃ、野菜、買えないねぇ」

「でしょうねぇ！」

「ところで……」

「はぁ」

「ウメハラさん？」

「いえ、畝原です」

「ああ、そう。ウネハラさん。なにか……」

「あ、そうです。失礼致しました。私……」

そう言いながら、ジャンパーの内ポケットから名刺入れを取り出すと、加宮も自動的に作業服の左胸あたりを叩き、「あ、名刺は中だ」と口の中で呟いた。私がそのまま二歩近付くと、加宮も歩み寄って来る。私は、数種類ある名刺の中から、事実に一番近い名刺を選んで差し出した。

「初めまして。畝原浩一と申します」

「はぁ……」と名刺を受け取った加宮は、即座に反応した。「探偵事務所?」

「はぁ。調査などを……」

「森の一件?」

「あ、よくおわかりに……」

加宮は、露骨にイヤな顔をした。

「なにを調べてるの?」

「亡くなった、森氏の日常、というような……」

「なんで? 誰の依頼で?」

「ええ、実は……」

「いや、そもそも、なんで僕のところに来るんだろう。誰に言われたの?」

「ええと……そのあたり、ちょっと御説明させて頂きたいのですが……」

「ややこしい話?」

「……まぁ、ある程度は。森氏の名誉とか、依頼人の将来とか、いろいろな問題が絡んでおりまして……」

加宮は、私をしげしげと見つめた。それから、やや緊張をほどいて、頷いた。

「じゃぁ、まぁ、お話は聞くから、ええと、玄関から入ってください」

そう言い置いて、家の方に歩いて行く。私は、玄関に向かった。

加宮は、わりと最近、外装工事をしたらしい。地中海リゾートホテルの物置風の家の中は、ベニヤ板を多用した、古びた造りだった。私が通されたのは、ベランダから菜園が見え、百科事典やブランデー、感謝状、トロフィー、犬の血統書などが、そここの壁にくっついている部屋だった。応接間、ということだろう。作業服を、ゴルフズボンとポロシャツに着替えた加宮が、「コーヒー、飲むかね」と言う。私は礼を言った。

「今、女房がいなくてね。友だちと、着物の展示会にね」

「はぁ」

「……五万円以上買うと、沖屋《おきや》大輔《だいすけ》と握手できて、一緒の写真が撮れるんだそうだ」

「はぁ」

「沖屋大輔、知ってるかい？」

「ええ。名前だけは。ラジオのローカル・タレントですよね」

「なんだ。有名人か。こっちはあんた、そんなこと知らないから、なにが楽しいんだ、と思ったんだけど。そうか。畝原さんも知ってるの。有名人なのか。ラジオの」

加宮は、それで納得したらしい。頷きながら、向こうの方でカチャカチャと音を立てている。コーヒーの芳香が漂った。

そして、わりと慣れた手つきで、コーヒーをふたつ載せたトレイを運んで来て、ひとつを私の前に置いた。

「ハワイ・コナ。娘が先月ハワイに行ってね。土産です」

「香りが素敵ですね」

「うん。違うね、やっぱり。これはホンモノだ」

「娘さんはおいくつでいらっしゃいますか？」

「二十三。短大出てね。今は、市の外郭団体に勤めてます。おかげさまで」

そう言って、加宮はやや満足げに微笑んだ。

定年に近付きつつある公務員。痩せていて、毛筆がうまい、というような感じがする。顔を見ると、なぜかカラスを思い出す。ズボンはブランドがわからないが、それなりに上等だ。ポロシャツの胸ポケットには、アラン・ドロンのサインが刺繍《ししゅう》してある。どちらも、おそらくは女房の趣味だろう。首は細いが、筋肉は太いのが見てわかる。強靭《きょうじん》な筋が、細い首を支えている。目つきから、現状に非常に満足していて、そしてその満足すべき状態がなにかの拍子に崩れるのを恐れている、そんな心の動きが見える。と、これは私の先入観だろうか。

私は、なんとなく目を上げてあたりを見回し、わざとらしく犬の血統書に目をとめた。

「犬をお飼いなんですか？」

「えぇ？　ああ、あれ。うん……昔ね」

「そうですか」

「息子にせがまれてね。アフガン・ハウンドをね。当時、ちょっと流行《はや》ってて。……二十年くらい昔の話かな」

「じゃぁもう……」

「そう。いや、あっけなく、四年くらいで死んじゃってね。息子は、……まぁ、泣いたね、だいぶ。……まぁ、もしも長生きしたとしても、今はもう、たぶんいないことになってるんだろうけどね。……犬は、寿命が人間より短いから、罪だね」

「はぁ」

「ま、その息子も、おかげさまで一人前にやってます」

会心の笑みを浮かべる。私も笑顔で応えた。

「息子もね。頑張って面倒見てたんだけどね。……あの頃は、まぁ可愛かったなぁ」

「でしょうねぇ」

「息子も、犬もね」

「ですよね」

「ホントにさ……それで、森のことを調べてるの?」

加宮の気分は、ややほぐれたようだ。このままうまく話を聞こう。

「ええ。……森氏の日常のこと、どのようなことまで御存知ですか?」

「なぜ?」

「なぜ調べているか、その事情をお話しすることで、もしかすると、森氏の名誉を毀損《きそん》することになるかもしれないのです。それで、もしも課長が、森氏の私生活について何も御存知ないのであれば、お話を伺うのを取りやめます。ですが、ある程度事情を御存知なら、その御存知の範囲内で、ちょっとお話をさせていただきたいのですが……」

「なんだか、奥歯にものがはさまったような言い方だな」

加宮は、ややじれったそうな口調になった。それと同時に、私が何を知っているか、知りたくなったらしい。

「はぁ、申し訳ありません。どうも、問題が微妙で……」

「その、森の私生活ってのは、あれだろ？　未成年の娘とどうのこうの、という話だろ？」

「ええ。御存知でしたか」

「いや、僕もね、こうなってから知ったんだけどさ。で、それが？」

「ええ。まぁ、大変微妙な話なんですが、その、……森氏が亡くなった、という報道がきっかけで、ある家の娘さんが、そのご両親が、娘さんが森氏に体を弄《もてあそ》ばれていた、ということを知りまして……」

「ほぉ」

「非常に怒っているわけです。それで、事実関係を明らかにして、もしもそういう事実があれば、監督責任を問う、ということで、区役所、あるいは市役所、そして市長を告訴する、ということをお考えになったわけです」

「ほぉ」

「具体的には、謝罪と損害賠償、あるいは慰謝料、ということになるんでしょうか」

「まぁ、そんなことを、これは私の方に直接ではなくて、ある弁護士に相談なさったらしくて、その弁護士から、私の方に調査の依頼があった、というようなわけです」

「どこの弁護士？」

「それは申し上げられないんです」

「ま、そうだわな。う～ん……」

加宮の顔が、いかにも不快そうに歪んだ。

「お忙しいところ、誠に……」

「それで？　なんで僕のところに？　私はもう、森とは職務上は全く関係ないけど？」

「ええ。それでお伺いしたようなわけでして。現在の直属の上司の方にお伺いしても、なかなか実際のところは打ち明けていただけないのではないか、と思いまして……」

「まぁなぁ……犯罪だしねぇ……相手が女子高生だろ？」

「はぁ」

「隠すんだよ、役所は。当然だけど」

「私も、ちょっとお役に立てないな」

「はぁ」

「当然だと思います。思うんですが、……この娘さんの親御さんというのが、ちょっと特殊でして……」

「特殊？」

「いろいろと、本気で運動するようなんですよ」

「ヤクザ？　それとも共産党？」

「いえ、どちらでもない、と思いますが」

「なんだ。変わり者か。しつこいの？」

「具体的には、私は承知しておりませんが、弁護士によると、本気でとことんやる気らしい、と。そうなりました時に、この、調査段階で協力を得られなかった、ということになりますと、市当局にとっては、非常にマイナスになるようだ、という意見で」

「かーっ！」

加宮は頭を抱えた。その仕種が、ちょっと大袈裟すぎた。彼は、最終的には市長にまでつながる権力構造を後ろ盾にして、市を代表して、わざわざ背伸びして困っているらしい。

「まずいよ、畝原さん。これはまずい」

「ええ……」

私は、済まなそうな顔をして見せた。加宮はむっつりと黙り込んで、なにかしきりに考え込んでいる。そのうちに、顔つきが段々険しくなってきた。

「するとこれは、君、脅し、ということじゃないか」

私は失敗した。

「いえ、脅しではなくて……」

「協力してもマイナスになり、協力しなければ、もっとマイナスになる、と。これは君、あきらかな脅しだよ。恫喝じゃないか。協力しなければ、大変なことになりますよ、という」

「いえ、そうではありません。そう取られたとしたら、私の言い方が……」

「そう取るも何も、事実その通りじゃないか。ええ？　まるでヤクザのやり方だ」

「いえ……」

「……探偵？　この名刺、ホンモノか？」

「もちろんです」

「弁護士か。怪しいもんだな。よくあるんだよ、役所のこういう話が出て来ると、金ほしさに群がってくる連中がさ」

「………」

「役所を叩けば、それだけで点数が上がるからな。で、うまく行けば金をせしめることができる、ってなことを考えてるんだろう。どっちにころんでも、あんたたちには損はないからな」

「いえ……」

「おおかた、私に関してのなにかウワサみたいなものを聞きつけて、鬼の首でもとったようなつもりでいるんだろう？」

「ウワサ？」

「とぼけるなよ」

「それは、清岡の本村一家との関係ですか？」

「なにぃ？　あんた、なんだ、それは」

加宮の顔が赤くなった。怒っている。

「森氏と本村一家との関係についても、いろいろと話が出てきたものですから」

「それがなんだ！　なんでそれが、僕と関係あるの？　失敬じゃないか」

「………」

「ありもしないことを、無責任なウワサを聞いて、それで得意になってるんじゃない！　正式に問題にするぞ！」

「はぁ……」

「お宅のことは、調べさせてもらう。今日のところは、お引き取り願おう」

「課長……」

「帰れ！」

ターセルに戻り、キュルキュル音とともに発進させ、角を右に曲がるとパチンコ屋がある。その駐車場に停めて、私は携帯から加宮の家に電話してみた。話し中だ。すぐに切って、本村の家に電話した。話し中だ。私は、延々それを繰り返した。

朝方ぱらついていた小雨は、今のところは落ちてこない。雲も薄くなったらしく、さっきよりは明るくなった。そればかりか、時折雲の切れ目が流れて行くらしく、明るい光が差すようにもなった。パチンコ屋の駐車場の湿っぽいコンクリートの地面と、白い泡が固まったような外装のパチンコ屋の壁が、くっきりとコントラストを際立たせる。そしてその向こうでは、十一時の開店を待つ人々が三十人ほど並んでいる。彼らの上を、晴れ間がゆっくりと動いている。

私は、そんな世界を眺めながら、ただひたすら、加宮と本村に電話をかけ続けた。ずっと話し中だ。

晴れ間の日差しは、わりとはっきりした速さで動いている。それなのに、あまり風が強くないのが不思議だ。パチンコ屋の開店を待つ行列は、年齢も外見もさまざまで、驚くほど雑多な感じがする。行列は、私がここに来て以来変化がなく、数が増えない。常連はもう、勢揃いしたのだろう。ゆとりと平和に満ちた、穏やかな風景であり、人々だ。ゆとりがあり、平和であれば、いくらでもパチンコをすることができる。穏やかな世界だ。

何度目かわからなくなったが、ほぼ十五分ほど経ったあたりで、本村の電話が話し中ではなくなった。呼び出し音を一度聞いてすぐに切り、加宮に電話してみた。こっちも、呼び出し音が鳴る。一度聞いてすぐに切り、それからキュルキュル音とともにパチンコ屋の駐車場を後にした。

元町から、清岡区の本村の家まで、順調に走れば二十分ほど。土曜日の昼前だから、車の流れはいいはずだ。あのあたりは区画が単純な新興住宅地だから、それほどうろうろせずに本村の家の近くに辿り着けるはずだ。それも考えて、二十分。なにか動きがあるにしても、身支度に二十分くらいはかかるだろう。

もうこの時間になれば太田さんも営業を始めているはずだ。だから、太田さんに手伝ってもらうことも考えた。だが、とりあえず、自分の目で本村の家とその周辺、そして本村夫婦を見てみたい。

私は、心持ち急ぎ気味に、清岡区に向かった。思った通り、車の流れは順調だった。

本村家が住む市営住宅は、河川敷近くの低い土地に建っていた。川に面した窓からは河畔公園が見下ろせるが、その反対側の窓は崖に面していて、その崖の上の高台に、洒落た一戸建ての真新しい家が並んでいる。そこから、清岡区見晴らし台の中心部は、なだらかな起伏とともに広がり、太い国道につながっている。

眺めていると、青春時代の近野が自転車で走り回った昔が目の前に浮かんでくるような気がした。ゆったりと続く丘や谷、そこに広がる草原と森。そこに、人々がどんどん流れ込んでくる札幌の一番外側が手を伸ばし、まず川に沿って整地をして公園を造り、市営住宅を造る。すると、小さな商店や歯医者、床屋などが寄ってくる。そうすると、人が住める町である、ということになり、大規模な宅地造成、上下水道に電柱、舗装道路などの工事が始まり、アッという間に街の基礎ができる。そして、広さと高さでランクをつけられた宅地が、そのランクをそのまま反映して、同じような家が並ぶ裾野《すその》から、それぞれ「個性的」な、大きな家が並ぶ高台まで、階層が目で見てわかる街を造る。市営住宅からは、崖の上に建つ家の、屋根のてっぺんがわずかに見える。

そういう街だった。

私は、河畔公園の脇にある駐車場にターセルを入れた。そこからは、対岸に三棟並ぶ八階建ての市営住宅が全部見渡せる。それぞれに三つずつある入り口、そしてよく手入れされているらしいピカピカの車がぎっしりと並ぶ駐車場も。そこに、黒塗りのベンツもあった。これが本村の車だと決まったわけではないが、とりあえず私はこの車に目を付け、待った。

さっきまで、時折小雨を落としながら空を覆っていた雲は、すっかりどこかに行ってしまった。青空から、気持ちのいい秋の日差しが降り注いでいる。第二土曜日で、学校などが休みだからだろう、市営住宅の周りや、河畔公園で、子供たちがパラパラと散らばり、遊んでいる。みんな、キレイで可愛らしい。ほとんどが、道具を使って移動している。小さな子供たちは一輪車やローラー・ブレード、もう少し大きくなった子供たちはローラー・ボード。

三棟ある市営住宅の、まん中の左端の出入り口から、太った小柄な中年女が出て来た。本村薫の母親だ、とわかった。むっちりとした体を、コットンパンツと桃色のトレイナーに押し込んで、体の両側で短い両手を振り、それに合わせて腹を左右に揺すりながら、子供たちを突き飛ばしかねない勢いで出て来た。前でウロウロしている子供を押し退け、さっきから私が目を付けていたベンツに向かう。ハンドルの前に乗り込むと、ろくに後ろも見ずに車を出し、それから、音高くクラクションを鳴らして、慌てて左右に分かれる子供の群に突っ込んだ。子供は誰も死ななかったし、怪我もしなかった。それは、子供たちの身軽さのたまものだった。

本村夫人が運転する黒塗りのベンツは、そうする権利がある、ということをタイヤの一回りごとに主張しているような傍若無人さで、強引な車線変更、信号無視、割り込み、無謀な対向車線はみ出しを繰り返した。初めのうち、ついて行くのは大変だと思ったが、そのうちに、こっちが普通に走れば、それほど間は開かない、ということがわかってきた。なにしろ目立つ車だし、目立つ走り方だし、見失う心配はなかった。おそらく周囲の状況などなにも気にしていないらしい走りなので、尾行を気付かれる心配もなかった。私は淡々と走り、荒っぽい急加速急停止急発進を繰り返す黒塗りのベンツに、ぴたりとくっついていくことができた。

国道三十六号線を進み、札幌中心部、ススキノを通過して、国道二百三十号線に入り、ＪＲ函館《はこだて》本線の高架下をくぐって、札幌駅北口方面に向かう。札幌駅北口付近の、車が混《こ》み合うややこしいあたりを、クラクションを派手に鳴らしながら乱暴に突っ切り、本村夫人は北九条西五丁目に建つ、やや古びたビルの駐車場にベンツを停めた。

そして、降りて来た本村夫人を見て、私は驚いた。着ている物は乗った時と同じだが、顔つきが違う。なんだか触るだけで指が粉まみれになりそうな、分厚い化粧の顔になっている。さっき、市営住宅から出て来た時は、確かに素顔だったはずだが。ぺちゃんこだった髪の毛も、カツラでもかぶったのか、ゴワゴワと盛り上がっている。後ろ手でドアをドムッと閉め、後ろ手でキーを突き出して、ビルに向かって歩きながらロックしたらしい。チョコチョコノシノシ歩いて、ビルの中に消えた。

つまり、あの乱暴な運転をしながら、化粧をしたわけだろうか。そうとしか考えられないが、とても信じられない。

などと、じっくり感慨に耽《ふけ》っている場合ではない。私はターセルから降りて、ビルに向けて走った。私は四十七だが、この程度では息は上がらない。ありがたいことだ。最近は全然トレーニングをしていないのに。それはともかく、中から気付かれないように慎重に玄関からのぞき込んだ。

暗い、人の気配のない通路が続いている。照明はなく、突き当たりの曇りガラスからの光がぼんやりと広がっている。そのまん中あたり、エレベーターの前とおぼしいあたりに本村夫人が立っている。上を見上げているのは、降りてくるエレベーターを待ちかねているのだろう。右足を細かく動かしている。右手で、はち切れそうな太股《ふともも》のあたりをトントンと叩いている。とにかく落ち着きがない。ようやく扉が開いた。広がる白い光の中に、厚化粧の顔が浮かび上がった。さっと乗り込み、すぐに扉は閉まる。私はエレベーターに駆け寄った。階数ランプの光は徐々に上に移動し、七階で止まった。そのまま動かない。私は、ボタンを押してエレベーターを呼んだ。

脇のディレクトリには、一番上に〈北海道総合ビル〉と文字が浮かんでいる。全部で十二階建てらしい。ざっと見ると、財団法人や社団法人、なんとか協会という名称が多い。いずれも、例えば〈財団法人　学校給食総合情報センター〉とか、〈北海道観光情報連絡協議会〉などと、意味が明確なような、具体的にはなんの意味もないような、そんな漢字が並んでいる。人の気配がない理由がわかった。土曜日だから、みんな休んでいる、という理由もあるだろうが、おそらく、平日でもひっそりとしたビルなのだろう。本村が降りたらしい七階には、〈財団法人札幌市除雪事業対策連絡協議会〉〈財団法人　除雪事業者連絡懇話会〉〈財団法人　三森奨学会〉〈財団法人　北海道明るい街作り推進協議会札幌中央会連絡協議会〉〈札幌市除雪推進公社〉〈北海道除雪関係公益法人協会〉の六つの団体が入っているようだった。除雪関連がメインのフロア、ということになるのか。

エレベーターの扉が開いた。乗り込むと、かすかに腋臭《わきが》のニオイが漂っていた。

七階も、暗かった。通路が一本延びていて、それぞれの事務所のドアは、窓のない重たい鉄の扉だ。通路の両端の曇りガラスから白い光がぼんやり差し込んでいるが、結局それほど奥までは届かない。あたりはしんと静まり返り、人の気配は全くない。おそらく、このフロアには、私と、そしてどこかの扉の向こうにいるであろう本村の、たったふたりしかいないのだろう。

私は、壁沿いに、耳をそれぞれの扉に押しつけながら、ゆっくりと慎重に進んだ。

本村夫人がどこにいるか、すぐにわかった。〈財団法人　三森奨学会〉だ。おそらく、間違いない。むせ返るような香水のニオイとともに、誰かに向かって電話で怒鳴っているらしい声が聞こえてきたのだ。なにを言っているのか、よく聞こうとして耳を押しつけたとき、ゴーッという音があたりに響いた。一瞬混乱したが、すぐにわかった。エレベーターが動き出したのだ。

そうだ、加宮がここに来るかもしれない。そのことを全く考えていなかった。もちろん、なんの関係もない人間が、七階で降りる、ということも充分考えられる。だが、もしも加宮だとすると、ややこしいことになる。

逃げ場を求めて、あたりを見回した。通路の向こう端、〈非常口〉の緑色のランプが目に付いた。あそこが唯一、身を隠せる場所のようだった。私は、足音が響かないようにすり足で、だができるだけ素早く移動した。辿り着いてみると、要するに〈非常口〉はただの階段だった。私は角を回り込み、顔半分を突き出して右目で通路を監視した。

エレベーターの前に光の筋ができ、それがすっと広がって、男がふたり降りて来た。ふたりとも若い。顔はよく見えないが、体つきや歩き方が、まだ二十代から三十代のものだった。片方は太っているが、それでも、それなりに若いらしい、ということはわかる。曇りガラスからのぼんやりとした光の中に浮かび上がる姿は、逆光でははっきりとわからない。だが、スーツではなく、いかにも休日らしいカジュアルなシルエットであるのはわかる。太っている方が少し前に出て、〈財団法人　三森奨学会〉のドアに向かって歩き出した。

ふたりは、おそらく公務員で、そして太っている方が、若干なりとも上役か先輩なのであろう、と私は判断した。太った方が、ドアをノックする。ザラザラした声が、中からなにか怒鳴った。

「ドイです」

太った方がそう言うのが聞こえた。「ドイだ、ドイだ」と、私は自分に言い聞かせた。それほど頻繁ではないが、油断すると、こういうような必要な情報を、ころりと忘れてしまうことがある。この頃、増えてきた。

「マツシタも一緒です」

マツシタだ、マツシタだ。

すぐにメモ帳に書けばいいのだが、今は視線をずらすのも惜しい。じっと見つめている。ドアが内側から開き、一瞬、本村夫人の分厚い体が見えた。そしてすぐに、むせ返るほどに、喉がザラザラするほどに、濃厚な香水の香りが届いた。

「ま、ちょっと、入ってや！」

叩きつけるような命令口調で本村が言い、ドイとマツシタはお辞儀をして、中に入った。扉が閉まった。私は階段を、静かに、駆け下りた。

同業者の中には、ハイテク機器を満載したクルマ（もちろん、同じくハイテク機器完全装備）を常にピカピカに磨き上げている者もいるが、私はそういうタイプではない。それでも、トランクルームには、簡単な装置がいくつか転がっている。どんなものがあるか正確には覚えていないが、ちゃちな盗聴器のひとつやふたつはあるだろう。電池が切れていなければ、なんとか使い物になるはずだ。

駐車場に出てみると、ベンツからやや離れたところにカペラ・ステーション・ワゴンが置いてあった。今、駐車場にあるのはこの二台だけだから、おそらくこのカペラに、あの若いふたりが乗って来たのだろう。両方のナンバーを頭の中で繰り返しながら、道を駆け足で渡って、向かいの空き地に置いておいたターセルに向かった。ダッシュ・ボードのノートに、ドイ、マツシタの名前を書き、それから二台のナンバーをメモした。

それからトランクを開け、中を見た。雑多な道具に交じって、盗聴器もあった。相当以前、横山が「オレは要《い》らない」とくれた物で、コンクリートの壁の向こうの音声を聞き取ることができる、というふれこみだ。よく、通信販売で売っているものよりも、「ずっと性能はいいんだ」と横山は言っていたから、おそらく、あまり役に立たないのだろう。だが、ないよりはマシかもしれない。持ってみると、やけに軽い。案の定、電池が入っていなかった。バック・シートの道具入れに、各サイズの電池があることはある。ただこういう時、ほかの電池はあるのに、目当てのサイズだけがない、あるいは四個必要なのに三個しかない、ということもよくある。なんとなくイヤな予感がしたが、必要な単二電池四個はちゃんとあった。こういう時に備えて、必要な資材は補充しておこう、と決心した。だがまた、こういう決心は、すぐに忘れてしまうのも事実だ。だがとにかく、今は間に合う。

イヤフォンとマイク、そしてコードをひっつかみ、本体裏側の電池入れの蓋を外しながら、また駆け足で〈北海道総合ビル〉に戻った。エレベーターは七階から動いていない。ビルからでてきた人間もいなかった。彼らはまだあの部屋にいる。もどかしい思いで、扉が開くのを待った。

エレベーターの中で電池をきちんと収め、スイッチを入れると、とりあえず赤い小さなランプが点《とも》った。あとは、実際にマイクを壁面にゴムの吸盤で固定し、調整するわけだ。だが、こういう装置は、あまり親切にできていないので、調整がなかなか難しい。それにまた、どこに設置するか、という問題もある。どうするのが一番いいだろう、としきりに考えながらエレベーターから降りた。

七階通路には、相変わらず濃厚な香水の香りが漂っていた。その底に、はっきりと腋臭のニオイも混じっているのがわかった。本村夫人は、なにか大声で喚いているらしい。内容ははっきりとは聞こえないが、がらがらした声のざらついた響きが、真綿にくるんだようにこっちの耳に届いてくる。

私はとりあえず、〈三森奨学会〉の鉄の扉の前に立った。それから、かがんで膝をつき、床上一メートルほどの高さにマイクを装着しようとした。相当厚くて頑丈な扉のようだったが、コンクリートよりは遥かに音声の伝導はいいはずだ。

その時、それまでの本村夫人の喚き声とは対照的な、非常に冷たい口調の男の声が、これははっきりと「それでは、なんとかしてみます」と言った。そして別な男の声が「とにかく、今日のところは、これで」と言った。そして、足音が、こっちの方に向かって来る。

私は動転した。

今、この場で扉が開けば、ちょっともうどうしようもない。通路は一本道で隠れ場所はない。例の〈非常口〉の階段までは遠い。全力で突っ走れば十秒もかからないだろうが、足音が響く。

私の体は、ほとんど自動的に動いた。

装着しようとしていたマイクを、盗聴器本体その他と一緒くたにまとめ、ポケットに押し込み、横に跳び、ドアのノブを握り、回し、飛び込んだ。ドアを叩きつける、その一歩手前で、はっと我に返り、ゆっくり静かにドアを閉めた。

私は、〈三森奨学会〉の隣にある、〈札幌市除雪推進公社〉に飛び込んでいた。不思議なことに、鍵がかかっていなかったらしい。危ないところだった。私は、自分の幸運を喜んだ。

「あんたがたねぇ、しっかりしてもらわないば、ウチだって迷惑するんだからね」

ガラガラした声が、いかにものしかかるような横柄な早口で喋っている。

「はぁ。それはもう、承知しております」

「こんな細かいことでガタガタガタガタ、うるさい尻持ち込まれちゃぁ、大事なことに集中できないんだからね！」

「ええ、それはもう」

「ふざけんでないよ！　あんたがたねぇ、あたしが、誰のために苦労してると思ってんのさ。少しは感謝って言葉の意味を考えてみたらどうなのさ！」

「はぁ」

「役立たずども！」

「誠に……」

話し声は、けたたましくドアの前を過ぎ、エレベーターに向かう。本村夫人は、エレベーターがやって来て扉が開くまで、ずっとけたたましく喚き続けていた。内容は特にない。ただ、ふたりの男を罵倒し続けていたのだ。ふたりの男と、その関係する役所、あるいは上司同僚である役人どもが、無能であり、厚かましく、感謝の気持ちがない、ということらしかった。

私は、貯金もほとんどなく、決まった収入もなく、娘を一人抱えて、やっとギリギリの生活をしている人間である。それはいささか苦しいが、しかし、私は本村夫人のような人間に頭を下げたり、感謝したりする必要はない。その点だけは、私の人生は、この上なく好ましいものだ。本村の喚き声を聞きながら、私は真剣にそんなことを思った。

三人がエレベーターに乗り込むと、世界は静かになった。私は深呼吸をした。喉の奥に、濃厚な香水のざらついた感触が広がって、思わず吐き気がした。それでも、まぁ、なんとか助かった。……だが、彼らが〈三森奨学会〉の事務所の中で、何を話していたのか、それは全くわからなかった。

だが、とりあえず、本村夫人は、このビルのこの〈三森奨学会〉で我が物顔に振る舞っていること、おそらくは市の職員らしいふたりを頭ごなしに罵《ののし》ることができる、ということはわかった。

すぐに下に降りるのは得策ではないだろう。今の段階では、彼らと顔を合わせてもどうということはないが、今後、どのような展開があるかわからない。私という人間の存在を、できるだけ彼らから隠しておく方がいいだろう。それに、もしかすると、本村がまた戻って来るかもしれない。だから、あと数分は、ここにいてようすを見る方がいい。

そう決めて、やや落ち着いた気分になり、あたりを見回した。不思議なのは、なぜこの〈札幌市除雪推進公社〉の扉に鍵がかかっていなかったのか、ということだ。

なぜ鍵がかかっていないのか、その理由はすぐにわかった。この部屋は、使われていないのだった。大きな窓を背にして、マホガニー製に見える、触るとすぐにベニヤ板でできた張りぼてだとわかる大きな机がある。そして、その前の方に、ありふれた応接セットがある。それから、ドアの脇、なんとなく受付、という感じで、スチール机がある。それらはみな、埃《ほこり》が積もっていて、少なくともここ数カ月は放置されているようだった。そして、壁際に、段ボール箱が十五個、積み上げられている。一つだけ、ガムテープがはがされて、蓋が開いている箱があった。見てみると、A3サイズの紙を二つ折りにした、四ページのリーフレットだった。『札幌市の除雪…快適な冬道の実現』というタイトルで、シロウトが撮影したらしい、いかにも見栄えの悪い写真数点と、シロウトが描いたらしい、水準の低い下手くそなイラストが数点、そして大きな文字で「除雪した後、雪はどこへ行くのかな?」だの「う〜ん、困りましたねぇ、路上駐車。これじゃあ、除雪ができないよ」だの、いかにもありふれたコピーが、なにかのデザインのつもりか、傾けて並べてある。その横では、またいかにも趣味の悪い、シロウトが子供の絵を真似して悪ふざけをしているような、雪だるまやキタキツネが、疑問を持ったり(雪だるまの頭のところに〈?〉マークが描いてあるので、疑問を持っているらしいことがわかる)、困ったり(キタキツネが、腕組みをして首を傾げているので、困っているらしいことがわかる)している。

二つ折り四ページの、一番最後を見ると、下の方に〈発行　札幌市除雪推進公社〉〈平成六年十月一日〉と書いてあった。四年ほど前に作ったものらしい。紙もインクも、そして印刷も、なかなかいいものを使い、良好に仕上がっている。ただ、内容が無意味で、写真・イラスト・コピーのレベルが最低なのが残念だ。箱に貼ってある伝票によると、このリーフレットが、一箱に一万部梱包《こんぽう》してあるらしい。ここに積んであるだけで十五万部か。納品したのは、㈱北斗プロダクション〉という会社だ。

これで、いくら税金を使ったのだろう、と興味が湧いた。ドア近くのスチールデスクの引き出しを見ると、ほとんどスカスカでこれといったものはないが、それでも、平成四年七月十二日の日付の朝日新聞朝刊と、平成八年四月号の文藝春秋の間に、〈㈱北斗プロダクション〉の請求書があった。平成六年九月十五日付で、『札幌市の除雪　A4四ページリーフレット一式二十五万部』とあるから、この請求書に間違いないだろう。金額は、二千八百九十五万二千四百十三円だった。二十五万部のうち、十五万部がここにある。のこりの十万部も、どこかの役所か、あるいは休眠団体の片隅でほこりをかぶっているのだろう。

スチールデスクの引き出しには、ほかにはほとんど意味のあるものはなかった。道ばたで配っている、サラ金や美容室の広告の入ったポケット・ティッシュ。なにも書類がはさまっていない、ファイル・ホルダー。スチールデスク組立の説明書。ガラス・クリーナーと、汚れていない布。よく見ると、デスクの上に、短期間、デスク・トップ・コンピュータを置いたとおぼしい跡があったが、その跡の上にも、すでに厚く埃が積もっている。

にせものマホガニーの机は、もっと徹底していた。そもそも使われた痕跡がほとんどないのだが、引き出しの中にも何もなかった。ただ、全く使われたことがない、というのとはちょっと違うようだ。期間はそれほど長くはないだろうが、とりあえずは机、引き出しとして使用され、その後、中身を全部どこかに移し、それきり放置してある、という感じだった。

その机の上にある、ファックス付きの電話は、これはわりと新しいものだった。少なくとも、平成八年以降の製品に違いない、と思われた。受話器を取って、耳に当ててみると、ツーっと音がする。つまり、誰かがずっと電話代を払っているのだ。だが、留守録音にはなにも残っていなかった。電話帳には、なにも設定されていなかった。リダイヤルを押すと、電話番号が掲示され、呼び出しを開始した。

私は、やや期待を持って、受話器を耳に当てた。

「はい、まいど！　ホーリューケンです」

ラーメン屋だ。無礼だとは思ったが、なにも言わずにすぐ受話器を置いた。申し訳ない、と思った。

時計を見ると、本村ほか三人がエレベーターに乗ってから、すでに三十分が過ぎていた。もう、連中は戻っては来ないだろう。私は、〈札幌市除雪推進公社〉から出て、そのほかの事務所のドアを調べてみた。鍵がかかっているのは、〈三森奨学会〉〈財団法人　札幌市除雪事業対策連絡協議会〉のふたつで、あとは全部鍵は開けっ放しだった。そして、中のようすはどれも同じ、長い間放置されている、ということが明らかだった。だが、どの部屋も電気は通じており、電話も生きている。そして、全部の部屋に、同じように段ボール箱が積んであり、その中は『住みよい街作りのために　札幌市の除雪Q&A』のような、拙劣な造りの無意味なパンフレット、リーフレットの類が、びっしりと入っていた。笑ったのは、「僕、札幌市の除雪キャラクター、新しいマスコットの〝スッキリ君〟です！　よろしくね！」というビラだ。下手くそな雪だるまの絵がにっこりしている。私は今まで、こんなマスコットやキャラクターを知らなかった。伝票によれば、このビラは平成六年に五十万枚刷られたことになっている。札幌市民の、およそ三人にひとりに行き渡る枚数だが、おそらく、その全部が、梱包してここに捨ててあるのだろう。そのせいで、私は見たことがないわけだ。もちろん、「スッキリクン　グッズ」と、太いフェルトペンの年寄り臭い文字が書いてある段ボール箱も積み重ねてあり、その中には、この「スッキリ君」のビニール製指人形がいっぱい入っていた。一箱に五百個入っている、と伝票に書いてある。それが〈財団法人　除雪事業者連絡懇話会〉と〈財団法人　北海道明るい街作り推進協議会札幌中央会連絡協議会〉と〈北海道除雪関係公益法人協会〉、三つの部屋に二十個ずつ、計六十個積んであったから、ここにあるだけで三万個の「スッキリクングッズ」が捨ててあることになる。

私は、パンフレット数種と、「スッキリ君」の指人形一つを、記念としてポケットにねじ込み、利権の巣を後にした。

11

札幌駅北口を通過し、国道二三〇号線に出て、南に走りながら、あれこれ考えた。近野からの依頼は、本村一家と森英司との関係がどういうものだったか、ということだ。それに関してわかったことは、あまりない。だが、少なくとも本村一家が白郷区に住んでいた時、森と、不明朗な関係がウワサされていたこと、それが加宮の配置転換にもつながったらしいことは間違いないだろう。加宮は、私が本村一家の名前を出した途端、激昂《げっこう》した。そして私が加宮の家から出ると同時に、おそらく加宮と本村は電話でなにかを打ち合わせている。そして、死んだ森と、悠々自適の加宮のほかに、少なくともふたり、ドイとマッシタというふたりの役人がからんでいる。本村夫人は、なぜかベンツを乗り回し、〈三森奨学会〉という財団法人の事務所を自由に使っている。

この程度でいいだろうか。近野からの依頼は、これでまぁ果たしたことになるのではないか。この調査結果と、あとは近野か若菜がこれから調べるであろう、森の父親や柾越の関連などを総合して、近野は、視聴者の興味を引くであろう三十分程度の特捜番組を作ることができるだろう。キンキン声モザイク顔の証言者が必要であれば、今のうちなら、高橋の協力も得られるかもしれない。だいたいまぁ、こんなところだろう。

この線から、近野は、できることなら本村薫の失踪事件へのつながりを探りたいのだろうが、そこに結びつけるのは、なかなか難しいだろう。とにかく私は、これから家に戻り、近野宛のレポートを書けば、それでとりあえずの任務は完了、ということになる。

あまりめざましい成果とは言えないが、昨日の今日だから、まぁこんなものだ。それにしても、これで二十万はもらい過ぎだろう。請求は、半額にしよう、と決めた。それでも多すぎるようにも思うが、休眠財団法人のムダ金の実態の片鱗《へんりん》、というおまけもある。こんな情けないネタでも、うまく工夫すれば、番組のひとつくらいは作れるだろう。

あの膨大な量の無意味な印刷物や「グッズ」の代金は、そのうちの相当の割合が、リベートとして業者から休眠財団法人にキック・バックされるのだろう。そしてその金で、市役所や道庁のOBを、養っているのだろう。人の懐をアテにして、ただで飲み食いする習慣を身に着けた連中は、こういうことまでする、というわけだ。SBCが本腰を入れて、北海道日報や道政オンブズマンと連携して調査を進めれば、相当のことを明らかにすることができるだろう。近野がどこまでやる気かはわからないが、それなりの情報は集めることができた、と思う。これで、一応完了だ。

……それならなぜ私は今、国道二三〇号線を南に向かっているのか。この道をずっと行けば、札幌と喜茂別《きもべつ》町の境界である中山峠があり、その手前に定山渓温泉があり、その手前に豊滝がある。北海道教職員名簿に乗っていた、森英勝の住所がある。なぜ私はそこに向かっているのか。

別に理由など、ない。ただの好奇心だ、と言ってもいい。あるいは、さっき兄の家に電話したが、動物園か水族館にでも出かけた後らしく、留守のようだったから、冴香と遊ぶことができないので、その暇つぶしだと言ってもいい。……あるいはまた、私の目の前で喉を、というか耳の後ろから、スパッと喉を切り裂いた初老の男、彼が住んでいた場所を見てみたいからでもある。……ぱっくりと口を開いた裂け目から、噴き出した血の勢いが、今でも目の底に残っている。……だが、そのことを思い出しても始まらない。それよりも、警察発表の住所と、職員名簿の住所がなぜ違うのか、それが知りたいから、と考える方が、ずっと心の健康にいいようだ。

街の中心部の脇を抜けて、真駒内を過ぎるあたりから、建物の数が少なくなる。道沿いに、ぽつりぽつりと家が並び、それが時折かたまって街になり、そして家並みが途切れ、森の中を走ることになる。そのうちにまた眺望が開け、こぢんまりとした街が現れ、工事現場を抜けると、また森だ。このあたりになると、住所の地番もおおまかで、数字だけではどのあたりになるのか、わかりづらい。幸い、道ばたにコンビニエンス・ストアがあったので、ピースと、昼食のサンドイッチ、ストレートコーヒーを買い求め、ついでに森英勝の住所を見せて、どのあたりになるか尋ねてみた。だが、アルバイトであるらしい少年は、はっきりとはわからないのか、困ったような顔で、口ごもりながら、「ちょっと待っててください」と言い置き、奥の方に消えた。すぐに大柄で元気のいいオバサンが出て来た。いかにも田舎の酒屋のオバチャン、という感じだ。きっとこの店は、以前は酒も売っている雑貨屋、という感じだったに違いない。

「どこ？　どっか探してるって？」

「ええ。この番地なんですが」

「どれどれ。ええと……」

女主人は、私が渡したメモを見て、それから顔を上げ、私の顔を正面から見つめた。

「お客さん、ここにどんな用事？」

なにか、「深く憂慮することがある」というような顔つきをしている。

「は？」

私は思わず聞き返した。

「いや、お客さん、ここの人に何か用事なの？」

「ええと……ここは、どんなところなんですか？　私は、ある知り合いがここで暮らしている、と聞いてきたんですが」

「信者の親御さん？」

「信者？」

「あら……お客さん、なにも知らないのかい？」

「はぁ……」

「その知り合いって、なにやってる人だの？」

「教師ですが……」

「その人が、あの道場にいるってかい」

「道場なんですか、そこは」

「道場なんだか、なんなんだか。むさ苦しいのが集まってるけどね」

「はぁ……」

「聞いたことないかい？　〈光の子〉だかなんだか、〈光の園〉だったかい？」

いつの間にか横に立っていたアルバイトにそう問いかける。

「ええと、どっちも言うんでなかったかな。シー・オー・エルとかって言ってるけど」

なにか不安そうな表情で、アルバイトがそう答える。

「そうそう、シー・オー・エルとかだ。よくこの前ば走ってるさ。そう書いたバンで。でっかくね。英語で描いてあるの」

「〈COL〉ね。新興宗教か何かですか？」

「新興だかなんだか知らないけどね。とにかく、宗教さ。本人らは、宗教でない、歴史哲学、倫理学だとやらなんとやら言ってるらしいけどね」

耳にしたことがない団体だ。

「いつ頃から、そこにいるんですか？」

「いつ頃からかねぇ。……ついこの前までは、なに？　フリー・スクール？」

「うん……不登校児をどうのこうのっつってたけど」

アルバイトが、あいまいな口調で言う。

「元校長とかって人が、丸太小屋建てて、フリー・スクールだかなんだかってのをやってたのさ。ずっと、奥の方でね」

「ほう」

「で、それがなくなった、と思ったら、今度は宗教だからね。私らも実際、イヤんなっちゃう。おかしいのが、そこらへん、フラフラしてるもんだから、薄気味悪くてさ」

「どうでもいいけど、万引きはやめてもらいたいよなぁ」

アルバイトが口をとがらせて言う。

「万引きですか」

「ウチになんも被害がなけりゃ、別に私らも文句言わないけどさ、平気な顔して万引きされて、注意すると仲間を集めて押し掛けてさ、この前で騒ぐからね。ちょっとやり切れないね」

「顔つきがへんでさぁ。いつも、寝起きみたいな顔してるんですよ。のんびりしたニヤニヤ顔で。それで、万引きがバレると、いきなり顔面蒼白って感じで、体中震わせて、怒るんだから、やんなっちゃう」

「仲間連れて来てね」

「うん……」

「私らよくわかんないけどさ、オウムの連中ってのも、あんな感じだったんでないかね」

店の女主人とアルバイトは、私のことを半ば忘れて、グチを並べ始めた。

「だからね、お客さん、あまり関わり合いにならない方がいい連中ですよ。まぁ、その知り合いを連れて帰るって言うんなら、話は別だけどね」

「誰も成功してないみたいだし」

「成功してない？」

「連れ戻せないのさ。何人も見たよね」

「うん。見た。可哀想だったよなぁ」

「一番悲惨だったのは、あの、孫を取り戻しに来たおばあちゃんでない？」

「ああ、あれはひどかった」

「いや、あのね、お客さんね、……ええと、あのおばあちゃん、富山だったたっけ？」

「そう、富山」

「あのね、お客さんね、富山からはるばる来たって言うおばあちゃんがいたの。上品そうな、優しそうなね。そのおばあちゃんの孫が、その〈COL〉に入って、もう、出て来ないんだと。その子供の両親ね、父親母親は、もう諦めてるんだけど、おばあちゃんは、可愛かったあの孫に一目会いたいって、ここまで来たんだわ。それがあんた、八十近い歳なのに、ひとりでね。北海道に来るのも初めてなのに、あれ、よっぽど孫に会いたかったんだろうね、探し当てて、やっとここまで来たわけさ。で、お客さんみたいに、住所を出して聞くからね、まぁ、今みたいな事情を話してやってさ。で、どうしますかって聞いたら、とにかく行きたいって言うから、その時はウチの人も店にいたし、ケイタ君もいたからね、ウチの車におばあちゃん乗っけて、案内したわけ」

「おばあちゃん、バスで来たんですよ」

アルバイトが、店の前のバス停を指差す。これがきっとケイタ君だろう。

「で、歩くとなると、ここからだと一時間くらいかかるし、山道だし、相手はおばあちゃんだから、送って行った方がいいかな、と思ってさ」

「そしたらあんた、若いのが、入り口のところで番兵してる若いのが、どうしても中に取り次がない、そういう規則だ、と言い張って、そしてあんた、あのおばあちゃんを蹴倒したっちゅうんでしょう!」

「ありゃぁ、ひどかったなぁ!」

ケイタ君が、怒りを新たにした、という感じで慨嘆した。

「信じられなかったっすよ。十八くらいのボンズが、八十間近の優しそうなおばあちゃんを、蹴って転ばしたんですから」

「ほう……」

「オヤジさんもオレも、カッと頭に血ぃ上ってさ、ぶん殴ってやろう、と思ったら、近くの小屋から、バラバラって、あれで二十人くらいいたかなぁ、若い連中が飛び出して来て、みんな血相変えててね。棒だの、鎌だの、三段警棒なんてのを持ってる奴もいたしね。あ、こりゃヤバイかな、と思ってさ」

「でもね、ウチの人は、もしもあれ以上おばあちゃんがやられたら、多勢に無勢でもいいから暴れるつもりだった、って言ってるんですよ」

「ああ、うん。オレもそう思ったけど、おばあちゃんがね。オレらに迷惑かけたらまずい、と遠慮したのかな、『いいです、いいんです、帰ります』なんてね。泣きながら言ったから、まぁ、その場はそれで収まったんだけど」

「でもほら、ケイタ君、あれ、あの話。五目寿司！」

「あ、そうだ。とにかくもう、ヒデェんですよ。おばあちゃんがね、泣きたいのを我慢しながら、今日のところは帰るけれども、孫にこれを渡してくれ、と。この五目寿司が好きだったからって、手作りのを渡したわけだ。なのに連中、いきなりその蓋とって、地面にぶちまけて、箱だけ放り投げて寄越したんだ」

「ひどい話だねぇ……。ねぇ、お客さん、そう思うしょ？」

「ええ」

「あれで、オレもオヤジさんも、ちょっと血相が変わったの、わかったんだけど、おばあちゃんがね。『すみません、すみません』てオレらにしがみつくからね、際どいところで我慢したけどね」

「…………」

「とにかく、どっかに、出て行ってくんないかなってのが、オレらの正直な感想」

「お客さん、あそこはね、今、そんなとこになっちゃってんの。わかる？　近寄らない方がいいんでないかな、とあたしは思うね」

「そうですか。それは全然知らなかった。……きっと、私の友人は、そのフリー・スクールの方にいたんだな。その宗教団体のことは全然知らなかった」

「あのフリー・スクールもねぇ。なんかね、はっきりわからないけど、お金のトラブルとか、エッチなこととかあって、潰されたらしいよ」

「ほう……そうなんですか」

「少なくとも、お客さんの友だちがまともな人だら、あそこにはいないわ」

「そのようですね。でもま、とりあえず、ちょっとようすを見てみますよ」

「そうかい？　気を付けた方がいいよ。あのね、行き方はね、……この店から出て、左、定山渓の方に向かって行って、ええと……次の次の信号を、ちょっと行ったら、左の方、山に向かう細い道があるから。目立たないし、なんの目印もないから、下手すると見逃しちゃうからね。そこを左に曲がって、舗装してない山道を……そうだな、車なら十分くらい、上っていくと、バラ線張った、門みたいな所に突き当たるから。一本道だから、入り口さえ見逃さなかったら、あとは大丈夫だよ」

私は、礼を言った。

「気を付けてね。帰りにも、寄ってちょうだい。そうしたら、ああ、あのお客さんは無事だったんだなってわかって、あたしらも安心できるから」

私は思わず笑顔になった。

「なるほど。で、二時間経っても私が戻らなければ、警察に連絡する、というような感じですか？」

オバチャンも、笑顔になった。

「まるでテレビだね。……でもね、ちょっと、そんな気もするのさ」

そして、顔をしかめて首を振った。

次の信号まで、十分以上走った。その次の信号までは、さらに十五分走った。そこから、左側に注意を向けながら走ると、五分ほどのところに、山に向かう細い道の入り口が見えた。急な、荒れた坂道だ。私のターセルの寿命は、この道のおかげで確実に数ヵ月は縮まるだろう、と私は覚悟した。

激しく抵抗するターセルを、なんとかなだめすかして走った。ついさっきまで、車の行き来が頻繁な国道を走っていたのに、すでにあたりは深い森だ。人間には全く関心を持たない、広大な自然の中に閉じこめられたような気分に襲われた。そのまま十分余り走ると、教えられた通り、粗雑に鉄条網を張った、門のつもりらしい人工物が見えて来た。近付くに連れ、門の前が普通の家の庭程度の空き地になっていること、門の向こう側に、数人の若者が立っているのが見えて来た。こっちをじっと見つめている。今のところ、見えるのは全部で八人。テレビでよく見るオウム信者のような、普通と変わった姿をしているわけではない。ジャージ上下、ジーンズにコットンシャツ、ありふれた格好だ。だが、この季節にしてはやや薄着だ。外套《がいとう》を着ているものは誰もいない。そして、みんな一様に痩せている。なぜか動きが心許《こころもと》ない。自動的に動くカカシのようだ。私のターセルが近付くに連れて、三人が両手をあげて、頭の上で×印を作った。近寄るな、ということだろうか。まん中にいて眉を寄せ、口を突き出してこっちを見ていた男が、ぬっとした動きで鉄条網の門を押して開き、出て来た。これも痩せているが、長身で、腕は太い。私は、笑顔を浮かべ、ターセルをゆっくり前に出した。長身の男は、非常に不機嫌であるらしい。顔をしかめ、威嚇するように私の目を凝視し、首をひょいひょいと動かしながらやって来る。私はサイド・ウィンドウを下ろし、笑顔で言った。

「あのう、ちょっと教えてくれないか」

「出てけ！」

いきなり、甲高《かんだか》い声で怒鳴る。私は思わず驚いてしまった。こういう極端な反応は予想していなかった。

「は？」

「私有地だぞ、ここは！　なんの権利があるんだ！」

「いや、権利と言われても困るが……」

「出てけ！」

「いや、あの……〈ラ・カンパーニュ〉というレストランが、ここらにある、と聞いたもんだから……」

「ない！」

門が開き、残りの七人がうじゃうじゃと出て来た。私とターセルを取り囲む。

「え？　ここはなんなの？」

私は、善意の無知な第三者を演じたが、全く無意味だった。

「出てけ！」

「私有地だ！」

「立入禁止だ！」

「人権侵害だ！　こっちには弁護士もいるぞ！」

「なんの権利があるんだ！」

車体から、鈍い衝撃が伝わって来る。どうやら、何人かがタイヤを蹴っているらしい。

「おい、ちょっと待てよ。何をするんだ」

「なんの権利があるんだ！」

「出てけ！」

「人権侵害だ！」

「いや、待てよ。私はね、豊滝の、どこかこのあたりの山奥に、〈ラ・カンパーニュ〉っていう、レストランがあると聞いて」

あながちウソではない。札幌の周辺の、人里離れた森の中に、そんなようなレストランがいくつかある。私としては、わりと受け入れられやすいウソだと考えていたのだが、この連中にはなにを言ってもムダのようだった。

「ナンバーを控えたからな！」

「出てけ！」

「陸運局で、あんたの身元はすぐにわかるんだぞ！」

それは知っている。

「さっさと出てかないと、とんでもないことになるぞ！」

口々にそう喚いていたのが、いつの間にか声を揃えたシュプレヒコールになった。

「人！　権！　侵！　害！」

「不法！　侵入！」

「出てぇけっ！　出てぇけっ！」

「人！　権！　侵！　害！」

「不法！　侵入！」

「出てぇけっ！　出てぇけっ！」

延々と繰り返す。少々、身の危険も感じた。ここには、私以外に誰も目撃者はいない。これがヤクザなら、まだどうにか対処のしようがあるが、この連中は、どこまで突っ走るか予断を許さないような雰囲気があった。

「わかったよ、帰るよ。私はレストランを探してただけだから」

「人！　権！　侵！　害！」

「不法！　侵入！」

「出てぇけっ！　出てぇけっ！」

ギヤをバックに入れると、後ろにいた連中が、さっと退《さ》がった。少し後退し、ハンドルを切り返すと、またすぐに群がって、タイヤを蹴る。ジワリと前に出すと、また退がる。そのまま前に進み、道に戻り、前進させた。バックミラーの中で、連中が腰を屈め、草をむしり、土をすくっている。そして、投げつける。可哀想に、老いぼれたターセルに、バラバラといろいろなものが当たる音がした。

彼らは自分たちの人権はこの上もなく大切にするが、他人の人権には全く頓着しないらしい。もちろん、そういう連中だ、ということはわかっている。われわれは、一連のオウム事件の報道で、特にテレビの映像で、この種の人間がどのようなことを言い、どのような振る舞いを見せるかについて、おぼろげな感触を持っている。だから、改めて驚くほどのことでもないかもしれないが、現実に、目の前でこの種の人間を見ると、その不可解な気味悪さは、独特のものだった。

追ってくる車両がないかどうか、私はミラーに気を配りながら、できる限り急いで、山道を進んだ。走りながら、なぜ自分は急いでいるのだろう、と考えた。別に、ことさらゆっくり走らせる理由はないが、こんなに急ぐ必要もないのに。そう考えて、気付いた。

薄気味悪くて、私は、あの場所から逃げ出しているのだった。

コンビニエンス・ストアに戻ると、ケイタ君が笑顔で迎えてくれた。

「どうでした？」

「うん……どうも、私の知り合いはいないようだった」

「でしょうね。まともな人間なら、あんなとこにはいませんよ」

「そのようだな……」

「ま、無事で帰って来れて、よかったですよ」

「ありがとう」

奥の方から、オバチャンも出て来た。

「お客さん、なんともなかったかい」

「ええ」

「変な連中でしょ？　ぽや〜んとしてて。人権侵害って言われなかった？」

「言われましたよ」

　私がそう言うと、ケイタ君が興奮した口調で言う。

「あいつらは、万引きしても、人権侵害だとは思わないんだ。ウチの店は困るのにね。で、オレらが『万引きするな』と言うと、人権侵害だ、と怒るんだ。人をドロボウ扱いするってんだな。ドロボウが、『ドロボウ扱いするな』って言って、それが通るんなら、もう、社会ってのは成り立たないじゃないですか」

「警察に突き出したらどうなんだろう？」

「弁護士が出て来るんですよ。そして、証拠を出せ、と言うワケね」

「なるほど……」

　オバチャンも口を出す。

「万引きの証拠なんて、どうしようもないですよ。普通はね、万引きの現場を押さえたら、だいたいそれで、済みませんでしたって観念して、シュンとするんですよ。でまぁ、こっちも、もう二度としないでね、っつって、サヨナラなんだけどね」

「それがあの連中、そもそも万引きしただろう、と疑うこと自体が、人権侵害だ、という理屈でさ。疑うからにはちゃんとした証拠があるんだろうな、と。それでとにかく開き直るからね。ビデオに映ってるったって、ちゃんと金を払うつもりだった、の一点張りで。あの自分勝手な理屈を聞いてると、……恥ずかしげもなく、自分勝手な理屈を振り回すようすを見てると、なんだか気持ち悪くなっちゃってさぁ」

「警察も、あんまりいい顔しないしね。関わり合いになりたくないんだろうね。……どうしたもんだろうねぇ。私らが、すごすご出て行くしかないんだろうかねぇ。……お客さん、どう思います？　ウチはねぇ、おじいちゃんの代から、ここで百姓やってたの。苦労してね。それで、国道が立派になったから、畑やりながら雑貨屋もやってさ。そのうちに、もっと国道が立派になって、車も増えたから、コンビニに変えてさ。細々とだけど、まずまず普通にここで暮らして来たのさ。それなのに、近所に変な連中がやって来て、嫌がらせされて、それで、ずっと暮らしてた土地から、出て行かないばならないんだろうかねぇ。……ここらはあんた、人口も少ないし、誰も味方してくれないからねぇ。どうなるんだろうねぇ……」

私は街に向かってターセルを走らせながら、サンドイッチを食べた。近野に送るレポートのことを考えているつもりだったが、目の前に、寂しそうな顔で困惑していたコンビニのオバチャンの顔がちらついて、集中できなかった。物事の順序としては、とりあえず家に帰り、まず簡単なレポートを書いて近野に送り、それから兄の家に電話して冴香を迎えに行く、というのが順当だ。だが、聞き覚えのない〈ＣＯＬ〉という宗教団体のことも気になる。それに、あの住所は森英勝が、自宅住所として教職員名簿に記載していたものでもある。もしかすると、なにかの関係があるかもしれない。

私は国道沿いの銀行の駐車場にターセルを入れ、携帯を取り出し、消費者生活センター所長、山岸芳枝《やまぎしよしえ》の携帯を呼び出した。

「う。山岸です」

すでに六十を越えているが、声には張りがある。北海道日報の家庭部に長く勤務していて、家庭部の主《ぬし》として畏怖《いふ》され、編集委員で退職した後、消費者生活センターの所長に招聘《しょうへい》された人物だ。私が罠にはまり、幼女強姦の濡れ衣《ぎぬ》を着せられた時、味方になってくれた数少ない人間のひとりだ。消費者生活センターの活動は、商品の品質調査から、クレジット・サラ金多重債務者救済相談まで多岐にわたるが、中でも山岸は、悪徳商法との対決に力を注いでいる。そしてもちろん、悪徳商法の中には、現代では、「宗教」も含まれる。

「畝原です。御無沙汰しております」

「おお、畝原。元気でやってる?」

「ええ、なんとか」

「娘さんは?」

「ええ、元気です」

「いくつ?」

「小学校六年になりました」

「はぁ……早いねぇ。そうか。小学校六年か。じゃぁ、家庭教師や教材セールスや塾の電話営業が大変だろうねぇ」

「日中はあまり家にはおりませんから」

「あ、そうか。そうだよな」

「はぁ」

「で？　どうした？」

「はぁ。あのう、〈COL〉ってのを御存知でしょうか？」

「またか」

「はぁ？」

「コルな。アルファベットで〈COL〉だろ？　今年になって、急に増えてね。とうとう探偵さんまで駆り出されるようになったかい」

「ほう。相談が増えてるんですか」

「う。ま、来るかい？　私は、今日はずっと家にいるけど」

「お邪魔してよろしいですか？」

「いいよ。タクシーでおいで。いい酒があるから」

「……それは……」

「いくら探偵でも、土曜日の夜、ちょっとくらい、はいいんだろ？」

「はぁ……畏《かしこ》まりました」

「今からすぐ来るかい？」

「いえあの……呑むんなら、もうちょっと遅く……」

「う？　あ、まだ三時か。そうだな。……どうも、歳を取るとだらしなくなってダメだな」

「ちょっと用事を済ませまして……」

「う。わかった。七時頃にでも、おいで」

「はぁ、そうします」

「娘さんも連れておいで。明日は休みだろ?」

「あ、そうですね」

「う。……よかったな。嬉しいねぇ」

「はぁ?」

「今晩、楽しみが一つできた。休みの日は、退屈でかなわんのよ」

12

できるだけ急いで走らせ、四時前に家に戻った。それからすぐに、森と本村に関してのレポートをまとめた。本村夫人と加宮の関わり、〈北海道総合ビル〉のこと、そして森英勝の豊滝の住所と、そこにあるCOLのことにも触れた。五時半にはなんとか書き上げて、ファックスでまずSBCのソベジマに送った。ソベジマ、という名字を漢字でどう書くのか聞いていなかったことに気付いた。それで、SBC報道制作局に電話した。若い娘の声が出た。

「報道制作です」

「畝原探偵社の畝原と申しますが」

「あ、御世話になっております」

「近野副部長に依頼された件で、報告書を、ソベジマ副部長にお送りすることになっているんですが」

「はい……」

その声に、なにか戸惑うような気配があった。なんだろう。一瞬、私は気になったが、とりあえず用件を続けた。

「それで、これからファックスでお送りしようと思うんですが、ソベジマ副部長のお名前は漢字でどう書くのか、と思いまして」

「はい……ええと、ソベジマですね、ええと、ソは先祖のソ、ベは、ヘン、二等辺三角形の辺、そして、山偏の嶋、です。名前は、カズノリ、平和の和に、ノリは……宣伝の宣、という字です」

「なるほど……わかりました。ありがとうございました」

「あのう……畝原さん、でいらっしゃいますよね」

「ええ」

「私、ADのシオと言いますけど……」

なんとなく会ったことがあるような気がするが、顔は思い出せない。

「はぁ。いつも御世話になってます」

「いえ、こちらこそ。……それであのう、畝原さん、近野と連絡が取れますか？」

「え？」

「なんだか……今、どこにいるのかわからないんです。連絡が取れなくて、非常に困ってるんですよ。それで……もしかしたら、畝原さんが御存知じゃないかな、と思って……」

「……近野さんとは、今日の朝、電話で話しましたよ。それで、ええと、レポーターの……」

「あ、マヤアケミさんですね。ウチのキー局のレポーター」

「ええ。その人の接遇……」

「そのはずなんですけど、所在不明なんです。それで、今、心当たりを探してる所なんですけど」

「……若菜さんは？」

シオは、クスリ、と笑った。

「彼ひとりじゃちょっと、全然……」

「若菜さんも知らないワケね」

「ええ、そうなんです。で、今は部長のオガサワラがてんてこ舞いしてるんです」

「なるほど」

オガサワラという部長とは会ったことはないはずだが、とりあえずそう相槌を打った。

「畝原さんも、どこかで近野とコンタクトが取れたら、とにかく、至急、局に連絡するように言ってください」

「わかりました」

受話器を置いて、なにがどうなっているのか、考えてみた。だがもちろん、なにもわからない。とりあえず、祖辺嶋副部長にファックスを送り、同じファックスを近野にも送った。近野の方には、「大した成果も上がらなかったし、それほどの苦労もしなかったから、十万でいい」と付け加えておいた。すると突然、得体の知れない胸騒ぎを感じた。なんの根拠もなく、もう近野とは会えないのではないか、という奇妙な思いがミゾオチで渦巻いた。下らない、と私はその思いを叩きつぶした。なにを怯えているんだ。

だが、柾越の一件もある。あれはやはり……

なにを怯えているんだ。

深呼吸をしてから、兄の家に電話して、帰っていた義姉に礼を言い、冴香に替わってもらい、これからお父さんのお友達の家に御馳走になりに行こう、と言った。冴香は、忍とゲームをしたいようだったが、なんとか自制心を働かせて、「うん、いいよ」と答えた。三十分ほどで迎えに行く、と言って受話器を置き、それから太田さんの携帯を呼び出した。休んでいるか、と思ったが、今日も営業している、と言う。どこにいるのか尋ねると、本郷《ほんごう》通り商店街の喫茶店で、道行く人を眺めながらタバコを喫っている、と言う。仕事中なのか休みなのかわからない。

「暇なんだよ、今日は」

「これからこっちに回ってくれないか？」

「いいよ。それが仕事だから」

「兄の家で冴香を拾って、藻岩下《もいわした》まで行くんだ」

「お！　あのおっかないオバチャンのところか？　なんつったっけ……消費者生活センターの……あ、山岸さんだったか」

「そうなんだ」

「酒になるのか」

と言う声は、ちょっと羨ましそうだ。

「その予定なんだ」

「ウワバミだからなぁ、あのおばちゃん。……仕事がらみか？」

「そうなんだ」

「わかった」

受話器を置いて、急いでシャワーを浴びた。女傑山岸に会うから、ではない。冴香がいっしょだからだ。

シャワーを浴びている間も、近野のことを何度か考えた。あれこれと考えられる可能性を並べてみたが、どれも自分を納得させるには至らなかった。

山岸と、灘《なだ》に住む友人が送ってくれたという、陶器の瓶《かめ》に入った酒を酌み交わした。

冴香は、山岸が並べてくれた心のこもった御馳走を食べて、暫くは太田さんと将棋を指していたが、「疲れた」と言って、コロリとソファで眠ってしまった。遊び相手がいなくなった太田さんは、つまらなそうな顔をして、札幌ではあまり見ることのない縁側に腰掛けて、夜の庭を眺めながらタバコを喫っている。もちろん、酒を呑むわけにはいかない。はじめは、二時間後くらいに太田さんに迎えに来てもらおうと思ったのだが、「こんな日は仕事をするのも面倒臭い。オレは別に呑まなくても平気だから」と言うので、待っていてもらうことにしたのだ。

「呑まなくても平気」というのは、全くその通りで、一滴も呑まずに冴香と将棋を差していた。もしかすると体調がどうにかなっていて、呑めないのかもしれない。これはちょっと心配だ。

山岸から聞いたCOLの話は、団体名自体は耳新しいものだったが、内容はいかにもありふれた話だった。正式名称は神道系を連想させる名前で、教団本部の所在地は岐阜県の山奥の小さな道場だという。宗教法人として認可されたのは昭和三十一年。だが、それがCOLという通称で活動を開始したのは平成七年だという。

「要するに、まぁこれは、よくある話だけど、認可されたあと、自然と活動しなくなった休眠団体の名義を買ったんだろうな。こういう宗教団体の名義売買は、最近、多いんだよ。今は、新しく宗教法人の認可を取得するのが、いろいろと面倒になってるからな。とにかく宗教がらみの不祥事が多いから」

と山岸は言う。実際、COLの現在の教義には、出自が神道系であることを感じさせるものはほとんどない、ということだった。

「今の教祖は、教団名ハイペリオン、本名ウエノマサトシ、三十七歳、男性。その妻、アルテミス、本名カズコ、五十二歳が、私は本当の教祖だろう、と思う。カズコは、横領、薬事法違反、監禁、詐欺、窃盗などで前科七犯。まぁ、新興宗教の教祖にはよくあるパターンだな。夫は、私が調べた範囲では、大阪ミナミのホストクラブのホストだったらしい。こっちも、暴行と詐欺の前科がある。一応、暴力団とは関係ない、ということになっているな。表向きは」

そう話す口調と言葉は、まるで男だが、女傑山岸は、見た目はとてもたおやかな、優しそうなおばあちゃん、という雰囲気だ。家にいる時も身だしなみに気を配り、ほっそりとした、まぁしわくちゃの顔には、今も丁寧に化粧が施されている。束髪は綺麗な純白で、富士額の生え際がすっきりしている。落ち着いた紫色のブラウスに、臙脂の薄手のカーディガン、スカートは丈の長い艶《つや》のある黒。眼鏡の向こうに、活《い》き活きとして、いつも笑っているような瞳が元気だ。この外貌《がいぼう》と、喋る言葉のちぐはぐさに、いきなりカウンター・パンチの不意打ちを喰らい、浮き足だったまま粉砕された悪徳業者は数多い。

「どんな教義を並べてるんですか？」

「あれだ。要するに、もう、モザイクみたいに、いろんな教義を取り入れてるんだな。ただ、ヨガとか原始仏教ってのは、オウム以来、ちょっと売り物にはなりづらい、という判断が働いているらしいな。最近の印刷物なんかからはすっぽりと消えてる。オウム事件の前は、なにしろ大成功してるライバルのアイディアをパクるってな式で、サンスクリット語をまぜこぜにしてたけどね。今は、そこらへんのことはないことになったらしい。で、今は、基本的には、ファンタジーとかSFとかをイメージの中心に据えて、愛と平和と優しさだの、いたわりだの癒《いや》しだの、真の自分に出会うだの、そしてもちろん輪廻転生、チャネリングに波動、なんてあたりを前面に押し出してるな。それから、オウムの脱退者を狙ってるんだと思うんだけど、〈オウムはどこで間違えたか〉なんてパンフレットも熱心に配ってるよ。こっちの方は、俄然《がぜん》、シバ神だのカーリーだの、そっちのジャーゴンを並べてる。そのあたりは、ホーム・ページでいくらでも見られるよ。まぁ、表向きに通用する話だけだけどな」

「どんな名詞が出て来るんですか？」

「これももう、まぜこぜ。天使というか、守護キャラクターの名前は、キリスト教、ギリシャ神話、あとはミトラとかゾロアスターのキャラクターも使ってる。もちろん、エドガー・ケイシーも、プラバツキーも、アダムスキーも、なんでもあり。まぁ、マンガだのゲームだので知ってる名前とか、高校で習った覚えがかすかにある、というような馴染みのある名前を持ち出して、身近に感じさせる、という方針なんだろうな。それと、宗教放浪者を取り込もうとしている、という式かな」

「柱はなんですか？」

「超能力。まぁ、連中はパワーと称しているけど、それを身に着けるための修行のマニュアルがきちんとあって、それを一段一段上がっていくことが、具体的な信心の内容さ。階梯《かいてい》を上る、フェイズ・アップ、なんて言葉を使ってる。その他には、最近になって、古くさい陰謀パターンを取り入れるようになって来たな。ユダヤ、フリーメイソン、GHQ、CIA、インターナショナル、ロスチャイルド家、そのほかなんでもあり。超能力と、陰謀史観の関係からなんだろうが、死海文書とか、新約聖書外典なんかも持ち出してくることがあるな。もちろん、好みによっては、日本のピラミッドだとか、キリストは青森で死んだとか、そういうものも引っ張り出してくるよ」

「なるほどね」

「客の需要には全部応える、と。そういう営業方針が、露骨に感じられるわけだ。そうやって網に引っかけて、最終的には同じ所に囲い込むわけだ」

「そのあたり、ブレーンはどんな連中なんですか？」

「ブレーンな……」

「信者がブレーンですか？　それとも、ブレーンはただ金儲けだけであれこれ考えている連中ですか？」

「それは、今の段階では、私はわからない。でも、既成の教義を、そのまんまパクって使ってる、という感じはしないな。えらく不器用な感じがするけど、それだけになおさら、とりあえずはオリジナルでひねくり出してる、という感じだ。そのアルテミス、ウエノカズコ、これが非常に勉強家である、ということは間違いない、と私は思ってる。とにかく、本は恐ろしく読んでるな。そしてそれをつぎはぎする編集能力にも長《た》けてる。これは間違いない。よくいるだろう、相手になって話し合っているうちに、なんのことを話しているのかわからなくなってしまう、そういう女だな」

　山岸をケムにまくことができるとは、驚くべきことだ。

「お会いになったんですか？」

「一度ね。公式に、教祖夫婦に会った。あと、弁護士がひとり、側近だ、というふにゃけた男の子がふたりいた。哀れだったねぇ……ふたりとも、ふにゃけてるのに自信たっぷりだったからね、よけい哀れだったねぇ。ああなると、もう、救いようがないってヤツだ」

「はぁ……。どこでお会いになったんですか？」

「センターの会議室。ウチの。行方不明になった息子が、豊滝に閉じこめられている、という相談を受けてね。あれは……去年の春かな。息子から、帰りたい、という電話があった、という話で」

「どうなりました？」

「うん。この時は、うまくいった。珍しいケースだったな。息子がね、道で声をかけられて、ふらふらっとついて行って、深く考えずに信者になったんだな。でも、教団側の徹底ってのか、アフターサービスが中途半端だったんで、すぐに気が変わったケースだった。その頃は、まだ豊滝のガードはそれほど堅くはなかったんだけど、このケースをきっかけにして、えらく警戒するようになったんだ。今また、霊感商法がらみと、未成年を親元に戻す件で、話し合いをしたい、と申し込んでいるんだ。でもね、なかなか返事をよこさない……」

「なるほど。……信者は何人くらいですか？」

「公称十五万。まぁ、実数は、それでも七千人くらいはいるかな、全国で。とりあえず、教祖と幹部グループが贅沢三昧できる程度の信者はいるらしいんだ。オウムで言うところの出家信者、つまり専従員ね、連中はトゥルーパーって名前を付けてるけど、それがまぁ全体で五百人くらい。……だから、あまり資金的に恵まれた団体ではないね。まぁ、比較の問題だけどね。信者は、圧倒的に若い連中が多いから、そういうのが持っている財産ての は、まぁだいたいタカが知れてるから。まぁ、そろそろこれから資産形成に精を出そう、とそんな段階だろうな。今は、必死になって金のやりくり算段をあれこれやってるってなところだろう」

「事業はどんなのをやってるんですか？」

「広報宣伝を兼ねた雑誌や書籍の販売。これがまず一番。それから、無農薬野菜、有機野菜、と称するものの販売。健康食品、健康器具、ダイエット食品の販売。ここらへんは、もう完全にマルチ商法。それから、聞いたこともない画家の、コズミック・スフィア・アートとかいうリトグラフの販売。ヒーリング・ミュージックのCD販売。こっちも、完全にマルチ商法。あとは、占い。これはもちろん、結局、いろんなニセ宝石やアクセサリーを売りつけるのが目的。それから、いろんなサークルで若いのを集めて、ツアーを企画してる。街でフラフラしてる若いのを集めて、豊滝とかに連れて来て、合宿させるとかね」

「関連会社はいくつぐらい持ってるんでしょう？」

「まだそんなに多くないな。それほど態勢が整っていないようだね。これから、いろんな法人を作って、商売のシステムを構築しよう、という段階かな。今くらいの時期に潰すことができたら、後々の心配はないんだけどね。やはりそうもいかないからな。刑事犯罪を犯さない限りは、まぁ、手の打ちようがない」

「なるほどね。で、ヤクザは、どこがついてます？」

「なんの証拠もないけど、やっぱり、花岡《はなおか》組だろうね、札幌じゃ。教団本部は、広島本拠の広域暴力団から覚醒剤の供給を受けている、という話だから。花岡組は、その関西本部の北海道営業所なんだろ？」

「ええ」

「でもま、花岡組との関係は、まだはっきりわからないんだ。ただ、私は花岡組系だ、と確信してるけどね」

「政治家は？」

「まだ関係を確立した相手はいないみたいだな。北海道選出代議士の何人かに小当たりに接触しようとしてるらしいけど、センセイがたも警戒してるからね、今は」

「全国に、拠点はいくつくらいあるんですか？」

「それはわからない。でも、そんなに多くはない、と思うよ。大きな道場は、東京本部、そして鳥栖《とす》、岐阜、仙台、弘前《ひろさき》、札幌、そんなもんかな。中では、札幌が、敷地は一番広い。札幌道場、つまり豊滝の、あそこを、連中は〈シャングリ・ラ〉って呼んでるね。……とにかく、言葉遣いは、陳腐だ。……若い連中を集めて、豊滝に連れて行ってCOLの生活を体験させるツアー、それが〈シャングリ・ラ・ツアー〉だとさ。言葉遣いは、陳腐」

「なるほど。……で、あそこには、何人くらい住んでるんでしょうか？」

「豊滝に？　百人ちょっと、という感じかな。何度か中に入ろうとしてみたんだけど、一度も成功しなかった」

山岸は、ちょっと唇を噛んだ。悔しいらしい。

「弁護士も信者ですか？」

「札幌担当の弁護士は、あれは信者だろうな。東京の方には、信者じゃない弁護士もいるらしいけど」

「最近になって相談が増えた、というのは……」

「うん。要するに、商売が雑になった……荒っぽくなった、ということだと思うんだ。原価三百円のニセ宝石を、御利益《ごりやく》があるってことで十八万円で売ったって、そりゃまぁいいさ。買う方が、御利益を本気で信じてるんならな。問題にはならない。でも、本気で納得させるところに手抜きをすると、そりゃ当然後で問題になるわな。そういうのが一点」

「はぁ」

「それと、やっぱり無理して人間を集めようとすると、どうしても綻《ほころ》びが出て来るさ。ああいう団体は、数が力、みたいなところがあるから、できるだけ人間を増やそうとする。でもまた、ああいうのに全然そぐわない人間、というのもいて、そういうのを取り込もうとすると、どうしても無理が出る。具体的に言えば、家族からの相談だな。『今まで素直ないい子だったのに、いきなり親と口を利かなくなって、その挙げ句に、ＣＯＬに入ったまま連絡が取れなくなった』ってわけ。それでも、相手が成人ならどうしようもないけれど、ああいうチャチな教義を受け入れる大人は、まぁなかなか見つからない。見つかったとしても、あまり使いものにならないさ。商売の上ではな。で、唯々諾々《いいだくだく》と命令に従う人間を集めようと思うと、どうしても未成年に手を伸ばすようになる。まぁ、金を稼ぐ、という意味では、未成年の娘が一番手っ取り早いだろ？　テレクラで売春させればいいんだから。日銭が回る。そんなこんなで、どうしても手軽な方で勝負をしようとすると、まぁ、やっぱり、家族が黙っちゃいないわけだよ」

「件数は、どれくらいですか？」

「そうだなぁ……去年の中頃あたりから、毎月数件は、ＣＯＬ、と名前を明示した相談が来るようになったんだ。その前もチラホラあったけれども、毎月必ず、というようになったのは、去年の中頃からだ。で、……今年になってから、めっきり増えたな。毎日、一件二件は必ずあるんじゃないかな。一応、ＣＯＬを主に扱う弁護士を用意しなくちゃならなくなったくらいだから」

「ほう……」

「あと、具体的な数字が必要だったら、明日……じゃない、月曜にでもセンターにおいで。データはすぐに呼び出せるから。……畝原はまだパソコンをインターネットに繋いでないのか？」

「ええ、まだです……」

「だらしないねぇ。ＣＯＬのホーム・ページを見てごらんよ。楽しいよ。世界は夢のおもちゃ箱だ。教団中枢と広報が管理してるホーム・ページのほかに、在宅信者が、自主的に、なのか、使嗾《しそう》されて、なのかは見極めつかないけど、とにかく個人的に作ってるホーム・ページもあってな。善良ないい子供たちだ。ちょっとオツムが足りないだけで」

「はぁ……」

「まぁ、月曜、おいで。見せてやるよ」

「お願いします」

　それから、もうすでに適当に酔って来ていたが、豊滝のコンビニエンス・ストアの話をしてみた。いつの間にか太田さんもこっちにやって来て、刺身などに箸を伸ばしながら、「とんでもねぇ話だ。聞いててムカムカする」と憤慨した。山岸は、うん、うん、と頷き、「住所は？名前は？」と必要事項をメモして、「月曜に電話してみるよ」と言った。それから、あのCOLの豊滝道場の住所が、北海道教職員名簿に記載されている森英勝の住所だ、ということを話してみた。山岸は「ヘンだな」と首を傾げ、「そのフリー・スクールは、ちょっと問題になったこともあるんだ。そっちも、わかる範囲で調べてみるよ。月曜日、とにかくセンターにおいで」と言ってくれた。

13

　それほど呑んだとも思わないが、瓶の酒がうまく、山岸との会話も弾み、太田さんの、ちょっと間《ま》のズレた呟きなども面白く、いつの間にか楽しく酔ったらしい。もちろん、酔い潰れたり、だらしなくなったりはしなかったと思う。酔っ払ったわけじゃない。眠っている冴香の髪を、穏やかな顔をした山岸が何度も何度も撫《な》でている。太田さんが、ほろ苦いしわくちゃ笑顔で「みんな、それぞれだ」などとボソリと言う。冴香が眠たそうに目をこすりながら、前を見ているようすがルーム・ミラーに映っている。冴香が、「今日はもう眠いから、歯は磨かなくてもいいでしょ?」と言い、私は、ダメだ、と答える。「このまま眠ってもいいでしょ、お父さん、お父さん、お父さん、お父さん」と肩が揺すぶられる。

目が醒めた。朝だ。冴香が、「お父さん、お父さん」と私の肩を揺すぶっている。

「ん?」

「あ、起きた?」

「ああ。お早う」

「お早う。電話だよ。SBCの祖辺嶋さんという人から」

「ああ、わかった」

頭がはっきりしない。

「こちらから折り返しますって言う方がいい?」

「いや、すぐに出る」

「大丈夫? 眠たそうだよ」

「大丈夫だ」

「じゃぁね」

冴香はそう言い残して、出て行った。私はベッドに腰掛け、顔をビシビシ叩いた。それから立ち上がり、部屋から出ようとしたところで、私の仕事机の横に置いてある電話の親機が鳴った。そのまま居間に入ると、冴香が「あ、こっちで取るの?」と言い、テレビのリモコンを操作して音を消した。

冴香は、不思議なことに、このような細かな心遣いができる娘になった。彼女の母親が、驚くほどに無神経で厚かましかったのと対照的だ。今もきっと、冴香は目覚めて退屈で、ひとりでビデオを見ていたのだろう。画面では『古畑任三郎』の田村正和が、独特の身振り手振りで演説をしている。そこに電話が鳴った。とりあえず、冴香は私が起きないように、急いで出た。電話の相手が学習教材のセールスなどであれば、そのまま切る。だが、相手はSBCの祖辺嶋だった。そこで、仕事の話だと判断して、私を起こすことにする。だが、電話を保留にして、私の部屋の親機を鳴らすと、私が寝起きの朦朧《もうろう》とした中で電話に出ることになる。また、もしかすると話をしたくない相手かもしれない。そこで、電話は保留にせず、自分で私を起こしに来た。そして、私が充分に電話に対応できる、と判断して、子機を保留にした。

なんという心遣い。

そしてまた、そこまで見透かされているこの私の、なんと言うか、まぁ、不甲斐なさ。

そんな思いを嚙みしめながら、私は子機を取った。冴香が、リモコンを私に示し、首を傾げる。私が頷きながら〈OK〉と指で丸を作ると、冴香はモニターの消音を解除し、すぐに音量を下げた。田村正和が「ん～、どうなんでしょう、実は、その時、誰かがそこにいたはずなんですぅ」という声が小さく聞こえた。私は再び、〈OK〉と頷き、それから外線のボタンを押した。

「お電話替わりました。畝原です」

「どうも。祖辺嶋です。ファックス、受け取りました」

「そうですか。……それで……」

なにか、イヤな予感がした。

「昨日、シオからも聞いたかもしれないけど、畝原さん、近野が今どこにいるか、御存知ないですかな」

「まだ見つかってない？」

「そうなんだ。……なんだか、ちょっとイヤな感じがするんですよ」

「これから、そちらへ行きます」

「いや、オレはまだ家なんだ。ついさっきまで、眠ってましてね。若菜からの電話で叩き起こされたってワケで。まだ行方がわからないってことで。だから、……二時間後くらいに、どこか、畝原さんの都合のいいところででも、お会いできないかな、と思って」

「わかりました。局まで行きます」

「そうしていただけますか。かたじけない」

「じゃぁ、二時間後に」

受話器を置いて表示を見ると、午前八時十二分。やや寝坊した。だがまぁ、日曜日だ。今日は特に仕事の予定はなく、久しぶりに冴香とのんびりするつもりだったが、それはどうやら難しいようだった。とにかく、近野がどうなっているのか気にかかる。

「冴香」

「なに？」

テレビの音量は元に戻っている。田村正和が「うふふ」と笑い、「それ、間違いありませんかぁ？」と微笑みながら言う。

「おなかは？」

「空いてきた」

「トーストでいいか？」

昨夜、炊飯器に米を仕掛けるのを忘れた。

「うん」

冷蔵庫を調べると、もう牛乳が残り少ない。タマゴはあるが、パンは二枚しかない。ヨーグルトもない。そのほか、細々《こまごま》としたものが足りないようなので、コンビニに行くことにした。ジーンズとTシャツを身に着け、冴香に買い物に行ってくる、と声をかけて、玄関でサンダルをつっかけ、ドアの鍵を開け、ドア・チェーンを外したら、右手の指にねっとりとしたイヤな手触りを感じた。右手の指、今チェーンを触った親指人差し指中指が、茶色く汚れている。思わずニオイを嗅いだ。

糞便だ。

人間の、あるいは、もしかすると犬か猫の、とにかく糞便。不意打ちだったので、思わず吐き気がこみ上げた。指をもいで捨てたいほどの、激しい嫌悪感。

私は、思わず呻いたか、よろめいたかしたらしい。冴香が後ろから「どうしたの？」と尋ねた。

「いや、なんでもないよ」

落ち着いた声を出すことができたと思う。チェーンは、外れてブラブラ揺れている。私は、不快感を押し潰しつつ、チェーンをつまみ上げ、顔を近づけた。なるべく呼吸をしないようにしながら。見たところ、チェーンの端のツマミ、そしてそこから十センチほどにわたって、べっとりと糞便を塗ってあるらしい。周りを見たが、そのチェーン以外には汚されているものはないようだった。

「お父さん?」

「なんでもない。ちょっと汚れてるから」

玄関にいつも置いてあるティッシュ・ペーパーの箱から数枚引き出し、チェーンを丁寧に拭《ぬぐ》った。それから仕事部屋に戻り、パソコンの汚れを拭《ふ》き取るウェットティッシュを手に戻り、チェーンを丁寧に拭った。それでも気が収まらず、家にある一番安いウィスキーをティッシュにしみ込ませ、丁寧に拭った。それから、汚れたティッシュ類その他をトイレに流し、右手の指をウィスキーで清め、それから殺菌ソープで丁寧に洗った。

「ねぇ、いったいどうしたの?」

後ろに立っている冴香が、不審そうに尋ねる。

「なんでもないよ。ちょっと汚れてたんだ」

「ふ〜ん……」

「これからコンビニに行くから、靴下を履きなさい」

冴香はコットン・パンツに紫色のトレイナー、という姿だった。

「え? 私も行くの?」

「ああ。その方がいいだろ? なにか欲しいものはないのか?」

「別に……なに買いに行くの？」

「牛乳、パン、それからいろいろ。ヨーグルトもないからな。ハスカップのでも買ってこようと思う」

「それくらいでいいよ」

「いいから。一緒においで」

「なにがあったの？」

「別に、なんでもないよ」

「ふ〜ん」

冴香は、しぶしぶ自分を納得させ、自分の部屋に靴下を取りに行った。内心、どのような思いでいるのか、それはわからない。

ターセルを走らせながら考えた。

玄関の外にも、マンションの周囲にも、駐車場にも、特に不審なものは見当たらなかった。つまり、いつもと変わっていたのは、私の部屋の玄関の、内側のチェーンに付着していた糞便だけだ。そして、鍵は開いていた。

目的は、明らかだろう。そいつは、私の家のドアを開けることができる、と私に知らせているのだ。専用のカッターを使えば、チェーンを切断して、部屋に入ることもできる、と誇示しているのだ。そいつ、あるいはそいつらは、何らかの方法で私の家の玄関のロックを解除し、ドアを開け、隙間《すきま》からドア・チェーンに糞便を塗った。そして、鍵を開けたまま、帰って行ったわけだ。この次は、カッターで切断して侵入するぞ、ということか。

誰が。

ターセルのナンバーから、私の住所などを探り出すことは誰にでもできる。だが、実際にそういうことをする人間は、非常に少ない。それに、土曜日は陸運局は休みだ。……だが、名簿屋は土日も営業している。だが、そういう、限りなく裏商売の世界に踏み込んでいる名簿屋たちを利用する人間は、もっともっと数が少なくなる。

いったい誰が。COLか。それとも、白郷区役所で、必死になって自分たちの不法行為を隠蔽しようとしている連中、あるいはその手先か。高橋から私の存在を聞きつけて、警告した?

どうも不自然だ。本村の仲間の誰かか。加宮がどこかにさり気なく電話したのか。……〈北海道総合ビル〉では、誰にも見つからなかった、と思う。それとも、誰かが陰で見ていたか……

「お父さん、信号、青だよ」

「ああ、そうか」

「ねぇ、本当に、どうしたの?」

「いや、本当に、なんでもない」

「男はつらいね」

冴香は笑顔でそう言って、「頑張れ」とおどけた顔で付け加えた。そして私の左胸を、拳でポン、と叩く。私は、頷き返し、思わず笑顔になった。

「お父さんは、今日もお仕事?」

「ああ。そうなってしまった。テレビ局の仕事だ」

「で、ちょっと急いでるんで、ウチに帰ったら、朝御飯、冴香が作ってくれないか？」

「あ、うん！　いいよ。タマゴは、なにがいい？」

「お父さんは、スクランブルド・エッグだ」

「おいしい？　わたしの」

「ああ。おいしいよ」

冴香の顔に、得意そうな光が射《さ》した。以前は、とても甘い卵焼きを作っていた。そのことを言うと、「娘ってのはね、いつまでも子供じゃないんだから」と答える。

近所のコンビニで、必要なものを補充して、家に戻り、料理を冴香に任せて、私は仕事部屋に入った。〈アイ横山探偵事務所〉を呼び出した。横山の声がすぐに飛び出した。

「横山探偵事務所です！」

「さすがだな。日曜のこんな時間でも、事務所に出てるのか」

「いや～！　参った。今日初めての電話が、おまえからだとはな。不景気な一日になりそうだ」

「まだ家にいるかも、と思ったんだが。こっちに電話して正解だったたな」

「どうなってるんだ、万引き摘発マンの仕事の方は」

「必ず請け負うから」

「お！　約束だぞ」

「ああ」

「ふうん」

「ってことは、あれだな。あんた、貴に用事か？」

「なぜ、そういうことになるんだ？」

「要するに、オレの協力が必要なんだろ？　で、今まであんまりムシのいいことをしてきたから、良心の呵責《かしゃく》に堪えかねて、とりあえず仕事を引き受ける気になったってワケだろ？」

「そう思われてもいい」

「どうしたんだ。また、娘のガードか」

「というか……まぁ、休日の一日、娘と遊んでやってくれ、というお願いだ」

「一日十万」

「おい」

「値切る気か？　まさかな。子供の安全に関わることだろ」

「…………」

「適正な値段だ。だがまぁ、なにしろ貴はウチの従業員じゃないからな。二万でいいよ」

「助かる」

「条件が一つある」

「なんだ」

「貴には、おまえの発注は一日一万だ、と言ってくれ」

「それはあんまりだろう」

「いや、おまえがそう言った、という話にはしなくていい。おまえは、娘の命がかかっているから、ということで、十万で発注したんだ、と言ってくれて構わない」

「それで？」

「で、そこでオレがだ、おまえは昔からの親友だし、冴香ちゃんはかわいいし、それにウチのボンクラ息子はなんの能もない穀潰《ごくつぶ》しで、ただもう毎日ブラブラしてるだけだから、一万でいいよ、と言った、ということにしてくれ。オレが、一万でいい、と言った、と」

「…………」

「いいか。それが条件だ。どうだ？」

「……まぁ、わかった」

「じゃ、これから電話して、あのバカを起こすから……」

「まだ寝てるのか」

「ああ。少なくとも、オレが家を出る時は、寝てた。オレはおまえ、朝一番に家を出て、夜、一番最後にくたくたになって家に帰り着く。それで、やっと一家を食わせてるんだ。それなのに、もう何年も前に成人式も終わった息子がいて、そいつが、いつもオレが家を出る時には寝てて、オレが家に帰ってみると、寝てるんだ。どうなってるんだ、日本は。不景気なんだろ？　それなのに、どうなってるんだ。なんであのバカのような連中が、のんびり生きてられるんだ。オレらが、頑張って働いてるから、連中はのんびり怠けてても死ななくて済んでるのか。あぁ？　オレらが頑張ってるから、そのせいで、連中は怠け者になったのか。ええ、どうなんだ？」

「……気が済んだか？」

「……ああ。ちょっと、落ち着いた」

「じゃ、よろしく頼む」

「ああ。今、家なんだろ?」

「そうだ」

「じゃ、十分以内にそっちに電話させる」

トースト、バター、スクランブルド・エッグ、それとは別にフライしたロースト・ハム、ヨーグルト、マーマレード、サラダ。一応、朝食らしい用意が調《ととの》っている。短時間で、これらのものをテーブルに手際よく並べたところは、誉めてやりたい。だが、どこかオママゴトのような不器用さが感じられるのも事実で、マーマレードを塗るスプーンがないし、サラダを食べるためのフォークもない。それを言えば、ヨーグルトを食べるためのスプーンもない。このあたり、問題は微妙で、これらのものがない、ということを指摘すると、場合によっては冴香はヘソを曲げる。かといって、私が自分でそれらのものを用意すると、それこそ確実に冴香はふくれてしまう。私は、マーマレードの瓶の蓋を開けながら、「ええと……」と呟き、テーブルの上を見回した。

「あ! スプーン忘れた!」

冴香が慌てて立ち上がり、食器棚に向かう。

「あ、冴香、サラダを食べるフォークも頼む」

「OK。あ、ヨーグルトを食べるスプーンもいるね!」

冴香が機嫌良くそう答えたので、私は安心した。そこに電話が鳴った。

「畝原です」

「あ、先生、御無沙汰しておりました。貴です」

「なぁ、いい加減、その先生ってのは、やめろよ」

「でも、先生ですから」

「空手を教えたのは、もう何十年も前の話だぞ」

「いえ」

冴香が、「先生」「空手」という言葉を聞いて、「あ、お父さん、貴お兄ちゃんから？」と嬉しそうに言う。私は頷き、「オヤジさんから、話は聞いたか？」と尋ねた。

「はい。なにか危険なことが予想されますか？」

「いや。そんなことはない」

「そこに、冴香ちゃんがいるんですか？」

「ああ」

「なるほど。わかりました。じゃぁ、電話では詳しい話は避けましょう」

「そうしてくれ」

「……で、父は、先生は日当十万と言ってくれた、と申しておりますが、本当ですか」

「ああ。……そうだよ」

「それを、父が一万で受注したというのも本当ですか」

「ああ。そうなんだ。申し訳ないとは思うんだが……」

「そうですか。……なるほどな。先生は、その金額に関してはどのように思われますか？」

「同業者としては、ひどい、と思う。だが、父親としては、気持ちはわかる。それから、長い付き合いの友人としては、非常に有り難いと思う。また、発注元としては、これまた非常に有り難い」

「私の友人……というのは言葉が違いますが、先生と弟子、という立場ではどのようにお考えですか？」

「先生じゃないよ」

「……父は、私には、日当五千円払う、と言うのです」

「なるほど」

「でも、まぁ、いいです」

「そうか。〈まぁ、いい〉という感じか」

「あ、失礼しました。喜んでお引き受けいたします」

「頼む。ちょっと急いでるんだ」

「はい。大急ぎで支度して、……三十分以内に参上します」

ギリギリだが、間に合うだろう。

「よろしく」

子機を脇に置いた時、冴香の真正面からの視線にぶつかった。

「貴お兄ちゃんが、来るの？」

「そうだよ。一日、冴香と遊んでくれる」

「お父さんが忙しいから？」

「そうだ。今日一日くらいは、一緒にどこかへ行こうと思ったんだけどね。またテレビ局に行かなければならないんだ。だから、お兄ちゃんと映画でも見ておいで」

「また、なにか危ないことになってるの？」

「いや。そうじゃない」

今までに数回、私は貴に冴香のガードを頼んだ。その多くの場合は、何事もなかったが、一度、ナイフを持った男に襲われたことがある。その時は、幸いなことに冴香は車の中で眠っていたので、格闘を見ていない。だが、なにか危険の雰囲気は感じたらしい。それから二年ほど前、油断して貴のガードを解いた翌日、冴香を拉致《らち》されたことがある。この時は、まかり間違えば私の娘は殺されてしまうところだった。そのあたりの危険を、冴香がどれくらい認識しているかはわからない。だが、貴が遊びに来て、自分と一緒にいてくれる、ということは、もしかすると危険が身近である可能性もある、ということには気付いているようだ。そういう心配をさせないように気を付けているつもりだ。だが、どうも敏感に感じ取るらしい。

「そうじゃないんなら、どうして貴お兄ちゃんが、わざわざ遊びに来るの？」

「お父さんの友だちだからさ」

「二十歳以上も歳が離れてるのに？」

「そういう友情ってのも、あるのさ」

「でも、どうして貴お兄ちゃんみたいな大人が、私みたいな小学生と遊びに来るの？」

「暇なんだろ」

冴香が傷ついたのがわかった。

「もちろん、貴は冴香のことが好きだし、それに、日曜日で暇だから、遊びに来るんだろうな」

「でも、私、小学校六年なのに?」

「そんなこと、関係ないんじゃないかな。もう、ずっと長い付き合いじゃないか。そうだよ。よく考えたら、お父さんは、冴香が生まれてくる前から、貴に空手を教えてたんだから」

「あ、そうか……」

冴香は、なんとなく納得したようだ。どうも、あまり論理的ではないが、それでもなんとなく何かが腑《ふ》に落ちたらしい。

「お兄ちゃん、退屈じゃないのかな。小学生を相手にして」

「そんなこと、気にすること、ないよ」

「ガール・フレンドとか、いないのかな」

「さぁなぁ」

「モテない男って、カッコ悪いよね」

「え? そうかなぁ……少なくとも、お父さんはモテないよ」

「でも、恋人がいるじゃない。姉川さん」

「そういう付き合いじゃないよ」

私は、どうやら困惑した顔をしているらしい。冴香が、さも面白そうに私の顔を見て、笑う。やれやれ、と思ったが、有り難いことに危険の有無についての冴香の危惧は、どこかに行ったようだ。私は急いで朝食の残りを平らげ、牛乳を飲み(「え~と、牛乳のカップはどこかな」

「あ、忘れた。あ、そもそも牛乳を持って来てない！　私としたことが」）、シャワーを浴びに浴室に入った。

さっぱりした気分で浴室から出ると、流しで冴香がスクランブルド・エッグを作っていた。トーストの香ばしい香りも漂っている。

「あ、どうも。日曜なんで、車の流れがスムーズで、早く着いちゃいました」

貴が言い、それに続けて冴香が大人びた口調で説明する。

「あのね、貴お兄ちゃん、朝御飯、まだなんだって」

貴がニッコリ笑って頷く。最近は、髪型はやや普通になった。だがそれでも、キノコに蓋をしたような頭をしている。髪の毛の色使いは、以前から見るとぐんとおとなしくなった。青と赤と黄色の三色だけだ。ピアスの数も、耳たぶ、鼻、唇と、ここ数年は増えていない。膝のあたりが破れたジーンズ。光沢のあるビニール素材の、黄土色のジャケット。その中に黒のTシャツ。見える文字で判断すると、〈sense of illegitimacy〉という文句が、Tシャツにプリントされているようだ。

「朝飯ができる間、ちょっとこっち来てくれ」

私がそう言うと、貴はなんの緊張も感じさせずに、「はぁ」と嬉しそうに立ち上がり、私の後にのんびりとついて来た。冴香は、台所でスクランブルド・エッグに真摯《しんし》に取り組んでいるようだ。

体をバス・タオルで拭いながら、ドア・チェーンの話をした。貴は、軽く眉を寄せて、小さく頷いた。

「思い当たるフシが、ないこともないんだ。COLって、知ってるか?」

「ああ、名前だけは。最近ですね、札幌で結構見るようになったのは」

「そうかい」

「ええ。大通公園でも、募金とか署名とかしてますよ。阪神大震災被災者に愛の手を、とか。オウム被害者救済募金なんてのにも手を出してたかな。これは、すぐにやめましたけどね。なんか問題があったんでしょうか」

「そうか。そういうこともしてるのか」

「ええ。あと、そういう派手なイベントがない時は、盲導犬とか、車椅子とか、そういうものへの募金、署名、やってますね。ふざけた募金で、金額が決まってるんですよ。確か、三千円だったか五千円だったか、とにかく、決まってるんです。で、まず署名させるわけ。そして、署名したんだから、三千円払え、と迫るわけです。たいがいのヤツは怒って断るけど、中には渋々、あるいは泣きそうな顔して払うのもいますね。田舎から出て来たばっかりってな感じの若い奴らとか、札幌に買い物に来たどっかの田舎のオバチャンとか」

「ほう……」

「募金してる奴らも、変な連中でしてね。トロンとした目をして、緩慢な動きで、いやにバカでかい笑顔で、ゆっくりとお辞儀して、下手《したて》に出て来るんですよ」

「ほう」

「一度、こっちも暇で……」

「いつでも暇だろ？」

「……オヤジに言われてもどうとも思いませんけど、先生にそういわれると、やや傷つきます」

「悪かった」

「……うまく絵が描けなくて退屈してたんで、からかってやろう、と思ったんですよ。で、『君らは募金の許可は受けてるのか』と尋ねたんです。そしたら、それらしい書類をちゃんと出しました。『募金の使途明細とか、決算書とかはあるのか？』と尋ねましたら、そんなようなものを出して見せました」

「そうか」

「でも、あんなもの、いくらでもインチキができますからね。で、そんなこんなのやりとりをやってたら、背広を着た、非常に鋭い感じの男が、性根を隠した狐みたいな笑顔を不自然に浮かべて、『なにかありましたか？』って近付いて来ましたよ。ありゃぁもう、露骨にわかりましたね」

「なにが」

「頭の切れる、ずる賢い連中が、生まれつき頭がのんびりした連中とか、洗脳やクスリで壊した連中とかを使って、金を集めてるんでしょうね。三日やったらやめられませんよ、きっと」

「なるほど」

「とにかく、格好がみすぼらしいし……」

「貴はどうなんだ？」

「だから。それとは違いますって。自分らのこの格好は、主張だし、表現なんです」

「なるほど」

「連中のみすぼらしさは、要するに金をもらっていない、タダ働き、人件費ゼロ、服も支給されていない、洗濯もろくにしない、着替えは週に一回、クリーニングなどは無縁の世界、風呂にもろくに入っていない、うっとりと心がパラダイスに漂っていて、自分の身なりや外観になんの興味もない、そういうことの結果ですよ。そう思うな」

「なるほど……」

私はそう答え、ダイエーと生協の特売で買った衣類を身に着けた。みすぼらしさに関しては自信がある。だが、洗濯は行き届いているはずだ。私はほとんど毎日洗濯をしている。全自動洗濯機が普及したことは、なによりありがたい。報告書をまとめている間に、父娘《おやこ》ふたり分の洗濯は完了してしまうのだ。いい世の中だと思う。洗濯したものを干すのは、もうなにほどの手間でもない。全自動洗濯機は、父子家庭にとっては恩寵《おんちょう》だ。

「で、なにか先生は、連中と事を構えちまったんですか?」

「うん……」

「ああいう連中は、放って置くに限りますよ。からかったり、バカにしたりする価値もない。無視すりゃ、それでいいんです。頭ののんびりした人間を使って、汚い金を集めるってのは、確かにひどい話だし、その頭がのんびりした連中は確かに可哀想だけど、でも、連中としては、それで幸せなんだし。特に実害もないようだから、放って置けばいいんですよ。……あ、オウムみたいな例もありますけどね。でも、あれは例外でしょう」

「確かにそういう意見にも一理ある。だが、そうもいかない場合もあるんだ」

「そうですか」

「今は、事情を詳しく話す暇はないんだが、気になることが色々あるんだ」

「そうですか」

「いつか、説明する機会もあると思う。いや、できるだけ早く、事情を説明したい」

「そうですね」

「でも、とりあえず今日一日は、冴香と遊んでやってくれ」

「わかりました。その点は、ご安心ください」

私は身支度を終え、引き出しの封筒から一万円を取り出して、貴に渡した。

「これは、小遣いだ。映画でも、動物園でも、冴香の行きたいところに連れて行ってやってくれ。昼飯代も、ここから取ってくれ」

そう言ってから、思い直し、もう一枚追加した。

「わかりました。領収書、明細はきちんとします」

「いいよ。お釣りは、貴自身の小遣いにしてくれていい」

「え!? そうですか!? いやぁ、それはありがたい。助かります。……でも、とにかくお釣りは一旦お返ししますから」

私は頷いた。貴は、本当に嬉しそうだった。

「若菜が真野《まや》あけみを千歳《ちとせ》に迎えに行って、局に連れて来る、と。で、午後二時にここで顔合わせをして、打ち合わせに入ることになってたんだ」

祖辺嶋がそう言って、ぐるりとあたりを見回した。私と祖辺嶋、そして若菜とシオの四人は、報道制作局の第三会議室で話し合っている。私は、祖辺嶋にはCOLのこと、私の自宅のドア・チェーンのことなどは話さなかった。関係の有無がはっきりしないせいもあったが、そもそも祖辺嶋に、こちらの話を聞く心の余裕がなかったのだ。日常の業務は、ほとんど自動的にこなしているようだったが、その心のほとんどは、近野の安否への憂慮で占められていた。

「で、僕が自分の車で千歳に行き、真野さんと、カタノさん、オオツボさん……」

「キー局の担当ディレクターと、下請けのカメラマンだ。あけみと一緒の便で来た」

祖辺嶋が若菜の言葉を遮り、私に説明した。私は頷いた。

「は、そうです。それで、その三人を乗せて、局に戻って来たのが、午後一時半過ぎでした。車が、結構スムーズに走ったもんですから」

そう言いながら、若菜はバンダナの上から頭を掻いた。

「で、そのちょっと前まで、近野はここにいたんだ」

祖辺嶋が言うと、シオが頷いた。

「そうなんです。副部長は、私の隣に座って、……まぁあれこれ、オヤジ臭い冗談を言ってたんです。……オレの子供を産まないか、とかなんとか」

「なるほど。つまり、通常と変わった様子ではなかったわけだな」

私が言うと、シオは頷き、言葉を続ける。

「そのうちに、携帯が鳴って、なにか真剣な様子で、聞いてましたけど、『わかった。すぐ行く。おまえはとりあえず、急げ』と言って、出て行ったんです。……一応、私、これから真野さんがお見えになる、ということは知ってたので、どこへ行くんですか、と尋ねたんです。そしたら、『おデートだよ～ん』と例の調子で答えて、そのまま出て行きました」

「〈たちばな〉は、使ってない。その時は、前に溜まってなかったらしいんだ」

たちばな交通は、ＳＢＣが契約しているタクシー会社だ。ＳＢＣの係長クラス以上の社員は、名前を告げるだけで利用することができる。もちろん、月末には精算する。そして、多くの場合、ＳＢＣの玄関前には、たちばな交通のタクシーが客待ちをしている。だがもちろん、出払っていて、いくら待っても一台も来ない、ということもある。そういう時は、電話で呼ぶわけだが、その時間がもったいないような時には、流しのタクシーを利用して、各人が持っているタクシー・チケットを使う。

「出て行ったのは、何時頃？」

私が尋ねると、シオがあやふやな顔で答えた。

「ええ、それが……いろいろ考えたんですけど、お昼前だったのは、間違いないです。でも、何時何分だったか、はっきりとは覚えてないんです。たぶん、十時から十一時半の間だった、と思うんですけど……」

眉を寄せて、首を傾げる。

「いずれにしろ、二時までには戻れる、と判断したんでしょうね」

若菜が言う。

「か、あるいは、いよいよとなったら戻れなくても仕方ない、と判断したか……」

祖辺嶋が言って、私を真正面から見た。

「で、畝原さんに近野が依頼した件なんだけど」

「ああ」

「レポートは受け取った。で、近野は、いったいなにを気にしてたんだろう？」

「話してない？」

「いや、大雑把には聞きました。若菜からも聞いた。でも、藪から棒な感じもする」

「近野は、警察発表をベースにする仕事に、ちょっと飽きてたから……」

「それは知ってる。何年か前の本橋《もとはし》グループ壊滅のスクープ、あの発端は近野だった、ということも聞いてる。そして、その時に畝原さんが相当協力もし、大変危ない目にもあった、ということも聞いてる」

「………」

「でも、それにしても、近野の性格や気持ちは理解できてるつもりなんだけど、テレビ屋としては、ある種、暴走、という感じがないでもない」

「あのビデオは見た？」

「ああ。見た。見たけど、オレはそれほど不自然だ、とは思わなかったんだ」

「あそこに森がいた、という点は？」

「ああ。それはヘンだな、と思ったけど、その点に関しては、畝原さんのレポートでよくわかった。死んだ森は、区役所の福祉課職員という立場を利用して、いろんな不正に関与していた。そのひとつに、本村一家の保護費不正受給というのもあるようだ。それだけで、充分に理解できると思うんだが」

私は若菜を見た。若菜は眉を寄せて俯いている。

「近野は、本村の娘……行方不明の、本村薫の安否を気にしてたんだと思う」

私が言うと、祖辺嶋はうんうん、と頷いた。

「それはわかるさ。非常に心配だ。だがな、そういう例はいくらでもある。オレだって、未解決事件や、未だに失踪中、という事件を幾つも知ってるよ。特に、現場にいた頃の、自分で取材した事件てのは、やっぱり特別だ。時折、思い出すよ。『そう言えば、あの事件は結局あのまんまだよな……』って感じで。でも、そういうのにいちいちかかずりあってたら、テレビ屋は勤まらないんだよ。毎日毎日、新しい事件があちこちで起こる。そのフォローで手一杯なんだ」

「でも……」と若菜が口をはさんだ。「だから、特捜班を作ったわけでしょう？　そして、副部長……近野副部長は……」

「う〜ん……あいつ、なにか焦ってたのかなぁ……」

「君はどう思う？　近野の反応は過敏だと思うか？」

私が尋ねると、若菜は無言で首を傾げた。

「あのレポーター……名前が思い出せない。あのほら、〈おやじマっちゃん〉とか言う……」

私が口ごもると、シオが、ふっと吹き出した。祖辺嶋も、苦笑いになる。

「ああ、松沢か」

「ああ、そうだ、そうだ。松沢。彼はなんて言ってる？」

「松沢は、近野の見方を支持してる。裏にもっと何かある、と考えてるようだ」

「私もそう思う」

「だがね。ああいう、本村みたいな人間はいるんだよ。非常に多くいるんだよ。被害者意識を振りかざす。自分は弱者である、という立場に立って、世の中のあらゆるもの、人間も、社会も、仕組みも、制度も、とにかくあらゆるものを、自分の都合だけで、自分のメリットのためだけに利用しようとする、そういう人間。こういうのは、いくらでもいるんだよ。自分はなにもせずに、社会や制度から、最大限のメリットをしゃぶるのに長けた連中。そういうのは、いくらでもいる。私がビデオを見た範囲では、本村は、そういう人間の典型だ、と思うね。そして、それ以上でも以下でもない」

「……近野は、本村が、自分の娘を殺したのではないか、と考えていたのだと思う」

若菜が無言で頷いた。祖辺嶋も頷き、そして言った。

「だろう？　それがどうも不自然に思えるわけだ。殺した理由は？　そして、あんなに堂々とテレビに出る理由は？　そこのところが、オレはおかしいと思う」

「……近野と松沢、このふたりがなんらかの印象を持った、ということは、現実に本村に会うと、なにかを感じる、ということじゃないだろうか」

「だが、近野は、実際には本村には会ったことはないんだ。現場には行ってないからな。取材したのは、レポーターの松沢と、モリキというディレクターだ。あの時ADとして同行した若菜は、あまり強い印象を持っていない。モリキも、別にどうとも思ってない。ほかのクルー、カメラも照明も音声も、それほど特異だったとは感じていない」

「いえ、僕は……」そう言いかけてから、若菜はまた口をつぐんで俯いた。

「畝原さん、どう思う？　客観的に考えて、これは、近野の暴走、という可能性はないだろうか」

「だが、森親子の事件、柾越の焼死、それらが……いや、そもそも第一に、現に近野が行方不明だ。つまり、あいつがやっていたことが、なんらかの意味がある、ということになるんじゃないか？」

祖辺嶋は渋い顔をして腕を組んだ。それから、静かな声で言った。

「……悪いけど、若菜、それからシオ、ちょっと外してくれ」

若菜とシオは、素直に「はい」と返事をして、会議室から出て行った。なにか、公然の秘密のようなものがあるらしい。少なくとも若菜とシオは、これから祖辺嶋が私に話そうとしていることの輪郭を知っているらしい。

「実はな、畝原さん」

「ん？」

「近野は、もう、ヤバいところに来てたんだ」

「ヤバい？」

「このところ、近野の担当番組が、軒並み数字を落としててさ」

「………」

「あんまり気にしてない風を装ってたけど、実は相当参ってたんだと思う」

そんなことで近野が参るはずがない、と私は思った。顔に出たらしい。祖辺嶋は辛そうな顔になり、言葉を選びながら続ける。

「いい番組を作れば、視聴者はついてくる、と思って番組を作ってる。俺たちは、みんなな。……まぁ、たいがいは、そうだ。それなりに、信念を持って作ってる。作りたい、と思っている。最善を尽くして番組を作って、それが必ずいい数字を取るとは限らない。だが、頑張って作っていれば、いつかは成果が得られる。そう思って頑張るわけだよ。……だけどさ、そういう頑張りってものも、そうそう長くは続くもんじゃない。どんなに歩き続けても、全然出口が見えない、曲がりくねったトンネルを進むような感じになっちまったら、これはちょっと、オレらにとっては辛い。特に近野は、評価されるに値する番組を幾つもヒットさせてきた男だ。経歴は、赫々《かっかく》たるものだ。それが、このところ、軒並みダウンだ。特捜班にしても、現実に未解決事件の解決に結びついたことはなかった。あの番組のおかげで、捜査に新しい光が当たり、進展して、真犯人が挙げられる……近野は、そういう展開を夢見てたんだろうけど、今のところ、そういう実績は皆無だ。ここでひとつ、パァッとした結果を出すことができたら、それでいきなりまた近野は復活するわけだが、でも、今のままじゃ……」

「…………」

「で、そんな矢先に、魔が差したのか、ある番組にゲストで出てもらった人妻と、関係を持ったらしい」

「……それはないだろう。近野は、口ではいろいろと言うけど、そういうところはきちんと……」

「保険のプロ、という女性に出てもらったんだ。資産形成や財産運用のアドバイス、という感じでさ。四十二歳の人妻で、コンサルタントをやってる女性だ。亭主は私大の経済の教授。この教授から、告発されかかってる……告訴か、当人だから。とにかく、話がややこしくなりそうなんだ。疑問を感じた教授が、自分で尾行して、ふたりが、ふたりっきりで食事をしているところを目撃して、写真に撮ったらしい」

「それだけじゃ、なんの証拠にもならないだろう」

「いちおうはそうなんだが、とにかく教授は告訴する、の一本槍だ。今のところは、手が付けられない」

「…………」

「そんなこんな、追い詰められた時に、ここで一発なにか華々しい成果を、と考えたとしても、オレは理解できる。それで、正常な判断ができなくなって、本村の一件に固執するようになった……」

「私は、そうは考えない」

「オレもさ。そんなこと、考えたくもないよ。でもな……なんとなく、わかるんだ。一発逆転を狙って、あるネタにしがみつく。それにあたっては、社内のいろんな部署や、オヤジたちを動かす必要がある。動かすためには、これまたいろんな言葉をまき散らさなけりゃならない。一歩間違えれば単なるホラ吹きだが、成果が出れば大威張りだ。予算をつけてもらうためにも、いろんなことをしゃべらなけりゃならない。そうやって、いよいよゴー、となった時に、なにかの情報が入って、根本からガラガラと崩れたら、これは、持ちこたえるのがとても辛くなる、と思う」

「……つまり、近野が、すべてを投げ出して逃げた、というのか」

「可能性はあると思うよ。本村にも、森にも、もうこれ以上の事件性はない、ということがはっきりしたんじゃないだろうか。シオが聞いた電話のせいで。あるいは、その電話で行ってみた場所で、そのことを知ったんじゃないだろうか。それで、……もう、いいや、と……」

「近野は、そんなやつじゃない」

「オレもそう思いたいよ」

私は、言うべき言葉がなく、黙って祖辺嶋を見つめた。祖辺嶋は、渋いしかめ面で、腕組みをしたまま、深呼吸を繰り返した。

「とにかく、近野からなにか連絡があったら、慎重に対応してくれ。そして、すぐにオレに知らせてくれ」

そういう祖辺嶋に頷いて、私は会議室から出た。近野が、そういう状況の中にいた、ということは知らなかった。だが、やはり私は、近野の勘を信じたい。そして、なにもかも投げ出して逃げるような男ではない、と信じたい。自分になにができるか、それを考えながら、ぼんやりとエレベーターに向かった。すでに、自分の出番が終わっていることはわかっていた。だが、なにかできることがあるはずだ、と思いたかった。柾越芳徳。森英司。森英勝。〈三森奨学会〉。COL。そして本村一家。これらのことを、これでオシマイにする気にはなれなかった。それに、私の家のドア・チェーンを汚した連中がいる。

だが、依頼人がいない。調査を続ける金がない。とりあえず、〈チャンス・マート〉の万引き予防キャンペーンの仕事をしなければならない。その他にも、いくつもの仕事をしなければ、冴香にご飯を食べさせることができない。

人々とすれ違い、索漠とした気分でエレベーターの前に立った。後ろから、「畝原さん」と呼ばれた。振り向くと、シオが立っていた。

「あのう……」

「なに？」

「……いろんなウワサがあるんですけど……」

「うん」

「でも私、副部長……近野副部長が、全部イヤになって投げ出した、とは思えないんです」

「私もだ」

「不倫の件だって、なにか理由があると思うんです」

「不倫、か……」

「あのう……」

シオがそう言いかけた時、ファンファンという派手な音が鳴り響いた。私は驚いて飛び上がった。それほど大きな音だった。私が驚いた姿が面白かったのだろう、シオがふっと吹き出した。そして、「スクランブルです」と言う。

「スクランブル？」

「ええ。報道フロアだけに流れる緊急放送です。警察無線とかを聞いて……」

いつもの館内放送とは違う、割れるような音質で、女性の声が響いた。聞きづらい。

「清岡区百番川河畔で遺体発見のもよう。繰り返します。清岡区百番川河畔で遺体発見のもよう」

一瞬にして、報道制作局は沸騰した。数名がカメラを携えて階段を駆け下りて行く。会議室から飛び出した祖辺嶋と目が合った。祖辺嶋は、右手で「そこにいろ」という仕種をして手近の電話に飛びつき、大声で喚き始めた。周りの男たちに手短に指示を与え、自分もあちこちに電話している。突然、「なぜだーっ！　なぜだーっ！」と絶叫した。床に座り込み、呆然《ぼうぜん》として、無言で受話器を耳に当てている。

またスクランブルが鳴り響いた。

「清岡区百番川河畔で遺体発見。遺体はSBC社員証を所持、近野副部長の可能性あり。繰り返します。清岡区百番川河畔で遺体発見。遺体はSBC社員証を所持、近野副部長の可能性あり」

祖辺嶋が号泣を始めた。そして、アナウンスの、割れた女性の声も泣き出した。

14

それから数日、私は呆然として過ごしたようだ。いろいろなことが起こったのだが、それぞれが妙に時間の中を上滑りして行くような感じで、現実感がなかった。何度も泥酔した。

SBCでスクランブルを聞いて、私はすぐにタ一セルで現場に向かった。情報は、百番川河畔という曖昧《あいまい》なものだったが、SBCの取材車の後ろについて走ったので、迷わずに到着することができた。取材車には、刻々と情報が入ってきているらしい。われわれは清岡の住宅街から南西の方角に走った。道は森の中に入り、舗装がなくなった。どんどん細くなり、車一台がやっと通れる、曲がりくねった道になる。前後にマスコミの車が連なった。森の中の林道が、そのうちに緩やかな登りになる。そのままずっと進み、人がほとんどやって来ない、森に囲まれた広場に出た。高台になっていて、森は南西側が開けている。そこは切り立った崖で、豊平川水系上流の支流、百番川に面していた。高さはおよそ二十メートルほど。おそらく将来は展望台にでもする計画があるのだろうが、とりあえず現在は、簡単な手すりを作って、不注意な人が落下するのを防ぐ、という姿勢を見せるに留まっている。近野は、その手すりを乗り越えて落ちたもの、と考えられているらしい。

自殺だ、というのだ。

そして、近野の遺体が発見された地点から、五十メートルほど上流の藪の中で、もう一体、一部白骨化した遺体が発見された。野犬やキタキツネに食べられたらしく、損傷が激しいが、頭部は比較的良好に残っており、身元の確認は難しくないだろう、ということだった。しかも、衣服の切れ端は、清岡中学校の女子の制服だろう、というウワサが現場に流れた。

本村薫。

現場の、騒然とした空気が私を包んだ。大勢の人間が血相を変えて右往左往し、怒号が飛び交う中で、私は、非常に孤独だった。

私は、現実を拒否していたわけではない。だが、ほとんどなにも、私の心にしみ込まなかった。さまざまな出来事が、私の横を、ものすごいスピードで通り過ぎて行った。

豊平警察署の前で、私は本村夫妻を見た。あのふたりが、私の横を通り過ぎて行った。婦人警官や私服警官にガードされて、マスコミの取材をかき分けながら、建物に入って行った。本村夫人の、厚化粧の顔が涙と鼻水でグショグショになっていたのが、ありありと目に浮かぶ。近野の家族……遺族が豊平署に入るところも見た。芯の強そうな夫人、そして、必死になって母を支えている、高校生くらいの息子。彼らの、よろめくような足取りがどうしても目の中から消えない。貴に電話して、泊まってくれ、と頼んだ時の、貴の心配そうな口調が耳に残っている。受話器の向こうで、冴香が「どうしたの?」と言った、その声。こういう時に酒を呑んではいけない、と自分に言い聞かせた。だが、私はふらふらとススキノを歩いていた。一軒目の焼鳥屋で、私はあっけなく酔い潰れたらしい。前後の事情は全くわからないが、焼鳥屋のおやじに怒鳴りつけられた。頭から塩をまかれて、追い出された。また、同じくなにがあったのか、その前後の事は思い出せないが、人通りのない狭い路地で、ナイフを振り回す高校生くらいの男を三人、壁に叩きつけた。そしてまた、なぜなのかはわからないが、私はどこかのビルの前で、四つん這いになっていた。そして、太田さんが私を立たせ、それからどこかに行った。私は、いつの間にか太田さんのタクシーの中にいた。右の太股が痛い。触ってみると、タオルがきつく巻いてあり、濡れていた。目にとげを刺されるような、ギラギラした白い光。消毒液のニオイ。太田さんが、なにかしきりに喋っている。私はなにを言ったのだろう。太田さんが、私を怒鳴りつけた。「いいかげんにしろ!」。太田さんのこめかみに浮かんでいた血管。「二針だから、麻酔なしでも充分だ」という若い声。後ろに滑って行く、街の明かり。「大丈夫ですか、先生」という貴の声。「なんともないんだよ、お父さんは、大丈夫だよ」と太田さんが言っている。

近野はいろいろと助けてくれた。近野がいなければ、私と冴香は、あの辛い時期を乗り越えられなかった。「こんなもんで、申し訳ないけど」と差し出してくれた十万円。周囲になにも希望がなくなった時、仕事をくれ、毎月十万円の収入を保証してくれた。それをベースに、私はなんとか、私と冴香の暮らしを切り拓《ひら》くことができた。徐々に暮らしを立て直すことができた。人間は、無一文だと、仕事を探して回ることもできない。いくらかでも定収入があれば、さまざまなチャンスを摑《つか》むことができる。必要な服を買い、仕事に臨むこともできる。あの毎月の十万円と、近野のくれる仕事と、ほぼ毎週の、近野との打ち合わせ。他愛のない話をする、ということの喜びを、あの時私はしみじみと感じた。冗談を言い合い、笑い合い、仕事の進捗《しんちょく》を喜び、仕事の停滞を愚痴った。あのかけがえのない時間。近野が笑い、下らない冗談を言い、スタッフたちに「オヤジギャグ」だと笑われ、そして、若いアルバイトの女の子のお尻を撫で、思いっ切り殴られている。それを見て、私は歓喜に包まれた。近野は死んではいなかったのだ。生きていて、こうして例の通り、女の子のお尻を撫でて、殴られている。おい、近野、と呼びかけると、ニヤリと笑って、いやぁ、オレ、まだ死んでなかったさ、と言った。

夢だった。朝になっていた。吐き気がする。だが、動くのも辛い。私は呻いた。額に、冷たいものが載せられた。瞼《まぶた》をこじ開けると、意味が消え果てた世界の中に、貴の顔があった。

「お目覚めですか」

「よう……」

「冴香ちゃんは、学校へ行きました。朝御飯は、ふたりで作りました。……今は、午前十時です」

「そうか……」

「昨日は、太田さんが送ってくれたんです」

「ぼんやり覚えてる。私は、見苦しかったか?」

「いえ。この家の中では、そうではなかったです。冴香ちゃんも、別にイヤな思いはしなかったと思います」

淡々と話す貴の口調が、唯一の救いだった。

「そうか」

「……太田さんから、聞きました。SBCの方が亡くなったそうですね」

私は太田さんに話した覚えはない。だがきっと、タクシーの中で、延々と話したのだろう。

それで思い出した。右の太股に触ると、包帯が巻いてある。動かすと、鈍く痛い。だが、それほどの痛みではない。

「状況は不明だそうですが、ナイフがかすった傷だ、と医者は言ったそうです。二針縫ったそうです」

「そうか」

「……なにかお手伝いできること、ありますか?」

「いや。今はいい。放って置いてくれ」

「はい」

「SBCから電話があったら、もし私が眠っていても、すぐに起こしてくれ」

「トイレに行って、もう一度眠る」

「はい」

　私は、眠ったり目覚めたり、だらだらとベッドの中で過ごした。その日は、SBCからは電話はなかった。仕事の依頼につながるような電話が何本かあったが、それは全部横山の方に回した。家庭教師派遣の電話営業が四本もあった。午後三時になったので、私はベッドから出た。そろそろ冴香が帰って来る。学童保育所〈なかよし王国〉への連絡は、貴が済ませてくれていた。今日は保護者が家にいるので、冴香はまっすぐ家に帰ります、と伝えてあると言う。貴も、すっかりこの仕事に慣れた。

　ベッドから出て、シャワーを浴び、服を着て、パソコンの前に座った。今回の顚末《てんまつ》を、なんとかわかりやすくまとめてみよう、と思った。だが、どうしても指は動かない。文章が出て来ないのだ。なにを書いてもウソになる、あるいは、出来事の複雑さ、その背景を書き漏らしてしまう、そんな感じに苛《さいな》まれた。

　姉川からファックスが届いた。テレビのニュースで近野の自殺を知った、と書いてある。そして、何かあったら電話を下さい、という簡単なものだった。すぐ電話をしようか、と思った。だが、今の私は、とんでもなくカッコ悪い。こんな状態で姉川と話をしたくはなかった。そのままぼんやりしていると、冴香が学校から帰って来た。私が玄関に出て、お帰り、と言うと、明るい顔で「ただいま！」と言ってから、「お父さん、大丈夫？」と尋ねる。

「どうして？」

「昨日、具合悪そうだったから」

「みっともなかったか?」

「全然。辛そうだった」

「そうか。……なんの理由にもならないし、弁解にもならないけど、……お父さんの友だちが、死んじゃったんだ」

「それで、悲しかったの?」

「……そういうことだな」

「残念だったね。元気出してよ」

「わかってる」

だが、私はダメだった。冴香と貴がふたりで作った夕食を食べながら、貴を相手に呑んだ。ほんの少しでやめるつもりだったが、どうしても止まらずに、どんどん呑んでしまった。なにか、すべきこと、できることがあるはずだ、と思った。自分では動けなくとも、何かできることがあるはずだ、なければならない、と思った。近野が自殺するわけはない、と強く思う。彼はきっと、殺されたのだ。電話でおびき出されて。その理由は、本村夫婦にある。そこは間違いないと思う。そのことがわかっているのに、こうして無意味に酒を呑んでいるわけにはいかない。私には、すべき事がある。何かとにかく、しなくてはならない。

玄関の前でもみ合ったのは覚えている。貴が私を引き留めようとした。無意味なもつれ合いが続き、私は貴の腰に足刀を飛ばした。貴は壁まで吹っ飛び、冴香が悲鳴を上げ、泣き出した。私は非常に陰惨な気分でドアから出て、叩き付けて閉めた。冴香の泣き声が微《かす》かに聞こえた。

お互いに、空手の心得があるからいいのだ、と私は心の中で吐き捨てた。貴は、弟子だからいいのだ、と吐き捨てた。あんなにしつこく引き留める貴が悪い、と吐き捨てた。私はムカムカしながら階段を下りた。すべて自己弁護、自己正当化だ、とわかっていたから、ムカムカしたのだ。ターセルの脇に立ち、ポケットを探ったが、鍵がない。思わず舌打ちをしたが、こんなに酔っていて満足に運転できるはずがない、ということはわかっていた。金は尻ポケットに入っている。私は地下鉄駅に向けて歩き出し、途中で、通りかかったタクシーを拾った。

それからまた、どこかで呑んだらしい。その記憶はない。次に覚えているのは、中央警察署の前だ。受付で、私は玉木を呼んでくれ、と騒いだ。「刑事局第一課巡査部長の、玉木だ」と、すらすら言えたので、得意な気分を味わったのを覚えている。至近距離に立っていた制服警官の、瞳の中で激しい怒気がきらめいたのを覚えている。そして私は、どこかの部屋で、玉木を前にクダを巻いた。近野、柾越、本村薫、森親子、本村夫婦、そして〈三森奨学会〉、〈北海道総合ビル〉、COL、白郷区役所福祉課の不正。これらの関係を探ってくれ、と何度も何度も繰り返した。玉木はほとんど無言で、非常に迷惑そうな顔で、そして私をさげすむ表情で、じっとしていた。そして、いつの間にか私は、姉川と並んで座っていた。太田さんのタクシーだった。沈黙が耐え難く、私はまた、事件のことを延々と語った。太田さんが「またか」と呟いた。姉川が、悲しそうな顔で私をじっと見ていた。

帰宅したのが何時かはわからない。貴は起きて待っていたが、冴香はいなかった。私はあちこち探し回った。そのうちに、貴が言っていることが、私の意識にしみ込んで、状況を理解した。貴が冴香を、兄の家に連れて行ってくれたのだそうだ。それから、近野の遺体が遺族に返され、明日が通夜だ、と言う。明後日が告別式。その後、私がどうしたのかは覚えていない。

　こういう状態は、以前にもあった。北日を解雇され、金の不足を口から唾を飛ばして言い募る妻が疎ましく、人生を見失って、私は一時酒に溺《おぼ》れた。途切れ途切れの世界に、私は落ちた。その中で、妻は私を見捨て、冴香を置いて去って行った。……そこから立ち直ることができたのは、近野のおかげだ。思いは、どうしてもそこに立ち戻る。崩壊した生活を、近野の支えでなんとかまとめ、そして私は横山の事務所に入り、生活をなんとか軌道に乗せることができたのだ。

　こういうことを考えていてもしょうがない、とは自分でもわかっていた。だが、どうしても心が、そこに戻ってしまうのだ。

　近野の通夜の日、家に現金がなくなった。私は、心がバラバラで、なにもしたくなかった。通夜に行っても、またきっと醜態を晒すだけだ、と思った。だが、やはり、参列すべきだ。まだ付き合ってくれていた貴に、キャッシュ・カードと通帳、そして必要なものをメモした紙を渡し、買い物を頼んだ。その買い物の中に、香典袋があるのが悲しかった。冴香は、今日は、兄の家から学校へ行き、下校してそのまま〈なかよし王国〉に行くことになっていた。その後、貴か姉川が迎えに行って、この家か、姉川の家で夕食を食べることになっていた。こういう段取り、貴や姉川や兄夫婦の気遣いが、ありがたく、また自分が情けなくて、私はもう心が粉々だった。だがとにかく、復活しなくてはならない。シャワーを浴び、体を拭い、右の太股の傷のガーゼを換えて包帯を巻き、下着を身に着け、シャツを着て、黒いネクタイを結び、一張羅《いっちょうら》のスーツを着込んだところに貴が帰って来た。もう一日付き合ってくれる、と言うので、〈なかよし王国〉に冴香を迎えに行ってくれ、と頼み、買い物を冷蔵庫その他に収め、香典袋に一万円を入れた。そして、何気なく通帳を見た。

そこには、昨日、月曜日の日付で、SBCから入金が三件あった。十三万円、四万円、三万円。合計二十万。

私は思わず座り込んだ。目から涙が溢《あふ》れるのを止められなかった。

近野はきっと、金曜日か、土曜日のうちに、私へのギャラの振り込みを、経理の方に手配してくれたのだろう。一件で二十万円を振り込ませるのが難しかったので、いろいろな名目に分割して、合計で二十万円になるように、工夫してくれたのだろう。

私は、自分を口を極めて罵った。酒に溺れ、途切れ途切れの世界で醜態を晒している、そんな場合ではなかった。私は、自分にすべき事があるのに、それができない、と拗《す》ねていた。愚かだった。すべき事は、自分でできる。依頼人の必要などない。幸い、私には、細々と溜めてきた蓄えが、百二十万ほどある。そこに、この二十万が入った。大した金ではないかもしれない。だが、これだけあれば、とりあえずは冴香を飢えさせることなく、しばらくの間、全精力を傾けて、この事件の背景を調べることができる。

なぜそのことに思い至らなかったんだ。

「先生……」

「なんだ」

「大丈夫ですか」

「ああ。もう大丈夫だ。私は、バカだった。でも、もう、違う」

15

近野の通夜は、午後六時から、近野の自宅近くの斎場で行なわれた。明るく広い、現代的な建物だった。死因が自殺である、ということになっているせいか、親族以外の参列者は少なかった。私は、新聞やテレビの報道はほとんど見ていなかったが、近野の死体のすぐそばで、去年の暮れに行方不明になった本村薫の死体が発見されたことについて、さまざまな憶測が流れているらしいことは知っていた。それにしては、マスコミの姿は目立たなかった。場所柄を考えた、ということか。それとも、業界人同士の庇《かば》い合いのつもりか。だとすると、私は無念だ。

私は、一番後ろの方に座った。全体を見回して、なにか不審な動きがあったら見逃すまいとした。だが、特にこれといったことは起こらず、焼香になった。隣に座っていた見知らぬ人の後について、私も祭壇に向かった。

私は、神も仏も信じない。人間は、死ねばそれで終わりだと思っている。すでに、近野はいないし、彼に祈っても、無意味だと思っている。だが、この時ばかりは、私は心から彼の遺影に合掌した。心の中で今までの事への感謝を述べ、そして、絶対に真相を明らかにする、と誓った。

例の通り、坊主が下らない下手くそな説教を、したり顔で述べた。それから、葬儀委員長であるＳＢＣ副社長が故人の経歴と、入社してからの業績を淡々と述べた。死因については、

「非常に属目《しょくもく》され、SBCの将来を担う逸材として活躍していた矢先、突然、このようなことになり」とうまくかわして語った。その後、近野の奥さんが、言葉少なに挨拶し、「皆様にご迷惑をおかけして、誠に申し訳なく存じます」と頭を下げた。

私は、ひたすらうつむき、両手を握り締め、自分を抑えた。

通夜の一切が終わり、立ち上がった時、前の方に座っていた祖辺嶋が振り向いたので、目が合った。祖辺嶋は、眉を上げ、「おう」という表情になり、右手で盃を持つ仕種をして、また眉を上げた。私は頷いた。今夜は、もう、呑んでも大丈夫だ。それに、聞きたい話も色々とある。

斎場から出ると、喪服の人々が駐車場に集まり、あるいは歩道に並んでいる。その中で、四十七歳という年齢で、ぶら下がりのスーツに黒ネクタイ、という姿は、みすぼらしいだろうな、と思う。だが、肩身が狭い、とは思わない。こうして倹約して、たった百二十万ではあるが、蓄えができたから、近野の死の真相を調査することができるのだ。

ひんやりとした晩秋の夜気の中、あちこちにかたまって立っている喪服の人々をかき分けて、祖辺嶋がやって来た。

「やあ、お疲れさん」

沈痛な表情だが、言葉だけは元気だ。私が頷くと、「とにかく、一杯、呑もう。どこがいいかな」と言う。

「私はどこでもいいが。……静かに話ができるところがいいな」

「そうだな。……じゃ、とにかくタクシーをつかまえよう」

祖辺嶋が選んだのは、くたびれた木造会館の一階にある、〈勇〉というおでん屋だった。気難しそうなオヤジが、黙々と仕事をしている。有線で、ロン・カーターの『ジャンゴ』が流れている。サラリーマン風の客が何組か、賑やかに呑んでいて、他人の話には興味がないようすだった。

おでんを適当に、あとは酒を、と簡単に注文してから、祖辺嶋はおもむろに切り出した。

「さて、それで……なにを話そうか」

「なにを？」

「故人の冥福を祈るか。それとも、思い出話をするか」

「私は、無神論者だから、故人の冥福、なんてものがあるとは思ってない。死ねば、それで終わりだ」

「まぁな」

「思い出話もいいが、それはこっちの勝手だ。近野にはなにも関係ない」

「まぁな。こっちだけの暇つぶしだ。確かにな」

「問題なのは、近野の遺族だ」

「遺族な。そうだ」

「私が言ってるのは、近野の死因を明らかにしたい、ということだ。故人の冥福はどうでもいいが、近野の名誉、そして遺族の生活はなにより大事だ」

「………」

「自殺と、殉職……労災とじゃ、補償も全然違ってくるだろ」

「やっぱりな。畝原さんは、殉職だ、と思うのか。つまり、殺された、と」

「私はそう信じている」

「…………」

「警察は、どういう判断だ？」

「なにか余計なことを喋ったヤツがいるらしい」

「SBCの中に？」

「ああ。最近の近野は、仕事の面で行き詰まっていた。そして、人妻との不倫で、窮地に立っていた。……まぁ、そんな話だ」

「祖辺嶋さんが、私に話した事じゃないか」

「そうだ。だが、それをそのまま、このタイミングで警察に話すこともないだろうが」

「近野の死体のすぐそばで、本村薫の死体が発見されたことについては、どういう見込みを持っているんだ？」

「あまりよくないな。もちろん、偶然だ、という見方もあるが、……近野が、あの娘の失踪にこだわって取材を重ねていたのは、みんな知ってるからな。そこに、なにかあるんじゃないか、というセンも探っているらしい」

「……端的に言って、つまり近野が、本村薫失踪殺害に、なんらかの関わりを持っているんじゃないか、ということか」

「……まぁ、そんなようなことを考えてる捜査員もいるらしい」

「本村薫の事件の真相に近付いたので、消された、という可能性のことは考えないのかな」

「考えないようだな。近野の死体は、特に不審な点はなかった、ということになっている」

「……警察は、面倒な話は嫌うからな。……近野が落ちたのは、いつ頃なんだろう」

「土曜の夜、午後八時から零時までの間、という話だ。大雑把にな」

私が、冴香や太田さんと、山岸の家で暢気に酒を呑んでいたあたりだ。もしもあの時、近野の失踪を知らされて、懸命に探したら、あいつを死なせずに済んだだろうか。……そういうことは、考えても意味がない。

「……そうだ、少女の遺体は、本村薫だ、と確認されたのか？」

「ああ。両親が衣服を確認した。それに、歯医者が、遺体の歯並びでも確認した」

「……あの娘が行方不明になったのは、冬休みの平日の午前中だったな」

「……確か、そうだ」

「シャワーを浴びて、友だちの家に行く、と言って、家を出たんじゃなかったか？」

「そうだったと思う」

「そういう時に、中学校の制服で出かけるのか？」

「う〜ん……どうかな。まぁ、そこらは人それぞれだろうよ。それにほら、今は街ん中あちこちで、制服で歩き回ってる娘を見るじゃないか」

「あれは高校生だ。女子高生の制服姿がメリットを産む、金やタダ飯のネタになる、とわかってる娘たちが、営業でやってるんだよ」

「そうなのか？」

「だろうと思う。意識してはいないかもしれないが」

「でも、中学生でもそういうのはいるんじゃないか？」

「本村薫は、真面目な生徒じゃなかったか？」

「そうか。うん。確かに、そういう話だ。……ただなぁ、今のガキどもの『マジメ』ってのは、こりゃ、わからないからなぁ」

「……………」

「畝原さんは知ってるかな。近野は、中学高校時代を、清岡で過ごしてるんだ。あの高台のあたりも、その頃に、自転車で走り回ったらしい」

「ああ、それは私も聞いた。近野は、あのあたりの森や草原が好きだったらしい。青春時代の思い出だ、と言ってた」

「そうだってな。で、警察としては、いろいろと追い詰められた近野が、青春時代の思い出多いあの高台まで行き、昔から知ってる崖の上に立って、発作的か、それが目的だったかは別として、柵を越えた、というようなシナリオを考えてるようだな。本村薫の遺体との関係は、今のところは、偶然、という方向で動いてるようだ。あの高台は、自殺するのには手頃だし、ということは、死体を投棄するのにも手頃だ、と。ということは、本村薫の殺害犯は、あのあたりに土地勘を持っている、ということにはなるな」

「なぜ、今まで発見されなかったんだろう？」

「あのあたりまでは、当初は捜索の範囲に入っていなかったからだろう、と思う。実際、本村の家からだと、直線距離にして十キロくらいだ。家の周囲から捜索して行って、いよいよ見つからない、ということになって、あのあたりまで警官が行った頃には、もうしっかりと雪が積もっていたからな。それに、あそこは崖下で見通しが悪いし、普通なら、誰も近寄らないところだ。高台には、スケベをしたくなったアンチャンネェチャンが車で来るが、それはたいがい夜だしな」

「……警察が、本村薫事件の未解決を嫌って、近野に罪をかぶせよう、と考えたら、どうなるだろう」

「う～ん……それはどうだろうなぁ。失踪当日の近野のアリバイ如何《いかん》で、確かに、ちょっと際どいところかもしれないな」

「で……、祖辺嶋さんは、実際のところ、どう考えてるんだ？」

「うん、それ。オレの考えね。……なんか、ピンとこないんだよね。畝原さんには、あの時、ああ話したけど、オレもやっぱり、あの近野が、あんなことで死ぬようなヤツかなぁ、ってね。これで、企画がコケて、ヤケになって経理から金をかっぱらってね、ススキノの女を連れて、いきなりニュー・カレドニアまで行っちまった、もう帰って来ない、というのなら、まだなんとなくわかるんだ」

「近野はそんなことしないだろう」

私はそう言ったが、祖辺嶋の言うことには、妙なリアリティがあった。

「まぁな。本当にするとは思わないけどさ。なら、自殺なんて、なおさらするとは思えない。それに、電話で呼び出されたってのが、気になる」

「そうなんだ」

「近野の遺体は、携帯を持ってたのか？」

「どうも、なかったらしいんだ」

「携帯の着信履歴はどうなってるんだろう」

「それはわからないが、警察は調べてるだろう。だが、相手が携帯で、そして犯行を目的とした呼び出しで、身元を隠すために何か細工をしているとすると、相手の特定は難しいだろうな」

「…………」

「畝原さん、これからどうする？　調査を続けるのか？　でも、依頼人がいないんだろ？」

「いや、依頼人を見付けた」

「え？　誰が？」

「それは、今は言えない」

「私立探偵にも、守秘義務ってのがあるのかい？」

「ああ」

私は平然と嘘をついた。別に法律的な義務ではない。マナーだ。

「それにしても、なぜ調査させるのかな。結構な金額がかかるんだろ？」

「近野の友だちらしい。昔、世話になった、と言っている」

「へぇ……」

「ところで、本村薫の両親は、どんなようすなんだろう？」

「えらく取り乱してるらしいな。まぁ、普通、こういう場合、親はそういうもんだが」

「不自然なところはないのか?」

「そういう話は出ていないようだ。確か、あっちも、今夜が通夜だ。取材がけっこう出てるようだ。ウチからは、真野あけみが行ってる」

「まだ札幌にいるのか」

「ああ。突如事件が立て続けで、しばらくこっちに付き合う、ということらしい」

「大変だな」

「えらく元気のいい娘でな。取材車の中で、座るとすぐに熟睡してる。でまた、寝起きが元気でな。根性もあるしコメントもいい。あのまま行けば、いい仕事をするようになるかもしれない」

「なるほど。……ところで、柾越の方はどうなってるんだろう」

「柾越……ああ、柾越芳徳な。あ、そうだ、あの時、初めて畝原さんと会ったんだったな」

「そうだ。祖辺嶋さんは、裸だった」

祖辺嶋は苦笑した。

「営業が、問題にしている、と聞いたけど、どうなった?」

「書いたさ。始末書を」

「そうか」

「で、柾越芳徳の件は、不思議なほどに警察のガードが堅い。森親子の心中殺人との関連は、まだ全然出て来ない。知ってるのは、どうやらウチだけのようだ」

「ほう。なぜそんなに隠すのかな」

「よくわからない。ただ、漏れてくるウワサでは、あの時の被害者……柾越じゃなくて、あの火事で病院に運ばれた人たち、彼らはみんな、なにかの毒ガスのようなものを吸っていたらしい」

「毒ガス？」

「ああ。ある種の毒性気体吸入による気管支炎、というウワサだ。それから、柾越の血液から、硝酸ストリキニーネが検出された、というウワサもある」

「……筋弛緩剤？」

「そうなんだってな。オレは知らなかった。例の、愛犬家連続殺人事件？　あれで使われた毒物だ、という話だ。そう言われて、思い出したよ」

「…………」

「ただ、どれも正式な発表じゃない。連中、ホントにウソを混ぜてポロポロ餌を撒《ま》いて、こっちのようすを探るような真似もするからな。慎重に対応しないとダメなんだ」

「森親子の心中殺人は？」

「あれは、とりあえず犯人死亡でケリ、だろう。あとは、まぁ、俺たち、テレビ屋だの雑誌屋だのスポーツ新聞だのが、衝撃的事実を何度か発見するわけだ。だが、警察の扱う事件としては、もう終わったと思う」

「森英司の、女遊び……あっちの方は？」

「事件性のあるものを選んでるんじゃないかな。どっちにしても、保護者に連絡、説教して返す、というあたりだろう」

私は、頷いてピースを灰皿で捻《ひね》り潰した。いつの間にか、五本の吸い殻がたまっていた。

「役に立ったかい？」

「ああ。だいぶ状況が整理できた」

「それはなによりだ。……それで、一つ頼みがある」

「え？」

「その、畝原さんの調査の依頼人に、伝えてくれないか。オレにも、乏しいながら、ちょっと蓄えがある。だから、調査資金が必要になったら、声をかけてくれってな」

「……わかった」

「頑張ってくれ。オレは、手が回らない」

「……そう伝えるよ」

「頑張ってくれ」

「……ああ、そうだ。私にも一つ、頼みがある」

「なに？」

「近野が不倫をしていた、という例の話だが」

「ああ」

「相手の名前を教えてくれ。住所と電話番号も、できたら、亭主の勤務先の私大の名前と、亭主の研究室の電話番号も頼む」

「なにを考えてるんだ？」

「近野が、番組のゲストとして来てもらった女と、関係を持つとは思えない。あいつは、若い娘の尻を撫でる、セクハラおやじだったかもしれない。でも、ゲストに来てもらった人妻をベッドに誘うとは思えない」

「だから？」

「その保険コンサルタントが番組のゲストになったのは、いつの話だ？」

「去年の春だった、と思う」

「で、亭主が怒鳴り込んできたのはいつだ？」

「今月の初めだ」

「近野が、その人妻とデートしていた、というかデートしているところを亭主が目撃した、というのは、いつの話だ？」

「今は正確にはわからない……告発状、というかそういう文書は、局のオレの引き出しの中にある。コピーだけどな。ただ、確か、先月の末近くだった、と思う」

「なるほど」

「それで？」

「私は、近野は、なにか保険のことを取材していた……あるいは、非常に手に入れづらい情報を、彼女を通して手に入れようとしていたんじゃないか、と思う」

祖辺嶋は、私の目をじっと見た。

「保険金殺人？」

「そう考えると、ひとつ、説明がつくことがある」

「なんだ？」

「保険金を狙って、誰かを殺して、その死体を遺棄する。だが、なんの因果か、その死体がなかなか発見されないと、当然だが、保険金はおりない。だがまさか、その期《ご》に及んで自分で発見するのはヘンだ。だから、なんとかして、死体を発見させたい、そう考えるんじゃないか、犯人は」

「………」

「これで、きっと、本村の家には、相当の額の保険金がおりると思う」

16

祖辺嶋と別れて、ススキノの路上で〈アイ横山探偵事務所〉に電話した。携帯で、路上で話すことには、最初非常に抵抗があった。だが、慣れてしまえば気にならなくなっている。いい加減なものだ。

「横山探偵事務所です!」

相変わらず、働き者だ。

「畝原だ」

「よう!〈チャンス・マート〉の件だがな……」

「話がある。会って話したいんだが、これからしばらくそっちにいるか?」

「いるけど? なんの話だ?」

「正式に仕事を発注したい」

「お⁉　おまえ、お客さんか？」

「そうだ」

「ウチは、高いよ」

「格安料金で頼む」

「じゃ、来るな」

電話は切れた。


「なんだ。来ちまったのか」

私の顔を見るなり、横山はそう言った。

札幌中心部のやや西寄りに建つビル。その七階にある延べ六十坪ほどの事務所が、横山の城だ。もう十時に近い時間だが、三人の社員が残っていて、レポートを書いている。その奥、パーティションで仕切った中に横山がいて、ファックスをあちこちに送っている。得意先の会社が、裏帳簿を作るための伝票類だ。毎晩、各社の営業終了後、電話で口頭で送られてくる数字と名目、そして相手先を、専用の用紙に請求書、あるいは領収書としてプリント・アウトして、相手先にファックスで送る。その後、その用紙はすぐにシュレッダーにかけることになっているが、横山は全部ファイリングして保存してある。

「今、オレはとんでもなく忙しい」

「わかってるよ。終わるまで待つ」

「待たなくていいよ。帰れよ」

「私が払えるギャラは、微々たるものかもしれない。でも、あんたなら、このネタからいくらでも金が引っ張れるはずだ」

「じゃ、自分でやれよ」

「私は、そういう金儲けは嫌いだ」

「ありがとよ」

横山は、黙々と作業を続ける。その間に、残っていた三人もレポートを書き上げ、丁寧にお辞儀して「お先に失礼致します」と帰って行った。その度に、横山は「お」とふんぞり返る。そして、十一時過ぎに、横山はやっと「よし、今日はこれで終わりだ」と呟き、椅子から立って大きく伸びをした。

「私の用事を話していいか？」

「まぁ、話せ。今まで待ってたってあたりは評価してやる。オレは、真摯な人間は好きだ」

「まず、これからしばらく、貴を使わせてくれ」

「どれくらい？」

「まぁ、長くて一週間だ」

「十四万、てことだな」

「そうだ」

「畝原。……おまえ、オレがこの二時間で、シコシコとインチキ伝票を日本中にファックスして、いくら儲けたと思う？」

「興味ないよ」

「今日は百五十万ちょっとだ。不景気だからな。商社や土建屋たちの金の流れが地味になっちまった。でもまぁ、時給七十五万の仕事なら、まぁ、よしとしなきゃな」

「そうだな」

「……ま、いいよ。貴はいくらでも貸してやる。あ、〈チャンス・マート〉の時は別だぞ」

「わかってる」

「あいつは、常日頃、ブラブラしてるだけで一文も稼がない。それが、冴香ちゃんと遊んでるだけで一日二万になるんなら、御の字だ。ＯＫ。それはいいよ」

「助かる」

「その代わり、〈チャンス・マート〉のギャラは、一日一万でいいな？」

「誰のギャラだ？」

「あんたのだよ」

「……まぁ、しかたない。えらい黒字じゃないか」

「うん。……ちょっと胸が痛むな。前言撤回だ」

「ん？」

「一日二万にしよう」

「……それでも、まだまだえらい黒字だな」

「まぁ、これくらいがバランスだ。まだなにか頼みがあるんだろ？」

「そうだ」

「言ってみろ」

「ある財団法人のことを調べてくれ。実際にはどんなことをやっているのか」

「なんてんだ?」

「三森奨学会」

「ほう……ミモリ、か……」

横山は、どういう字を書くんだ、ということを尋ねなかった。元からなにか知っていたのか、それとも名前くらいは聞いたことがあるのか、あるいは疲れていて気が回らないのか。

「なんでそこに興味を持つ?」

私は、〈北海道総合ビル〉での話を大雑把に聞かせた。本村の名前は出さなかった。ただ単に、行動確認対象者だった、ということにしておいた。それ以外は、おおむねあった通りのことを告げた。

「なぁるほど……」

「金のニオイがぷんぷんするだろ? あんたは、このネタを好きなように使っていい。私としては、この財団法人が、実際のところはどういうことをしているのか、それが知りたいだけだ」

「依頼は、どんな内容なんだ?」

「それは話せないよ」

「またまたぁ」

横山はそう言って私の顔をにやにやと眺めた。それで、私が話す気が全くない、ということを悟ったらしい。うん、と軽く頷き、言葉を続けた。

「ま、わかった。とにかく要するに、その三森奨学会の概要と、実際の業務を探ればいいんだな？」

「そうだ」

「で？　いくら出すつもりだ？」

「二十万」

「帰れ」

「これ以上、出せない」

「依頼人は、いくら出すんだ？」

「秘密だ」

「話にならんな」

「じゃ、いい。ウチ……じゃない、北日の新人にネタを下ろす」

「北海道日報の？」

「そうだ」

「おまえを捨てた新聞じゃないか」

「まぁな。だが、新聞は新聞だ」

「おいおい」

「社会部の新人記者なら、こういうネタには喜んで飛びつくもんだ。世間知らずだからな。結局、記事にはできないだろうが、そいつがちょこっとコンタクトしただけで、相手はおとなしくなっちまうぞ。休眠団体に逆戻りだ」

「落ち着けよ。自分を捨てた新聞にネタを下ろして、おまえを助けたオレには端金《はしたがね》で無理させようってワケか？」

「若造が、ちょっと取材申込をするだけで、この話は、パァだぞ。つまり、甘い汁は吸えなくなるわけだ」

「そうと決まったもんでもないけどな……イヤな奴だなぁ」

「二十万だ」

「必要経費は？」

「そっちの今後の儲けからいくらでも経費は出るだろう」

「……いつからそんなイヤらしい男になった？」

「あんたに会ってからだな」

「じゃ、高校の頃からすでにイヤな奴だったのか？」

「そうかもしれない」

横山は、ふっと笑った。

「畝原さ、覚えてるか、オレらのクラスにいた、遠藤《えんどう》ってヤツ」

「遠藤？　あの、インチキして越境入学して来てたヤツか？」

「そうだ」

「市議になったんじゃなかったか？」

「そうだ。その息子が、札幌の某私立高校の社会の教師なんだ。二十六だ」

「ほう」

「で、その息子が、女房がいるのに、同僚と不倫してな」

「ほう。相手は独身か」

「そうなんだ。で、ちょっとモメかけてな。相手の娘を脅しにかかって、それでその娘が鬱病になってよ。話がどんどんこじれてきてな。で、オレんとこに泣きついてきてさ。金でカタを付けりゃすぐなのに、その金を惜しむヤツよ。で、オレがその娘の交友関係を、格安料金で調査してやってるうちに、ヤの字に怒鳴り込まれて、相当揉めてる。話が表沙汰になりそうでな。なにしろ、支持母体が組合だからな。真面目な連中が多いから、放り出されそうになってるわけよ」

そしてゲラゲラ笑った。

「遠藤は、オヤジも市議だったんじゃないか？」

「そうだ。市役所の組合上がりの、陣笠《じんがさ》市議だ。オヤジの地盤を継いで、ゆくゆくは道議にってなつもりだったんだろうがな」

「イヤな奴だったよな。高校の時も」

「そうだ。ああいうのが、本当にイヤなヤツなんだ。オレとかおまえは、あれに比べりゃ善人だ」

「そうだな。……で？」

「しゃーねーだろーが。オールド・フレンドのたっての願いだ」

それから、横山に求められて、〈北海道総合ビル〉七階の間取りを、できるだけ丁寧に話した。横山はおそらく、周囲の使われていない部屋を活用して、盗聴機器などを設置するつもりなのだろう。そのほかに、持っているコネを使って、いろいろと話を聞いて回るはずだ。運が良ければ、明後日には、なにかわかるだろう、と言って、いかにも面倒臭そうな顔で肩をグルグル回した。とても疲れている、ということを表現しているのだ。だが、生え際が確実に後退しつつある額の裏で、さまざまな金儲けの仕掛けについて、ものすごい勢いで計算を巡らせていることが、はっきりとわかった。

横山との話を終えて立ち上がった時、右の太股が痛んだので、傷のことを思い出した。水をもらい、救急病院からもらった薬を服《の》んだ。抗生物質と消炎剤、胃薬だそうだ。太田さんが、「ちゃんと服めよ」とくどくど念を押した。その時は、どうでもいい、と思っていたが、今は違う。この傷が化膿して、動けなくなっては困る。薬を服む私を、横山がさもおかしそうな表情で眺めていた。

「いよいよ体のことを気にし始めたのか」

「そうだ」

私は答え、横山の事務所を出た。

それから、誰もいないビルのロビーで、家に電話をかけた。貴がすぐに出た。

「畝原です」

「私だ」

「あ、先生。今、どちらですか？」

「ええと……」おまえのオヤジさんの会社に行って来た、と言うのも能がない。「街の真ん中だ。これから帰る。なにかあったか？」

「ええ、数件。まず、ファックスが何通か入っています。主なものは、ＳＢＣの祖辺嶋さん、そして所属は書いてありませんが、玉木、という人からです」

「ほう。玉木はなんて書いて来た？」

「シラフなら、話を聞く、と書いてあります。姉川さんに連絡しろ、とのことです」

「なるほど……」

やや面白くない。だが、とにかく聞き置いておく。

「で、姉川さんからも電話がありました。ええと、今日はしばらく起きているので、午前一時までなら、家に電話をくれ、ということでした」

「わかった」

「それから……先生」

「どうした？」

「鍵の件は、大家に話したんですか？」

忘れていた。基本中の基本ではないか。

「申し訳ない。まだ話していない」

「そうですか」

「明日、一番に交換してもらうよ。……なにかあったか？」

「まぁ……どうということはない、と思うんですが、……ちょっと気配がありまして。アパートの周りの犬の吠《ほ》え声とか、人の足音とか、数人で固まってなにか相談しているようすとか。

あと、ドアの前を、何度か行き来しているようです」

「わかった。できるだけ、急いで帰る」

「そうしてください。どうも、この部屋の明かりが消えるのを待っているような感じです」

「冴香は?」

「なにも気付いていません。ちゃんと勉強して、『トトロ』をちょっと見て、『名探偵カッレ君』を読んでいるうちに、眠りました」

「わかった。急いで帰る」

まだ地下鉄にはぎりぎり間に合う。だが、地下鉄からマンションまでの道のりが、もどかしい。太田さんに電話すると、幸い仕事中で、ススキノ交番の近くで客待ちをしているところだった。「わかった。すぐ行く」と言ってくれた。そして「話して聞かせたいことがある」とも言う。こういう時は、説教を聞かされるのだ。その点は、仕方がない、と諦めた。

自宅に向かってくれ、と頼むと、太田さんは「おう」と答えてやや沈黙し、車を発進させてから、「おい」と言い、ゴホン、と一つ咳払いをして「ウネさんよ……」と呟く。

「うん」

「あのな。……大変なことがあった、やりきれねぇってのはわかる。……だがよ、酒の呑み方には、気を付けな」

それで、お説教は終わった。

「俺が言いたいのは、それだけだ」

「わかった」

放免された私は、姉川の家に電話した。一度目の呼び出しで、耳に慣れて久しい、静かな声が聞こえた。

「はい、姉川です」

「畝原です」

顔を見たい、と思った。

「あ、こんばんは」

「……ええと……まったく申し訳なかった。とんでもなく迷惑をかけた」

「……そうね。本当に、そうだわ」

「今も、太田さんから説教された」

「たいへんだったわね。……もう、落ち着いた?」

「そうだな……普通に、社会生活を送っている、という意味では、落ち着いた、と思う」

「今日は、呑んだの?」

「呑んだ。近野の同僚から、いろいろと話を聞いた。それから、横山に、仕事の協力を頼んで、これから家に帰るところだ」

「そう。呑んだけど、酔っ払ってないのね」

「そうだ」

「……もう大丈夫ね」

「そのように、思う」

「それで……玉木さんから、電話をもらったの」

私と玉木は、ほぼ同時期に姉川と知り合った。順番から言えば、私の方が少し早い。ラジオに出演していた姉川が、今で言うストーカーのような女性に付きまとわれた。脅迫状を何通か送りつけられたのだ。姉川は、同じ学童保育所に娘を通わせている、という縁で、探偵である私に相談した。これが、私と姉川の出会いだ。そして、私は脅迫者の身元を暴いたのだが、思いがけず、数体の死体を掘り当ててしまったので、話がやや面倒になった。その捜査と事後処理を担当した刑事のひとりが玉木で、妻もあり子もあるのだが、自分よりも三歳ほど歳上の姉川に好意を持ったらしい。時折電話をかけてくるのだという。私の恋敵、ということになるのかもしれないが、私と姉川の間がどうにも煮え切らないので、自然、姉川と玉木のほうもパッとしないようだ。仕事の上では、私と玉木は、時折は相手を利用し合う間柄だ。

「ああ、わかる。あの時は、玉木にも迷惑をかけたから。改めて謝ろう、と思ってる」

「玉木さんから伝言があるわ。素面なら、話を聞く、ってよ。あの人、いつも偉そうに話すのね」

「………」

「で、明日一日は休みを取ったから、午前中なら、確実に会える、という話だったけど」

「わかった」

「それが、用件」

「ありがとう」

「これから、まっすぐ家に帰るの?」

「そうだ」

「なにか、心配なことがあるの？」

「冴香がいる」

「この前、あなたを家に連れて帰った時、ピアスの青年がいたでしょ？」

「ああ」

「あれは誰？　親戚の青年？」

「そんなようなものだ。冴香のお守《も》りをしてもらっている」

「じゃ、とりあえずは、心配ないんじゃないの？」

「ちょっと心配なことがあるから、あの青年に来てもらっているんだ」

「……なにか、危険なこと？」

「そうじゃない」

「……あなたは、いつもそうね」

「なにが？」

「身近な人間に心配されることを、恥だと思っているでしょ？」

「そんなことはない。私は、今まで、いろんな人間に心配や迷惑をかけて生きて来た。それは、君だって知ってるはずだ」

「じゃ、言い方を変えるわ。あなたは、人に心配をかけずには生きていけない自分を、恥ずかしいと思ってるでしょ？」

「みんな、そうじゃないのか？」

「……そうじゃない人もいる、と思うけど」

「いるとしたら、私は、そういう人間は嫌いだ」

「……そうね。……どうしてこうかしら」

「なにが？」

「あなたは、口がうまいわ」

思いがけないことを言われた。

「え？」

「ずるい、と思うわ」

「なにが」

「自分の決まりを、人類一般の理想のように思ってる」

「なんだ、そりゃ」

「思ってないかもしれないけど、そう思わなければならないように、話し相手を思い込ませる人だわ」

「なんだよ、それは一体」

「なんでもないわ。玉木さんに、電話してね」

電話は切れた。

携帯電話を腰のケースに収めている時、ふと姉川の面影が目の前にちらついた。その途端、女性の乳房や平らな腹、首筋、滑《なめ》らかな脇腹の線、そして陰毛や性器の印象が、後頭部のあたりで一閃《いっせん》した。もちろん、私は姉川の体を直に見たことはないから、これらはおそらく、私にとっての〈女体〉の一般的なイメージなのだろう。ペニスが、ほんの一瞬、じわりと刺激を受けてしまった。

（なにやってんだ、オレは）

　思わず、心の中で呟いた。

　マンションの部屋に戻ると、驚いたことに、兄がいた。楽しそうに、貴と呑んでいる。結構酔っていて、「いやぁ、浩一、この若い人は、実に真面目だ。うん。不思議な格好をしているが、いかにもマジメだ」などと大袈裟に言う。貴は、「はぁ……」などと適当に相槌を打ちながら、気遣いを感じさせる表情で、ビールを付き合っている。

「なにか、話があるのかい？」

　私が尋ねると、「いや」と言い、貴にビールをつぎながら、

「ちょっとほら、男の話がしたくてさ。ウチには、女子供しかいないから」

　と、フェミニストが聞いたら怒髪天を衝《つ》くであろうことをのんきに言って、

「そうかい。アラン・ラッドがね」

「はぁ。あの目つきで強い、というのがたまりません」

　などと、貴と意気投合している。私も着替えて付き合ったが、兄はすぐにソファで横になり、眠ってしまった。

「済まなかったな。もう眠たいだろう」

「いえ、自分は、別に」

「兄の家では心配してないのかな」

「ええ。そのようです。ここに来る、と話して来た、と言っておられました」

「そうか。夫婦喧嘩かな」

「そういう気配はありませんでしたが」

「ま、明日は早めに起こそう」

そして、貴に、これからしばらく冴香の面倒を見てもらうこと、登下校の時は付き添ってくれ、日中にも仕事を頼むかもしれないから、おおむねこの部屋にいてくれ、というようなことを頼んだ。貴は素直に、「わかりました」と答えた。そして、居間のソファに兄、その床の上に貴が寝袋で寝た。私は、自分のベッドで寝た。

翌朝、早めに目覚め、兄を起こした。兄が出勤するつもりなら、ぐずぐずはしていられない。朝食の支度などを貴に任せ、寝ぼけ顔の兄を、駐車場に連れて行った。途中、なにか話があったのか、と尋ねてみたが、大したことじゃない、とあまり話さない。喧嘩をしたのか、と尋ねたが、そんなことじゃない、と一蹴された。

「とにかく、家まで送るよ。朝飯とか、着替えとか、いろいろと準備があるだろ?」

「悪いな。おまえも忙しいのに」

異変には、ふたりが同時に気付いた。駐車場にあるターセルが、いつもよりも小さく見えたのだ。

タイヤが、四本全部、パンクしていた。

17

「大丈夫か？　なにか危ないことになってるんじゃないか」

そう心配する兄に、「どうってことないから」と軽く答えたが、私の態度にもなんらかの緊迫感があったのだろう。兄はなかなか納得しなかった。だが、「とにかく、今は会社に行かなきゃ」と言うと、「まぁ、そうだ」と頷き、「とにかく、なんかあったら電話しろ」と言い置いて、彼は足早に自分の家に向かった。歩いてもそれほどの距離ではない。

部屋に戻り、冴香が作ったスクランブルド・エッグがメインの朝食を食べた。身支度をして、貴とともに学校に向かう冴香を送り出し、まずこのマンションの管理会社に電話した。営業開始は九時からだ、と録音の女の声が教えてくれた。それでともかく玉木の家に電話した。会ったことのない玉木の女房が出て、まだ寝ている、昨夜の帰りが遅かったから、と、なにか敵意を底に秘めたような、警戒心丸出しの声で言う。イヤなしゃべり方だった。いつもこういう話し方をする女だとすると、玉木が姉川にいろいろと誘いの電話をかけてくるのも理解できる。この声このしゃべり方をずっと聞かされていたら、家に帰るのがイヤになるだろう。目を醒ましたら、畝原に電話するように伝えてくれ、と頼むと、わかりました、とつっけんどんに答えて、それで電話は切れた。

受話器を置くのと同時に、電話が鳴り出した。

「畝原です」

「おう、山岸だ」

「あ、所長……」

「どうしたい？　月曜は、てっきり畝原が来るもんだ、と思って、用意して待ってたのに」

忘れていた。〈消費者生活センター〉のコンピュータで、ＣＯＬのホーム・ページを見せてもらう約束だった。……この短い数日の間に、とんでもなくいろんなことが起こった。

「あ、申し訳ありません！　コロリと……」

「ＳＢＣの近野が死んだな」

「……ええ」

「あの通夜にいたの、わからなかったか？」

「あ、所長もいらっしゃったんですか？」

「ああ。何度か一緒に仕事をしたことがあるから。よく、番組のカラミで取材に来たよ」

「そうですか……」

「どうするんだ、今日の告別式。畝原は、行くのかい？」

行こう、と思っていた。近野の顔を見られるのは、今日が最後だ。

「そのつもりでした。出棺までは見届けよう、と思ってます」

「私もだ。じゃ、向こうで会って、そのままセンターに行くかい？」

玉木の方がどうなるか、ちょっと心許なかったが、どっちにせよ、告別式には参列したい。

「ええ、お手数ですが、そうさせてください」

「う」

受話器を置いて、それから玉木に催促の電話をしようかどうしようか迷っていたら、また電話が鳴った。有り難いことに、玉木だった。こういう僥倖《ぎようこう》もたまにはある。

「玉木だ」

「一昨日の夜は、申し訳なかった」

「えらい醜態だったぜ」

嬉しそうな声だ。愉快でたまらないのだろう。

「済まなかった」

「姉川さんも、えらく迷惑そうな顔をしてたぞ」

「もう謝った」

「あ、そうだよな。それで、オレの好意溢れる伝言を聞いたってワケだな」

「まぁな。ファックスも読んだ」

「話を聞いてやるよ」

「感謝する」

「はは。だが、なにもできないぞ。全然管轄が違う。オレとはなんの関係もないヤマだ」

「それはわかる」

「情報の提供もできないぞ」

「わかってる」

「じゃ、時間の無駄だろう」

「昨日の朝、ウチのドアのロックはちゃんとかかっていたんだが、ドア・チェーンにクソが塗ってあった」

「寝ぼけてたんじゃないのか」

「それから、今朝、駐車場に入れてあった私の車のタイヤが、四本全部パンクしてた」

「大事件だな。所轄署に届け出ろ。きちんと対応するはずだ」

「わかってる」

「何時に来る？」

「八時半はどうだろう」

「おい。せっかくの休みなんだぞ。それに、あと十分しかない」

「それはわかってるが、私にも都合がある。友人の告別式に参列するんだ」

「……あの、ＳＢＣの近野か」

「そうだ」

「なるほど。何時からだ？」

「十時だ。だから、急いでいる」

「……だが、八時半はあまりにあまりだな。もうあと九分だぞ」

「じゃ、八時四十五分」

「無理だろう。それに、話を聞く時間がほとんどない。午後はどうだ？」

「午後でもいいのか？」

「オレは非常に心の広い人間だ」

「じゃぁ、三時はどうだ？」

「……いいんじゃないかな。たまに、呑むか？」

「私は車だ」と言ってから、ターセルがパンクしていることを思い出した。警察に通報して、指紋その他、調べてもらうとすると、少なくとも今日一日は使えない。「ああ、パンクしたんだった」

「だろ？　じゃ、呑むか？」

私を酔わせて、醜態を鑑賞したいのだろう。

「いや。どっちにしても、昼間は呑まない」

「ほう。知らなかった」

「そっちは車か」

「そのつもりだ」

「じゃぁ、旭山公園の展望台はどうだ？」

「あんたとデートするワケじゃないんだ」

「私もそんなつもりはない。ただ、話を他人に聞かれたくないだけだ」

「なるほどな。でも、その気になれば、会話の傍受なんて、いくらでもできるんだ」

「公安でもないのにか？」

「もちろん、オレらはそんな真似はしないさ」

「じゃ、三時に」

受話器を置いて、たまっていたファックスを調べた。祖辺嶋から、〈キワコ・コンサルタンツ〉の代表、二本柳紀和子《にほんやなぎきわこ》のデータが送られていた。業務内容は自称〈ライフ・ステージ・インシュアランス・コンサルティング〉で、中央区大通西十四丁目の〈ノース・コンプレックス・ビル〉九階に事務所を構えているらしい。年齢は四十二歳。「美人！」と祖辺嶋の手書きの注があった。その亭主は二本柳房雄《ふさお》、北海光陽総合学園大学の教養課程経済学概論担当の助教授だ。経済学部があるわけではないらしい。五十歳で、前職は、潰れた証券会社の仙台支店長になっている。「教授じゃなくて、助教授だった」と、これも祖辺嶋の手書きの注釈。五十歳で助教授は、ちょっと辛いだろうな、と同情した。だがもちろん、路頭に迷ったり、自社ビルから飛び下りたりするよりはずっとましだ。

どんどん忙しくなってくる。大急ぎでシャワーを浴びた。出ると、流しで貴が食器を洗っていた。

「無事、送り届けました。一応、担任の先生にも挨拶をして来ました」

「助かる。それで、これから所轄署に、ターセルのパンクの件を届ける」

「あ、タイヤが全部パァになってましたね」

「気付いたか」

「ええ。冴香ちゃんも、不思議そうな顔してました」

「……で、私は、これからすぐに出かけなけりゃならん」

「はぁ」

「鍵の交換は、まだ管理会社が営業を始めてないんで、連絡できないんだ。これは、折を見て、私が手配する。だから、交換に来ると思う。よろしく対応してくれ」

「はい。わかりました。業者名の確認とか……」

「そこらへんは気を付ける。それから、きっと警察も来ると思う」

「パンクの件ですね」

「そうだ。これにも対応してくれ」

「わかりました。あとは、電話の取り次ぎその他ですね」

「ああ」

「相手は、ＣＯＬですか？」

「まだ、わからない」

「証拠はなにもないけれど、連中のやりそうなことだ、とは思いますよ」

「まだ、わからない。外はどうだ、天気は」

「曇りですね。風が強くなりそうです」

「わかった」

昨日のスーツに、シャツだけは替えて、ポケットに黒いネクタイを押し込み、二着あるジャンパーの、厚手の方を選んで、部屋を出た。貴が、「行ってらっしゃい」とお辞儀をした。他人に見送られて出かけるのは久しぶりだったので、ちょっと不思議な気分を味わった。

歩いて地下鉄駅まで行き、駅の公衆電話からマンション管理会社に電話して、鍵の件を話した。チェーンも交換してもらいたい。とりあえず、ようすを見に行く、と言う。担当者の名前と、訪問の大まかな時間を尋ねた。それから、家の近くの交番に電話して、駐車場に置いておいた車のタイヤが、なにものかに四本ともパンクさせられた、と届け出た。私は仕事で出かけているが、家には留守番の者がいるので、よろしく、と頼んだ。電話に出た警官は、なんの驚きも興奮もなく、私の氏名や住所、電話番号などを尋ね、心当たりの有無（もちろん、ない、と答えた）、その他の項目を事務的に尋ねる。そして、「お宅の近所では、こういうケースは今までなかったから、どうかなぁ、これはきっと、たぶん捕まえられないと思いますよ」と暢気なことを言った。ただ、「今後続けば、また違ってきますけど」と他人事のように言い、「まぁ、最近は、とんでもない連中が増えてますからね」と論評した。貴は、わかりました、よろしく頼む、と念を押し、それから自宅に電話して、貴にこれらのことを告げた。貴は、わかりましたと冷静に言ってから、「いろいろと気を付けてくださいい、先生」と言う。「先生じゃないよ」と答えて受話器を置いた。

それから、通勤ラッシュがやや収まった地下鉄に乗った。コートを着た人々が、それぞれに黙って上を見上げたり、ぼんやりとあたりを見回したり、眠ったり、本を読んだりしている。この人々の全員が脳味噌を持ち、意識を持ち、てんでにいろいろのことを考え、そして当然ながら、全員が、私と同様にそれぞれ〈自分〉である、ということが、妙に不気味に思われた。

地下鉄駅を出て、タクシーに乗る。行き先を告げると、運転手は、丁寧な口調で「畏《かしこ》まりました」と言った。年配の運転手だった。この口調は、葬儀に参列する人への気配りなのだろうか。心がなにか、ほっとした。やりきれない思いをなんとか押し潰しながら、ネクタイを替えた。

よく言われることだが、近野は、眠ったような静かな顔をしていた。昨夜見た時よりも、肌の張りはなくなっていて、顔色もどことなく濁って来たようだったが、穏やかな顔だった。これは、近野の抜け殻で、近野はもうどこにもいない。それはよくわかっているけれども、私は、感謝の気持ちを心に託した。

考えまい、としたのだが、近野の驚いた表情、抵抗する動きなどが目の前に浮かび上がり、私は動揺した。だが、涙を流すことはなかった。遺族と親戚たちが、近野の棺とともにバスに乗り込む。あちこちから嗚咽が漏れた。SBCのスタッフの若い娘たちの何人かは、しゃがみ込んで泣きじゃくっている。バスの窓から、われわれ参列者に会釈をした、近野の奥さんの白い硬い顔。同じく近野の息子の、歪んだ唇。それらが、すっと滑って走り去った。

顔見知りの人々と目礼を交わし、祖辺嶋とはちょっと立ち話で「とりあえず、進行してる」「そうか。いろいろ、よろしく」などと語り合ううちに、向こうから近付いて来る、黒いワンピースを着た山岸を見付けた。〈消費者生活センター〉の問題商法相談室の室長を務めている、確か佐々木という名前の中年の弁護士と並んで歩いている。私に気付き、手を上げる。歩み寄り、挨拶を交わすと、山岸はせっかちな口調で言った。

「じゃ、どうする、行くかい、このまま」

「そうですね」

「ああ、例の、COLの件ですね」

佐々木が眉を寄せて言う。分厚い体をした男で、髪はだいぶ薄くなっている。喪服の肩や襟のあたりに、フケが目立つ。

「そうなんだ。畝原に、連中のホーム・ページを見せてやろう、と思ってな」

「わかりました。じゃ、車を回します」

佐々木が急ぎ足で駐車場に向かった。

「しかし、近野氏の息子は立派だった」

センターに向かう車の中で、山岸は何度も言った。故人になったので、近野は近野氏に待遇が変化したらしい。その息子が、葬儀で、とても立派だった、と熱心に繰り返す。私も佐々木も、「本当に」などと適当に相槌を打っていたのだが、そのうちに面倒になってきた。われわれが返事をしなくなると、後ろから身を乗り出して、私の肩を叩き、「なぁ、畝原。あの息子は、立派だったな」と答えを催促する。

「本当に、立派でした。でも、所長、もう十回くらい繰り返してますよ」

「ああ、知ってる。自分でもわかってるよ。……なんだ、私が耄碌《もうろく》したとでも思ってるのか？」

「そうじゃないですけど」

「……まぁ……あれかな。自分でも、自覚してるんだ。この頃、妙に子供に目が行くんだ」

「そうですか」

「……なんなのかな。だから、この前も、畝原が冴香ちゃんを連れて来てくれただろ？　あの時も、本当に、あの娘が可愛くてな」

「ああ、所長、おっしゃってましたね。何度も何度も」

佐々木が言う。

「へぇ。そうなんですか」

「ええ。月曜日にね。ほら、あの日は、私たち、朝から畝原さんをお待ちしてましたから。遅いなぁ、まだ来ない、という話の合間に、畝原さんの娘さんのこと、何度も聞きました。利発な、素直な、可愛らしい娘さんだ、と。しつけもいい」

「はぁ……」

「まぁ、あれだな」と山岸が言う。「私はさ、子供を作らない人生を選んだから。……今と違って、女が独身、子供を作らない、という人生を選ぶのは大変だったんだよ、当時は」

「でしょうね」

「でもね。信念、というのとも違うけど、私は、子供は作らなかった。……それを、別に後悔しているわけじゃないんだ。後悔しているわけじゃないけど、……この歳《とし》になって、どうも、子供を見ると、やけに心を惹《ひ》かれるんだな。もちろん、凛々《りり》しい子供だけどな。……でも、本当に、私は、子供を作らなくてよかった、と思ってる」

「なぜですか？」

「……子供が死ぬ心配がない」

「ああ、……なるほど」

「いない子供は死なないからな」

「そうですね」

「それに……歳のせいかね。これから、世界が良くなるとはとても思えないのさ」

「はぁ……」

「これからは、もう、ダメだろうね。なにかが変わった。根本的に、オシマイになったんだ、と思うよ。普通の人が、どんどん壊れていく。……『もののけ姫』ってマンガ映画があってさ……」

「ほう。所長もごらんになったんですか？」

「ああ、見た。あ、そうか。冴香ちゃんも、あのマンガ、好きかい？」

「ええ。もう、何十回見たかわかりません。ビデオを買ってやったもんで」

「そうか。私は、一度切りしか見てないけど、感心したな。それでだ、あの中で、イノシシのでかいやつ、なんとかヌシってのが……あれ、声は森繁だってな」

「だそうですね」

「そのでかいイノシシが、自分の末裔《まつえい》を見て、『連中を見ろ。体も小さく、すっかりバカになってきた』と嘆く場面があるだろ」

「ええ」

「あの時、私はしみじみしたね。本当にそのうち、日本はバカの国になると思う」

「そうですか。……でも……」

「いや、そりゃ、昔っから、老人は、『昔は良かった』とか『いま時の若いもんは』なんてことを言い続けて来たんだろ。それは知ってるさ。でもね、それにしても、なんか最近は違うんじゃないか？　どっか、おかしくなってないか？」

「……そんな感じはしますけど……」

「子供を作らなくて、本当に幸せだった、私は。これからおそらく来るであろう社会に、自分の子供や孫が生きて行かなけりゃならない、なんて思ったら、夜もおちおち眠れないよ」

「…………」

「グズグズの、だらしない、締まりのない、努力も向上も価値を持たない、そんな社会になるんだと思うよ。あたしは、そう思う」

「……私は、そうは思いません。そう思うわけにはいかないんです。冴香はとにかく、生きているんですから。そして、私が死んだ後も、彼女は、自分の人生を生きて行くわけですから。だから、今よりも少しでもいい社会、あるいは、少なくともそんなに悪くない社会が続く、と思います。思っています」

「信仰だな」

「だとしても、別に……」

「一日、センターの相談窓口に座ってごらん。私がこんなことを言うのは、もう敗北ってことになるんだろうけど、本当に、みんなバカばかりだ。いくら教えても頭を使わない、目先の欲に振り回される、自分中心に物事を考えることしかできない、常識のない、だらしない、知恵の足りない、そんなバカばっかりだ！」

その激しい口調に、私は思わず言葉を失った。黙っている私に代わって、佐々木が言った。

「でも所長、だからきっと、元々そういうもんだったんですよ、きっと。人間てのは、たいがいそういうもんです。そして、ずっとそうだったんですよ。それが、今はメディアが発達しているし、われわれみたいな窓口もあるから、だから目立つだけで。……明治の時も江戸時代も、室町時代も、その前からずっと、人間の弱みにつけ込んで騙す連中はいたんだろうし、それに騙されてどん底に堕《お》ちる人間も多かったんだと思いますよ。そういうことを、メディアを通じてみんなに知らしめることができる、そして、困った人の相談に乗る機関がある、という意味では、少なくともその点だけで言えば、三十年前と今とでは、今の方がいい社会なんじゃないでしょうか」

山岸は、不満らしく、「ふん！」と鼻を鳴らして、腕組みをし、黒いワンピースの下で、足を乱暴に組んだ。


われわれはいったん、応接室に入った。暫時《ざんじ》休憩、という感じでお茶を飲んだ。山岸の不機嫌は、なかなか収まらないらしい。土曜の夜の、あの和やかなひと時が嘘のような、緊張感があった。そのうちに「う」と言って立ち上がり、「失礼して着替えてくる」と言って出て行く。

佐々木がちょっと苦笑いを浮かべて言った。

「さっきの話、ちょっと驚かれたでしょう？」

「所長の演説？」

「ええ」

「驚きはしなかったけど、……昔は、あんなことは言わない人だったと思う」

「そうですよね。……どうも、疲れて来たようで……」

あの歳だから、この頃疲れて来たとしても不自然ではないが、エネルギーのカタマリのような女傑が疲れるとは思ってもいなかったので、少々面喰らった。

「特に、悪徳商法の連中とは、知恵比べですからね。終わりなき闘いです。しかも、こっちは被害の相談が出てから対応するわけで、どうしても後手《ごて》に回らざるを得ないんですよ。また、相談に来る人たちも、あきれるほどに古典的な騙《だま》しの手法に、これまたあきれるほどに簡単に乗せられてるのでね。……まぁ、個別的な対応、救済、その面では着々と成果を上げている、と私は考えてますがね。……抜本的ななにか……例えば、消費者教育とか、そういうものの成果は、ほとんど目に見えてこないわけですよ。……『あんたは新聞を読まないのか、テレビのニュースを見ないのか』、とね。所長じゃないけど、そう言ってやりたくなるようなものばかりでね……」

そう話す佐々木の額にも、疲れの気配が漂っていた。

「ま、個別な成功例を心の糧《かて》にして、頑張るしかないわけですよ」

「はぁ」

「それは、充分におわかりなんだろうけど、……こんな風に状況が好転しない闘いを、長年続ける、というのは、やはりしんどいんでしょうね」

「なるほど」

佐々木弁護士と、そんな話を続けているところに、茶色のセーター、藤色のスカートに着替えた山岸が戻って来た。ドアを開け、私と佐々木の間の不景気な空気を誤解したらしい。「なんの話だい？」と言ってから、「タキの話？」と吐き捨てた。

「あ、いえ、違います。タキのことじゃない……」

佐々木がうろたえて言うと、山岸はことさら挑戦的に言葉を投げつけた。

「なぜ？　話せばいいじゃないか。タキのことは、秘密にする必要はないよ。もう、今日明日にでもマスコミに乗るんだから」

「いや、それにしても……」

「どうしたんですか？」

私が尋ねると、山岸は大袈裟な冷笑の表情で言った。

「最低だよ、畝原。タキってのは、クレサラ相談の統括をしてたんだ」

この場合、〈クレサラ〉というのはクレジット・サラ金問題、ということだ。

「はぁ」

「そいつが、業者に、相談者のプライバシー情報を流してたのさ」

「………」

「昨日、判明したんです」と佐々木が話を引き継ぐ。「即刻解雇、今、法的な措置をとるべく、種々検討しています」

「死刑にすればいいんだ！」

「いや、それは……」

佐々木が困った顔になる。

「わかってるさ。冗談だ」

山岸は真顔でそう言った。

「ま、このことでグダグダしてもはじまらないか。畝原、悪かったな。イヤな思いをしただろ？」

「いえ、そんなことはないですよ」

山岸の胸中がよくわかる。

「ま、この話は、これで終わりだ。じゃ、とにかく、ホーム・ページを見ようや」

センターの一階は、非常に乱雑だ。それぞれがありとあらゆるものを周りに積み上げたデスクが点在する中に、コンピュータのモニターが、これもあちこちにあって、てんでんばらばらに動いている。この部屋が蓄積している情報量、そしてこの部屋に痕跡を残している悲劇や不幸、涙や苦しみの量は、おそらく人間の想像を超えた膨大なものになるだろう。もちろん、悩みから解放された喜びもまた、たくさんあるのだろうが。

そして、衝立《ついたて》の向こうには洗濯機が五台並び、そのほか高校の理科室のような実験道具が並んでいる。これは、衣料品の洗濯テストなどをはじめとする、商品の品質調査などを担当している部門だ。実験機器の貧弱さが、私のような素人の目にも明らかだった。山岸は、衝立の手前、ひときわ乱雑に、パンフレット類、書物、その他さまざまな物が山を成しているデスクに私を導いた。髪の長い、なにかトロンとした目つきの痩せた娘が、パソコンのモニターを眺めながら、驚くべきスピードで、キー・ボードの上の十本の指を踊らせている。

「ハタノ」

山岸が呼びかけると、「はい？」とこっちを向いた。トロンとした目つきの原因が分かった。どうやらこの若い女性は、わりと最近まで眼鏡をかけていたらしい。それを、コンタクトに替えたので、まだ目つきが眩しそうなのだ。白衣を着ていて、その胸元からピンクのモヘアのセーターが見えている。おそらく、最近恋人ができたのだろう。

「こちら、畝原さん。調査の仕事をしてる。私も、よく手伝ってもらってるんだ」

娘は立ち上がり、引き出しを開け、名刺入れから一枚取り出して、可愛らしい仕種でこちらによこす。名刺交換、という儀式にあまり慣れていないらしい。名刺には「消費者生活センター　研究員　秦野昌代」とあった。私も、「畝原探偵事務所」の名刺を渡した。

「初めまして」

「あ、畝原さん。ええ、覚えてます。〈幸追福求〉とか、〈IHF〉……」

そのふたつは、複雑なシステムで隠蔽《いんぺい》してはいるものの、典型的なねずみ講だったのだ。

「ああ、そうです。その時、内情を調査して、御報告しました」

この時の調査の報酬は、一日一万円だった。超格安料金だが、おそらく山岸のポケット・マネーから出たのだろう、と考え、請け負った。センターの内部では、私がボランティアで協力した、ということになっているかもしれない。

「御世話になりました」

「畝原には、ほかにもいろいろと手伝ってもらってるんだよ。以前は、北日の社会部記者だったんだ」

「そうなんですか……」

秦野は、なんとなく頼もしそうな表情で私を見る。私が北日を辞めた理由は知らないようだ。忘れたわけではなく、そもそも知らないのだろう。この娘が、中学生くらいの時の事件だ。

「それで、畝原は今、COLにちょっとした関わりができたらしいんだ」

「あ、なるほど……」

「秦野は、北海道随一のCOLウォッチャーなんだ」

「いえ、そんな……」

そう言って、はにかむようすは初々《ういうい》しかった。こめかみの下が、ほんのり赤らんでいる。

「私は、インターネットで見てるだけですから。近寄れないです、実際は。恐くて……気持ち悪くて」

「気持ち悪い？」

私が尋ねると、秦野はちょっと考え、言葉を選びながら答えた。

「つまり……言葉や論理の混乱……というか、言葉の意味や、論理の筋道を、都合のいいように、好き勝手に変えるんです。つまり……誰か、知識はあって頭が良くて、でも魂が腐っているウソツキがいる、と考えてください」

「考えた」

「そのウソツキがまくし立てる、その場限りのいいわけ、弁解、こじつけ、誰が見たって嘘だとわかるそういうデタラメな話を、真剣に信じる人々がいたら、それはとても気持ち悪いことです」

「そうですね」

「COLの関係者の文章を読むと、そんな不気味さが漂って来るんです」

「なるほど」

「実例を、お見せします」

秦野が、キー・ボードを操作した。COLと打ち込むと、モニターはしばらく静かだったが、二百三十六件が該当する、と表示した。

「じゃ、あとはよろしく」

山岸がそう言って、佐々木とふたりで向こうに行った。

それから二時間余り、秦野は、自分のCOLウォッチングの成果を私に見せてくれた。COLの公式ホーム・ページ、COLのメンバーが作っているという、感極まったCOL礼賛の言葉が並ぶページ。とうてい信じられない体験が並んでいる。導師ハイペリオンの導きによって、金星に住む光の人のUFOに乗り、南極点の地下二万キロのところにある〈光の園〉を訪れた、という手記がある。そこには、ありとあらゆる歴史上の偉人が、霊体となって共同生活を送っており、その数万の霊体たちは、みな導師を崇《あが》めている、という話がある。

「これなど、いい例ですが、この……こっちの、ハイペリオン説法では、UFOは、エイリアン・クラフト……つまり、宇宙人の乗り物ではなくて、CIAとフリーメイソンの陰謀である、と書かれています。また、一九九七年四月の……この全国セミナーでは、金星は、二億年前まで、太陽系最高の知性が集まるユートピアでしたが、一部の愚かな政治家によって核戦争が勃発し、死の惑星になった、今は生物はひとつもない、ということになっています。これらの、相互矛盾する内容を、そのまま丸ごと信じる、……ということが、私にはどうしてもわからないんです」

「うん……」

「それに、導師ハイペリオンが予言を始めたのは、ここの記録に残っている限りでは、一九八二年の元旦、ということになっていますが、その予言は、ほとんど外れています。外れた予言を、そのまま改竄《かいざん》せずに残して公表している、という点も、不思議といえば不思議……潔い、と言えば言えるのかもしれませんけど。でも、こんなに明らかに、予言が外れた証拠があるのに、導師ハイペリオンの予言は的中率百パーセント、とみんなが口々に言っているのも、私には不思議なんです」

「そうだな」

「これは……こっちは、なんと言えばいいのか、COLによる、……今の日本なんです？」

「どういうこと？」

「ええと、じゃあ、まずこれを見てください」

秦野がカタカタとキー・ボードを操作し、そしてマウスを動かす。私にはなにがなんだかわからないほどに目まぐるしくモニターが移り変わる。色々な画面が出て来るのだが、いちいちそれに書いてある文字を読むことすらできない。

「出ました」

真っ黒の画面に、ゆっくりと血が流れ落ちている。そして、〈真・日本記〉の文字が浮かび上がって来た。

「これは？」

「導師による、日本の未来、と言うのか……まず、COLの、予定……予言、というのはちょっとヘンなんです。COLの考える日本の予定です」

「ほう……」

「例えば……」

秦野の操作によって、また画面は目まぐるしく変化し、年表のようなものが現れた。

「この、一九九五年一月を見てみましょう」

カーソルを合わせ、マウスをクリックすると、画面が金色になった。そして、また文字が浮かび上がって来る。

〈祝　聖遷！〉

そして可愛らしい二頭身のマンガのキャラクターが並び、手を振る。

〈みなさん、とうとう日本の首都が、八丈島光の神殿に遷都完了しました！　自民党をはじめとする各政党党首、全国会議員、全都道府県知事が、光の神殿において、導師ハイペリオンに拝謁の栄を得たことを御報告いたします！〉

そして、延々と日記のような文体で、出来事が綴《つづ》られている。

「これは、今のところ毎日書き続けられていて、二〇一五年六月まで書かれています。これも、書き続けられるだけで、改訂はされません。これを、どういうつもりで書いているのか、そして読んでいるのか、私にはわからないんです。しかも、なによりも不気味なのは、COLは、八丈島にはなんの施設も持っていないんです」

「え？」

「過去に、何らかの施設や拠点を作ったこともないし、もちろん、今もありません。なぜ八丈島なのか、私にはさっぱりわかりません」

「どういうことだろう？」

「わかりません」

「……この文書の中では、今日は、なにが起こることになっているんだろう？」

「あ、そうですね。見てみましょう」

〈連邦軍、苦戦の中にも曙光！〉

〈導師の大胆な戦略、フリーメイソン連合軍を撃破！〉

細かく読む気にもならなかったが、我慢して読んでみた。それによると、今日、日本は（世界の、それ以外の国は、ほとんど滅びているようだ）、〈至高の存在〉と連邦を形成し、全宇宙的な〈悪の帝国〉との闘いを繰り広げているらしい。プラズマ手榴弾《しゅりゅうだん》、地獄の鞭《むち》、フレシェット・ライフル、超音波銃、無反動ゼロG兵器、デスウォンド、プラズマビーム、核レーザーなどの武器が、宇宙空間狭しと飛び交っている。〈悪の帝国〉側は、COLの教義に帰依《きえ》しない、劣等日本人を手先とする、CIA、フリーメイソン、ロスチャイルド家、ユダヤ人などの連合体に操られている軍隊で、いくら殺しても再生する、下等動物になり果てている。〈劣等日本人を典型とする下等人類は、カルマから見放され、非常に低いレベルでの再生の迷路に落ち込んでいる。だから、いくら殺しても生き返る。つまりこれは、殺人ではない〉。

「これは、出来の悪いSF小説のつもりなんだろうか」

「……そのようにも思えるんですけど、……気持ちが悪いのは、この〈真・日本記〉に沿った形で、いろんな信者が自分の日記を公表してることです。ほとんど全員が、〈戦士〉です。残りの少数は〈賢者〉です。みんな、〈真・日本記〉に書かれた出来事の、どこの場面でどういう活躍をしたか、という自分の事績を、書き綴っています」

「……ただの遊びではないだろうか」

「私も、最初はそう思いました。でも、よく見ていると、その日記の中で、論争が繰り広げられているんです」

「論争……」

「ええ。例えば、エル・アラーフというハンドル・ネームの〈戦士〉が、エニグマ戦役での自分の活躍ぶりを日記の形で公表すると、別な〈戦士〉が、『私はエニグマ戦役で、身を盾にして導師を救ったが、その時、エル・アラーフはみんなを見捨てて逃げ出していた』ということが、……まぁ、〈暴露〉されるわけです。それに対してエル・アラーフが反論し、……というような形で、もう、いろんな議論が延々と繰り返されるんです。そして、私がとても気持ち悪いと思うのは、それがどうも、みんな真剣にそう信じているらしい、ということです」

「信じている? 本当に?」

「ええ。少なくとも、私は、そのように感じています」

「みんなで遊べるオモチャを手に入れて、遊んでいる、ということではないのかな」

「ならいいんですけど……」

「あるいは、これらはなにか象徴的な言葉で、ほんの些細《ささい》な出来事を、そういう宇宙的な出来事として書いている、というような……」

秦野は首を傾《かし》げた。私が言ったようなことは、相当前に考慮して、やはりそうではない、と結論が出ているらしい。

それから、秦野は反COL派のホーム・ページを見せてくれた。これには二種類あって、COLに子供を奪われた、あるいはCOLに被害を受けた、という人々や、反COL運動を展開している団体が、その実態を述べ、注意と警戒を呼びかけているもの。これらの情報で、私は

ＣＯＬがいくつかの市町村で告訴されていることを知った。多くは、子供を返せ、という保護者からの訴訟だが、中には工事代金未払いとか、債務不存在確認などもあった。

それとは別に、反ＣＯＬ派の中には、元々はＣＯＬの信者で、その教義に飽き足らなくなった人々のページもある。これは、ＣＯＬの信者のものよりも、もっと支離滅裂で、意味がわからなかった。

〈迷える汝らＣＯＬの低能どもよ。教えの実践を完遂するのであれば、今すぐに蜂起せよ。ＣＯＬは日本を愛し、宇宙を救うと主張する。であるならば、今すぐ蜂起し、愚民に取り巻かれ権能を失っている陛下をお救い申し上げ、天皇親政による宇宙支配を実現すべきである。ＣＯＬは、そのためにのみ、神聖且つ強固なものとなる。導師ハイペリオン、御聖断を！　導師！　導師！〉

「…………」

「…………」

私たちは、黙ってモニターを眺めた。しばらく、なにも言う気になれなかった。

やはり、いつも見て慣れているのか、秦野の方が早く立ち直った。

「ええと、それで……今までのは、ＣＯＬでヒットするページですけど、もちろん、表向きはＣＯＬを標榜《ひょうぼう》しない、隠れＣＯＬのページも幾つもあります」

「ほう」

「もしかすると、こちらの方が問題かもしれません」

「だろうね」

「体裁は、出会いの広場とか、サークル募集とか、各種の占い、風水、人生相談、心理学教室、ツアーのお誘い、というようなものです。そちらの方に、いくつもアクセスしました。そして、その中で、COL特有の言葉が出て来るもの、COLが売りつける商品……オカルト・グッズや自然食品、健康食品、開運グッズなどですね、それらの値段が法外なもの、それから、連絡先が、こちらが把握しているCOL関連施設になっているものなどをピック・アップしてあります」

「そういうものは、どれくらいあるの？」

「数は、日々変動していますけど、全国で二百件くらい……北海道では十五件ほど、そのうち十件は札幌です」

「そのデータを教えてもらってもいいだろうか」

「ええ、どうぞ。私たちとしては、公表したいくらいなんですけど、はっきりした証拠はないし、今の段階では、犯罪に関わっている証拠もないので、表に出せないんです」

モニターがまた目まぐるしく動き、なんらかのワープロに入ったな、ということはわかった。しばらくして、横に設置してあるプリンターから紙が出て来た。個人の住宅の住所や電話番号、なにかの店舗であるらしい名称と住所電話番号、個人の携帯電話番号など、十件ほどのデータが並んでいる。

「結構苦労したんですよ。私、やっぱり、自分の存在をCOLに知られるのは恐いから……専用の携帯電話を支給してもらって、自分はパソコンを持っていない、会社のパソコンでアクセスしてるから、連絡は直接携帯にしてください、という形にして、しかもその携帯を何台も取り替えて、やっとこれだけ集めたんです。……とても、恐かった……。役に立ちますか？」

「もちろん。役に立てるよ」

「あ、今、なんだかとっても嬉しい気分」

秦野はそう言って、明るい笑顔になった。

「ついでに、全国のリストももらえるだろうか。一通り、目を通しておきたいんだ」

「はい」

すぐにまた、プリンターが、文字がズラリと並んだ紙を吐き出した。

「それにしても、こんなに膨大な情報を、座ったままで集められるのか」

そう言ってから、我ながら素朴で幼稚な感想だ、と後悔した。秦野は、天真爛漫《らんまん》なオランウータンを見るような笑顔で、首を傾げる。

「でも、これらのほとんどは、情報の発信者が、みんなに知らせたい、と思って公表している情報ですから。……もっともっと、この奥に、いろんな気味悪いことがあると思うんです」

秦野は、どうやら恐がりらしい。その恐怖を乗り越えて、COLの情報を収集している姿は、なかなか感動的だった。

「いろいろなサイトがあって、中には、近付くのが気持ち悪い、そういう世界もあるみたいです」

ふうん、と頷いて、ふと森の部屋にあったパソコンを思い出した。あの男も、きっとインターネットを使って、後ろ暗い商売をしていたに違いない。

「どうだろう、名簿屋の情報なんかもわかるだろうか？」

「名簿屋？」

「個人データを売買する連中さ。いろんな業種の役に立つ」

「あ、なるほど。ありますよ」

またぐるしく画面が変わる。秦野が、〈個人情報〉、〈名簿〉などのキー・ワードを入力していることだけはわかった。なにかの操作をして、項目を絞り込んでいるらしい。

「ざっと二百件くらいありますね」

「じゃ、北海道、札幌、という言葉ではどうだろう」

「はい……ほとんど変わりません。百七十三件です」

「女子高生では？」

「……あまり変わりませんね。百六十七件、となってます。一覧を出してみますか？」

〈ああん快感情報〉〈危ない王国〉〈悪魔のデータベース〉など、三十件のタイトルが並んだ。それぞれに、「探している名簿がきっとあります」「首都圏、関西以西、北海道も」「北海道のレンタルショップ会員名簿完備」「個人情報各種」「電話番号からの逆検索」「処方薬の入手法など各種」「そのほか情報満載」などの言葉が並び、内容の説明をしている。タイトルの並び方がよくわからない。アイウエオ順ではないようだ。

「このタイトルは、どういう順番で並んでいるんだろう」

「あ、これはローマ字読みをした、アルファベットの順番です」

「なるほど」

「続きを見てみますか？」

「これだけじゃ、わからないな……」

「なにか、もっと絞り込みの言葉はありますか?」

そう言いながら、秦野は〈次のデータ〉にカーソルを合わせ、トン、トンとクリックして行く。目の前にさまざまな言葉が浮かび、交替した。

〈ベレール…バカオヤジの部屋〉

ぎっしりと並ぶ言葉の中で、このタイトルが目に飛び込んで来た。

「あ、待って!」

「え?」

すでに画面は移り変わっていた。

「ちょっと、戻すことはできるかな」

「ええ、もちろん。簡単です」

目の前に、一ページ前の画面が甦《よみがえ》った。まん中あたりに、〈ベレール…バカオヤジの部屋〉があった。

「各種名簿情報充実。個人データ満載。北海道・東京をはじめ、各府県住民データ充実。危ないテクニック伝授。札幌市内の、すぐヤレる女子高生情報。あなたの好奇心を、必ず満足させます……」

「これですか?」

「わからない……」

森の部屋にいた娘は、森のことを「バカオヤジ」と呼んでいた。そして、あのマンションは

〈ベルエア琴似〉。〈ベルエア〉をフランス語読みして、〈ベレール〉と言い換えるのは、いかにも森のやりそうなこと、という感じがする。

「開けてみましょう」

秦野が言い、カーソルを合わせてクリックした。画面が淡いピンク色になり、その上にレリーフのように茶色い文字が現れた。

〈ベレール…バカオヤジの部屋〉

その下に、「御挨拶」とある。そこをクリックすると、〈バカオヤジの部屋へようこそ〉という能書きが現れた。その下に「提供可能な名簿リスト」「提供可能な処方薬リスト」「現代を生き抜く知恵…裏テクニック一挙公開」「えっ？　こんなことが？　時代の真実・噂の真相　誰も知らないこの現実！」「札幌限定今すぐヤレる女子高生リスト……女子中学生は？？？」「もっとディープに……リンク集」「お支払い方法について」などの項目が並んだ。

「ほう……」

思わず感心した私が、秦野の目にはナイーブに映ったらしい。バカにしているのではないが、おかしそうにフフ、と笑った。

「このあたりのサイトは、みんなこんなようなタイトルですよ。中には嘘も多いようで、お金だけとって、情報は送らないとか、送っても、使いものにならないものばかりとか、そういう例が多いようです」

「なるほど」

秦野はそう言うが、彼女は森英司のことを知らない。これらの情報がすべて正しいとも思わないし、森がひとりで集めたものとも思わないが、少なくとも白郷区の住民に関する情報や、女子高生に関する情報は、ホンモノだろう。そして、そのホンモノの情報をネタにして、同じような連中とデータの交換をして、せっせとここに蓄積したのだろう。

「覗《のぞ》いてみますか?」

「うん……そうしてください」

秦野は、「提供可能な名簿リスト」にカーソルを合わせ、クリックした。膨大な量の項目が出て来た。携帯電話の登録者名簿、さまざまな高校・大学の在校生や卒業生のリスト、通信販売顧客リスト。そんなタイトルがズラリと並んだが、一番驚いたのは、各市町村の住民データだ。もちろん、日本の全市町村を網羅しているわけではない。住民データは、日本全国で三百七十二市町村、東京二十三区の場合、対象は七区だけで、遺漏は多いようだ。だが、これほどのデータが提供可能とされているとは驚きだ。札幌は、白郷区ばかりではなく、全区が対象になっている。

卒業生の名簿とか、官公庁職員名簿とか、通販利用者の名簿などは、まだわかる。私も、今まで何度か、横山を通じて、名簿屋のデータを買ったことはある。だが、住民票や戸籍のデータが、このように大規模に漏出しているとまでは思ってもいなかった。

「札幌市中央区を見てみましょうか」

そういう秦野の声には、緊張が感じられた。これほどとは、驚いているらしい。

「お願いします」

モニターを注視するわれわれの前に、〈お支払い方法〉という画面が現れた。

「あ……」

「どういうことだろう?」

「これ以上のデータは、お金を払ってから、ということでしょうね。クレジットと連動させるページもありますけど、この人はそこまではやらないみたい。アドレスや住所や電話番号を登録して、IDを設定して、それから、振込口座を郵便か、それとも電話で教える、ということだと思います。そして料金を前払いさせて、それから希望するデータのハード・コピーを郵送したり、ファックスで送ったり、メールで送ったりするんだと思います」

「なるほど……」

「どうしましょうか。ここに、携帯電話を登録すれば、折り返し電話します、と書いてありますけど」

「じゃ、私の携帯電話の番号を登録してください」

「いいんですか?」

「ううん……まぁ、いいです。やってみてください」

森英司は死んでいる。だが、もしかすると誰かが後を引き継いでいるかもしれない。

「わかりました」

私が番号を告げ、秦野がキー・ボードを叩いて、それで私の携帯電話は森のホームページに登録された。

「完了です」

そして、私の顔を見上げて、不安そうな中途半端な笑顔を作る。本当に恐がりなのだ、と私は苦笑した。そこで、ふと気になって時計を見ると、すでに二時半が近い。玉木との約束が迫っている。みんなに礼を言って出よう、と思ったが、そこでひとつ思い付いた。

「じゃぁ、もうひとつ、いいだろうか？」

「ええ、どうぞ」

「〈三森奨学会〉で検索してみてくれないか？」

どういう字を書くか教えた。秦野は「はい」と返事をして、またキー・ボードを叩く。しばらくパタパタやって、突然、「あ、出ました」と言った。「一件ヒットしました」

「あった？」

「はい」

モニターに、文字が浮かび上がる。彩りに乏しく、文字だけが並ぶ。ただのワープロ文書のように見える。

〈三森奨学会の真の姿！〉

〈三森房子の数々の悪事を許すな！〉

「プリント・アウトしますか？」

「え？　ああ、そうだ。そうだね。お願いします」

「全部で、五枚ですね。すぐに出ます」

プリント・アウトを受け取ってざっと眺めた。よくある怪文書だ。文章が粗雑で、悪意に満ちている。後でじっくり読むことにして、秦野に礼を言い、向こうの方でなにか打ち合わせをしていた山岸と佐々木にも挨拶をして、大急ぎでセンターを後にした。

流しのタクシーに乗り込んで、〈三森奨学会の真の姿！〉を斜めに読みながら、家に電話した。貴が出て、ターセルのパンクに関しては、警察が午前中にやって来て、いろいろと作業をして行った、と言う。

「やる気、ありませんね。てんで」

「そうか」

「しかも、対応したのが、私ですから。連中にとっては、私は、単なる不良です」

そりゃぁまぁ、そうだろうな、と思わざるを得ない。

「鋭利な刃物、まぁ要するにナイフでしょうね、そんなものを突き刺したんだろう、ということです。四本とも。指紋を採取していきましたけど、まぁおざなりな感じでしたね。被害届の用紙を置いて行きましたよ。これに記入してもいいし、未記入のままで交番に持って行って、そこで書き方を教わってもいいそうです。いちおう、シマノという巡査が担当だそうです」

「わかった。鍵の方は？」

「さっき、管理会社の担当者から電話がありました。いろいろと忙しくて、こっちに来るのは四時頃になるそうです。そして私が事情を話して、その後、鍵屋に発注する、という段取りだそうです」

「手間がかかるな」

「作業は、小一時間で済む、という話でした。だから、今晩は、もう大丈夫でしょうね」

「でも、連中がどうやって鍵を開けたのか、それはわからないんだぞ。合い鍵の管理はきちんとしてるのに」

「そうですよね……あ、それで、費用は実費を請求されるそうです」

「災難だな。こっちに落ち度がなくてもか」

「そうなんでしょうね。管理会社の手落ちでもないですから」

「そりゃそうだよな」

なぜ、われわれ一般庶民は、こういう時、物わかりが良くなってしまうのだろうか。

「で、ＣＯＬのこと、なにかわかりましたか？」

「ああ。いろいろとな」

「そうですか。……あのですね、私の知り合いにも、一時、ＣＯＬのことを熱心に語ってたヤツがいるんですよ。作家志望で、手当たり次第にいろんな新人賞に応募してたんですけどね。そいつが、なにがきっかけだったのか、ＣＯＬとその導師を絶賛し始めて、そのうちに仲間を勧誘し始めたんです」

「ほう」

「でも、いつの間にか、姿を見なくなって。三年前くらいの話なんで、なんとなく忘れてたんだけど、さっき思い出して、当時の知り合いとかに電話してみたんですけど、みんな、どこにいるのか知らないんです」

「そうか……」

「まぁ、そういうのはありふれてる、と思うんですけど、ま、そういうこともありました、ということで……御報告まで」

「わかった……なにか、変なようすはないか？」

「今のところ、大丈夫です。……私はそろそろ、学校に冴香ちゃんを迎えに行きます」

「そうだな。よろしく頼む」

「……先生」

「先生じゃないよ」

「とにかく先生、なんだか、声の調子が変ですよ。マズイことになってますか？」

「……いや。そんなことはないけど」

「ならいいですけど。なんだか、恐がってるような声です」

「気のせいだよ」

「わかりました」

電話を切って、やや考えた。確かに私は怯えている。センターの秦野ほど恐がるつもりはないが、ＣＯＬは充分不気味だ。証拠がないから即断は避けるべきだが、ドア・チェーンやターセルのパンクは、あの連中の仕業《しわざ》だろうと思う。……私の危険は、まぁいいとしよう。だが、冴香まで危険に晒すほどのことだろうか。見て見ぬフリをして、やり過ごすこともできないわけではない。だが、そう考えたとたん、私は自分が恥ずかしくなる。近野の死に顔を思い出す。おそらくは、なんの危険も察知していなかった近野が、驚き、うろたえ、抵抗したようすが、その感覚が伝わって来る。

やめるわけにはいかない。当たり前だ。

18

札幌市と石狩《いしかり》平野を一望する展望台の、一番先端の手すりに、玉木が寄りかかっていた。いかにも崩れた姿勢で、まるでこの公園を自分の部屋だとでも思っているような雰囲気をまき散らし、横柄に存在している。かったるくタバコをくゆらし、ジーンズに、非常に高級そうなブルゾン、という姿で、街を眺めているのだ。私が横に立つと、「帰るところだったんだ」と言う。この男は、予想通りのことしか言わない。詰まらない男だ、と思う。だが、こっちの予想通りのことを言う、ということは、私が玉木と同じことを考える人間だ、ということかもしれない。そう考えると、うんざりする。

「済まない。ちょっと遅くなった」

「帰ろうと思ってたんだ。気が変わった」

「なぜ？」

「どう考えても、あんたの役に立てない。教えられることは何一つないし、してやれることもない。そういうことだ」

「まだ、もったいぶるのが好きになるほどの年寄りじゃないだろう」

「もったいを付けてるわけじゃない。事実を述べているだけだ。あんたのためには、指一つ動かすこともできないし、そのつもりもない」

「ま、話を聞け」

「ややこしい話はゴメンだ。ポイントだけ、言ってくれ」

「……近野は、自殺じゃない。殺されたんだと思う」

「なぜ彼が殺されなきゃならないんだ」

「本村薫の失踪に、疑問を持ったからだ。そして、本村一家のことを調べようとした。それから、本村一家と密接な関係を持っていたらしい、森英司にも関心を持っていたからだ」

「どうだ、ついでにもう一つふたつ、なにか事件をくっつけないか。そうすりゃ、未解決案件の在庫一掃ができそうだ。東区の路上強盗と、中島公園のホームレス襲撃と、それから、そうだな、ついでに苗穂《なえぼ》のコンビニ強盗も一緒くたにするってあたりで手を打たないか」

「……近野を呼びだした電話、あれはどこの誰がかけてきたか、わかってるのか」

「わからない。着信履歴からもなにもわからなかったんだと」

「……近野が自殺した、という根拠はなんだ」

「自殺ではない、と示唆するものがないからだ」

「遺書は?」

「ない。ひとつ教えてやるが、自殺に先立って、遺書を書くヤツは珍しいんだ。遺書があれば偽装を疑うってなもんだ。覚悟の自殺は本当に珍しい。死ぬヤツは、たいがい発作的に死ぬらしい。生きるよりは、死ぬ方がずっと簡単だ」

「自殺の理由はなんだ」

「理由はいくつもある。仕事上の行き詰まり、不倫トラブル。それで会社に迷惑をかけた」

「そんなもんで」

「あんたもオレも、いい歳だ。わかるだろ。つまらないことで、ガクッと来ることがある」

「近野は、そういう男じゃない」

「友人は、そう言うだろうさ。誰かが自殺すると、親しかった友人は、罪悪感を感じるんだ。彼の悩みに気付かなかった自分を責める。そういう時、ヤワな連中は、あれは自殺じゃない、殺されたんだ、と責任を転嫁する。陰謀妄想の萌芽《ほうが》だな。この世に意味がないってことが呑み込めないバカども」

「イヤな奴だな」

「今、初めて知ったのか？」

「いや」

「いろんな悩みを抱えて、事件とも関わりがあり、自分が子供時代を過ごしたあたりを彷徨《さまよ》っていた。行ってみりゃわかるが、要するに人目を避けてあのあたりをぶらついていると、結局、あの高台に辿り着くわけだ。そういう点では、近野と、本村薫を殺した……少なくともあの死体を捨てたヤツが、同じ場所に到達した、というのは偶然じゃないな。で、あそこから遥かな眺望を見渡しているうちに、発作的に柵を乗り越えて、空に身を躍らせた、と。うん。非常に説得力のある物語だ」

「…………」

「あとはまぁ、本村薫を殺したのが近野だ、というヨミもあるがな。これはいくらなんでも、ファンクラブは作られそうにない」

「なぜ？」

「話がややこしくなるからだ」

「……本村薫の死因は？　死んだのはいつだ？」

「ああいう遺体に関しては、確実なことはなにもわからないもんなんだ。……野犬かキタキツネか、とにかくとんでもなく傷んでたからな」

「わかったのは……」

「オレはもちろん、直接は見ていないが、見なくて幸せだ、と思うよ。自分が清岡署じゃなくて本当によかった、と思ってる。……なんでなのかね。オレらは、死んだサンマを丸焼きにして食らくせに、人間の死体がボロボロに千切れて腐ってるのを見ると、寝られなくなる」

「わかってることは、どんなことだ？」

「字が読めないのか？　必要なことは、この国じゃ、新聞にたいがい出てるもんだが」

　玉木はいかにも不思議そうな顔を作って、私の顔を見る。

「この何日か、新聞は読んでない」

「なんだ。すっかり遺族気取りか」

「………」

「頭蓋骨にヒビが入ってた。右後頭部、耳の斜め上後ろ、というあたりだ。殴られたのか、落ちる時に岩にぶつけたのかは不詳。……それと、お医者さんのセンセイは、首を絞められた可能性がある、と言ってるらしい。首の骨に、緩く巻き付いていた、と解釈できなくもない感じで、手ぬぐいが発見された。去年の夏、見晴らし台商店街の夏祭りの景品に使われた手ぬぐいだ」

「死亡時期は？」

「遺体からは、はっきりしない。半年以上経過している、という程度だ。周囲の状況……積雪や天候の記録からすると、失踪直後に死んだ、と判断するのが適当、ということになってるらしいな。少なくとも、失踪する前に死んだってことはないらしい」

「……………」

「オレは詳しくは知らんよ。新聞で読んだだけだから」

「……………」

「ほかになにか、御質問は？」

「森英司の部屋、遺品やなにかはどうなってるんだ？」

「まだあるらしいよ。引き取り手がいないんだ。なにしろ父親が、息子を殺して自殺しちまったんだからな。母親は、もう十年以上前に死んだ。直腸ガンだ。親戚はいるんだが、みんな引き取り拒否だ」

「部屋に残ってるのか？」

「まだ、ほとんど置いてあるはずだ。西署に運んだものもいくつかあるだろうがな。管理人はおろおろしてるとさ」

「女子高生たちのデータは？」

「どうなってるかな。オレは知らん。関係ない。余計なことに口を出すと、いろいろと厄介だ」

「おそらく、森が開設していたらしい、ホーム・ページがあるんだ」

「インターネットに？」

「そうだ」

「それは初耳だ。だがもちろん、オレの知らないことはいっぱいある。あんたが有益だ、と判断するなら、担当者に教えてやればいい」

「誰だ？」

「なんでオレが知ってると思う？　あんた、田中一郎という男と、佐藤花子という女の浮気を、なんて名前の探偵が調査してるか、知ってるか？」

「いや」

「それと同じだ」

「担当者を教えてくれ」

「わかればな。それくらいは、やってやってもいい。ファックスに送っておくよ。そのホーム・ページのことを教えてやってくれ。ただし、オレは何も知らん、ということは、はっきりさせておくぞ。オレが話を繋《つな》ぐわけでもない。オレが紹介するわけでもない。そこんとこ、わかるか？」

「わかった」

「ウチの会社は、お互いが、お互いの動きに目を光らせてるんだ。自分の仕事はきちんと果たす。どんな意味があるかわからないままに、な。そして、他人の仕事と自分の仕事の境界線を、常に意識してるんだ」

「なるほど」

「わかりゃいい。ほかには?」

「柾越芳徳という名前に心当たりはあるか?」

玉木は、ちょっと沈黙した。

「どうだ?」

「……あるよ」

「あの放火殺人は……」

「あれには触るな」

「え?」

「言った通りのことだ。あれには、触るな」

「なぜ?」

「言った通りのことだ。あれには、触るな。それだけだ」

「なぜ?」

「……オレたちの会社に伝わる迷信の一つだ。柾越、という珍しい名前の奴が死んだ時は、触らずに放って置くんだ」

「なんだって?」

「冗談だ」

玉木は、ふっと体を起こして、両手をジーンズのポケットに突っ込み、歩き出した。

「おい」

呼びかけると、立ち止まり、「ん?」と顔を向ける。

「オレたちの年頃になるとな、両手をジーンズに突っ込んで歩くと、背中が丸くなって、爺臭く見えるぞ」

「そうかい。一つ利口になったよ」

そう言って、玉木は背中を丸めて去って行った。


玉木が去った後、五分ほど、ぼんやりと札幌の全容を眺めた。私が生まれた街。人口百七十万人の地方都市。私にとって、これが手頃な大きさだ。そう思って生きて来た。だが、思い返すと、街の変わりように驚く。なぜか突然、圧倒的な威圧感に襲われた。この世界は、どうにも私の手に余る、という感覚だ。もちろん、手に余るのはわかり切っている。だが、知り尽くせない、支配できない、ということではなく、もっと根本的なこと、つまり、ふと気付いて高いところから見てみると、街が妙に馴染《なじ》みのないものになっていた、どのように一体化していいのかわからない、ということの、生の威圧感だ。

私が、老いつつある、ということなのだろうか。自分の街との距離が、気付かぬうちに大きくなっているのだろうか。自分の街、そして自分の時代との距離が。

私の街……生まれた頃は、人口七十万にも満たなかった、こぢんまりした街に、私の知らない人々……心を通わせることができない、なにを考えているのかわからない人々が、どんどん増えている。どこでもくつろぐことができたはずの街が、なぜか私を追い立てる。

気のせいだ。

ピースを一本吸ったら、とにかく歩き出そう。

家に電話すると、すでに貴と冴香は帰って来ていた。珍しく、冴香の友だちが遊びに来ている、と言う。下校後すぐに〈なかよし王国〉に直行することが多いので、冴香の友だちが家に遊びに来ることは滅多にない。きっと今日は、貴がいる、という安心感と喜びと、幾分かは得意な思いもあって、友人を誘ったのだろう。クラスに親しい友だちがいる、というのはいいことだ、と思った。

「それで、さっき、ちょっと早めに管理会社の人間が来ました。名刺などで一応、身元を確認したので、間違いない、と思います。で、すぐに業者を派遣してくれることになりました。そろそろ来るかもしれません」

「わかった。くれぐれも、よろしく頼む」

いったん電話を切って、知り合いの整備工場に電話をかけ、駐車場に置いてあるターセルのタイヤ交換をしてくれ、と頼み、今日中はもう無理だ、と当たり前のことを言われ、明日の午前中にならどうだ、と頼み、仕事が詰まってるから無理だ、夕方までならなんとかなる、と言われ、それでいいから頼む、と答えた。

「それでいいならいいけど。畝原さん、あのね、急に言われても、こっちは対応に困るからさ。そこんとこ、ちょっと考えてもらえたら、こっちも助かるんだけど」

「わかった。申し訳ない。以後、気を付ける」

いつも格安の料金で仕事をしてもらっている。それを自覚しているので、こういう時に強く出られない。なんとなくほろ苦い気分で電話を切り、公園の駐車場で客待ちをしていたタクシーに乗った。

大通西十四丁目にある十二階建ての〈ノース・コンプレックス・ビル〉の前でタクシーを降りた。この九階に、二本柳紀和子のオフィスがある。電話を入れずに、直接訪ねてみることにした。

このビルは、真新しいビルであり、九階エレベーター脇の見取り図で見る限り、〈キワコ・コンサルタンツ〉もそこそこの広さを持つオフィスだ。この立地条件なら、家賃も相当のものだろう。保険コンサルタントの仕事は、かなり儲かるらしい。

化粧ガラスに〈キワコ・コンサルタンツ〉と文字が浮かび上がっているドアを、ノックしてから開けた。目の前に、冬枯れかけた街の眺望が広がった。葉がほとんど落ちた、茶色の木々が並ぶ大通公園、その突き当たりのテレビ塔。

三十坪ほどのオフィスには、四つのデスクがあった。大きな窓を背にした大きなデスク、そしてそのデスクとの関係、オフィスの輪郭などから自由な、傾いた、というのか歪んだ位置に配置されたデスクが三つ。それぞれに、デスクトップのパソコンが置かれ、オフィスの中央は、応接スペースとして空間が広く取られている。壁にはスチール棚が並んでいるが、収められている資料やファイル、書物は少ない。デスクは四つあるが、オフィスの中にいるのはたったひとりだった。私がノックして入った時は、大きな窓から大通公園を見下ろしていたのだろう。私を見て、「はい?」と言いながら体を回し、窓に背を向けて、大きな机に向き直った。デスクトップ・パソコン一台の脇に、さり気なく……ちゃんと必要があるのだろうが、ノート・パソコンが二台、並んでいた。

「いらっしゃいませ」

その女の顔は、確かに美人の範疇《はんちゅう》に入る。これが二本柳紀和子だろう。

「あのう……」

「どちらかの紹介ですか？」

二本柳の視線が、私の頭から爪先まで、さっとひと撫でした。私は、瞬時にして、顧客対象から排除されたようだ。

「いえ……」

「よかった」

「はぁ？」

「もう、この事務所、閉めるんです」

「あ、そうなんですか……」

痩せて、頬骨が目立つ顔だ。だが、顎《あご》の線がほっそりとして上品なので、不思議な柔らかさがある。四十二歳という年齢相応に、理想的に時を重ねて来た、という雰囲気がある。だが、目つきのどこかに、なにか……狡猾さとでも呼べそうな、どことなく濁ったものがあった。

事務所を閉める、と聞いて、なるほど、と納得した。そんな服装である。もっと着飾ってもいいはずなのに、細身のジーンズと木綿のような感じのシャツ、カラシ色のカーディガンが椅子の背にかけてある。カーディガンのブランドはわからないが、ジーンズとシャツは安物だ。だが、応接スペースのソファに投げ出してあるコートは、非常に仕立てが良く、素材も高級であるように見えた。

「お役に立てませんで……」

「いえ、あのう、保険の相談で来たんではないんです」

「はい?」

「実は私、……SBCの近野の古い友人でして」

しくじるか、と危惧しながら、恐る恐る、真正面からそう言った。

「あら!」

と驚く二本柳の表情は、戸惑いはあるものの、不快感はなかった。体を前に乗り出して、私に尋ねる。

「あの話、どうなってます?」

「例の?……」

「主人、ワケのわからないことを申してるんでしょうね」

「そのようですね」

「ほんとにあの人は……元の勤務先がおかしくなる前は、あんな人じゃなかったんですけど」

「はぁ」

「どんな話になってますの? 私とは一言も口を利かないものですから、もう、なにもわからないんです。そちらの方……SBCからも、なにも私には連絡がありませんし」

「警察からは?」

「いいえ。……これから、なにかあるでしょうか?」

「わかりませんが……」

「きっと、私が近野さんと浮気をした、というような話になってるんでしょ？」

「そうですね」

「裁判にかけてやる、と口から泡を飛ばしてましたけど……」

「正式に告訴したのかどうか、私もわかりませんが、まぁ、そんなような話だそうです」

二本柳が、ちょっと不審そうな表情になった。

「あのう……SBCの方じゃないんですか？」

いいチャンスだ。私は、「申し遅れまして」と詫《わ》びながら、大きなデスクに近付き、名刺を渡した。〈畝原探偵事務所〉の正式な名刺だ。

「探偵さん……」

「ええ。近野には、ずいぶん世話になったんです。番組の仕事も回してもらいました。人捜しとか」

「ああ」

二本柳は、自分を納得させた。

「それで、今回のことに関して、私はどうしても、近野が自殺した、とは思えないんです」

すると、二本柳は即座に言った。

「殺された、ということですか？」

「まぁ……場所が場所ですから、事故、ということもあるかもしれませんが」

「……恐い」

その言葉がさり気なかったので、とりあえずの相槌か、と思った。だが、その顔つきには、明らかになにかを考え込んでいるようすがあった。

「なにか、そこらあたりのことでお心当たりがあるでしょうか？」

「さぁ……」

「あなたと近野が、一緒に食事をしているところを、ご主人が見た。それで、今SBCは、御主人から告発されているわけですが……」

「本当に、なんであんなことを考えるのかしら」

「……嫉妬深い方ですか、ご主人は」

「そうでもなかったんですけど。……彼の以前の勤め先が、おかしくなって来たあたりから、いろんなことが変わって来たんです。……彼は、一流証券会社のエリートである、と。それが人格の根本でしたから。日本の金融システムの維持、それを通しての国の繁栄。そんなものに、寄与している、と思い込んでいて、その自負で破裂しそうなほどパンパンに膨らんでいる人だったから。それがいきなり、……破裂したわけじゃなくて、一挙に空気が抜けて、ペシャンコになっちゃったわけだから、……そりゃぁ、つらいと思うんですけど。……なんで私、初対面の人にこんなこと、話してるのかしら」

私は、中途半端な笑顔を浮かべた。その理由は、私にもわからない。

「もちろん、私は浮気してました」

「え？」

「浮気してました。それは認めるし、彼にもちゃんと話したんです。彼だって、仙台にいた頃はもう、手当たり次第だったんだから」

「でも、近野さんとは、そんなことはなかったんです。それが、申し訳なくて」

「はぁ……」

「ほう」

「彼は、私の浮気相手に関してあれこれ探りを入れるようなことをして、結局、本当の相手は誰も見付けられずに、全然関係ない近野さんを標的にしてしまったんです」

「近野は、この件に関しては、なんと言っていましたか？」

「だって、私、近野さんとは一度しか会ってないんですよ。その後、三日ほどして、いきなり主人から、回りくどい冗談みたいなことをネチネチ言われて、なんのことかわからないから、はっきり言ってよ、と言ったんです。でも、なんだかニヤニヤして、楽しそうにネチネチからんで。……そのうちに、やっと、どうやら主人は、私の相手を近野さんだと誤解して、そしてSBCになにか文書を送りつけて、そのおかげで私と近野さんの関係が破綻した、と勝手に思い込んで、勝利の喜びに酔っているらしい、ということが漠然とわかってきたんです」

「………」

「それで、全然お門《かど》違いだわ、相手は別にいる、と話したんだけど、彼はもう、自分の目で見たから、の一点張りで。そして、相手が違うというのなら、本当は誰なんだ、と詰め寄るわけですよ。そんなこと、言えるわけないじゃないですか。相手がいる話なのに。私だってこの歳だから、相手もそれなりの地位の人ですからね。家庭もあるし。そんなこと、教えられません、と答えたら、もう、勝ち誇った顔で、『そら見ろ』なんて。吐き気がしたわ、本当に」

「なるほど」

「そして、いかにも愚かな勝ち誇った顔で、『オレだって、声をかければベッドについて来る女学生がいっぱいいるんだ』なんて言うワケ。愚かの極致」

「……で、近野と一度会って、その時、彼はどんな話をしたんですか?」

二本柳は、はっとした顔になった。ずっと気になっていたことを、はたと思い出した、という感じだ。

「……それが……その時は、別になんとも思わなかったんですけど、……実はとても恐いことだったんです」

私は首を傾げて見せ、話の続きを促した。

「近野さんから電話を貰ったのは、……ああ、そうだ。近野さんと一度しか会ったことがない、というのは事実じゃないですね。以前、SBCの情報番組で、奥様向けの保険の情報について、ちょっと話したんです。視聴者から電話やファックスの相談を受けて、それに答える、という役で。保険の掛け替えとか、そんなような相談ですね。で、その時に、初めてお目にかかったんですけど、その時は、ただ単に番組ゲストと、担当プロデューサー、という感じで、控え室で、『今日はお疲れ様でした』なんて挨拶を交わしただけ。で、それっきりだったんですけど、あれは……食事を御馳走になった前日ですから、確か金曜日……九月の二十五日だったと思います。昼過ぎに電話を貰って、仕事のことでちょっとアドバイスを頂きたいことがあるから、時間を割《さ》いてもらえないか、というようなことで。私、ちょうど翌日の土曜日の夜はなにも予定がなかったし、主人はこっちに来てから知り合った詩人の出版記念パーティに出る、ということだったので、土曜日の午後七時に、と待ち合わせしたんです。近野さんの口調は、きちんとした真面目なものだったし、そんな変な雰囲気はなにもなかったんです」

「で、近野の相談、というのはなんだったんですか？」

「……ある特定の人物が、どのように保険をかけているか、調べる方法はあるか、という相談でした」

「………」

近野は、先月の二十五日の段階で、すでに本村一家に、保険金にまつわる何らかの疑いをかけていた、ということになる。

「そんなこと、簡単なんです、実は」

「ほう」

「それぞれの保険会社には、たとえば審査部とか管理部とか、保険者・被保険者の情報を統括している部署があります。そこで、今いろいろと話題になっている、不正の監視などをやっている、ということになってます。要するに、ひとりでたくさんの被保険者の受取人になっているような例はないか、ということが、わかるようになっているわけです」

「それはわかります。でも、不思議なのは、犯罪として公になるケースでは、ひとりの受取人が、非常に多くの保険の契約をしている場合が多いですよね。あれは、どうして事件が起こる前に発覚しないのか……」

「要するに、調べないからですよ」

「え？」

「契約した保険会社と、受取人、あるいは保険者、被保険者の名前が明らかであれば、簡単にデータは検索できます」

「それなのに、調べない？」

「ええ。保険者は、それこそ何十万人もいるわけですから、そのひとりひとりについて調べるのは、手間と時間の浪費である、ということです。それよりは、問題があるのではないか、という対象をセレクトして調べる方がいい」

「…………」

「そして、ここからは生臭い話ですが、保険契約には、不良なものがわりと大きな割合で混じっているんです。たとえば、勧誘員の不正。自分の成績を上げるために、いろいろな手を使って、成約件数を水増しする。これは、かなり問題があるものですけど、会社とか代理店は、日銭になりますから、よほど目に余るようなケースではない限り、気付かないふりをします。……それで、深みにはまってしまうケースが多いんです」

「なるほど」

「あとは、健康状態を調べる嘱託医と、勧誘員がグルになってデータを改竄したりもします。苦労して説得して、やっと健康診断にまでこぎ着けたのに、血糖値がひっかかって成約できない、というのはとても残念なことです。それで、つい、不正をしてしまう。上司も、『やったな』とは思いながらも、とりあえずは通してしまう。そんな例はいくらでもあります。ほかには……そうね、例えば本人が全然知らないのに、多額の保険の被保険者になっている、などというのも日常茶飯事ですから。こういうものをいちいち取り上げていたら、とうてい経営は成り立たないんです」

「それにしても……」

「また、現実に、保険マニヤ、というのか、心の病気一歩手前、という感じの人も多いんです。保険中毒というか。とにかく不安でたまらないらしくて、いろんな保険にバンバン入る。考えられるあらゆる保険に入って、そして今度は保障を少しでも高額にするために、どんどん掛け替える。そんな人も、驚くらいいっぱいいるんです。こういう人は、会社にとっては、非常にいい顧客ですから、たとえば、審査を厳しくして、細々と質問したり調査したりして、イヤな思いをさせると、あっさりとほかの保険会社に乗り換えられてしまいますから、担当者や担当代理店は必死です。そんなこんなで、審査が非常に甘くなっているわけです。……それに、ひとりの保険者が、あまりにも重複して保険契約をしていると、これはおかしい、ということになりますが、ひとりの受取人が、あれもこれも、とやっていても、これはちょっとわかりづらいんです。検索すればすぐにデータは出て来ますが、コンピュータの方から、『これは問題がありますよ』とは注意を喚起してくれないんです。こっちから、『この人は大丈夫だろうか』と尋ねれば、即座に答えてくれますけど。あくまでこっちから、人間の側から問題を投げかけなければならない、そういうシステムになってるんです」

話していることは、だいたいわかった。

「で、近野は、どの保険会社の、なんという保険者のことを調べてくれ、と言ったんですか？」

「栄光太平大日本生命と、札幌市清岡区在住の本村ヤスコという女性が、どのような契約を結んでいるか、わかるだろうか、というご相談でした」

「それが、簡単にわかるんですか」

「ええ。特にこの場合は、私が太平生命出身なものですから、なおさら簡単でした。あのう……栄光太平大日本生命は、ご存知だと思うんですけど、十年ちょっと前に、栄光生命、太平生命、大日本生命の三つが合併してできた会社です。十年経《た》っても、まだそれぞれの会社の出身者同士がうまく溶け合ってなくて、まぁ、単純に言えば、元の職場の籍で複雑に派閥ができていて、お互いに足の引っ張り合いをしているような、そんな会社なんです」

「ほう……」

「私は、昭和五十二年に太平生命に入って、審査を一から叩き込まれた人間ですから、審査部のかつての部下に頼んでデータを取ってもらうのは簡単でした」

「……簡単、ですか」

私は思わず呟いた。それほど深い意味はなかったのだが、二本柳は過敏に反応した。

「なにか、抵抗がありますか?」

「いえ……まぁ、ない、と言えばウソになるかもしれませんが」

「……お金が必要だったんです」

「近野は、金銭の提供を申し出たんですか?」

「……私から、切り出しました。……私、お金、もう、ないんです」

二本柳は、泣きそうな顔になった。

「専業主婦で終わるのはイヤだ、と言って、……無理矢理オフィスを作ったんですけど、……

札幌に来てから、もう、お仕事は全然ないんです。こっちは、こういう仕事の市場が成熟していなくて、お客さんが全然いないんです。……パイはもう、全部分けられた、という感じで、私のような、よそから来た、後ろ盾がほとんどない女に、仕事を頼もう、という人も事業所も、ほとんどありませんでした。こんなオフィスを維持するだけの収入がどこからも見込めない……自分が甘かった、とは思わないんですけど」

辛いだろうな、と思った。

「主人に対する意地と見栄だけで、ここまでなんとか頑張ってきましたけど。……親からお金を出してもらって。でも、もう、親も限界になって、これ以上、援助できない、と言われたんです」

「…………」

「主人の勝ち誇った顔が目に浮かぶわ。……私は、家事を全くしませんでした。それは事実です。でも、それを上回ることをやろう、と努力したんです。それが、こんなことになって、……さぞかし主人はいい気分だろう、と思います」

「…………」

「これでも私、業界の雑誌や経済新聞などには、論文とか評論とか、いくつも寄稿して掲載されてるんです。だから、ある程度名前は知られていますけど、私には営業力はないし、そういう知名度も、営業力に結びつかなかった。……悔しいわ。ある程度知名度があるだけ、なおさらミジメで」

髪を振って、天井を見上げる。

「仙台にいた時から、ダメだな、とわかってたんです。お客を開拓する、その方法がわからなかった。でも、そのうちに好転する、と自分を騙《だま》して、そして親を騙して、主人には見栄を張って、意地を張って、……札幌に来た時が、今思うと、潮時だったのに、場所が変わったから、きっと、なにもかもうまく行くようになる、とまた自分を騙して、いい方にいい方にと考えて。……そして結局、にっちもさっちも行かなくなって、とうとう閉める決心が付いたんです」

「……近野は、一度会ったきりで、その後はなにも言ってこなかったんですね？」

「ええ。お食事をして、相談された時、『月曜日の〈ザ・検証　未解決事件〉を見てください』と言われたんです。それを見て、調査対象の本村ヤスコというのは、この人かな、と思ったんですけど。それで、連絡を待っていた矢先に、主人がSBCに怒鳴り込む、ということが起こって、こちらから連絡するのはまずいかもしれない、とようすを見ているうちに、……日曜日に……近野さんの……」

「なるほど。ということは、今もそのデータは、あなたがお持ちなんですね？」

「ええ。……畝原さんが買ってくれるんですか？」

「買いましょう」

「値段は？」

「あなたが決めてください」

二本柳の唇が「ジュ」と言いかけてすぐに横に広がり、「二十、ではいかがですか」と言った。

「わかりました」

「あのう……金に卑しい女だ、と思います？」

「いいえ」

「データを検索してもらった、元太平の調査部の人間にも、謝礼を払わなければならないんです。それに、わたし、今、本当にお金に困ってるんです」

「わかります」

「主人はもう、一言も口を利いてくれないし、お金もくれません。……家の鍵も取り替えられてしまって、主人が家にいない時には、家には入れないんです。主人が家にいても、三回に一度くらいしか家に入れてもらえないんです」

「……今は……四時四十八分か……」

「ええ、それくらい……」

「待っていてください。今、金を下ろしてきます。この近くにある北一の支店は、土曜日も午後五時まではATMが動いているはずだ」

二本柳の顔が、一瞬、明るく輝いた。


時々駆け足などして、際どいところでATMに間に合った。金をおろして、〈キワコ・コンサルタンツ〉に戻った。二本柳紀和子は、データを揃えて待っていた。心付けとか餞別ではなく、情報の報酬、ビジネス上の支払いであるから、私は剝《む》き出しで二十万を渡した。すでに彼女は領収書を切って用意していた。「但し、情報提供料として」と書いた二十万円の領収書を寄越し、それからA4の紙を一枚差し出す。表が書いてある。項目は二十六件。保険契約のリストだった。本村岩雄《いわお》を受取人にした、本村康子の生命保険二件を除いた、残りの二十四件は、みな受取人が本村康子《やすこ》だ。そのうちの四件には、摘要の欄に〈済〉の文字がある。また、十二件には〈支払い後解約〉と記入してある。そして、担当社員の欄には、すべて〈三森房子〉の名前があった。

インターネットにあった、三森奨学会を糾弾する怪文書に出て来る名前だ。私は思わず背広の内ポケットの上に手をやった。ここに、あの怪文書のプリント・アウトが入っている。

「これは……」

「おわかりになります?」

私は、無言で表を読んだ。その私の沈黙を、理解困難の表明と判断したらしく、二本柳が説明を始めた。二十万円に含まれるサービスのつもりだろう。

「いろいろと、細かな注釈が必要ですが、それを省いて、大雑把に説明すると、……たとえば、この島岡宏太《しまおかこうた》、という二十三歳の男性は、一九八六年の七月に、受取人を本村康子とする、死亡時一億二千万円の掛け捨ての保険に入っています。担当社員は、三森房子。この表に載っているものは、全部、三森房子の担当ですね。それで、成約半年後の一九八七年一月に、島岡宏太は家庭事故で死亡、保険金が本村康子に支払われました」

「家庭事故というのは、この場合はどんな事故だったんだろう?」

「それも調べました。屋根の雪下ろしをしていて、足を滑らせて転落したんです」

「本村康子と島岡宏太の関係は?」

「知人、となっていますね」

「………」

「そのような具合に、この四件の〈済〉マークは、全部、最高二億円、最低一億二千万円の掛け捨て保険で、短くて半年、長くて一年二カ月で死亡、保険金が払われています」

「………」

「この、受取人が本村岩雄の二件は、被保険者は本村岩雄自身、それと、本村康子です。この夫婦は、お互いに保険を掛け合っているんですね。これは、貯蓄型で、死亡時最高二億円です」

「この〈支払い後解約〉は？」

「これは、死亡したわけではなくて、事故で後遺症が残り、保険金が支払われ、その直後に解約されたケースです。たとえば、この吉野恵美子《よしのえみこ》の場合は、一九九二年三月に成約、翌々年の一九九四年二月に、交通事故で頸椎《けいつい》骨折の結果、全身麻痺になり、高度後遺症補償金として一億二千万円が支払われました。そして、そこで解約された、ということです。そういうケースがこれを含めて十二件あります。それから、この〈査〉というのは、調査部が、疑問を持って調べている、ということを表しています。これが三件ありますね。この吉野恵美子さんのケース以降の保険金請求は三件ありますが、それは全部調査中、ということで、保険金はおりていません」

「この吉野恵美子と本村康子の関係も、〈知人〉か……」

「そうですね」

最初の契約から、吉野恵美子、そしてその後の三件までは、みな住所は白郷区であり、近所にかたまっている。〈査〉の三件が続いた後、おそらく本村一家が清岡区に引っ越した後なのだろう、新たな被保険者は、みな清岡区で、本村の家の近所の住所が並んでいる。

あまりに露骨な話だ。

「これは、明らかに……」

「そうですね。今、こうして、ある程度の結果が出て、この表を見ると、一目瞭然《いちもくりようぜん》、と思います。でも、一件一件は、おそらく……少なくともはじめのうちは、わりとよくある問題契約、ということで見過ごされていた、と思います」

「本村康子が、ただの〈知人〉である他人に保険をかけて保険金を負担し、その受取人になる、ということが、こんなに簡単に成立するんですか」

「それは、そうです。これだけ数が重なると、さすがに驚きますけど、一件一件の契約の段階では、それほど珍しい話じゃありません。この三森房子、という担当社員と、本村康子とが親しい友人同士で、三森房子が、『成績を上げるために』と本村に頼む。保険金は、実際には三森が払うのだけれども、一応書類上は、本村が保険者で、受取人、ということにしてくれ、と。要するに、名前を貸すわけです。成約成績を上げるために。そして、その知人には、なんの迷惑もかけないから、と。保険金を払わずに保険に入れるんだから、得だよというような話をして、嘱託医の診断を受けさせて、健康状態良好のお墨付きをもらって成約させる。……問題のある契約ですが、それほど珍しい話じゃないんです」

「……………」

表を見ると、一番新しい契約の被保険者は本村薫になっていた。保険者と受取人は、もちろん本村康子。死亡時最高一億五千万円の掛け捨て保険だ。

「……これで、本村康子は、保険金を毎月いくら払っているんだろう？」

「その計算はちょっと複雑ですけど、この表に現れていることをそのまま単純に足し算すると、現在継続中の契約が五件で、……三十万円強、ですね。今はそれほどでもありませんが、この……一九九一年から一九九二年にかけては、毎月百三十万円ほど支払っていた、という計算になりますね」

「………………」

「それから、その医師ですが」

「あ、それも気になっていたんです。全部、同じ医者ですね。川邊《かわべ》敦行《あつゆき》。何者ですか」

「会社の嘱託医のひとりですけど、……札幌花園《はなぞの》第一病院、という病院をご存知ありませんか？」

「さぁ……聞いたことはないな」

「それでは、……そうね、消防署の救急隊員に尋ねると、すぐにわかると思います。内科、外科、耳鼻科や精神科、そして歯科から産婦人科、肛門科に麻酔科まで、あといろいろ、とにかく間口は広く、一通り揃っている総合病院なんです。そして、異様にたくさん人が死ぬ病院なんです。病院側は、末期の患者を多く引き受けるし、ホスピスとしても機能しているから、死亡率が高いんだ、と話してますけど……とにかく、玄関から入ると、トイレのようなニオイが漂っている病院です」

「………………」

「精神科が特にひどくて、急性アルコール中毒の、例えばホームレスの人などを救急車に乗せる時、そういう人たちは聞き分けがなくて暴れることが多いそうなんですけど、そんな時、消防隊の人は、『花園第一に連れて行くぞ』と脅すんだそうです。そうすると、ホームレスのアル中たちは、『やめてくれ～！』って絶叫するんだそうです。そして、おとなしくなる。……仲間内の口コミで知っているから……つまり、あそこに入ったら、もう、命がない、ずっと出られない、出る時は死ぬ時だ、ということを知ってるらしくて。……そういう話です」

「……この川邊という医者は、その病院の院長かなにかですか？」

「もう引退しましたけど、病院創設者のひとりだそうです。そして、脱税や薬事法違反で何度か逮捕されましたけど、全部、証拠不充分などで無罪になったと聞いています。その後、医師免許を剝奪されることもなく、病院経営に携わっていましたけど、五年ほど前に引退して、今は一開業医として、細々と暮らしている、という話です。でも、家は豪邸だそうですよ」

「………」

「保険って……お金がからむから、いろいろとドロドロしたことを、見たり聞いたりすることがあるんです」

「そうでしょうね」

「そんな時、なんだか、とても不思議な気持ちがすることがあるんです」

「例えば？」

「さっきの花園病院なんかもそうですけど、周りの人は知っている、ということがいくつもあるでしょ？　ウワサになっている、というのか。消防署の人も知っている、ホームレスの人も知っている、そして、花園病院では、入院患者が、お掃除のオバサンとか、別な患者の付添婦さんに、ここの病院はやめておけ、殺されるぞ、と言われた、という話はもう、とても多いんです。いくつかの保険会社も、死亡診断書が花園病院だったら、ちょっと調査する、という意味でモラル・リスク病院として見ています。それでも、……具体的な証拠がないからでしょうか、『滅多なことは言ってはいけない』、ということなんでしょうか。公には、ほとんど問題にならないんです。そういうこと、いっぱいありますよ。きっと、花園病院のことは、たとえば、新聞記者とか、そういう人も、ウワサくらいは聞いている、と思うんです。それでも、問題にならない。……そのうちに、なんの気まぐれか、当局から指導かなにかがあったのか、大々的なキャンペーンが展開されたり、警察が本格的に捜査したりして、やっと、普通の人たちは知ることができる。そういう時、事情通を気取りたい人が必ずいて、『あんなことは、もう十年も前からみんな知ってたんだ』なんてことを言うでしょう？　そういうのが、とっても不思議で……なぜ知っていながら、気付いていたのに、公然の秘密だったのに、それを放置して、問題にしなかったのか、それが不思議だな、と思って……」

元新聞記者として、私にも思い当たるケースは幾つもある、と認めざるを得なかった。仲間と呑んでいる時、あるいはなにかの会合の折、どこそこの福祉施設の理事長は、入居者である知的障害の少女を犯しているらしい、というウワサが流れる。あるいは、どこそこの病院の医師は、女性患者に麻酔をかけてイタズラしている、という事情通の情報が流れる。あるいはまた、どこそこの会員制ホテルはもう事実上破綻しており、それが明るみに出るのも時間の問題だ、そうなると高い金を払って会員になった人々はどうなるのだろう、という議論をしたこともある。それらの時、なぜ私はそのネタを追わなかったのだろう。感覚が麻痺していたのか。そういう話をいちいち取り上げている暇がない、と考えていたのか。今となっては、二本柳が言う通り、本当に不思議だ。

「本村康子も、そういう不思議の一つですか？」

「……そうでしょうね、やっぱり。データを見ると、おかしいな、と思う例は、本当にたくさんあるんです。この人の周囲に支払いが集中しているぞ、というケースは、全体の割合で言うと本当に稀《まれ》な部類に入りますけど、でも、確実に、存在するわけです。……それなのに、敢《あ》えて問題にはならない。……問題にしない。会社としては、目立たなければ、忘れたい、知らないふりをしたい部分……保険業界の恥部、と言うか。近所の人も、親戚も、どうもおかしい、と思ってるんだろうけど、『滅多なことは言ってはいけない』と考えるから、モヤモヤした気分のまま、『とにかくなにか恐いことが起きてるようだから、近寄らないようにしよう』と避けて通る。……そのせいで、こういう人たちはなおさら大胆になって、お金のために何でもするようになって、人が……死人が増える、ということになると思うんです」

「なるほど」

「もちろん、本当に、特殊な例です。一万件の契約の中に、一件あるかどうか、というくらいの、本当に特殊な話だと思うんですよ。でも、確実に存在しているし、その気になればいくらでも疑惑を感知できるのに、なんとなく憚《はばか》る気分があって、そうしないんです」

「……………」

「あの世界に身を置いていた時は、それが普通、というか、この業界はそういうもんだ、と思っていました。……でも、いざ第三者の目になってみると、そして、実際にこの本村康子の記録を見てみると、……ねぇ、本当に不思議だと思いません？　こんなことが野放しになってるなんて……」

「保険会社は、見逃しているわけですか？」

「数年前から、おかしい、と疑っているようですね。それが、この〈査〉の三件、という形になっているわけです。でも、それで正式に告発したりはしないんです。こんな契約状況が、もしも外部に漏れたら、それこそ保険会社の責任が問われますから。内々に、腹のさぐり合いをして、とにかく金は出さない、という方針で行くわけです」

「疑惑がある、と承知しながら？」

「ええ。もうこれは、お互いの以心伝心ですね。『あんたはきっと、なにかやっただろう。だから、金は出せない。文句があるんなら、出るところに出てもいい。そうすると、あんたも困るだろう？　それなら、おとなしくしてろ』、ということでしょうね」

「なるほど。的確な分析だ、と思います」

「きっと、日本のあちこちに、こういうことってあるんだ、と思うんです。絶対におかしい、と、少なくとも周りにいる人は感じている。でも、それを本格的に表沙汰にしようとすると、とんでもないことが潜《ひそ》んでいるようで、なにが出て来るか恐ろしい。だから、なるべく触らないようにして、表面上は、明るく繁栄している近代社会、という体裁を保っている。……そういうことってきっと、どこにでも、あらゆるところに、いっぱいあると思うんです」

19

街は、たそがれていた。

まだ私《とも》が〈キワコ・コンサルタンツ〉にいた頃から、窓の外の眺望には、ポツリポツリと明かりが点り始め、大通公園の両側の車の流れが、光の帯になった。テレビ塔の電光時計が夜空に浮かび上がり、葉の落ちた木々が宵闇《よいやみ》の中に沈んでいった。今、ビルから出るとすでに夜で、私は空腹を感じた。よく考えたら、昼食も摂《と》るのを忘れていた。いったん家に帰り、冴香や貴と夕食を食べよう、と決めた。今晩の献立はなんだろう、と心が少しワクワクした。

刺身、ソーセージ・ピカタ、レトルトのハンバーグを温めたもの、キャベツのバター炒《いた》め、というあたりが、夕食だった。冴香は得意そうにしているが、心のどこかでは、「これでいいのだろうか」という不安も感じているらしい。そろそろ、料理を並べただけでは食事にはならないのだ、ということに気付きかけているようだ。貴は、ニヤニヤしている。笑みを含んだ声で言う。

「これは、ほとんど冴香ちゃんが作ったもんなんです。少なくとも、僕はキャベツを切っただけです」

「立派なもんだな」

「どんどん食べてくださいね」

冴香が、冗談めかして言う。

「先生、酒は」

「ビールを一杯だけ呑む。この後、また出かけなけりゃならないんだ」

「まだお仕事？」

冴香がさり気なさを装って尋ねる。

「残念ながらね。貴は、呑んでいいぞ」

「はぁ」

「何時頃、帰って来るの？」

「わからない。できるだけ、まだ冴香が起きている間に帰って来たい、と思うんだけど」

「……無理しなくていいよ」

「冴香ちゃん、男はね、無理するもんなんだよ」

そういう貴の笑顔に、冴香は「バカみたい」と答えてから、「今日はいっぱいテレビ見ようっと」と続けた。

「勉強も、ちゃんとしなけりゃダメだよ」

「してます」

家に帰ってすぐ、着信を一通りチェックしておいた。森事件の西署の担当者を知らせる、玉木からのファックスはまだ来ていなかった。ほかに、特にめぼしいものもない。横山からのファックスがあったが、三森奨学会についての情報ではなく、〈チャンス・マート〉万引き防止月間のスケジュール表だった。来月の中頃の予定だ。それで、食事を終えてから、横山に、スケジュールは受け取った、という手紙と、〈三森奨学会の真の姿！〉のプリント・アウトをファックスで送った。

怪文書の内容は、要するに財団法人三森奨学会は、元々の意義を失って、道の教育委員会やそのほかの団体のための裏金作りの温床になっている、ということを、曲がりくねった文体と、根拠に乏しい断定で、支離滅裂に告発しているのだった。創立者の娘である三森房子が、一時、理事を解任され、その後にまた復帰したのだが、その復帰直後から、財団の運営が不明朗になったのだ、という。現在、三森奨学会は、成績優秀で生活が苦しい高校生、大学生、計十五人に、一人当たり一ヵ月五千円〜八千円（！）の援助をしているのだという。これは、無利子無担保の融資で、最終的に援助をされた学生が、きちんと就職すれば、返済は免除されるのだそうだ。この、ささやかな事業に比べて、予算は膨大で、地元企業各社や自治体から、毎月合計数百万円の寄付や援助を受けている。だが、事実上、従業員はひとりかふたりしかおらず、支出はほとんどないのだ、と怪文書は憤慨している。そのくせ、役員は十二人いて、これは全員が市役所の準幹部クラスの天下りなのだという。つまり、毎月数百万円にのぼる資産運用益や寄付、補助から、援助している数万円と、ふたり分の人件費、そのほかの経費を除いた、何百万円かは、無用の存在である役員の報酬や、使途不明のまま消えている、というのだ。そして、それらの黒幕が、〈女怪〉〈極悪女〉〈乞食根性の女妖怪〉であるところの、三森房子である、というのが、おおまかな要約である。三森房子の住所が、四倍角のゴシック文字で書かれてある。白郷区弥生通り二十二丁目に住んでいるらしい。また白郷区だ。

「三森房子とは何者か、調べてくれ。栄光太平大日本生命の外交員らしい」と書き足して、横山の事務所のファックスに送り、それから太田さんを呼び出した。

「太田です」

「畝原です」

「あ、悪いな。実車中だ」

「わかった。客を降ろしたら、こっちに回ってください」

「毎度」

太田さんは八時前に来てくれた。

「で？」

「この紙に書いてある住所を、一通り回ってみたいんだ」

「どら」と受け取ってから、「こんな小さな字、こんな暗いところじゃ読めないよ」と突っ返す。

「あ、そうか。ゴメン……」

「どう回る？　住所を読んでくれりゃ、そこに行くよ」

秦野がくれた紙には、札幌市内の、ＣＯＬ関連と確認できた施設や個人のデータが十件並んでいる。そのうち、二件は携帯電話の番号だけだ。残りの八件は、住所がわかる。うち三件は、個人の家、あるいはアパートの一室らしい。地域は、札幌中心部に喫茶店らしい店名がふたつ、なにかを教える教室のようなもの、占いスタジオの四件がある。ほかに、白郷区に喫茶店がひとつ。あとは、手稲《ていね》区、豊平《とよひら》区、南区にひとつずつ、個人名のデータがある。一番近くにある、中央区の喫茶店の住所を読み上げようとしたら、私の携帯が鳴った。

「畝原です」

「う。山岸です」

「あ、どうも」

「う。あのな、もしかすると興味あるかも知らん、と思ったもんだからな。実は、前々から申し込んでおいた会談に、向こうが応じる、という連絡が入ったんだ」

「会談……COLの連中と、ですか?」

「ああ。明後日の午後三時、豊滝のセミナーハウスで、うちらと会う、と言うんだ。やっと前向きの返事が来た。……前向きなのかどうか、本当はまだわからんがな。畝原はどうする? 来るか?」

「ええ、是非そうさせてください。……もしも邪魔じゃなかったら」

山岸と話しながら、私は秦野がくれた紙のデータを漫然と眺めた。なにかが、私の頭の中に引っかかった。

「邪魔じゃないよ。どういう資格にするかは、こっちで考えるから。明後日の午後二時には、こっちを出発するから。それまでに来てくれ……もうちょっと早い方がいいかな。もしかすると、打ち合わせの必要があるかもしれないから」

「わかりました」

なにかを掴みつつある、と私は感じた。だが、それがなんなのかわからない。

そう答えながら、私は忙しく、データをあちこち眺め回した。だが、どうしてもあと一歩踏み込めない。私の頭に引っかかったのは、いったい何なのか。

「こっちからは、私と、今日会った佐々木弁護士と、クレサラの、タキの後任のケンモッという統括部長、そして被害者の代理人であるヤマダ弁護士、〈守る会〉のドバシ顧問、そして畝原、という構成になると思う」

つかめそうになったなにかが、するりと手から滑って、またどこかに行ってしまう。

「………」

「どうした？　畝原、聞いてるか？」

「あ、ええ、聞いてます。……秦野さんは？」

「ああ、あのコはだめ。恐がってる。それに、彼女の存在は、ＣＯＬには隠しておきたいんだ」

「なるほど」

「じゃ、そういうことで。頼むぞ」

すでに、目の前にゆらめいたなにかは、その姿を消していた。

「は？　なにをですか？」

「……決まってるじゃないか。こっち側の人間で、武闘派は畝原だけだ」

「武闘派……」

「ははは！　冗談だよ。ドバシ顧問は退職警官なんだ。彼も、柔道剣道は大したもんらしい。でも、私と同じくらいの年寄りだから……」

関係もわかったぞ。ま、詳しい話は会ってからだ。じゃぁな!」

「ははは! だから、冗談だ、と言ってるのさ。あ、それから、あの豊滝の土地と、持ち主の関係もわかったぞ。ま、詳しい話は会ってからだ。じゃぁな!」

機嫌の良さそうな笑い声とともに、電話は切れた。もう一度データを眺めたが、なにが閃《ひらめ》いたのか、すでにわからなくなっていた。


中央区のはずれ、住宅街の中にポッンとある店には、まだ灯《とも》りが点っていた。〈ハイパー・パラダイス〉。喫茶店だと思ったのだが、看板には「スパイスの殿堂 カレー専門店」と書いてある。あまり流行らなかった店を居抜きで買った、あるいは借りているらしく、佇《たたず》まいはみすぼらしかった。七〇年代の、金をかけずに造った素人マスターの趣味の喫茶店、という感じがする。少なくとも、なにも知らない通行人が、ちょっと入ってみようかな、という気になるような店ではなかった。

「どうする」

太田さんが言う。

「疲れたね。コーヒーでも飲もうか」

「ふたりでか」

「そうしないと不自然だろうな」

「だろうな」

店の前に太田さんの車を置いて、ふたり並んで店のドアを押した。じゃらん、と古くさい音がした。古くさい銅の大きな鈴を、ドアに吊《つる》していたのだ。その音と同時に、胸が悪くなるような、ゴミと汚れと食べカスのニオイが漂って来た。私は意を決して、中に入った。太田さんも、面倒臭そうではあるが、付き合ってくれた。

「いらっしゃいませ！」

カウンターの方から、元気な声が聞こえた。ダンガリー・シャツを着た青年が、明るい笑顔で立っている。

「コーヒーだけなんだけど、いいかい？」

私が尋ねると、笑顔が大きくなった。

「ええ、もちろん。どうぞ！」

青年は非常に明るく朗らかだ。そして、不思議なことに、この店内の不潔さを、全く意識していないようだった。

とにかく、掃除をしていないのは明らかだった。店内至る所に、ゴミと汚れが粘ついている。

客は、私たちのほかには、店の奥のテーブルに、八十前後とおぼしい老婆がひとり、その前に二十代半ばの男がふたり。ほかには客の姿はない。

私は店内を見回した。どこにも、ＣＯＬとの関係を思わせるものはなかった。普通の、ちょっとインドかぶれの青年が趣味でやっている、素人カレー屋という感じだ。敢えて隠しているのか、それとも秦野の調査が誤りで、ここはＣＯＬとはなんの関係もない店なのか。……だが、それにしてはこの不潔さは、尋常ではない。

青年が、カウンターの隅で湯気を上げていたポットから、コーヒーを二杯、カップに注いで、トレイに載せて持って来た。

「どうぞ」

「ありがとう。悪いね、コーヒーだけで」

「いえ、いいんです」

「この次は、カレーを食べるから」

「ありがとうございます。気にしないでください。どうぞ、ごゆっくり」

青年の応対にも、格別おかしなところはない。だが、ズボンの尻が椅子に貼り付いてしまいそうな、このべったりとした汚れはなんなのだろう。カップは洗ってあるようだったが、ちょっと口を付ける気にはなれなかった。だが、飲まないわけにはいかないだろう。太田さんは、すでに意欲を失って、げんなりした顔でコーヒーを見つめている。仕方がない。勇気を出して、カップに手を伸ばし、一口飲んだ。

まずい。煮詰まっている。

「ひと休みですか?」

青年が、カウンターから声をかける。

「ああ、そうなんだ。これから、小樽《おたる》まで連れてってもらうんでね。途中で一服だ」

「どちらから?」

「いや、私は札幌なんだけどさ」

「はぁ……」

私は、青年から太田さんに視線を移し、小樽までのルートについて話した。太田さんは、

「芝居なんざ馬鹿馬鹿しくて付き合ってられねぇ」という気分らしく、乗ってこない。お互いに気まずくなって、黙り込んだ。有線から、『ひまわり』が静かに流れている。私は、さもうまそうに、コーヒーをもう一口飲まざるを得なかった。もうゴメンだ、と思ったので、ピースを一本取り出し、火を点けた。

『ひまわり』が終わり、『思い出の夏』に代わった。そのあたりから、静けさに馴れたのか、老婆と若者たちの小声の語り合いが、耳に届くようになった。はっきりとは聞こえないが、どうやら青年ふたりは、老婆を説得しようとしているらしい。そして、八十を過ぎた女性は、すっかり話に引き込まれ、瞬《まばた》きをしながら、青年の顔に見入っている。尋ねられると、熱心に頷く。口を開けたり閉じたりを繰り返しているのは、入れ歯の調子が悪いのだろうか。

「前にもお話ししましたけど……パンフレット……ね?……素晴らしい……お金は一銭もいらない……助け合い、愛し合う社会……実現……」

おばあさんは、熱心に頷いている。

「理想なんです……そのうち、日本……今しかない……」

「素晴らしい……みんな、わかってない……汚れた社会……癒し……助け合い……」

老婆が頷きながら、カーディガンのポケットからマイルドセブンを取り出した。マッチで火を点け、灰皿にマッチを捨てる。その灰皿を見て驚いた。吸い殻が、山盛りになっている。こんなに汚れても、灰皿を放って置く、その神経がわからないが、それよりも、このふたりは、この老婆に、何時間、語り続けているのだろう。

老婆は、タバコを右手の人差し指と中指で、大切そうにはさみ、口をすぼめ、一服一服、丁寧に、おいしそうに喫っている。ふたりの青年は沈黙した。カウンターでは、さっきの青年が、鋭い目つきで老婆を見つめている。五分ほど、老婆は若者たちの注目を浴びながら、じっくりとタバコを喫った。そして、そのタバコを灰皿でもみ消して、領いた。なにか言ったが、その内容は聞こえなかった。青年たちもなにか言った。おそらく、「おめでとう」というような祝福の言葉だと思う。ふたりがそれぞれ右手を出し、老婆はひとりずつ、順番に握手した。カウンターからも青年が出て来て、握手をした。老婆の目から涙が流れた。感動しているようだ。青年がカウンターに戻る。その途中、自分の体の陰、老婆に見えないアングルで、座っていたひとりの若者と手のひらを合わせた。ホームランを祝福する野球選手のように。そしてカウンターに戻り、ピンク電話に向かう。

「あ、もしもし。スン・ユンです。アル・ヤマニをお願いします」

そして受話器を置いた。店の隅では、老婆が、ふたりの青年にしがみつき、幸せそうに泣いている。私は、太田さんを促して、立ち上がった。

「なんだったんだ、ありゃ」

太田さんが不快そうに尋ねる。彼は、なんだったのかわからないままに、不気味なことが目の前で起こったということを感じたらしい。

「私も、はっきりとはわからないけど……要するに、あのおばあちゃんは、資産家なんだろう、と思う。孤独な、財産のある老人……それを、あの若いふたりが説得して、COLという、新興宗教の信者に仕立て上げた……というか、その財産を全部教団に差し出せば、理想郷で平和に暮らせる、ということを説得したのだろう、と思う。あの電話は、きっと教団の弁護士かなにかを呼んだんだろうな。で、きっとこれから、あのおばあさんの財産は全部整理されて、COLの物になり、あのおばあさんは、豊滝にある、連中の『パラダイス』で、共同生活をすることになるんだろう。……それが、どんなものかはわからないが」

「おい、そりゃ、てぇへんだ。おい、ウネさん、止めろよ。助けてやれよ」

「そんなことをする権利は、少なくとも私にはない」

「だっておめぇ……あのバアサンは、可哀想に、騙されてるんだろ？」

「だろうな。でも、宗教が出て来て、弁護士が出て来ると、話はすんなりとは収まらない」

「だっておめぇ……誰が考えたって、ひでぇ話だろうが」

「あのおばあさんは、幸せなのかもしれない」

「でもおめぇ、騙されてんだろ？」

「そうは思うけど……」

「おい、戻るぞ。助けてやれ」

「そうはできないんだよ。彼らは、刑法には違反してない。これが、絶対に儲かる、という話だったら、詐欺だ。でも、天国に復活できる、という話なら、詐欺じゃなくて、信仰だ。連中は、そういう逃げ道を用意してるんだ」

「だからってよ……」

太田さんは口をつぐんだ。怒っている。その気配が、はっきりと伝わって来る。そのまま、ずっと黙り込む。

「太田さん……」

「……」

「次も、たぶん、喫茶店なんだけど……」

太田さんは怒りに満ちた目を、こっちに向ける。そのまますぐに前に向き直り、耳をこっちに寄せた。口を利くのもイヤなほど怒っている。だがとにかく、仕事はしてやる。そういうことなのだろう。私は、円山の近くの高台の住所を告げた。

〈アナン・パチャ〉という奇妙な名前のその店は、〈ハイパー・パラダイス〉と比べると、ずっと清潔で、明るい店だった。むしろ、流行の最先端、という感じすらする。元は普通の住宅だったものを改装したらしい。ギリシャの建物を思わせる白く泡立つようなサイディングに、あたりにアレンジされた照明の光がとりどりに影を落とし、窓から見える店内には、緑がいっぱいだった。混《こ》んではいないが、若い客たちで店内は適当に賑わっている。

「おれも入るのか、やっぱり」

太田さんが顔をしかめる。

「頼むよ。やっぱりヘンだろう、駐車場のタクシーに運転手を待たせて、のんびりコーヒーを飲むのは」

「ウネさんを降ろして、後はしばらく走って時間を潰すさ。一時間後に来るよ」

「それもヘンだ。だいたい……」

「……ま、そうだな。わかった。付き合ってやるよ」

店内に一歩踏み込むと、われわれふたりはみんなの視線を浴びた。確かに、店のファッショナブルな雰囲気や、客たちの年齢、姿形からすると、わたしたちは浮いている。だが、そればかりではないようだ。私と太田さんは、明らかに「ヨソ者」なのだった。走っていて、コーヒーが飲みたくなって、ふと寄った、単なる通行人。わたしはその気分で踏み込んだ。太田さんは仏頂面だ。客に付き合わされている、気難しい老運転手。そのように見えることを願った。

ペルーかどこかのインディオ風民族衣装のような服を着た、若い娘がやって来た。

「御注文は？」

「コーヒーをふたつ」

「おれは紅茶にする」

太田さんが言う。娘は、にっこりと笑って、去って行った。

この店は、〈ハイパー・パラダイス〉とは違って、あちらこちらにCOLのしるしがあった。なにより、レジのところに「ハイペリオン講演会」のポスターが貼ってある。

「導師ハイペリオンによる、秘密の解明！」

「世界の真実がいま明らかに！」

そんな文字が躍っている。

その他に、COLのホーム・ページでも見た、ペンタグラムと道教の陰陽のマークを融合させたような図形が、壁のあちこちに飾ってある。開運宝石や、神秘のパワー・ストーン、英知の水晶玉、UFOと交感できる翡《ひ》翠《すい》玉などを買え、とあちこちに貼ってある。レジのところには、貴光出版やアルケ・プレスの書籍、雑誌の在庫あり、と書いた紙を並べてある。秦野からもらったリストには、貴光もアルケも、ともにCOLの経営する出版社だ、と書いてあった。

要するに、この店は、COLを隠していない。つまり、ここに集まるのは、COLの信者たち、あるいは興味を持っている迷える魂だけなのだろう。その分、〈ハイパー・パラダイス〉よりも、浅い感じがする。ここは、ある程度外部に開かれている場所だ。一方、〈ハイパー・パラダイス〉は、自分たちの本質を用心深く隠し、一歩踏み込んで来た者たちを逃さずにしっかりと捕まえる罠のように思われた。ここに集まっている連中は、自分たちを疎外し、あるいは迫害し、あるいは自分たちに幸せをもたらさない、社会や日本の中で固く身を守り、ここでのみ解放されている、その喜びを味わっているのかもしれない。その中から、もっともっと深くCOLにからめ取られる者が出て来るのだろう。店の中にいる人々は、客もスタッフも、皆、同じように朗らかで明るく、屈託がなかった。

「妙に楽しそうな場所だな」

「そうですね」

「こいつら、みんな脳足りんだ」

「……聞こえますよ」

「なんで、おれらは、こんなところに顔突っ込んでるんだ?」

「どういう連中なのか、その雰囲気を感じよう、と思ってね。そうすれば、連中がなにをするか、なにをしないか、それが少しはわかるような気がするんだ」

「こんな連中、そう言われれば、なんでもするさ。自分の頭で物を考えることをしねぇんだ。

おれにはわかる。言われたことを、言われたように頭ん中で繰り返して、それで物を考えたつもりになってるバカどもだ」

太田さんの怒りは、なかなか収まらない。あの老婆のことが頭から離れないのだろう。

私たちの座ったテーブルの周りには、よそよそしい雰囲気が漂っている。太田さんの話が聞こえたせいではないようだ。さすがの太田さんも、ほかの人間には聞こえない程度の声でブツブツ呟くだけの配慮はあった。だが、彼の話が聞こえなくても、われわれふたりが異物である、ということは明らかで、その結果、周りの連中は、声を潜めて、こっちをちらりちらりと眺めながら、小声で囁き合っている。

居心地は悪いが、そのせいで、思わぬ収穫があった。ちょっと離れたテーブルで、向かい合ってビールを飲んでいた若い娘ふたりの会話が聞こえて来たのだ。

「……う〜ん……それじゃやっぱり、相手はヒクよ」

「そうですか」

「うん。もっと、話に熱意を持って、自信満々で話さなきゃ」

「そうなんだぁ……」

「うん。まずね、やっぱり、いきなり電話されたんだから、向こうは、なんだろ、と思ってるわけでしょ？」

「はい」

「それに、家庭教師とか、学習塾の勧誘の電話なんて、それこそ毎日何本もかかってくるから、相手はもう、うんざりしてるわけ」

「そうなんだぁ……」

「うん。だからさ、電話を受けた瞬間の、相手のそういう鎧《よろい》を、すぐに解除しなけりゃならないのよ」

「へぇ～……」

「うん。まずね、『お母さんですか？　家庭教師の御案内なんですけど』ってね」

その、作り声は非常に甘ったるく、幼げで、アニメの声優のように芝居がかった、薄気味悪いものだった。

「でも、それで、すぐに『ウチはいいです』って切られちゃうんです……」

「だからね、機先を制してさ」

「機先を？」

「うん。『あ、お母さん、いろんなところから、同じような電話がかかってきて、本当に、迷惑ですよねぇ……』って、まず、迷惑を自覚している、ということを相手に知らせるわけ」

「自覚してる」

「そう。相手はね、半ば以上、こっちが無神経に営業電話をかけてくる、ということで怒ってるわけ。それをね、迷惑は自覚してる、ということを知らせれば、『おや？』と思うわけよ。こっちから、迷惑、という言葉を出すことで、向こうは、『この人は、ほかの電話とは違うな』と思うわけ。そしたら、まず、第一段階突破よ」

「へぇ～……」

「それでね、『今まで、同業者が、いろいろとイヤな思いをさせたことと思いますけど、ウチは、そういうのとは全然違いますから』って話を持って行って」

薄気味悪い不自然な甘い声が延々と続いている。

「ウネさん、まだダメか？　もっとここにいなきゃダメか？」

太田さんは、今にも立ち上がりたいらしい。

「うん……そろそろ行くか」

数分をピースで潰して、私は立ち上がった。向こうのテーブルの娘たちは、「だからね、『ウチの家庭教師は、絶対に成績を上げますから』って、自信を持って断言すればいいのよ。親なんて、みんな、自信を失ってるんだから。その相手に、自信を見せつけてやるだけで、もう半分以上こっちのもんだから」と業務上の知恵を語り合っていた。

「あの小娘どもが話してたのは、家庭教師を派遣しますってな、しつこい電話の、あれか？」

「そうみたいだな」

「甥《おい》っ子が言ってたよ。甥っ子の子供が中学生なんだが、もう、とにかく毎日毎日勧誘の電話がかかって来るってな。……そうか、ああいうインチキ宗教の連中か」

「いや、それだけじゃないだろうけど。マトモな業者も多いんだろうけど、中には、いかがわしいのとか、詐欺まがいのとか、宗教団体の小遣い稼ぎとか、いろいろあるんだろうな」

「ふぅ……ん。……あの小娘どもは、自分のアルバイトのために、見ず知らずの他人の家に、いきなり電話しても、まったく平気なのか」

「そうなんだろうな」

「相手に迷惑をかけてる、とは思わないのか。そんな程度の想像力もないのか」

「だから、あんなバイトができるんだろ」

「……現代っ子だな」

「……懐かしい言葉だね」

「親がいない、食っていけない、というわけでもないんだろうにな。バカな連中だ」

それからわれわれは……というか、私と、私に頼まれて渋々付き合っている太田さんは、札幌中心部、狸小路《たぬきこうじ》にあるビルに向かった。ここの二階に〈セミナーズ・ア・ラ・カルト〉というスペースがあり、ここでさまざまな教室、というのか講座が行なわれているのだそうだ。そのほとんどが、COLのメンバーによる、信者獲得の手段だ、と秦野のメモに書いてある。

だが、すでに時間が遅く、ここは閉まっていた。ドアには鍵がかかり、内部にも明かりはないようだ。ドアに、紙で作った手製のポケットが貼ってあり、そこにいろいろなチラシがはさまっている。「ご自由にお取りください」と書いてあるので、〈人生に新たなステップ！　自分に目覚めるウィンド・トレーニング（気功法）〉〈自己催眠教室　悩みを吹っ飛ばせ！〉〈身体が目覚めるスーパー・ダイエット！〉〈未来は自分で作るもの……驚異の運命学・予言学〉〈スパイス・ハーブ入門　波動を取り込む栄養学〉〈驚異のリラクゼーション　これが瞑想音楽だ〉の六枚のチラシを自由に取った。連絡先として、それぞれに載っているのは、みな携帯電話の番号のみだった。

「さて、じゃ帰るか。もう十時を回ったぞ」

「うん……せっかくだから、あと一軒、付き合ってもらえないかな。このすぐ近くだから」

「っんとにもう……おれは別にいいよ、こういうことがおれの仕事だ。酒飲んで、車が運転できなくなった奴を乗っけてやって、言われた通りにハイハイと走って、それで金をもらうのがおれの仕事だから。おれはいいよ、別に」

「申し訳ない。……実は、ターセルがパンクしたんだ」

「パンクくらい、すぐ直せよ」

「……タイヤ四本、どうやらナイフでやられたらしいんだ。少なくとも、警察はそういってる」

「……なんだよ。その犯人が、このなんとかっつーインチキ宗教だってのか」

「それはわからない」

「……それで、それが、ウネさんがこの前グデングデンになってた、あの友だちの自殺と関係があるわけか？　ええと……コルっつったか？　ゴルだったか？」

「コルだよ。でも、そこらへんは、まだ全然わからないんだ。ただ、私は、無関係じゃない、と思ってる。どういう関係があるのかはちょっとまだわからないけど」

「ふぅん……」

太田さんは、納得はしないまでも、とりあえず付き合ってくれる気になったようだった。

〈セミナー・ア・ラ・カルト〉のあるビルから西に二丁行った、狸小路の外れに面した木造モルタル二階建ての建物の中に、占いプラザ〈ワルハラ〉があるはずだった。これは面白い建物で、私が子供の頃は雑貨屋かなにかだったと思う。それが改装されて、飲食店が一階二階に四軒ずつ、八軒入った雑居ビルになったのだが、どれも当たらずに、数年前にはもう空き家だった。それを安く借りたのか、一階は骨董や民具、そして駄菓子と昔のオモチャを売る店になり、二階では占い師が四人、別々に店を開いているらしい。

「もう、閉まってるよ。こんな時間だ」

「かもしれない。とにかく、行ってみる」

「まぁ、好きにしろ。おれは、ここで待ってるから」

私は頷いて降り、建物の階段をひとりで上った。本当に古い、手入れのされていないビルで、階段はギシギシと機嫌悪そうに呟いた。二階は、まん中に木の床板剝き出しの廊下が通り、その左右両側に二軒ずつ、占いの看板が出ている。〈ワルハラ〉は左の奥で、看板を照らすようになっているライトは消えていた。そのほかのライトも、手前右側の〈マダム・アリエス〉の看板を除いては、みな消えている。

一応、〈ワルハラ〉の前に行き、ドアのノブを回してみた。やはり、鍵がかかっている。ここも、〈セミナー・ア・ラ・カルト〉同様、ドアにポケットが貼り付けてあって、チラシがはさんである。〈ハイペリオン運命学による画期的な未来予測！　的中率、驚異の９９・９８２７％！〉〈ハイペリオン運命学……それは、秘めた自分に出会う定められたグリッド〉の二枚のチラシを自由に取った。そして、階段に戻りかけた時、〈マダム・アリエス〉の看板を照らしていたライトが消えた。すぐにドアが開き、まだ三十前に見える、小太りの女性が出て来た。私の方を見て、ちょっと驚いたように立ち尽くす。私は、軽く会釈してその前を通り過ぎた。私は階段の中ほどまで下りた時、後ろから呼びかけられた。

「あのう……済みません……」

「は？」

私は立ち止まり、振り返って見上げた。

「あのう……ちょっと、一言申し上げたいんですが、いいですか？」

「はぁ」

女性は、……おそらくは〈マダム・アリエス〉なのだろうが、身軽に階段を下りて来て、狭い階段で私と並んだ。顔が私の胸のあたりで、こっちを見上げる。お互いの身体がくっつきそうだが、そのことはなにも気にならないようだった。

「ごめんなさい、いきなり声をかけたりして」

「いえ。どんなご用件ですか？」

「ええと……あのう、偉そうに聞こえたら謝りますけど、……ひとつ、ご忠告をさせていただきたくて」

「はぁ……」

「あのう……こういうことを言うと、商売敵が、同業者の商売を邪魔している、と思われるかもしれません。それは心外ですけど、でも私、それでもいいんです」

「はぁ……」

「つまり……こういうことです。あのう、……教育と、病院と、宗教と、占いは、お金がかかればかかるほど、レベルが低いんです、ということを申し上げたくて」

「はぁ……」

なんとなく、言いたいことがわかった。〈マダム・アリエス〉の目は真剣だ。

「つまり、四年制大学の中で、一番学費が安いのは、東大ですよね」

「たぶん、そうでしょうね。……まぁ、国立大学は、みんな同じようなもんだと思いますが」

「そしてきっと、一番学費が高い大学は、一番偏差値が低い大学だと思います。大卒の資格を、お金だけで手に入れたい人たちのためにある、そういう大学」

「ま、きっとそうだろうな、と思います」

「病院もそうです。……もちろん、高度な医療というのもあって、膨大なお金がかかる治療法もある、というのはわかります。私がお話ししているのは、そういう病気じゃなくて、普通の風邪の場合です」

「はぁ……？」

「日常的な、ちょっとした風邪を引いたとします。で、病院に行く。薬をくれますね。まぁ、本当は、あまり意味がないんです。風邪には、抗生物質は効果がない。でもま、悪化して肺炎にならないように、鼻水と咳を止めるように、ちょっとした薬をくれます。そして、熱を下げる座薬をくれるかもしれません。で、『ゆっくり休んで、よく眠りなさい』とお医者さんは言います。払うお金は、たぶん、数千円くらいだと思います」

「そうでしょうね」

私は、化膿止めの薬を服み忘れたのを思い出した。家に帰ったら、必ず服まなくてはならない。

「でも、インチキ医者に行くと、それでは済みません。すぐに、いろんな病名を付けて、あれこれと複雑なことを言って、なんだかんだと検査を始めて、体中調べて、薬もどんどん出して、下手《へた》すると無理に病気にされたりして、そのうちに、保険の利かない、なんだか変な療法を施されて、何十万、何百万も取られることになります」

「普通じゃないだろうけど、そういうケースもあるでしょうね」

マダム・アリエスは、私の目をじっと見た。そして、私がふざけてはいないこと、とりあえずマジメに彼女の話を聞いていることを見て取ったらしく、ひとつ頷いて話を続けた。

「私がお話ししているのは、そういうことです。教育と病院は、レベルが低ければ低いほど、お金がかかるんです。つまり、お金がかかればかかるほど、レベルが低いんです」

「なるほど」

「宗教も同じです。信者からお金を多く取ろうとする宗教は、インチキだ、と思って間違いありません」

「そうですか」

「もちろん、世界中のほとんどの宗教は、信者からお金をかき集めます。でも、そのほとんどは、信者の生活の負担にならない範囲で、の話です。大金を献金する信者もいるでしょうが、その人たちは、お金持ちです。生活が苦しい、貧しい信者から、その人たちの生活がなお一層苦しくなるほどのお金を巻き上げるのは、インチキ宗教だと思ってください」

「なるほど」

「信者が、自分たちの生活が立ち行かなくなるほどにお金に汲々《きゅうきゅう》としなければならない、そういう宗教は、全部インチキです。宗教は、そんなものじゃないんです」

「わかりました」

「そして、それは、占いも同じです」

「なるほど」

「あなたが、どうしてハイペリオンに助けを求めようとしたのか、それは私にはわかりませんけど、でも、ひとつだけ言わせてください。前世の悪行とか、先祖の呪いとか、世界の終末とか、悪い因縁とか、そういうことで人を脅して、何十万円とか、何百万円とか、そういうお金を巻き上げるのは、インチキである証拠です。占いは、相談者の普通の日常生活を破壊するものじゃないんです。普通に生きてる相談者を、施設に閉じこめて、ただで働かせたりはしないものなんです。……あなたが、今、ハイペリオンにどのように関わっているのか、どこまで、彼らの言うステージ、あのバカバカしい言葉を信じているのか、私にはわかりません。でも、とにかく、覚えておいて下さい。今は、わからないかもしれない。ハイペリオンに夢中になっているのかもしれませんけど、今、私が言ったことを、心のどこかに留《とど》めておいて下さい。そうすれば、いつかはわかってもらえると思います」

そこまで一気に言うと、マダム・アリエスは顔を背け、ダダダと階段を駆け下りた。声をかけようとしたが、遅かった。後を追って駆け下りたが、道にはすでに彼女の姿はなかった。太田さんがウィンドウを下ろす。

「どうした？」

「どっちに走ってった？」

「あの角を曲がってったよ。えらく怯えてたぞ。追うか？」

「いや、もうムダだろう……あのまま電車通りまで駆け抜けたとしたら、もう人混みの中だ」

「いったい、なんだったんだ?」

そう言いながら、太田さんがドアを開ける。

「怒れるマトモな同業者ってやつらしい」

「ほう」

バタン、とドアが閉まった。

マンションの前に着いたのは、もうそろそろ十一時、という時間だった。駐車場には、元に戻ったターセルがあった。簡単に調べてみたが、パンク修理は完了している。そして、見た範囲では、なにか細工をされた痕跡はないようだ。駐車場の暗い照明の下だから、確実ではないが。

「じゃあな。明日はとりあえず、おれに用事はないんだな」

そう念を押す太田さんに、ええそうです、今日は御世話になりました、と言って、走り去る後尾灯を見送った。それから、マンションを見上げた。私の部屋の明かりも消えている。冴香が起きている間に帰る、という約束は果たせなかった。冴香は怒っているかもしれない。機嫌悪く眠りについたかもしれない。こういう時、子供は、約束を果たせなかった親の方も、とても残念なのだ、ということを理解しない。理解してくれ、と言う方が無理だ。子供には、子供がいないから。理解を求めようとは思わない。ただただ、残念なだけだ。

エレベーターを降りてすぐ、異変に気付いた。通路の中ほど、私の家のドアの前に、三人の人影がある。エレベーターの扉が開いたのに気付いたのか、こっちを見て、驚いている。すでに私は、全速力で突進していた。

アドレナリンが全開になった時によくあることだが、一瞬、時間の流れが遅くなった。疾走する私の前方で、三人がスローモーションで広がった。訓練されているわけではなく、驚いて、怯えて、浮き足立っているのがわかった。次の瞬間、時間は普通に戻り、私は右端の小柄な男の顔面に正拳を打ち込んでいた。軟骨を砕いた。だが、突然の攻撃だったので、こっちの体勢も万全ではなく、拳の握りが中途半端だったらしい。中指の付け根が激しく痛んだ。それには構わずに体を回した時、視野の片隅、左側にスプレーが飛び込んで来た。

咄嗟《とっさ》に私は目を閉じ、息を止めた。

シュッと音がして、顔が焼けた。

両手で顔を覆った。

思わず悲鳴を上げそうになった。

息を吸ってはいけない。

目を閉じ、息を止め、顔を覆ったままで、闇雲に足刀を三方に続けて飛ばした。

手応えはない。

肺が破裂しそうだ。

膝をつき、肘《ひじ》をつき、ほんの一瞬だけ、息を吐いて吸った。

突き刺すような刺激が喉に広がった。

むせる。

跳ね起きながら、歯を食いしばった。

「逃げろ！」

「早く！」

声が聞こえる。

また、シュッという音。

顔を覆った両手が燃える。

目を固く閉じたまま、両手を振り回した。

右腕が、なにかを払ったのを感じた。

「うわっ」

若い男の声。

右脇腹に、相当の手応えの一撃。

「行くぞ！」

「ちょっと……」

「早く！」

耳の中で、ドクンドクンと脈が打っている。

駆け出す足音。

エレベーターとは反対の方、非常階段に向かっている。

そのまま駆け下りる。

彼らは、普通の声で話していた。

つまり、マスクはしていなかった。

つまり、致死性の毒ガスではない。

足音がどんどん小さくなる。

致死性の毒ガスではない。

息をしても大丈夫だろう。

そうだろうか。

だが、もう限界だ。

口から空気を噴き出した。すぐに肺が空気を求めて喘《あえ》ぐ。また、刺すような刺激。だが、さっきほどではない。私は目を閉じたまま、四つん這いで階段の方に向かった。空気がどんどん新鮮になっていくのを感じた。だが、さっきからの喉の刺激が、とうとう爆発した。私は、空気を求めて喘ぎながら、何度も何度も咳き込んだ。恐る恐る目を開ける。少しチカチカするが、無事のようだ。通路の明かりの下に、スプレーが一缶、落ちている。その時、私の家のドアが開いた。ありがたいことに、冴香ではなかった。Tシャツにパンツ一枚の貴が、恐る恐る首を出して、そして私に気付き、ハッとした顔で飛び出してくる。

「先生!」

「大丈夫だ」

「なにが!」

「この前に、三人いた。スプレーをかけられた」

顔と手が、燃えるように熱い。

「とにかく、シャワーを浴びる。顔と手が痛い」

よろめきつつ家に入り、居間の灯りを点けた。手が、腫《は》れて真っ赤だ。おそらく顔もそうだろう。手早く服を脱いで、浴室に飛び込んだ。痛い。

非常に苦労した。ほんのぬるま湯でも、顔と両手が飛び上がるほど痛く、熱い。水にすると、顔と手の痛みはやや収まるが、胸や腹は冷たく、息が止まりそうになる。タオルを冷水に浸し、それを鼻だけ出して顔にかぶせ、両手を水に浸した。少しは楽になるが、ジンジンと奥の方から熱さが広がる。とにかく皮膚に付いているものを洗い落とさなければならない、と考え直した。体中がガタガタ震えるのを我慢して、冷たいシャワーの下で顔と両手を何度も何度もゴシゴシ洗った。なんとか収まった、と思って水を止めると、すぐにまたジワリと熱さが甦る。そこでまた、水を浴びる。そのことをとにかく繰り返した。

いつまで経っても同じことだ、と思いもしたが、それでも三十分ほどするうちに、痛みも熱さも徐々に和らいできた。水を止めて、しばらくようすを見る。最初のうちは、すぐに耐え難い痛みと熱さが復活して、すぐにまた水を全開にしなければならなかった。それが、段々落ち着いてきて、そのうちに我慢できるヒリヒリで安定した。助かった、と思った。念のためにもう一度顔と手を洗い、シャワーから出た。貴が心配そうな顔で立っていた。

「大丈夫ですか？」

「ああ。なんとか」

バスタオルで体を拭いながら答えた。

「後は追いませんでした」

「その方がいいな」

貴がどこかに行き、ダメージを追った私だけが残された場合、連中が別なルートから戻って来た時に、応戦できない。貴はそのことを考えたのだろう。

「自動車が発進した音は聞こえませんでした。どこか離れたところで車から降りて、徒歩、あるいは自転車でやって来たのだろう、と思います」

私は頷いた。

「それから、これが落ちてました」

スプレーの缶を手渡す。山の中でヒグマに襲われた時に使う、クマ撃退スプレーだった。

「おそらく、これを吹き付けたんだろう、と思います。いろんな種類がありますが、このスプレーの主成分は、トウガラシのエキスだ、と書いてあります」

目と喉に直撃を喰らわなくて、本当によかった。

「COLの連中ですか?」

「まだわからない」

「私の仕事に、なにか変化が出るでしょうか?」

「考えてみる。今は考えがまとまらない」

「わかりました」

「寝てくれ。私も寝る」

「どこで？」

「おまえは、ソファに寝てくれ。私は、その寝袋を借りて、冴香の部屋のドアの前で寝る」

「明日の朝、冴香ちゃんが起きて、びっくりしますよ。変に思います」

「私が酔っ払って、ここで眠り込んだ、と言えばいい」

「それだと……冴香ちゃんはがっかりしますよ。……それに、そんな話は信じないですよ、きっと」

「それはそれで仕方ない……おい！　冴香の部屋の窓は？」

「大丈夫ですよ。こっちには窓はないですから。外からは侵入できませんよ」

「あ、そうか」

話しているうちに、疲れがどっと出て来た。

「ま、いいや。寝ようや」

部屋に戻り、ブリーフとTシャツを身に着け、居間に戻った。すでに貴は、ソファで軽いイビキをかいている。私は、冴香の部屋のドアを開け、ベッドに歩み寄り、寝顔を見下ろした。ぐっすりと寝ている。その額を撫で、そして部屋から出た。ドアの前に、寝そべる。寝袋のファスナーは、もちろん閉めない。

20

いちおう眠ったのだが、やはり緊張していたのだろう。物音が耳に入る度に、体を起こしてあたりを警戒した。風の音、道路を走り抜ける車の音、新聞配達の足音。そうやって警戒していたせいで、冴香が目を醒《さ》ました気配が分かった。う～ん、と声を漏らして、ベッドで伸びをしているらしい。私は慌てて立ち上がり、寝袋をまとめて小脇に抱え、足音を忍ばせて自分の部屋に急いだ。

手は、まだ薄赤く腫れている。顔も同様だろう。どのように説明しようか、と考えながら、ベッドに潜り込んだ。ファックスの表示によれば、今は六時十二分だ。三十分だけ、眠ろう。

目覚めると七時ちょうどだった。居間に行ってみると、すでに冴香は朝食の支度を整えていた。得意そうだ。とは言え、実際に作ったのはインスタントのだしを使った味噌汁と、ハムエッグ、あとは納豆をかき混ぜたくらいだろう。貴は、ソファにぼんやりと座っている。まだかなり眠たそうだ。

「冴香、なにか野菜類があった方がいいんじゃないかな」

「例えば？」

「ほうれん草のおひたしとかさ」

「でも、ほうれん草のビタミンは、お湯に溶けちゃうんだよ」

それは知っている。

「そうか……」

「じゃ、バター炒めにしようか」

私は、「その手があったか」という表情で、頷いて見せた。冴香は「じゃ、すぐにできるよ」

と得意そうに宣言して台所に向かう。

私は、娘の扱いを間違えているだろうか。冴香は、難しい、イヤな娘になりつつあるだろうか。いや、そんなことはない、と自分に言い聞かせた。

「でも、お父さん」

「なんだ?」

「二日酔い? なんだか、日焼けしたみたいに見えるよ」

貴が、私の顔を見て、苦笑を浮かべつつ頷いた。

「そうなんだ。二日酔いだ」

「でも、それにしては臭くないよ」

「軽い二日酔いなんだ」

「ふう〜ん」

あまり納得したようすではないが、とにかく冴香は冷蔵庫から出したほうれん草を、マナ板の上でザクザクと切り始めた。

「あ、冴香」

「なに?」

「冴香がこの前、マナ板は、使う前に、水で流すもんだって、言ってなかったっけ?」

「あ、忘れてた。私としたことが」

貴が苦笑いのまま、「大変ですね」という表情で、私に向かって頷いた。

ありがとう。

八時半をちょっと回った頃に、冴香を学校まで送った貴が戻って来た。

「で、どうしましょう」

「そうだな。……まず、九時になったら、地区センターに行こう」

「地区センター？」

「そうだ。荷物の中に、道着は入ってるか？」

「ええ……一応、持って来ましたけど」

「じゃ、それを持って来い」


ターセルは相変わらず、時折キュルキュルと音を立てる。それがなんだか懐かしかった。そのうちに、気にならなくなるだろう。

平日の午前中なので、地区センターの体育館ではママさんバレーのママさんたちが楽しそうに体を動かしていた。だが、有り難いことに格技室は、午後一時に始まる〈あなたもいい汗をかきましょう　中国拳法&気功　レディース教室〉までは、空《あ》いていた。

久しぶりに道着を身に着けた。ややきつい。だが、思ったほどではない。ずっと押入の隅に放り込んだままだったので、微《かす》かに不快なニオイが漂った。きちんと洗濯をして、畳んで仕舞《しま》っておいたのだが、あまり長い間放置してあったので、洗剤の香りが飛び、もともとしみ込んでいた汗と埃のニオイが復活したわけだ。

道着に着替えた貴は、さすがに精悍に見えた。肉付きはそれほどでもないが、やはり目つきが光る。髪型は変わらないのに、顔がどこか変わった。よく見てみると、鼻や唇のピアスがない。

「貴」

「はい！」

「ピアスってのは、すぐに取れるもんなのか」

「ええ。簡単に外せます」

じゃ、なんでそんなものを付けてるんだ、と聞きたくなったが、無意味だろうな、と考え直した。

「私はまた、入れ墨のように、一度付けたら二度と外せないものかと思っていたんだが」

よほど変な意見だったらしい。貴は、腹を抱えて大笑いした。

それから、五分ずつ五回ほど、組み手を繰り返した。もちろん、私の動きはまったく問題にならないほど、鈍くなっている。比べて、貴の動きは鋭かった。「やるな」と言うと、ちょっと嬉しそうな笑顔になって、「それは……毎日、体を動かしてますから」と言う。

はじめのうちは、貴の動きに、私の足がなかなか合わず、自分の間合いの中で貴を支配することがやや難しかった。だが、貴はずるさの面で私には到底かなわない。結局は、私の前で、右に左に、とムダに動くことになる。だが、私の方も、それなりに必死になって、錆び付いた腰に発破をかける気分で、やや苦労した。

それが、三度目あたりから、私の頭の中のどこかと筋肉を繋ぐなにかが、目覚めるのがわかった。それはちょうど、筋肉の動きとセットになってパッケージされて、そのまま放置されていたシステムが、次々と目覚めて、梱包を解かれ、起動を開始するような感じだった。

こんなもので、なにかの役に立つ、とは思わない。もしも襲撃された時、効果的な抵抗ができるとも思わない。だがこれは、気休め以上のなにかではあった。そしてまた貴も、思った以上のややこしい事柄が、身の回りで起こっているのかもしれない、ということに気付いてくれた。

軽く汗ばんだところで終わりにして、着替えの前に、冷たい缶コーヒーを飲んだ。いい機会だったので、できるだけ簡単に、今の状況を説明した。非常に抽象的かつ大雑把に説明したので、どれだけ理解されたかはわからない。だがとにかく、ＣＯＬが身近に迫って来つつあるのかもしれない、ということは伝わったようだ。

「どうなんでしょう。ＣＯＬは、オウムの連中みたいな出方をするでしょうかね」

「……さぁな……よくはわからないが、一応、隙は見せないようにしよう、と思う」

「昨日の件、警察には届けますか？　あのスプレー缶は、拾い上げる時に、とりあえず映画やテレビでやってるみたいに、タオルで静かに持ち上げましたけど」

「ん？」

「一応、指紋のことなども考えたわけですが」

「あ、なるほど」

「……どうもヘンですね、ああいうのって。もしも警察に届け出るんなら、そうすべきだろう、と思う反面、テレビの真似を、な～にマジメにやってんだ、おれは、みたいな照れの気分もあって」

「そうだったか。私はもう、痛くて熱くて必死だったが」

「まだ、少し赤みが残ってますよ」

「そうか」

「どうします？　警察に届けるんですか？」

「まぁ、その方がいいだろうな。でも、届け出るとなると、時間がかかりそうだな」

「はぁ……」

「まぁ、いいよ。私がやっておく。これから、仕事の前に、交番に寄って行くよ。どっちにしても、ターセルのパンクを届け出るわけだし、ついでに昨日のも届けを出すだけは出しておくよ」

「じゃぁ、今日中にでも、また警察が来る可能性があるわけですね」

「そうなるな」

「わかりました」

「……それから、冴香のガードのことなんだが」

「はい。どういう方針で臨みましょうか。今のままでいいのならそのようにします。また、もしも人目が多い方がいい、たくさんの人に囲まれている方がいいのなら、冴香ちゃんを学校に迎えに行って、そのまま、〈なかよし王国〉へ連れて行って、先生から電話をもらうまで」

「先生じゃないよ」

「はぁ。あそこで一緒に遊んでいる、ということもできますが」

「うん。そのことも考えてる。でも、まだ決心が付かないんだ。とりあえず、今日は家に連れて帰ってくれ。ただし、昨日とは違う道順で」

「わかりました」

「じゃ、帰ろう。私は、着替えして、すぐに出かける。まず、交番に届け出て、それから人に会わなけりゃならん」

「はい」

「で……牛乳とかタマゴとか野菜とか、いろいろと買い物の必要があるだろ？」

「ええ」

「食器棚の右側の引き出しに、封筒に入った金がある。それで適当に買い足してくれ」

担当だというシマノ巡査は、名刺を寄越さなかった。好都合だ。私も名刺を渡す必要がなかった。職業を問われたので、自営、と答えた。それで済んだ。ドア・チェーンを汚され、車をパンクさせられた。そして今度はヒグマ撃退スプレーで襲われた。だが、シマノ巡査は、「ふざけた連中ですね」という程度の反応だった。そして、どこかでチンピラたちとモメたことはないか、と二度尋ねる。心当たりはない、と私は答えた。

「そのスプレーは、今、ご自宅にあるわけですね」

「ええ。留守番の者もおります」

「じゃ、後で伺いますから」

そして、書類にあれこれと必要事項を書き込んで、それで終わった。苦労したのは、タイヤをパンクさせられたのはいつか、その時間を答えなければならないことで、そんなことはわからない、と何度か言ったのだが、シマノは「う〜ん……大雑把な時間でもわかりませんかねぇ」と無理な注文をする。一昨日の夜から朝にかけてのいつかだ、と答えても、それではなにか不都合らしい。だが結局、最後に見て、正常だった時間（これは適当）と、昨日の朝、兄とふたり、ターセルのパンクに気付いた時間（これはほぼ正確）を併記することで決着が付いた。これに十分ほどかかったが、それ以外は順調に手続きは済んだ。

「じゃ、後ほど、ご自宅の方に伺いますから」

シマノ巡査は、人の良い、丁寧な、気さくな青年だった。私は、非常に物足りない気分で交番を出た。

気にしすぎだとは思うが、とりあえず、まずは横山の事務所に行った。ターセルに、盗聴器や電波発信機などが設置されていないか、調べてもらうためだ。顧客の多彩な要求に応えるべく、横山はそれなりの設備投資をして、中古の機械を買い求め、「盗聴機探知・撤去」も営業種目に載せているが、あまり需要がない、と言ってぼやいている。私も別に、横山の事務所の能力を、それほどアテにするわけではないが、一通りチェックしてもらえば、交通安全のお守り程度には気休めになる。そのついでに、〈三森奨学会〉についての情報などを新たに聞くことができるだろう。

用件を話すと、「盗聴器探知・撤去は、車の場合、一件二十万だ」と、また例の通りのホラを吹くので、相手にならずに、ところで三森奨学会に関してなにかわかったか、と尋ねた。

「払う気はない、そういうことか？」

「二万で充分だろう。どうせ遊んでいる機械だ。それより、三森……」

「いいか？　おれは、きちんと設備投資をしてるんだ。ＪＡＬだって全日空だって、いくら空席が余ってたって、タダじゃ乗せてくれないぞ」

「タダとは言ってない」

「三千円じゃ乗せてくれないぞ」

「飛行機には、なにかのコネがあれば、タダで乗れるんだろ？　ファーストクラスの客のほとんどは、自分じゃ金を払ってないって話じゃないか」

「おれんとこは、そういう商売はしてねぇ。マトモな定価商売だ。わかったよ。二万でいいよ。そのかわり、結果には責任持たないぞ」

私はちょっとニッコリして見せた。

「マスダ！　裏にな、ポンコツのターセルがあるんだとよ。それに、どっかの物好きが変な機械をくっつけてねぇかどうか、調べてやってくれ」

事務所の中には、昼間だけあって十数人のスタッフがいるのだが、誰も反応しない。それぞれ、自分の書類仕事に忙しいらしい。横山は「チッ」と舌を鳴らして立ち上がり、一番向こう、窓際の席にいて、ヘッドフォンをつけて体を小刻みに揺すっている若い男のところに行き、肩をどやしつけた。慌ててヘッドフォンを外す。

「はぁ？」

ジーンズにセーター、平凡な、眠たそうな目つきをした、童顔の男だった。

「裏にな、廃車寸前のターセルがあるんだ。それに、どっかのバカがくだらねぇ機械をくっつけてねぇか、調べてやってくれ」

「はい、かしこまりました」

マスダは、ぎこちない敬語を使って、立ち上がる。横山はヘッドフォンに耳を当て、顔をしかめた。機材を入れてあるらしい大きなケースをぶら下げて歩み去るマスダに、後ろから声をかける。

「マスダ！」

「はぁ」

「なんて曲だ、このジャカジャカは」

「はぁ。『まもって守護月天！』です」

「……なんだ、そりゃ」

冴香がこのアニメが好きなので、私はわかった。だが、横山にはまるでギリシャ語同様だったようだ。むっとした顔で、戻って来る。

「世の中、さっぱりワケわかんねぇ」

「で、三森奨学会の方はどうだ？　なにかわかったか？」

「そんなに簡単にわかるもんか」

「そうか」

「いや、おまえ、そう簡単に納得するなよ。一応おれんとこは優秀なんだから。あらゆる人脈と調査機器、そして情報の蓄積を駆使して、相当の所まで辿り着いたんだから」

「じゃ、最初からそう言え」

「じらしてみたかったんだよ」

「くだらんよな、実際。それに、じらしっぱなしじゃ話にならん。おまえと姉川女史みたいなのは、ぶち壊しだ」

私は思わずイヤな顔をしたのだろう。横山は、さも気分良さそうに笑った。

そこに、折カバンを小脇にはさんだ、中肉中背の六十がらみの男が通りかかった。向こうの方で、誰かと用談していたらしい。それが一段落ついて、社長である横山に挨拶をして行く、という感じだった。

「じゃ、社長、これで……」

「あ、お、う、そうだ、先生、マキノ先生」

「はぁ」

「さっきお願いした、三森房子の件、これが依頼人の畝原です」

「はぁ、そりゃ」

いかにもドブ鼠色という言葉が似つかわしい、ぶら下がりのスーツを着た男は、ポケットからハンカチを取り出して額を拭いながら、「御世話になります」と私に頭を下げる。私もすぐに椅子から立ち上がり、頭を下げた。

「マキノ先生だ。三森房子の戸籍調査をお願いしたんだ」

「どうも。マキノと申します」

名刺には、〈司法書士　牧野忠信〉とある。住所からすると、豊平区の商店街の中に事務所を構えて、地味に営業しているようだ。

「どうも。よろしくお願いいたします」

弁護士や司法書士などは、業務上の特別な申請用紙を持っている。それを使い、「相続調査」などを申請理由にすれば、他人の戸籍謄本や住民票も、簡単に手に入る。

「畝原です。よろしくお願いいたします」

頭を下げる私に、何度も頭を下げて、丁寧な挨拶をして、牧野は出て行った。

「毎日、何件も頼んでるんだ」

牧野の後ろ姿を見送りながら、横山がしんみりした口調で言う。

「あれで、いくつだと思う？」

「六十」

「イイ線だ。五十八だ」

「ほう」

「娘が七つだ」

「え？」

「詳しい話は知らないが、一度結婚して、子供ができずに、女房が浮気して、別れた。で、その後、四十半ばで若い女房をもらってな。そして、五十過ぎて、娘ができたんだ。えらく喜んでてなぁ。……もちろん、もういい年だから、娘の結婚式に出るのだけが夢、というような人生を送ってたんだがな。……その娘が、いきなりややっこしい病気になってよ。十《とお》まで生きるのは難しいってなことになったらしいんだが、先生、必死になって頑張ってな。とにかく、金を稼いで、夢中で看護してる。とにかく一日でも長く、ってな気持ちらしい」

「…………」

「娘は、もう、意識はねぇんだ。六つんなる前に昏睡状態だ。でも、体は一人前に成長して行くんだと。……そんなわけでな。ああいう半端仕事を、とにかく数をこなして、この世の中から、金を引きずり出してるんだ」

「…………」

「顔色が悪いだろ。慢性の睡眠不足らしい。女房と交替交替で付き添ってるらしいんだがな。それでも、あまり眠れねぇさ。相当肝臓も傷んできてるんだと。そんなような顔色だよな」

「…………」

「いずれにせよ、おれらにとっては、ありがたい先生だ」

「大変だな」

「……どうする？　三森奨学会のこと、わかった範囲で教えてやろうか？」

時計を見ると、そろそろ十一時半だ。

「いや、夕方にでも、また寄る。その時、詳しく教えてくれ」

「そうだな。その頃には、三森房子のこともなんか出て来てるだろうしな」

「じゃ、また……」と立ち上がって、ふと柾越のことを思い出した。あの時の玉木の態度が腑《ふ》に落ちない。

「そうだ、横山」

「ん？」

「なにやら胡散《うさん》臭い同業者がいるとして……」

「おれのことか？」

「違うよ。例えば、の話だ」

「胡散臭いって、どんな？」

「わかるだろ」

「まぁ、わかる」

「そういう御同業がだ、明らかに、誰かに殺されたらしい、と考えてくれ」

「……おれが狙われてるってか」

「違うよ。例えば、の話だ。ちょっと自分から離れてくれ」

「……それで？」

「当然、警察が捜査するわけだが、いつもよりもネタの流し方がきつい……というか、なにも漏らさない、とする」

「マスコミに、ってことか？　それとも、仲良しのネタ元にもってことか？」

「両方だ」

「ふん」

「で、どうやらなにか、ちょっと怯えてるような雰囲気だとしたら、なにが考えられる？」

「そんなものおまえ、公安がらみに決まってんだろうよ」

　思いもつかなかった。

「……なるほど……」

「あったりめぇだろ？　その同業者ってのは、公安のエスだ」

「スパイか」

「おう。チンケな仕事でよ。どこで誰を見た、誰それがどこそこでこんなこと言った、なんて話を、いかにも重大そうに告げグチして、一件五千円もらうってなゴミ仕事だ。しかもおまえ、精算は年に二回の丁稚奉公みてぇなもんでよ、しかもたいがい、計算をごまかされるんだってよ」

「………」

「なんてヤツだ、そいつの名前」

「……山本、と言うんだ」

「ふざけるな」

怒ったような声でそう言ったが、横山はそれ以上追及しようとはしなかった。薄気味悪いものの二オイを嗅《か》いでしまった、そんな顔で、天井を見上げて喉をポリポリ掻《か》く。そこにマスダが戻って来て、「車には異状ありませんよ」と教えてくれた。

横山が言ったことを、頭の中で繰り返しつつ、ターセルを走らせた。柾越が公安のイヌ。言われてみると、可能性は非常に大きいような気がする。もちろん、それを専門にやっていたわけではないだろう。調査の仕事をし、その中で得た情報や知識、秘密を、また新たなネタとして回して、金を稼ぐ。その中で、例えば組織暴力団に情報を売ったり、ある会社にライバル会社のスキャンダルを売ったり、官公庁の汚職の一端に触れて、それをダシに小遣いを稼いだりと、そんなような事件屋としての身過ぎ世過ぎで世渡りしているうちに、公安との関係もなんとなくできてしまった、そんな感じだろうか。

「さて、と……」

意味のない呟きが口から漏れた。

柾越の件はどうするか、すぐには方針が立たない。とりあえず、予定通りに動こう。貴に電話してみたが、玉木からのファックスはまだ来ていない、と言う。それならそれでいい。私は、まず、白郷区本町に向かった。屋根の雪下ろしをしていて足を滑らせ、転落して死亡し、本村康子が多額の保険金を手にした、島岡宏太の家を目指す。

白郷本町は、新興住宅街ではない。札幌の中では、わりと昔から開けていた、歴史のある住宅地だ。だが、建物は、ほとんどがこの数年に建てられたもの、という感じだ。古くからあった街と、彼らの生活とともにあった商店街が、都市化の波にあっけなく呑み込まれてほぼ消滅し、巨大なショッピング・センターを中心に、その周りに鉄筋コンクリートのアパートとマンションがひしめく街が出来上がっていた。この調子では、一九八六年、今から十年以上も前にここに住んでいた、島岡宏太の家はなくなっているかもしれない、と心配した。

だが、ショッピング・センターの駐車場にターセルを入れ、徒歩でぶらぶら歩き回ると、ビルの街のところどころに、数棟かたまった木造モルタルの、古びた団地（市営住宅らしい）や、今にも倒れそうだが、どうやら人が住んでいるらしい木造の家などが残っているのがわかった。そして、そのうちの一軒の表札に「島岡」と書いてあるのを見付けた。資材置き場になっているらしい空き地に寄り添うように建っている、荒れ果てた木造住宅だ。テレビのワイド・ショーなどで時折取り上げられる、「ゴミ屋敷」ほどではないが、玄関先や庭、小さな物置などに、ビニール袋に詰め込まれたゴミ類が積み重ねてある。瓶や缶を分類している気配はない。無秩序に、ビニール袋のいびつな球体が転がり、重なっている。人が住んでいるとは思えないのだが、玄関の、いかにも古風な磨りガラスのはまった戸の向こうに、誰かが座っているように見える。私が玄関に近付くと、その人影は、どうやら姿勢を正したらしい。

ガラス戸の、木の縁を軽く叩いた。ノックのつもりだ。ガシャンガシャンと戸が鳴った。

「はい」

丁寧な声が聞こえる。

「失礼します」

声をかけて、戸を開けた。立て付けが悪く、やや苦労した。

四十見当の年頃の太った女性がいた。上がり框《がまち》に尻を乗せて、土間になっている玄関にサンダル履きの足を投げ出している。

「いらっしゃいませ。お母さんは、今、出かけています」

幼く、教わったことを精いっぱい繰り返しているらしいその口調を聞くまでもなく、彼女が、軽い知的障害を持っていることがわかった。

「そうですか」

「おかあさんは、夕方に帰って来ます。もしもなにかご用件がおありでしたら、伺います」

「いいえ。……ちょっと、道を尋ねたかったものですから」

「ああ」と女性は納得した。それから再び「お母さんは、夕方に帰って来ます」と繰り返す。

「どうもありがとうございます」

私は頭を下げて、できるだけ丁寧に戸を閉めた。


ターセルに戻る途中、あるマンションの一階にコンビニエンス・ストアを発見した。あまり期待しなかったが、もしや、と思って中に入り、忙しそうにあれこれと指示を出している中年の男に尋ねたら、運がいいことに彼はここの店主で、元はここは米屋だった、と教えてくれた。

「うちの祖父の代からです。ここで米屋やってて、まぁ、今は路線をちょっと変えてね」

「なるほど」

「それがなにか?」

「じゃ、町内会長さんの家はどちらか、ご存知ありませんか?」

「あ、町内会長。ええとね……ホッタさんでなかったかな。ちょっと待っててね」

小走りでレジに向かいながら、「牛乳ちゃんと並べれ!」とアルバイトらしい青年を怒鳴りつけ、レジの脇のドアから奥に入って行った。アルバイトは、別にむっとするでもなく、淡々とした表情で、素直に牛乳をきちんと並べている。店主はすぐに出て来た。手に、町内の地図を持っている。

「あ、お待たせ。やっぱ、まだホッタさんだわ。ここね、ほれ、地図では、ここがウチだから。で、ここ出て右ぃ行って、最初の信号の手前にマンションあるんだ、その一番てっぺんに住んでっから。土地売ってさ……貸してんのかな。詳しく知らんけど。そこ、住んでっから。行けばすぐわかるよ」

私は礼を言い、ついでに贈答用のクッキーの詰め合わせ三千円を買い求めた。

外から見ると、そのマンションは八階建て、というか一部八階建てで、七階の屋上に庭があり、結構な広さの住居が建っている、という形になっているようだ。エレベーターには八階のボタンがなかった。一度出てあたりを見回すと、郵便受けが並んでいる脇に小さく「濠田」と書いたインターフォンがある。それを押すと、ややあって、中年女性の声が「はい」と答えた。

「私、畝原と申します。初めまして」

「はい。初めまして……」

おずおずした声だ。

「テレビの仕事をしているものなんですが、ちょっと町内会長さんのお話を伺いたくて、突然お邪魔してしまいました」

「はぁ……」

「会長さんは、ご在宅でしょうか」

「ええ……あのう、どういうご用件でしょうか……」

その時、誰か男の声が聞こえた。

「はい」とその声に答え、それから「ただ今、参ります。お待ち下さいませ」と言って、インターフォンは切れた。

程なくエレベーターの扉が開き、小太りで、どことなく品のある初老の女性が出て来た。私を見て、会釈する。

「濠田でございます」

「初めまして。突然押し掛けまして、まことに不躾《ぶしつけ》で……」

「お名刺を頂いて来い、と父が申しますもので……」

「町内会長さんが、ですね？」

「ええ」

「娘さんでいらっしゃいますか」

適当な場つなぎを口にしながら、私は名刺を取り出した。私は〈㈲スタジオ・ウネハラ〉の代表取締役社長だ。営業種目は映像・テレビ番組制作。住所と電話番号は私の自宅で、名刺の一番下に〈SBCほか番組担当〉と書いてある。

「ええ……いえ。私は嫁なんですが、主人が亡くなりまして……」

そんなことを言いながら女性は名刺をじっくり読み、「失礼ですが、少々お待ち下さい」と言い残して、深くお辞儀をしてまたエレベーターに乗った。

それほど待たされずに、インターフォンがプッと鳴った。先程の女性の声が「失礼致しました。どうぞお上がりください」と言う。そして、エレベーターのドアが開いた。

無人のエレベーターに乗り込むと、ドアが閉まり、そのまま動き出す。おそらく、防犯カメラかなにかで見ているのだろう。

開いた扉から出ると、そこは砂利と飛び石の、和風の庭先だった。その向こうに大きな扉がある。それが内側から開き、さっきの女性が「お上がりください」と頭を下げた。その後ろに、車椅子に座った老人がいる。

「や、どうも。近野君から、なにか聞いたのかね？」

老人は、ちょっと甲高い、かすれた声でそう言った。

21

老人は、自分の右手と右足で車椅子を操った。脳梗塞で倒れ、左半身が不自由になったのだそうだ。「外を出歩く時は、まぁタズコさんに介助をお願いするけれども、家の中では、自分ひとりで動くことはできる」と、かすれた声で、自分に言い聞かせるように言った。私の先に立って、廊下を進む。そして、どうやら応接間にしているらしい部屋に導かれた。エレベーターを降りた玄関前は和風の造りだったが、家の内部はほとんどが木の床で、和室はないようだった。段差がなく、どこでも車椅子で行けるようになっている。この応接間も同様の板張りで、おそらくは数百年の年輪を重ねた水松を輪切りにしたのだろう、と思われる歪んだ円形のテーブルがあり、それをコの字型に囲む形でソファが並べてある。落ち着いた部屋だが、壁に掛けてある、螺鈿《らでん》の大きな鳳凰《ほうおう》の額が、やや派手すぎた。

「しかしまた、近野君、とんでもないことになったもんだな」

そこがこの部屋での彼の定位置なのだろう。テーブルの周囲に一ヵ所だけ、ソファがないところがあり、そこに濠田老人は車椅子を器用にはめ込んだ。右手を動かして、車椅子のブレーキを固定する。私はその真正面のソファに尻を据えた。

「近野君から、なにか聞いているのかい？」

「いえ……詳しい話はあまり聞いておりません。なにしろ、突然だったもので」

濠田老人は、強く頷いた。

「一度は私も……」

と老人が話しかけた時、ノックが聞こえ、さっきの初老の女性がトレイに紅茶を二杯載せて入って来た。

「失礼致します」

「うん」と軽く応じてから、「そうか。ＳＢＣな。今の社長はホンジョウ君だったな？　彼はまた、北日にいた時から酒好きでどうしようもなかったもんだが、まぁまぁ、今は大過なく、経営者の役割を果たしてるようだな。あれだろ？　役員の……今はなにやってるか知らんが、オチヤってのがいるだろ？　あれはね、私の息子の一年後輩でな。学生時代は、よく遊びに来たんだよ、ウチに。……とは言っても、その頃のウチは、まだ地面にくっついていたんだがなぁ、あ、あ、あははは」と話し続ける。紅茶を並べ、あれこれと支度をした女性は、「失礼致しました。どうぞごゆっくり」と頭を下げて、静かに出て行った。

「息子の嫁でね。……なんなんだろうな。息子は、死んだんだ。肺癌でね。あっけなかった。……まぁ、その後も、こうして私の面倒を見てくれる、というのはありがたい。感謝してるんだが、……なんなんだろうな。息子の話題になると、私自身ももちろん悲しいし、嫁も悲しい気持ちになる、ということは充分わかっているのに、なぜか、ひょい、とその話になってしまうんだ。そう気付いて、あ、こりゃいかん、と思う、そのまた気持ちの動きが不自然でなぁ。

私も、嫁も、どぎまぎしてしまってなぁ。……不思議なもんだ。私は自分をそれほどに意地悪だとは思ってないんだが」

独り言のようにそう言う。それから、ふと、私の用向きを思い出したのか、「それはそれとして」と体を乗り出した。

「一度は私も断ったんだ」

「断った？」

「ああ。そんな、憶測で滅多な話はできない、とな。何度も電話をもらい、いろいろと熱心に説得されたけれども、ま、断った。もう終わったことだし、今さら事を荒立てても、という思いもあった」

「はぁ」

「でもまた、一方では、きちんとせにゃならんか、という思いもあってな。……私は、今年で八十六だ。五年前に倒れて、左半身は自由には動かないが、まぁ、あとはかなりしっかりしている方だ、と思う。まだそれほど呆《ぼ》けてもいない。……だが、やはり思うのは、いつかは必ずお迎えが来る、ということだ」

「いえ……」

「それも、きっと、突然来る、と思う。あるいは、急激に呆ける、ということも考えられる。……呂律《ろれつ》が回らなくなるかも知らん」

「…………」

「そういうことを考えると、だ。自分が知ってることを、自分が知ってることだけでも、だ。

誰かに伝えておかなけりゃならんか、と思うようになった」

「はぁ……」

「近野君の説得に感化されたわけでもないが、彼の言い分は、正当だった。今になってみると、全く惜しい」

「…………」

「いいところに来てくれた。どうすればいいかわからんかったが、とにかく誰かに話をしなきゃならん、とは思っていた矢先だったんだよ」

「……近野は、いつごろ、どのような話でこちらをお伺いしたんでしょうか？」

「最初に電話がかかってきたのは、九月の……」

そして、突然ぎょっとした顔になり、天井を見上げた。私も思わず彼の視線を追って天井を見上げた。

「いや、なんでもない。日付を忘れたので、驚いただけだ。こういうことは、この歳になれば、仕方がないさ。だが、イヤな気分のもんだよ。大丈夫だ。思い出した。九月の二十八日、お宅の局の〈ザ・検証　未解決事件〉があった、その日の朝だ。いきなり電話して誠に申し訳ない、と。そして、午後のこの番組を見てくれ、という話だった。本村康子の名前も出したよ。そして、番組が終わったら、電話をしたい、話を聞いてくれ、ということだった。……正直、驚いたよ」

「なぜ驚かれました？！」

「忘れたいことだったから」

「………」

「近野君は、まぁ、私がこのあたりの町内会長だ、ということで、なにか話を聞きたい、と思ったんだろうな。なにか参考になることを知っているだろう、というようなことを考えたんだろう。……だが、なにか参考になること、なんて段階じゃないんだ」

「………」

「私はね、一度、調べたんだ。そしておそらく、この女、やったな、と確信した。あの時の気分は……薄気味悪かったよ、正直、恐かった」

「はぁ……」

「だから、いろいろな噂にもなり、居づらかったんだろうが、あの一家が清岡に引っ越して行った時は、本当にほっとしたもんだ」

「なるほど」

「以来、すっかり忘れていたさ。あの娘……薫が失踪したのも、……ニュースになった、と言われたが、覚えてない。記事は読んだと思うんだが、あの一家だとは思わなかった。頭の方が、つながりを無視したのかな。記事の名前も読んだはずだが、きれいさっぱり忘れてたんだ」

「なるほど」

「あんた……畝原君、君、どう思う？　本村康子は、……やってるだろ？」

「ええ。……私も、そう思います」

濠田老人は、右手の拳で左胸をドン、と叩き、「ふ〜っ」と長い息を漏らした。それからふと顔を上げて、「畝原君、誰かに会ったかね？」と尋ねる。

「誰かに？」

「死んだ者の遺族さ」

「いえ……あ、ええ、さきほど、ひとりに。屋根から落ちて亡くなった……」

「ああ、島岡な。島岡の宏太」

「ええ」

「家に行ったの？」

「はい」

「誰かいた？」

「ええ。中年の女性がひとり、玄関に座ってました」

「あ、マサコだな。……見てわかっただろうが、彼女は、ちょっと知的な障害がある」

「はい」

「宏太は、マサコの弟なんだが、……あいつもちょっと、頭が足らんかった」

「そうですか」

「ふたりとも、難産でな。今なら、どうってことはないようなお産だったんだろうが。当時はまた、ここらで開業していた産科の医者がヤブでな。もう死んだが、あいつが取り上げた赤ん坊には、けっこう障害が残ってしまったものが多い。……まぁ、そんな大層な数じゃないにしろ、ほかの医者よりは、多いと思うんだ。ほかの産院に行けば、障害を持たずに済んだ、と思えるようなのが結構いる」

「ほう」

「あの、でっかいショッピング・センターがあるだろ?」

「ええ」

「あそこの……一階に、うまいパン屋があるんだ。ちょうど、そこの地べたに建っていた産婦人科さ。もう、跡形もない。ここいらに住んでる連中も、今はもう、誰もそんなことは知らん。病院も、医者も、どっちも消えたが、人生を滅茶苦茶にされた人間は、まだああして生きてるんだ」

「…………」

「ちょっと待ってくれ」

ポンポンとブレーキを解除し、濠田老人は、すっと車椅子を後ろに下げた。そして鮮やかに方向転換をして、右手と右足だけで器用に進む。

「調べたものがあるんだ。取ってくる。紅茶を飲んで待っててくれ」

濠田老人が持って来たのは、レポート用紙に丁寧な字でいろいろと書き込んだ書類だった。二本柳紀和子から渡されたリストにあった二十六件の保険契約のうち、被保険者が死亡した四件と、〈支払い後解約〉の三件、計七件についてまとめたものだった。

「最初に死んだのは、畝原君がさっき会って来たという、島岡宏太だ。もう十年以上の昔になるかな。……なんて書いてある?」

「一九八七年一月死亡ですね」

「うん、そうだ。……あの……そうさな、一年くらい前からかな。宏太が、妙に本村の家になつくようになった。……宏太は宏太なりに、頑張って生きてたよ。中学をなんとかかんとか出てからは、どっかの工務店に入ったんじゃなかったかな。一時は、それなりに、弁当を持って、毎日マジメに通ってたと思う。だが、職場でバカにされたとかで、あまり楽しそうじゃなかったな。それが、足場から落ちて、腰を痛めて、仕事を辞めてなぁ。……でも、それでもいろいろと頑張ってたぞ。詳しくは知らんが、印刷工場だの、鉄工所だの、クリーニング工場だの、いろんなところで、マメに体を動かしてたんだ。……でもなぁ、……やっぱり、どこに行っても、同僚にバカにされるんだな。……話の飲み込みが鈍いし、仕事を覚えるのも遅いし、動きもゆっくりだ。……そんなこんなで、いろいろとイヤな思いをしたんだろうなぁ。……可哀想に」

しばらく濠田老人は黙り込んだ。私は、黙って言葉の続きを待った。

「でまぁ、そのうちに、ミサコ……宏太の母親だ、母親に頼まれて、まぁ、うちで働いてもらうか、ということになったんだ。……あ、うちはね、元々は海産物の問屋なんだ。白郷では、一番古い。……ただまぁ、もうそういう個人の問屋の時代じゃないしな。息子はふたりいて、長男は、さっき言った、肺癌でぽっくり逝《い》っちまったけど、北一銀行に奉職しておった。次男は、タイに会社を作って、衣料品の輸入をやってる。ま、そんなわけで、問屋は私で終わったわけだが……」

そこで濠田老人は、話の筋道を思い出したのか、咳払いをひとつして話を元に戻した。

「で、うちで働いてもらうことにした。車の免許もちょっと取れなかったし、仕事もなかなか覚えなかったんで、まぁ、店先の掃除とか、営繕なんかをちょっとずつこなしてたんだが、そのうちに、どうも態度がおかしくなってな。……うちでは、少なくとも、私が見ている前では、誰も宏太をバカにはしなかった、と思うんだ。だが、だんだん無断欠勤が増えて来た。たまに店に出て来ても、あまり仕事をしない。そして、『働かなくても楽に生きて行けるんだ』なんてことを、真顔で言うようになってな。……『正直に働くのはバカだ』なんてことを言う。どうもおかしいな、と思っていたら、ある人が、宏太が本村の家に出入りしている、ということを教えてくれたわけだ」

「本村一家は、このあたりではどのような評判だったんですか？」

「評判は、悪かったよ。怠け者で、昼間から酒を呑んでぶらぶらしてる。それなのに、康子の方は、時折えらい派手な格好で、宝石で飾り立てて、香水をプンプンさせてどっかに出かける。車も派手に乗り換えるしな。……本人たちは、誰彼構わず、自分らは体が悪いから働けない、だから生活保護の世話になっている、そんなことを言い触らしてたんだが……自分からそんなことを公言するのも珍しいし、生活保護を受けているのに、車をどんどん買い換えるのもヘンだしな。……まぁ、人から借りた車だ、とは言ってたけど」

「なるほど」

「実際、町内会長だから、私は。住民のいろんな苦情が集まるワケさ。そういうのにいちいち対応してもいられないが、本村の家は、あまりにも露骨だった。それで、何度かそれとなく区役所の方にも伝えてみたんだが、まぁ、梨《なし》の礫《つぶて》だったな」

「なるほど」

「まぁ、そんな家に、宏太が出入りしている、と。マジメだった宏太が、おかしなことを言うようになったのも、あの一家の影響かな、なんてことも思ってな。母親に話してみると、実際、家でも困っている、と言うんだ。……本村の家は、山菜採りだの、魚釣りだの、そういう遊びが好きでな。宏太も誘われて、平日の昼間でも、あの夫婦やその仲間と一緒に、新車のワゴン車に乗って、出かけてたよ。……で……一度、うちの配達で、人手が足りなくて、何年かぶりに、私が軽トラックに乗って得意先に昆布を運んだ時、偶然、市営住宅の一画を通りかかったんだ。平日の午前中で、あたりに人はいなかったんだが、……本村の家の前で、康子と宏太が立ち話をしてたんだが、康子が、宏太のズボンの中に手を突っ込んでいてな。……宏太が、にんまりと嬉しそうな顔をして空を見上げてたんで、……正直、私は吐き気がした」

「……………」

「まぁ、そうしているうちに、宏太が、屋根の雪下ろしの最中に、足を滑らせて落ちて死んだ、と。島岡のミサコが可哀想だなぁ、気の毒に、と私は思ったが、……それにもちろん、宏太も、気の毒だ。幸せなこと、楽しいことは、あまり知らなかっただろう、と残念に思ったが、その時は、まぁ、その程度のことだった。うちとの縁も、もう切れたも同然だったしな」

「……………」

「……どうかね。時折、ちょっと心配になるんだが、私の話、くどいかな？　ちゃんとわかるかい？」

「ええ、それはもう」

「ならいい。……それで、一番最初に、これはどうもおかしいぞ、と思ったのは、うちの長男が死んだ……死ぬ、その直前のことなんだ」

「ご長男?」

「そう。……まだそれほどの歳でもなかった……五十二だったからな。酒もタバコもほとんどやらないヤツだったから、いやぁ、私は、神も仏も信じないけど、それにしても、不公平なもんだ、とあの時はがっかりしたよ。……ええと、それで、何度か入院したり退院したりを繰り返したんだが、まだそれほどの歳でもなかった……五十二だったから、……さっきも言ったな……進行が早くてな。病気がわかってから、半年も保《も》たなかった。で、入院退院を繰り返してたから、うちに病人がいる、ということがわかったんだろう。それとも、市場《いちば》……当時は、この裏が商店街で、市場があったんだ。でまぁ、市場ででもなにか評判を聞いたものか、本村の康子が、いきなりうちに来たもんさ。この家に。ああ、でもまぁ、その当時は、ウチは地べたの上に直接建ってたんだがな。あ、あ、あははははは」

「はぁ……」

「……それで、なにを言うかと思ったら、いきなり、『病人がいるんですか』と言うわけだ。驚いたねぇ。こんな無神経な女、見たことがない、と思ったよ。でもまぁ、相手にしても始まらないから、そうです、と答えたさ。そしたら、いきなり、保険の掛け替えを勧めるんだ。なにを言うんだろう、と私はびっくりしたよ。一日でも長く生き延びてくれ、と毎日毎晩祈っている家族に向かって、保険を掛け替えれば大儲けできる、ということを真顔で言うんだよ。こっちは呆《あき》れて物も言えなかったよ。で、びっくりしているのを、なにか勘違いしたのか、下品な声で、下品な話し方で、まくし立てるわけだ。とても真似ができないが、要するに、言っていることは、危篤の病人でも、うまくすれば保険に入れる、というんだな。保険の専門家が知り合いにいるし、医者にも融通の利く者がいるから、そういう人にちょっと謝礼を渡せば、末期癌の患者でも、危篤の病人でも、保険に入れるんだ、と口から唾を飛ばしながら言い募る。……これには閉口してなぁ。いくら言っても帰ろうとしないので、結局、その時は兄貴の一大事だってんで、バンコクから帰国していた次男が、怒鳴りつけて、ほとんど突き飛ばすようにして追い返したんだが。……それからも、何度も電話がかかって来て、やりきれんかった」

「結局、諦めたんですか？」

「康子がか？　そうだな。結局は、諦めたな。なにしろ、病人が死んだから」

「あ……」

「……でまぁ、その時は、なんて女だ、と憤慨し、憎悪しただけだったんだが、……息子の葬儀やなにかの忙しさが、収まって、たまらないほど静かになってみると……ふと考えたんだ。島岡の宏太、あれはどうもおかしいんじゃないか……いや、最初のうちは、おかしい、と思ったワケじゃないな。ただ、ああいう女なら、身近にいた人物、例えば宏太なんてのが、あの事故ですぐには死なないで、危篤状態で何日か生き延びたら、その間に保険に入れちまうくらいのことは、平気でするんだろうな、と思った。……そこまで考えたら、なんだかとてもイヤな気分になってなぁ……その時は、なんでこんなイヤな気分になるのか、自分でもよくわからなかった。……でもまぁ、すぐにわかったよ。私は、無意識のうちに、宏太は保険をかけられて殺されたんじゃないか、と考えていたわけだ。その、自分の考えを意識するのがいやだったから、あんな気分になったんだろう、と、今になってみると、わかる」

「…………」

「……実際のところ、証拠はなにもないんだよ。康子が宏太に保険をかけていたのかどうか、それは調べようがないさ。島岡のミサコは、宏太は保険を掛けていなかった、と言うしな。康子が保険を掛けたかどうか、そんなことも知るわけはない。でも、康子には、その気になれば、方法はあったわけだな、とぼんやりと思った。それからだ。なんとなく、気になることを忘れないようにして、メモしておいて、暇な時にはそれとなく近所の連中に話を聞いたり、たまには新聞を切り抜いたりするようになった。そしたら……」

私は、濠田老人が作ったレポートに目を落とした。

「宏太を含めて、ここに書いてある死んだ四人は、全員、本村の家に出入りしていた連中だ。そのうち、宏太とその佐野というのが、ちょっと頭が弱い。……佐野は、宏太よりも十歳ほど年上で、これも例の産院で産まれた子供さ。難産で、よくは知らんが、鉗子《かんし》で頭が歪んだ、という話だ。体にも麻痺があって、苦労してたんだが、宏太が死んでから、一年もしないうちに川に落ちて死んだ。それから、逸見という女は、身寄りがなくて、市営住宅で独りで住んでいた年寄りだ。本村の家のすぐ近くで、身の回りの世話を康子が見てやっている、というふれ込みだったんだが、当時、区役所の福祉課の若い職員が、ちょっと愚痴をこぼすわけだよ、私に。どうも康子は、逸見の家に入っては、身の回りの世話を口実に、金を盗んでる、あるいは、変な物を売りつけてるんじゃないか、と言うんだな。逸見自身は、康子を親切な女だと思って、あまり角を立てたくはない、と思っているらしいんだが、うまいことを言って、どうやら相当額の金を巻き上げているらしい、と。そういう話だった。それが……自殺してな」

「自殺」

「そう。遺書はなかったんだ。一一〇番にな、これから死ぬ、という電話をかけた。パトカーが駆け付けたら、すでに首の脇を切って死んでいた。家には鍵がかかっていた。合い鍵はない、ということになっている。だから、自殺だ、と。……合い鍵くらい、誰でも作れるのにな」

「…………」

「十勝《とかち》の方に、逸見の弟というのが住んでいることが、後になってわかったんだが、その前に、康子が『これもなにかの縁だから』ってわけで、葬式の手配だのなんだの、あれこれと働いたらしい」

「なるほど」

「四番目の志摩《しま》という女も、独り暮らしの年寄りで、これは家が焼けて、焼け跡から発見されたんだ。体が少々不自由だったが、まぁひとりで何とかやってたんだが、家が燃え上がってな。消防署の話では、台所で揚げ物を作っていたかなにかしたんだろう、というんだ。で、なにかの拍子に、鍋を持ったまま転んで、熱い油を頭からかぶって、それにコンロの火が燃え移った、ということらしい。こっちは、押入の中から、健康食品がぎっしりと出て来た。万病に効能あり、という……貝殻を擦り潰して蜂蜜となんだかを混ぜて、それを錠剤にしたんだかなんだったか、それがもう、十年分以上もたまってたそうだ。よくあるだろう、マルチ商法で売りつけるような商品。そんなもんで、これを康子が誰彼構わずに売りつけようとして歩いていた。それは噂で聞いたことがある」

「…………」

「薄気味悪い話だろ?」

「ええ」

「それから……こっちの三件は、死ななかった例だ。大怪我したり、全身不随で寝た切りになっていたり、片足を無くした、そんな者たちだ」

「三人とも、本村康子と関係があるわけですか」

「そうなんだ。この保田《やすだ》ってのが怪我をしたのは、本村の一家と仲間たちと、キャンプに行った時のことだ。全身不随の吉野という女は、本村の家でバーベキューをやっていた時、ビールを買いに、近くのコンビニエンス・ストアに行く途中、いきなり猛スピードで突っ込んで来た車に撥《は》ねられた。轢《ひ》き逃げだよ。車は見つかったが、盗難車だった。犯人はまだ見つかってない。吉野は、一時は危篤だったが、なんとか意識は取り戻したらしい。だが、一生寝た切りだ。……それから、この片足を無くした門馬《もんま》というのは、大工だったのがヤクザの仲間になって、本村の一家とよく遊びに行ってたんだが、山菜採りに行った時、崖から落ちて足を複雑骨折して、結局切ることになった、という話だ。……いま時、よほどのことがないと、手や足を切断するなんてことはないんだそうだ。こういうケースがある、とある若い医者に話したら、驚いていたよ。いま時はそんな治療はしない、というんだな。で、病院を調べてみた。畝原君、君は知ってるかな。花園第一病院、というのを」

「つい最近知りました」

「そうか。私は、その時に、知った。で、その知り合いの若い医者に、花園病院だ、と教えたんだ。すると、『ああ、なるほど』と、あっさり納得してたよ」

「…………」

「ああ、さっぱりした。……私が知っているのは、おおむね、この程度だ。役に立ててもらえたら、非常にありがたい、と思う」

「ありがとうございました」

「君……畝原君、近野君の自宅の住所を知っているかい？」

「ええ」

「そうか。教えてもらえないかな。線香の一本でも、上げに行きたい、と思ってな……事故だの、自殺だの、新聞にはちらっと書いてあったが、もちろん、私はそんなことでは納得しないよ」

「…………」

「薫も……本村の薫も、まぁ……あんなことになっちまってなぁ……」

「どういう娘さんでしたか？」

「うん。あれはいい娘だった。賢い、可愛らしい娘だったよ。学校もそこそこできる、という評判だったな。……思い出すと、哀れでならんなぁ。可哀想だ、本当に」

「……親子仲はどうでした？」

「……そうさなぁ……父親……名前は忘れたな。とにかく、本村のオヤジは、娘を溺愛していたな。……康子は……よく覚えていないな。だから、まぁ、普通だったんじゃないだろうか……やっぱりあれかね。薫の遺体が発見されたそうだけど……保険、掛けていた、と思うかい？」

「ええ。そうじゃないかな、と思います」

「……近野君が気にしていたのも、そういうことなんだろうか」

「だと思います。あの番組を見て、どう思われましたか？」

「そうな。……いかにも康子らしい、という感じだったたな。なにがあっても、蛙《かえる》の面《つら》に……失敬、そんな感じだ。弁解とゴマカシと、出任せのウソだけはうまい、という感じ。娘が行方不明になった、その母親……とても、そんな風には思えなかったが……君はどう思う？」

「私もそう思います」

そう答えながら、いよいよ本村康子に会うべき時が来たのだな、とそんなことを考えた。

22

昼食の時間は過ぎたが、食欲はない。食事は後回しにして、白郷区本町から、水源地通りを通って国道三十六号線に出て、清岡区を目指した。

まだまだ初雪の季節ではないが、葉を落とした街路樹が続く道の空は、灰色の雲に覆われていて、その雲の割れ目から差す陽の光が金色の縞模様を空に浮かべていた。もう、そのあたりから一片《ひら》二片、雪が気まぐれに落ちてきても不思議ではない、そんな寒々しいくすんだ空気が、街にも、ターセルの中にも寂しく漂っている。

これから、本村康子と会う。私は、なにを尋ねようとしているのだろうか。

それは自分でもわからないが、どういう人間であるのか、それを実感したい。

道が緩やかに下り、そして緩やかに上り、河畔公園が見えて来た。その対岸に、六階建ての市営住宅が三棟並んでいる。市営住宅の駐車場に向かって下り道をゆっくりと下りる時、ターセルがキュルキュルと音を立てた。

まん中の左端の入り口。確か、そこから本村康子が出て来たのだった。階段の脇にある郵便受けを見ると、五〇一のボックスに、本村と書いてちぎったボール紙が、セロファンテープで貼り付けてあった。私は、細くて暗い階段を五階までゆっくりと上った。


「どちらさん?」

本村康子は、鉄の扉の覗き窓から、猜疑《さいぎ》心に満ちた目を私に向けた。

「畝原と申します」

「あのね、今ね、ウチ、取り込んでるんだわ。なんの用か知らないけど、相手してられないんだわ」

その口調は、苛立たしさが剝き出しで、少なくとも、娘の遺体が発見された、その直後の哀しみのようなものは微塵《みじん》もなかった。

私は〈スタジオ・ウネハラ〉の名刺を、扉の郵便受けから中に差し出した。

「私、こちらで御世話になりました、SBCの近野と一緒に仕事をしていたものなんです。いろいろとありまして……」

「なにさ! テレビ屋かい! これ以上、なにしゃべれっちゅうのさ!」

「いえ、あの……」

「SBC? したらあれだべさ、なんとかアケミとかっちゅうレポーターの局だべさ!」

「はぁ……」

すでにマスコミ各社は、取材したらしい。私は、この件に関しては、新聞もテレビも、読んだり見たりしていなかったので、思い及ばなかった。意識的に目にするのを避けていたわけではない。ただなんとなく、見出しやタイトルを見るだけで目を背けていたのだった。

「すでに真野あけみがお邪魔しましたか」

「しらばっくれるんでないよ！　人が忙しくしてるところに来て、くだらないこと聞いてってさ！　もう二度と来んでないっちゅうこと、あれだけガンガン言われても、わかんないのかい！」

本村康子のガラガラ声が、非常に下品に耳に突き刺さる。口調に込められた剝き出しの敵意、あからさまに感情を詰め込んだ、人を突き飛ばすような話し方。各社の取材陣が、たじたじとなって退散するようすが目に浮かんだ。本村康子の声を聞くと、こっちの心がカラカラに干からびて、ひび割れて、粉々になるのがはっきりと感じられた。

「いえ、私は取材とは全く関係ございません」

「なぁにぃ!?　取材でなかったら、なんだっちゅうのさ！」

「近野とは長い付き合いでして、先日の番組のビデオ編集も私、担当いたしました。まぁ、裏方です」

「したらなんだっちゅうのさ」

「取材やなにかとは関係なく、あの番組の編集を担当いたしまして、近野ともいろいろとやりとりがありまして、そして今回、こんなことになったもんですから、……その、なにか居たたまれない気持ちでいっぱいでして」

「で?」

「まぁ、なにかのご縁かな、と思いまして、お線香など上げさせていただきたい、と……」

「線香? なにさあんた、お参りしてくれるっちゅうの?」

「ええ。……もしも御迷惑ではなかったら、ひとつ……」

「のこのこ上がり込んで、なんか取材しようっちゅう魂胆かい!?」

「いえ、そんな。そんなことは、滅相もない」

康子は、私の目をじっと見つめた。私は沈痛な表情を作った。それは難しくなかった。近野のことを考えれば、自《おの》ずと顔はそのようになる。

「そうかい。お参りしてくれるっちゅのかい。……あれだよ、ここでドア開けて、いきなりワッとカメラマンだのなんだの、ゴミどもが入って来たら、タダじゃ置かないからね!」

「ええ、そんなことは……」

「ふ～ん……。ま、いいわ。したら入れちゃるから、線香の一本でも上げてやってや」

口調が変わった。「娘を亡くした母親」の演技のスイッチが、カチリと入った。その音が聞こえた、と思ったが、それはドアの鍵が外れる音だった。

本村康子は、小柄だがはち切れそうなほどに太っている。近くで相対すると、その体から、私を押し退けるほどのエネルギーが発散してくるのが感じられた。腋臭のニオイが漂う。そしてまた、動物の汗が黴《か》びたような、妙に鼻の奥に抵抗のあるニオイもあった。それはどうやら部屋のニオイでもあるらしい。あまり掃除をしていないようだった。細かなパーマをかけた短い髪のせいで、奈良の大仏のような感じがした。肌はガサガサに荒れている。うつむき加減で、相手を舐めるように見上げ、意味不明の薄い笑いを浮かべ、「ま、どうぞ。入ってや」と言った。

間取りは2DK。部屋の隅に、布団が二組畳んで積んであった。どうやら、本村夫妻は、夜はこの部屋で寝るらしい。そのすぐ脇に、『花とゆめ』が積んであった。一番上にあるのは今月号だ。どうやら、薫が読んでいたものではないらしい。本村康子か岩雄が読むために買ったのだろうか。その他に、女性週刊誌もあちこちに散らばっている。窓の脇にあるテレビでは午後のワイド・ショーをやっている。そのテレビの前で、男が寝ころんで画面を眺めていた。ビデオで見た、本村岩雄だった。

「とうさん、薫に線香上げに来てくれたんだと。SBCの畝原っちゅ人」

「おう」

岩雄は、寝ころんだまま、テレビ画面から目を離さずに、頷いた。

「ごくろうさんです」

「お邪魔します」

「いや〜、とうさんだら、ホントに横着もんでね。困ったもんだ!」

康子が上目遣いに私の顔を見て、ニヤリと笑った。それから、ちょっと悲しそうな顔になり、奥の襖を指差す。

「薫の部屋はあっちだったんだわ。勉強部屋。あのコが帰って来なくなってから、ちょっと物置みたいになってっけど、とりあえず、お骨はあそこに置いてあるんだわ」

そこは、確かに物置で、物がいっぱいあった。足の踏み場もない。いかにも高価そうな、だが高価であることだけが取り柄のような、絢爛《けんらん》豪華な模様の衝立が並んでいる。分厚いペルシャ絨毯らしきものが丸めて何本か転がっている。セットになった食器が入っているらしい、木箱。重厚な仕上げの座椅子がまとめて重ねてある。私の二の腕ほどの厚さの、碁盤。着物が入っているらしい、桐の箱も積み上げてある。その奥、目と鼻の先だが、とても辿り着けそうもないところに勉強机があり、骨壺が置いてあった。仏壇とか写真はどこにもない。

「ウチはほれ、散らかし放題だからねぇ。……困ったもんだ」

他人事のようにそう言い、腰を屈めて物と物の間をゴソゴソやっていたが、ようやく線香と香炉を取り出した。狭いところでゴソゴソやっていたせいか、康子の額にはびっしりと汗の粒が浮かんでいる。それはみるみるふくれて、流れ出し、顎からポタポタと落ちた。

「ああ、もう！　狭苦しい！」

憎々しげにそんな言葉をあたりに投げ散らかして、康子は面倒臭そうに、手近にあった着物の桐の箱の上に線香と香炉を置いた。

「したら、どうぞ。お願いします」

そう言って、正座する。私がライターで線香に火を点け、香炉に立てると、合掌して項垂《うなだ》れた。

私は、手を合わせる気力もなく、ただぼんやりと骨壺を見た。正座したまま、黙って、眺めた。

彼女の人生は、どんなものだったのだろうか。そのことを思いやった途端、いろいろのことが積み重なって、私のミゾオチのあたりになにかがこみ上げた。声が漏れるか、と危惧したが、さすがにそれはなかった。だが、目が薄く濡れた。

康子は、お茶もなにも出さなかった。私としてもそれは好都合だった。この住居の中に、うっすらと、だが満遍なく漂っている不潔感の中で、なにかを口にするのは、少々辛い。さっさと帰れ、という感情をいささかも隠さない康子に対して、私はのんびりと世間話をすることにした。

「いやぁ、しかし、本当にお力落としでしょうね。とんでもないことになって……」

「そうだ。本当にもう、目の前が真っ暗になってさ。警察も、ろくに調べもしないで、家出でしょっちゅうんでしょう? あの、行方がわからなくなった時、すぐに何とかすれば、もしかしたら、生きてるうちに助け出せたかもしれないしょや。それば考えると、それがあんた、あたし、悔しくて悔しくてねぇ……」

警察に対する不満を述べる時は、眉をそびやかして、顎を上げ、口から唾を飛ばしながら熱弁を振るう。私が同情的な顔で頷くと、康子は一層勢いづいた。

「そうだべさ、あんた。ねぇ。ちょっと、とうさん、畝原さんも言ってるよ。警察はひどいって」

私はそんなことを言った覚えはないが、曖昧に頷いていた。岩雄は、テレビの前で寝ころんだまま「う〜ん」と呻いた。おそらく、同意の返事だったのだろう。

「あの時、すぐに探していれば、あんた、こんなことにならんで済んだと思うんだ、あたしは。それなのにあんた、警察は、『家出でないですか』っちゅうんでしょう！　変質者とか調べてくれっちゅっても、『家出の心当たりはありませんか』っちゅことしか言わないでさ！　あの税金ドロボウども！」

「…………」

「ほれ、とうさん、畝原さんも、警察は税金ドロボウだっちゅってるよ！」

「う〜ん……」

「あのう、行方がわからなくなった時、薫さんはどんなようすだったんですか？」

「なに、あんた、取材？」

「あ、いいえ。そうじゃないです」

「したら、なにさ！」

「いえ、ただ……番組に使うとか、そういうことじゃなくて、ただ……私も、小学校六年生の娘がいるもんですから。ちょっと他人事と思えなくて、ですね……」

「あ、そうかい。いやぁ、あんた、ホントだ。娘持つと、心配だわ。こんな世の中だからねぇ。なんも変なようすなんか、なかったんだから。いっつも通り。朝普通に起きて、昼普通に食べて、して、友だちんチ遊びに行くっちゅってねぇ」

そして、私の顔をちらりと見た。

「したけどあれだわ、そう言えばね、そのちょっと前から、学校帰りに変な男に声かけられた、っちゅうようなことば言ってたんだわ。そういうことがあったから、あたしはちょっと心配してたわけ。ここらでも、ちょくちょくあるんだから。変態みたいな男が出るっちゅって。みんな言ってるよ。よそでも聞いてごらん。みんな言ってるから。変態出るっちゅって。だからあたしも、薫が帰ってこないっちゅことになったら、すぐに警察に言ったんだわ。変態でないですかって。したけど、マトモに取り上げてくれなくてねぇ。……あたし、あれが悔しくて悔しくて」

そして康子はいきなりワッと泣き出した。両手で顔を覆い、俯く。そのまましばらく、康子は「わぁ、わぁ」と泣いていた。両手の指先で、細かく目のあたりを揉んでいる。そのうちに顔を上げると、目が赤くなっていて、その周りがうっすらと濡れていた。康子は、声を詰まらせて、ティッシュを一枚引き出し、目の周りを頻《しき》りに拭う。

「いや、ゴメンね。今でもね、ふと思い出しては、とうさんとふたり、いっつも泣き暮らしてるのさ。だからもう、涙もあんまり出なくなったけどね」

「お気の毒です、本当に……」

「なんもさ、あんた、口先ではそう言うけど、娘をあんな形でなくした親の気持ちなんかあんた、その身になってみないと、わかるもんでないわ」

「はぁ……」

「ね、とうさん、みんなそうだもね」

「う〜ん……」

「みんな、口先だけ。ホントにどんなに悲しいもんか、みんな、いっぺん子供ば殺されてみればいいんだ！」

怒鳴り、再び泣いた。指先で目の周りを細かく揉む。

「薫ぅ〜！　ううう！　薫ぅ〜！」

岩雄がゆっくりと体を起こし、ちょっと驚いたような顔つきで康子を眺めた。それから、よいしょ、と立ち上がり、康子に近寄り、その肩を抱いた。康子は「とうさん！」と金切り声を出して岩雄に抱きついた。うわああ、と泣き声を上げる。岩雄は、照れ臭そうにニヤニヤ笑った。

岩雄は別として、康子はせっかく演技をして頑張っているのだ。だから、私は付き合うことにした。沈痛な面《おも》もちを作り、夫に抱きついて、身悶えして泣いてみせる康子を見つめた。三十秒ほどして、康子は収まった。再びゆっくりと立ち上がり、テレビの前に戻って寝ころんだ。岩雄はまたゆっくりと立ち上がり、慌ただしくティッシュに手を伸ばし、目の周りを拭きながら、姿勢を戻した。

「悪かったね。子供を亡くした親なんて、みんなこんなもんだんだわ」

「はぁ。本当にお気の毒です」

「してあの、……ちょっと悪いんだけど、私、これからちょっと出かけないばないんだわ。用事があるの。四時には出ないばないから、せっかく来てもらってアレだんだけど、そろそろ……」

「あ、そうですか。これはどうも、前触れもなく突然押し掛けまして、失礼致しました」

「いや、いいんだよ。わざわざお参りに来てくれてねぇ。それはありがたいんだけど、私らにも、ちょっと用事もあるもんだから」

私は立ち上がった。

「それでは。お邪魔しました」

「ありがとうね。いやぁ、見ず知らずでも、こんなに親身になってくれる人もいるもんだんだねぇ……」

玄関に向かいながら、私は言った。

「それにしても、引っ越していらっしゃった先で、とんでもないことになっちゃってねぇ……」

「いや、ホントさ。こんなとこに引っ越してきたばっかりにねぇ……悔やんでも悔やんでも、どうなるもんでもないんだけどね……」

「どうしてまた、白郷からこちらに引っ越していらっしゃったんですか？」

「なして？」

「いえ……ただ、以前は白郷区に住んでいらっしゃった、とテレビで聞いたものですから。その引っ越しさえなければ、と思ったのを思い出しまして」

「そうかい……まぁね、色々あってさ。ほれ、うちはあんた、体が弱くてね。とうさんも、腰痛で働けないのさ。したから、保護受けてるんだけど、あっちじゃ、いろいろとあることないこと……いや、あたしに言わせれば、ないことないことばっかりだんだけど、いろんな陰口叩かれてさぁ……あんなバカどもと付き合ってられない、と思ってね。したもんだから、引っ越したんだけど」

「そうですか……」

私は靴を履いて、康子に向かい合って立った。

「なして？」

「いえ、白郷では、いろいろと御不幸が続いた、というようなことを耳にしたもんですからね。お知り合いの方が次々に亡くなったり、大怪我されたりとか。それでご引っ越しをなさったのかな、と思ったものですから。人生では、イヤなことが続くときは続くもんだなぁ、と……」

「あんた、それなに？」

「は？」

「身近な人に不幸があったって、それ何さ、あんた。ええ？」

「いえ、あのう……お友達とか、お知り合いの方が、亡くなっておられますよね。交通事故で寝た切りの方もいらっしゃるようだし」

「もう！　したから、それ、なんなのっちゅってるのさ！　もう！　なにさ、あんた！　どこでそんなバカな話ば、聞いてきたの！」

「え？」

私は不思議そうな顔を作った。

「関係ない話を、どうしてそこで、するの！」

「……いえ、関係ないから、辛い偶然が続くこともあるな、と……」

「もう！　あんた！　人ばバカにするんでないよ！　変な噂ば信じて、とんでもないこと言うと、恥かくのはそっちだからね！　ホントにもう！　みんな言ってるよ、SBCはレベルが低いって。SBCは、ウソをニュースで流すっちゅってるよ！　札幌の人間、全員がそう言ってんだから！　SBCはクズ放送局だっちゅって！　バカでないの！　なしてそんなバカばっかり揃ってるクセして、テレビ局でございなんて、収まり返っていられんのさ！　このバカ！」

「はい？」

康子は、むん、と腕を伸ばして鉄の扉を押し開け、私の腰を蹴った。

「帰れ！　このバカ！」

思わず私がよろめき出ると同時に、ドアは勢いよく閉まった。

康子は、取り乱したのではない、と私は感じていた。あの怒りの爆発は、康子なりの計算に基づいた演技なのだろう。彼女は、疑惑をもたれている無実の人間を演じて見せてくれたのだ。少なくとも、自分ではそう考えているのだろう。そしてきっと今は、「あたしがあれだけ怒って見せれば、あの畝原の疑惑も解消されただろう」というようなことを考えているに違いない。

なんとなく、背筋が寒くなった。


本村の部屋からは、この市営住宅の出口は見えない。そのことは、それとなく確認しておいた。だから私は、一階下、四〇二号室を訪れてみた。〈スタジオ・ウネハラ〉の名刺と、それに書き込まれていたＳＢＣの名前のおかげで、私は玄関の中に入ることができた。中へどうぞ、と言われたが、玄関先で結構です、と答えた。

この家は、きちんと片付いているらしい。ラベンダーの香りが漂っていたが、これは室内芳香剤ではなく、窓際にラベンダーの鉢かなにかを置いてあるのだろう、と感じた。自然な香りだ。玄関もきちんと掃除が行き届き、奥さんも、化粧っ気はとりあえずはないが、身だしなみはきちんとしている。三十になったかならず、という年頃で、丁寧な話し方をする女性だった。

康子の言葉遣いを耳からぶち込まれて、すっかり干からびた心が、瑞々《みずみず》しくなるのがわかった。

本村一家のことを尋ねたが、あまりよく知らない、という答えだった。

「マスコミの人も何度かいらっしゃったんですが、本当に、これといったことはわからないんです。娘さんは、きちんと挨拶をするコでしたけど、話したことはほとんどないんです。……あんなことになっちゃって……可哀想に……」

「あの夫婦は、日中は、だいたい部屋にいるんでしょうか？」

「そうですね。……奥さんの方は、よく出かけますけど、ご主人の方は、たいがい家にいらっしゃるようですよ。……腰が悪くて仕事に就けないんだ、と奥さんはおっしゃってましたけど」

「評判は、どうですか、あのふたりは」

「さぁ……評判……って言っても……私も、あまり近所付き合いはありませんし。……普通なんじゃないですか……」

その口ごもったようすが、印象的だった。本村夫婦の評判が、決して芳しいものではない、ということがわかった。

「娘さんのご遺体が発見された時は、やはり色々と大変だったようですね」

「ええ……取材の人たちが詰めかけましたからねぇ……」

「おふたりのようすはどうですか？」

「さぁ……あまりお付き合いがありませんものですから……」

その時、ガシャン！　と大きな音がした。その音で上を見上げて、「あ、お出かけですね」

と呟く。

「本村さんの奥さんですか?」

「ええ。クセなんでしょうね。いつもああやって、ドアを叩き付けるように閉めるんですよ」

顔に苦笑が浮かんでいる。

「今は昼間だからまだいいですけど、夜……特に、遅い時の出入りは、やっぱりちょっと、びっくりしますね」

鼻歌がドアの前を通り過ぎる。

「あ、今日は『女の出船』だわ」

と呟いて、面白そうな笑顔になった。

「いつも鼻歌を?」

「そうなんです」

ニッコリ笑う。

鼻歌とともに、濃厚な香水のニオイが漂って来た。

「いつも、こうなんですよ」

「なるほど」

足音は、階段を下りて行く。香水のニオイも遠ざかる。私は丁寧に頭を下げた。

「どうも。突然お邪魔して、失礼致しました。いろいろと聞かせていただいて、ありがとうございました」

ターセルに戻った時には、すでに康子のベンツは消えていた。だが、慌てる必要はない、と思った。横山の事務所に電話して、横山を呼んでもらった。

「おう、どうした?」

声に、いつもの元気がない。

「例のビルなんだが……」

「ああ、〈北海道総合ビル〉か?」

「そうだ。そこには、人を配置してるのか?」

「ああ、この時間なら、誰かいるだろ。隣の空き室にはいないだろうが、電波の届く範囲で待機してるはずだ」

あの〈三森奨学会〉やその周りの休眠財団法人は、横山のような人間にとっては、宝の山だ。

「じゃ、あと三十分以内に、前に話したクドイおばちゃんが姿を見せるはずだ」

「あんたのホシだな?」

「そうだ。で、私も付き合いたいんだが」

「わかった。待ち合わせ場所をセットする。五分後に電話をくれ」

「わかった」

「ああ。あ、おい、畝原」

「ん?」

「三森房子ってのは、あの〈三森奨学会〉の関係者だろ?」

「そうだろうな」

「どんな人間なんだ?」

「それを調べてくれ、と頼んでるわけだ」

「そうでしたね、お客様。……ちょっとヘンなんだ」

「なにが?」

「さっき、先生から電話が入ってな」

「先生?……ああ、司法書士のな。牧野さんか」

「ああ。なんだか、区役所の窓口でズラされてる感じなんだとよ」

「ズラす?」

「どうも、いつまで待っても名前が呼ばれねぇっつーんだな。これは非常に珍しいことなんだが」

「…………」

「どういうことか、あんた、心当たり、あるか?」

「……今、何時だ?」

「そろそろ四時半だ」

「牧野さんは、ひとりか?」

「ああ」

胸騒ぎがした。

「おい」

「なんだ?」

「牧野さんの携帯を鳴らせ。今の居場所を聞いて、それがわかったら、誰か人を寄越すんだ」

「なに？　なにかヤバくなりそうか？」

「可能性はある」

「ちょっと待てよ……」

しばらく、音が途絶えた。すぐに横山の声がせかせかと聞こえた。

「出ねぇ」

「警察と消防に問い合わせろ。すぐにだ。それから、牧野さんの自宅にも電話してみろ」

「わかった。いったん切るぞ」

横山が硬い声で言う。私は、ターセルを突っ走らせた。

23

白郷区役所に向かい、水源地通りを走っている時に携帯が鳴った。

「畝原です」

「横山だ。参った。先生、刺された」

「なに！　命は!?」

「まだ生きてる。五分五分らしい。あんた今どこだ？」

「水源地通り。そろそろ南郷通りに出る」

「病院は、地下鉄白石駅のすぐ近くだ。コスケガワ外科だ。今、奥さんも向かってる。おれも、突っ走ってるところだ」

「病室は？」

「緊急手術中だ」

「牧野さんの娘は？」

「奥さんの妹が付き添ってるらしい」

「わかった。切るぞ」

そして、アクセルを踏み込んだ。

私のせいだ。

自宅が襲われたのに、こんな危険のことは予想だにしていなかった。

私のせいだ。


小助川外科は、それほど大きな病院ではなかった。診療科目の中で、外科と麻酔科が大きな字になっている。ターセルを駐車場に叩き込み、駆け足で病院に飛び込んだ。入り口すぐの待合室のソファに、横山がいた。その横に、スーツを着た若い男が並んで座っている。横山のスタッフのひとりだろう。見かけた覚えはあるが、話をしたことはない。

「おう。来たか」

「容態はどうだ？」

「まだわからん。……この病院は、小さいけど、麻酔科はレベルが高いんだと。評判はいいらしい。だから……」

緊急救命のレベルは高いのだ、と自分に言い聞かせているらしい。

「参った。ぬかったよ。まさかこんなことになるとは思ってなかった」

青ざめた顔で、横山が呟く。

「すまん。まさかこんなことになるとは思ってもみなかった」

「あんたが、部屋にイタズラされたってのは聞いてたんだ。娘のガードを貴に頼んだのも知ってた。それなのに、まさかこんなことになるとは考えもしなかった。クソッ！」

「すまん」

「あんたただけのせいじゃねぇよ。おれも基本を忘れてた。ギャラが安いからって、言い訳にゃぁならねぇ」

「しかし社長、うちらの依頼のせいじゃないかもしれませんよ」

若い男がそう言ったとたん、横山はその横っ面を張り飛ばした。

「バカヤロウ！　情けねぇヤツだ。おまえはな、二重の意味で情けねぇ」

「…………」

「まず、頭が悪い。次に、根性が悪い」

「…………」

「辞めてもらっても、かまわんよ」

「…………」

「自己都合だぞ。文句があれば正式に告訴しろ。できればな。やってみろ。労働基準局にも、おれは知り合いが多いんだ」

「失礼しました」

「とにかく、消えろ。邪魔くさい」

若者は頰に手を当てたまま、唇を嚙みしめて立ち上がり、頭を下げ、歩み去った。

「あんなバカ、いらねぇ」

「落ち着けよ」

「いくら人手が足りねぇからって、あんなバカ、いらねぇ。使えねぇヤツに給料を払うのが一番バカらしい。帰る時どうしようか。おれ今、免停中なんだ」

「犯人はどうなった？」

「挙げられたよ。その場でとっつかまった。常習だ」

「常習？」

「ってぇか、これで三度目だ」

「なにが？」

「最初に殺したのは、十六の時で、花岡組の枝で使いっ走りしてたんだ。二十年以上昔の話だが、あんた覚えてないか、北一銀行総務部長が刺された事件。北一の不正融資が発覚して、それが、あれよあれよって間に、地上げ屋だの、総会屋だの、自民党選出代議士だの、あと道庁財務局のどうのこうのってなあたりまで広がりそうになったことがあるだろ」

「ああ、覚えてる」

「相当な騒ぎになる、とみんな思ってたのが、北一総務部長の刺殺で、結局うやむやになって終わった。あの時の犯人だ」

「ほう……」

確かにあの事件は覚えている。私は当時は北海道日報の東京支社にいたが、どこまで真相解明が成るか、非常に興味があった。興奮もした。それが結局、銀行幹部刺殺で終わったので、所詮《しょせん》はこんなものだ、と無理矢理納得しながらも、言い様のない空しい気分を味わった。

「あの時、そのガキは、ムシャクシャしていたので刺した、相手は誰でもよかった、背後関係は一切ない、の一点張りで頑張ったんだ。それなりに、いい根性をしてた、と思う。で、なにしろこの時は十六歳だからな。少年院で三年ほど暮らして、出て来たんだ。生活態度は優秀だった、と」

「その次は？」

「出てから二年後に、病院の理事長を刺した」

この事件も覚えている。札幌市郊外の農地の土地改良と、その地目変更、ゴルフ場建設とニュータウン造成が複雑に絡み合った事件で、どれほどの規模の不正が明るみに出るかみんなが注目した。汚れた金の動きは数百億になるのではないか、という観測もあった。それが、フィクサー役を演じていたらしい病院理事長の刺殺で、追及は終わってしまったのだ。

「あの犯人か……」

「ああ。あの時も、ムシャクシャしてた、相手は誰でもよかった、で頑張ったんだ。で、この時は無期懲役になったが、十七年で出て来た。そして、今回の、これだ」

横山は顔を両手でゴシゴシこすった。

「参った……。おまえもそうだが、おれも鈍かった。三森奨学会はとんでもなくヤバイ、そのことはわかってたんだけどな」

「……奥さんは、今どうしてる？」

「先生のか？　手術室の前にいるよ」

「ひとりで？」

「いや。妹の亭主と一緒だ。おれはちょっと居たたまれなくてな。こっちで待ってることにした。なんかあれば、看護婦か誰かが知らせてくれることになってる」

「……三森奨学会は、どうヤバイんだ？」

「あんたが送って来た怪文書な。あれはまぁ、ほとんど役に立たなかった。三森房子の住所だけだな、意味があったのは」

「ほとんど裏付けがない、うわさ話ばっかりだったからな」

「そうだ。それに、あの怪文書を書いたヤツは、問題のありかがわかってなかったんだ」

「ほう」

「あの財団の収入は、創立者である三森一家の不動産の運用益と、各方面からの寄付で賄《まかな》われてる、ということになってる。で、その寄付の中には、市の教職員の給料から毎月ひとり百円ずつ天引きされているものも入ってる」

「ひとり百円？」

「そうだ。市立学校の職員全員からだからな。これは結構な額になる。これは、ほとんど知られていないが、まぁ違法なことじゃない。名目上は、組合からの寄付、そのためのカンパ、ということになってる。昭和二十三年頃にそう決まったんだ。最初は五円だった。それが徐々に値上がりして、昭和四十八年に百円になった。その後は変化がない」

「それにしても、結構な額になるな」

「そうだな。でもこれは、別に違法じゃない。ただ、あの怪文書にも書いてあったとおり、援助している奨学生の数が非常に少ないし、その奨学金の額も少ない、というのがちょっと問題ではある。要するに、貧しく優秀な学生を援助する、という名目で財団を作り、寄付を募って、その金に、薄汚ねぇ連中が群がって、贅沢に楽しく暢気に暮らしてる、と。まぁ、そういうことは誰でも想像するし、見てりゃわかる。あの怪文書のヤツも、そういうことを見たか、あるいは感じたかして、まぁ、腹を立てたんだろうな。もしかすると、分け前に与《あずか》ろうとして、断られたのかもしれない。そうだとすると、その断った中心人物が、あの三森房子、ということになるんだろう」

なるほど。ここまではわかる。立派な看板を掲げて、金をかき集める財団。それに群がる連中。団体職員になってノンキに暮らしたい者、金が欲しい政治家、天下り先を確保したい地方官僚。市役所はもちろん、会計監査のことはわざと忘れる。平凡な、どこにでも転がっている話だ。

「手術は時間がかかりそうだな」

横山は誰にともなく呟いて、「まとめて話してやるか」と言う。

「ああ。頼む」

「昭和二十二年だ。三森奨学会が設立されたのは。三森忠勝という男とその一族が、所有する不動産で作ったものだ」

「それは、どういう男なんだ?」

「野幌の開拓農家の出身だ、ということになってるが、詳しい資料は残ってないようだ。戦前に大陸に渡って、なにをやっていたのかよくわからんが、戦後はいち早く引き揚げてきた。この時に、なんらかの財産を持ち帰ったらしい。『三森奨学会　沿革』という、薄っぺらい本……パンフレットがある。昭和五十二年、財団設立三十周年を記念して作られたものだ。今のところ、資料はこれしか見付けられなかった。時間がなくてな」

私は頷いた。

「で、その沿革によると、はっきりとは書いていないが、三森忠勝は、戦犯容疑でGHQに逮捕されたこともあるらしい。だが、なんらかの理由で、釈放された。それ以後、三森は荒廃した国土の再建、そのための札幌市民の教育振興に身を挺し、有為の人材を育てるために、貧しい若者に学資を出そう、と心に誓った、とある」

「なるほど」

「まぁ、大陸で稼いだ隠匿資産を、洗濯して表に引きずり出す、それが目的だったんだろう。おれみたいな都会《まち》育ちのおぼっちゃんにゃ具体的なところはわからないが、三森財団は、土地を買いあさった。ほとんどが農地だ。農地の売買・貸借は、相手が農家じゃなければできないんだが、当時はあちこちで農協設立のゴタゴタが続いてたし、公共の福祉増進のための財団法人が、教育振興のために使うのだ、というわけで、細かなワザをチョコマカ使って、金を積んで、いろいろと汚いことをやったんだろう、と思うぜ」

「だいたい、わかる」

「そうか。田舎もんだな」

「………」

「で、まぁ資産形成とその運営は順調に行ってるように思ってたんだろうが、実はすでに、財団から三森一族を外す動きが静かに始まってたらしい」

「三森一族を外す？」

「ああ。……ええと、おれの大雑把な印象なんだが、全体の流れとしては、つまり、後ろ暗い財産を持っている三森、という一族がいる、と。で、こいつは充分、戦犯でパクれる、と。だが、そんな荒技《あらわざ》を使わずに、洗練されたやり方で、その財産を洗いざらい市役所がかっぱらおう、という遠大な計画を立てたんだろう、と思う。言う通りにしねぇとパクるぞ、というのを脅しにして、財団を作らせ、財産のほとんどをその財団に移す。それから、三森一族を財団から外す。あとは役人たちが寄ってたかってうまく育てて、甘い汁を吸う、という寸法だ。財団法人の理事会は、まぁとりあえずは多数決だからな。うまくやれば、創立者一族を外すことも簡単だ。そういう例はいくらでもある。そんなわけで、三森一族は、財団とは無縁になった」

「そういうことが沿革に書いてあるのか？」

「どうしてあんたは、そんな風に素朴なのかね。アルプスで羊飼いでもやる方が、合ってるんじゃないか？　で、毎朝ヨーデルを歌うわけだ」

「書いてないのか。じゃ、憶測か」

「憶測じゃねぇよ。プロの分析だ。沿革に書いてあるちょっとしたことと、理事会のメンバーの変遷、そんなのを見ると、創立者とその一族の影響力が、どんどん失われていくのがわかる。

そしてついに、昭和五十一年に、三森房子が理事を解任されて、三森一族は財団とは無関係になったんだ」

「三森忠勝はどうなった？」

「その五年前に死んでる。胃癌だ。で、その娘の三森房子が後任になった。当時三十二歳、独身。合併前の栄光生命の外交をやってたんだ」

「つまり、父親の後を継いで財団の理事のひとりになって、五年後に解任されたわけだな」

「そうだ。なぜ解任されたかは、沿革には全然記載されてない。でも、財団にとっては喜ばしいことだったんだろうな、という感じはするぜ。そのすぐ後ろに、我が財団は三十年の歴史の上に、札幌市のさらなる教育の向上の成果を燦然《さんぜん》と輝かすべく、新たな一歩を踏み出し、どうのこうのモゴモゴ、と書いてあって、なんと言うか、心機一転、これからは楽しくのんびりやっていけます、という気持ちがにじみ出てる」

「三森房子ってのは、どんな女なんだ？　会ったのか？」

「まだ会うチャンスがないんだ。だってあんた、昨日の今日だぞ」

「そうだな。写真は？　その沿革にはないのか」

「ないさ。三森房子の解任を、こっそり喜んで作ったような本だぜ。あるわけがない」

「解任の理由なんかは、全然書いてないわけだな」

「そうだ。保険外交員の方から、三森房子にアプローチしようともしてるんだが、こっちの方は、まだ成果がない。保険のオバチャンたちの宴会なんてのには、あまり出てなかったようだ。写真には写ってない。ひとりで成果を積み重ねる、というタイプだったらしいな。マルチ商法のいろんなネタを、仲間の外交員たちに紹介していた、という話がひとつ入って来たけど、これもまぁ、うわさ話程度のもんだ」

「………」

「何度も言うけど、昨日の今日だからな」

「わかるよ」

「で、三森財団のその後に関しては、沿革みたいな文書が見付かってないんで、関係資料をあれこれ当たるしかなかったんだが、三森房子はそのまた五年後、昭和五十六年に理事として復帰してる。この時に、どういう事情があったのか、これもまだわからない。当時の理事で、まだ生きてるのが七人いるんだ。そのうち、ふたりは呆《ぼ》けてて話にならんのだが、五人はまだマトモだ。なんとか日本語は通じる。でまぁ、電話したり訪問したりして話を聞こう、としてるんだが、全員、門前払いだ」

「………」

「ぼんくらジジィどもが、生意気に。人の金で拾い食いして生きて来たくせに、一人前の口を利きやがる。見てろ、今に吠《ほ》え面《づら》かかせてやる」

「………」

「てのはな、あの財団のユニークな蓄財方法が、段々読めてきたんだよ。こりゃあんた、こっちも一口乗らない手はない」

「ほう」

「つまりな」

そう言ってから、横山はあたりを見回した。病院スタッフは忙しそうに行き来しているが、私たちの周りでは、順番待ちの病人が、ぼんやりと座っている。横山はしばらく考え込んだが、「ま、いいや」という感じで話を続けた。

「とにかく、なんの手がかりもないから、除雪関係からアタックしたわけだ。なにしろ、あのフロアは除雪関連の休眠財団がゴロゴロしてたからな。やっぱ、なんらかのつながりはあるかな、と思ってよ。で、いろんなところに、おれが直々《じきじき》に電話したところが、ある除雪業者が、そこの総務部長が、世間話の合間に、ついポロリと漏らしたわけだ。『三森は間違いがないから』ってな」

「…………」

「どういうことだと思う？」

「わからない」

「おれもだ。だから、もっと粘ったさ。直接会いに行った。なにしろその総務部長は、テレクラで知り合った女子高生に金を払ってエッチしてよ、それをネタにチンピラに脅されてたヤツなんだ。うちの得意先の取引先のひとつでさ、そんなこんなで、おれが話を丸く収めた、という衝撃の過去があるんでな。そこらにいくらでも転がってる、バカのひとりだ」

「それじゃぁ、話すだろう」

「おれもそう思ったんだが、脂汗を浮かべながらも、けっこう抵抗した。てことは、こりゃ相当やばいネタだな、と。ヤバイってことは、金になる、ということだ」

「そうだな」

「なにしろ、あまりしつこく粘ると、おれのことを、得意先に悪く言うぞ、みてぇなことまで口にしたからな。バカヤロウだ。そんなことしてみろ、すぐさまそいつのテレクラ武勇伝がだ、関係者各位の共通の話題になっちまう、ということまで忘れてたんだな」

「…………」

「で、まぁ、あれこれと自分の立場や分際、というものを教えてやったら、その件については、『申し訳ない、私が勘違いしていた』と素直に認めて、丁寧に詫びたよ。だがな、三森財団のことに関しては、頑として口を割ろうとしねぇんだ」

「…………」

「でもま、そうそう突っ張るわけにも行かないさ。で結局、ひとつだけ、教えてくれた。自分の経験を話したわけだ」

「…………」

「それがな、その除雪業者は、教育委員会の連中を接待した、っつーわけだ」

「除雪業者が、教育委員会を？」

「そうだ。目を逸《そ》らして、部屋の隅に座っているらしい座敷童《ざしきわらし》に向かって、告白したぜ。一言。『教育委員会の人たちの宴会の勘定を、持ったことがあるよ』ってな。このおれに向かって、投げ出すような口を利きやがった」

胸を反らせて、へへへ、と笑う。

「除雪業者が、なぜ教育委員会を接待するんだ？」

「わかんねぇか？」

「…………」

「ま、そいつが教えてくれたのは、たったそれだけだ。でもあんた、これで充分だろうが」

「どう充分なんだ」

そう尋ねてから、なんとなくわかったような気がした。少なくとも、横山がどういう見通しを持っているのか、漠然と感じられた。

「わかんなきゃ、いい」

と言ったのは、利権に気付く人間が少なければ少ないほど、ウマ味がますからだろう。

「私は客だよ」

「格安料金のな。まぁ、詳しいことがわかったら、きちんと報《しら》せるよ。まだ憶測の段階だ。あんたの言う通りな。売り物にするにはちょっと早い。『お客様にお出しするわけには参りません』ってわけだ。プロの良心だな」

「聞いて呆れる」

「ハハハ」

機嫌良さそうに笑ってから、横山はここがどこで、なぜわれわれがここにいるかを思い出した。

「……ところで、手術はどうなってるんだろうな。無事に終わるといいが」

生真面目な顔を作ってそう呟く。

「三森房子についてはなにがわかった？」

「あんたが書いて寄越して来た住所と、あとはさっき話したような程度だ。で、戸籍や住民票を手に入れようとして、牧野先生がこんなことになっちまったわけだよ」

「そうだ。もしも手術がうまく行って、早めにここを出られるようだったら、ちょっと足を延ばして、どんなとこか見て来よう、と思ってる。来るか？」

「ああ。付き合う」

「これがまたちょっと、おかしいんだ」

「なにが？」

「おかしい。だから、おれが自分の目で見てくることにした」

「どうおかしいんだ？」

「まぁ、行きゃぁわかるさ。おれの考え通りならな」

「…………」

「あとはあれだな。財団を張ってる連中が、どんなネタに辿り着くか、だ」

「あの部屋には人の出入りは多いのか？」

「いや。おれらが仕掛けをしたのは、昨日の朝からだが、それ以降、出入りした者は誰もいない。……まぁ、午後十時から午前七時までは監視を外したが、おそらく誰も出入りしてないだろう」

「そうか」

「あんたのホシと、三森房子のつながりは、なんなんだ？」

「……仲良しなんだ、と思う。たぶんな」

「仲良しか。どんな」

「……よくはわからない」

「共犯者同士ってヤツか」

「さぁな」

「三森房子の本業は、保険のオバチャンだ。そこらへん、その仲良しオバチャンどもに、なにか関係はあるのか？」

「………」

「いい話だねぇ……」

横山は腕組みをした。目を閉じる。

「いい話を聞いたら、眠くなった」

そう言って、すっと眠りに落ちてしまった。少なくとも、そう見えた。一人前に疲れたのか、と冷やかし半分で顔を見たが、実際、疲れているのだろうな、と思った。私も疲れた。

この頃、やけに疲れを感じる。人に会って話を聞く、というのは、とんでもなくエネルギーを使う。相手に気力を吸い取られるのだと思う。若い頃からそういう仕事をしてきて、慣れている、と思っていた。だが、この歳になると、無理が出てきたのかもしれない。そして横山はその上に、いつ事務所に電話してもそこにいる男だ。それなのに、同時にあちこちを忙しく飛び回ってもいる。常に疲労困憊《こんぱい》して働き回る、そんな人生であろう、と想像できる。

結局、八時過ぎまで横山は眠り続けた。側《はた》で見ていても熟睡、という感じだった。それなのに、おそらく牧野の妻の弟であろう、四十そこその、作業服を着た男が、「手術が終わったんだけど」と教えに来てくれたとたん、横山は反射的に目覚め、すぐに立ち上がった。

「で、どうですか、ご容態は」

「お医者の話だと、まぁ大丈夫だろう、って話だわ」

「よかった！」

横山は大きな溜息をもらした。そして、私に向かって「おい、よかったな」と言う。

「まだ会えないわけですね？」

私が尋ねると、「あたりまえだ」と横山が言い、「ま、とりあえず、奥さんに挨拶を……」と先に立って歩き出した。

「もう、病室の方に行ってんだわ」

「そうですか……じゃ、とりあえず、病室の前で、一言だけ御挨拶させてください、奥さんに」

「ああ、それはどうも。ちょっと……相当ガックリ来てっけど……」

三人かたまって、外来から病棟へと黙々と歩いた。ナース・センターでちょっと挨拶をして、牧野が入っている個室に向かった。

「じゃ、ちょっと呼んで来ますわ」

作業服の男が中に入り、程なくやつれ果てた中年女性が出て来た。目の周りの隈が、充血した瞳が、ぼってりと腫れたような瞼が痛々しい。

「手術が成功して、なによりです」

横山が、いつもとは全然違う、殊勝な口調で言った。

「ご心配をおかけいたしました」

　奥さんが、頭を下げる。

「こちらこそ。この度は本当に……あのう、それで、これを。当座のお役に立ててください」

　と内ポケットから出した封筒をすっと渡し、「後日、また御連絡させて頂きます」と頭を下げ、

「畝原、行こう」と私に言って、くるりと背を向け、歩み去ろうとする。

「あ、あの、これは……こんな……」

「いいえ、とりあえず、ということで。また後日改めまして、きちんと御挨拶させていただきますので」

「はぁ……」

　奥さんは、ぼんやりとこちらを見て、なんとなく頭を下げる。

「あ、そうだ。それで奥さん」

「はい」

「牧野先生が、お話ができるようになりましたら、私どもに御連絡頂けますでしょうか」

「あ、ええ。それはもちろん……」

「よろしくお願いいたします」

　もう一度頭を下げ、歩み去る。

「おい。振り返るなよ」

　と小声で言う。

「なんで？」

「その方が、カッコイイからだ」

「……いくら渡したんだ？」

「五十万。そんなもん、いくらでも回収できる。このヤマが当たればな」

「………」

「それがポシャっても、あんたに請求すりゃいい。あんた、まさかこの状況で、払わないなんてことはないよな」

「………」

「まぁ、最悪、折半でもいいぜ」

帰りがけに、横山はもう一度ナース・センターに寄って、まるまると太った年配の看護婦に、封筒を差し出した。看護婦は鋭く峻拒《しゅんきょ》したが、横山の方が役者が上で、近くでぼんやり立っていた若い看護婦に無理に受け取らせ、「あ、それから、牧野先生が、話ができるようになったら、私どもにご連絡が頂けましたら、大変ありがたいのですが」などと丁寧に述べ、みんなに愛想を振りまいて後ろ向きに出て来た。

「よし、済んだ。じゃ、三森房子の家を見に行こう」

「家にいるかな。会ってみたいんだが」

「いねぇだろうな。ホームレスじゃねぇわけだから」

「なに？」

「行きゃぁわかるさ。おれ、免停中なんだ。だから、交通法規遵守で模範的に走るからな。あんたもそうしろよ」

「わかってる」

「それと、いくら儲かってなくても、住宅地図はちゃんと揃えておけや。おれらの必需品だろうが」

三森房子の家はなかった。そもそも、弥生通り二十二丁目という住所が存在しない。弥生通りは二十丁目で終わり、その向こうはバス会社の広大な駐車場になっていた。五十台は下らないと思われるバスが、整然と並んでいる。街灯の下、駐車場のコンクリートの壁に、住所を表示する青い小さな板がついていた。白郷区光栄町一丁目一番一号。

「な?」

横山が得意そうに私を見る。

「つまりなんつーか、あれだな。なにかカラクリがあるんだろうな。あの怪文書を書いた、どっかの馬の骨が間違えてる、ということも考えられる。だが、そいつが、登記簿かなにかを見て、そのまま書いたんだとしたら、元々のなにかがおかしい、ということになるな」

「…………」

「基本だぜ。基本中の基本だ。住所の確認。独りで忙しいのはわかるが、人手さえありゃ、こんなもん、一発でわかるんだ」

「それは認める」

「なぁ、あんたも、独りでピョコピョコやってないで、前みたいに、おれんとこで働かないか? 調査部長として優遇するぜ。それに、あんたが入ってくれたら、あのバカ息子も、きっとうちで働く気になると思うんだ」

「今は、そんな話をしてる場合じゃないだろう。そんなことまで気が回らない」

「ま、考えてみてくれよ」

「今のところ、その気はない」

「おれは、マジに頼んでるんだぜ」

「私は、お前が嫌いじゃない。どっちかというと、なぜか、好きだ。でも、仕事の仕方が違う。……うまく言えないが、……金が、そんなに大切だとは思えない」

「ははは。おれだって、別に金が好きなわけじゃないさ。誰のセリフだったっけ？　『金なんか嫌いだ。新しいと指が切れる。古いとクサイ』ってなことを言ったヤツがいたな。なんかの映画で」

「知らん」

「金を有り難がってる連中を、バカにするのは楽しいじゃねぇか」

「…………」

「世の中には、二種類の人間がいる。金がなくても平気な人間と、金がねぇと身動きができねぇ人間だ。そして、金がねぇと身動きができねぇ人間にも二種類ある。金がある人間と、金がねぇ人間だ」

「おまえは？」

「こう言うとぶったまげるかも知れねぇが、おれは、金がなくても平気な人間なんだ」

「驚かないよ。わかるよ。おまえがイライラしてるのもわかる。世の中、バカばっかりだと思

ってるんだろ？　金がなくても平気なのに、そのことがわからないバカばっかりだ、と思って
イライラしてるんだろ？」

「そうなのかな。……自分じゃわからねぇ。そうなのかも知らんし、違うかも知らん。……畝原よ」

「ん？」

「必要だ、というのと、欲しい、というのは、違うよな」

「そうだな」

「必要、ってのには目的がある。欲しい、というのは目的がない。おれは、目的のない、無意味な人生が嫌いなんだ」

「わかるよ。おまえを見てると、なんとなくわかる。死ぬまでイライラするんだろうな」

横山は、ふん、と鼻を鳴らした。そして、言う。

「……で、今晩は、これから、どうする？」

「家に帰ろうと思う。牧野さんも、なんとか落ち着いたようだし」

「そうか。おれはちょっと、事務所に顔を出す」

「三森奨学会のようすがわかったら、教えてくれ」

「ああ、そのつもりだ。その例のオバチャンがどうなったか、っつーことだろ？」

「そうだ」

「できたら、連中に言って、簡単なレポートをファックスで送らせるよ。じゃぁな。……うちのバカ息子は、ちゃんと仕事してるか？」

「ああ。助かってる」

「充分気を付けろ、と言ってやってくれ。牧野先生の二の舞は踏みたくないから」

私は頷いた。その時は、横山も私も、相手を、相手の規模とその覚悟を、見くびっていたのだった。


走り去る横山のセルシオを見送ってから、キュルキュルと音を立てるターセルを走らせ、私は〈プレステージ白郷〉に向かった。柾越が焼死したこのマンションは、地下鉄白石駅の近く、小助川病院の裏手にある。

街灯が明るく、太い道を車が途切れずに走る街だが、歩道には人影がない。マンションが建ち並ぶ中で、〈プレステージ白郷〉はすぐに見付かった。一階の西角のベランダのガラスと、隣の窓のガラスが割れているのだろう、青いシートで塞《ふさ》いである。その周囲が惨めに焼け焦げている。隣近所や上の部屋の窓にも明かりはない。

駐車場にはスムーズに出入りできる場所が空いていなかったので、窓のすぐそばにターセルを停め、エンジンを切って降りた。その時すでに、火事場特有のニオイが鼻の奥をこすったが、窓に近付くに連れて、その焦げ臭いニオイが強くなる。靴が、いろいろなものを踏む。近付くと、青いシートには黄色いテープが貼ってあって、北海道警察と札幌消防局が、立入禁止である、と宣言していた。

柾越が死んで、明日で一週間だ。いろいろなことがあったが、あるいはそのせいか、あっという間に日にちが過ぎた。柾越と最後に話したのはついさっきのような気がする。と同時に、何年もの昔の出来事のようにも思える。

とにかく、この青いシートの向こうでなにかをしていた柾越は、もういない。彼が確実に存在していたこの場所は、内外に、いろいろなものが散乱する焼け跡になった。

外側を回って、マンションの入り口に行ってみた。カードを持ち、暗証番号を知らなければ入れないようになっている。

カードの差込口を眺めながら、ぼんやりと考えた。……柾越は、どんな失敗をしたのだろう。自分の失敗を認識して死んだのだろうか。それとも、わけもわからずに、いきなり殺されてしまったのだろうか。

殺される時、自分の失敗を知り、後悔しつつ死んでいくのと、突然の驚きの中でわけもわからず息絶えるのと、どちらの方がいいだろう。

いや、こんなことを考えても仕方がない。それは充分にわかっている。そして、そういうことを考えると、どうしても近野のことを思い出してしまうことも。今、思い出に耽《ふけ》っても意味がない。

あらゆる意味で無駄足だった。

私は、ぼんやりとターセルに戻った。街灯の明るい、車の行き来の多い、人が誰もいない街。いくつもの私の影が、私の足許から生え、伸び縮みしたり、素早くコンパスのように動いたりしながら、ついて来る。

俯いて足許を見ながら歩いていたせいで、ターセルの脇に人影があるのに気付くのがおくれた。ふたりの男、体型からすると若いのと中年、が立っている。じっとこっちを見ている。私はそのままターセルに近付いた。不穏な気配は、今のところは、ない。だが、これからどうなるかわからない。ふたりは、ターセルの両側のドアの所に立っている。私は運転席のドアを目指し、どんどん近寄った。そこに立っている若い男は、ただ私を見ているだけで、動こうとはしない。顔には見覚えはない。ふたりともトレンチ・コートを着ている。きちんと作られたコートで、オーダー・メイドではないだろうが、安売り店で買ったのでもないようだ。几帳面にボタンをとめて、ベルトも縛っているので、どんなスーツを着ているのかはわからないが、やはりおそらくは上等な既製服だろう。あるいはイージー・オーダーといったところか。

体と体が触れ合いそうになっても、若い男はどこうとしない。

「失礼。私の車だ」

「ここは駐車禁止区域だ」

向こう側に立っている中年の男が言った。平板な声だが、トゲのある、いやなしゃべり方だった。

「そうか。今、車をどけるから」

若い男は動こうとしない。ただ黙って私を見ている。普通の人間は、こんな、あからさまに不躾《ぶしつけ》なことはできるものではない。何らかの権威を背負っていなければ、まず不可能だ。その権威の源泉は、国家権力の場合もあれば、尊敬する教祖、あるいは組長や社長である場合もあるが。

「失礼。車を動かしたい」

若い男は、身動きせずに私を見つめている。

「あそこに、どんな用事があった?」

中年の方が言う。車一台はさんで、離れて向かい合っているのに、いかにも胃が悪そうな口臭が漂ってくる。それに一歩遅れて、フリスク・ユーカリミントの香り。口臭を気にしてはいるのだろう。

「別に」

「近所に住んでるのか?」

「別に」

「え?」

「別に。どけてくれ」

「そんな態度を取ることはないだろう」

「別に。さっさとどけろ」

「そうカリカリするな。ちょっと話が聞きたいだけだ」

「別に話すことはない」

「そんなことはないさ。人間は誰でも、話すことをどっさり持ってるもんだ。そして、話を聞くのが上手な人間に、結局は全部、話すもんだ。私はよく知っている」

なにかの脅しのつもりだろうか。話の持って行き方が、どうにも下品だ。若い男の目を見て、

「どけろ」と言った。反応しない。

私は若い男を押し退けて、ドアを開けた。

そいつは、さっと体を動かして、ドアと運転席の間に割り込んだ。

私は大きくドアを開けて、素早く、思い切り、ドアを叩き付けた。

若い男は、ワッと唸《うな》り、信じられない、という顔で私を見る。もう一度ドアを叩き付けた。ターセルが、もっと大きな車だったら、と私は残念だった。そして、もっと新しい車だったらよかったのに、と思った。明らかに、ドアのどこかがどうにかなった音がした。

向こう側の中年男は、ずっと立ち尽くしたまま、コートのポケットから〈写ルンです〉を取り出した。カメラをじっと見つめている。フラッシュがチャージするのを待っているらしい。

私は、驚いて目を瞠《みは》っている若い男のミゾオチに正拳をひとつ打ち込んで、うずくまるところを襟首を握って立たせ、向こう側に引きずり倒した。フラッシュが光った。私は車に沿って歩いて回り込み、中年男の正面に立った。

「暴力はやめようや」

馴れ馴れしくそう言う相手の目を見つめたまま、右の拳を上げた。男は中途半端な防御の体勢をとった。即座に左膝に足刀を打ち込んだ。靭帯《じんたい》くらいは切れただろう。ウワッと驚いて尻餅をついたので、その手から〈写ルンです〉を取り上げた。

ふたりには目もくれず、ターセルに乗り込み、キュルキュルと発進させた。すでに後悔していた。冴香と貴をどうすべきか、そのことをずっと考えながら家に向かった。

尾行はつかなかった。それは間違いない。だが、そのことには、あまり意味がないのだろう。あのふたりは、何者であれ、おそらく私が誰であるか、どこに住んでいるかを知っているに違いない。

家に帰り着いた時、冴香はすでに寝ていた。貴は流しで汚れた食器を洗っている。鼻や唇にピアスはなかった。稽古の時に外して、そのままにしているらしい。貴は貴で、それなりの覚悟と警戒をしている。

「お呑みになりますか？」

殊勝な口を利く。

「自分でやるからいい。お前は別に、お手伝いさんじゃないから。冴香のガードなんだから」

本来なら、食器洗いなども貴の仕事ではない。とは言いながらも、現実には食事の支度や掃除などもしてもらっている。申し訳ない、と思う。

「そうですが、まぁ、ちょっとしたサービスです」

私は自分で冷蔵庫からビールを一缶だけ取り出した。酔うためではない。ほんの少し、疲れを宥《なだ》めるためのビールだ。冷蔵庫の中では、ウィンナソーセージのピカタが、皿に載ってラップに包まれて冷たくなっている。手に取って眺めていると、貴が「冴香ちゃんが作ったんです」と言う。食べることにした。

テーブルに缶ビールと冴香謹製ソーセージ・ピカタを並べ、まずビールを一気に呑み干した。それからピースに火を点けて、ケムリを喫《す》い込んだ。後頭部から背中にかけて、疲れがほどけていくのがわかる。

「貴」

「はい？」

洗い物の手を止めて、こっちを見る。

「呑むか？」

「いえ。今はやめておきます」

「そうか。お前……」

「はい」

「ピアス……」

「ああ、ええ。……まぁ、念のために、ということで……」

ふたりで、顔を見合わせて頷いた。

「状況は、どうなんですか？」

「……思わしくない。いろんなことが、バラバラだ。どうつながるのか、いや、そもそもつながるのかどうかもわからない」

「……先生が」

「先生じゃないよ」

「とにかく。先生が、バラバラだ、とおっしゃるのであれば、それは本当にバラバラなんじゃないですか？」

「なに？」

「物事自体も、きっと、バラバラなんですよ。そうじゃないでしょうか」

「…………」

「この世の中の出来事は、きっと、全部バラバラなんですよ。バラバラに、それぞれの人間が、いろんなことをして生きている。そのバラバラの積み重ねが、世界なんだと思います。つまり、意味がないんですよ。意味がない、ということが、この世界の大きな特徴だと自分は思います。ほら、よく陰謀論てのがあるでしょ？　ユダヤの陰謀、フリーメイソンの陰謀、ロスチャイルドだ、ＮＡＳＡと宇宙人だ、なんだかんだ。あれは、世界がバラバラの積み重ねで、意味がない、ということに我慢できない連中の避難所なんだろうな、と思うんですよ。自分の存在や、出来事に、なにかの意味を見付けないと生きて行けない人たち。違うでしょうか。僕はそう思うんですけど」

「だから、今の状況も、バラバラなことの積み重ねだ、というのか？」

「……というか、世界はすべて、バラバラの積み重ねだと思うんです。例外なく。最初から、だから、今の状況も、同様に、バラバラの積み重ねだ、と……」

「じゃ、片付けるにはどうすればいいんだ？」

「片付かないんじゃないでしょうか。人間は、頭とか心臓とか、そういう中心があるから、片付けようと思ったら、そこを破壊すればいいわけですよね。急所、というのがある。指令センターというか。でも、バラバラの積み重ねは、中心も急所もないわけで、ヒドラとかプラナリアみたいに、切っても切っても増えるだけなんじゃないでしょうか」

「……どうもちょっと抽象的だな」

「そうでしょうか」

「具体的に、近野の死をムダにしないために……いや、あるいは、私や冴香が安全に、落ち着いて暮らせるようになるためには、ということでもいいが、そのためには、なにをどうすればいいと思う？」

「さぁ……具体的な条件が、僕はよく呑み込めてませんから……」

それはそうだ。貴には、基本的には冴香のガードを頼んでいるだけで、詳しい事情は教えていない。

洗い物が終わったのだろう、流しのところのタオルで手を拭い、貴がこっちにやって来た。ソファの横のマガジン・ボックスから、スケッチ・ブックを取り出す。開いて寄越すので、見てみた。初めは、この居間を写したモノクロ写真を、引き伸ばして貼ってあるのだ、と思った。だが、次の瞬間、鉛筆で描いた絵だ、ということがわかって、私は心の底から驚いた。とても信じられない。だが、目の前にあるこの居間の絵は、紛れもなく、鉛筆で細密に描いたものだった。写真ではない。

「おい、すごいじゃないか」

「ありがとうございます。僕が、手で描いたんですよ」

「ああ、わかる。すごいもんだな」

「つまり、僕は、今の状態が気に入っています。日中、この部屋の中にいて、ちょっと家事をして、あとは冴香ちゃんの下校時間まで、ずっとこんな絵を描いてます。前々から、いろいろと試してみたかった技法やアイディアを、いろいろと試すことができて、とても幸せです。でも、もしももっとほかにすることがあるんなら、お手伝いさせて頂きたい、と思っているのも事実です。日中は、その時間が充分にあります」

「……とりあえず、あと暫くは、絵の修業をしてくれ」

「それでいいんですか？」

「ああ。いい。お前がいてくれるだけで、この部屋に関しては安心できる」

「それならそれで、自分は構いません。……では、とりあえず、今日はもう寝ます」

「そうだな。私も寝る」

私はソファの上に寝袋で、そして貴は冴香の部屋の入り口に寝袋で、それぞれ横になった。

明かりを暗くすると、そのうちに、窓の外から聞こえる、街の音が耳に入るようになってくる。

それがなんとなくうるさい。

「貴」

「はい」

「あの絵……あんな写真みたいな絵、どうやって描くんだ？」

「ええと……まず、ちゃんと見ます。あるものを、存在しているものを、その存在している通りに見ます。それから、見える通りに表現すべく、一心不乱に頑張ります」

「なるほど。あんな風にかけるようになるまでに、どれくらい描くんだ？」

「時間ですか？　年月ですか？　それとも、枚数ですか？」

「毎日二時間ずつ練習したら、どれくらいで、あんなに描けるようになる？」

「毎日二時間か……それだと、十年くらいですかね。なんとか格好がつくようになるでしょう」

「十年……」

「でも、毎日四時間描けば、三年くらいでそれなりのものが描けるようになると思いますよ。毎日五時間描けば、一年くらいかな」

そう言って、貴は大きくアクビをした。そして、「それから先は、永遠です」と呟く。私も、「なるほどな」と呟いた。

目を閉じると、いろいろなもやもやしたものが頭に浮かび、とりとめがなく、それが恐ろしくて、なかなか眠れない。だがそのうちに、貴の軽いイビキが聞こえ、それに寄り添うようにして、私もようやく眠りに就いた。

眠りの中で電話が鳴るのを聞いた。すぐに出よう、と思ったが、体が錆び付いて動かない。そのうちに、ファックスに切り替わったのがわかったので、そのままにして眠り続けた。横山からのレポートだろう。

本当に、よく働く男だ。

24

翌朝、六時に自然に目覚めた。疲れが澱《よど》んでいるような感じがあるが、気のせいだ、と自分に言い聞かせれば、しのげる程度の疲れではある。

起き上がり、ガステーブルで湯を沸かし、とりあえずインスタント・コーヒーの粉で湯に色と香りを付け、すすった。それから、昨夜、寝入りばなにファックスの着信があったことを思い出した。思った通り、横山の事務所からだった。彼のスタッフの誰かが書いた簡単なレポートを、そのまま送ってくれたらしい。

それによると、本村康子は午後四時三十二分に三森奨学会の事務所に姿を現した。そして四時四十八分には事務所を出て、駐車場にベンツをおいたまま、迎えに来た大型タクシーに乗り、札幌駅そばの京王プラザホテルに行った。地下のホールで行なわれた〈小池　篤志さんと歩む市民の会〉に出席したらしい。横山の筆跡で、「道議。市議三期後転出。代議士になりたいよぉ」と注が入っている。パーティ終了後、いかにも偉そうな男たち数人と、タクシーに分乗してススキノに向かい、〈エスカイヤ・クラブ〉で二次会、午後九時四十四分に出て来て、タクシーに乗り、そのまま直接帰宅している。ファックスの最後には、写真が三枚添付してあった。総合ビルに入る、ジャージ姿の本村康子。材質はなにか、このコピーを通したモノクロのファックスではよくわからないが、いかにも贅沢そうな毛皮のコートを着て、大型タクシーに向かう本村康子。ホールの受付から、数人の男たちに囲まれて、機嫌良さそうに出て来る本村康子。

最後の写真には、「男たちを鋭意特定中」と横山の注があった。

そして最後に、「このババァ＝三森房子?」と横山は書き込んでいた。

……そのことは、考えないではなかった。もしかすると、とは時折思った。だが、どうしてもピンとこなかったのだ。なぜそんなことをするのか、その必要も目的もよくわからない。しかし、可能性は充分にある。

シャラン、という小さな音。炊飯器が「保温」に換わったのだ。もう今となっては旧式になった炊飯器で、内釜のコーティングも剝げてきている。そのうちに買い換えなければ、と心の中にメモした。

ゆっくりとインスタント・コーヒーを飲み干し、トイレに入った。便座に座ったまま、本村康子と三森房子のことを考えた。だが、起き抜けのせいか、それとも疲れているからか、考えがなかなかまとまらない。とにかく、レポートによれば、本村康子が三森奨学会で着替えをしているのは間違いなさそうだ。あの事務所には、本村康子の衣装がたくさん置いてあるのだろうか。

トイレから出ると、すでに冴香が流しに立っていた。セーターとジーンズに着替えている。この時間は、いつもはパジャマ姿のままで朝の支度をしているのだが、やはり貴を意識しているのだろうか。

「お父さん、朝の野菜は、ほうれん草のバター炒めでいい？」

「ああ、いいね」

「すぐにできるわよ。ほうれん草ができたら、あとは卵を焼くだけだから」

ソファで、体を起こしてはいるものの、まだぼんやりした顔の貴が、私を見て、なんとなく笑顔になった。

貴と冴香が学校に向かう。それを見送ってから、私は横山の事務所に電話した。思った通り、すでに横山は社長の机に座っていた。

「横山探偵事務所です！」

「畝原だ」

「おう。ファックス、送っといたぞ」

「うん。受け取った」

「どうなんだ、あんたの例のホシ、あれは三森房子じゃないのか？」

「違う、と思うんだが」

「思う？　名前はなんてんだ？」

「本村、というんだが」

「モトムラぁ？　それは間違いないのか？　変名とか、偽名じゃないのか？」

「違う、と思うんだ。亭主も娘も本村で、生活保護を受けてる。娘はちゃんと中学校に通ってた。こっちの方の戸籍には問題がないようだ」

「ヘンだなぁ……三森房子の方は、戸籍はなんだかクサイんだが、どうも、あの女が三森房子であることは、間違いなさそうだぞ」

「そうか？」

「ああ。証拠がなかったんで、レポートにはまだ書いてないが、どうもあの女、パーティの名簿には三森房子、と書いたらしい。住所は、総合ビルの三森奨学会だ」

「なんでそれがわかるんだ？……おい、あんた、もしかすると……」

「ああ。かっぱらってきたんだな。よくねぇなぁ。こういうことはなるべくやめろ、といつも言ってるんだがよ……」

参加者名簿を盗んできたわけだ。その証拠が残るとまずいので、昨夜のレポートには書いていなかったわけだ。確かにあの名簿もまた、横山にとっては宝の山ということになるだろう。

「じゃ、その名簿に、本村康子の名前はあるか？」

「まだわからねぇが、探してみるよ。名簿は四冊あってな、そのうちの一冊しか手に入れられなかったらしいんだ。それに、三森房子の名前がある。前後の関係からして、それを書いたのが、例のあんたのホシってことになるのは間違いなさそうだ」

「………」

「で、そのほかの出席予定者に関しても、予定者リストを一枚手に入れたんだ。ほら、ああいうパーティの受付にあるだろ、ひとりひとりの出欠をチェックするために、リストをコピーして何枚か用意してる。あの一枚も、……まぁ、かっぱらってきたわけだ。で、実際に来たかどうかは別にして、どういう連中が来る予定だったのか、それはわかる」

「なるほど」

「両方に、そのモトムラヤスコか、その名前があるかどうか、調べてみるよ。どんな字を書くんだ？」

冴香を送り届けて帰って来た貴に、絵の修業を続けてくれ、と言うと、「本当に、それだけでいいんですか？」と答える。

「それでいい。そして、今日は〈なかよし王国〉に連れて行って、ずっと一緒にいてくれ」

「……わかりました」

「それから、もしもなにかあって、私に連絡が取れなかったら、SBCの報道制作局の祖辺嶋という副部長に連絡してくれ」

「わかりました」

貴は素直に頷く。貴に祖辺嶋の電話番号などを渡して、出かけた。

まず、ターセルで〈北海道総合ビル〉に向かった。駐車場には、本村康子が乗っていた黒いベンツが置いてある。それを確認して、私は清岡区の本村の家を目指した。

家を出たのが八時前、八時二十分には総合ビルの前を通り、進路を南に転じて、本村が住む市営住宅に着いたのが九時前だった。以前にも監視に使ったことがある公園の駐車場にターセルを駐《と》めて、市営住宅の出入り口を見張った。

すでに康子は出かけたかもしれない。だが、あの怠惰な夫婦が、早起きするとも思えない。康子が家にいるかどうか、間違い電話のふりをして電話をかけて確認しようか、とも思ったが、康子の猜疑心を刺激することは避けたかった。とりあえず、十時半まで待ってみることにして、私はハンドルの上に新聞を広げた。

十時を少し過ぎた時、空車のタクシーが、太い道から逸れて、市営住宅への小道を下りて行った。それが駐車場で向きを変え、停車するとすぐに、ピンクのトレーナーにジャージのズボンという姿の本村康子が出て来た。タクシーに乗り込む。それが発進して札幌中心部の方角に向かうのを見送り、私はターセルのエンジンをかけた。近くの、太い道路が交錯する一画に、いかにも高級そうな和菓子の店があったのを覚えている。

「ウネハラぁ……?」

本村岩雄は、片腕でドアを押さえ、片方の手のひらを玄関のふちに当てて体を支え、片足は上がり框に残し、もう片足でサンダルを踏んだ、ややこしい姿勢で私の顔を見上げた。短い両手両足をそれぞれ精一杯突っ張って、妙に可愛らしい格好だ。眉間にしわを寄せ、考え込んでいる。

「ええ。昨日、お線香を上げに伺った……」

「線香？……ああ、薫にかい？」

「ええ」

「して、今日はなんの用だの？」

「あの時、不躾な……そんなつもりはなかったんですが、ちょっと失礼なことを申し上げまして、奥様を怒らせてしまったようですので……」

「奥様？……ああ、ウチのかぁちゃんかい」

さっきから、岩雄は、私がこれ見よがしに胸の高さに支えている、〈信濃屋〉の包みを見つめている。

「ええ。それで、一言お詫びを、と存じまして……失礼なことを申し上げるつもりはなかったんですが、確かに私、御遺族のお気持ちに対する配慮に欠けておりました。その点は充分に反省いたしまして……」

「いや……あのう……いないんだわ」

「いらっしゃらない？」

「いないんだわ。かぁちゃん。ちょっとあれだ、用事があって、出かけてんだわ」

私は心から残念に思い、唇を嚙みしめた。それから、ふと、自分が手にしている和菓子の箱に気付き、岩雄の顔を見た。岩雄も私を見る。

「あのう……それでは、これを……」

「うちにくれんの？」

「ええ。お詫びのつもり、というわけではございませんが、まぁ、御挨拶まで、と……」

私はそう言いながら、玄関に一歩踏み込んだ。岩雄は、体勢を戻しながら「あ、悪いね」と言う。

「ほんのちょっと、お邪魔してよろしいでしょうか。ここまで来ましたものですから、また線香を……」

「ええと……うん……線香……うん……上げてってや」

岩雄は、言葉をひとつひとつ、考えながらそう言った。

「失礼します」

「うん。ま、上がってや。……あれだったもんね、あんたの友だちも死んだんだもんな」

「ええ」

私はそう答えて、靴を脱ぎながら〈信濃屋〉の包みを岩雄に渡した。

岩雄は、手を伸ばして箱を受け取り、「気の毒したね」と言って、微笑んだ。気の毒なのは、死んだ近野なのか、それとも、手土産を買った私なのか、岩雄の口調からはわからなかった。

部屋のようすは、昨日と変わってはいなかった。掃除をした形跡もない。今回は線香を上げるのに手間取ることはなかった。線香や香炉は、昨日私が使った、そのままになっていたのだ。

私が合掌瞑目している間、本村岩雄は隣の居間でテレビを眺めていた。だが、少なくとも昨日よりはきちんとしている。ごろりと寝そべるのではなく、壁に背中を預けて、とりあえずはあぐらをかいて座っていた。康子がいないので、しっかりしなくてはならない、などと思っているのかもしれない。

騒がしいワイド・ショーの、再現ドラマのナレーションが聞こえて来る。私は顔を上げ、本村薫の骨壺を見つめてから、もう一度頭を下げて、岩雄に向き直り、再び頭を下げた。岩雄も、慌てたようにあぐらの上に両手を突き、殊勝な顔つきで頭を下げる。私は立ち上がり、それから岩雄の斜め前に腰を下ろした。あぐらをかき、「いや、本当にこの度は」と呟くと、岩雄は「どうも」と答える。私は、近頃の世相、安心して子供を育てることもできない現代社会の荒廃を嘆いた。岩雄は「そうだね」「そうだね」と素直に相槌を打つ。

そして、突然元気良く、「あれだわ。マスコミも悪いんだ。興味本位で事件ば取り上げっから」と、これは淀みなく言った。練習していた、という感じではない。印象深く耳に残ったか、あるいは何度も聞かされて頭の中にしみ込んだ一連の言葉を滑らかに口にした、という感じだった。ちょっと得意そうである。中学一年生が「To be, or not to be.」と一気に暗誦して見せた、そんな感じがした。私はすかさず、「ああ、そうです。本当にそうですよね」と答え、熱心に頷いた。岩雄は笑顔になった。

「それはやはり、奥さんも同じようにお考えでしょうねぇ」

「そうだ。カァチャンも、いっつもそう言ってんだわ」

「なかなか頼もしい、立派な奥さんですよね。それに、とてもお若い。……こんなことを言うと失礼ですが、こう……魅力に溢れた女性、という感じが致します」

岩雄はにやりと笑い、「うん……」と呟いて、俯いた。笑顔を抑えることができないようだ。

「カァチャンは……なんちゅーか、……福の神だ、実際の話が。おれなんかあんた、毎日拝まないば罰当たるくらいなもんさ」

そう言ってから、ちょっと顔をしかめた。

「はぁ。……どちらでお知り合いになったんですか?」

「え……」

岩雄は、ソワソワし始めた。

「おれらが知り合ったのは……大阪だけど」

「大阪ですか。私も、大阪には友だちがいるんですが、大阪のどちらのご出身ですか?」

「いや……おれが生まれたのは、北の方さ」

「大阪の?」

「いや、北海道の北。上川のちょっと上の方。そこから、中学出て、大阪に行ったのさ。電気の勉強しに行ったんだ。次男だから、畑は分けてもらえねぇから」

「なるほど」

気の毒なほどにおどおどしている。そして、なんとか話をまとめよう、と努力しているらしい。

「したけどあんた、都会で勉強なんてできるもんでないから……して、いろいろあってさ。してまぁ、西成《にしなり》あたりで暮らしてたもんさ」

「そこで、奥さんと知り合ったわけですか」

岩雄は、宙を見上げて、舌先で唇を舐め、ちょっと考えてから、「うん、そうだ」と答えた。頻りに考えている。そして、話題を変えようとしたのか、「苦労したよ!」と大声で言った。

私は頷いた。なにも言わず、岩雄の言葉が続くのを待った。岩雄は、落ち着きなく体を小刻みに動かし、舌の先で唇を舐め、居心地悪そうにあたりを眺めた。そして私の目を見て、「そのうちに、薫が生まれてさ」と言い、「して、康子に言われて、札幌に来たんだ。白郷にさ。知り合いがいる、楽に暮らせるかもしれないっちゅう話だったから。おれはあんた……腰痛めてうまく働かれねぇから、これはありがたかったさ。……康子には毎日手を合わして拝んでだわ。……ウソでないよ」

私は、黙って岩雄の目を見つめた。

岩雄は、私の目を避けて、そわそわとあたりに視線を漂わせた。

テレビのワイド・ショーのさまざまな声や音楽が聞こえて来る。

ヘリコプターの音が、窓から入って来た。

岩雄は、私の目を避けて、そわそわとあたりに視線を向ける。私は、黙ってその目を見つめた。

不意に、岩雄が立ち上がった。流しにダッと駆け寄り、引き出しを開け、包丁を取り出した。柄を握り締め、私を見つめる。

私は、不思議に恐怖を感じなかった。黙って静かに座り、岩雄の目を見つめた。岩雄が、ガタガタッと震え始める。

「どうしました?」

私が微笑みながら尋ねると、岩雄の額にドッと汗の粒が噴き出した。ダラダラと流れ落ちる。

私は微笑みを絶やさずに、もう一度尋ねた。

「どうしました?」

「いや……」

「このお菓子は、包丁なしでも食べられますよ。紐も、すぐに解けますから」

岩雄は、ふぅっと大きく息を漏らした。

「なんだ、そうかい」

そして、ぎこちない仕種で包丁を引き出しに戻す。私は、〈信濃屋〉の菓子の包みに掛けてある紐を解いた。

「あのう、小皿があれば貸してください」

「あ、うん。あるよ。カァチャンが選んだヤッだ」

岩雄がそう言って、小皿を二枚持って来た。

私と岩雄は、向かい合って座り、小皿に菓子を一個ずつとりわけ、談笑しながら食べた。ハスカップのジャムをカステラでくるんだ、上品な味のする菓子だった。ハスカップ・ジャムの中に、小さな白玉団子が幾つもあって、その口当たりが心地よかった。

それから私は、突然立ち寄った非礼を謝し、丁寧に頭を下げて辞去した。岩雄も、「なんも愛想なしで済まなかったね」などと挨拶した。

ドアを閉じ、廊下を進み、階段を下りた。最初の踊り場のところで、膝から力が抜け、私はそのまま、しばらくそこにしゃがみ込んでしまった。

25

本村康子は、殺されたな。

私は、心の中で何度も繰り返した。

ターセルの両脇を、街の景色が滑って行く。書き割りのような、映画の画面のような、現実感のない風景。

なんの証拠もないが、きっと本村康子は殺された。大阪から札幌に引っ越してくる時、そのどこかで、本村康子は殺された。そして、三森房子が入れ替わった。本村康子を知る者が誰もいない札幌白郷区に転居して来て、普通に届けを出せば、それで三森房子は本村康子の戸籍を手に入れることができる。薫は、まだ小さな子供だったから、母親が途中で変わったことなど覚えていない。……十分に可能な工作だ。三森房子にとって、相手は誰でもよかったのだろう。なんらかのツテを使って、意志がやや薄弱で、影響されやすい、そんな男を捜したのではないか。

妻との折り合いが悪く、別れることを望みながら、ずっと支配され続けている不甲斐ない男。その妻が三森房子と同年輩である夫婦。そしておそらくは、なにかのギャンブルなどにはまり込み、大きな借金、あるいは別な何かの弱味を抱えている男。

ある程度の規模の都会の裏街には、こういう男が珍しくなく存在しているだろう。別に、大阪の本村岩雄ではなくてもよかった。博多の山田でもいい。名古屋の佐藤でもいい。広島の鈴木でもいい。ある種のネットワークを使って、条件に当てはまる男を探した結果、都合がいいことに大阪の西成にいたのが本村岩雄だ。彼はきっと、憎んでいた妻から解放され、働く必要もなく、抱えていた問題……借金であれ、なにかの弱味であれ……が清算されることと引き替えに、沈黙を売ったのではないか。

では、三森房子にとってのメリットは？

あのような人間が、なにをどう考えるか、いまひとつピンとこないが、例えば、別会社を作るようなことだろうか。あるいは、裏帳簿を作るのにも似ているだろうか。

……よくわからない。もしかすると、いたずらに状況を複雑にして、自分自身……それが、三森房子であれ、本村康子であれ……に追及が及ぶのを防ぎ、あるいは遅らせることを狙っているのかもしれない。

気が付くと、国道十二号線を走っていた。目に止まったファミリー・レストランに入り、アイス・コーヒーを頼んだ。店内はすいている。私の周囲に客がいないのを確認してから、携帯電話で横山の事務所を呼び出した。珍しいことに、横山はいなかった。

「畝原と申しますが」

「あ、どうも。いつも御世話になっております」

誰だかわからない若い声が言う。

「申し訳ございません、横山は、ただ今席を外しております」

「どこに行ってるんだろう」

「あ、ええと……ああ、畝原様でございますよね」

「ええ」

「ええと、昨日、刺されました、司法書士の牧野先生……」

「ああ、ご容態はどうですか」

「先生が、意識が戻られまして」

それはよかった。

「そうですか」

思わず、明るい声が出た。

「ええ。それで、先程、そのように連絡がございまして、とりあえず横山は、病院の方に向かいました」

なるほど。抜け駆けする、というわけか。まぁ、横山としては、あとできちんと報告するつもりだった、とか、畝原も色々忙しいだろうと配慮してやったんだ、などと弁解の口実は用意しているのだろう。

「わかりました。それでは、社長がお戻りになられましたら、畝原まで、ご連絡くださいますように、御伝言をお願い致します」

「はい、畏まりました」

横山はあんな男なのに、社員たちはきちんとした言葉遣いをするのだった。

電話が、切ると同時に鳴り出した。

「畝原です」

「あ、どうも。祖辺嶋です」

「ああ……」

「どうだい、具合は。なにか進展は、あった?」

「う〜ん……」

「忙しいだろう、と思ってね。連絡するのを控えてたんだけど、もしも時間があったら、ちょっと状況なんぞを……」

山岸は二時頃に来てくれ、と言っていた。まだ少し時間はある。ちょうどいい、これから行く、と答えると、祖辺嶋はまじめな声で「ありがとう。よろしく」と言った。


「エライことになってるんだな」

大雑把な私の説明に、祖辺嶋は、しみじみ呟いた。窓から遠くテレビ塔が見える、四階のスタッフ休憩室。われわれは向かい合ってコーヒーを飲んでいる。それほど広くない部屋で、ほかには誰もいない。

「保険外交員と、契約者が一人二役。保険金疑惑。区役所の不正、個人情報流出、そして謎の宗教団体、か……」

祖辺嶋がそう言うと、典型的なワイド・ショーの見出しのように思えてくる。

「その刺された司法書士は、なんとか無事だったのか」

「そうらしい」

「……犯人は現行犯逮捕、か……殺人未遂なんだろうな」

「そう思う」

「つまり、警告抜きで、問答無用、ということだな」

「そうだろう。区役所の中に、相当な危機意識を持っている連中がいるらしい」

「三森房子は、もうひとつ、本村康子の戸籍も手に入れている、というわけか？」

「そうじゃないか、と。そしてその時に、きっとひとり、本当の本村康子は……少なくとも死んだ、と思う」

「でも、本村康子は、テレビで、顔を出して喋ったじゃないか。本村康子の知り合いは、……まぁこっちにはいないとしても、三森房子の知り合いに見られたら、マズインじゃないか？」

「私もそう考えていた。それで、時折頭に浮かんだ同一人物説を否定してきたわけだ。だが、よく考えてみると、現実には、それほど大きな問題じゃない」

「なぜ？」

「まず第一に、……こんなことを言うとなんだけど、あの番組は、それほど視聴率は高くなかった」

「……まぁな。あの回は、三・二だった。……だが、やはり誰か知人に見られる、という危険はあるだろう」

「見られてもいいんだよ」

「なぜ？」

「化粧をした三森房子と、化粧をしない本村康子は、とても同一人物とは思えないほどに、全く容貌が変わってしまうんだ。着ているものも違う」

「……それにしても……」

「いや、化粧前と後で、別人になる女は多い」

「だが、それにしても、しゃべり方は変わらないだろう。そこまで緻密に考えて演技するタイプとも思えないし、たとえそう演技しても、それをうまくやり遂げるほどの……なんというか、技量を持っているとは思えないな」

「そこで、だ。考えてみてくれ。なにかこう、後ろ暗いことを、三森房子と組んでやっている人間がいるとする。スジもんでも、役人でもいいや。そいつは当然、三森房子も、いろいろと胡散臭《うさんくさ》い女だ、と思っている。お互いに相手の弱味を握り、お互いに相手を利用して、お互いに儲けている、そんな仲間だ。で、そいつが偶然、あの番組を見て、化粧の有無にも惑わされず、あの行方不明になった女子中学生の母親は三森房子だ、と気付いたとする」

「ああ。そうなると、三森……でも本村康子でも、どっちでもいいが、ちょっと困ったことになるんじゃないか？」

「そいつは、三森房子にこう聞くかもしれない。『あの本村康子ってのは、あんただろ』ってな。すると、ああいうタイプの女は、ケロッとして『そうだよ』と認める。そして、早口でまくし立てる。『本村ってのは、通称なのよ、いろいろと事情があってね、あの本村っていう甲斐性無しの、逃げた女房の子供を面倒見てやってるのさ、いろいろと事情があってね』……というような具合だ」

「それを聞いて、相手は納得するかな」

「納得するさ。お互いに、そんなような『いろいろの事情』の中で、うまく立ち回って、汚く金をあさっている連中だ。周囲にも、今までの経歴に、あちこち矛盾があったり綻《ほころ》びがあったりするような、そんな連中が集まっている。そういう仲間たちは、あまりそのあたりを詮索しないものだ。フランスに留学していたってことになってる時期に、実は広島刑務所に入っていた、なんてのもいるだろう。慶応の史学科を出た、ということになっているのに英語が読めないヤツもいるだろう。ニューヨークでアーティスト活動をしていた、ということになっていて、実はその時期に金津園のソープで働いていた、というのもいるだろう」

「…………」

「お互いに、相手の存在から利益が出ている間は、そのあたりの経歴の矛盾とか、本人が『いろいろと事情があって』と言うようなことは、そんなことは不問に付す。そういう付き合い、というものもあるわけだ」

「…………」

「それに、三森……本村康子のような人間は、話を曖昧にして、事実とは違うことを伝えるのが、非常にうまい。カタリや詐欺師に必要不可欠な才能だが、それがあの女の場合は特に優れているように思える。そして、興味を持った相手が、もう一歩踏み込もうとすれば、いきなり被害者意識と猜疑心を剝き出しにして、攻撃に転じる。相手の神経をイライラさせ、ムカムカさせることも得意だ。相手は、よほどの確信や問題意識がなければ、それを乗り越える気にはならない。『ま、いいか』という感じで肩をすくめて、当面の、目の前にある金儲けに集中しよう、という気分になる」

「……うん……そういう種類の、けたたましい、そして厚かましい人間がいることはわかるが……」

「……この点には、私は自信がある」

「保険会社の人間は？　三森房子と本村康子が同一人物だ、ということを知ったら、黙ってはいないだろう」

「三森房子と本村康子、あの保険契約の存在を知っている人間は、数少ないのだ、と思う。あの女にしてみれば、まずバレないだろう、という自信があったんだ、と思う。そしてまた、栄光太平大日本生命の社員で、このふたりの女が同一人物だ、ということに気付いたものがいても、おそらく、ギリギリになるまで、その社員も含めて、保険会社は見て見ぬふりをするんだろう。問題が公になるまでとぼけている、いや、むしろ、問題が公にならないように、必死で祈っているのかもしれない。それに、あの女が、保険会社のキー・パーソンに、けっこうな額の金を渡している、という可能性もある」

「共犯者だな」

「そういうことだ。一度金を受け取ってしまえば、それはそいつの決定的な弱味になる。そいつは、必死になって、問題が表沙汰になるのを防ぐはずだ」

「しかし……なんで康子は、薫を殺すかな」

「それは……」

私が答えようとすると、祖辺嶋は右手を突き出して、私の話を遮った。

「いや、保険金を狙った、ということはわかるよ。だが、畝原さんの話だと、本村康子は、……そして、本村康子と三森房子の契約は、すでに疑惑がもたれていたわけだろ？　白郷じゃ、街の評判にもなっていて、そういう疑惑があって、本村一家は白郷に居づらくなって、清岡に引っ越したわけだろ？　そんな疑惑の渦中にあって、またぞろ薫を殺すだろうか。疑惑の視線に囲まれている、まさにその時に、わざわざ」

「だからやったのだ、と。私はそう思う」

「だからやった？」

祖辺嶋は眉間にしわを寄せ、納得いかない、という表情になる。この男は、きわめて健全なのだな、と私は考えた。

「そうだ。あの女は、私や祖辺嶋さんとは違う。全然別な考え方をする、そういう種類の人間だと思う」

「どういうこと？」

「……ひとつ、例を出してみようか」

「ああ」

「ある、中規模のスーパー・マーケットの、万引き防止の仕事を請け負った時の話だ」

「万引きか」

「そうだ。個人営業の、ほかにはチェーン店もない、零細スーパーだ。だからなおさら、万引きはダメージが大きい」

「なるほど」

「で、人間は人さまざまだが、……万引き常習の女は、本当に、最低の人間のひとつの典型だ。ウソと弁解と開き直りで生きているような連中だ」

「………」

「その時、私服で店内を巡回していたら、放送が入って、呼ばれた。事務所に行ってみると、常習者が入店した、というんだ。防犯カメラのモニターで見ると、まぁ、見た目は普通の中年女だ。これが、毎日来ては盗んで行く、ただし現場を押さえたことはない、明確な証拠はなかった、という話だった。そしてどうにも理解できないのは、その女は、自分が万引き常習者として目を付けられ、警戒されていることに気付いているらしい、ということだ」

「それでも、そのスーパーに来るのか」

「そうだ。おそらく、証拠がなければ平気だ、ということなんだと思う。他人から、ドロボウだ、と思われても、証拠がなく、警察に突き出されなければ、どうとも思わないのだろうな。ドロボウだ、とみんなに思われても、『どこに証拠があるのさ』と胸を張って、昂然《こうぜん》と顔を上げて生きて行ける、そういう人間がいるんだよ。あるいはまた、自分は潔白である、と。だからなにもコソコソする必要はない、というような、現実とは正反対のストーリーを、自分の中でたやすく作れる人種である、という可能性もある」

「………」

「それで私は、絶対に挙げてやる、と意地になった。で、気付かれないように、だがぴったりとマークして、その女がモニターの死角で、ハンカチ・タオルをさっと盗み、スカートの中に押し込むのを目撃した」

「で、現行犯で常人逮捕か？」

「まさか。それでは捕まえられない。その女が、レジでそのタオルの金を払わずに、スーパーの店舗から出ることで、初めて彼女の盗みが成立する。私は基本通りに対処して、店の外で、彼女が金を払わずに持ち出した……つまり、盗んだタオルをスカートの腰のところに隠してはさんでいるのを、第三者とともに確認し、事務所に連れて行った」

「一件落着だな」

「そうはいかなかった。警察を呼ぶまでに二時間かかった」

「二時間も？　なぜ？」

「あの奇妙な理屈を、ライブで聞かせたいね。けたたましい口調で、わめき立てるんだが、その内容は要するに、私も含めて、われわれ警備の人間は、低能だ、というわけだ」

「なぜ？」

「自分は、つまり、その女は、自分が万引き常習者だ、という疑惑をもたれている、ということに気付いていた、と言うんだな。まぁ、それは確かにそうだ。スーパーの側も、なかなか尻尾を出さない常習ドロボウに対して、業を煮やしたらしい。レジの係の若い娘が、『おばさん、ほかになにか隠してないの』とわざとらしく尋ねたり、男性店員が、彼女の来店から退去まで、これ見よがしにぴったりとつきまとったり、そういうことをしていたらしい。ま、腹いせだな。だから、彼女は自分が疑惑をもたれている、ということを知っていた、と言うんだ。まぁ、それは確かにそうだろう。で、ここからがこの女一流の理屈なのだが、普通は、疑惑をもたれている、ということに気付いたら、もしも本当に万引き常習者であれば、この店に来なくなるだろう、あるいは、万引きをやめるだろう、と言うワケだ」

「まぁ、そうだろうな」

「ああ。ここまではわかる。で、その女の言い分は、それなのに、自分はこの店に、毎日買い物に来ている。ということは、自分には疚《やま》しいところがないからだ、ということになるわけだ。自分は、疚しいことがないから、だから疑惑をもたれても、平然として、ここに買い物に来られるのだ、と。そして、普通の神経であれば、疑惑をもたれている時に、万引きなどするはずがない。そんなこともわからずに、自分を万引き扱いする、あんたがたスーパーの人間は、バカと低能の寄り集まりだ、と怒鳴るわけだ」

「だが、事実、万引きをしたんだろ?」

「少なくとも、私は見た。それは、間違いない。だが、それは見間違いだ、と強硬に主張するわけだ」

「見間違い?」

「そうだ。自分は、疑惑をもたれていることを知っていた。だから、万引きなどするはずがないではないか。万引きを疑われているのに、敢えて万引きをするほどの、私はバカではない。私は万引きなどしていない。従って、この人、つまり私、畝原は、見間違えたのだ、というわけだ。『そんなこともわからないのかい? あんたがた、本当のバカでないの?』というワケだ」

「……だが、現実に、その万引きした物……タオルがあるわけだろ?」

「そうだ。それに関しては、その女は、これは誰かの嫌がらせ、陰謀だ、と主張するわけだ。疑惑に気付いていた自分がまさか万引きするはずがない。とすると、このタオルは、誰かが押し込んで、私を万引き犯にするために仕組んだ罠だ、と。つまり、自分は被害者であり、真犯人はほかにいる。いや、あんたたちスーパーの人間が、グルになって私を陥れようとしているのではないか。……そういうことを、非常に攻撃的な口調で、金切り声で、延々と喚《わめ》き続けるわけだ」

「…………」

「ものすごい迫力だった。もしもあそこに、全然無関係で事情を知らない第三者がいたら、彼女の語る話を信じたかもしれない。いや、あんなに騒いでいるのだから、話の内容の、少なくとも一部は真実かもしれない、と考えるかもしれない。そう考える人間が出て来ても、不思議じゃない、そんな状況だったよ」

「どうなったんだ？」

「警察に引き渡した。誓約書を書かせて示談にする手もあったようだが、スーパーの社長も本気で怒っていて、通常扱いの窃盗事件になったようだ」

「…………」

「この話には、まだ続きがあるんだ」

「まだあるのか」

「ああ。その翌日、夕方過ぎに、この中年女の亭主が、スーパーに怒鳴り込んで来たんだ」

「亭主が？」

「ああ。ある役所の課長だ。あの女にこの亭主ありって感じの中年男でな。自分の妻が万引きしたのは、店に隙があったからだ、警備体制に不備があったから、だから自分の妻は、ついつい万引きしてしまったのだ、と真顔で主張したらしい。自分たち夫婦は、いや、自分たち一家は、このマーケットの警備体制の欠陥のせいで万引き一家の汚名を着せられた被害者である、という理屈だ」

「どうなったんだ？」

「これは二年前の話だが、まだ揉めてるらしい。金ではカタが付かないようだ。もちろん、スーパーの社長は、金を払ったり、謝罪したりする気はさらさらない。本当に、真剣に怒ってるようなんだ。また、その夫婦の方も、金を払え、損害賠償をしろ、と言っているわけではないようなんだ」

「じゃ、なにが目的なんだ？」

「目的はない……少なくとも、なにかをどうにかできるような目的はないらしい。ただ、大騒ぎして、被害者だ、と言い立てている。嫌がらせの電話、手紙。平日の昼間に、店にやって来て、五時間近くも店内をぶらぶらする。そして、なにも買わずにレジを出て、それから事務所にやって来て、持ち物を全部出して見せて、確認させる。『こうでもしないと、この店は、人をドロボウ扱いするんだから！』と大声で喚く。あるいはまた、大声で、『はい、みなさん、ドロボウだよ。ドロボウが来たよ。気を付けなさいよ～。このスーパーの社長によると、私はドロボウなんだとさ～』などと大声で喚きながら、店内を行ったり来たりする」

「頭がイカれているのか？」

「そうではないらしい。特異な性格だ、と医者は言ったそうだ。社長が、困り果てて、知り合いの精神科医に相談したわけだ。医者は、人格障害ではあるかもしれないが、病気ではない、と答えた。そして、なにをやってもムダだろう、と言ったそうだ。法律の範囲内では、つまり、この夫婦の人権を侵害しない範囲では、対処する方法はない、という結論だったそうだ」

「スーパーとしては、エライ災難だな」

「そうだ。通り魔にあったようなもんだ。無視していれば際限なく万引きされる。摘発すれば抗議される。そして、あらゆる理屈を捻《ひね》り出して、とにかく自己正当化をして、しかもそれを恥じない。いよいよとなったら開き直り、被害者意識を振り回す」

「…………」

「私は、三森房子、つまり本村康子も、そういう人間なのだ、と思う」

「疑惑をもたれたから、だから、娘を殺した、というのか？」

「まぁ、そうだ。疑惑を打ち消すために、あんなことをしたのだ、と思う」

「そんなバカな……」

「あの人が怪しい、とみんなから言われている。ところが、その娘が殺された。普通、怪しい、と言われている人間が、そんなことをするはずがない。そんなことをすれば、疑惑をなおさら強めることになる。そんなバカなことをする人間はいない。ということはつまり、疑惑は間違い、ということになる。ということはつまり、その前のいろいろな事件に関しても、本当は無実だ、ということが明らかになる。……あの女は、そんな風に考えたんじゃないだろうか。大まじめで」

「オウムの連中が、一時テレビで盛んに言っていた理屈だな。疑惑の渦中にあるわれわれが、そんなバカなことをするわけがない。だから疑惑は間違いであり、これは、ＣＩＡや日本の警察による謀略だ、と」

「ああ、そうだ」

「あんな理屈で、疑惑を晴らすことができる、と連中は考えていたわけだ」

「ああ。さっきの、万引き常習の女もな」

「そして、本村康子もか」

「そう思う。現実に、保険金が欲しい、というのはあっただろう、と思うよ。だがそのほかに、当の自分の娘を殺すことで、疑惑を晴らすことができる、というような、一石二鳥を狙ったのではないか、と思うんだ」

「しかし、そんなことのために、自分の娘を殺すだろうか……ああ、そうか。自分の娘じゃないわけだな」

「そうだ。……本村岩雄の娘でもないのかもしれない。……少なくとも、岩雄は、もしかすると自分の娘ではないのではないか、という疑惑を持っている……持っていたのかもしれない。そのあたりは、判断材料がなにもないからよくわからないが。だがとにかく、岩雄は、薫にはほとんど愛情を感じていないように見えた。娘の死を、悲しんではいない」

「……なにか、突破口はないのか。警察に、近野の死は自殺ではない、と説得できる材料。あるいは、本村薫の死の真相に導く、なにか。なにか思い付かないか?」

「……私が今まで調べたことには、証拠能力はなにもない。こんな推測だらけの話では、警察は動かない。自分で、客観的に検討してみても、そのことはわかる」

「……警察には、話してみたの?」

「ああ。知り合いの刑事に伝えてはある。思った通り、あまり乗り気じゃない。警察は、必要最小限の労力で、もっとも単純でわかりやすいストーリーを作ることを、職人技の成果だ、と考えている。ややこしいストーリーは、嫌われるものらしい」

「だが……」

「ひとつ、とっかかりになりそうな糸口がある」

「どんな？」

「今考えているのは、大阪の探偵社に仕事を発注する手だ。私の友人がやっている探偵社から、付き合いのある大阪の探偵社に調査を依頼する。西成に住んでいた、という本村一家のことを調べてもらう。そして、こっちの本村康子の写真を送り、十数年前に西成にいた本村康子と同一人物かどうか、確認させるわけだ」

「なるほど……」

「ただ、なにしろ昔の話だから、時間がかかるかもしれない。当時の本村一家を知る隣人を捜し出すだけでも、相当な日数がかかる、と思う」

「道北の、本村岩雄の実家は？」

「可能性はないワケじゃないが、私はあまりアテにしていない。本村岩雄は、実家からも見放されている人間のような気がする。実家の人々が、ホンモノの本村康子と会ったことがあるかどうか、あまり楽観はしていない。……でも、当たってみる価値はあると思う」

「どっちにしても……」

そう呟いて、祖辺嶋は「う～ん」と呻き、「時間がかかるな」と言う。

その時、なにかが私の頭の中で、ほんの少し蠢《うごめ》いた。得体の知れないものが曖昧な形を作ったような感じだ。なんだろう、と思った。私の中で、自分がさっき言ったなにかに刺激されて、正体不明の洞察が、ゆっくりと動き始めたような感覚。

「どうした?」

祖辺嶋が、不思議そうに言う。

「いや……なんでもない。……たぶんな……」

「大丈夫か?」

祖辺嶋の視線を感じながら、私はわけがわからないままに、自分の頭の中を探った。だが、不思議な感覚は、唐突に、すっと消えてしまった。

時折、こういうことがある。考えのきっかけが揺らめくのだが、それがまとまる前に消えてしまうのだ。歳のせいだろうか。

SBCの一階ロビーにある公衆電話から、横山の事務所に電話した。すでに彼は帰っていた。

「よう。これから電話しようか、と思ってたとこだ」

「牧野さんの容態は?」

「ああ。もう大丈夫らしい。……電話じゃ話が遠いな。今、どこだ?」

「SBCだ」

「じゃ、歩いて四分二十三秒だな。会おうや」

「そうだな」

「大通の西十四丁目、札幌資料館の裏手に、クレーなんとかって名前の喫茶店がある。そこでどうだ?」

「クレーなんとか？」

「ああ。正確には覚えられねぇんだ。ややこしい名前でな。行けばわかる。半地下の、女子供の行くような店だ」

「ヘソが痒《かゆ》くなるような店か？」

「それがな。……おれは、ちょっと気に入ってる。週に一遍、そこでコーヒーを飲むのが、おれの唯一の安らぎなんだ」

「…………」

「そこでいいか？　今週は、忙しくて行く暇がなかったんだ。仕事をからめるのは気が進まないが、まぁ、仕方がない。どうだ？」

「ＯＫ」

「襲われた時、思わず無意識にカバンで腹を守ったんだな。それで、刃物の先が逸れて、動脈が無事だった。おかげで助かった、というわけだ」

こぢんまりとした、落ち着ける、居心地のいい喫茶店で、横山は陰惨な話題を平気で持ち出す。まぁ、小さく区切られた個室で向かい合っているから、ほかの客には聞こえないかもしれない。昼食を摂る時間がなさそうなので、私はコーヒーのほかにクロック・ムッシュを頼んだ。

「要するに、狙った男は殺すつもりだったんだな」

「そうだろう、という話だ。傷は相当深くてな。胃袋に達したもんだから、胃液が腹腔……腹の中に漏れてな。腹ん中一面、炎症っつーのか、大火傷っつーのか。これが相当ひどかったらしいが、まぁ、とにかく命は取り留めた。ICUでチューブを体から何本も生やして、話すのはちょっと辛そうだったが、ま、目には力があった」

「窓口にズラされた、というようなことを言ってたよな」

「ああ。先生が区役所に着いたのは、午後二時半頃だそうだ。昨日は、十三人ほどの調査を頼んでいたからな。南区、中央区、と回って、白郷区役所に着いたのが、二時半。で、相続調査を理由に、戸籍謄本と住民票を申し込んだわけだ」

「三森房子の分だけか？」

「いや。昨日は、白郷区には三件あったんだ。照会対象が」

「三件か」

「ああ。だから、もしかすると三森房子が原因じゃない、ということも考えられるが、まぁ、アルプスの羊飼いじゃない限りは、そんな暢気なことは考えないよな」

「ああ」

「窓口は混《こ》んではいなかったそうだ。で、通常なら、……まぁ三件で三十分もかからない……十分くらいで名前を呼ばれるそうなんだが、昨日は、いつまで経っても呼ばれない。で、三十分待ってから……そして、自分よりも後に申請した人間が、何人も先に名前を呼ばれたりしてたんで、窓口に行ってみたんだそうだ」

「なるほど」

「すると、なんとなく受付の男の態度が不自然で、おどおどしてた、と。で、『まだ呼ばれませんか？ ヘンですね』みたいなことを呟いて、『もうちょっと待っていてください』なんてことでごまかされたらしい」

「…………」

「で、それからまたしばらく待って、もう一度窓口に行ってみたら、受付の男が別な人間に替わっていて、そいつは『引き継ぎの時にはなにも言われなかったから、わからない』という御返事だったらしい。で、先生は、念のためにもう一度申請書を書いた。……ここが、ちょっと残念なところだな。先生、ちょっと気が小さいところがあってな。それがあの人の人格的な美質ではあるんだが、……どうも、いざって時に押しが弱くてな。この時も、どうなってるんだ、とガンガン騒げば、それで問題を大きくして、大勢の注目を浴びてたら、もっと別な展開もあったかもしれないんだがな」

「…………」

「で、もう一度申請して、またおとなしく待った。それでも、結果は同じだ。自分よりも後に来た人間が、どんどん名前を呼ばれるのに、先生は無視されている。……きっと、この間に、刺客の手配をしてたんだろうな。必死になってよ」

静かに話してはいるが、その声から、横山が激怒しているのが感じられた。顔に浮かんでいる笑みは、やや不自然だ。心の底から激怒すると、ニヤニヤ笑ってしまう、そういう人間がいる。そして横山は、まさにそんなタイプだった。

「先生はそんなことなんにも知らねぇで、そこにぼんやり座ってたわけだ。もうすぐ襲われる、殺されるなんてことは全く考えずに。……で、おれもあんたも、のんびりと法治国家の自由市民としての生活を謳歌《おうか》していたわけだ」

「…………」

「今、先生は、自分が区役所でズラされたことについて、説得力のある形で事実を述べられる状況にない。そして警察は、犯人が現行犯逮捕されたから、すでに事件への興味を失いつつある。シャワーを浴びてこざっぱりして、さてぼつぼつ事後処理に取りかかろうかなってな気分だろう。で、これから、先生が回復して、力を付けて、自分が区役所でなにを申請し、それがどう妨害されたか、をしっかりと主張できるようになる頃には、区役所の連中は、きっと事実の隠蔽を完成させちまってるだろう。これで、終わりだ」

「…………」

「と思うか？」

「いや」

「おう。珍しく、意見の一致を見たな。どうやる？」

「おれか。おれがどうやるかってか。……あんた、真似すんなよ」

「あんたは？」

「そんなことはしない」

「……ヤクザってのは、根性無しでな。客をすぐに見捨てるんだ。ミカジメ料を払っている店でモメ事が起こる。そんな時、ヤクザってのは、まぁちょっとカッコが付く程度には面倒を見るが、問題がこじれてくると、さっさと手を引くんだ。暴対法のおかげでな。あれは、ヤクザどもの役にも立ってる法律なんだ。『いやぁ、ママ、もうこれ以上は、ウチらでもどうにもならんなぁ。弁護士に相談する方がいいよ。ウチらは、ただ、花を毎月買ってもらってるだけの業者だからなぁ。そんなことには介入できんよ。暴対法ができてから、表立っては動けんのよ、ウチら』ってな調子だ。銀行と同じだ。別に問題がないときには、『まさかの時のお付き合いだから』ってなわけで擦り寄ってくる。でもって、本当に苦しくなると、『そこまで面倒は見られない、ウチもビジネスだから』と突き放す。よく言うじゃねぇか、銀行は、晴れてる時には傘を押しつける、雨が降ると傘を取り上げるって。ヤクザもそれと同じだ」

「だから？」

「花岡組に探りを入れるさ」

「……」

「ああ、心配するな。本体じゃないよ、もちろん。刺したチンピラは枝の枝、構成員十人弱ってな零細組織だ。そこの誰かにこっそり話を聞いて、たぐれる糸口を探してみるさ」

「それは……やめた方がいいだろう」

「ビビってるのか」

「いや。……まぁ、そうだ、と言ってもいい。とにかく、そっちは最後の手段として残しておいた方がいい。私に、区役所の中にちょっとした心当たりがある」

「じゃ、そっちを教えろよ。俺の方で当たってみるから」

「いや、それは……他人には、絶対に口外しない、と約束したんだ」

「でもあんた……ひとりであれもこれもできるのか？」

「とにかく、区役所の方は、私が当たってみる」

「じゃ、おれは花岡に……」

「それはちょっと後回しにしろ。その方がいい」

「なにをビビってんだよ！」

「おれは興奮してるんだ」

「じゃぁ、私もビビってはいない。冷静に状況を考えて、無益な危険は冒さないようにしているだけだ」

「無益？　おれのすることが無益だってか」

「言葉尻を捕まえるのはやめてくれ。私も、あんた同様、腹を立ててる。だが、そのせいでなにかがあれば、今度は牧野さんに迷惑がかかるだろう」

「………」

「とにかく、落ち着いてくれ」

「別におれは、落ち着きを失ってはいないよ。冷静なもんだ」

こめかみに血管がくっきりと盛り上がっている。

「今日、私は本村岩雄と会ったよ。話をした」

「ほう？」

横山は興味を持ったらしい。目の前の怒りから、とりあえず頭を切り替えたようだ。

「どんな話だ？」

私は、岩雄との会見のようすを話した。横山は、「う～ん」と唸る。

「あんたの考えたとおり、三森房子は、本村康子だろう。そして、本当の本村康子は、きっと殺されたんだと思う」

「なるほど」

「大阪にも、あんたの提携先はあるだろ?」

「当然だ」

「そこに、調査を依頼できないか」

「時間がかかるぞ。それに費用も」

「時間は、ある程度は覚悟している。費用はいくらかかる?」

「……五十万までならなんとかなるだろ。それ以上は安くできないと思う」

「それでいい」

「いいのか?」

「ああ」

「……おれも半額払うよ」

「OK。歓迎する」

「……少しは遠慮しろよ」

「どうせ、先方には二十五万で発注するつもりだろ?」

「本当にあんたはイヤな奴だ」

「とにかく、花岡組に粉かけるのは、ちょっと待て。私の方の線を試してみてからでも遅くはないから」

横山は、なんとなく面白くなさそうな顔で、コーヒーをすすった。

「そうだ、あの若いヤツはどうなった？　辞めたのか？」

「いや。なにしろ就職難だからな。先に会社に帰って、待ってたよ、おれを。そして、きちんと謝った。だからまぁ、もう少し、面倒を見てやることにした。今は、先生のところに行ってるよ。身の回りの世話なんぞをやらせてる。雑用係……っつーか、付添人だ」

「そうか」

「気にしてたのか？」

「そういうわけでもないが」

横山はひとつ頷き、立ち上がった。

「じゃぁな」

私はホット・サンドを食べながら、横山の後ろ姿を見送った。当然ながら、レシートはテーブルの上に置きっ放しだ。

26

「畝原さん、ご存知ですか、例の〈ベレール〉が封鎖されましたよ」

消費者生活センターに着くと、いきなり秦野が私を見付けて駆け寄り、そう言った。心配そうな顔つきだ。

「封鎖された？　あの、〈バカオヤジの部屋〉がかい？」

「ええ。なくなっちゃいました」

「それは……たとえば、警察が介入した、というようなことだろうか」

「そうだと思います」と頷いて、ちょっと恐がっているような顔で「畝原さんの方にはどうですか、なにか接触がありました?」と声をひそめる。

「いや、今のところはまだ」

「あの時、畝原さんの携帯電話の番号を登録したから……」

そんな話をしているところに、山岸所長がやって来た。混み合ったデスクの間を、後ろに初老の男をふたり従えて、「や!　御苦労さん!」と近付いて来る。男のひとりは、佐々木弁護士、もうひとりは見たことのない人物だった。

「紹介するよ。〈守る会〉……〈子供たちをCOLから守る保護者の会〉の、ドバシ顧問。ドバシさん、こちら、畝原さん」

われわれは名刺を交換した。土橋稔。

「土橋と申します。畝原代表のお噂は、所長から、かねがね伺っております」

丁寧な言葉遣いだが、目つきがやけに光っている。小柄な闘牛という体型で、この男が一言「いやだ」と言ったら、その意に反して動かすのは容易ではない、という感じだ。

「で、畝原には、相談窓口担当、という身分で来てもらうことにした」

「よろしくお願いします」

土橋が、私の目を見つめたまま、会釈した。

「で、今回はわれわれ四人で行く。ケンモツとヤマダ弁護士は、別件でちょっと手が放せないんだ」

「はぁ……でも所長、よく考えたら、私は豊滝で、連中に顔を見られてるんですよ」

「あ、うん。この前な。それは構わん。ま、それもブラフのひとつ、ということにするさ」

佐々木がアタッシェ・ケースを開き、A4サイズの紙にワープロでプリント・アウトしたものを寄越す。山岸が「先週、連中に送った文書だ」と言う。

ざっと読んでみた。古守春香《こもりはるか》という十八歳の女性の所在を問い、親権者が面会を求めていることを書き記してあった。そして、コピーした写真があって、大通公園四丁目噴水のところで、アンケートをしている若い娘が写っていた。日付を見ると今年の春で、これが古守春香であるらしい。このアンケートは、難民救済に名を借りたCOLの資金獲得手段の一つであり、同時に、新しい信者勧誘の方法でもある、と述べ、古守春香がCOLの信者になっていることは確実であり、親権者の面会要求に、COLは誠実に応えるべきである、と述べていた。法的な手段に訴えることも検討している、ということも書いてある。

「とにかく、連中は話を混乱させるのがうまいからな。だから今回は、この古守春香に問題を絞って、アプローチすることにしたんだ」

「なるほど」

「こっちとしちゃぁ、今日の話し合いを第一段階にして、もっと密に話し合いの機会を持ちたい、とは思うんだ。だがな、連中はそうは出てこないだろ。まぁ、おそらくは、これが最初で最後、ということになるだろうな。だとすれば、最後通牒《つうちょう》というのかな、宣戦布告というのか。いい加減な対応をしていると、行政だの司法だのの介入を招くよ、と。こっちはそこまで考えてるし、それなりの対応を準備しているよ、と。そういうこっちのメッセージを明確に伝えよう、と思うんだ」

佐々木弁護士と土橋顧問が、やや気遣わしげな視線を投げ合う。

「……ええと、所長」と口を切ったのは佐々木弁護士だった。「そのあたり、……もうちょっと、慎重に運んだ方がいいのでは、と思いますが」

「それは何度も聞いた」

「ええ、何度も申し上げ、所長のお考えも、何度も伺いましたけれども、ここで焦っても、徒《いたずら》に相手を硬化させるだけで……」

「私はこの頃思ってるんだけどね、そういう態度が、きっと、COLだのなんだの、ああいう連中の好き勝手を助長してるんだ、と思うんだ」

「そういう面は確かにございますけれども……」そう静かに語る佐々木弁護士に、土橋顧問がやや強い口調で言った。

「でも、所長が苛立つのは、私はわかるな」

「いや、私は別に苛立ってるわけじゃないよ。ただ、なんらかの成果を、生きてるうちにこの目で見たい、と思ってるだけだよ」

山岸の「生きてるうちに」という言葉を、とりあえず冗談として受け止めて、私と佐々木、土橋は「わはは」と笑った。だが、山岸は憮然とした表情を崩さない。

「ええと……まぁ、そうではございましょうけれども……」と言いかけた佐々木弁護士に、山岸は「もう、いい！」と強く一言浴びせた。それから、われわれ三人の男と、それを取り巻く強張《こわば》った沈黙を後ろに従えて、山岸はセンターの駐車場に向かった。

私のターセルは問題外、土橋顧問のパジェロはちょっと場違い、ということで、佐々木弁護士のグランデで行くことになった。四人の中では私が一番若いからか、なんとなく私がハンドルを握ることになった。この歳になって、「自分が一番若い」という状況はわりと珍しい。私の気分の奥底に、どことなく浮き浮きしたものがあるのに気付いて、我ながら微笑ましい気分になった。

私の隣、助手席には佐々木弁護士が座り、その後ろに土橋顧問、私の後ろに山岸所長が座っている。そして山岸は、延々と語り続けて止《や》まない。

「戦争直後……昭和二十年代から三十年代前半にかけては、もう、宗教団体の不正がバンバン摘発されていたんだ。知ってるか？」

「いえ、詳しくは……」

「脱税、薬事法違反、拉致監禁、それに殺人までな。今はもう中堅どころになってるような大教団でも、当時はあっさりと摘発されてたんだ。とにかく、信者を手先に使った蓄財、資産形成は露骨だったから。そういうものを、国は、バンバン摘発してたんだよ。今となっては、ちょっと信じられないことだけどな」

助手席で、佐々木が小さく頷いている。

「それは、宗教への弾圧、ということになるんですか？」

「まぁ、宗教業界はそう言うんだろうな。実際、そういう抗議を繰り返したようだ。でも、実際に脱税や、拉致監禁なんてのは現実にあったわけだからな」

「じゃぁ、なぜ今は、そういう動きは下火なんでしょうな。……私も現役時代は、明白な刑事事件でも、相手が宗教となると、ちょっと触りたくない、という感じがあったのは事実ですが」

土橋が言う。佐々木が小さく舌打ちをした。山岸を刺激するな、ということなんだろう。

「ま、要するに、宗教業界が、政治家を抱き込んだ、ということなんだろうな。業界団体を作って、その団体を通して、政治家や政党に献金をする。その見返りに、政治家たちが行政に介入して、宗教業界を守る。そんな構造ができたんだろ。あとはもう、好き放題さ。宗教業界ってのは、自浄能力の点では、暴力団業界よりも劣ってるからな。暴力団は、オカミのお墨付きなしで、体を張ってるわけだよ。その点、宗教業界は、宗教法人としてオカミのお墨付きをもらってるから」

佐々木がちょっと溜息をついて、静かな、慎重な口調で「でも所長、そんなに単純な話じゃない、と思いますよ」と言う。

「そりゃそうだ。もちろんだよ。私だって、いくらでも複雑なことを考えられるさ。でもな、歳を取ると、単純になるもんなんだ。悪かったな」

なんとなくみんなが黙り込んだ。だが、すぐに山岸が口を開く。

「そうだ、畝原」

「はい」

「土地の件だけど……」

「ああ、例の豊滝の、ですね」

「う。あそこの土地の持ち主は、三森奨学会という財団法人なんだ。聞いたことはあるか？」

「……ああ、ええ」

「なにやってるのか、詳しいことはわからないんだよ。非常に胡散臭い。奨学事業をやってる、という話なんだけどな」

「はぁ。そのあたりは、ちょっと調べています」

「元は、あの土地は、三森という金持ちが所有していた土地らしい。名字が同じだから、きっと三森奨学会の関係者だろうな。で、その財団が、個人である三森から、土地を買った、という形になってるらしい」

助手席で、佐々木弁護士が頷いて、言葉を引き取った。

「昭和四十六年に、土地所有者である、三森忠勝という男性が亡くなりましてね。その後、三森奨学会がその土地を購入したわけです。で、その後、ちょっと古い話ですけど、畝原さん、覚えていませんかね。昭和五十一年前後に、ちょっとしたスキャンダルがあったんですが。あのあたりにゴルフ場を中心とした大規模なリゾートを建設する、という計画が極秘に進んで、事業主体である本橋建設に、三森奨学会が土地を転売しようとしている、ということが公になったんですが」

「…………」

記憶になかった。と言うか、似たような話は、当時あちこちにあったし、本橋建設を中心とする本橋グループの土地転がしのキナ臭い話は、北海道全域にあったから、どの話がどうだったか、ごっちゃになっている。

「豊滝の話は、わりと早い段階で漏れましてね。当初は、青少年キャンプ村のようなものを作る、という方向だったのが、いつの間にか、土地を本橋グループに売却して、会員制のゴルフ場を作る、という話に変わったので、ちょっと騒動になりかけたわけです。当然ながら農地法に違反する土地売買ですからね。それを、資金を複雑に迂回させて、農業委員会なんてのも巻き込んで、強引に通そうとしたらしいんです。三森奨学会は、この農地転売で、その当時の金で二十億近い収益を見込んでいる、ということも暴露されて、一時はかなりの騒ぎになったんですが」

「……ああ、なんとなく思い出しました」

「その後、奨学会の内紛なんかが起きて、結局、問題理事が辞任というのか、解任されて、一応終息したわけですが、そういうイワク付きの土地なんですよ」

「ほう……その問題理事というのは、三森房子、という名前ですか？」

「よくご存知ですね」

「ええ、まぁ……」

説明しようかと思ったが、話がややこしくなりそうなので、「まぁ、いろいろと」と答えるだけにしておいた。

「で、その後の資料を見ますと、昭和五十六年に、不登校児……まぁ、当時は登校拒否、と言ってましたけど、そういう子供たちを集めて家庭学習をしていたグループが、その土地を無償で借りる、ということになったんですな」

「その当時の土地の所有者は？」

「ずっと、三森奨学会ですね。本橋グループへの売却が不調に終わってからは、なかなか買い手がつかなかったようで」

「なるほど」

「その後は、どうも放置されていたような形なんでしょうけど、フリー・スクールの方も、内情がゴタゴタしたらしくて、うまく活用できなかったらしい。で、四年前に、元校長の森英勝という人が借り受けて、同じくフリー・スクールの運営のようなことを始めたらしい、ということです」

「それがあれだろ？ 畝原が言ってた、この前、息子を殺して自殺したあの森だろ？」

「そのようですね」

私は頷いた。

「で、この元校長の運営も、なかなかうまくいかなかったようなんですね。資金の面でも、いろいろと苦しかったようで」

と佐々木が言うと、「ほら、よくあるだろ」と山岸が口をはさんだ。「なんというのかな……ま、理想的な社会、というかコミューン、みたいなのに、なんとなく憧れるからな、人間は。それはわかるんだが、そういうのは、たいがい失敗するもんだ」

山岸が言い、佐々木が残念そうに頷く。

「私はわかるよ。命令とか上下関係のない、民主的な、みんなひとりひとりが自由に、自立して、おのおのの好みと個性に従って、伸び伸び生きる、小集団。理想だよ。これは素晴らしい。みんながひとりのために、ひとりがみんなのために。自分の能力と才能を発揮して、全員が活き活きと暮らす、楽園。それが、素晴らしい、ということは私はわかるさ。バカにする気はないよ。……それが実現できれば、もう、それに越したことはないさ。でもな、現実には、そういう集団には、必ず怠け者と身勝手な連中が混じってきて、メチャクチャにしてしまうから……」

そういう山岸の口調には、なんとなく、過ぎ行く夏を惜しむ少女の感傷のような気配が漂っていた。

「…………」

「ええと、それで」と佐々木がひとつ咳払いをして、話を締めくくる。「気がついたら、COLの〈シャングリ・ラ〉ができていた、ということになるようですね」

「COLと三森奨学会の関係は？」

「書類に残る形では、なにもないようですね。少なくとも、今のところ何も出て来ません。元校長のフリー・スクールが撤退した後、放置された空き地になっていたところに、COLが勝手に施設を建設した、ということのようですよ。書類上は」

「だから、何度も言うようにさ」と土橋がじれったそうに言う。「三森奨学会をなんとか説得して、COLの土地不法使用を言い立てて、立ち退かせれば一番いいんだよ。それができれば、話は簡単だ」

「それができないんですか？」

できないことはわかっていたが、一応私はそう聞いた。

「そうなんだよ！」と土橋が言う。「これがまた、典型的な休眠財団でね。電話をかけても誰も出ない、直接行ってみても、誰もいない……〈北海道総合ビル〉にあるんだけどね」

「総合ビル、畝原は知ってるかな。休眠財団の巣だ。ビルの持ち主自体が、札幌市高層建築整備協会という無意味な名前の休眠財団なんだから、話にならない」

「はぁ……」

「三森は、もう、管理もメチャクチャで、理事のほとんどは、マトモに会話が成立しないところまで行っちゃった老人さ」

「はぁ……」

「ま、私も、いつそうなるかわからないけどな！」

「いえ、ご冗談を」

「で、そこまで行ってない連中も、『名義を貸しているだけだから、詳しい話は全然わからない』と言うだけだ」

「はぁ……」

「それから、さっき話に出た三森房子か、これは、連絡先がどうしてもわからないんだ。どんなに頑張っても、連絡できない、所在がわからない。それでも、理事として通用しているんだ」

山岸は、本気で怒っている。

「会計報告も、まともにやってないんだろうな。で、役所は見て見ぬふりだ。大事な天下り先を確保したいんだろ」

「とにかく……」と佐々木が、努力のにじむ穏やかな口調で我慢強く言う。「あらゆる方面か

ら、考えられるあらゆる手段を講じておりますから、ここはひとつ、落ち着いて対応すること
に致しましょう」
それに答える者は誰もいなかった。額に汗を浮かべている佐々木が可哀想だったので、私は
とりあえず、彼の目に、小さく頷いて見せた。

一度行ったことがあるので、林道への入り口を見落とすこともなく、順調に進むことができ
た。前回訪れてから、もう一週間近く経過した。その間に、車の出入りが激しくなったらしい。
林道の雑草の生え具合が、以前と比べて疎《まば》らになっている。道の両側の雑草を、砂埃が薄く覆
っている。
そのうちに、雑に鉄条網を巡らした囲いが見えて来た。思い思いの質素な服装の、若い男女
が集まっている。Tシャツや薄汚れたシャツ、ジーンズやジャージなどが目に付く。なにか目
的があって集まっているという感じではなく、ただぼんやりと突っ立っているように見える。
多くは痩せていて、首のあたりがヒョロンとしている。
秋の雲が浮かぶ青い空の下、紅葉に向かいつつある森の中の開けた空間に、ぼんやりとあて
もなく人々が群れている光景は、なにかこう、遠い未来を舞台にしたSF小説の一場面のよう
だった。退化した人類の強制収容所。
ゆっくりとバラ線の門に近付く。ノンキな顔をした連中がゆっくりと左右に分かれ、中から
目つきの鋭い、猜疑心丸出しの青年が出て来た。バラ線の門を開き、近付いて来る。私は運転
席のサイド・ウィンドウを下ろした。

「消費者生活センターの方々ですね」

腰を屈めて、車内を見回しながら言う。私が頷くと同時に、山岸が身を乗り出して「所長の山岸です」と名乗った。

「伺っております。車は、そこの空き地の方に置いて、歩いていらしてください」

言われた通り、グランデを門の脇の空き地に回す。軽トラックとマイクロバスが並んでいる横に駐車して、われわれ四人は車から降りた。さっきの、イヤな目つきの青年が「こちらです」と先導し、われわれはバラ線で囲われた空間に足を踏み込んだ。

人間の数が増えてくる。われわれが進むのに合わせて、ぼんやりした顔の人間の群が、左右に分かれる。まるで紅海を行くモーゼ一行のような気分だ。

その時、突然サイレンが鳴り響いた。私は非常に驚いたが、なんとかそれを表に出さずに済んだ。山岸と土橋もビクともしなかったが、佐々木は飛び上がった。

そのサイレンが合図だったのだろう。われわれの周りに群がっていた人間たちは、潮が引くように、チリヂリに去って行く。山岸が左手首に視線を落とし、「三時か……」と呟いた。「仕事が始まるんだよ、きっと」

鉄条網の中は、広大、というほどではなかった。とは言え、大きめの学校のグラウンド数個分の広さはあるだろう。それほど大きくはないプレハブの建物が点在し、クレーンやブルドーザーなどが何台か固まっている一画もある。そして、畑であるらしい、掘り返された空き地が広がっている。収穫を終えた、という感じではない。なにかを植えようとして耕した後で、やる気がなくなって放ってある。そんなように見えた。もちろん、私は農作業には詳しくないから、そういう自分の印象が絶対に正しい、と主張する気はないが。

「あともう少し……あの建物です」

案内の青年が、ちょっと離れたところに建つプレハブを指差す。われわれは頷いた。

「あそこで、導師がお会いになります」

われわれは頷いた。

この青年は、自分たちの〈シャングリ・ラ〉に住んでいるのだ。そして、外部の人間を案内しているのだ。もう少し、朗らかさや喜びがあってもいいのではないか、と私は思った。嬉しそうな顔をして、「この畑では無農薬有機肥料の野菜を作っています」と説明してもいいような場面のはずだ。だが青年は、どことなく投げやりな態度で、つまらなそうに、ただ猜疑心だけを剝き出しに、われわれの先に立って進む。ここでの生活は、楽しいものではない、彼の背中がそう語っているように思えた。あるいは、この青年の役割は、愚鈍な羊の群の中のシェパード、というところか。

われわれが通されたのは、三十畳ほどの広さで、壁にドアがひとつはまっている、簡単な建物だった。土足で上がるように言われたのでそのまま中にはいった。内部は、床がざらついていて、掃除の気配が全くなく、薄汚れていた。COLのマークを大きく描いた手製の幕が一枚、壁に張ってある。その壁を背にして長いテーブルが置かれ、部屋の中央、そのテーブルに向かい合うような形で、同じく長いテーブルが配置されている。部屋の中央のテーブルが、われわれの席だった。パイプ椅子が四つ並んでいる。それに座って待つように言われた。そして青年は、軽く会釈して、ドアから出て行った。

「なんだか、みすぼらしいですな」

土橋が言い、佐々木が「シ」と自分の唇に人差し指を当てた。それを見て、土橋がことさら挑戦的に言う。

「なに？　盗聴？　そんなもの、気にしてもはじまらないさ。事実、みすぼらしいんだから。ま、それが好きでやってるんだろうけどな」

佐々木は静かに溜息をついた。

「盗聴なんか気にしてもはじまらない。あちこちにマイクが仕掛けてあって、きっとカメラだってあるんだろうよ」

土橋はそう言って、天井のあちこちに向かって手を振っておどけた顔をして見せた。

その時、ドアが開いた。一団の人間たちが姿を現した。なにかの見せ場になりそうな状況ではあるが、建物に一つしかない、われわれが入って来たドアと同じ所から、ぞろぞろと続いて、壁際のテーブルに向かうので、なにかこう、威厳とか厳粛さ、儀式性のようなものが全く感じられず、建物のせいもあって、工事現場での段取り打ち合わせのような感じになってしまった。

COL側は、スーツ姿で頭をきちんと七三に分けた男が四人、派手なロング・ドレスの太った中年女性がひとり、そして着席した四人の両脇に、Tシャツとジーンズの若い男たちがふたりずつ、ヒトラーのような姿勢で立った。全体の中心に、中年女性が座り、いかにも尊大なようすであたりを睥睨《へいげい》した。

右端に座った三十代前半に見える男が腰を浮かせ、きちんと整った頭髪の下の光る額をハンカチで撫でながら口を切った。

「ええ、本日は、消費者生活センターの方々には、わざわざお越しくださいまして、ありがとうございました。私は、進行を担当させていただきます、チルヅレン・オブ・ライツの広報担当、イケグチと申します。よろしくお願い申し上げます」

われわれ四人は、頭を下げた。

「え、それで、まず、私の隣におりますのが、総務担当、オカバヤシ、それから、当教団至高聖者であられます、唯一者、導師ハイペリオンのご来臨と、その原初より永劫《えいごう》の同行者であられます、光輝聖者、御一人アルテミスのご来臨でございます」

われわれ四人は、それぞれに頭を下げた。

「続きまして、お問い合わせにありました、古守春香のチーム・リーダーでありますオサベ、それから、古守春香と最初の縁がございました、タドコロでございます」

われわれ四人は、それぞれに頭を下げた。オサベもタドコロも、銀行員タイプの平凡な、いかにも真面目そうな顔つきだ。役所の窓口によく似合う。ホテルのフロントにもよく似合う。そして、テレクラ売春の客にも似つかわしい。

私は、佐々木の耳元に口を寄せ、小声で尋ねた。

「弁護士は？」

「来ていない。きっと、弁護士同士の対決を避けたんでしょうね」

佐々木も小声で答える。ハイペリオンとアルテミスが私たちの方を見た。なにか言うかと思ったが、なにもなかった。そのまま見過ごすことにしたらしい。

「う」

短く息を漏らして、山岸が勢いよく立ち上がった。

「御紹介くださいまして、ありがとうございます。消費者生活センター所長の山岸でございます。私どもスタッフは、相談役の佐々木弁護士、ご存知の〈守る会〉の土橋顧問、そして」

「探偵だろ。畝原君。畝原君だな」

アルテミスが、ガラガラした声で決めつけるように言った。私は黙って頷いた。その両側に控える八人の男たちが、全員私を睨み付けた。私は、平凡に、地味に生きている男だ。だから、一度にこんなにたくさんの人々に見つめられた経験はほとんどない。なんとなく、照れ臭かった。

「畝原氏には、ボランティアで、当センターの相談窓口を引き受けて頂いております」

アルテミスがふん、と鼻を鳴らした。

「ええ、それで」山岸が言葉を続ける。「……今回は、このように話し合いの場を持つことができまして、誠に喜ばしいことと存じます。できましたら、お互いに忌憚《きたん》なく話し合い、今後への有意義な展開の糸口にしたい、と願っております」

そう言って、山岸は椅子に腰掛けた。

「えー、それで。先日お送りした書類の件が、本日の主な話題となる、と私ども考えているわけでありますが」

「その前に、そちらの方にいろいろと誤解がおありのようなので、その点について御説明申し上げます」

イケグチが立ち上がった。それと同時に、両端に立っていた青年ふたりが、イケグチの前に置いてあった書類を手に、近寄って来る。われわれのひとりひとりに、三枚綴りの文書を配布し、にこりともせずにまた元の場所に戻る。

文書のタイトルは〈真実の貌〉となっている。〈誤解に答えるに、静かに穏やかに〉というサブタイトルがついている。この「誤解に……」という文章には〈至高聖者導師識『光輝天転生』Ⅳ65〉という注釈がついている。要するに、ハイペリオン……というかウエノマサトシという詐欺師が書いたことになっている『光輝天転生』という書物の第四章六十五節の文章なのだろう。出だしはなかなか調子が高いが、内容はすぐに下らないものになっている。

「われわれ宗教法人チルヅレン・オブ・ライツは、いかなる営利事業も行なっておりません。また、教団として、募金活動を行なってもおりません」という文章で始まり、「ＣＯＬ系企業」という言葉は誤りであり、「信者が、それぞれの能力や才覚で企業活動を行なうのは、当然の権利です。それともあなた方は、ＣＯＬの信者であれば、営利活動を行なうのは禁止すべきだ、と主張されるのでしょうか。これは、宗教弾圧ではありませんか」と述べ、「もう一度繰り返します。われわれＣＯＬが、組織として、宗教法人として、たとえば物品の販売や運命コンサルティングなどを行なっているわけではありません。信者の中の、たとえばセールスの得意な者、たとえば運命コンサルティングに秀でた者などが、その能力と才覚を活かして、人類の当然の権利である、経済活動を行なっているのです。もう一度繰り返しますが、彼らに、組織としてのＣＯＬがなんらかの指導をしている、という事実はないのです」と繰り返している。そして「キリスト教の信者であるアメリカ人のセールスマンが自動車を一台売ったとします。そうすると、キリスト教の教会が自動車を売ったことになるのでしょうか？」と問いかけ、「悪意のある論理のすり替えは、われわれの断固拒否するところです」と何度も主張している。

そのような理屈を、手を替え品を替え延々と展開し、その最後に「古守春香について」という章がある。これは、「お問い合わせの古守春香は、COLの帰依者のひとりで、光輝ある共同体〈シャングリ・ラ〉で自由に暮らしております。強制的監禁などの事実は一切なく、古守春香は、その意志により、自由に、行きたいところに行き、行ないたいことを行なっております。大通公園における募金活動は、古守春香自身の希望により、世界難民救済援助協会に自発的に参加して行なっているものです。この世界難民救済援助協会は、法人格を持たない任意団体であり、会員の中に多くのCOL帰依者がいることは事実ですが、そのことは、COLが世界難民救済援助協会に影響力を持っている、あるいは、何らかの関係がある、ということを意味しません。あくまで、世界難民救済援助協会の募金活動とCOLは、無関係です。純粋な善意で活動している世界難民救済援助協会の活動に、万が一、なんらかの問題点があるとしても、COLはそういう問題とは無関係であることを明言します。また、繰り返しますが、世界難民救済援助協会はCOLとは独立した任意団体であり、COLは世界難民救済援助協会を指導したり、問題点を解決させるというような立場にはない、ということをご理解ください。また、古守春香が大通公園で行なっているアンケート活動は、彼女の個人的なサークル活動であり、COLの信者勧誘などというものではないことも、改めて確認しておきます。その上で、古守春香は、両親をはじめとする家族と面会を望んでおりません。古守春香の家庭には多くの問題があり、古守春香はそれらから自分を守るために、COLにやって来たのだ、ということを改めて確認しておきます。どのような問題であるかは、名誉毀損になるのでここでは明らかにしませんが、古守春香のご家族の方々は、自分たちに、反省すべき多くの点がある、ということをご存知のはずです。もしもその自覚がないのなら、あなた方の知的劣等性の証明になるのです」と、段落のない文章で一気に書いてある。

「一通りお読み頂けば、もう、疑問の余地なく、ご理解いただけるものと存じますが」

イケグチが、非常に高圧的な口調で断定し、アルテミス……ウエノカズコに視線を投げる。太った中年女性は、満足そうに頷いた。その横で、なぜかハイペリオン、ウエノマサトシが困ったような顔で、顎の脇をボリボリと掻いた。

「これでは」と山岸が言う。「今まで、何度も電話などで伺ったお話から、なんの前進もないわけですが」

「われわれの主張は、……まぁ、主張、という言葉も適切ではありませんが、要するに、事実はこういうことなのですから、もうこれ以上の変化、というものはあり得ないわけです。何度お話ししても、そちら側では納得されない。それではもう、どうしようもないではありませんか」

「しかし、古守春香の両親が……」

「いいですか、こういうことを考えてみてください。高校を卒業し、専門学校に通っている娘さんがいる。この娘さんが、茶の間で家族と口論になり、自分を理解してくれない家族に絶望して、自分の部屋に閉じこもってしまった。部屋の外から、他人を理解する能力に欠けた父親や母親が、『出て来なさい、ちゃんと話をしなさい』としつこく言う。……さて、こういう状況で、娘さんが、断固として、無理解な家族との無意味な対話を拒否するだけの強い意志がある、優れた人間であったとしたら、もう、父親も母親も、それ以上娘さんの心の中に土足で踏み込むことなど許されることではない。そこまでは理解できますか？」

「それは問題のすり替えであって……」

「いや、そうではありません。私の例の場合、もしかすると、その娘さんは、無理解な家族の中で、何の助けも得られず、両親に、心の中に土足で踏み込まれて、絶望して自殺してしまうかもしれない。そういう例は、それこそ現代の日本では、枚挙に暇《いとま》がない状況です」

「いや、そうではなくて」

イケグチは、山岸を無視して、話を続けた。

「しかし、古守春香の場合は、このたとえ話の娘さんよりも、ずっと恵まれていた。避難場所として自分の部屋しか持たなかったら、もっと悲惨なことになっていた彼女の人生が、COLを知ることで、癒《いや》しを得られたわけです。彼女は今、この〈シャングリ・ラ〉で、幸せに暮らし、自分の人生の意義に目覚め、今までの人生の過ちを深く認識し、自分が自分の生命の主人であることをよく理解しています。自分が納得できない事柄に、それが両親の命令だからという理由だけで、従わなければならない、ということは間違いだ、ということを理解しています」

「いや、ちょっと待って頂きたい」

「その理解の上で、古守春香は、両親との面会を拒否している。もちろん、われわれも、そこまで頑なに拒否するのはどうかな、とは思います。正直な話。しかし、本人が、断固としてイヤだ、と言うことを、強制はできません。彼女は、ここで自由に暮らしているわけですから、私たちは、彼女に、両親との面会を強制することはできないのです」

「いいですか、両親の面会要求は、法的にも正当なもので……」

「彼女の気持ちをご理解頂きたい。もちろん、われわれも、ずっとこのまま両親を拒絶する、ということが正しいとは思わない。ただ、今は、彼女の心の痛手が大きいから、それが癒え、彼女が、自信を持って、辛い過去を振り返ることができるようになるまで待ってあげたい、と思うのです。それをあなたがたは……」

「待て」とアルテミスがガラガラ声を張り上げた。「私が話そう。消費者生活センターの方々、まず第一に、地球の歴史の中で、完全に物質的な面から言えば、人類の存在というのは、本来は余剰であり、意味がない、ということをご理解頂きたい」

そう前置きして、ガラガラ声の中年女は、非常に高圧的な口調で、呆気《あっけ》にとられているわれわれに、この二百億年にわたる宇宙の進化と、地球の歴史、そして魂の進化と堕落、その再生について、延々と語り始めた。不気味なことだが、時折アクビを噛み殺すハイペリオンを除いて、目の前の六人の男たち全員が、深く感動しているのが伝わって来た。アルテミスの、混乱した、意味不明の講釈は一時間余りも続き、われわれは心と頭の芯から、完全に疲労し果てた。ハイペリオンは何度か居眠りをしたが、他の男たちは、本当にうっとりと、中年女の繰り言に聞き入っていた。

「以上！」

いきなり、アルテミスは大声を張り上げた。話の脈絡はとうに失せていたが、それでも突然の終わり方だった。その大声で、居眠りしていたハイペリオンはハッと顔を上げた。

「これほどに丁寧に説明したのだから、ご理解頂けたものと思う！」

そして、すっと立ち上がる。それに遅れて、座っていた他の三人の男たちも立ち上がった。両脇に立っていた男たちが、先に立ってドアに向かう。

「いや、ちょっと……」

山岸が目をしばたたきながら食い下がろうとしたが、無視された。粛々と立ち去る八人を見送るわれわれは、それ以上なにかを語り、連中を引き留める力を絞り出すことができなかった。

「やられたな」

山岸が、溜息を漏らして言った。これほどに意気阻喪している彼女を見るのは初めてだった。

「バカにしている！　なんのためにわれわれを呼んだんだ。あんなタワゴトを聞かせるために、わざわざ会見を承諾したわけか」

土橋は怒っている。元気な人だ、と私は思った。こっちは、怒る力もない。

「要するに、あれだ。話し合いに応じた、という実績を作っておきたかったんだろ。われわれの要求にも耳を傾けた、と。ちゃんと話し合いもした、と。だが、われわれは、いつも同じ主張を繰り返すだけで、水掛け論に終わってしまった、というわけだ。こっちに非がある、という形を作ったつもりなんだろう」

「なぜイチオは逃げるのかな」

土橋が言い、佐々木が私に「イチオというのは、ＣＯＬの弁護士です。彼も、信者です」と説明してから「まぁ、弁護士同士の対決を避けたんでしょう。イチオは、技量はそれほどでもないから、素人相手に言いくるめるのならいざ知らず……」と言う。

「ほう。あんたを恐がって、逃げた、というわけか」

土橋の口調には、やや棘《とげ》があった。佐々木はそれに気付かないふりをして、「とりあえず、今日のところはどうしようもありませんな」と腕組みをする。

そこにドアが開いて、さっきわれわれをここまで案内してくれた青年が顔をのぞかせた。

「どうぞ。門までお送りいたします」

相変わらず、疑いと反感を底に秘めた、冷たく表情のない顔つきだ。われわれは後について、門に向かった。人の姿がほとんどない。それぞれの持ち場で、それぞれの仕事をしているのだろう。まるで、見捨てられた過疎の集落を通り過ぎているような感じだ。

それでも、門のところには数人の若者が立っていた。あいかわらず、なにも用事のない、暇潰しに生きているような雰囲気の連中だ。われわれは、なんの見送りの言葉もなく、無言で門から押し出された。

秋の森。青い空。白い雲。澄んだ空気。秋の夕方間近の光。ぼんやり立っている、ヒョロンとした若者たち。鳥の声。われわれを追い立てる、険のある顔つきの若者。追い返される、大の大人四人。でも、ミジメではないぞ、と私は心の中で呟いた。

そして、佐々木のグランデの横に、黒いベンツがあるのに気付いた。目立たぬようにナンバーを見た。本村康子、というか、おそらくは三森房子、が乗っていたベンツだった。

27

林道を走っている間、やや緊張した。ＣＯＬの信者が襲ってくる、とまで恐れていたわけではないが、走りづらい道ではあるし、なにがあるかわからない、という気分もあった。自ずと、無言で運転に集中することになったが、案ずるほどのこともなく、無事に国道に出ることができた。舗装道路を軽快に走り出してから、ちょっとどうしようかな、と思案したが、とりあえず私は言ってみた。

「さっきのベンツですがね」

誰も返事をしない。それぞれに、ある程度傷ついているらしい。それにまた、疲労困憊、という気配もある。

「あれはどうやら、三森奨学会の関係者のものだ、と思うんですが」

「なに⁉」

土橋が語気荒く言う。

「やっぱり、そうか。そうか。そうなんですよ、所長。連中、グルなんだな。三森もグルなんだ」

「わかってるさ、そんなこと」

「あ、そうですか」

土橋と山岸のやり取りには構わずに、佐々木が私に尋ねた。

「畝原さん、三森の関係者って、誰のこと？」

「話せば長くなるんですがね、……私は、三森房子じゃないか、と思ってるんですが」

「なに⁉　畝原、あんた三森房子の連絡先を知ってるのか？」

「それが、ややこしい話なんですが、本人は、自分が三森房子である、ということを認めない、と思うんです」

「ん？　どういうことだ？」

「複雑な話で、証拠もないし、ちょっと今は、かいつまんで話すのは難しいです」

「ふん！」

山岸は鼻を鳴らし、首をねじ曲げて窓から外に視線を向け、「勝手にすればいいさ」と吐き捨てる。

「すみません。……後で、きちんと説明しますから」

山岸は答えない。

「ところで、土橋さん」

「え？」

「どうなんでしょう、退職した刑事さん、というのは、現役の人たちに、どれくらいの影響力を持つもんなんでしょうか？」

「そんな、畝原さん。わかりきったことを」

「え？」

「影響力なんか、カケラもありませんよ。……まぁ、人それぞれかもしれないけど、……ま、だいたいは、退職刑事なんて、厄介者でね。いきなり、無意味な存在になるわけですよ。元の職場に遊びに行くことなんか、皆無だな。煙たがられるだけだし。我が社は、そういう組織なんだな」

「そうですか」

「なにか、仕事の上での問題でも?」

「ええ、ちょっと」

「直接、市民相談窓口に行く方がいいですよ。退職者だの、友人だの、そういうコネを使おうとすると、きっと話がこじれるから。我が社は、まぁ、班ごとで成績を競うロボットの集まりだから。班が違うだけで、絶対にお互いを信用しないですからな」

「…………」

土橋の口調からは、力になれない、という残念さはあまり感じられなかった。利用されてはかなわない、という迷惑さがにじんでいるようだった。

「まぁ、一応録音はしてあるわけだから……」

センターでグランデから降りながら土橋が誰にともなく呟いた。成果は皆無ではない、ということを確認しておきたかったのだろう。だが、だれも返事をしなかった。

「あまり役には立たんか……」

土橋が自分のセリフに自分で答えて、首を傾げた。

「済まなかったな。無駄足を踏ませてしまった」

そう言う山岸に、「いえ、実際に会っただけでも役に立ちました」と一応は答えたが、私も落胆していた。

「これからどうする？　ウチは、もう今日は店じまいだ」

「私も今日はこれで帰ります」

とにかく、冴香と貴はまだ〈なかよし王国〉にいるはずだ。ふたりを迎えに行って、いったん家に帰ろう、と決めた。やっておきたいことのリストが、瞬間的にズラズラと頭に浮かぶ。大阪の本村一家の調査と、三森奨学会に関しては、横山に任せるとして、白郷区役所の高橋と話す必要がある。また、ここ最近の一連の動きを受けて、加宮がどう動いているかも知りたい。一度会って以来、なんの音沙汰もない玉木にも連絡を取りたい。それから、さっきの会見のようすでは、どうもハイペリオンはＣＯＬに嫌気が差しているように見えた。そう簡単には崩れないだろうが、なんとかして接触して、揺さぶってみたい。それから、ＳＢＣの祖辺嶋に、とりあえず連絡をしておいた方がいいだろう、とも思う。警察がどのような動きをしているのか、していないのか、それが全くわからない現状では、ＳＢＣから漏れてくる情報だけでも、有効に活用したい。

頭の中が、どうにかなってしまいそうだ。小説などで、よく、単身で巨大組織の巨悪に挑むヒーローが出て来るが、なぜ彼は、そんな超人的な活躍ができるのだろう。一日は二十四時間しかなく、ひとりの人間には頭が一つしかないのに。

怒りとか、哀しみとか、復讐心が原動力だろうか。だが、どれほど強く感情に突き動かされても、物事には限界というものがあるのではないか。現に私は、近野の死の真相を明らかにしたい、犯人たちを破滅させてやりたい、と強く願っている。それから、私の家のドア・チェーンを汚し、私のターセルのタイヤをパンクさせ、私にヒグマ退治のスプレーを浴びせ、私と冴香の安全を脅《おびや》かし、卑劣にも私を脅した連中を、破滅させてやりたい、と強く願っている。だが、それであっても、私は、どうにも理解できない出来事の迷路に踏み迷い、途方に暮れている。怒りはある。憤怒もある。だが、どうしていいのかわからない。生きたまま腐臭を放ちつつ、ゆったりと動く巨象の周りで、なんとかしたいのに術《すべ》なくうろちょろする蟻になったような気分だ。

「どうした。元気がないな」

山岸が言う。

「いえ、別に。……ちょっとだけ、疲れたようです」

「そんなもん、大丈夫だ。私なんか、この十年間、ずっと疲れてる。でも、毎日すべきことがあるから、自動的に動いていられる。生きているとは、そういうことさ」

山岸はそう言って、難しい顔で頷いた。

28

「あら!?」

私の顔を見るなり、〈なかよし王国〉のスタッフのひとりである、中年の、ふっくらした女性が不審そうな顔になった。そして、両手を口に当てる。顔色が青くなる。私は、覚悟を決めた。

「あのう……冴香ちゃんは、……貴さんと一緒に、警察の人と……あのう……確かに、警察の人だったんです。ひとりは制服を着てましたから……」

私は黙って、彼女の言葉を待った。自分からなにかを言えば、叫び出してしまいそうだったから。私は、精一杯の自制心を奮い起こして、静かに頷き、眉毛の動きで彼女の言葉を促した。

「若い刑事さんと、制服のお巡りさんと……あのう、電話したんです、畝原さんの携帯に。でも、圏外かスイッチを切っている、ということで……」

不思議そうな顔をした子供たちと、不安そうな表情のスタッフたちが集まって来る。私は、咳払いをした。なんとか普通に話すことができそうだ。

「何時頃でしたか?」

「あれは……それは、ノートに付けてありますけど、確か三時半頃でしたけど……」

別なスタッフが小走りで窓際のテーブルに向かった。そこに、子供たちの出入りの記録がある。

「私の携帯に電話をしてくださって、それからどうなりました?」

「ええと……刑事さんのお話では、なにか緊急のことが起こって、ふたりを保護する、ということで。……こんなこと、初めてでしたから、私も驚いたんですけど……」

「それで?」

「携帯に電話しても出ないので、どうしましょうか、と刑事さんに相談したんです。そうしたら、『ああ、わかります』という返事だったので、なにかこう、捜査に関係のあることなのかな、と思って。……それに、貴さんのようすも、なにか心当たりがあるような感じで、特に不審なところはなかったものですから……」

貴の考えたことはわかる。相当迷った挙げ句に、信用することにしてしまったのだろう、ということも想像できる。それに、ここで事を起こすと、他の子供たちにも危険が及ぶ可能性もある。そのことも考えたかもしれない。

「あのう……大変なことになるんでしょうか……」

午後三時半。私が、豊滝にいた時間だ。あそこは山の中だが、携帯の圏外であるとは考えづらい。むしろ、あの小さなプレハブ小屋に、連中がなんらかの細工をしている、と考える方が自然だろう。

焦ってはいけない、と自分に言い聞かせた。

冷静に、落ち着いて考えること。

「警察に届け出た方がいいでしょうか」

「それは……ちょっと待ってください。まず、家に帰ってみます。そして、ふたりがいないようでしたら、私の方から警察に連絡します」

「その方がいいでしょうか……」

「それで、刑事と巡査、そのふたりは、どんな感じの人たちでしたか?」

「刑事さんの方は、小柄な人でしたけど、わりと礼儀正しい、でも……ちょっと不思議な感じの若い人でした。歳の割に、髪の毛が薄くて……若ハゲ、じゃないけど、ちょっと頭の地肌が透けて見えました。それで、……無精髭で……スーツを着てましたけど、あまり着慣れていない、という感じで……」

テーブルから戻って来た若い女性スタッフが、ノートを手に開きながら「耳に、ピアスの穴が開いてましたよ」と言う。そして「あ、冴香ちゃんが帰ったのは午後三時四十二分ですね」と続け、「それから、スーツを着てるのに、靴が汚いスニーカーだったんで、目立ちましたよ。刑事さんは、変装して監視したりするから、そういう格好なのかな、と思ったんですけど……」

誰だろう、と考えた瞬間、なにかが頭の中で弾けた。ずっと前から気になっていたことがふいに目の前に現れた。まさか、と思った。ズボンの左の尻ポケットから名刺入れを取り出す。必要と思われる情報を、パソコンから取り出してプリント・アウトした紙をはさんである。それを取り出して、広げた。

思った通りだった。消費者生活センターの秦野がくれた、COL関連の電話番号のひとつ、パーティ・サークルの連絡先である携帯電話の番号が、SBCの若菜の携帯の番号と一致している。私は頭の中で、若菜の姿を思い浮かべた。いつも頭を覆っていたバンダナ。あれは、髪の毛が薄いからではないか。あのバンダナを取り、耳のピアスを外し、スーツを着せてみる。

間違いない。

近野を呼びだした謎の電話。あの相手が誰だったのか、ずっと気になっていた。若菜からの電話なら、近野は、なんの疑問も警戒心も抱かずに、呼び出されただろう。

私は激怒した。

口々に「どうしよう」「どうしよう」とうろたえる女性たちを宥め、とりあえず落ち着いてくれ、と頼み、〈なかよし王国〉を出た。ターセルを発進させ、とにかく一目散に家を目指す。

家には誰もいなかった。数枚たまっていたファックスの一番最後のものが、番号非通知で、〈畝原冴香様と横山貴様の所在について〉というワープロ文書だった。読んだ。

「おふたりの所在は、確認できております。御安心ください。おふたりとも、健康で、お元気です。御考慮頂きたいことがあり、御検討願いたく存じます。当方からの連絡の都合上、午後七時以降、ずっと御在室頂きたく、お願い申し上げます」

祖辺嶋に電話した。自分のデスクにいたらしい。

「はい、報道制作です」

「畝原です」

「あ、どうも。祖辺嶋です」

「若菜は今どこにいるか、わかりますか?」

「え? 畝原さんも若菜を捜してるの?」

「居場所不明?」

「ああ。どうもおかしいんだ。一昨日昨日と、なんだか挙動不審、というか行方不明になることが時たまあってな。で、今日は、朝から姿を見せない。部屋に……自宅に電話しても、誰も出ない。ずっと留守電だ」

「SBCは、衣装はどこを使ってる?」

「そりゃぁ、いろんなところを……」

「ああ、悪かった。ナースの制服とか、スチュワーデスとかは?」

「え? なんの話だ?」

「とにかく、教えてくれ」

「SCセンター、というところだ。サッポロ・コスチューム・センターの略だ」

「悪いけど、そこに電話して、警官の制服の在庫数がキチンとなってるか、調べてくれ」

「なに?」

「詳しい話はできないが、……娘が連れ出された」

「なに!」

「若菜は、COLの信者だと思う」

「……近野に電話したのも若菜か?」

「私は、そうじゃないか、と思う。そして、娘を学童保育所から連れ出したふたりは、刑事と警官を装っていた。刑事は、おそらく若菜だ。そして……」

「わかった! あんた、これからどうする?」

「若菜の住所を教えてくれ」

「いいか、言うぞ」

すでに手許で調べていたらしい。祖辺嶋は、円山近くのマンションの住所を早口で告げた。

「警察には、届けたのか?」

「まだだ。ちょっとようすを見たい」

「畝原さん、自宅か?」

「じゃ、若菜の家に行く途中に、局に寄ってくれ。通り道だろ?」

「そうだ」

「ああ。だが……」

「焦る気持ちはわかるけど、オレ、SCセンターに電話して話を聞いたら、すぐに正面に出て待ってるから。乗り込むのに、十秒もかけないから。だから、頼む」

「……わかった」

ターセルで突っ走りながら、横山に電話した。運転しながら携帯を使うのは、みっともない、と思う。だが、今はそんなことを言っている場合ではなかった。

「横山探偵事務所です!」

「私だ」

「おう。大阪の方は、手配したぞ。西成っつっても広いからな。それに十何年か前の話だから、ちょっと時間が……」

「落ち着いて聞いてくれ」

「なに? どうした?」

「冴香と貴が連れ去られた」

「なに!?」

「刑事と警官に化けて来た連中がいる」

「息子はあれか、あんたに連絡しなかったのか?」

「私は、圏外にいたらしい」

「携帯だろ？　どこにいたんだ？」

「詳しい話は後だ。連れ出した奴の見当は付く。そいつの家に、これから行く」

「どこだ？」

「円山のマンションだ。おそらく、賃貸のワンルームだろう」

「住所を言え」

「あんたの方が先に着くだろう。中に入らずに、待っててくれ」

「わかった。住所を言え」

住所を告げて、とにかく中に入らずに、近くで待っていろ、と念を押した。

「同じことを二度言うな」

横山はそう言って、切った。

金曜の夜に向かって、札幌の中心部は混み合っていた。必死になって渋滞をかわし、西に向かう。大通公園の外れにあるＳＢＣの周りも、混み合っていた。照明を落とした正面玄関に、祖辺嶋が立っている。こっちに気付き、走って来た。助手席のドアを開けて、飛び込んで来る。

「連れ去られたのは、何時だ？」

「学童保育所から、午後三時四十二分。私がそのことを知ったのは、今から三十分ほど前だ」

「無事なのか？　いや、すまん、無事に決まってるが」

「ファックスが来てた。それによれば、無事だそうだ。午後七時以降、御在室を願う、と書いてあった。慇懃《いんぎん》無礼にな。私の弱味を掴んで、コケにしてるわけだ」

「………」

「私は、コケにされるのに、飽きた」

「……SCセンターに電話した。警官の衣装が一着、借り出されてる。伝票には、私のハンコが捺《お》してあるそうだ。借りに来たのは、若菜だ、と言ってる。もちろん、オレも報道制作も、そんな発注はしていない」

「………」

「それから、若菜の部屋の鍵があるよ」

「ほう」

「前にあの部屋を使っていたのも、ウチのスタッフでな。結婚して、近くの3LDKに引っ越したんで、部屋を若菜に譲ったわけだ。で、だらしないヤツだったんで、余分に作った合い鍵をそのまま持ってた」

「助かる」

「どうするつもりだ?」

「これから行って、部屋に若菜がいなければ、警察に届ける。それから、COLの連中の拠点を、片っ端から当たる」

「若菜がいたら?」

「生まれてきたことを、後悔させてやる」

「……しかし、若菜がなぁ……フニャフニャして見えるが、一応仕事はきちんとこなしてたんだが……いや、結構出来るヤツだ、と思ってたんだがなぁ……それに、近野が本村薫の一件にこだわっていた時、若菜は近野の、ほとんど唯一、と言っていい協力者だったんだぞ。まぁ、松沢も疑問を感じてたらしいけど……」

「若菜の態度は、どうも中途半端な感じじゃなかったか？　どっちつかず、というような」

「ああ、まぁな」

「近野を焚《た》き付ける、という積極的な感じじゃなかった。ただ、近野から遠ざけられたくなくて、適当に同意している、という感じじゃなかったろうか。あそこで近野に反対して、本村薫の一件からオミットされたら困る、と思っていたんだと思う」

「……じゃぁ、本村薫の件は、ＣＯＬが犯人だ、ということか？　でも、動機は？　ＣＯＬにはどんなメリットがあるんだ？」

「お付き合い。……あるいは、日常業務。ギブ＆テイク……そんなところか。要するに、業務提携、ということじゃないだろうか」

「………」

「だが、もうひとつ、思い付いたことがある」

「なんだ？」

「確信がない。あと少しでわかるかもしれない」

祖辺嶋は、不審そうな顔つきで私を見る。とりあえずそれを無視して、私は若菜の住所に向けて、ひたすらターセルを走らせた。

若菜の住むマンションは、洒落《しゃれ》た飲食店やブティックと、昔ながらの商店が混在する、やや趣のある街から、ちょっと奥まったところにある、静かな通りに面していた。この街には珍しく、古びたマンションで、家賃は安いだろう、と見当が付く。オートロックではなく、誰でも中に入れる造りだ。一通り見渡したが、横山のセルシオは見当たらない。どこか離れたところに置いてあるのだろう。

私と祖辺嶋は静かに車から降り、言葉を交わすことなく、マンションのエレベーターに向かった。若菜は、この五階に住んでいる。

エレベーターから降りると、向こうの方のドアの前に三人の男たちがいるのが見えた。両手をポケットに突っ込んで、硬い姿勢で立ち尽くしているのが横山だった。その横にひとり、若い男が壁により掛かっている。そして、ドアの前に、セーターにジーンズの中年の男が膝をついている。私と祖辺嶋に気付き、三人とも、体をこっちに向けた。

「よう。いるぞ。中にいる。おそらく、男がひとりだ」

近付くわれわれに、横山は無神経なふつうの声で言う。ドアのノブの鍵穴に、いくつかの細い道具が差し込まれている。

「ドアはすぐに開くぞ」

と横山が言う。

「中に気付かれるじゃないか」

「バカ。オレには抜かりはないよ。聞いてみろ」

そう言って、鉄のドアに耳を押し付け、納得した笑顔になる。私も耳を付けてみた。リズムのない、だらしのない音楽が聞こえる。それに合わせて、なにか唸っているようすだ。

「な。大丈夫だ」

「なるほど」

「で、こちらさんは？」

「ああ、SBCの報道制作の、祖辺嶋副部長だ。祖辺嶋さん、私の友人の、探偵事務所の社長で、横山と言います」

「ウチのスタッフです」

横山が、いい加減に手をグルン、と振ると、ふたりの男が頭を下げた。

「合い鍵があったんですよ」

祖辺嶋が言うと、膝をついていた中年男が、ふいに立ち上がった。

「合い鍵なんざぁ……ケッ！　しょうがねぇなぁ。社長、お先に失礼しますよ」

むっとした顔で、道具を片付け始める。横山は、やれやれ、という顔で顎を掻き、「済まなかったな」と詫びた。中年男は、ぷんぷんしながら、道具をしまい、本当にそのまま立ち去った。後ろ姿が、怒りに満ちている。

「腕は素晴らしいんだけど、気難しくてね」

横山が言い、私に向かって、「さて、どうする？」と尋ねる。「事情がわかってんのは、あんただ。どうすりゃいいんだ？」

「中に入って、話を聞くさ」

「よし。任す。鍵は開いてるはずだ」

鍵は開いていた。私は、ノブを回し、ドアを引いた。だらしない音楽が溢れてくる。土足のまま、中に踏み込んだ。

ソファの上で、若菜が座禅のような座り方をして、とろんとした目つきで唸っていた。バレる、ということを全然想像もしていなかったらしい。私を見て、口を開けたまま、声を止める。驚きの表情の中に、恐怖の影が差した。間違いない、と私は確信した。即座に間合いを詰め、ミゾオチに土足底をぶち込んだ。

当然、呼吸は止まる。だが、死ぬことはない。一分も経たずに、呼吸は回復する。若菜は、体を丸め、歯を食いしばり、真っ赤な顔をして、ゲハァ！　と息を吸った。その首筋に、手刀を叩き込んだ。

当然、頭の芯が痺《しび》れる。ものが考えられなくなる。だが、それも一瞬だ。若菜は無意識のうちに、自分を守ろうとして、弱々しく右腕を突き出した。その手首を右手で握り、ソファに押しつけて、右の肘を跳ね上げて、顎にくらわせた。若菜の口の中で、歯と歯がぶつかる、ガチン、という音がした。無防備になった喉を鷲摑《わしづか》みにして、ソファに押さえつけた。若菜は足を動かして逃れようとした。その太股《ふともも》を、横山が思いきり蹴った。首を絞められつつある若菜は、歯を食いしばり、唾を噴き出しながら、呻く。

「冴香はどこだ?」

若菜はなにか言おうとするが、もちろん、私が首を絞めているから、声が出ない。

「もう一度聞く。私の娘はどこだ?」

若菜が、私の腕をかきむしる。横山が、若菜の右胸を思い切り蹴った。若菜の体から、気力が消えた。私は首を絞めていた手を緩めた。若菜は、体を丸めて、ゲハァ！　と息を吐いた。

私は立ち上がった。

「私の娘はどこだ？」

「いや、オレは、それは知らない……」

これが、せめてもの、最後の精一杯の抵抗だ、ということはわかった。もうこれ以上、痛めつける必要はない。この男は、ヘナチョコだ。もう、知っていることを話すだろう。それがわかったので、私はそれほど強くはなく、若菜の脇腹を二度蹴った。横山も、太股を二度踏みつけた。

「これが最後だ。いいか。私は、娘が誘拐されたことを、警察には届けてはいない」

「…………」

「それが、どういうことか、わかるか？」

「……どういうことですか？」

「合法的に決着を付けるつもりはない、ということだ。つまり、お前を殺すかもしれない、ということだ」

「…………」

「それから、この人は、お前が私の娘と一緒に連れて行った若い男の父親だ。彼も、私と同意見だ。人間は、一度殺されたらそれっきりだ。私とこの人は、それが残念でならない。できることなら、私もこの人も、自分の手でお前を殺したいんだ。だが、それは不可能だ。だから、どっちがお前を殺すか、これからふたりで相談する」

「待って……助けてください」

「もちろん、あっさりとは殺さない。相当長く苦しむことになるぞ」

「助けて……」

若菜は、怯えた目で、あたりを見回した。そこで初めて、祖辺嶋に気付いたらしい。

「あ、副部長……」

「若菜、お前……」

「副部長、助けてください！　助けてください！　お願いします！」

若菜は泣き出した。

「若菜、お前……近野を、電話で呼び出したのか？　お前の電話に呼び出されて、それで近野は殺されたのか？」

若菜は泣きじゃくっている。それは演技ではないのだろうが、一部分、嗚咽に逃げれば、この場をなんとか収拾できる、という計算が働いているようにも見えた。

叫びたい気持ちを抑えて、私は、できるだけ静かに語りかけた。

「もう、終わったんだよ、若菜。お前に関しては、もう、全部終わりだ。後始末が残ってるだけだ。今、私の娘と、この人の息子はどこにいるんだ？」

泣きじゃくりながら、なにか言っている。言葉にならない。あるいは、言葉にしない。

「豊滝か？」

泣きじゃくりながら、頷いているような仕種をする。その動きに、私は疑問を感じた。とにかくこの男は、この期《ご》に及んでいい加減なことを言って、言い逃れようとしている。

そう言う横山に、「いや、こいつはウソを言っている。殺そう」と答えると同時に、若菜は声を張り上げて泣き出した。横山が、太股を蹴った。

「もう一度聞くぞ。どこにいる？」

「カレー屋です……南十六の西……」

「〈ハイパー・パラダイス〉か？」

ハッとした顔でこっちを見て、頷く。ウソではない、と感じた。

「ふたりともか？」

「はい。ふたりとも、あの店の二階にいます」

「無事か？」

「少なくとも、オレらはなにもしてないです……」

「よし、行こう」

「こいつはどうする？」

横山が言う。

「助けてください」

「連れて行く。まだ、やってもらうことがあるから」

「縛った方がいいぞ。ガムテープがある」

「歩かせよう。時間がもったいない」

「そうだな。さっさと歩けよ」

「行くか？」

「これで終わりじゃないんですか？」

「お前にはな、永遠に終わりなんて来ないんだよ」

横山が凄みをきかせてそう言うと、若菜はまた泣きじゃくる。その時、祖辺嶋の体が突然ブルブル震えた。真っ赤な顔になり、震えるおぼつかない右手で、若菜の頬を打った。あまりいい当たりではなかったが、若菜は左手を頬に当て、唇を噛みしめた。

「近野は！　お前のことをあんなに買ってたじゃないか！　あんなに誉《ほ》めて、期待してたじゃないか！」

若菜はヒィーと泣き声を漏らし、「そういうこととは関係ないんです、関係ないんです、人生って……」と呟き、また泣き出した。

祖辺嶋は私のターセルの助手席に乗り、若菜はセルシオの後部座席に積むことにした。後々面倒なことになると困るので、若菜のミゾオチに正拳を思い切り叩き込み、失神させた。それから、横山とふたりで若菜をセルシオの後部座席に放り込んだ。

「ＯＫ。わかった。じゃ、後はオレが、後ろで縛っておくよ」

横山がそう言って、ガムテープを取り出して、セルシオの後ろに乗り込む。

「じゃ、先に行ってくれ。後をついていく」

ターセルを発進させてしばらくして、自分が汗まみれであることに気付いた。股の付け根が痛い。右手の甲、人差し指と中指の付け根がヒリヒリするのは、きっと皮が剝けているのだろう。右肘の外側も痛い。だが、そんなことはどうでもいい。

冴香は今、どんなに怯えているだろうか。

カレー専門店〈ハイパー・パラダイス〉は、普通に営業していた。それがまた、私の怒りに火を注いだ。前を通り過ぎ、道ばたに車を停めた。セルシオもすぐにやって来る。人通りのない通りで、街灯の他には、〈ハイパー・パラダイス〉の明かりだけが目立つ。セルシオから横山が降りて来る。祖辺嶋が、ウィンドウを下ろした。

「で、どうする?」

「私は、あの店のスタッフに顔を見られている。おそらく、今では私のことを知っているだろう、と思う」

「じゃ、オレが行く。入って、ようすを見て、なんとかなりそうだったら、あんたの携帯を鳴らすよ」

「わかった」

「いや、私が行こう」

祖辺嶋が言う。

「え?」

「失礼なことを言うつもりはないが、そのう……横山さんは、いかにもあの店には似つかわしくないような……」

横山は、歯をむき出して笑った。やや不自然な笑いで、こいつも相当緊張しているな、と私は思った。

「いや、でも、なにが起こるかわからないから」

私が言うと、横山が頷いて言葉を引き取る。

「それに、こんなことは、本来はSBCみたいな一流企業の管理職のすることじゃねぇでしょう」

祖辺嶋は首を振った。

「私が行くよ。その方が自然だろう、と思う。現場にいた頃は、ああいうグルメ取材もしたことがあるから、そんな雰囲気を出すこともできると思う。……もう、二十何年も前の話だけど」

「どうする？」

横山が私を見る。私は頷いた。

「お願いしよう。確かに、少しは自然かもしれない。祖辺嶋さん、携帯は？」

「ああ、持ってる」

「じゃ、それで、今、私の携帯に電話してください。そしてそのまま切らずに、中に入ってください」

「そうか。わかった」

祖辺嶋は、通話状態にした携帯をシャツの胸ポケットに収め、店に向かう。やはり、後ろ姿は緊張している。

「大丈夫かな」

横山が不安そうに言う。

「なんとかなるだろう」

祖辺嶋が、店の扉を押す。携帯からジャラン、という音が聞こえた。祖辺嶋の姿が、店内に消えた。

『いらっしゃいませ』

『まだやってるの?』

『ええ、もちろんです』

『ここのカレーは、相当辛いかい?』

『ええ、まぁ、相当辛いのもありますけど、段階がありますから、お好みの辛さを言って頂ければ、お口に合うようなのをお作りできますけど』

『私は、辛いのが好きなんだ。ここのは、トロミのあるカレーかい? それとも、スープ・カレー?』

『どちらもありますよ。メニューをどうぞ』

「おい、どうなってるんだ?」

横山が苛立たしげに言う。

「うまくやってる。今、メニューを見てるところだ」

「店内には何人いるんだ?」

「この感じでは、今のところ、ひとりだな」

『じゃ、このカシミール・カレーの五十番にしようかな。相当辛い?』

『ええ。大丈夫ですか』

『大丈夫だと思うよ。お願いします』

『畏まりました』

『いや、ちょっとウワサに聞いてね。知り合いが、おいしいよ、と言ってたもんで』

『そうですか。どなたでしょうね』

「まずい」

「どうした？」

　しかし、祖辺嶋はその質問を無視した。

『期待して入って来たら、お客さんがいないから、もうオシマイなのかな、と思ったよ』

『いえ、うちは、昼間と、あとはこれからの時間が混むんです』

『あ、そうなの。ひとりでやってるの？』

『ええ、まぁ。時間で、交替しますけど』

『そうか。ひとりじゃ、大変だね』

『でも、仕事ですから』

『ああ、そうか。そりゃそうだ、アハハハ』

「店にいるのはひとりだ」

「そうか。問題は二階だな」

『あれ？　この店には、二階もあるの？』

『ああ、ええ。物置になってますけど』

『なんだ。片付けて、そこも店にすればいいのに。パーティ・ルームなんかにすると、便利なんじゃないの？』

『そうなんですけどね……なかなか時間がなくて……失礼ですが、どなたが紹介してくださったんですか？』

「よし、行こう。即座に制圧して、二階に進む」

「どうなったんだ？　バレそうか？」

「ちょっとな」

私は突っ走った。横山が、すぐ後ろにいるのがわかった。

『まぁ、紹介ってわけじゃないんだけどね……』

『はい？』

私は、ドアを普通に開け、店の中に入った。前と同じ男が、こっちを見て、口を開けた。即座に祖辺嶋が立ち上がり、手を伸ばして男の両耳を摑み、肥満した自分の腹に押しつけた。そのまま、渾身《こんしん》の力を込めて、男の頭を腹に埋め、抱き締めている。こんなケンカは初めて見た。暴れる男の脇腹に膝を数発ぶち込んだ。おとなしくなる。真っ赤な顔で男の頭を抱き締めている祖辺嶋の脇腹に顔を近づけ、埋まっていない耳に小声で語りかけた。

「声を出すと、殺す」

男は頷く。祖辺嶋が、さっと離れた。男は大きく口を開けた。叫ぶ。それよりも一瞬早く、横山がその喉仏に手刀を叩き込んだ。これは危ない。下手すると、本当に殺してしまう。

「バカ！」

小声で怒鳴った。

「心配すんな。手加減はした」

男は、喉を押さえて、白目を剝いた。膝をつき、そのままがっくりと床に崩れる。一番驚いたのは横山だった。

「ヤバイ！」

囁き声で怒鳴り、床に膝を突いて男を抱き上げる。口から泡を吹いているが、生きてはいる。

横山はふーっと長く息を漏らし、ポケットからガムテープを取り出した。祖辺嶋が、椅子に崩れるようにへたりこんだ。肩で大きく息をしている。巨大な腹が、波打っている。

「はぁ～、はぁ～」

「お疲れ様でした」

と夢中になって空気を吸い込む。

「いや、もう……緊張したよ。ちょうど、こいつが、なにか不審に思ったんだろうな、問い詰めるような感じで、近付いて来た時だったんで、なんとか助かった」

「すごい技だな。こんなケンカ、初めて見た」

「私も初めてだ。黙らせよう、と思ったら、自然と体が動いていたんだ」

横山が、失神したままの男を手際よく縛り上げた。

「じゃ、祖辺嶋さん、ここでこいつを見張っててくれ。階段が狭いから、上には私と横山のふたりで行く」

「ああ、悪いけど、そうさせてくれ。私は、ちょっとしばらく動けない」

そう言って、また喘《あえ》ぐ。

「複雑な心境だ。運動不足だから、こんなに苦しい。でも、この腹があったから、さっきはあんなことができた。人生は、複雑だ」

横山が、「ケッ」という顔になり、「行こうぜ」と私を促した。

建物同様、階段も古びていた。建物同様、ウッディな階段で、つまり、静かに上ろうとしても、軋《きし》むだろう。

「普通に上る。あんたはここで待っててくれ。私が上り切ったら、すぐに駆け込んでくれ」

階段の上に明かりが見える。部屋があって、そこの扉は開いているらしい。テレビかなにかの音声が聞こえる。

「大丈夫か？　中のようすはどうなってるんだ？」

「わかるわけがない」

「おい……」

「賭だ」

横山は、一瞬逡巡した。息子の命がかかっている。それは、私も同じだ。

「よし。それで行こう。……なぁ、三分後にはきっと、俺たち、よかったよかったって、笑ってるよな」

「もちろんだ」

「だよな。そうだよな」

横山は、私の顔を食い入るように見つめて、それからしっかり頷いた。私は、階段をトントン、と足取り軽く上った。

「あ、上がってきたよ」

若い娘の声がした。

「客がいるんじゃないのか?」

若い男の声。

「どうしたぁ?」

別な若い男の声。私は、部屋の中に飛び込んだ。出てこようとしていた若い男とぶつかった。膝を金的にぶち込んで、腹に足刀を叩き込んだ。床に沈む。貴が跳ねた。三人いた男の、手近にいたひとりの右腕を決め、捻って床に押し倒し、顔面に足刀を打ち込んだ。視野の隅を、目を見開いて悲鳴を上げようとしている冴香の顔がかすめた。その隣に座っていた男が、慌てて立ち上がろうとする。冴香に腕を伸ばす。私は、その顔を蹴った。思い切り。

「おとうさん!」

「大丈夫か!?」

「うん!」

部屋の中を見回す。男が三人、倒れている。貴が、冴香を抱き締めて、部屋の隅にいる。若い娘がふたり、壁際に並んで立っている。呆然《ぼうぜん》としていたが、喚き始めた。

「なにさ、これぇ! なにさ、これぇ!」

「ちょっと、あんたたち、これ、なんのつもりさ!」

「いきなり、なんなのさぁ! あんたたち、ちょっとおかしいんでないの!?」

「勝手に人んチに土足で入って来てぇ! バカ! 痴漢! 異常者! ヘンタイ!」

「なんの権利あんのさぁ！　バカ！　出てけぇ！」

金切り声を張り上げる。住居不法侵入だ、と叫ぶ。出て行け、と怒鳴る。

「ああ、うるせぇ」

横山が言って、ふたりともひとまとめにして突き飛ばした。壁際に転がり、それからふたりで抱き合うようにして、またもギャァギャァ喚き続ける。

「どうなってる？」

下から、祖辺嶋の声が聞こえる。

「うまく行ったようですね」

「さっさと行こう。バカどもの巣にいると、こっちまで頭が温《ゆる》くなる」

横山が言い、晴れ晴れとした顔で階段を下りる。冴香を抱いた貴がそれに続く。私は後ろを警戒しながら降りたが、娘たちは、ギャァギャァ喚くだけで、追っては来なかった。

縛られた若菜を見ると、冴香は怯えるだろう。それに、私は横山や祖辺嶋と、相談したいこともあった。それで、冴香と貴をターセルに乗せ、横山の社員のカワグチという男に運転させることにした。セルシオは横山が運転し、私が助手席、後部座席に祖辺嶋。

「もう大丈夫だから、安心しなさい」

ターセルの窓から首を突っ込んで私が言うと、冴香は「全然心配してなかったよ」と精一杯の澄ました顔で言う。

「電話したんですが、圏外だ、ということだったものですから……」

貴が申し訳ない、という顔で言う。

「なにしろ、制服警官でしたし……」

「ああ。仕方がない、と思う」

詳しく見れば、衣装会社の警官の制服は、本物とはいろいろなところが違う。だが、とっさにそれを見抜くことは難しかっただろう。それに、もしかすると……

「警察手帳の提示を求めたら、すぐに素直に出したんです。で、ざっとチェックしましたけど、写真なども、本人のもののように見えたんです」

貴は、冴香を危険に近づけたことで自分を責めている。

「それで、……疑問を感じつつも、ようすを見ることにしたんです。それに、もしも〈なかよし〉でモメて、万一、他の子供たちに……」

「うん、わかる。お前の判断は、それなりに正しかったさ」

「危ないことになっても、切迫する前に、なんとか切り抜けられる、と判断したんです」

「わかるって。ベストかどうかは別にして、ベターな判断だったよ」

貴は唇を噛みしめる。

「おい、早く行こうぜ」横山の苛立たしげな声。「長居は無用だ」

「それで、先生」

「先生と呼ぶな」

「それで、どこへ行きますか？」

「ついて来てくれ。駅の近くに、札幌中央ホテル、という古いビジネスホテルがあるんだ」

「はぁ」

「お前のオヤジさんの話だと、あそこのホテルは安心できるらしい。警備担当重役が、横山自身なんだそうだ」

「へぇ……初耳です」

「私もだ。とにかく、セキュリティは信頼できる、という話だった。警備スタッフに、横山が直接話をするそうだ」

「わかりました」

冴香と貴を中央ホテルで降ろし、横山が警備主任にてきぱきと指示をした。すでに横山は車内から電話して、空室があること、警備の体制を万全にできることなどを確認してあった。

「よろしくな」と横山が言うと、年配の三人のガードマンが、「はっ」とキレイな敬礼をした。

それから、縛った若菜を積んだセルシオをカワグチに運転させ、ターセルには横山と祖辺嶋を乗せて、私がハンドルを握った。

「で？　これから、どうするんだ？」横山が、後ろのセルシオを気にしながら言う。「警察に駆け込むか？」

「まだだめだろう。若菜が元気を取り戻して、とぼければそれで終わり、という話だ。冴香も貴も、とりあえず危害を加えられたわけじゃない。誘拐するつもりなんかなかった、話の行き違いだ、ということで済んでしまうかもしれない」

「でも、お前……」

「せっかく若菜を手に入れたんだ。もっとうまく活用したい」

「どうやって?」

祖辺嶋が口をはさむ。

「いろいろと考えていることがある。事件の全貌は、とてつもなく大きくて、その仕組みすらなかなか理解しづらい。だから、警察を動かすのも、骨だ」

「だろうな」

「だが、ひとつだけ、確実に警察を動かせるネタがあると思う」

「どんな?」

私は、できるだけ話を整理して、ゆっくりと説明した。

白郷区役所での、森を中心とした不正の疑惑、組織的な隠蔽のシステム、情報漏洩《ろうえい》の仕組み。そして、三森奨学会の疑惑。三森奨学会とCOLの関係。そして、三森房子、あるいは本村康子の連続保険金殺人の疑惑。複雑に絡まり合って、全体を把握するのも難しい。もたもたしていると、反撃を喰らうだろう。しかも、誰だかはっきりしない相手に。連中は少なくとも、司法書士の先生に刺客を差し向けた。私の家を襲い、冴香と貴を誘拐した。こちら側の人間を全て守るのは不可能だ。だが、現状では、警察は機能してくれない。少なくとも、われわれが必要とするほどに迅速には動かないらしい。だが一点、明らかにおかしなこと、現在通用している解釈を根底から覆すようなことがあれば、全体を突き崩すきっかけにすることができるかもしれない。その可能性について、私は、出来る限りわかりやすく説明した。初めのうち、横山と祖辺嶋は半信半疑、という感じだったが、そのうちに、われわれの心の波長が重なったのが感じられた。

「じゃ、とにかくあの若菜って野郎がポイントなわけだな？」

「そうだ。だから、まず、空き地が必要だ」

「わかった」

「セルシオはついて来てるな」

「ああ。大丈夫だ」

「このあたりに、どこか適当な空き地はないか？」

「そもそも、ここらはどこなんだ？」

「もう、小樽に入ったんじゃないか？　相当走ったぞ」

「じゃぁ、とにかく豊滝の方まで戻ろう」

「今、何時だ？」

「午後十時十二分」

　私と横山のやり取りをぼんやりと聞いていた祖辺嶋が、突然言った。

「ちょっと電話させてもらっていいかな」

「別に構わないが……」

「スタッフを待機させたい。どうだろう？」

　私と横山は顔を見合わせた。

「絶対に気付かれない。それには自信がある。頼む、そうさせてくれ」

「でも、私の考えが正しいと決まったわけじゃないよ。それに、もう豊滝にはいないかもしれない」

「そんなことは覚悟してるさ。取材というのは、空振り覚悟のもんだ」

「…………」

「なぁ、頼む。絶対に迷惑はかけないから」

私も横山も、ＯＫとは言わなかったし、頷きもしなかった。だが、なんとなく流れで、了承してしまったことになった。

空き地を探すのは難しかった。他人に見られたくない。だが、他人に見られたくないのは、気分が盛り上がったカップルも同様で、ここはいいだろう、と思う駐車場や公園には、常に先客がいた。

「どうなってるんだ、最近の若い連中は」と横山が舌打ちをする。「オレらの頃と全然進歩してない。最近は、ちゃんとしたラブホテルがいくらでもあるのに」

時間がどんどん過ぎる。横山が頻《しき》りに舌打ちをする。だが常盤《ときわ》を過ぎたあたりで、明かりが届かないところにポッカリと手頃な空き地を発見した。国道から、細い道が林の向こうに延び、真っ暗な闇の中に消えている。

「大丈夫かな。大きな穴が空いてるんじゃないだろうか」

「ま、もっともな心配ですな。畝原、慎重に行けよ」

祖辺嶋が言う。

「ああ。あの真っ暗なあたりから、あんた車を降りて、先導してくれ」

「……何でオレが」

「私は、運転している」

横山は大きく溜息をついた。

河畔の空き地で、建設資材の仮置き場であるらしい。そこの、砂利の上に、ガムテープで縛り上げた若菜を転がした。若菜は、相当以前に意識を取り戻していたらしい。不安そうな目でわれわれを見上げる、その白目だけが、闇の中でギラギラ光る。

「これから口のテープを外してやる。もちろん、大声は出すなよ」

若菜は必死になって頷く。

「まぁ、大声を出しても、誰にも聞こえない。ここは工事現場で、明日にはコンクリートで固めることになっている。お前を埋めても、誰にもわからない。その後、おそらく一世紀は、ほったらかしだ」

若菜が固く目を閉じた。肩が震えている。泣いているらしい。

横山が、手荒くテープを剝がす。ハァハァという涙まじりの息づかい。

「若菜。全部、バレたんだよ」

「助けてください」

「娘と、この人の息子は、助け出した。だから、お前の寿命は、少し延びた。だが、近野は、もう死んでしまった。そのことを、私たちが痛切に思い出したら、それでもう、やっぱりお前は死ぬことになる」

「そんなつもりじゃなかったんです。あれは……」

弁解を再開しようとする。

「待て。私たちは、もう、お前の言うことに耳を貸す気はない」

「いや、話を聞いてください。オレの責任じゃないんです。断れなくて、そのことを説明しますから」

「聞く気はない」

「でも、本当の話なんです。ＣＯＬってのはバカばっかりで……」

「やめろ。ひとつだけ、確認しておきたいことがある。お前が私の娘を連れ出した時、一緒にいたのは、本物の警官だな？」

若菜が目を瞠った。白目が光る。

「わかってるんだよ」

「違う」

「違う？　つまり、制服警官じゃない、ということだな。広報課の人間だろ？」

若菜の呼吸が、大きく、早くなった。

「わかってるんだよ、全部。確かにあの男は、制服警官じゃなかった。でも、警官ではあったから、普通の人間よりは、ずっとリアルだったんだろうな。チラッと見せた警察手帳も、本人の物だったんだろう？」

「……喋ったんですか？」

「ああ。喋ったよ」

若菜は固く目をつぶった。

なぜ警察発表の森英勝の住所が、琴似のものだったのか、それが不思議だったのだ。道教職員名簿を調べれば、森英勝の住所は豊滝であり、現在はCOLの〈シャングリ・ラ〉になっている、ということはすぐにわかったはずだ。それがなぜ、琴似になっていたのか。広報課にCOLの信者がいたからだ。そいつが、あながち間違いでもない住所を差し込み、豊滝の住所を削除した。もともと、加害者死亡の親子心中だ。後始末だけが問題だった。そしておそらく、森英勝は、実際には、豊滝のフリー・スクールが破綻した後は、琴似に住んでいたのだろう。誰も情報のズレに気付かず、あるいは気付いても見過ごしたのだろう。そして、今思い返せば、私が電話で近野に森英勝の住所を尋ねた時、それを即座に教えてくれたのも若菜だった。

「それで、だ。若菜」

「はいぃ……」

絞り出すようなか細い声。

「ここでわれわれに協力すれば、お前の寿命がここで途切れることはない。そして、おそらく、全貌が明るみに出ても、お前の罪は軽くなるかもしれない」

「……………」

「お前は、直接殺人に加担したのか？」

「いえ！　それはないです！」

「そうか。でも、いくつかの殺人は、見たり聞いたりはしたな？」

「……………」

静かに泣いている。

「人殺しを、見過ごしにしたな？」

「……みんな、そうなんです。……事故だ、と言い聞かせて……仕方なかった……」

静かに泣き続ける。

「道徳的には許されることじゃない」

「ううううう！」

「だが、どうも法律となると話は別らしい。オウムの地下鉄サリン事件の裁判、よく知ってるか？」

激しく首を縦に振る。

「勉強会があるんです！　月に一回！」

「なるほど。あの裁判の中で、サリンを実際に撒《ま》いて、何人も殺して、それでも死刑にならずに無期懲役になった幹部がいただろ？」

「はい……」

「まだ事件の全貌が明らかになる前に、進んで自白を始めたから、ああいう特別な温情判決が出たわけだ」

「…………」

「まぁ、別な教え方をされてるかもしれないがな。でも、冷静に考えたら、そのことはわかるだろ？　あんただって、ニュースを作る現場にいたわけだから」

静かに、ゆっくり頷く。

「あの取り扱いが、正しいことなのか、そうじゃないのか、私にはわからない。自首ということの定義を、あそこまで広めていいのかどうかも、私はわからない。だがな、ここでわれわれに協力すれば、少なくとも、われわれは、お前に好意的な証言をするつもりだ。事件が明らかになったのは、お前の協力のおかげだ、と話してもいい。そうするつもりだ」

若菜が、うわぁっと声を上げて泣き出した。われわれは、黙って見下ろした。数分、そのままだった。そしてとうとう、若菜は絞り出すような声で言った。

「何をすればいいんですか……」

その時、ふっと祖辺嶋が向こうに行った。胸のあたりを押さえていたから、おそらくは携帯電話が震動したのだろう。

私は若菜の頭のところにしゃがみ込み、これから彼がすべきことを順を追って説明した。

29

豊滝の、〈シャングリ・ラ〉につながる林道との分岐点に着いた時は、すでに午前零時を過ぎていた。分岐点のすぐ向かい側に、見捨てられたドライブ・インがある。その駐車場にターセルとセルシオを並んで入れた。祖辺嶋が、携帯を取り出し、小声で打ち合わせをしている。さっきの空き地での電話は、取材クルーからだった。配置をとりあえず完了した、というのだ。現場に着いて、改めて手順を打ち合わせているのだろう。

「とにかく、ダメで元々だ。気長に構えててくれ」そう言って、携帯を胸ポケットに収め、

「失礼」と頭を下げる。

われわれは、ターセルの運転席にカワグチを残し、全員がセルシオに移った。運転席に横山、その横に祖辺嶋。私は若菜の脇に座り、頭をしっかりと抱え込んだ。

「腕が痛いんです。さっきから……」

「我慢できる」

「はい……」

「その、情報部メディア工作室の室長の番号は？」

若菜は、COL情報部メディア工作室の次長なのだそうだ。とりあえず彼は非公然活動家として、あるいは在家信者として、〈シャングリ・ラ〉の外で暮らしているが、あのプレハブ集落の中にも部屋を持っているらしい。そこでの上司がメディア工作室室長で、以前は東京の広告代理店にいて、なにかの事件を起こして退職した人間だ、という話だ。情報部の部長職が、現状空席なので、この室長が、事実上、情報部のトップであり、導師の親衛隊のメンバーでもあると言う。私は、若菜の声に神経を集中しながら、彼の言う番号をプッシュした。これからは、最大限の注意力が必要だ。このふにゃけた男のたった一言で、全てが水泡に帰する可能性もある。呼び出し音を確認してから、私は若菜の耳に携帯を当て、その隙間から漏れる音に神経を集中した。男の声が出た。低くこもった声で、聞き取りづらい。

「あのう、エル・サントです。……はい。ええ、……そうです、ふたりは奪還されました」

激しく叱責《しっせき》する声が聞こえる。

「いや、すでに連中は、〈ハイパー・パラダイス〉のことを知っていたんです。……そうですか。前に来てた……いいえ、私は話してはいません……ええ、私の部屋に警官と刑事が来たのは、午後十時でした……」

　相手は喚き続けている。

「いえ、ごまかして、逃げました。中央署まで連れて行かれたんですけど……いえ、監視はそれほどでもないです。僕は、参考人、ということで。……ええ、それで、中のようすをちょっと見て、……なんとなく、このまま外に出られそうだな、という感じがして……ええ、それで、トイレに行くふりをして、なんとなく、そのまま逃げて来たんです」

　若菜は、大きく見開いた目で、じっと私の目を見つめている。汗が額を流れ落ちる。私は、静かに頷いた。ここまでは、いい。相手は、ちょっと落ち着いたようだ。

「はぁ……そんな大怪我……はぁ……で、大丈夫なんですか？……はぁ……で、これからどうしようか、と。そちらに行ってもいいでしょうか。ちょっと不審な動きが……あ、絶対にダメ。わかりました。近寄っちゃ、ダメなんですね。……はい……はい。わかりました。……いえ、東京に行くくらいの金はあります。……はい、わかりました。……あ、その不審な動き、というのは、機動隊のバスが、道警の前に並んでたんですよ。……ちょっと見たこともないくらいの数で……ええと……ええと、二十台くらい。……ええ、あ、そうか。日教組大会。……あの時よりも多いように思いました。……はい。それで、……あ、そうですか。連絡つきませんか。……じゃ、やっぱり……これからも増える、と思うんですけど」

　こもった低い声が、早口でなにか言い、通話が終わった。

「なんだって？」

「とにかく、東京に逃げろ、ということでした。そして、警察の強制捜査を信じたようです」

「よし。お前は殺さない。協力した、と証言してやる」

若菜は大きく溜息をついた。それから、ＣＯＬの連中がどんなにバヵか、熱心に説明を始める。

「おい」と横山が振り向いて、若菜を睨み付けた。「また、口にテープを貼られたくなかったら、黙ってろ。わかり切ったことは聞く必要がない」

若菜はぴたりと口を閉ざした。

午前一時十二分、林道への分岐点に、ちょっと年式の古いクラウンが姿を現した。

「中が見えるか？」

私が尋ねると、横山が首を振る。

「無理だな。クソ！　道具をなにも持って来なかった。しくじった」

だが、これだろう、と私は確信した。ＣＯＬの連中が隠したいものはいろいろとあるだろう。だが、こんなに早く運び出せるのは、現金の類か、自分の足で歩く人間だろう。

「これだ、たぶん」

祖辺嶋が携帯を取り出した。

「出て来たぞ」

そのまま、ずっと耳に当てている。

「車は途切れそうか？　よし。じゃぁ、前に出ろ。はさめ」

深夜になっても、国道には車が途切れない。大型トラックが何台も続く。

「あれだ」祖辺嶋が呟き、「見えたぞ。そのまま」と指示する。

私たちの前を、大型のワゴン車が通過した。SBCの取材車らしい。だがもちろん、車体にはそれを記したロゴや番組名などは描いていなかった。その後ろには、しばらく車が来ない。こっちの車も、瞬間途切れた。われわれの乗るセルシオが滑り出すよりも、一瞬早くクラウンが出た。いかにも自然な形で、われわれはクラウンに続いた。われわれの後ろに、もう一台、ワゴン車が続く。私のターセルが、その後ろにつけた。

「万全だ。この後ろのも、ウチのクルーだ」

祖辺嶋が興奮した口調で言う。

「あれに乗ってりゃいいんだがな」

横山がボソリと呟いた。

クラウンの後部座席では、若い男がひとり、こっちを気にしている。そのようすが、ライトの光に浮かび上がっている。そして、後ろ姿から判断すると、おそらくは若い娘であろう人間が、その横でじっと前を見つめているようだ。

「あれか?」

横山が言う。誰も答えない。私は心の中で、そうであってくれ、と祈った。

「連中、どこに行く気なんだろう?」

祖辺嶋がぽつりと言う。

「さぁね。アテなんか、ないのかもしれないな。おい、若菜」

「はい」

「こういう時、連中は、どこにいくんだ？」

「さぁ……幹部連中の考えることは、私にはわからないですけど」

「北海道のどこかに、ほかに拠点はないのか。誰も行かないような森ん中とかよ」

「そういうのを作ろう、という話は何度も出たそうですけど、とりあえず〈シャングリ・ラ〉を整備するのが先だ、というような話でした。なにしろ、連中の考えることは、要するに……」

「若菜」

「はい」

「話しかけて悪かった。もう、喋るな」

「……はい」

　われわれは、延々と走り続けた。クラウンは、囲まれていることに全然気付かないらしい。あまりに無防備なので、もしかすると囮《おとり》か、と不安になった。

　明るい真夜中の定山渓温泉を通過し、われわれは森の中に入った。丘を越え、谷を渡り、トンネルを抜ける。横山は何度か、停めようか、と言った。だが、周囲には結構な量の車が走っている。事故は避けたい。前後のワゴン車のクルーから、祖辺嶋に何度か電話が入った。その度に「落ち着け」と短く答える。その祖辺嶋の声も、苛立っていた。

「いやぁ、しかし」としみじみ言う。「この歳になって、なぁ、こんなことをするなんて、思ってもみなかったよ。さっきの立ち回り、ありゃすごかったなぁ。中年男が三人でさ」

誰も答えなかった。だが、若菜を除いて、みんな同じことを思っていた。

トンネルをいくつも抜けるうちに、中山峠の頂上が近付いて来る。

「あそこでトイレに入るようだったら、チャンスだな」

横山が言う。私は頷いた。祖辺嶋が、携帯を取り出した。短く指示を与える。中山峠の頂上、道の駅が視野に入った。

クラウンの、左のウィンカーが点滅した。その前のワゴン車は、そのまま駐車場に入らずに走り過ぎる。

「Uターンして戻って来るから」

祖辺嶋が言い、みんなが頷く。クラウンは、駐車場に入った。幸い、車が少ない。横山がアクセルを踏み込んだ。クラウンの前に回る。停止しかけたクラウンの前に、横向きに停まった。クラウンのタイヤが、キッと短く鳴った。運転者は慌てている。私はドアから飛び出した。クラウンの脇すれすれにワゴン車が停まる。すぐにカメラマンが、ビデオ・カメラを肩に降りて来る。クラウンはバックしようとしたが、そこをターセルがふさいだ。私は、後部座席のドアに手をかけた。ロックされている。私の横に、カメラが突き出された。

「回ってます！」

カメラからの照明の光の中に、見覚えのある少女の顔があった。写真を何度も見た。私は、夢中でウィンドウをドンドンと叩いた。

「薫さん！　本村薫さんですね！」

私は今まで、あれほどに深い絶望の表情を見たことがない。後になって思い返して、そう思う。本村薫は、歪んだ口許を隠そうともせずに、目を固く閉じて顔を真正面に向けた。それから、ゆっくりと顔を両手に埋めた。

駐車場の入り口から、ワゴン車が突入してくる。一瞬、ハッとしたが、祖辺嶋のクルーだった。クラウンは、われわれ四人と、それからカメラ・クルー二チーム、合計十二人に囲まれて、ドアをロックし、不機嫌にアイドリングしながら、呆然としていた。

30

その後がいろいろと、もたついた。一一〇番に通報してから、玉木に連絡したのだが、時間も時間だったせいか、警察内部の連絡が不調で、二十分以上経過してやって来た巡査たちは、事情を全く聞いていない、と言う。交通事故だと思って来たらしい。何度かやり取りがあって、そのうちに玉木との連絡が途切れなくなり、徐々に事態が進行し始めたのは、もう午前三時を過ぎていた。本村薫の事件は、清岡区の所轄署である豊平警察署の管轄であり、その担当者が臨場するまでは移動するな、ということでもあったらしい。パトカーはどんどん集まって来るが、なにも始まらないという状態が延々と続いた。われわれ三人の中年男は、すっかり疲労困憊して、若菜をパトカーに移した後の、広々としたセルシオの中で、ぐったりと伸びて、事態の進展を待った。そうなると、さすがにカワグチは、若いだけあって元気で、こまめに動いて、缶ジュースだの缶コーヒーだのを買っては持って来る。

午前四時ちょっと前に、不機嫌な顔をした玉木が姿を現した。私に、一瞬だけ会釈をしたが、とりあえず今のところは無視するからな、という態度だ。それでもいい。あいつの心中を思うだけで、きっとムカムカしているのだろうな、と思うだけで、私は非常に気分がいい。

そのうちに、事態がバタバタと進行するようになり、クラウンに乗っていた四人は、別々にパトカーに乗せられ、豊平署に向かうことになったようだ。それを察して祖辺嶋がセルシオから出陣した。カメラ・クルーを後ろに従えて、アウトをセーフにしようとする星野監督のように、猛然と玉木に挑みかかる。玉木は下っ端なのに、可哀想に、と私は同情し、そして非常に気分がいい。それからおもむろに、私はセルシオから出て、玉木に歩み寄った。

「お疲れさん」

「おう。なにやってるんだ、あんた。あの若いののようす如何じゃ、あんたを暴行傷害でしょっ引くことになるぞ」

「おもしろいね。笑える。ところで、今まで本村薫だと思われてた死体だがな」

「………」

「まぁ、当然わかってるだろう、とは思うんだが、ありゃきっと、COLの信者だろうな。で、死体の身元を確認したのは、札幌花園第一病院の歯科医だろ?」

「そんなこと、オレは知るわけがない」

「あんたの知らないことは、いろいろあるよ。あんたに教えてもいいんだが、週刊誌に先に話してもいい。私も、あんたたちのチャチな誤認逮捕でクビになるまでは、北日にいたんでな。

中央の週刊誌にも、知り合いが皆無、というわけじゃない」

「それがどうした?」

「祖辺嶋もいろいろ知ってるぞ。警察発表の前に、目撃談として、いくらでもニュースで流せる。私も、SBCのワイド・ショーに出たいくらいだ。いろいろと言いたいことはある」

「…………」

「柾越は、公安のエスだったのか?」

「…………」

「私はよく知らないが、あんたの口からそんなようなことを聞いた、と軽はずみに話してしまうかもしれないぞ。ここで、邪険な扱いをされると」

「…………」

私は、非常に気分よく、玉木に背を向けてセルシオに戻った。すぐに祖辺嶋が後を引き継いで、より一層の激しさで玉木に食い下がった。十二分後、SBCのワゴン車は、一台が帰社することになった。もう一台をどうするか、ということについては、何の言及もなかった。

玉木がなにかの便宜を図ってくれた、というわけではない、と思う。そんなことはあり得ない。だが、偶然のたまもので、午前五時半近くの白々とした豊平署の前で、パトカーから降りた本村薫は、任意同行されてきた本村岩雄と、本村康子、おそらくは三森房子のふたりと出くわすことになった。岩雄と房子は、初めのうちは薫がいることに気付いてはいなかった。岩雄は相変わらずのにやけた表情でマークIIから降りて来た。そして房子は昂然と頭を上げて、怒り心頭に発している、という身振りで、チェイサーから下りて来た。ふたりは捜査官に取り囲まれて歩き出した。前の方に数台並んでいるパトカーも、SBCのワゴン車も、自分たちと関係があるとは思わなかったようだ。

だが、パトカーから降り立った本村薫を見たとたん、房子は駆け出した。「薫ちゃん！」と絶叫した。その声に驚いて、一瞬、薫は立ち竦《すく》んだ。だが、自分の方に駆けてくる房子のはち切れそうな体を見たとたん、「かぁさん！」と泣き出した。そして、「ごめんねぇ、かあさん、ごめんねぇ！」と切ない声を振り絞った。房子に遅れて、岩雄も駆けて来る。周りにいた人間たちが慌てて取り押さえようとしたが、房子と岩雄は、人々の手を振り切って、薫に突進した。薫も、両脇の捜査員の手をふりほどいて、駆け出した。そして、三人は、激しくぶつかり合い、ぴったりと抱き合った。まるでひとつになろうとするように、力を込めて抱き合っている。三人とも、声を限りに泣き叫んでいる。

私は誤解していた。この三人は、なんの愛情もないままに、一つ屋根の下で暮らしていたのだ、と思っていた。おそらくは、金のために、と。だが、それは間違いだった。この、おそらくは血の繋がっていない三人は、そんなこととは関係なく、深く愛し合っているらしい。なぜかはわからない。だが、きっとそうなのだ、と私は思った。きっと三人は、一緒に苦労してきたのだろう。それが、どんなに身勝手で、他人の犠牲の上になり立っていた暮らしであったにせよ、とにかく三人は、一緒に苦労して生きて来た。そして今、全てが破綻し、三人は、固く抱き合って泣いている。

それは、なんだかとても悲しく、侘《わび》しく、そして胸が痛くなるほどに愛《いと》おしいことだと思えた。私の周りで、幾人かの人間たちが、中にはゴリラのようなごつい男も交じっていたが、目に涙を溜めて、力一杯抱き合い、泣いている三人を見つめていた。

31

その日から、私はとんでもなく忙しく、姉川明美のことをほとんど忘れていた。……あくまで「ほとんど」であり、完全に忘れたわけではない。だが、警察の事情聴取やそれに準ずるお話し合い、そして冴香の送り迎えなどで、ほとんど時間を作ることができなかった。冴香は、「全然心配しなかった、恐くなかった」とは言うものの、やはり、相当参ったらしい。夜、何度か唸ることがあった。私も、COLの連中はすでになにをやってもどうしようもない、ということを悟ったはずだ、と思う反面、怒りにまかせて無意味な腹いせの報復に出るかもしれない、という危惧もあり、ずっと貴にガードを頼んでいたのだが、それはそれとして、やはりできる限り冴香と一緒にいたい、と思った。

そのうちに、白郷区役所の幹部がひとり、係長がひとり自殺し、栄光太平大日本生命にも自殺者がふたり出て、事態はどんどん混乱してきた。その度に、私は玉木に呼ばれ、同じ話を何度も繰り返すことになった。その合間には、濠田町内会長に挨拶に行かなければならなかったし、兄からは「いくら常識を働かせようと努力しても、心はどうにもならないものだ」などと綿々と綴られた手紙が届いたりして、驚いて会いに行ったりもしたし、続々と微罪で逮捕されるCOLの信者たちの面通しにも行かなければならなかった。

それにまた、私と横山と祖辺嶋は、ＣＯＬの信者への暴行で、逮捕されなければならない立場にあった。特に、横山が喉仏を潰した相手は、下手をすると死ぬ可能性もあったということで、われわれも覚悟を決めた時期もあったが、ウヤムヤに終わりそうだった。とにかく、警察からなにか言ってこないうちは、忘れておこう、ということになった。

そんなこんなのゴタゴタが続いてあっと言う間に一週間が過ぎ、ようやく土曜日の夜に、落ち着いたひと時がやって来た。私と貴は差し向かいでビールを呑み、冴香は自分の部屋で勉強をしている。貴とふたりでビールを二本呑んでから、ウィスキーに切り替えて、じっくりと呑もう、と思ったところに姉川から電話があった。

「今晩は」

懐かしい声。

「やぁ。……すっかり御無沙汰しちゃって」

「お忙しそうね」

「ああ。まぁ、それほどでもないけど」

「冴香ちゃん、落ち着いた？」

「ああ。なんとか。具体的には、それほど恐い目には遭わなかったようなんだ。ＣＯＬの連中も、手荒なことはしなかった。縛ったりもされなかったんだ。ただね、やはり、連れ去られて、やんわりと自由を奪われて、私とも連絡が取れない、という状況は、よほど恐かったらしいな」

「当然よ。いくら貴君がいたって……どんなに恐かったかしら。これから、どうなるか、本当に心配だったと思うわ」

「ああ。……だが、まぁ、なんとか落ち着いてきた。おかげさまで」

「あのう……それでね、実は私、明日、久し振りにオフなの。丸一日、完全に」

「ほう」

「それでね、日中、真由を青少年科学館に連れて行くことになったのよ」

「ほう」

「どこか行きたいところがある？　って聞いたら、一も二もなく、青少年科学館！　だって。ちょっと変わってるでしょ？　青少年科学館が好きな女の子なんて、あまり聞いたことないわ」

「それは偏見だよ。男は理系、女は文系という。実際には、あそこを好きな女の子もいくらでもいるだろう。冴香もそうだけど」

「そう。それを思い出してね。今、シャボン玉実験のショーをやってるんだって。真由は、シャボン玉のショーが好きで、きっと冴香ちゃんも面白がる、と言うのよ」

「あ、なるほど」

「もしも冴香ちゃんさえよかったら、一緒に行かないかな、と思って。あなたは、久し振りにひとりでゆっくり休んでいればいいわ。私がきちんと送り迎えをします。ということで、どうかしら？　少なくとも、真由は大喜びするんだけど」

冴香に聞いてみると、絶対行きたい、と言う。

「絶対行きたい、と言っている」

「じゃ、明日、途中で寄ります。……そうね。午前十一時にはそっちに行くわ」

「ありがとう。……それで、貴も一緒に行くことにしていいだろうか」

「あら。なにかまだ心配なことがあるの？」

「いや、そういうわけではないが……念のためだ。まぁ、オマジナイだな」

ビールでこめかみをほの赤くした貴が苦笑する。

「そうね。その方が、安心できるわね。じゃ、そういうことで」

「貴を誘惑するなよ」

「なに言ってるのよ。いくら私でも、二十五歳も年下じゃね」

と、楽しそうに姉川は言った。


翌日、日曜日の午前十一時近くに、姉川と真由がやって来た。私は、貴に一万円札を渡した。貴はまだピアスをしていない。久し振りの「お出かけ」を小躍りして喜び、「水族館にも行こうね」と何度も繰り返す冴香と、柔らかな笑顔でそれを見下ろす貴を、姉川のシトロエンまで見送り、部屋に戻った。

なぜか、部屋が広々と感じられる。別に冴香や貴を煩《わずら》わしい、と思っていたわけではない。そうではないが、本当に久し振りに、この部屋でひとりっきりになり、ゆったりと息をすることができる、そのことが単純に嬉しかった。とりあえずは、冴香の安全を気遣う必要もない。初めのうちは、資料を整理しよう、などと殊勝な気持ちでいたのだが、ふと眠気を感じ、まぁいいか、という気持ちになってしまい、そのままベッドに倒れ込んだ。穏やかで、安心感に満ちた眠りに身を任せた。

電話が鳴った時は、私は熟睡していた。心地良い眠りの沼から無理矢理浮かび上がり、受話器を耳に当てると、ピーッという聞き慣れた音だ。ファックス受信の操作をして、そのまま眠りに戻ろうとした。だが、なにかが心に引っかかる。私はベッドに座り、ジワジワと出て来る紙を眺めた。

〈畝原様〉と、下手くそな手書き文字。〈可愛らしい娘さん。お美しい恋人。そして、また可愛らしいその娘さん。若くて強い青年。みんな今、青少年科学館で、楽しそうにしていらっしゃいます。青少年科学館よ、永遠に。チルヅレン・オブ・ライツの切なる願いです〉

発信元は、札幌駅の公衆ファックスだ。

私はすぐに受話器を取り、姉川の携帯を鳴らした。スイッチを切ってある。完全なオフだからか。貴に携帯を持たせなかったことを激しく悔やんだ。急いで玉木の自宅に電話した。妻が出て、緊急呼び出しで出かけた、と言う。震える手で電話帳をめくり、青少年科学館の番号を探し、電話した。何度鳴らしても、誰も出ない。

私は、部屋から飛び出した。駐車場のターセルは、またタイヤが四本ともパンクしている。

私は南郷通り目指して、全力で突っ走った。

「この期に及んで、何を」

気が付くと、私はそう何度も呟いていた。この期に及んで、何を。

32

新札幌にある青少年科学館の周囲は、ごった返していた。タクシーの中からは、状況ははっきりとはわからないが、建物の前の広場に、人々が密集している。人の壁の手前で降り、群がっている人混みに突入した。子供たちに怪我をさせないように気を付けながら、人々をかき分けて前に進んだ。しばらくすると、最前列に出た。その向こうにはロープが張られていて、警官が立っている。ぽんと飛び出した私に向かって、驚いた顔を向け、一歩下がった。それから踏みとどまり、「下がってください。危険です」と言う。非常に若い。

「なにがあった⁉」

「下がってください」

「誰か、死んだのか⁉　怪我は⁉」

「今のところ、被害は何もありません」全身から力が抜けるほどの安堵《あんど》感。そして私は、自分の血相が変わっているのに気付いた。若い警官が怯えるのも無理はないか。「下がってください」と繰り返す。私は自分を取り戻し、できるだけ静かに語りかけた。

「私は、畝原と言います。中央署の捜査一課の玉木刑事がいるはずですが」

「下がってください」

「中に家族と友だちがいるんだ。玉木を呼んでくれ。畝原、と言えばすぐにわかる」

「とにかく、下がってください。危険です」

警官はそう言いながら、肩の受令機に小声で語りかける。

「畝原だ。そう言ってくれ」

警官は、うるさいな、という顔で頷く。私はそこで思い出して、さっきのファックスをポケットから引っ張り出した。

「これを読んでやってくれ。発信場所は、札幌駅の公衆ファックスだ」

小声で話していた警官が、「よろしいんですね」と確認し、私に「向こうの、歩道の外れに、指揮車が停まってますから、そこに行ってください」と言う。私は頷いて、人混みをかき分けてそっちに向かった。

歩道の脇に、ワゴンとマイクロバスが並んでいる。私が駆け寄ると、その中の一台から、玉木が降りて来た。

「よう」

「みんなは⁉」

「無事だ。ファックスがあるって？」

「これだ。みんなは、どこにいる？」

「心配しなくていい。そっちのマイクロに乗ってる」

玉木がファックスを読みながらマイクロバスに近付くと、ドアがバタンと開いて、冴香が飛び出した。貴がそれに続く。

「お父さん！」

私は、気付いたら冴香を抱き締めていた。

「もう、大丈夫だ」

「真由ちゃんが、知らないおじさんから箱をもらったの」

「え？」

「タイム・ボム、と英語で書いてあったんです。これくらいの段ボール箱で、ガムテープでぐるぐる巻きにしてありました」

貴が説明する。

「畝原。乗って、待っててくれ」

玉木がそう言って、乗っていたバスに戻って行く。警官がバスのドアを開けてくれたので、私は冴香と貴とともに乗り込んだ。一番後ろで、姉川と娘の真由が身を寄せあっている。真由はなんとなくぼんやりした表情で落ち着いて見えるが、姉川はやや白っぽい顔をしている。

「大丈夫？」

そう尋ねる自分の声が、なんとなく陳腐で鈍感に思われた。姉川は、うんうん、と小刻みに頷く。

「思いがけないことだったから、驚いたけど、ただそれだけ。大丈夫よ」

「なにがあったの？」

「真由が、子供を連れた男から、段ボールの箱を受け取ったらしいのよ。気が付いたら、なんだか困ったような顔をして、両手でやっと持てるくらいの箱を持ってるから、おかしいな、と思ったの。それで、その箱、どうしたの、と聞いたのよ」

「幼稚園くらいの子供を連れてたんだ。優しそうな顔をした、男の人だったよ。ふたり」

「ふたりいたの？」

私は、できるだけ優しく尋ねた。真由は、うん、と頷く。

「幾つくらいの人に見えた？　貴君よりも、歳を取ってたかい？」

真由は曖昧に頷く。

「じゃ、畝原のオジチャンとは？」

「ずっと若かった」

「そうかい」

「それでね、真由がなんだか困ったような顔をしてるから……」

「いきなりだったんだもん。これ持ってちょうだいって言われて、そして、手を離したら、爆発するからねって……」

「箱を見たら、TIME BOMBって書いたあったのよ。それに、COLのマークも書いてあって、最終兵器ΩZって……」

「おかあさん、いきなり叫ぶんだから……」

真由が泣き笑いの顔になっている。

「本当に、私、驚いたのよ。思わず、キャッて……」

「おかあさん、ギャッて叫んだ」

「まぁ、そうかもしれないけど。それで、真由がびっくりして箱を落として、それから火がついたように泣き出して」

「私も、あの時、思わず手を離しちゃって、それで、爆発する！　と思ったんだもの」

　私は思わず溜息をついた。

「それと前後して」と貴が言う。「警察か、青少年科学館に、電話かなにかで、なにか脅迫のようなものがあったらしいですね。ブザーが鳴って、すぐに建物から出るように、と放送があったんです。それで、とにかく警備員を捜して、こんなものがあります、子供が持たされました、と教えたんですよ」

「で、みんなと外に出たら、警官が私たちのことを捜していて、それで名乗り出たわけ」

「僕、すぐに電話したんです、先生に。でも、お話し中でした」

「きっと、その時にCOLからのファックスが来たんだろうな。それに、いろんなところに電話したし」

「あ、そうか……」

「君は、携帯を切っているのかい？」

　私が尋ねると、姉川はハッとして自分の携帯を見た。

「あら。ホントだわ。忘れてた」

　まぁ、それは仕方がない。

「で、これからどうなるんだ？　ずっとここにいなきゃならないのか？」

「ここにいてくれ、と玉木さんは言ってたわ。話を聞きたいんだって。特に、真由から」

「なるほど」

　相当待たされた。その間に、自衛隊の爆発物処理班がやって来て、緊張した面もちで建物の中に入ったり、私服警官らしいのが、目立たぬようにこっそりと、周囲の群衆の写真を撮影して回ったりしていた。

二時間近く経って、バスのドアが開いた。ジーンズにセーター、アポロキャップという格好の、二十代半ばの女性が入って来て、「どっちが真由ちゃん?」と尋ね、真由が手を挙げると、「おねぇちゃんにちょっとお話を聞かせてね」と、わざとらしくはあるがそれなりに優しい口調で言う。婦人警官らしい。子供が打ち解けるように、という配慮だろう。アポロキャップにはクマのプーさんの刺繡《ししゅう》がしてある。真由は「はい」と素直に返事をして、姿勢を正した。その横で、冴香も、友人を守り、支えようとする表情で、唇を嚙みしめた。

「畝原ぁ」

窓ガラスをコンコンと叩き、玉木が私を呼ぶ。私は一つ頷いて、バスから降りた。

「どうなった?」

「時計と、壊れたパソコンの基盤、それから紙屑が詰め込んであった」

「それで全部か」

「そうだ」

「……クソガキどもが!」

「そうかな。部内には、あんたの自作自演じゃないか、という意見もないわけじゃない」

「八つ当たりはよせ。とんでもなく頭が悪く見えるぞ」

「悪かったな」

「要するにあれか。よその家のドアの呼び鈴を押して、逃げるガキみたいなイタズラか」

「……よくやったな、子供の頃」

「よその家のガラスを割って、叱られた。だもんで、逆恨みして、その家の呼び鈴を鳴らして、走って逃げて、その家のおばさんが玄関に出て来るのを、遠くの方から見て、腹を抱えて笑ってる。と、そういうわけか」

「そんなところだろう。連中にしてみれば、やったやった、てなもんだろうさ。イタズラの爆弾を本気にして、何百人もの人間が逃げ出して、何千人もの野次馬が集まって、警察と、自衛隊まで出動して、あたりは大混乱だ。今ごろ、両手を叩いて喜んでるんだろうな」

「……………」

「下らない連中だ。本当に、下らない」

「でも、本物の爆弾じゃなくて、なによりだった」

「……ああ、まぁ、そりゃそうだ」

「帰っていいのか？」

「今のところはな。姉川さんの娘から話を聞いたら、今日のところはそれで終わりだ。後でまたなにかあるかもしれないが」

「わかった」

「……姉川さんの娘と、あんたの娘は、仲良しか？」

「そうだな。親友同士だ、と言ってもいいと思う」

「ほう。……で、どうなんだ、姉妹になるのか、将来は」

「……マジメに仕事をしろ。自分に関係ないことに頭を使う余裕があるんならな」

「マジメにやって、それで世の中がうまくいくんなら、警察はいらねぇよ」

鼻で笑い飛ばして、私はバスに戻った。真由が、精一杯の表情で話をしている。冴香と姉川が、その真由を、目に力を込めて見つめている。

私は、自分がどれほど、この三人を大切に思っているか、この三人を守るためなら、命は惜しくないと、どれほど痛切に感じているか、そのことを思い知った。

玉木は、警護の手配をしてくれた。だがこれは、われわれの身を守るというよりは、私と姉川を別々に家に帰そう、という底意があるようだった。姉川は真由をシトロエンに乗せ、家に直行する。その後ろを刑事が二人乗り込んだ車が警護し、姉川親子が家に帰り着いてからも、不定期的に彼女のマンションの周囲を巡回する。私の方は、太田さんの個人タクシーで、冴香と貴ともども家に帰る。こっちも、同じく刑事が警護してくれる。姉川は、「私が畝原さんたちを送るわ」と言ったのだが、なんの権限があるのか、玉木はそれをダメだと言った。深追いしても始まらない、と私も姉川も判断した。

太田さんのタクシーの中で、すでに冴香はうとうとし始めていた。緊張と疲れが、どっと出て来たらしい。私たちの住むマンションに着いた時には、ぐっすりと眠っていた。私は抱き上げ、家まで運び、冴香のベッドに横たえた。それでも目を醒まさない。

時計を見ると、午後五時に近い。私は迷ったが、結局、姉川に電話してみた。真由も、もう眠っていると言う。お互いに、子供をほったらかしにして、という良心の呵責《かしゃく》のようなものは感じたが、冴香には貴がついている。そして、姉川のマンションはセキュリティは万全だし、彼女の事務所〈オフィス・ケミ〉のスタッフがふたり、真由の面倒を見ることができる、と言う。どうしようか、とやや後ろめたさを感じつつ相談したが、結局、彼女のマンション近くのスペイン風居酒屋で、一緒に夕食を食べることにした。貴に、適当に自分で作って食べてくれ、冴香が目を醒ましたら電話をくれ、と頼んで、パンクしたターセルは置き去りに、私はタクシーに乗った。玉木の部下の目の前で姉川と食事をすることになるのかもしれない。だがまぁ、そんなことはどうでもいい。

事件のことなど忘れたい、と思っていたが、やはり姉川は事実を知りたがり、それをはぐらかすと怒り出すだろう、ということが予想できた。それになにしろ、最後の最後に、彼女とその娘も当事者になったのだ。やはり、いろいろと知りたいことはあるだろう。それで結局、かいつまんで説明することになった。

「本村康子は、やっぱり三森房子なの？」

「その点は、間違いないようだな。三森の知人が、何人も確認したそうだ」

「なんのために、そんなことをする必要があったわけ？」

「まだ、本当のところはわからないよ。三森房子も、本村岩雄も、事件のことについては、ほとんど話をしないそうだから」

「……わからないな」

「ただ、三森房子の金繰りは、もう、相当以前から、破綻していたらしいんだ。それを、保険金殺人を繰り返すことで、なんとか繕《つくろ》おう、としていたらしい。彼女の最初の殺人がいつだったのかはまだわからないけど、少なくとも二十年以上前に遡《さかのぼ》るのではないか、と玉木は言っている。そのあたりは、もちろん、もう時効だけど」

「なんでそんなにお金が欲しかったのかしら」

「わからないよ。私は三森房子じゃないから」

「そりゃそうだけど……」

「……なんと言うかな……なんのために、とか、どうして、という質問は、なんだか無意味のような気がするんだ。……そういう種類の人間だ、と言うしかないような」

「それは、危険な考えだと思うわ」

「……まぁ、言いたいことはわかるけどね。……どうかな、ちょっと、このところ疲れてるんだ。事件の話はほんのしばらくの間置いておいて、このティオ・ぺぺと、生牡蠣《なまがき》を楽しむことにしないか?」

「あ、いいわね」

「シャブリよりは、ティオ・ぺぺの方が牡蠣には合うと思うんだ」

「そうね。そう思う。……それにしても、全体として、この事件は、どういうことだったわけ? 三森房子が黒幕、ということ?」

私は溜息をついた。

「どうしても、その話?」

「……この点だけ。これだけ教えて。だって、私は何も知らないんだから」

「もしも君の質問が、……たとえば、悪の組織があって、それが陰謀を巡らせていて、三森房子がその中心人物だった、という意味だとしたら、多分、そうじゃない」

「じゃ、どういうこと?」

「三森房子は、自分で、自分だけの利益を求めて、……そうだな、例えば最初は、殺人の絡まない保険金詐欺……怪我をしたとか、車にぶつかったとか、そういうようなことを繰り返していたんじゃないか、と思う」

「それで? それが、どうして連続殺人に結びつくの?」

「いつかはわからないけど、踏み越えたんだろうな」

「踏み越えた……なんだか、話をぼかすような言い方ね」

「よくわからないからさ。このスープ、おいしいね」

「シェフの自慢料理なのよ」

「何が入ってるんだろ?」

「知らないわ。そういう細かな保険金詐欺が、どうしてあんな大きな事件につながったと思う?」

「いや、だから……」

「これは、事実を尋ねてるんじゃなくて、あなたの感想を聞いているのよ。あなたの感想なら、難しくないでしょ?」

「……まぁ、細かな悪事を繰り返しているうちに、同じような傾向の人間たちと出会って、そしてお互いに影響し合った、ということかな。こっそりと不正を働いている役人とか、若い連中を騙して蓄財に励んでいた、宗教詐欺師とかに……」

「……」

「要するに、人間はひとりじゃなにもできない。合法的な行為ですらそうだ。だとすれば、非合法な行為を、それも大規模に行なおうとしたら、どうしても共犯者が必要だ。そうなると、お互いにお互いの弱味を握ることになって、それぞれの悪事もまた、大きくなっていくんじゃないだろうか。そして、お互い同士、手に負えなくなっていく。三森房子は結局、収益をあげるシステムを作ることに失敗したんだ、と思うな。膨大な金を手に入れたかもしれないけれど、それは、膨大な金を注ぎ込んだ結果でね。非常に手際が悪く、片っ端から破綻するから、またその上に、片っ端から金をつぎ込む必要があったんじゃないかと思う。想像するだけで、胸苦しくなってくるな」

「三森奨学会の実態は、なんだったの?」

「横山は、詳しく教えてくれないんだ。じわじわと食い込んで、おいしいところをうまく活用しようと考えてるらしい。具体的にどうするのかはわからないけどね。まぁ要するに、簡単に言うと、贈収賄の決済をするシステムを作ったようだね」

「贈収賄の決済って?」

「たとえば、副読本を作っている出版社が、教育委員会に飲食接待をすれば、これは贈賄だ。除雪業組合が、市の除雪課の幹部を接待しても、同じことだ。いささか胡散臭い名簿会社が、区役所戸籍課の職員を温泉旅行に連れ出したりするなど、もってのほかだ」

「それで?」

「だから、お互いに接待し合うわけだよ。除雪業組合の人々が、教育委員会の連中を接待する。名簿業者が、市の除雪課の幹部を接待する。で、出版社が、区役所戸籍課の温泉旅行の費用を持つ。三森協力会、という団体を作って、その構成企業で、役人の接待をまわすわけだ。そして、役人はその構成企業とこっそり癒着する。表向きは、協力会は、三森奨学会の奨学事業を支援する、という形になっているけど、実態はどうもそうらしい。三森奨学会は、そのやりとりを案配して、公平を期する役割だろう」

姉川は、あんぐりと口を開けた。そういう顔までが、まぁ美形、と言えるので、私はいささか感心した。

「そんなに下品なことをしているわけ？」

「そうじゃないか、と横山は考えている。で、どうやらそうらしい。三森房子は、そういうシステムの中に食い込んで、役人や企業の弱味を握ろうとしたんだろう。だが、彼女の弱味も大きかったからな。そんな絡み合いの中で、あっぷあっぷ溺れていたんじゃないだろうか」

「三森房子とＣＯＬの関係は？」

「だから、私は事実は知らないよ」

「どう推理しているわけ？」

「ティオ・ペペがおいしいよ」

「自分で注《つ》ぎます」

「……まぁ、三森房子は一度、奨学会の理事を解任されている。その理由はまだはっきりわからないらしい。だが、とにかく当時暴露された、本橋グループのリゾート開発がらみの不正に関わったんだろう、と思う」

「本橋か……」

これは、私にとっても、姉川にとっても忘れられない名前だ。二年前に崩壊した本橋グループは、現在は創業者一族を排除した形で再建されつつあるが、その二年前の崩壊のきっかけになったのは、実はこの私だからだ。

「あの時は、本当に危ないところだったたな」

私は、そっちの方に話を向けようとしたが、姉川はその手には乗らなかった。

「それで、解任されてからどうなったの?」

「五年後に、また理由は分からないけど、三森は理事に返り咲いているんだ」

理由は分からない。だが玉木は、当時の、ある理事の妻の保険がおかしい、とさり気なく呟いた。独り言を聞かせてくれたらしい。まぁ、これくらいのサービスはあって当然だろう。理事の妻は、結婚した直後から腎臓に病気を持っていて、本来なら保険に加入することができなかったはずだ、と言うのだ。だが実際は、七十二歳で死亡した、その半年前に保険に入っている。掛け捨てで、死亡時に五千万円強が支払われた。もちろん、担当者は三森房子。

「再任の理由は分からないの?」

「わからない」

私はきっぱりと答えた。

「それから、……おそらくは息子を通じて知り合った元校長のフリー・スクールの用地として提供したりしてたんだろうけど……」

「例の、森親子ね」

「そう。三森と、森の息子は、もうぴったり息が合ってたらしいんだ。ある白郷区役所の職員は、森を諸悪の根源、と呼んでいた」

「諸悪の根源……」

「ただ、私は、悪に根源なんかないんだ、と思う。少なくとも、これの件に関してはね。悪党どもが、それぞれの嗅覚で、お互いに利用できる悪党を嗅ぎ分けて、群を作った。それぞれがてんでんバラバラに。利用し合って、そして自滅して行った、そんな感じ。……このフライはおいしいね。なんだろ？」

「知らないわ。それで？　どうやって、ＣＯＬと繋がりができたわけ？」

「要するに、土地を探していたＣＯＬと出会いがあったんだろう。もうその頃には、森の父親のフリー・スクールはダメになっていて、土地は放置されていたんだ」

「三森房子と、ＣＯＬが出会って、それで？」

「だから、お互いに利用価値がある、と思ったんだろう。ＣＯＬの信者の保険について、今、大規模に捜査が始まってるらしい。生命保険の証書があれば、金を貸す金融屋もいるしね。ＣＯＬとしては三森の保険の知識やそのコネが役に立っただろうし、三森としては、……まぁ、人件費をかけずに手足のように使える連中……殺人の実行犯としても使えただろうし、それに……死体の供給も期待できた、と」

ＣＯＬの内部では、かなりの人間が死んでいる、という噂が流れ始めていた。山岸は、全国から殺到する、信者の家族の面会要求に、不眠不休で対応している。

「死体の供給？」

「……例えば、なんらかの理由で、教祖なり幹部なりの不興を買った人間がいるとする。まぁ、ベッドに誘われて、それを拒否した、というようなことでもいい。彼女の抹殺が決まった後で、ちょっとした利用法として、三森房子が歯医者に連れて行く、というようなことがあったかもしれない。自分の娘……本村薫、としてね。その娘の歯のデータが、本村薫のものとして、カルテに残る。その後、その娘を殺して死体を放置すれば、本村薫が殺された、ということになる。……というような利用法もあっただろう」

「……これって、私が生きているこの日本の札幌で起きた出来事なわけ?」

「……本人たちは、きっと、あまり大ごとだとは思っていない、と思う。なんとなく、現実の必要に流されて、追い詰められて、『殺せば現金が入って急場がしのげる』なんてところまで行って、そして殺した。その時に、なにかを踏み越えたんだろうな。憎しみでもなく、恐怖でもなく、嫌悪でもなく、経済的な必要で、人を殺した。人の命を、大金に変えることを、現実に、覚えた。すると、人間としてのなにかが痺れて、麻痺して、ダメになって、あとはもう、日常的なことになってきたんじゃないだろうか。……次は何を食べようか?」

「白身魚のフライはおいしいわよ。でも、私はもう、おなかいっぱい。こんな話をしながら、食事なんかできないわ」

「じゃぁ、もうやめようよ」

「でも……」

それで、私は本村薫と、岩雄、三森房子が豊平署の前で出会った時の話をした。その後の調査で、本村薫の血液型はB型であること、本村岩雄はA型で、今は行方不明になっている、本当の本村康子は、母子手帳の記載から、O型であることがわかっている。つまり、本村薫は、本村康子の娘であることは間違いないのだろうが、岩雄の娘ではない、ということだ。そして、そのことは、岩雄は知っていた。それでも、岩雄は薫を娘として愛していたらしい。そして、三森房子も、薫を心から愛しているようだった。

「信じられないわ」

「私も、あの光景を見るまでは、そう思った。全然逆のことを考えていたんだ。岩雄と房子は、薫を全く愛していなかった、虐待していた可能性もある、とすら思っていたんだ。虐待の挙げ句に殺したのかもしれない、とかね。薫の死を悲しむようすが全然なかったし。でも、岩雄と話した後で、なんとなく、ふたりが薫の死を悲しまないのは、愛情がなかったせいもあるだろうが、それよりも、薫が実は死んでいないからじゃないか、と思うようになったんだ。で、豊滝で三森房子のベンツを見たから、もしかすると、ここに本村薫は監禁されているかもしれない、と思い付いた。やはり、十数年一緒に暮らした娘を殺すのは難しいのかもしれない、という感じで。殺す代わりに、ＣＯＬに入れた、と。ここでおとなしくしていればいいし、逃げ出そうとしたら折檻でもするんだろうな、なんてね。でも、今は、そうじゃなかった、とわかった。薫は、ＣＯＬに、客として預けられていたんだろうな。そして、時折、岩雄と房子は、会いに行ってたんだよ」

「そんなことって……」

姉川がそう呟いた時、私の携帯が震動した。私は、席を立って足早に店から出た。

「あ、先生、私です」

「先生はやめろ」

「あ、すみません。……実は、冴香ちゃんが目を醒ましました。で、お父さんに会いたい、と泣いてます」

「わかった。三十分以内に着く」

テーブルに戻ると、姉川がにっこりと笑って言った。

「冴香ちゃんが目を醒ましたの？」

「いや……うん。実はそうなんだ」

「すぐに帰った方がいいわ。私はまだ、あなたのために美貌をキープしておけるから」

「酔った？」

「酔ったわ」

「残念だな。私も酔ってるのに」

姉川は、クスッと笑った。

家を目指して帰る途中、また携帯が震動した。

「畝原です」

私の声にかぶさるように、濁った、だがとても寂しそうな声が聞こえてきた。

「浩一か？」

「ええ」

兄だった。どこか、レストランのようなところからかけているらしい。

「浩一か？」

「ええ」

酔っている。

「どうしたんですか?」

「今、別れた」

「はぁ?」

「彼女とな、今、別れた」

よくはわからないが、兄の不倫の恋は、終わったらしい。今にも泣き出しそうな、沈痛な声だ。

「……そうですか」

「悲しいよ」

「はぁ」

「いつか、話を聞いてくれ」

「ええ」

「じゃ、切るぞ」

「はぁ」

とりあえず、この時はこれで済んだ。

33

豊滝の〈シャングリ・ラ〉に強制捜査が入ったのは、その翌週の土曜日早朝だった。水曜日あたりから、豊滝の周辺では検問が常時行なわれ、慌ただしいようすになり、「今日にも強制捜査か」という見出しが新聞に出るようになっていた。だから、人々はあまり驚かなかった。テレビ画面の中では、信じられないほどの数の警官が〈シャングリ・ラ〉の周辺とその内部に溢れたが、やはり人々はあまり驚かなかった。こういう光景はすでに見たことがある。あの時と比べると、規模は非常に小ぶりだった。テレビ局のカメラ・クルーが、呆れ返るほどの取材合戦を繰り広げたが、やはりそれほどには驚かなかった。前にも見たからだ。同時に、日本各地のCOLの拠点にも、警官たちが一斉に踏み込んだが、こちらの方はそれほどの騒ぎにはならなかった。テレビのキャスターたちは、異口同音に、「これからまた、延々と長い裁判が続くものと思われます」と言った。だが、少なくともCOLは無差別テロに至る前に摘発されたわけで、「その意味では、裁判の長期化は、ある程度は防げるのではないかと思われます」という者もいた。そして、「どうなんでしょうねぇ、これからどうなるか。ねぇ、あちこちのCOLの拠点から、死体が幾つも出る、白骨がゴロゴロ出て来る、なんてことになるんじゃないですか」とニヤニヤ笑いながら、面白そうに楽しそうにコメントしたある大学の社会学講師は、CMが終わると姿を消していて、キャスターが、「不謹慎な発言があったことをおわびします」と頭を下げた。

そんな騒ぎを眺めながら、私は、近野を実際に殺した犯人の顔を早く見たい、と思った。これはおそらく、近いうちに見ることができるだろう。だが、柾越がどのように殺されたのか、柾越が本当に公安のスパイだったのかどうか、そもそも彼は何をやっていたのか、これはずっとわからないのだろうな、と思った。そして、司法書士のマキノ先生の襲撃を誰が命じたのか、これも結局はわからずに終わるのだろう。また、祖辺嶋によると、中央署で若い警官がふたり、解雇されたらしい。ひとりは、広報課勤務だった、という。もうひとりは交番勤務だったらしい。マルチ商法にはまり、サラ金に借金を作った、というのが表向きの理由だが、もちろん、扱っていた商品はCOLのものだ。そして広報課の人間に関しては、勤務時間中に、SCセンターの警官の衣装を着て、警察官としては不適切な行動を行なった、というのも解雇の理由の一つだ。このことも、一般には報道されないだろう、という話だった。

「なぜだ？」

私が尋ねると、祖辺嶋は口を歪めて教えてくれた。

「今報道するのは、余りにナマだからな。ま、半年くらいは寝かしておく。警察に貸しを作ったことになる。持ちつ持たれつってとこだ」

「なるほど」

「折を見て、チャンスがあったら、いろんなネタを一挙に爆発させるんだ」

「…………」

「連中、今は必死になって、全警官の思想信条調査をやってるよ。本当は違法なんだろうけど」

「なるほど」

その土曜日の深夜、清岡区役所の幹部職員が自殺した。死人がこれでおしまいになるのかどうか、はっきりとしたことはまだわからない。

解説

関口苑生

　私立探偵小説というのは、ハードボイルドの中でも一大山脈をなすジャンルである。極端なことを言えば、私立探偵小説こそがハードボイルドの神髄《しんずい》だなどという人もいるくらいだ。だが、そうであるにもかかわらず、日本における私立探偵小説の売れ行きはさほどかんばしくはないのが現状であるようだ。熱狂的ファンが根強くついている一方で、一般的には馴染みが薄く、ことに日本の場合は、私立探偵という職業自体が現実的ではないとの思いもあるのかもしれない。同時にまた小説上の彼らは世の中の中心にいないことで、その美学を支えているところもある。すなわち、万人に受ける私立探偵という命題そのものが一種の矛盾になるわけだ。

　しかし、一度でもこの小説の魅力にとりつかれてしまった人間は、限りなく愛着を憶えるというか、俗に言う「深み」に嵌《は》まるケースが多いのも事実。さしずめ、本書の作者・東直己などはその典型例とも言えよう。実際に、デビュー長篇『探偵はバーにいる』(一九九二年・早川書房)以来、これまでの彼の小説作品は八割近くが私立探偵小説で占められているのではなかろうか。

　東直己が、ここまで私立探偵にこだわる理由、事情は想像するしかないが、ひとつには先にも書いたように、彼らの存在が一般人とは微妙にずれた位置にあることも影響しているのではないかと睨んでいる。たとえば札幌ススキノの便利探偵〈俺〉の場合、デビュー当時は二十八歳という設定ながら、どこか世を拗《す》ねた態度で、気取った酒を飲み、ひと昔前を思わせるヤクザのような服を着て、軽口を叩きつつ、どうにもしようがねえなあという調子で事件の渦中に飛び込んでいく。要するに「世間」とはどこか一線を画した場所にいることの格好良さである。といって悪ければ、後述することにもなろうが、世間との折り合いの付け方が下手な男の、やむなき所作であったようにも感じられる。ただし、この〈俺〉の場合はさすがに二十八歳という若さで、他人の人生の裏表までを洞察《どうさつ》するにはいかにも若すぎた。そこで何作かシリーズを経て、十年後の『探偵は吹雪の果てに』(二〇〇一年・早川書房)では、いきなり四十五歳という年齢になってわれわれの前に姿を現すのだが……それはまあさておこう。

そうした意味では、本書の畝原浩一《うねはらこういち》は最初から作者の実年齢に見合った形で登場した例と言えるだろう。畝原のデビューは『渇き』(一九九六年・勁文社→ハルキ文庫)であった。次いで本書『流れる砂』(一九九九年・角川春樹事務所)、『悲鳴』(二〇〇一年・角川春樹事務所)と現在まで三作が書き継《つ》がれている。

主人公の畝原浩一は、元北海道日報の記者だった。サツ回りからスタートして順調にキャリアを重ね、何度か転勤して本社の社会部に戻り、組織暴力団をターゲットに絞った特集のキャップとなったのが十年前。ところが、このとき彼と彼のチームは暴力団と道警の恥部を含む致命的なネタに触れてしまったらしかった。その結果、彼は杜撰《ずさん》な罠に嵌《は》まったのだった。未成年女子を食い物にしていた暴利バーに潜入していたとき、ハルシオンを混入したビールを呑まされ昏睡《こんすい》し、気がつくと同じく睡眠薬で眠らされていたらしい小学校五年生の女児と一緒のベッドで寝ていたのである。彼も女の子も全裸だった。しかも周囲にはその娘と絡み合っているポラロイド写真が散乱していた。彼は少女を相手の強制猥褻《わいせつ》・強姦の犯人として現行犯逮捕される。もちろん、それが卑劣な罠であり、誤認逮捕であったことは日を置かずにしてすぐにわかった。だが、その前に彼は北海道日報を解雇される。容疑が晴れた後も復職は適《かな》わなかった。そして妻は、ひとり娘の冴香《さやか》を残して去っていったのである……。

それから、彼の探偵人生が始まる。

高校時代の友人が調査と警備の会社を設立しており、助けられる形でそこに就職し、やがて独立したというわけだ。日々の糧《かて》を得るために生活の手段として選んだ仕事ではあったけれど、いざ始めてみるとこれが意外に合っていた。それは畝原自身にも変化が訪れていたせいだろう。誤認逮捕の事件以後、彼は大手新聞社に勤めていたときには見えなかったものが見えてくるようになったのだ。その多くは人の気持ち、他者を思いやる心のありようであった。本当の苦境に陥ったときに、手を差しのべてくれた人たちの優しさ、あるいはその逆に親友と思っていた人間の豹変した態度……それらを目の当《ま》たりにし、つぶさに目撃、経験した結果の出来事だった。

私立探偵の仕事は、主に調査がメインとなるものだ。ということは基本的に、依頼主との関係は表面上の付き合いであり、通り一遍のものでしかない。いや、ときには不安と悲しみを抱えてやってきたはずの依頼主が、事実が明らかになるにつれ、次第に態度を硬化させてくることもある。なぜなら、調査の過程で依頼主にとっては知られたくない家族の秘密や、自分の過去までも暴いてしまうことにもなりかねないからだ。それゆえ、探偵は必然的に自己韜晦《とうかい》の立場に身を置かざるを得なくなる。真の能力を隠しながら、自分は決して中心にいるわけではなく、あくまで脇役であり、傍観者《ぼうかんしゃ》なんですよという立場にだ。

かつて畝原は真正面から社会と対峙し、世の中の悪を暴き出そうとし、他人とも世間とも精一杯折り合いをつけようと努力していた男であった。まっとうな道、まっとうな人生を歩もうとしていたのである。それが崩れ、敗れ去った瞬間から彼は第二の生き方を選んだのだった。別に、おのれを曲げてまで折り合いをつける必要はない。自分にとって、本当に大切な人間を守るために、残りの人生を捧げる決意を固めるのだ。

しかしながら、実はここからが畝原の――というより、私立探偵小説の難しさと面白さに繋がっていく。この種の小説は浮気調査にせよ、失踪人調査にせよ、開始したときにはどうということもないように見えていたものの背後に、何らかの陰謀なり事件が隠されていたというのが通常のパターンである。ところが、探偵の使命、役割は積極的に犯人が誰であるとか、殺人方法はといったことを暴くものではない。結果的に彼らが暴くことになるのは、常に「なぜ」「どうして」という動機、人間の心の動きと〝綾〟であろう。

それも、なぜあの人物が人を殺したのか、どうしてあの人がこんなふうになってしまったのか……といった原因を過去に遡《さかのぼ》って明らかにしていくのである。加えてもうひとつ、過去へ遡る描写を現在進行形で書いていく手法を取るのである。テレビドラマや、映画のように過去の場面をカットバックで描き出して、その間は現在の時間が停止状態になることはない。現在進行と過去への遡行《そこう》が両立した形で描かれるのだ。これこそが私立探偵小説、ハードボイルドの宿命でもある。事実、畝原シリーズの三作を見ても、冒頭シーンこそ凝りに凝って、過去の出来事を現在形で書くという手法が取られるが、後の展開は常に現在形で進行していく。

そういう制約の中で、仕事の延長上とはいえ他人のプライヴァシー、個人史にずかずかと踏み込み、過去に遡行し、なぜ失踪したのかを探り、同時に今どこにいるのかを現在進行形で突き止める。あるいはまた、どうしてこんな生活を送る羽目になったのかを探り、同じように今を探っていく。私立探偵とは、要するに他人の過去を否応なく見てしまうのである。それを現在のものとして捉えることが仕事でもある。

畝原にとって、そうした作業のひとつひとつがすべて自分に跳ね返ってくるものでもあったのだ。少なくとも現在の畝原は、他人に心配をかける生き方がどれほど恥ずかしいかを知る男となっている。だが、他人の過去をかいま見ることによって、どうしても過去のおのれと引き較べざるを得ない自分にも気がついている。

このシリーズは、表面的には派手な物語展開に見えるが、その実、根底には畝原の悲しいまでの心の傷みで溢《あふ》れている。

本書にしても、最初は些細なマンションの管理人からの苦情で物語は始まる。住人のひとりが、何やら怪しげな商売をしているのではないかというのだ。その住人は区役所に勤めているが、始終女子高校生らしき娘たちが出入りしているのだと。調べてみると、結果は簡単にわかった。しかし、そこから意外な展開になっていく。物語の展開も、これからが本筋となっている。だが、わたしはこの冒頭に登場し、父親が無理心中の形で息子を刺して、その後はあまり語られることのない親子の心情が気になって仕方がない。いやむしろ、おおっぴらに語られないからこそ、作者の思いが凝縮しているのではないかと感じるのだ。

区役所に勤める息子はなぜ、いかがわしい遊びを繰り返し、役所の金に手を出し、保険金絡みの悪事に手を染めたのか。教育者だった父親は、なぜ息子を放っておいたのか。その理由は、息子が吐き出した「遺伝だべ」のたったひとことしか書かれていない。それ以上でも、以下でもない見事に突き放した書き方なのだ。

一字一句たりともおろそかに出来ない、細部にまで神経を施した私立探偵小説。それが畝原シリーズだと思う所以《ゆえん》だ。

（せきぐち・えんせい／文芸評論家）

二〇〇二年十月

本書はフィクションであり、登場する人物名、団体名、組織名等はすべて虚構上のものです。

本作品は一九九九年十一月に小社より単行本として刊行されたものです。

Haruki Bunko
ハルキ文庫

あ 10-4

流《なが》れる砂《すな》

著者　東直己《あづまなおみ》

2002年11月18日第一刷発行

発行者　大杉明彦

発行所　株式会社角川春樹事務所
〒101-0051東京都千代田区神田神保町3-27二葉第1ビル

電話　03(3263)5247(編集)
03(3263)5881(営業)

印刷・製本　中央精版印刷株式会社

フォーマット・デザイン　芦澤泰偉
表紙イラストレーション　門坂 流

ISBN4-7584-3013-6 C0193 ©2002 Naomi Azuma Printed in Japan
http://www.kadokawaharuki.co.jp/[営業]
fanmail@kadokawaharuki.co.jp[編集]　ご意見・ご感想をお寄せください。

ハルキ文庫 小説

東 直己　待っていた女・渇き
東 直己　沈黙の橋《サイレント・ブリッジ》
東 直己　フリージア
東 直己　流れる砂
内田康夫　遠野殺人事件
内田康夫　十三の墓標
内田康夫　杜の都殺人事件
内田康夫　追分殺人事件
内田康夫　崇徳伝説殺人事件
内田康夫　歌枕殺人事件
矢島 誠　双曲線上の殺人
矢島 誠　「北斗星」0文字の殺人
矢島 誠　シンデレラエクスプレス殺人事件
清水義範　禁断星域の伝説 宇宙史シリーズ❶
清水義範　黄金惑星の伝説 宇宙史シリーズ❷
清水義範　不死人類の伝説 宇宙史シリーズ❸
清水義範　絶滅星群の伝説 宇宙史シリーズ❹
清水義範　楽園宇宙の伝説 宇宙史シリーズ❺

佐野 洋　直線大外強襲
佐野 洋　跳んだ落ちた
佐野 洋　大密室
新津きよみ　二重証言
新津きよみ　血を吸う夫
新津きよみ　同姓同名（書き下ろし）
新津きよみ　安曇野殺人紀行
新津きよみ　結婚紹介殺人事件
新津きよみ　危険な恩人
新津きよみ　隣の女
小川竜生　黄金の魂
小川竜生　真夏のヘビイメタル
小川竜生　桜《はな》と龍 上下
龍 一京　殺人権力 刑事 多岐川恭介（書き下ろし）
龍 一京　地獄のマリア 刑事 多岐川恭介❷（書き下ろし）
龍 一京　拷殺
龍 一京　欺殺（書き下ろし）

ハルキ文庫 小説

太田忠司　歪んだ素描　探偵藤森涼子の事件簿
太田忠司　暗闇への祈り　探偵藤森涼子の事件簿
田中光二　わが赴くは蒼き大地
田中光二　異星の人
田中光二　幻覚の地平線
田中光二　失われたものの伝説
田中光二　エデンの戦士
田中光二　冷血
[構成]富野由悠季 [文]面出明美　ブレンパワード❶　深海より発して
[構成]富野由悠季 [文]面出明美　ブレンパワード❷　カーテンの向こうで
[構成]富野由悠季 [文]斧谷 稔　ブレンパワード❸　記憶への旅立ち
高千穂 遙　魔道神話❶❷❸
高千穂 遙　目覚めしものは竜《ザ・ドラゴンカンフー》
高千穂 遙　銀河番外地　運び屋サム・シリーズ❶
高千穂 遙　聖獣の塔　運び屋サム・シリーズ❷
筒井康隆　時をかける少女
堀 晃　地球環

薄井ゆうじ　満月物語
薄井ゆうじ　天使猫のいる部屋
薄井ゆうじ　青の時間　TIME BLUE
竹河 聖　月のない夜に
山本甲士　蛇の道は蒼く　書き下ろし
西澤保彦　猟死の果て
笹本祐一　天使の非常手段RIO❶　全面改稿
笹本祐一　ほしからきたもの。❶　書き下ろし
小川一水　回転翼の天使　ジュエルボックス・ナビゲイター　書き下ろし
小川一水　導きの星Ⅰ　目覚めの大地　書き下ろし
小川一水　導きの星Ⅱ　争いの地平　書き下ろし
林 譲治　侵略者の平和　第一部　接触　書き下ろし
林 譲治　侵略者の平和　第二部　観察　書き下ろし
林 譲治　侵略者の平和　第三部　融合　書き下ろし
林 譲治　暗黒太陽の目覚め　上　書き下ろし
林 譲治　暗黒太陽の目覚め　下　書き下ろし
武森斎市　ラクトバチルス・メデューサ　書き下ろし